KB053931

작가들의 길

인천작가회의 창립 20주년 기념 문 집

작가들
의

길

삶창

인천작가회의 창립 20주년 기념 문집을 <u>펴내며</u>

1998년 12월 11일 인천작가회의가 창립되었다. 이후, 날이 오갔다. 흐리고 어두웠다. 민중은 촛불을 들었다. 횃불이 되었다. 위장폐업 후 정리해고를 한 사용자, 4대강 비리와 그 폐해, 세월호 참살, 예술인 블랙리스트, 국정농단, 국정원과 기무사의 정권 호위와 연장 기도, 법·정 유착과 재판 거래의 사법농단, 이전투구의 정치권, 부역한 언론. 그 그늘, 그 어둠.

권력과 물질을 탐한 세력과 부역자들은 본질을 호도하거나 교묘한 술책으로 민중을 현혹하기도 했다. 사악했고, 부패했고, 비열했다. 한겨울의 혹한이었다. 생명을 멸한 폭염이었다. 적폐였다. 그들에게 민중은 존엄하지 않았다. 회유와 강압과 착취와 멸시의 대상이었고 조류독감에 걸린 가금류에 지나지 않았다. 준법과 질서는 민중에게만 적용될 뿐이었다. 민중은 우울했고 허무했다.

고통으로 점철된 세월의 무게 앞에 작가도 민중이었다. 아팠다. 분노했다. 체념하지 않았다. 회피하지 않았다. 도피하지 않았다. 희망버스를 탔다. 부끄럽지 않은 나라가 되기를 소망하며 촛불을 들었다. 단식으로 투쟁했다. 온몸으로 저항했다. 혹한에도 폭염에도.

펜을 들었다. 작품집도 냈다. 진실 인양을 위해, 희망의 끈을 놓지 않으려고.

인천작가회의 창립 이후 나온 앤솔러지는 총 15권이었다. 그 중에서 시선집은 2006년에 출간된 『자연바다』(작가들)를 필두로 하여 『꽃이 핀다 푸른 줄기에』(작가들), 『세이한 고비』(작가들), 『새들이 숨을 만큼만』(열린작가), 『순간의 평화』(메이드), 『소사나무 숲』(메이드),

『빨강의 정점』(작가들), 『증폭』(인천작가회의 출판부), 『오지 않는 편지』
(인천작가회의 출판부), 2017년 『불완전한 착지』(삶창)에 이르기까지 10
권이었다.

분단과 이념, 자연과 인간, 절망과 희망, 노동 현장, 시위 현장,
평등, 평화, 갑과 을, 죽음에 대한 형상화에 이르기까지 수록 작품
들이 다채로웠다. '깨어 있는 삶, 깨어 있는 문학'을 추구하는 시
인들의 고뇌와 외침이 고스란히 녹아 있다.

소설선집은 2007년에 『오, 해피 데이』(작가들)가 출간되었고, 이
후 『로맨스 빠빠』(열린작가), 『그릴 수 없는 자화상』(인천작가회의 출판
부), 『나와 관계하는 관계』(인천작가회의 출판부), 2017년에 나온 『그날
이후로』(삶창)까지 5권이었다.

소설에서 서술자들은 역사와 시대의 아픔을 간과하지 않고 희
망을 말한다. 거창한 희망이나 밝은 미래가 아니라 '비 오는 골목
에서 우산을 받은 것' 같은 위안이다. 시대와 세대의 조망, 자연물
과 인간, 사용자와 노동자, 인간의 욕망, 영원을 위한 과거와 현재
등을 제재로 시간과 공간을 초월한다.

2018년은 인천작가회의가 창립 20주년을 맞이하는 뜻 깊은 해
로 이를 기념하기 위해 그동안 시와 소설에 머물렀던 작품을, 동
화와 작품에 대한 해설까지 범위를 넓혀 인천작가회의 창립 20주
년 기념 문집 『작가들의 길』에 담았다.

'인천작가회의 회원'을 대상으로 하였고, 작품 배열은 작가의
'등단 연도 순'으로 하였다. 시(詩)는 44명(작고 시인 3인 포함)의 시인

이 참여한 가운데 각자 3편씩 132편을 실었고, 소설(小說)은 12명의 단편 12편, 동화(童話)는 1명의 단편 1편, 작품 해설은 2명의 2편을 실었다.

『작가들의 길』에 수록된 작품들은 '내가 뽑은 나의 작품'이거나 신작이다. 작품에 대한 가이드라인은 제시하지 않았다. 열린 제재였고 주제였고 분량이었다. 다양성을 중시했다. 작가들의 개성이 다른 만큼 시적 자아의 목소리, 시선이나 전개 방식, 서술자의 목소리, 서사구조 또한 다채롭다. 작품마다 창작자의 고투 또한 어려 있다.

앞으로도 시대가 배설한 모순을 바로잡고 시대의 병폐를 치유하기 위해, 실천적인 활동과 문학적 완성도를 제고하여 독자에게 더 가까이 다가갈 수 있도록 노력할 것이다.

—편집위원을 대표하여 이상실

차례

시

강태열

死後의 말

삶을 뒤집어놓으면
내가 사는 사후가 되네.
그때처럼, 내가 만들거나
내가 나를 거역하지도
그렇지도 못하는 나는
지금은 자연 바닥에 불과하지만
그러나 항시 자네네 이웃이네.
삶을 떠받드는 밑바닥이며
잊히지 않는 기억들의
잠자리 같은 것.
자네 판타지의 샘이지.
그러나 지금은 만져볼 수 없는
자네네 삶의 시야엔
그 평화의 도시가 섰는가.
아니면 아직도
죽음의 냄새나는 바람이
골목을 스치는가.

아니지, 지금쯤 집집에는 마당마다
해와 숨바꼭질하는 웃음빛의 일들이,
철 잃은 음악들도
신작로를 뛰놀며 달리는 일들이,
골목길은 뒷산의 자연에 이르고,
애들은 손을 흔들며
하늘새 소리 울리는 일들이,
그 평화가 사는 도시마다
삶이 반짝이는 일들이 일어나겠지.
내가 사는 사후마다
그 평화의 도시들이 서서 빛나겠지.

콩의 사상

발바닥이 일해서 얻은 사상을
오늘은 시청 앞 광장의 비둘기들에게
나눠줘야지. 콩 속에 담긴 평화를
행렬의 발자취에서 얻은 다음
자선하면서 검은 열차로 떠나가는 그대에게
하얀 손수건을 흔들며 말해야지,
기름지게 콩밭에 맺힌 노동과
그날의 연정이 다음 해에 또 푸른 잎으로
빛나는 여로에서 하늘거리는 응답을
뛰어가는 발로써 증명하고
웃어야지, 검은 열차가 넘어가는 지평선을
하동이 외치는 하얀 만세 소리를
시청 앞 비둘기로 날게 하는
열중하는 생활의 발판,
역사의 푸른 강가에서 거둔 콩을
오늘은 시청 앞 광장에서 뿌려줘야지.

우주

영혼이 내 속에 무로 있길 좋아하여 지워진 시간과 함께 빈집에 모이면 빈 마음이 된다 그 끝이 무심이라 빈집의 안팎이 모두 무다 영혼이 무의 자유를 만끽할 때 비로소 시간은 무에 떨어지는 영감, 영감이 꽃피운 詩가 바로 지구가 아니던가

영혼이 내 속에 지구를 낳고 무수한 성좌를 낳아 지은 집이 우주다 우주의 무를 한 켜씩 젖힐 때마다 드러나는 새로운 탄생, 만물을 별과 그늘로 형상화하는 궁합하는 흰빛과 흰소리의 눈먼 몸짓 귀먼 침묵 또한 장엄하다 무를 한 켜씩 젖히는 일 또한 무한하여 나는 영원한 것이다

이가림

빙하기 氷河期

그 헐벗은 비행장 옆
낡은 예레미야병원 가까이
스물아홉 살의 강한 그대가 죽어 있었지
장 바티스트 클라망스
스토브조차 꺼진 다락방 안 추운 빙벽氷壁 밑에서
검은 목탄木炭으로 데생한 그대 어둔 얼굴을 보고 있으면
킬리만자로의 눈 속에 묻혀 있는 표범 이마,
빛나는 대리석 토르소의 흰 손이 떠오르지
지금 낡은 예레미야병원 가까이의 지붕에도
눈은 내리고
겨울이 빈 나무 허리를 쓸며 있는 때
캄캄한 안개 속
침몰하여 가는 내 선박船舶은
이제 고달픈 닻을 내리어 정박하고서
축축이 꿈의 이슬에 잠자는 영원永遠인 것을
짙은 밤 부둣가 한 모퉁이로
내 아무렇게나 혼자서 떠나보네

갈색 머리 흑인 여자의 서러운 이빨 같이

서걱이는 먼 겨울 밤마다 살갗은

유리의 달에 부딪쳐 바스러지고

죽음보다 고적한 외투 속의

내 사랑은

두 주일이나 그냥 있는 젖빛 엽서

나목裸木 끝에 마지막 한 장 가랑잎새로 지는 것을

쓸쓸히 웃으며 있네.

지난 생 마르텡의 여름 밤주막에서

빨갛게 등불 켜 달고

어린 별빛들이 우리 잔등에 떨어져 와 닿는,

들끓는 소주燒酒를 독하게 마시며 울었지.

장 바티스트 클라망스

그대 건강한 의사가 되겠다고 여름내 엄청난 야망은 살아

자기 안의 한 무더기 폭약에 방화放火도 했지만

참혹하게 파손되어 간 내실內室이었음을,

어느 저녁 식탁에선가, 눈물 글썽이게 하는

그대 슬픈 소식을 건네 들었지.

지금은

옷고름처럼 나부끼는 달빛에 젖어

마른 갯벌 바닥으로 배회하다

무릎까지 빠지는 맨발의, 괴로운 밤 게[蟹]가 되어서 돌아오는

조금씩 미쳐가는 나는 무서운 취안醉眼인 채

황폐한 자갈밭을 건너

흐린 가스등 그늘이 우울한 시장가에서

눈은 내리고

하얀 수의囚衣 입은 천사처럼 잠시 죽어 봤으면 생각하다가

포효咆哮의 거대한 불꽃으로나 멸망하기를 소망하다가,

아아 자꾸만 목이 메이고 싶어지는

내 고단한 목관木管의 노래는 떨려

오뇌의 회오리바람에 은빛 음계音階들이 머리칼마다

흩날리며 있네

그 드뷔시 찻집 유리 속의 금발이 출렁이는 인형은

젖은 눈이 성에 낀 창밖을 보고

수런대는 목소리들 잔 둘레로 넘쳐나

비듬처럼 쌓여 가는데

잊힌 의자 아래 이랑져 오는 음악의 꽃빛 눈부시는

바람결 소리여,

이 침전沈澱하는 장송葬送의 파도가에 앉아서 단 한번

고운 색깔이 아롱진 어안魚眼의 나는

뜨거운 두 손으로 피곤한 이마를 묻어 보네.

유리창에 이마를 대고

유리창에 이마를 대고
모래알 같은 이름 하나 불러본다
기어이 끊어낼 수 없는 죄의 탯줄을
깊은 땅에 묻고 돌아선 날의
막막한 벌판 끝에 열리는 밤
내가 일천 번도 더 입 맞춘 별이 있음을
이 지상 사람들은 모르리라
날마다 잃었다가 되찾는 눈동자
먼 부재不在의 저편에서 오는 빛이기에
끝내 아무도 볼 수 없으리라
어디서 이 투명한 이슬은 오는가
얼굴을 가리우는 차가운 입김
유리창에 이마를 대고
물방울 같은 이름 하나 불러본다

투병통신投甁通信 1

이제
내 비소砒素 같은 그리움을
천년 종이에 싸
빈 술병에 넣어
달빛 인광燐光 무수히 떠내려가는
달래강에 멀리 던진다

먼 훗날
부질없이 강가를 서성이는 이 있어
이 병을 건져 올릴지라도
그때엔 벌써
글자들이 물에 씻겨
사라져버렸을 것을 믿는다

끝내 말하지 못한 것이야말로
영원히 숨 쉬는 것

이제
내 비소 같은 그리움을
천년 종이에 싸
빈 술병에 넣어
일찍이 미친 사내 하나 빠져 죽은
달래강에 멀리 던진다

박영근

솔아 푸른 솔아
— 百濟 6

부르네 물억새마다 엉키던

아우의 피들 무심히 씻겨간

빈 나루터, 물이 풀려도

찢어진 무명베 곁에서 봄은 멀고

기다림은 철없이 꽃으로나 피는지

주저앉아 우는 누이들

옷고름 풀고 이름을 부르네.

솔아 솔아 푸른 솔아

샛바람에 떨지 마라

어널널 상사뒤

어여뒤여 상사뒤

부르네. 장맛비 울다 가는

삼 년 묵정밭 드리는 호미날마다

아우의 얼굴 끌려나오고

늦바람이나 머물다 갔는지

수수가 익어도 서럽던 가을, 에미야

시월 비 어두운 산허리 따라

넘치는 그리움으로 강물 저어가네.
만나겠네. 엉겅퀴 몹쓸 땅에
살아서 가다가 가다가
허기 들면 솔잎 씹다가
쌓이는 들잠 죽창으로 찌르다가
네가 묶인 곳, 아우야
창살 아래 또 한 세상이 묶여도
가겠네, 다시
만나겠네.

해창*에서

거기에 늘 어스름 찬바람이 일던 어업조합 창고가 있었다

거기에
칠산바다 참조기 궤짝이 밤새워 전깃불 아래 쌓이던
부둣머리 선창이 있었다

거기에 갯물에 쩔어버린 삭신이 조생이 한 자루로 뻘밭을 밀고
가던
홀몸 조개미 아짐
읍내 닷새장 막차를 기다리던 늙은 감나무가 있었고

홍어철이 들수록 밤이면 혼자서 가락이 높던 갈매기집이 있었다
지금은 폐항도 아닌

신작로만 간신히 살아 나를 불러 세우는 마을
바닷소리 속으로 비
이백 년 나이를 꺾어버린 팽나무

영당靈堂 자리에 비

수십 킬로 뻘을 질러간다는 저 방조제 끝이 어딘지를 나는 묻지
않는다
　타는 듯 붉은 노을이 내려
　바다도 집들도 바닷바람을 재우던 애기봉도
　온통 환하게 몸속을 열어보이던 그때를 찾아 천천히 걸어들어
갈 뿐이다.

　빗속으로 물보라 엉키는 바닷가 철책을 지나
　갯벌을 건너

* 전라북도 부안군에 있는 바닷가 마을로, 새만금 간척사업의 방조제 공사가 시작된 곳이다.

이사

1

내가 떠난 뒤에도 그 집엔 저녁이면 형광등 불빛이 켜지고
사내는 묵은 시집을 읽거나 저녁거리를 치운 책상에서
더듬더듬 원고를 쓸 것이다 몇 잔의 커피와,
담배와, 새벽녘의 그 몹쓸 파지들 위로 떨어지는 마른기침 소리
누가 왔다 갔는지 때로 한 편의 시를 쓸 때마다
그 환한 자리에 더운 숨결이 일고,
계절이 골목집 건너 백목련이 꽃망울과 은행나무 가지 위에서
바뀔 무렵이면
그 집엔 밀린 빨래들이 그 작은 마당과
녹슨 창틀과 흐린 처마와 담벽에서 부끄러움도 모르고
햇살에 취해 바람에 흔들거릴 것이다
눈을 들면 사내의 가난한 이마에 하늘의 푸른빛들이 뚝 뚝 떨어
지고
아무도 모르지, 그런 날 저녁에 부엌에서 들려오는
정갈한 도마질 소리와 고등어 굽는 냄새

바람이 먼 데서 불러온 아잇적 서툰 노래

내가 떠난 뒤에도 그 낡은 집엔 마당귀를 돌아가며

어린 고추가 자라고 방울토마토가 열리고

원추리는 그 주홍빛 꽃을 터트릴 것이다

그리고 낮도 밤도 없이 빗줄기에 하늘이 온통 잠기는 장마가

또 오고, 사내는 그때에도

혼자 방문턱에 앉아 술잔을 뒤집으며

빗물에 떠내려가는 원추리 꽃들을 바라보고 있을까 부러져나간

고춧대와 허리가 꺾어버린 토마토 줄기들과 전기가 끊긴

한밤중의 빗소리…… 그렇게

가을이 수척해진 얼굴로 대문간을 기웃거릴 때

별일도 다 있지, 그는 마당에 신문지를 깔고 앉아

누군가 부쳐온 시집을 읽고 있을 것이다

얼마나 많은 물결을 끌어당기고 내밀면서

내뱉고 부르면서

강물은 숨 쉬는가

2

그 낡은 집을 나와 나는 밤거리를 걷는다
저기 봐라, 흘러넘치는 광고 불빛과
여자들과
경쾌한 노래
막 옷을 갈아입은 성장盛粧한 마네킹들
이 도시는 시간도 기억도 없다
생이 잡문이 될 때까지 나는 걷고 또 걸을 것이다
때로 그 길을 걸어 그가 올지도 모른다 밤새 얼어붙은 수도꼭지를
팔팔 끓는 물로 녹이고 혼자서 웃음을 터트리는,
그런 모습으로 찾아와 짠지에 라면을 끓이고
소주잔을 흔들면서 몇 편의 시를 읽을지도 모른다
도시의 가난한 겨울밤은 눈벌판도 없는데
그 사내는 홀로 눈을 맞으며
천천히 벌판을 질러갈 것이다

호인수

영성체

매일 아침
혼자 미사를 드린다
내 입에 들어와
사르르 녹아 없어지는 당신
주여
나는 오늘
누구의 입에 들어가
녹아 없어질 수 있을까요?

아우슈비츠

그 옛날 예수는
죽여 살지 않고
죽어서 살았다
오늘은 들토끼 한 마리가 뛴다

관악산에 올라

모처럼 관악산에 올라
소나무 밑에 누웠다
서울대학은 보이지도 않는다
저 하늘 높이 비행기가 날지만
오늘은 내가 서울에서 제일이다
내려가고 싶지 않다

신현수

너에게 말한다

식의주는 삶에서 가장 기본적이고 중요한 일이며
그러므로 식의주는 네 스스로의 힘으로 해결해야 한다고
나는 그동안 네게 여러 번 말했다.
그런데 너는 지금까지 육십이 넘도록
말만 앞세우고 하나도 실천하지 않았다.
그동안 나는 네게 여러 번의 기회를 주었는데도
여전히 네 식의주를 다른 사람의 힘을 빌려 해결해왔다.
네가 여전히 정신을 못 차리므로
이번에는 네 가족의 몸을 아프게 하는
가슴 아픈 방법으로 네게 깨달음을 주려고 한다.
이번이 마지막이다.

착한 사람, 승희

영화 '섬마을 선생'에서
섬처녀로 나온 문희가
섬을 떠나는 선생을 눈물로 배웅한 장소였다는
'문희 소나무' 밑에서
인천의 막걸리 소성주를 마신다.
마음이 아름다운 섬, 대이작도에 와서
승희가 사시랭이, 쑥 등을 직접 캐서 만든 봄나물전과
지난 밤 먹다 남은 김치로 만든 김치전을 안주로
인천의 막걸리 소성주를 마신다.
인천 사람과문화 회원들 모여 대이작도 섬 여행하는 날 밤
제 돈으로 밀가루와 기름을 사오더니
남들은 술을 마시는데 승희 혼자 정성껏 봄나물전을 만들더니
다음 날 일어나 지난 밤 먹다 남은 김치로 만든 김치전을 만든다.
조용하고 좀처럼 앞에 나서기 싫어하는 성격인 승희
대학 시절 총학생회장을 지냈다는 게
도무지 믿기 어려운 승희
어떻게 주먹을 불끈 쥐고 어떻게 연설을 했는지

몹시 궁금한 승희

성격 상 기자가 맞지 않을 것 같은 승희

시사인천이 부평신문이던 시절부터 고생한 승희

십수 년 동안

취재 지시하랴, 직접 기사 쓰랴, 직원 월급 마련하랴

일요일도 쉬지 못하고 일한 승희

머리가 하얘지고 머리카락이 빠지도록 일한 승희

편집국장이 필요하면 편집국장을 하고

사장을 구하지 못 하면 사장을 하고

사장이 새로 오니 편집국장을 하고

편집국장이 새로 오니 논설실장을 하고

그래도 자기는 마음 편해서 좋다는 승희

마음이 아름다운 사람, 승희

착한 사람, 승희

난 인천에 앉아 만날 걱정만 한다

'안동소주'의 시인 상학이가 그의 시집을 보내왔다.
너무 멀리 사니,
평생 둘이 마주앉아 술 마셔본 일이 손꼽을 정도인데도,
선배로서 내가 해주는 게 아무것도 없는데도,
이리 지극정성으로 챙겨주는 후배들이 있다.
상학이는 권정생재단 사무국장으로 일하고 있는데
거기는 월급을 좀 주나?
발문은 해자가 쓰고,
시집 발행인은 남일이 형이다.
해자는 건강이 좀 좋아졌나?
남일이 형은 건강도 안 좋은 사람이
출판사 사장 일은 또 어찌할꼬?
난 인천에 앉아 만날 걱정만 한다.

이경림

수목장 숲에서
—푸른 호랑이 3

잠시 전에는 시인이었는데 지금 나무가 된 나무가 서 있었다 그 앞에 잠시

전에는 나무였는데 지금 시인이 된 시인이 서 있었다 잠시

시인이었을 때를 기억 못 하는 나무 앞에 잠시

나무였을 때를 기억 못 하는 시인이 서 있었다 잠시

지나간 바람을 기억 못 하는 나무들이 잠시

자신의 이름이 희미하게 새겨진 발찌를 차고 잠시!

무뇌아처럼 서 있는

숲의 한 쪽에

서쪽

딸은 서쪽에 있다고 말했다
거기가 어디냐고
무엇의 서쪽이냐고
묻는 걸 잊어버렸다

바로 코앞인 것 같으나 만져지지 않았다
아주 먼 곳 같으나 코앞이었다
모르는 행성 같기도 했다

나뭇잎들 서쪽으로 서쪽으로 흔들렸다
그림자들 하나같이 서쪽으로 누웠다
집, 길, 햇빛, 사람, 나무, 하늘……
모두 서쪽이었다

여긴?
돌아보는데 그녀 있던 자리 벌판이었다

누런 이파리들이 춤추듯 날아갔다
깡충깡충 한 뼘씩 가는 것도 있었다

쓰레기통 옆인데 자동차 밑인데 보도블록 아랜데
모두 서쪽이었다

한 아이가 서쪽을 꺾어들고 서쪽으로 달려갔다
버들개지 같은 서쪽

회음부에서
— 에버딩 문학관에서*

여기 말들의 호젓한 쉼터가 있구나
지친 말은 쉬어가고 잉태한 말은 몸을 풀어도 좋겠다

세간에는 지금, 속도에 취한 말들이 금속성의 울음을 울고 있다
소음에 놀라 길길이 뛰며 기형의 말을 낳는 말도 있다
풀 한 포기 흙 한 줌 없는 아스팔트에서 말들은 아예 발바닥이
없어졌다
시작도 끝도 없는 그 검은 벨트에 서면 누구라도 비명을 지르며
뛰지 않으리

그래, 여기서는 종일 숲으로 난 오솔길을 걷던 전생을 어슬렁거
려도 좋겠다

이름 모를 풀벌레와 연애하고 사랑하고
꿈처럼 포동한 말 한 필 낳아도 좋겠다

유구히 떨어져 내리는 목련 한 잎이

어디서 시작된 누구의 말인지 곰곰 들여다보는 일도 괜찮겠다
오늘 처음 만난 말오줌나무처럼 뒤뚱뒤뚱
허공으로 달아나 보는 일도 괜찮겠다

후미진 것들은 얼마나 가득한가
후미진 것들은 얼마나 환한가
문득 돌아보는 일도 괜찮겠다

후미진 창턱
후미진 돌멩이
후미진 날의 노을은 얼마나 찬란한가
몸 기울여 보는 일도 괜찮겠다

그때, 만 리 밖에서 누가 램프의 심지를 돋우고
아직 도착하지 않은 날들을 슬몃 보여주기도 하리
그러면 당신은 공연히 가슴이 쿵쿵거려

자귀꽃은 왜 털투성이인가
밤꽃은 왜 비린내가 나는가
묻고 물으며 심심한 버덩길을 걸어 오르리

어느 길에서는 이마가 훤하고 입술이 진홍빛인
말 한 필 낳기도 하리
순간, 숲의 한쪽이 화르륵 날아오르고
천지는 텅 비리
막 태어난 울음이 노래처럼 지나가리
모르는 갈피들이 펄렁펄렁 넘어가리

혹 7월에 눈이 내리더라도 놀라지 말자
사실 이곳은 시간의 밖
한 꽃의 회음부

* 강원도 횡성에 있는 마을 이름

정세훈

몸의 중심

몸의 중심으로
마음이 간다
아프지 말라고
어루만진다

몸의 중심은
생각하는 뇌가 아니다
숨 쉬는 폐가 아니다
피 끓는 심장이 아니다

아픈 곳!

어루만져주지 않으면
안 되는
상처 난 곳

그곳으로

온몸이 움직인다

강물아

바다로 가는 강물아
그냥 흘러만 가다오.

강둑의 자갈돌들
쓸어가지 말고

강변의 모래 무덤
허물지 말고

바다로 가는 강물아
그냥 바다로만 가다오.

강둑엔 자갈돌들 있어야 하고
강변엔 모래들이 있어야 하듯

너는 바다로 가야 하는
강물이잖니

너 흘러가는 길
외로움도 괴로움도 너만의 것

자갈 모래 슬픔은 어루만져주고
힘으로 데려가지 말아라.

바다에서 살아갈 강물아
바다처럼 그저 넓게 넓게만
흘러가다오.

그냥 바다로만 가다오.

개밥바라기

모든 그림자들이 어둠 속으로 저물어버린 초저녁이었다네.
저문 날 어두워진 밤하늘을 무심코 바라보고 있었는데
아 글쎄 어린 시절 이후 까마득히 잊어버리고 살아왔던
금성이란 별이 마침 서쪽 하늘가에 걸려 반짝거리고 있었던
거야.
태양계의 혹성들 중에서 지구와 가장 가까이 있다는 저 금성은
새벽 동쪽 하늘에 나타날 땐 샛별이라 불리지만
초저녁 서쪽 하늘에 나타날 땐 개밥바라기라 불리고 있지.
개밥바라기라 불리고 있는 거기엔
물론 특별하고 심오한 뜻을 달리 담고 있는 것이겠지만
개밥바라기라는 글자 그대로만 본다면 개밥을 담아내는
아가리가 바라진 조그마한 사기그릇을 말하는 것이 아니겠는가.
한 마디로 하잘 것 없어 보이고 천박스럽게까지 보이는
저 개밥바라기 그 어느 곳으로 그 무슨 일을 하러 가는 것인지
해가 지면 맨 먼저 어둠 깔린 초저녁
서쪽 하늘 외진 길을 따라 나타났다가는,
밤하늘 모든 별들이 마치 제 세상인양 마냥 활개치고 있는 동안

밤새도록 그 어느 곳에서 그 무슨 일을 하고 있는 것인지
도무지 그 모습을 보이지 않다가도,
밤하늘 모든 별들이 제풀에 지쳐 사라져 가는 새벽녘이 되어서야
새벽 동쪽 하늘 외진 길을 따라 다시 나타나고 있단 말이야.
그 이름도 가슴 벅찬 샛별이란 이름을 찬란하게 달고서.

하잘 것 없어 보이고 천박스럽게까지 보이던 개밥바라기라는
이름이
눈물겹도록 고귀하게 보이고 찬란하게 보이는
샛별이라는 이름으로 다시 나타나기까지에는,
저물어가던 서쪽 하늘에서 떠오르는 동쪽 하늘로 다시 나타나
기까지에는,
어두워가던 초저녁에서 밝아오는 새벽으로 다시 나타나기까지
에는,
그 어느 곳에 있는 그 어느 누구도
쉽사리 상상할 수도 없는 그 모진 곳에서
쉽사리 상상할 수도 없는 그 모진 일들을

저 홀로 감당해낸 용기와 아픔이 있었지 않았나 싶은 거야.

어찌했던간에,
이 세상에 개밥바라기만큼 확실한 샛별도 없다는 거야.

김영언

살구꽃 핀 세월

찾는 이 없다고
꽃을 피우지 않으리
기력 시들어 구부러진 칠순의 울타리
둥치 우람한 살구나무 한 그루
무성한 가지 잔가지마다
시름 많은 세월을 다닥다닥 피워 물고
인적 없는 기나긴 봄밤 내내
납작한 지붕 위로 높다랗게 불 밝혀
꿈결처럼 기다리는 어머니
오는 이 없다고
어찌 그리움마저 피지 않으리

어머니의 세월
— 한리포 전설 3

애들아
한가위라 두둥실 보름달이 떴구나
바다 건너 떠났던 아들이 돌아오고
풍족한 색깔의 넥타이 끝에
말끔히 묻혀온 육지의 생활은
왜 그리도 바쁜 것인지
하룻밤만 더 묵어가라는
등 굽은 어머니의 간곡한 바람 끝으로
마당가 시름없이 흐드러진 코스모스만
가냘픈 고개를 살래살래 흔들어 대고
절대로 끼니는 거르면 못쓴다
터질 듯 보퉁이를 꾸려 넣으시는 손끝으론
유년을 온통 훌쩍이며 흘러내리던
절망처럼 희멀건 코를 훔쳐 주시는
젊은 어머니의 막막한 한숨이 되살아나고
별무리만 징그럽게 총총한 밤마실 길을
칭얼거림으로 업혀 넘던 고갯길

숨 가쁘게 뒤따르시는 발길에 채는
몇 무더기 돌부리 같은 세월 뒤론
여전히 시푸르게 바다만 출렁여대고
부둣가 비탈길 두렁 가득 핀 메밀꽃이
하나 둘 꺾이어 시들어 가고 있었다

대보름 나물밥

고향에서 어머니 보내주신 나물들
한상 가득 차려 놓은 대보름 밥상
마주 대하고 앉아 있으려니
마음이 봄비에 젖듯 촉촉해진다

박나물 다래 순 오가피 순
고사리 애호박 피마자 잎

바싹 메말라 살아가던 낯선 땅에서도
물오른 다래 순이 실하게 휘감겨 오르고
이른 새벽 물안개 속에서
고사리 순이 앙증맞게 주먹을 밀어 올린다

말라 있던 나물에 물이 불듯
삶도 다시 부드럽게 되살아나면 좋겠다고
기원하듯 나물밥을 먹는 정월 대보름
어머니 얼굴 닮은 달빛 미소 그윽하다

천금순

겨울 광장에 서서

보라
우리는 왜 겨울 광장으로 모여 촛불을 밝히는가
어둠 속 제각기 촛불을 켜들고
남녀노소 어린아이 할 것 없이
쌍둥이 형제 바울 라울이도
머리에 촛불 고깔을 쓰고
제 아비 손을 잡고
한 손엔 촛불을 들고 광장 한복판에 나섰다
지금 아이는 이 광장을 환하게 밝히고 있는
촛불들을 보면서 무슨 생각을 하고 있을까
사람 하나하나 모인 수백만 민중이
마치 난바다 파도치는 물결로 부르짖으며 구호를 외치고 있다
입으로만 외치는 구호가 아니다
어제의 희생과 민주주의를 위하여 외치고 있는 것이다
꽃이 역사라고 어느 시인이 말했다
너와 나 서로 맞받아 새로운 결단을 내릴 때
새로운 세상은 열린다

새로운 역사의 시작이다
수백만 촛불이 횃불이 되어
민중혁명의 소리로 빛이 되는
저마다의 깃발을 치켜들고
행진의 물결 평화대행진이 이어진다
피어 보지도 못한 어린 꽃들에게
흰 국화 한 송이를 바치고 돌아서
눈물을 훔치는 노란 풍선들이 하늘로 날아간다
광장은 언제나 새로운 시작이다

팔당대교를 건너며

저 눈부심 좀 봐

눈부심이 어찌 바람에 우수수 지는 황금빛 은행잎뿐이랴

지금 흐르고 있는 저 강물

어제의 그 반짝이던 고녀의 눈물

다 어디로 흘러갔나

지금 살아 있어서

어제의 그 일몰

오늘의 일몰 다 눈부심 아니랴

강 건너 수종사 종소리

물소리 되어 흐르는 두물머리여

그대의 하모니카 소리도 강물이어라

두 물줄기 서로 만나

몸 부비는 게 어찌 바람뿐이랴

다 죽고 나만 남았어

노인의 한숨 섞인 푸념도

내 몸 속 추위에도

바람 분다

백일홍 꽃노래

아직 뜨거운 햇빛은 남아 있고
담장 그늘 아래
노인 한 분
봄부터 심어 놓은 백일홍꽃을
하염없이 바라보고 있다

아침저녁으로
굽은 허리 간신히 폈다 굽혔다하며
잃어버린 추억을 되찾듯
그 그림자 따라가듯
그렇게 가꾸었다

사는 건
살아 있는 건
이렇게 백일동안 지지 않고
아름답게 피어 있는 거라고

그러나
여름 내내 활활 타오르던
새빨갛게 발밑을 덮던 백일홍 꽃 위
허공에 젖은 빨래들이 말라가고

출구가 없는 겹겹의 꿈처럼
꽃잎들이 얇고 가볍게 바삭거리며
말라가고 있다

노인이 세상을 떠나셨다

고광식

연어 귀향

파도를 타던 꽃피는 이웃들과 함께 강으로 간다
그리운 햇살에 몸 반짝이며 솟구쳐
꽃무늬보다 싱그럽게 태어날 새끼들을 위하여
작은 폭포도 해일처럼 뛰어넘고
이삼 년 푸른 파돗발을 먹은 내가 강으로 거슬러 돌아간다

참 드넓은 세상 많이 구경했지
먹이사슬의 냉혹함으로 뒤를 돌아보면 큰 고기들의 횡포와 흉
물스런 폭력 앞에
한낮의 행복한 가족 나들이도 불현듯 죽음이 되는
보호색으로 몸 부지하는 물고기들이 보인다

설레는 심장 쿡쿡 누르며 몇몇의 이웃들이
불룩한 배 강물에 담그고 꼬리지느러미를 흔든다
큰 폭포 만나 절망하다가
갈대꽃 흩날리는 모래밭을 바라보며
비늘 조각조각 갈기를 세우고 몸 솟구친다

애틋한 새끼 태어날 곳 어찌 그립지 않으랴
빛나는 속살로 물안개를 뿜으면
그곳의 눈에 익은 색깔과 냄새,
붉은 무늬 주둥이를 밤새워 흔들며
입덧으로 가슴 통통거리던 우리들은 강으로 간다
태반처럼 낮고 아늑한 강으로

꽃잠 자던 몸 풀기 위하여
모래와 자갈밭을 택하여 눈물 후두둑 꼬리로 홈을 판다
뿌리의 터 꿈틀거리는 모래 속에
알을 낳고 꿈의 자갈로 덮고 나면
상처가 깊어 시린 강물에 몸을 떤다

나의 새끼들아 다시 가거라
너 태어나 아가미의 갈증보다 깊은 파도 소리 들리거든
등뼈 꼿꼿이 세우고

먼 바다 거친 세상 속으로

마시란 해변

승용차는 치킨게임을 하듯
엔진을 붕붕거린다

립스틱을 지운 내 친구 입술이
수평선 끝까지 갔다가 흰긴수염고래를 만나고
갈비뼈의 색깔과 냄새를 맡아 보는 오후

울음소리웃음소리신음소리,

소리들이 일제히 눈동자 속에서 자지러진다
검푸른 바다가 스티로폼처럼 제각기 얼어 있다

곡선으로 휘어진 흰긴수염고래의 갈비뼈는
옆구리를 뚫고 나온 날카롭고 긴 창,
나는 그녀와 대결을 하기 위해 창을 잡는다

우리는 눈보라가 칠 때를 기다려

와이퍼를 좌우로 돌리며
겨울바람이 출몰한 지점을 오래도록 바라보았다

직진성에 충실했던
그녀와 내가
마시란에 안긴다

눈보라가 만들어놓은 스티로폼,
단단하게 굳어 있는 파도가 바람보다 느리게 질문을 던진다

갈기를 날리며 태양이 태우는 것은
바다 위에 엎드려 있는 우리들의 심장이다

자동차는 마시란에서 치킨게임을 하듯

붉은 하늘로 날아오른다

사자에게 던져 줘

내가 죽으면, 사자에게 던져 줘 난 사자 뱃속으로 들어갈 거야 종족의 우상 같은 건 필요 없어 하루 세 끼 식사 때마다 내 송곳니에 찢기고 어금니에 저작당하던 생명처럼 그렇게 내 장례를 사자의 입속에서 치르고 싶어 나무 한 그루를 선택해 그 뿌리에 몸 대는 수목장을 당신이 권해도 난 허기진 사자의 밥이 될 거야 구름 위에서 빙빙 돌던 독수리 떼 날아와 내 장례식에 머리를 조아리게 해야지 난 결심한 거야 장례를 선택할 권리를 인정해줘 뒷골목 식당에서 개고기 수육을 먹던 것처럼, 무지의 냅킨을 머리에 뒤집어 쓰고 오르톨랑을 먹던 것처럼 당신, 내 희망을 들어줘 장례식을 사자 무리로 채우게 해줘 정말 사자 입속에서 장례를 치렀으면 해 사자들이 먹다가 남으면 문상 온 독수리가 허기를 달래겠지 장례식날 함박눈 장엄하게 내렸으면 좋겠어 허공을 붉게 물들이는 포만감을 보고 싶어 나는 죽어서 아주 천천히 세상을 향해 으르렁거릴 거야

임선기

나무를 지나서

어머니 오늘 오후 늦게
한 청년이 나무에 와서,
한참을 바라보다 갔습니다

나무는 이제 세상에 없는
청년의 반짝이는 맨발을
바라봅니다

어머니가 누워서 키우신 나무
제가 누워 온종일 보는 나무에는
검고 가벼운 집이 몇 채 겨울과
나무를 적시는 새의 자장가
언제나 떨어질 자세로 빛나는
휘어진 뼈들

어머니 오늘 오후 늦게
한 청년이 나무에 와서,

한참을 바라보고 있었습니다

너에게

얼굴이여
오 맨얼굴이여
그러나 너의 얼굴에는
밥풀이 묻어 있다
그리고 이곳에는 바람이 분다
이곳에는 바람이라는 것이 있고
순간이라는 것이 있다 하고
영원이라는 것은 자주 없다 한다
그래도 목련은 피고 지고
피고 지고
맨얼굴이여
오 보이지 않는
단순함이여

눈雪

눈은 기쁨이
슬픔이 되었다

막막함이 되었다

너에게로 가서 편지가
이별이 되었다

수없이 나부끼는
목소리
4월이 되었다

눈은
모든 것이 되었지만

아무것도 되지 않았다

모든 것이 되어
자신을 잊었다

문계봉

너무 늦은 연서戀書

그때 내 맘에도

많은 빛들이 살았지

내 쪽에서 등을 진 빛

무심하게 방치한 빛

감당하지 못하자

스스로 나를 떠난 빛

잃은 빛과 잊힌 빛

나를 떠난 빛 사이에서

자주 현기증을 느꼈지만

그럼에도 불구하고

그때부터 지금까지

단 한 번도 나를 떠나지 않은 채

나와 함께 빛나온

대견하고 고마운 빛

무뎌진 그리움일망정

끝끝내 지키고 싶은

결코 잃어서도 안 되고

잊을 수도 없는 빛
또는 빛, 당신

상처

    들여다보고 헤집어보고 고개를 갸웃하고 눈물을 쏟고 허허 웃다가 하늘을 보고 다시 헤집어보고 들여다보다가 한숨을 쉬고 눈물을 닦고 어느덧 벌어진 틈새에선 꽃이 피고 위로의 꽃이 피고 다독이며 피고 질책하며 피고 후회하며 피고 안심하며 피고 화내면서 피고 무표정으로 피다가 결국에는 무감각하게 피어 핀 줄도 모르게 피어 설사 알아도 상관없게 피어 상관있어도 알 수 없게 피어 뿌리를 내린다 견고해진다 상처, 모든 상처는 예수다 석가다 마호메트다

당신과 조용히 늙어가고 싶습니다

— 운유당畢遊堂 서신書信

    오늘 차를 타고 오다가 문득 당신과 함께 조용히 늙어가고 싶다는 생각을 해봤습니다 안타깝지도 슬프지도 않을 만큼의 거리를 운명처럼 인정하며 또한 내 것이 아닌 것에 대한 욕망도 접어두고 다만 지켜보면서 서로를 많이 걱정하고 가끔 당신의 어깨와 머리카락과 마른 몸을 만지며 그렇게 함께 늙어가는 삶 앞산의 능선을 닮아가는 주름과 그윽한 눈매와 부는 바람에 보기 좋게 흩날리며 헝클어지는 하얗게 센 머리칼과 너그러운 눈빛을 함께 만들어가는 삶 그런 삶을 당신과 함께 살아 낼 수 있다면 얼마나 좋을까를 생각했던 것입니다 순전히 천연덕스럽게 투명한 햇살과 짙푸른 저 가을 하늘 때문입니다 생각 뒤의 먹먹함은 온전히 제 몫입니다 저는 늘 이곳에 있습니다.

박일환

패스워드 시대의 사랑

내가 사는 집에 들어가려면 아파트 일층 입구에서 숫자와 기호 열 개를 눌러야 한다 그런 다음 십오 층 현관에 도착해 문에 달린 네 개의 번호를 더 눌러야 비로소 집 안으로 들어설 수 있다 가끔은 번호를 잘못 눌러 한참을 헤매기도 하는데, 나도 아닌 당신이 내 집에 들어서려면 얼마나 힘들 것이냐 심지어 내 마음의 문을 따고 들어오려면 또 얼마나 먼 길을 돌아와야 할 것이냐 나 역시 당신에게 가는 길을 모른다 모르는 채로 달려갔다가 허방만 짚고 돌아서던 캄캄한 밤이 있었다는 걸 당신은 알까?

누르기도 전에 잊어버린 패스워드를 깔고 앉아 낄낄거리는 너는 누구냐? 내장된 칩을 훔쳐 달아나는 너의 뒤꽁무니에 매달려 한사코 징징거리는 나는 또 어떤 인간이냐? '사랑을 잃고 나는 쓰네'*라고 말한 시인은 오래 전에 죽었고, 나는 지금 생각나지 않는 패스워드를 찾아 헤맬 뿐이네

* 기형도의 「빈 집」에서

언저리문학상

중심은 자신을 향해 몰려드는 눈동자들을 먹고 산다
저를 받아주세요, 길게 빼문 혓바닥들을 먹고 산다

모 대학 문창과 졸업생들이 언저리문학상이란 걸 만들어 오래
도록 언저리를 떠도는 동문을 불러내 어깨를 두드려준다고 한다
네가 서 있는 언저리가 중심이라고, 세상에는 하나의 중심만 있는
게 아니라고, 언저리들끼리 모여 언저리 만세를 부르며 논단다 그
렇게 놀다 다시 언저리로 돌아가 열심히 글 곡괭이질을 한단다

삼천만 원짜리 미당문학상 같은 것 하나도 안 부러웠는데, 언저
리문학상 얘기를 듣고 나도 모르게 그쪽으로 고개가 돌아갔다

씨방

여기 작고 둥근 세계가 있다 이 세상 모든 생명의 비밀을 품은 채 얌전히 웅크리고 있는 이 둥근 세계로부터 우리는 왔느니, 좁은 방 안에 옹기종기 포개서 잠을 청하던 궁상의 시절에도 이 작은 방들만큼은 위대함을 버린 적이 없다

톡, 터져 나오는 알갱이들로 인해 세상은 눈부신 날들을 이룰 수 있었고, 그 이전의 고요가 태초에 맞닿아 있음을 깨달은 이들이 시를 쓰고 노래를 만들었다 세상은 비록 울퉁불퉁해도 둥근 방의 자손들이 연달아 튀어 나오기를 멈추지 않는 한 지구는 둥근 원을 그리며 도는 것을 멈추지 않을 것이다 그러니 경배하라 세상 모든 어머니의 품을 닮은 이 작고 둥근 방들을!

이명희

4월의 조조할인

D열 5번에서 C열 9번으로 옮겨진 자리
가장 먼 곳
빛의 순간만큼만 다가갈 수 있다
휘휘 저으면 물의 파문
요동치는 심장 바람은 폭풍 태양의 흑점 속으로
사방으로 튀어서
뒤틀리고 구겨지고
수많은 손과 발들 꿈틀꿈틀 부호 가득
재고 만지고 놀다 부숴버리고 밀쳐버리고
달콤쌉싸름 암흑 주문을 외운다
공들인 소리 비늘
벗겨져 내리는 자막 위
기어 올라가는 이름들
층층 칸칸
한 편 잔인한 서사다
다시, 환속

구름 클라우드

일 미터 삼십 센티미터 쯤, 구부정한 다리 하얗게 센 꼭뒤 움푹 파였다 햇살은 벼랑으로 수레를 밀어댄다 주춤주춤 마른 몸 폐지는 가득 이 아침까지 어찌 왔을까 미친 자동차들 휙휙 끌고 가는,

길 따라 걸으며 찰칵, 손수레를 끌어 구름 위에 올려놓았다 저장된 엄마의 사진 성글성글한 머리카락 바싹 잘라 파마한 조그마한 뒤꼭지 싫은 소리 한번 하지 못하고 웃기만 하던 묵직하고 커다란 오백 원짜리 동전이 제일 좋다던 계집아이는 사진 속 길이 꼬불꼬불

말 껍질을 벗기며

시베리아 어느 동네에서는
하도 추워 말이 언단다
그래서 날이 풀리면 사방에서
얼었던 말이 살아나서 귀가 얼얼하다는
어느 여행자의 전언

내가 뱉은 말도 얼어붙었으면 좋겠다
귀는 윙윙거리고
들리지 않는 말 구르다 꽁꽁
챙그랑거리며
부서지는 소리
서로 부딪히며
살아나는 말 되었으면

죽은 말들
눈 감아도 보이는 소리들
무거운 어깨 늘어뜨리고 가는 사람들

문 앞에 쪽지를 남기고
노란 종이 새
먼지를 쏘아 먹고
눈물은 금방 흔적이 되고

오늘은 또 어떤 말들이 얼어가고 있을까

조정인

함박눈이 내리기 때문입니다

당신은 여전히
오늘의 눈송이가 불어오는 곳

어떤 필자는 부지불식간 독자를 부른다.

책을 읽다가 한 페이지를 깊숙이 접게 되는 거기, 한 단락
문장이 검은 탕약처럼 엎질러져 있는 경우

바닥없는, 손바닥이 목덜미에 놓이는 일

발 없이 방으로 들어서서…… 없는 손가락으로 머리칼을 귀 뒤
로 넘겨주고
혀 없이 혀를 감는…… 환하게 불 켜진 심장으로…… 아득히
초원이 펼쳐지고 흰 망초 무리가 들어서는

문장이 하는 이런 일들

그날 밤, 책의 한 페이지를 깊게 접은 나는 책을 떠나 창가 쪽으로 갔다
한 세기 전에 죽은 자가 한 말은 놀랍게도 어느 봄날 당신이 나에게
무연히 흘린 말과 일치하고 있었다

죽은 자의 영혼은 어떻게 시공을 되돌려 이곳, 익명의 독자에게 돌아와
밤의 밀서를 건넨단 말인가

그리운, 무수한 당신들.

누군가 멀리서 한밤의 나를 따라한다 읽던 책을 덮고 창유리에 이마를 댄다
두 번, 마른기침을 하고 식탁으로 돌아와 유리컵에 물을 따라 마신다

천 년 바깥에선 듯 그의 등 뒤, 검은 유리창에도 흰 눈송이의 소
요가
떠오르다 갈앉는 이곳 마치도 오늘 내가 배회하던
문장들의 혼령인 듯

조선인
— 진흙장미 서른 송이

조선인 위안부 학살을 증명하는 영상이 최초로 공개됐다. "Night of the 13th the Japs shot 30 Korean girls in the city"라는 내용이 담긴, 미·중 연합군의 문서를 뒷받침하는 19초 분량의 영상 기록이다. 일본의 아시아·태평양 전쟁 패전 직전인 1944년 9월 중국 윈난성 텅충에서 미·중 연합군이 찍은 것이다. 조선인 위안부들이 일본군에 의해 학살된 후, 한꺼번에 버려진 참혹한 모습을 담고 있다. 시신을 매장하러 온 것으로 보이는 중국군 병사가 시신의 양말을 벗기는 장면도 포착됐다.

(2018. 02. 27. 서울=연합뉴스)

조선인 위안부 학살.

있. 었. 다.

몇 걸음 뒤에서 병사의 카메라는 시간의 가역에 대해 골똘했다.

흙구덩이 속의 알몸들은 서로에게 잇대 엎드려 있다. 죽은 물이 채워진 흐린 수조에 고개를 박고 잠든 자매들—Korean girls. 카메

라의 눈이 고스란히 보아낸 진흙 장미 서른 구具. 슬픔의 하구로
쓸려 시취와 어린 살내를 동시에 풍기는 꽃.

조선의 능골 아래 안치된 시간의 석관엔 입 없는 비명들. 흙이
받아 안은 열 손가락뼈, 왼쪽 광대뼈에서 어깨뼈, 흉골 아래 컴컴
하게 지워진 복부와 홀로 초승달이 뜨던 검은 생식기, 왼쪽 대퇴
부에서 무릎, 정강이를 지나 복숭아뼈에 이르는 희미한 형해도形
骸圖…… 흰 그림자들이 어른어른 떠오르다 가라앉는다.

죽음을 직감하는 건 어떤 공포이겠는지, 공포 앞에 무릎 꿇리는
일은…… 순간 확장된, 다시 갈아 끼울 수는 없는 두 눈동자와 펴
지지 않는 무릎이란.

"살고 싶습니다. 조선에 보내주세요." 사체의 펄럭이는 성대가
고막을 두드려오는, 말의 뼛조각을 주워 띄엄띄엄 맞춰보는 이런
일. 어떤 비극은 호수號數가 너무 커서 선뜻 발을 들여놓지 못한다.

1944년 9월 기록자의 필름엔 터진 창자가 울컥울컥 밀어 올린 말의 검은 담즙, 감은 눈꺼풀 아래 번진 갈변된 얼룩, 벗겨진 양말 한 짝. 어느 것 하나 지워지지 않았고 사라지지 않았다.

무명 홑이불 한 장 덮지 못한 침묵하는 현장. 이제 누가 한 걸음 더 깊이, 발을 들여놓겠는지…… 흙 한줌 짚어, 흙의 젖은 말에 귀 기울이겠는지…… 낮게, 더 낮게.

나무가 오고 있다

나무의 월식月蝕 지나 우리는 겨울을 통과했다

나무의 내륙으로 물 들어오는 소리 아득한 잔설殘雪의 날들을 지나
기억의 잠복기를 마친, 나무의 미열을 꽃이라 했다 우레의 마른 울음이
꽃눈에 닿기 직전 날개를 퍼덕여 착지한 흰 빛에서 태어나 점차 분홍으로 접어든 시간을 벚꽃이라 했다

봄날의 대부분을 나무에 기대 보냈다 나무는 방금 도착한 연푸른 저녁을
흐린 오후에 잇대는 일을 묵묵히 수행해갔다 그것은 망각 속으로 흘러든
기억의 회로를 제 몸에 새기는 일 나이테를 되돌리면 현악사중주의
음색이 느리게 풀렸다

나무가 저마다의 망각 안에 환하게 깨어 불타는 사월, 꽃 핀 나
무 아래
불을 쪼였다

어제는 나무속으로 사라지는 시간의 뒷등을 따라 기다림도 없이
전생의 한 때 같은 꽃그늘 아래 앉았다 왔다 사슴처럼 향기롭고
뱀처럼 슬픈
어느 한 시절을 실은 흰 운구가 나무와 나를 한 바퀴 돌아나갔다

나무는 그때 초신성을 겪는 한 그루 늙은 별

오늘은 벚나무 한 그루를 보내고 왔다 망각을 되짚어가려는 듯
스스로
일으킨 폭설 속으로 멀어지는 나무 이 거리는 도열해 있는 가로
수의
기억과 망각의 힘으로 계절이 발생한다

저기, 서쪽을 데리고 나무가 오고 있다 행려 환자처럼 다리를
절뚝이며
　혹독한 기다림으로 가슴의 절반이 사라진 자귀나무 한 그루

정민나

선천성 면역에 관한 보고

뇌의 두 돌기는 맞붙어 있는 것이 아니라 백만분의 이 센티 정
도 시냅스 공간이 있지요

마음이 명랑하면 저절로 태양과 빗소리가 저절로

구름과 꽃들도 번갈아 말이 달려요

불확실한 상황이 계속될 때 급등 종마가 탄생하지요 악어가 점
점 입을 벌리듯이

간격이 멀어지면 당신은 점점 무거워져요

무작정 뛰어가면 안 돼요 천둥소리에도 베팅을 하는 당신 몸속
의 말들은 중독된 지 오래

검사를 한번 해 보세요 당신 몸에 어떤 적혈구가 섞여 있는지
세포가 어떻게 감각의 판을 건너가는지

뜨거운 탕에 오래 몸담고 있으면 쪼글쪼글해지는 날씨

불안하게 휘감기는 저 운동장 마음부터 고치려면 진눈깨비 휘날리듯 징검다리 건너가듯

꽃샘바람으로 놔두는 게 좋겠어요 이 시간이 지나 삼박 사일이 지나 흙탕물이 가라앉으면

유리 조각의 담장을 넘어 고양이도 사뿐, 4월 꽃봉오리에 착지할 거예요

길이 된 섬

파도가 창을 열고 달려간다 시화 방조제가 물새 소리에 부딪쳐 허방 딛듯 첨벙첨벙 허물어지고 있다 해안을 게발로 물 듯 물고 늘어선 횟집 앞바다에 섬 하나가 변화를 거부하려고 제 살을 털며 솟아올랐다 솟아올라와 기억 속의 길을 더듬고 있다 바다를 밀치고 깔아 놓은 뱃길 위에 구름이 낯선 걸음으로 가고 있다 그 뒤를 어릴 적 햇빛들이 재잘대며 따라간다 흙먼지를 일으키며 달려가는 덤프트럭 속 자갈과 모래들이 쉴 새 없이 수런거린다 불안해 자꾸 바깥세상을 내다본다 길이 된 섬 가장자리에 납작 엎드린 바다 고향 섬은 물새 소리에 떠밀려 구겨졌다가 펴지고 펴졌다가 구겨지며 지워져 가고 있다

□ 길이 되고 있다 □

제비 노정기
—춤추는 풍선 인형

원더걸스의 노래 난 너무 예뻐요 운율은 재미있어요 흥이 절로 나지요 화로 숯불 갈비집 개업식 날 리듬에 맞춰 아침부터 째앵 날아 올랐어요

에스오일 역삼점에는 에헤야 리듬을 타는 붙임새로 다녀왔어요 휘모리 중모리 장단에 맞춰 어깨춤 추며 난 너무 예뻐요 박씨를 물고 날아올랐어요

칸타타 커피 전문점을 향하던 어제 하늘 보셨어요? 붉은 행간에 블라디미르 호르비츠의 음악이 연주되고 푸른빛으로 환호하던 청중들 구름 떼로 일어서던 곳

그곳을 지나던 나의 날개 흠뻑 심취하여 난 너무 예뻤어요 물고 있던 박씨 하마터면 놓칠 뻔 했어요

허리를 숙이고 팔을 들어 올려서 머리를 옆으로 제치는 듯 다시 원형으로 돌아가 깊숙이 박씨를 건져 올리는 손

난 너무 예뻐요 박녹주 명창의 사설 가락에 텅텅 하늘을 박차며 퓨전 식으로

난 너무 예뻐요 빵빵하게 바람을 채우고 사방팔방 흥부가 새로 문을 여는 상점마다

허리를 굽혔다 올렸다 돌리고 고개를 감았다 풀었다 늘리고 가슴을 찡긋! 윙크하는 난 너무 예뻐요

온몸으로 박씨를 물고 가는

이세기

홍예문

새까맣게 버찌가 디글디글 열린다는 동네
땅거죽에 떨어진 버찌를 주워 입에 물었다
뜨겁게 타다 식은 돌에서 꾸덕꾸덕 말라가는 한낮
첫사랑이 들어갔다는 강화 섬엔 산앵두가 익고
나는 발바닥에 물집이 잡히는 줄도 모르고
바닷바람 시원하게 밀려오는 홍예문 지나
먼 데 월미섬으로 저녁 바다 보러 갈거나 갈거나

선단여

문갑도라는 곳에는 바위들이 많다

진고박재 서쪽에 있는 말바위, 진말드랭이 위쪽 골짜기에 있는 구석바위, 채나무골에 있는 병풍바위

거룩하게 빛나는 단단한 바위들이 함께 모여 산다

이 고즈넉한 골짜기에서 이름이 붙여진 바위들은 얼마나 쓸쓸한가

바닷가 바위로 태어나서

제 몸 파도에 부딪히며 소리 없이 살다가 죽는다는 것은 얼마나 시름겨운 삶인가

각흘도 가까운 데에는

오누이가 절절하게 사랑하다 죽어 바위가 되었다는 선단여라는 바위도 있다

어머니, 저는 바다에서 태어났어요

어머니, 저는 바다에서
태어났어요

소금물을 먹으며 살았어요

내 입술은 언제나
짜디짠
바닷물뿐

내 온몸에서는
소금물이 나왔어요
배를 타는 아버지처럼,

어머니, 저는
바다에서 태어났어요

이빨을 세운

사나운
파도 더미에서 태어났어요

평생 바닷물에 젖어
살다 죽어가겠죠
배를 타는 아버지처럼,

저는 아버지처럼
바다에 매어 살다가
죽고 싶지 않아요

돌담에 낳은
샛바람과 함께
멀리 바다로 나가고 싶어요

이 지긋지긋한
바다에서

날아가는 방법을
내게 알려 주세요

어머니, 눈물을
흘리지 마세요

저는 바다에서 태어났는걸요

허연 이빨 속에
태어났잖아요

그러니 어머니,
그만 우세요

함석집 지붕 위로
초저녁 달이 뜨잖아요
새벽별이 돋잖아요

저기, 배가 오고 있어요

박완섭

고무줄놀이

남북 정상이
판문점에서
고무줄놀이를 한다

선 하나를
이리 넘고 저리 넘으며

악수도 하고
담소도 나누고
사진도 찍으며
고무줄놀이를 하고 있다

전 세계에
생중계를 하는
고무줄놀이

양쪽이 적당히 잡아당겨야 한다

불량기 많은 아이가 뚝 끊고 도망가면
고무줄놀이는 끝난다

사이좋게
남으로 갔다
북으로 가는

북으로 갔다
남으로 오는
고무줄놀이

재미있지만
마음이 맞아야 한다

언제 뚝 끊어질지 모르는 고무줄
너무 세게 잡아당겨도 안 된다
한쪽이 놔버려도 안 된다

함께 마주 보고
눈빛 맞추어야 고무줄놀이를 할 수 있다

우리 국민 모두가
폴짝 폴짝
남에서 북으로 북에서 남으로
오고 가는 고무줄놀이

전 세계가 지켜보고 있는
남북 정상의 고무줄놀이

치마가 꽃잎처럼 휘날리는
여자들이 해야 더 재미있다

눈 내리는 밤

눈이 펑펑 내리는 겨울밤이면
애인이 없어도
애인을 만나러 멀리 떠나고 싶다

한 사나흘 열흘 눈 속에 묻혀 눈길을 걸으며
눈과 함께
저 하늘에서 지상으로 내려오는 길을 걷고 싶다

이렇게 눈이 내리는 겨울밤이면
나도 눈처럼
누군가의 가슴에 내리고 싶다

눈처럼 누군가의 가슴에 내려 녹고 싶다

사랑하는 사람 발목 앞에
수북이 쌓여 새 길이 되고 싶다

첫발을 내딛는
그 사람의 발자국 받아주는 하얀 눈이 되고 싶다

세계 평화의 수도, 평창으로 오라

첩 첩 산
가도 가도 산밖에 보이지 않는
산으로 둘러싸인
군사지역

화전밭 일구며
감자와 옥수수밖에
제대로 먹을 것도 없는

논이라고는 눈을 씻고 찾아봐도 보이지 않는
민간인 출입금지 구역의
섬 아닌 섬

푸대접도 대접이라고
대접 좀 해달라고 아우성치는 강원도 사람들에게
수북이 쌓인 눈밖에 선물해준 것이 없는 자연

길이란 길은 다 지워진
유일한 교통수단은 설피밖에 없는 눈 세상

전국에서 제일 못 사는 가난한 강원도에서
세계 평화의 축제
동계올림픽이 열린다

전 세계 모든 국가에서
무기를 내려놓고
스포츠로 하나 되는 축제를 벌인다
세계 유일의 분단국가
그 중심이 철조망으로 나누어져 있고
세계에서 가장 많은 군사력이 배치되어

언제든지 다시 전쟁을 할 수 있는
강원도 땅에서
전 세계인이 축제를 벌이는 이날

바로 눈앞에 있는

우리 동포가 참가하지 않는 올림픽은 올림픽이 아니라고

누가 뭐라 해도 올림픽 기간 동안

우리끼리 두 손에 무기 내려놓고

서로 만나 악수하는 모습 전 세계에 보여준

자랑스런 판문점 남북 고위급 1·9 합의

그것이 손님을 맞이한 우리의 전통, 문화이다

천혜의 자연이 준 선물에

철조망을 치고 지뢰를 심고

외국 군대 들어와 부모형제들끼리 죽이는 전쟁

그만두고 스포츠 정신으로 하나 되어 통일 이룩하는

지구촌 마지막 남은 분단국가의

분단의 벽이 허물어지는

강원도가 평화의 땅으로
다시 태어나는 평창으로
전 세계 선수들 국민들이여 모여라

전쟁을 멈추게 하는 심판으로
평화의 꽃을 피우는 정원사로
평창 올림픽이 열리는
대한민국의 강원도 땅으로 오시라
36년의 식민지에서 벗어나
동족간의 전쟁의 폐허를 딛고
잿더미에서 한강의 기적을 이룩한
대한민국 평창으로

하느님도 오시고
부처님도 오시고
마호멧도 오시고
공자님도 오시고

지구촌 모든 사람들이 섬기는 신들도 오셔서
다함께 하나 되어 춤추고 노래하자

　　분단의 땅이 평화 통일의 땅으로
　　세계의 심장으로 타오를 저 성화
　　산, 산봉우리마다 빛나게 타오르는
　　평창 올림픽의 올림픽 정신이여
　　하얀 백색의 눈 깃발로 펄럭여라

인류를 멸망시키는 핵, 전쟁 멈추고
빛나는 설원의 세계를 펼치는
하얀 도화지의 나라 평창으로
전 세계 사람들이여 모여라

유엔도 오고
김정은도 오고
트럼프도 오고

푸틴 시진핑 아베도 오고

이슬람도 오고
이스라엘도 오고
나라 없는 난민도 오고
모두 모두 다 오라

평화의 수도
눈의 궁전
대한민국 평창으로

박인자

절반의 꿈

늦은 여름 저녁 햇빛이 가라앉는 부엌에서 여자들 몇몇이 웅성거린다.

한 여자가 모기향에 목이 타들어가는 것도 모르고 일을 하고 있다.

샤워 타월을 걸친 채 투덜거린다.

나는 아프리카를 처음 여행하는 기차 속에서 두리번거린다.

니그로이드Neogroid인들이 나뭇잎 의상을 걸치고 여기저기 무리지어 있다.

그들은 높은 언덕에 터를 잡고 작은 별꽃을 던지며 환호성을 지른다.

낙원을 향한 축제처럼

해가 들지 않는 구석방에 돌아가신 아버지가 쭈그리고 앉아 계신다.

"어디 아프세요?"

"모기 때문에 잠을 설쳤어."

아버지가 모로 눕는다.
그러고 보니 먼지 쓴 방충망 밖에 모기들이 아우성치고 있다.

세상이 구멍 뚫린 창문 같다.
도시 한복판, 회색 건물 속에서 막일을 하는 인부들, 거들먹거
리는 교도관들이 그들을 힐끗거리고 있다.
건너편 술집의 취한 여자들이 흐느적거리고 있다.
어느 산 정상에서 자물쇠를 걸고 왔다는 젊은 연인들
물안개가 자욱하다.

몹 쓸 것 노 르 스 름 한 시 퍼 런

불길한 자들이 몰려온다.
세 번째 정령이 예언한 대로 숲이 움직인다.
타오르는 지옥불, 저주의 욕지거리*
피에 젖어 주렁주렁 통탄한다 그는 자멸한다
그는 죽은 자들의 환영에 시달렸다

사는 동안 나는
매일 현기증에 시달린다

* 셰익스피어의 맥베스 중에서

이야기

—고흐

I

밀짚 더미 속에서
푸들푸들 개구쟁이들이 웃는다
잿빛으로 무뎌가는 오후
술이 흥건하게 쏟아지고, 길게
덤불 속 지푸라기들, 사차원으로 진행 중이다

우체부 아저씨가 정오 배달을 하러 뜀박질쳐 온다
모자이크된 집이 어둠 속에서 솟아오른다
비취 빛 융단에 새긴 꽃봉오리들
밀밭이 소용돌이친다

II

따돌림을 당하던 고아
갈대들이 울어댄다

도시의 경적음이 찢어진다
장중한 오르간 소리
&~@#……
작은 아이가 온몸으로 듣는다
알레그로 포르테, 그 울림의 하모니를 출력한다

Ⅲ

농부들의 발자국
밀물과 썰물 사이
시시각각 몸 바꾸는 그림자
폭풍우가 밀려오는 하늘
종소리
가파른 계단들

행복의 문에 서 있는 자화상이 궤적처럼 일그러진다

사진 속 3

커피, 구기자, 오미자, 홍차, 허브티, 연잎차, 설록차, 마테차,
국화차, 결명자, 둥글레차 둥둥 떠다니고

하수구에 몸부림치는 미꾸라지

빨랫줄에 걸린 티셔츠, 바지, 고무장갑 들 너울너울 춤추고

비 오는 날 유리에 맺힌 무수한 물방울

성에 낀 고드름이 투명 밧줄처럼 엉켜 있다

모자이크 찬란한 성당 속 마리아 상, 그 순결한 기도

대나무 숲 속으로 쏟아져 내리는 하늘

※階調가 뚜렷한 풍경 사진—벚꽃 만발한 대웅전 앞 불제자
모습

광학렌즈로 내려다 본 연꽃 세상—연꽃 무리들 꽃밭 지도를 만들고 있다

문래동 철재상가 쇠 가루가 된 고철들, 전신줄 널린 희뿌연 하늘, 그 거리에 음식 쟁반을 든 아줌마 힘겹게 걷는다

스마트폰의 첨단적인 기능이 잔치 중이다.

거꾸로 달린 거울 속 사람들이 휘둘린다

거꾸로 찍힌 당신 모습-녹색 정원에 서 있다

셔터 누르는 순간 나는 아무 것도 보지 못했다

※階調—그림 사진에서, 밝은 부분에서 어두운 부분까지 변화해 가는 농도의 단계

류명

마테오라*

선인장의 즙으로 마른 혀끝 적시는 사막의 사람 되어보았는가
까치발을 들고 선 기린의 긴 목으로 하늘 올려보았는가
모래 알갱이 흩트리는 센 바람 울음소리 귓불에 받아내며 지도
의 여백 찾아 밤을 걸어보았는가

빛이 점령했던 오후의 대지 끝에 달의 산맥이 숨어 있으므로 죽
은 풀들 바스러진 무덤 밟고 어둠의 심호흡에 호흡 맞춰 나는 길
을 걷는 것이라네

창틀 떼어 낸 캄캄한 하늘 창에 소름처럼 돋아난 무수한 별을
보네
나는 내가 딛고선 지구별 대지 위에 무수한 상처를 남기었네
아물지 못할 흉터의 발자국 되돌아보노라면, 이보시게 난
뒷걸음칠 수 없는 뱀이라도 된 것처럼 내가 나를 무서워하게
되네

하현달이 열어 놓은 샛길 딛고 젖은 바짓가랑이 걸음으로 모래

언덕 오르자면 참회할 수 없는 내 죄 속죄의 기도라도 드리는 듯
미립자 이슬에 흠뻑 젖은 암석 절벽 검은 눈에 눈길을 두게 되네

　침묵 같은 별빛 소리 들으며 산에 올라보았는가
　기억에 남아 있는 모든 문자 바람에 씻겨내며 불현듯이 비를 부
르는 사막의 사람 되어 보았는가

* 마테오라 : '공중에 떠 있는 도시'의 뜻을 지닌 그리스의 수도원

두더지

땅에 기는 길짐승 중에 네게 부정한 것은
이러하니 곧 두더지와⋯⋯*

사람들은 모를 것이다. 달빛 희읍스레한 밤이면
침침한 땅속 동굴에서 빠져나와
휙휙 온몸 휘어 감는 넝쿨줄기 지상에 긴 발톱의 발 내딛는
이유를 모를 것이다.

빛의 그물에 얽혀 사는 꽃이며 나무며 들짐승은
모를 것이다. 너무 넓거나 그렇지 않으면
너무 좁은 막장의 굴레에서, 내가
앞 못 보는 눈으로 더듬더듬 더듬어 살아온 것을
코 맞닿은 돌무더기 벽을 헤쳐 더디게 걸어온 것을
모를 것이다.

내 정수리 위에서 빳빳하게 날개 편 새조차 다다를 수 없는 곳
밤하늘 끄트머리 별들의 뒤편,

神이 빚는 번갯불 빛의 세계

날 부정히 여기는 자들은 모를 것이다.
축축한 안개의 눈썹으로
어둠의 나락에서 찾지 못한 것 찾고 있음을 모를 것이다.

* 구약성서 레위기 11장 29절

응급실

너희 중에 죄 없는 자가 먼저 돌로 치라*

밤의 응급실에 찬바람이 쏟아온다
비켜, 비켜요
흰 벽을 때리는 외마디 급한 소리
피 젖은 양복 걸친 중년의 사내가 캐리어에 실려 온다
떨어진 핏방울이 야생동물 발자국 같다
여자들의 비명 소리
날카로운 쇳조각이 사내의 손바닥에 솟구쳐 있다
애인을 찾다 제 손등을 찍었다 한다
그 씨발년 데려와!
팔을 휘저으며 치료를 거부한다
사슬 끊은 광기의 짐승 되어 뛰쳐나가려 한다
그때,

등 뒤에서 들려오는 짧은 욕설
미친년들

......

여자라 한다
남장을 한 여자
여자를 잃은 여자
살을 떨게 하는 자신을 증오하는 사랑을 본다

* 신약성서 요한복음 8장 7절

이기인

표고

안개 지팡이를 따라온 웃음은 그치지 않고
어제 만졌다가 만지지 않은 이슬의 귓불은 아침에도
오늘은 어제도 오늘처럼 다가오는 말을 바구니에 수북이
너의 불안이 한 뼘으로 펴지는 우산을 보다가
잣나무 위에서 멧비둘기가 잠시 지켜보는 것을 알면서도
우리의 말은 다행으로 오늘까지만 알아들을 수 있어서 좋아
참으로 거짓말처럼 많은 죽음이 굵어지는 참나무와
착하게 태어나는 동그란 거울이 누구의 피부인지 모르는
잠시 눈을 뜨려고 하지 마, 순조로운 빈혈을 낳아 줄게
얌전하고 가느다란 엄지와 검지와 허우적거리는
창백함을 따 내고 바라보는 그늘은 전생의 냄새로
고운 숨을 이어온 그리고 거친 숨을 쉬었던 상처투성이

여러 번 걸어가는

애매한 모양의 바위는 비로소 무언가를 굽어보고
운동화를 신은 바람은 바위와 굽은 길을 떼어버리고
그가 좋아하는 하얀색은 자기도 모르는 머뭇거림으로
눈동자만 걸어가는 길에서는 아무도 기다리지 않는
누구와 누구를 데리고 다니며 또 떼어 놓은 벌어짐을
서로가 벗어 놓은 짐들이 많은 길을 여러 번 걸어가는
이번의 삶은 하얀색 운동화 끈이 묶어 놓은 매듭으로
조금은 오르막으로 수척해지는 햇빛을 함께 짊어지고
낡고 무거운 걸음이 뒤로 물러서지 않도록 뒤뚱거리는
풀어 놓은 그늘의 부스러기를 끌어 모으는 수양버들
애매하게 기울어진 바위는 계속 무언가를 굽어보고
심심하여 불러보는 이름을 모르는 바람에게 주고서

지금 나하고 바다 갈래

어디에 있는지 모르는 문의 열쇠는 눈을 감은 표정
호주머니 속에서 놀라 일어나는 울음은 바닷가 쪽으로
약속 장소를 잃은 새들이 찾아와서 나란히 앉은 전깃줄
해넘이를 오래 본 쓰레기통의 어두운 귀와 망가진 눈썹
조금 싫어서 밀어 놓았던 말들이 되돌아오는 물의 골목
해변을 열고 들어가는 조개껍데기와 가슴이 투명한 소주병
어서 들어오라고 소리 지르는 문을 부수는 빗물

박성한

낡은 책

낡고 오랜 책장을
넘기며 묻는다

껄끄러운 질감으로 빛나는
정신에 대하여

세월의 먼지
그대로 쌓인 책장을 넘기며
숨 막히게 읽어내지 못한
그 정신의 깊이에 대하여

그 길에서 묻는다
미세한 숨결로 되물어야 열리는
세상의 길에 대하여

차창 밖으로 빛나는 서늘한 눈발에 대하여

용서

얼마나 감사한 일인가.
그를 위하여
주어진 나의 시간.

신께서 우리를 사랑하셨으므로.

어두운 하늘에
날마다
해가 난다.

그린미용실

남자가 무슨 미용실엘 가냐고,
끌끌끌 아버지랑
아들 생각이 똑같던 시절
여동생에게 처음 이끌려갔던
공단 마을 우리 동네
그린미용실

어머니 댁 가는 큰길가 끄트머리
그 앞을 지날 때면
여름엔 문틈으로 바람 소리 시원하고
겨울에는 난로 위 주전자 꼭지로
모락모락 하얀 김이 오르고
사르륵사르륵
가위질 소리 들리는 듯한데

아버지와 생각이 달라진 아들이
집을 나가서

짝을 찾고 애들을 키우며
희끗희끗 웃자란 세월을 잘라낼 때까지
그린 미용실 간판에는
그린 색만 바래었을 뿐이네

아버지께서도 단골이 되신
그린미용실 의자에는
아버지의 손자가 다소곳이
앉을 때가 있는데,
일요일 늦은 밤에도 더러
불이 켜지는 그린미용실 창에는
삼대의 머리카락처럼
하늘 끝에서
그렁그렁 빗줄기가 나부낄 때가 있네

김명남

취향의 성분

절정에 서 보셨어요?

안개가 눈앞을 가로막아도 난 가야 해요
하늘의 입김이 날 얼어붙게 해도 난 가야 해요
흙먼지 일고 돌부리에 걸려도 난 가야 해요
당신의 깊디깊은 분홍 방향으로 몸을 틀어야 해요
낯빛 사이로 함부로 달려드는 굵은 빗방울도 걱정 말아요
다 스밀 거예요
속사정을 펼친 표면에 우리 머무름이 있어요

비둘기처럼 앉아 몸 밖으로 새어나오는 붉은 소리에 취해도 봐요
풍경의 가면을 쓰고 서로의 눈을 감겨주어도 봐요
별들이 길 잃은 낮을 거두어가도 쫄깃한 웃음을 흘려도 봐요

완벽하게 감춘 멍울 몇 뭉치
쿵 얹고 달려가는 돌길이어도
시들지 않는 정념으로

질리도록 흔들려요

흔들릴 수 있을 때 충분히 흔들렸나요?

브라보 마이 라이프*

증후군이라 불리는 수많은 증상들 중 한두 개쯤은 달고 사는 우리는 나로 사는 게 지겨울 때 때로는 너로 살았으면 하지만 그마저 뜻대로 되지 않아 한 식구 분의 피로가 가득 담겨 있는 방 안에서 밥 한 술 뜨며 꼼짝없이 눈만 껌뻑이며 오늘이 어제이고 어제가 내일인 시간과 시간 속에 질펀하게 스미는 지겨움을 어떻게 맞이하고 환영할 것인가에 대해 숨 막히도록 생각하고 또 생각하면서 나이 먹어도 우리의 모서리는 왜 닳지 않고 그대로인지 나무가 왜 둥글게 나이테를 만드는지 지금의 밑바닥을 밑바탕으로 바꾸는 바깥과 안쪽이 따로 있는지 그 경계에 가닿고 싶은

오, 즐거운 인생!

* 봄여름가을겨울의 노래에서 따옴

아파하지 마라

어쩌자고 저토록 기억이 멍들도록 싸워 왔을까

이슬이었던가
눈가에 간신히 매달려 숨죽이며 녹아내렸던 건
중심을 찌르는
햇살 때문이었다고 귀띔이라도 했던가

파도였던가
쉼 없이 가슴으로 밀려왔다 밀려나가며
밤이면 귓바퀴에 낭창거리는 소리와 함께 눈을 감았던가
아침이면 흐늘거리는 귀엣말과 함께 눈을 떴던가
닳도록 내게 미끄러진 너는 어둠을 빛으로 뿌리며
그 빛 속에 나를 지폈던가

그날그날 달라붙는 고단함 속에서도
자정으로 가는 직립의 방향을 정오로 향했던가
맴돌며 서성인 시간을 지금과 겹치기로 했던가

너무나 흔해빠진 하루를 환영하기로 했던가

그리하여 먼 길을 돌아온 적막 속에 생의 꼭짓점까지 담갔던가

최기순

떨림에 대하여

새 한 마리 날아간 자리에 파르르 진동이 인다
그것은 슬픔을 견디는 나무의 방식
미세하게 오래 손끝을 떨며 상황을 견딘다는 점에서
나와 나무의 유전자는 유사하다

나무는
그 진동에 기대어 얼마나 많은 새들을 날려 보내는지
가까스로 잎 하나를 내미는지
오랜 떨림 끝에 돌아와 수돗물을 틀고 손을 씻는 나는
거뭇한 나뭇가지들의 아침을 이해한다

이해한다는 것은
사랑한다는 것과는 다른 것이어서
다리를 끌며 몇 발짝 옮겨가는 사람을
머뭇거리다가 앞질러 가듯
아직 떨고 있는 나무를 스쳐 지나간다

매 순간을 가누려 소진되는 목숨들

눈을 감으면 전해오는 무수한 진동들이 있다

버드나무와 청동거울

그가 버드나무 한 그루로 내 집에 와서 나는 청동의 거울로 그의 집에 갔다

그는 웃으며 인사하지도 손님 용 의자로 또는 식탁으로 나를 안내하지 않는다

나도 그 점에 대해서 섭섭해 하지 않는다

나는 다만 버드나무가 들려주는 '그리운 나무 그늘이여, 아리아로 시작되는 크세르 크세스 중 라르고' 푸르고 푸른 그늘 속에서 잠시 숨을 고른다 우린 얼굴 없이 인사를 하고 안부를 묻고 어떤 문제에 대해선 심각하고 심각하지 않고 공감하고 또한 공감하지 않는다

차를 같이 탄 적도 함께 밥을 먹은 적도 없지만 전혀 모르는 사이도 아닌 또는 아는 사이도 아닌 우리는 관계에 대한 불만이 없다

그 버드나무가 어느 가계를 이어 왔는지 으슥한 그늘 속 무슨 피치 못할 사정이 있는지 나는 묻지 않는다 그 또한 내게 원형인지

방형인지 우상수문, 혹은 구련뇌문인지 최근 휘트니스클럽에서 공들여 만든 자신의 초콜릿 복근을 비춰볼 수 있는지 묻지 않는다

다만 고흐의 그림 앞에선 고흐를 느끼고 낙타의 사막 앞에선 사막을 파스타를 보면 침이 고이고 난센스 퀴즈 앞에선 퀴즈를 풀다가 혼자 웃는다 혹은 같이 웃었을 수도……

나의 집 마당은 버드나무 말고도 필란디아. 이방인, 갈렙 헥토르 등 가고 오는 발자국들로 붐빈다 나는 버드나무에게 했던 방식으로 반겨 맞기도 하고 그냥 보내기도 한다 버드나무가 나의 방문자들을 문제 삼지 않듯 나도 버드나무의 방문자들을 신경 쓰지 않는다

저녁의 행보

물결무늬 발자국을 따라간다
누군가 앞서 간 이가 있다는 것
저문 해를 향해 가는 길의 위로가 된다

불쑥 검은 고양이가 앞을 지르고
발자국은 누리장대나무 앞을 지나간다
이 나무의 꽃은 국수를 닮았다

등불 아래 고개를 수그리고 국수를 먹던 식구들
체온이 저려 온다
돌아오겠다는 십자 표시 하나 남기지 않고
각자의 별을 향해 걸어갔는지

이별은 사소하고
관계는 얼마나 먼 행성들로 사라지는지
희미한 이름들을 저문 하늘에 초성 문자로 쓰는 철새들

나는 또 얼마나 혼자서 먼 길을 걸어왔을까
돌아보지 말자고 입술을 깨물고
떠나기만 했던 여기의 지금을
잘 구워진 시간이라 말할 수 있나?

앞서가던 발자국도 사라졌다
어둠 속을 흘러오는 매캐한 연기
누군가 쓰레기를 태우나보다

냄새를 피워대며 타오르는 불꽃들은
다 흩어져 어디로 가나

조혜영

언덕 위의 그 방

언덕 위의 그 방 사글셋방
정거장 가는 길 여전히 가파르다
송림4동 철탑 밑은 작은 내 방
동화책만 한 창문에서 새어나오는
침침한 형광등 빛
마른 장작 같은 나무 대문
15년 만에 찾아와
나를 만난다

야근하고 돌아와 라면 끓이던 곳
번개탄으로 불붙이면 새벽녘에야
언 몸 달래주던 그 방
숨죽여 노동법과 역사를 토론하던 방
선배의 눈빛에 마음 주다
반성문 쓰며 울었던 방
스무 살 더듬이가 유난히 빛을 내며
숨고르기 벅찼던 그 곳

구멍가게 앞 막걸리 좌판도
철물점 할아버지도 모두 여전한데
사글셋방만 남겨놓고
나만 멀리 떠났구나

하늘 감옥

희망이 무너지며 솟아나는 절망
더 이상 발 딛을 땅이 없어
하늘로 오른다
더 이상 돌아갈 땅이 없어
하늘 감옥으로 간다

흙도 없고 길도 없고
부딪히는 사람들 어깨도 없고
잔소리도 없고 기계 소리도 없고
동료들의 따스한 손길도 없고
비틀거리며 취하는 저녁도 없다
두 눈 부라리며 낯선 하늘 감옥으로 간다

배고픔과 추위와 무관심과 멸시를 등에 지고
허공에 매달려 또 하루를 버틴다
저녁놀 지는 희미한 고향 마을
어머니의 따뜻한 저녁 밥상

출근길 졸린 눈 비비며 볼에 입 맞추던
아이의 속삭임도 희미해진다

넓은 하늘 창문으로 별이 빛나고
애끓는 보름달 빌딩 숲에 걸렸다
사람들은 무심히 지나치며 바삐 사라지고
몇몇이서 발만 동동 구르다 집으로 간다

피하지 마라
에돌아가지 마라
부딪히고 깨져도 다시 일어서라
사람들이 그렇게 희망을 외친다
한 무리의 사람들이 허공에 주먹질을 하며
결사투쟁 사생결단을 주문한다

또 한 무리의 사람들이 함성을 지른다
수천의 사람들이 떼를 지어 허공에 외친다

다시 바닥을 치고 올라라 올라라 올라라
밑바닥 인생 바닥을 차고 올라라
밑바닥 인생 절망을 차고 올라라

낮에 울려 퍼진 험난했던 함성과 구호가
밤하늘의 별똥별로 떨어진다

사원증

퇴사 시 반납해 주세요?
녹슨 철문에 딱지처럼 붙어서 쳐다보고 있다
641231-0064
퇴사 시 반납해 주세요?
허물어지는 빈 공장 녹슨 철문에
검버섯처럼 붙어서 바르르 떨고 있다
650117-0064
퇴사 시 반드시 반납해 주세요?
650221-0064

텅 빈 공장엔 빛바랜 안전제일 마크가
치매 앓고 거리를 헤매는 노인의 뒷모습처럼
처량하기 그지없다
기계도 다 빠져나간 컨베이어 라인엔
걸레처럼 먼지가 수북하고
콘크리트 담벼락도 삭아 무너져
녹물이 피고름 되어 흐르고 있다

6년 동안 빈 공장
변하지 않은 것이라곤
공장 뒷마당에 서 있는 은행나무와
천막을 끌어안고 있는 몇몇의 노동자들뿐이다

지금 그 공장엔 아무도 없다
자본의 퇴적물만 쌓여
죽어가는 공장이 되어가고 있다
더러운 자본의 이윤이 싸놓고 간 처절한 절망과
분노만 전염병처럼 번지고 있다
퇴사 시 반납해 주세요?
입사 시 받았던 사원증을 어디에다 반납해야 할까?
해외로 도망간 자본은 14년째 아무런 답이 없다

유정임

불안과 엮이다

나를 보거나 나를 시험하거나
고교 시절 졸업 여행을 가고 없는 텅 빈 고3 교실에
수업 시간을 빼먹고 오도카니 혼자 앉아 있었던 시간
나는 너를 보고 너는 나를 보고 있었다.
너는 비밀스런 고양이 눈빛으로 이리저리 나를 더듬고
킥킥대거나 쿡쿡대거나 어이없어 하는 입으로
나를 지워가려 애썼다.
나는 온전한 명상도 용기도 아닌 채 너와 엮이고

젊은 숨은
헤아릴 길 없는 그림자로 빽빽한
도시의 밀림 속으로 들고
밀림 속에 호랑이는 호시탐탐 들숨과 날숨을 탐색하고
앵무새는 반복해서 중얼거림을 따라하고
한밤중 티브이를 막 끄고 난 어둠 속
한 마리 능구렁이는 똬리를 틀고 옆 자리에 앉아
적막을 지배했다.

수십 년 지난 뒤
겨우 한 숨 돌리고 가슴을 부풀리면
어느새 넌 빵칼을 들고 가슴을 쓰윽 베어 김을 빼는
이젠 빙그레 웃기도 하는

때론 죽음의 빛깔 같기도 해
어둡지도 환하지도 검정도 회색도 아닌
무한대로 보이는 텅 빈, 그렇게 느끼는 색
속에 우리는 조금씩 둥그러지고

나는
나를 향한 도망자
너는 너를 향한 도망자로
자리에 누워 눈을 감으면 비로소
그 어둠속에서 볼 수 있는 알렙.

* 알렙(Aleph) : 히브리어의 첫 번째 알파벳, 동시에 숫자 '1'을 가리키며 일반적으로 모든 것이 그것에 수렴된다고 본다. 또한 신을 가리키기도 한다. (『보르헤스 전집 3』)

첫사랑

헤르만 헤세를 품에 끌어안고 늘 혼자였던
어느 날
그는 헤세를 아는 척했고 나를 아는 척했다.
깜깜한 하늘에 별 하나 떴다.
나는 그를 별이라 했는데
왜 그러는지 모르겠지만 다른 사람들은 그를 도마뱀이라 했다.

어느 날 우연히 그를 측백나무 숲에서 만났다.
측백나무 숲이 심장처럼 울렁였다.
그는 나를 모른 척했지만
피하지도 않았다.
도스토예프스키를 안고
싸르트르, 모옴, 지드. 빅토르 유고…… 혹시나
날마다 다른 사람과 측백나무 숲에 갔다.
숲은 넓었고 그를 만나는 것은 가끔이었다.
그는 나를 모른 척했지만
외면하지도 않았다.

측백나무 숲은 때론 쿵쾅거렸고, 풍선처럼 부풀어 오르기도 했다.

숲이 죽음처럼 고요한 날은 내 친구들은 책을 읽었고
나는 편지를 썼다.
부칠 수도 보여줄 수도 없는 편지를
초점을 알 수 없는 붉은 눈과 꾹 다문 입,
그때 그가 끌어 모으는 적막에 대해서 썼다.
사랑한다 썼다.
여러 해 동안 그는 편지 속에 있었다.

차 한 잔 준비 없이 다시 찾아간 측백나무 숲
거짓말처럼 그가 눈앞에 있다, 마주보고 있다.
그의 사랑은 여전히 적막했고 침묵은 쓸쓸했다.
나도 모르게 내 손은 그의 몸을 탐했다.
너무나도 짧은 순간이었지만 욕망은 간절했다.
놀란 그가 꼬리를 뚝 잘라내고 미련 없이 가버렸다.

소문은 무성했지만 그는 여전히 나의 별이었다.

낯선 저녁

저녁을 먹고 운동을 한답시고
아파트 단지 안에 있는 작은 공원을 돌고 있다.

벤치에 앉아 알 수 없는 일로 서로 어깨를 치며 깔깔대는 두 여
중생들
자전거를 타며 서로 엇갈려도 웃지 않는 초등생들
층계에 앉거나 서서 무슨 얘긴가 열심히 주고받는 삼사십 대 아
줌마들
마주 서서 눈싸움을 하다 재미없다는 듯 픽 웃으며 돌아서는 두
어린 남자아이들
아빠 손잡고 뒤뚱뒤뚱 걷는 꼬마 아기
보고 있으나 아무것도 모르니 청맹과니이다.

서로 눈 마주치지 않으면 모두가 타인
아무도 나와 눈 마주치지 않는다.

나는 지구 밖에 외계인

모두를 보고 있을 뿐이다.

나무와 하늘과 바람과 어스름은 그들의 배경이다.
그 배경이 있어 다행히
그들 모두는 한그림이다.

손제섭

멀어질수록 푸르른 당신에게

멀어질수록 푸르른 당신, 고흥반도 끝자락에 서서 아득히 당신을 불러 봅니다

삼월에도 폭설이 내려 마침내 동백이 지고 남으로 남으로 달려온 겨울이 긴 꼬리를 감춥니다

제 몸의 시위 줄로 균형을 이루며 허공을 가르는 바닷새와 선창에 조용히 닻을 내리는 배

끝끝내 숨죽이지 못하고 우는 바람 주저앉은 갯벌 위에 물결무늬 흔적만 남겨 놓고 멀어지는 바다는 잔잔하기만 합니다

썰물처럼 멀어져 가는 당신, 멀어질수록 푸르른 당신, 내 젖은 눈동자 위에 그렁거리며 서 있는 당신, 나는 미열에 떨며 환청과 이명 사이에서 몸부림칩니다

목선 한 척 기우는 포구의 일몰 당신에게 내리 퍼붓던 폭설 같

은 나의 사랑이 멈추고

　쐐기풀처럼 일어서는 인연의 꼬리를 잘라버린다 해도

　아직 떠나지 않는 수평선 위의 당신을 나의 체온과 입김으로 감
싸 안고 싶습니다

시월의 밤

지난 시절 내 영혼의 마디마디를 갉아 먹던 저 전갈의 눈처럼
푸른 시월의 밤을 나는 대나무처럼 곧게 걸어 나가 단칼에 베어버
리고 싶었다

축문祝文

밤새 나를 어지럽히던
꿈속의 새 한 마리 아침 예불 소리에
머리를 풀고

밤새 고요하기를 그치지 않던
갈참나무 이파리 하나
아침 햇살에 운명을 고告하는
절명絶命의 끝에서 쓰는
축문 한 줄
내 문장文章은 여기서 끝난다

이종복

파각단오 破却端午

삶아 얼린 취나물 뭉치가
오도카니 비닐봉투에 담겨 있다.

강원도 어느 들녘
이름만 들어도
깊은 미궁이었을
낯선 산골

노가다에 신물이 날 법도 한데
시인 조혜영은 한 아름 취를
떡 방에 내려놓는다.

어머니 돌아가신 후
살림살이 해본 적 없는 목조 이층
다다미 방 부엌에서
고소한 들기름 냄새가 났다.

느닷없이,
동결된 기억 아물아물
두 다리를 쫙 벌린 계단 밑으로
엄마 냄새가 내려오고 있다.

신포동 길모퉁이

누군가 내다버린 책 한 꾸러미가
재활용 더미 위에 있다.

어쩌면,
억새풀 자리공
진즉에 터 잡았을 무렵
바닷바람 뒤집어 쓴 채,
맛조개 바지락 망둥이 밀어
소금 구우며 살아갔을 자리.

어린애 발바치에도
길이 생겨난다고 하지 않던가.
풍성귀전 짱아네 할아버지도
어물전 요네모토 할머니도
맨발 적시며 드나들었을
백 년 길목에서

밧줄에 묶인 채,
낯설게 혹은 부끄럽게 드러나는
시집 몇 권.

터진개 길에서는
누군가에게 버림을 받고서야
비로소 길이 열린다는 것을,
가로수 밑동에 기대어 선
쓰레기 더미에서
우연히 발견하고 있다.

자유공원 어린이 헌장비

자유공원이라 하면 대체로 인천 어딘지 아는데요. 만국공원이라 하면 거지반은 모른답디다. 상하이 신텐디 임시정부 청사가 대한민국 최초의 통합 정부라는 건 알아도 이보다 훨씬 앞서 한성임시정부 선언이 자유공원에서 이루어졌음을 아는 이는 별로 없습디다. 인천에 300만 명이 살아도 인천을 삶과 죽음의 보루로 여기는 사람 십분지 일도 안 된다고 합디다. 서울 다음으로 지방 향우회가 많은 곳이 인천이라고 하지요. 무궁화가 국화인데, 매년 벚꽃에 열광하는 것과 같은 걸까요. 한국말 몇 마디 할 줄 아는 친구의 아들과 딸이 하는 말이 가관입디다. 일본은 어느 도시를 가던 간에 도시 색이 매번 다르게 느껴지는데, 한국은 삼박 사일이면 다 알 수 있다고요. 어쨌든, 주구장창 자유공원을 오르는데요. 가로수길 안쪽에 모 로터리클럽이 볼거리 없던 1970년대에 거금을 들여 어린이 헌장비를 세웠는데요. 수려한 문체, 귀감이 되는 글, 미래를 밝혀줄 글 죄다 끌어다 박아 놓았는데요. 그 뒤편에는 순대 굵기만 한 똥들이 마른 똥 위에, 그 위에 똥이 똬리를 틀고 있는뎁쇼.

지창영

해바라기

당신과 나 사이에는 늘 바람이 불었어요.
때로는 비가 왔지요.
먹구름 속에서도 흔들리며 자랐어요.
어쩌면 너무 먼 곳을 바라보는지도 몰라,
어둠 속에서 그만 고개를 꺾을 때도 있었지요.

바다에서는 아직도 파도가 일렁이고 있어요.
출렁임이 뿌리를 타고 전해올 때면 멀미가 나서
그만 주저앉고 싶어져요.
하늘의 좌표를 좇던 레이더는
초점을 잃고 날개를 접지요.

누군가는 기다림에 지쳐 쓰러졌다거니
누군가는 풀밭에 목을 떨구었다느니
소식이 들려올 때마다 그만 키를 낮출까 생각도 하죠.
그럴 때는 또 다른 바람이 은밀히 암호를 전해 주고 지나가지요.
바람에 숨겨진 양분이 그리도 많다는 것을 알지 못했어요.

씨앗이 까맣게 여물 때까지….

부질없이 전송했던 메시지가 헛된 것만은 아니었던지,
흑점이 하나 둘 내려와 박히도록 당신을 우러러 닮아가고 있어요.
당신은 그렇게 멀리 있었던 것만은 아니군요.
당신이 없으면 나도 없어요.

산소 앞에서

우주선 앞에 커피 한 잔 올리고
조용히 안테나를 뽑는다.

하늘은 파랗게 속도 깊어라
무덤을 닮은 침묵 한 점 하얗게 떠 있을 뿐

투명한 전파는 그물에 걸리지 않고
햇살은 순간 이동 하강하여
후광처럼 반원을 그린다.

삽자루 내려놓고 엎드려 마시던 산골 물이 좋아
칠갑산 품에 안기신 아버지
그날, 황토 흙이불은 결도 고왔다.

끼니를 걸러 가며 일구셨던 산밭
젊은 땀은 가뿐히 우주로 날아가고
지난 밤 꿈속의 암호는 해독이 어려워

귀뚜라미는 수풀 속에서 조난 신호를 타전한다.

태양의 입자가 사진 속 미소를 재구성할 때
맴돌던 바람이 소나무 가지에서 내려와
암호 해독법을 귀띔해 준다.

쫓겨가는 트럼프에게

2017년 11월 7일 밤
광화문광장 차도를 역주행하여 쫓겨 가던
그대 검은 차량 행렬에서 제국의 종말을 보고 말았다

반트럼프반미반전 행렬의 위세에 눌려
트럼프, 그대가 쥐새끼 도망치듯 빠져나간 날
이불을 머리까지 둘러쓰고 잠자리인들 편안했을까

부러진 날개를 늘어뜨린 채 처음으로 두려움에 떨면서
사방을 이리저리 둘러보는 제국의 독수리?

'귀신같은 계책은 하늘의 이치를 깨달았구나'*
지금이 어느 시절인 줄 알고 기어 들어왔는가
너도나도 촛불을 총대처럼 치켜들고
무거웠던 어둠을 털어내는 해방의 계절
쌓였던 눈물의 바다에서 별들이 치솟아
핵분열하는 전변의 계절

'신묘한 셈으로 지리에 통달했구나'*
여기가 어디인 줄 알고 발톱을 들이밀었는가
광화문광장은 이 땅의 지배자였던 그대의 꼭두각시를
오랏줄에 묶어 끌고 다니다가 감옥에 처넣은 신성한 땅

'싸움이 이겨 공이 이미 높구나'*
그대가 이 땅에서 한 번이라도 이겨 본 적이 있는가
성노예 취급하듯 이 땅의 처녀들을 농락하고도
아무런 처벌을 받지 않았다고 해서,
맨몸으로 막아서는 우리 민중의 대열을 포악하게 뚫고
화약내 풍기는 사드를 억지로 밀어 넣었다고 해서
그것이 승리라 착각하는가

'이만 만족하고 돌아가는 것이 어떻겠는가'*
촛불의 쓰나미가 그대 둥지를 덮치기 전에
트럼프, 이 땅에서 발을 빼는 것이 어떻겠는가

탄저균도 보툴리눔도 깨끗이 정화시켜 놓고
프로펠러에 미친년 머리칼 춤추던
캠프 험프리스도 조용히 비우고……

지금은 켜켜이 쌓인 이끼를 청소하는 때
제 마음대로 움직이는 그 입은 다물고
트럼프, 이 땅에서 조용히 나가야 할 때

지금은 전쟁의 먹구름 걷히고 새날의 태양이 빛나도록
빗자루며 행주를 움켜쥐고 구석구석 쓸며 닦으며
쓰러졌던 자주의 깃발을 일으켜 세우는 때

어이 트럼프, 지금은 그 육중한 몸을 이끌고
그림자 한 조각 남기지 말고 조용히 나가야 할 때

부러진 날개 끌어당기고 고개를 깃털 속에 묻은 채
그날 광화문에서 왜 그리 황망하게 도망쳐야 했던가를

트럼프, 깊이깊이 생각해야 할 때

* 을지문덕의 '여수장우중문시'에서

손병걸

나는 열 개의 눈동자를 가졌다

직접 보지 않으면
믿지 않고 살아왔다

시력을 잃어버린 순간까지
두 눈동자를 굴렸다

눈동자는 쪼그라들어 가고
부딪히고 넘어질 때마다
두 손으로
바닥을 더듬었는데

짓무른 손가락 끝에서
뜬금없이 열리는 눈동자

그즈음 나는
확인하지 않아도 믿는
여유를 배웠다

스치기만 하여도 환해지는

열 개의 눈동자를 떴다

눈길

부르기만 하면
목소리 쪽으로 고개가 돌아간다

보이지 않는 내 눈을 잊은 것이 아니다

언제나 의식보다 먼저
돌아가는 얼굴, 열리는 눈동자

보여 주는 것이다

서로 마주치는 순간
환해지는 마음

하나의 길이 되는 것이다

가끔은, 아무도 호명하지 않는
캄캄한 길

우두커니 별들을 한차례 바라보고 있을 때
시린 눈동자

걸음마다 고인 그리움만큼
속속들이 젖은 눈동자의 오래된 습성이다

점핀

새파란 하늘에 어둠이 번져갈 무렵
몹시 그리운 한 사랑을 떠올리며
나는 다시금 점핀을 잡는다

꺼진 별들 뒤에 감춘 통증을 켜야
별똥별 점자는 멀리 빛나는 것
이것이 시력 없는 내 생활의 활자이다

빈틈없이 어둠 물든 하늘도화지에
작은 별빛 점자 하나를 찍는다

와글와글 모여든 별빛이 흘러가면
비로소 먼 바다에 해가 솟듯
꺼진 별들을 켜는 내 문장은
명백한 실존이다 농도 짙은 기록이다

샹들리에 별빛 켜진 하늘길을 향해

어젯밤 내내 못다 걸은 발소리를
재빨리 마저 찍는다

어두워도 어둡지 않은 새벽달 뒷면
웅크리고 있던 사랑이 기지개를 켜며
한번도 열리지 않았던 아침

어여쁜 얼굴 한 장이 밝아온다

손병걸 나는 열 개의 눈동자를 가졌다 외 2편

김경철

고스톱

갈 것인가 말 것인가 이것이 문제로다.

고스톱은 리스크의 미학이다. 리스크를 줄이는 것, 그것이 고스톱을 잘하는 비결이다. 부의 축적이 아니라 부의 분배가 이루어져야 한다. 자신의 패보다 상대의 패에 집중하는 것, 그것이 바로 고스톱의 원리이다.

패를 섞고 다시 패를 나누는 과정에서 카오스와 코스모스는 반복된다. 질서와 혼돈이 여러 차례 반복될수록 고스톱의 계절은 바뀐다. 고스톱을 잘하는 사람은 이 계절을 즐기는 자이다. 즉, 혼돈에 기쁨을 질서에 만족을 느끼는 자이다. 그것은 하나의 자연의 섭리처럼 봄, 여름, 가을, 겨울로 이어진다. 봄에는 꽃구경 가고 여름에는 해수욕장을 찾고 가을에는 단풍 보고 겨울에는 눈꽃을 보러 간다. 고스톱을 친다는 것은 바로 이러한 즐김의 미학을 선물받는 것이다.

고스톱은 돈을 따거나 잃는 놀이가 아니다. 돈을 따거나 잃는

놀이에 집중하는 사람은 자신이 원하는 돈을 쟁취할 수 없다. 오직 이 우연의 원리에 느낌을 부여하는 자만이 돈을 가둘 수 있다. 돈에 집중하지 않고 오직 이 우연의 음악 소리에 심취하여 끝없이 혼돈과 질서를 반복하는 저 음률에 귀 기울이는 사람만이 고스톱의 미학을 즐길 줄 아는 자이다.

고로, 갈 것인가 말 것인가는 선택의 문제가 아닌 스텝의 문제로 춤의 문제로 음악의 문제로 귀결된다.

그것은 즐김의 형태이지 고민의 형태가 아니다.

고로 절박함이 집중을 낳는다는 말은 한 수 아래의 미학이다. 오히려 흘러넘침, 과잉의 잉여, 충만함의 미학이 한 수 위일 수 있다.

고스톱은 우연의 음악이다. 이 우연을 이해하지 못하는 자는 공포가 될 수 있다. 쓰리 고에 피박에 광박에 자신의 전 재산을 탕진할 수 있다. 그것은 허망한 일이다. 우연은 공포가 될 수 있지만 우연은 즐거움일 수도 있다. 감각적으로 우연을 이해하는 사람은 그 방면에 예술가가 되고 그렇지 않은 사람은 우연을 무미건조한 바위처럼 대할 것이다.

우연이 댄스가 되느냐 우연이 얼차려가 되느냐의 차이는 운명, 팔자, DNA로 바꿔 말할 수 있다.

그러나 잘 찾아보면 당신에게도 우연의 음악 하나쯤은 내장 메모리처럼 붙어 있을 것이다.

귀면와

눈썹에 걸린 달빛은 한여름에도 서늘한 동굴 속처럼 차갑다.

달빛의 아름다움은 죽음의 그늘이 삶을 덮치지 않는 자장이다.

모든 속은 좁기만 하고 모든 외연은 넓다.

반월창을 넘나드는 저 초승달, 뜰 안의 고요가 정적보다 더 큰 활시위를 겨누고 있다.

이지러지는 달빛 아래 매화 꽃잎 흩날린다.

바람이 지나기 전에 죽음이 먼저였다.

부릅뜬 눈, 길게 찢어진 입, 거친 수염 휘날리며 애잔한 듯 여덟 지공 열었다 닫는다.

향피리 소리에 귀밑머리 새하얗다.

눈발이 날리자 푸름과 붉음이, 나란히 꽃잎 발자국을 찍어간다.

쓸쓸함을 주워 담은 마당은 천 년 뒤란으로 사라지고 은하수 너머 윤회의 고리를 엮는다.

선계와 이계를 오가는 구름나무지의*.

풍경 소리 귀면와의 수염을 쓰다듬는다.

속눈썹이 매서운 소녀가 귀면와를 바라본다.

* 식물 이름.

드라마 세트장

집인데 집이 아니다. 외형은 집인데 사람이 거주하지 않는 집이다. 잠시 집을 꿈꾼 집이지만 이 세상 그 어디에도 존재하지 않는 집이다. 순간의 집이며, 유령의 집이며, 텅 빈 집이다. 사랑하는 사람이 만나고 가족이 만나고 원수가 만나는 집이지만 그것은 꿈처럼, 약속처럼, 연기처럼, 사라진다. 지금은 사라졌지만 그 언젠가 있었을, 아니 또 다른 세상을 꿈꾸었을 한 사람의 집이 된다. 집은 있는데 집이 없다. 아니 집은 없는데 집이 있다. 사랑하는 사람은 없는데 사랑하는 사람이 있고 아니 사랑하는 사람은 있는데 사랑하는 사람이 없다. 드라마를 위해 지은 집인데 드라마는 없고 집만 있다. 나 그 드라마 속으로 들어가자 한 연인이 뛰어오고 정원을 가로질러 비단 천들이 펄럭인다. 꿈속에서나 본 듯한 장면이, 이 텅 빈 집에서, 전생의 기억처럼 스쳐간다. 내가 꿈꾸지 않았으면 이 세상에 존재하지 않을 집이 보인다. 그것은 눈물인데 눈물이 아닌 심장에 매달린 종유석이다. 내가 떠나도 그 누군가 연기를 위해, 드라마를 위해, 잠시 빌려 쓰고 있을 저 집은 세상 모든 이들이 사는 집이지만 이 세상 그 누구도 하룻밤 묵어갈 수 없는 집이다. 한 줌의 온기도 없는 이 차가운 집이 상상이 만든 장작을 태우고

밥을 짓고 굴뚝에 연기를 피어 올린다. 드라마가 아니면 가 닿지
않았을 천 년 전 그 누군가의 간절한 소망이 집터를 들러본다.

강성남

새의 화법畫法
―모자 쓴 신사*

그녀는 당신이 거꾸로 세워 놓은 그림
창을 내는 건 닿고 싶은 곳이 있기 때문이죠
그들은 한 나무에 세를 들었죠

닮지 않아도 닮은 해와 달처럼,
돌아보면 등 뒤에 새가 있었죠
침묵하는 당신 입에서 노을이 흘러나오곤 했죠

나가려는, 들어오려는 공기처럼
마주치는 날이면
당신은 모래를 물어다 집을 지었죠

어제보다는 더, 내일보다는 덜 그대를 사랑해요, 테레즈
사람들이 말하듯 그대를 영원히 사랑할 거야
사랑해 사랑해 사랑해 사랑해 사랑해

그녀는 하늘이 허락하는 깊이까지 날고 싶었죠

당신이 부리의 각도를 바꿀 때마다
그녀는 새로운 필체를 만들었죠

잊을 거라고
잊는다고
잊었다고
잊지 않았다고, 잊지 못한다고
꽃잎을 새겨 넣었죠

물고기를 입에 문 새가 날아든 날
그녀는 앵두 씨를 토해내려
소리 내어 울었죠

오해와 이해가 한 침대를 쓰는 동안
전화벨이 빈집을 흔들었죠

당신은 별빛으로 밀어密語들을 골라냈죠

드디어 당신 손바닥에 앉은 새 한 마리,
무지와 변명은 병력이 아니죠

그림 속 잠들었던 새가 깨어납니다

우리는 무럭무럭 태어나죠

* 파블로 피카소의 그림 〈1912년 12월 2일 이후〉. 뉴욕 현대 미술관 소장.

봄날, 그들은 낚시를 다녔다

그들은 저마다 계획을 세워 낚시를 다녔다
아버지는 낙동강 상류로
첫째는 소양댐 지나 월명리로, 둘째는 삼척을 거쳐 필리핀으로
막내는 영주댐 근처 금계리로 간다고 했다

강물이 던진 미끼를 물고 금맥을 캐는 아버지
우리는 허리까지 차오른 냇물에 낚싯줄을 던져 놓고,
저마다 대박을 꿈꾼다

큰애야, 너는 언제 장가 갈 거니?
베트남 아가씨라도 사오면 안 되겠니?
여긴 계단이 가파른 동네예요
바닥이 울퉁불퉁한 방은 참을 수 있지만
칸막이 없는 한통속은 참을 수 없어요

이혼은 안 된다, 내 눈에 흙이 들어가도 이혼은 안 돼!
대공원에서 찍은 저 많은 봄날은 어쩔 거니?

이혼이 무슨 죄인가요?
가족을 바꿔도 저는 좋은 아빠가 될 거예요
김밥과 사이다를 싸 주세요

막내야 가을에 결혼식을 올리자꾸나!
케이블 방송국으로 복직부터 하구요
이제 그만 촛불을 켜고 케이크를 잘라요

애, 너도 그 시 좀 그만 써라. 먹고 살 생각은 안 하고.
살구나무, 꽃잎을 화르르 흩뜨린다

어머니가 쳐놓은 그물은 변덕스러워요
글만 써도 살 수 있는 날이 올 거예요
목련나무, 자꾸 벌어지는 손등을 싸맨다

어머니, 이거 받으세요!
제가 맨손으로 빌딩을 낚았어요

안경이 환호성을 지른다

피아노

1

당신은 왜
나를 버리지 못하는 걸까?

이 무겁고, 자리 차지하고
책상처럼 앉아 있는 나를, 왜?

우리는 꿈으로 가득 찬 소년소녀였네
슈만의 트로이메라이를 들으며
징검돌을 건너 다녔네

수년간 닫아 놓아 먼지 쌓인 건반을,
당신은
조용히 깨우기 시작하네

언젠가 너를 꼭 다시 열겠다던,

당신이 하던 혼잣말
이제야 알아듣네

한번도 조율하지 않아 매끄럽지 못하지만,
따뜻한 소리가 나네
사과꽃들 만발하네

당신은 새로운 기법으로 나를 연주하지만,
그날의 여운 가시지 않네

가구였던 나를, 처음 열어주던
그날……

2

언어가 닿는 곳으로 걸음을 옮긴다
한밤중에 잠을 깨는 이유이다

오래 잠들었던 나는 어리둥절하고
번번이 미완으로 끝나던
연주를 다시 시작한다

아까시꽃 피는 봄밤은 화약 냄새를 풍긴다

나와 당신의 거리,
장미꽃 무늬 별들이 돋아난다

내가 당신을
당신이 나를
anima, con anima*로 연주한다

不立文字들의 춤이 시작되었다

* 영혼, 영혼을 가지고

이성혜

안개에 부치는 에피소드 셋

.

낙뢰가 지나자 어깨가 기운다 뒤이을 뇌성에 미리 고개 숙인다
기우는 게 천재라는 아무 씨, 한쪽 다리 힘을 빼자 급격히 쏠린다
천재—천재가 되어가는—천재적 기울기가 만들어졌다 계속 기울
어 하늘을 밟고 걷겠다 괜스레 주변을 맴도는 너보다 질기게 찬 손
내미는 당신과 쏟아져 내리겠다

안개가 자지러지게 귓바퀴를 깨무는 날, 귀를 지우고 입을 지우
고 다리를 지운 채 점령당한 도시란 사실이 사실이란 사실조차 고
뇌하게 만들지 젖은 천처럼 풀리는 이성이, 오감이 느끼는 짜릿한
감촉이, 붉게 튀는 장미향에 집착하게 만들지 이런 날은 친절한 웃
음으로 다가오는 사람을 경계해야 돼

지리산 노고단에서 순식간에 계곡 가득 차오르는 안개를 만났
다 호렙산 모세처럼 신의 계시를 받들듯 이끌려갔지 새끼줄인지
독사인지 모른 채…… 순결 잃은 다리가 경계를 알아챘어 영리하
게! 탈주범처럼 네가 빠져 나간 자리에 다시 차오르는 너를 본다
독사인지 새끼줄인지 모르는 또 다른 너를.

신을 잃어버렸어요

이유 모를 총질과 아비규환에서 도망쳤는데요 맨발이네요 무한 앞에 방향 잃고 여기-저기 신을 찾아 헤매요 신이 신을 낳고 낳아 내가 바로 그 신이라 나서는 신 많은데 신이 없네요 조악한 모양 싸구려 재질 엉성한 바느질 가짜-모조-짝통, 내가 찾는 신은 디자인 재질 바느질이 최상급, 장인이 한 땀 한 땀 만든 유일한 신!이라니까요 상하지도 더럽혀지지도 않는 발 때문에 해 뜨는 곳에서 해 지는 곳까지 신을 찾아 헤매요 왈패들 왈짜를 막아주는 주막집 주모 추락하려는 절벽에서 손을 내미는 청동 활 남자 토기에 물을 떠 주는 여자, 원치 않는 구원들이 신 찾기를 끝낼 수 없게 하네요 때로는 강풍에 돛단배처럼 휘리릭 대서양으로 나아가고요 때로는 잠자는 지중해 시간에 묶이기도 하고요 중력 잃은 허공에 떠 있기도 하면서 근원에서 황혼토록 신을 찾아 신고-벗고! 드디어 닮은 신을 찾았는데 작아요 신 찾기를 끝내려 꾸-욱 밀어 넣었어요 어, 신이 발에 맞춰 자라나네요 무얼 찾아 헤맨 걸까요? 신에 발만 넣으면 원하는 대로 편하게 맞춰주는 차안此岸인데요!

무얼 보았나?

어느 시간 밖의 일이었는지 안의 일이었는지 모르네 문안으로 들어가려 했는지 벗어나려했는지 옮겨졌는지 찾아갔는지 모른 채 숲속을 헤맸네 무얼 보았나? 귀가 떨어지고 목이 꺾이거나 부러진 팔로 반쯤 묻힌 채 드러누운 神像을 보았네 신을 기대하나? 기대란 일어나지 않을 일 멀고 먼 일에 대한 앞선 걱정이거나 환영을 쫓아 산으로 오르는 돛배의 행운을 비는 짓이라 생각하네 어째서? 우리는 우리의 모든 것이 자신의 책 안에서 정당성을 갖는다*고 생각하기 때문이네 그래서? 신은 자의로 움직이지 않는다네 인간이 신의 정당성을 만들어 놓고 신의 선의는 그 책 안에서 예측할 수 없는 방향으로 튀어 결정되겠지 결국 신이 사람을 세우는 게 아니라 사람이 자신의 책 안에서 신을 일으켜 세우는 게 아닌가 생각하네

그게 다인가? 헤매다 지쳤을 때 수직으로 잘린 산이 있더군 산 중턱 움푹 팬 곳에서 자궁 안 태아를 보았네 따라서 웅크리니 따뜻하고 안온하고 편안해져 그대로 있고 싶어졌다네 그 후의 일은 기억이 없다네

* 보르헤스의 「문턱의 남자」에서 인용

심명수

소리의 감옥

소리는 소리를 가둔다

소리는 덧없이 쌓이기도 하고 난데없이 허물어지기도 한다 소
리를 잡아당긴다 길게 목 하나가 떨어진다 소리가 꺾이면 소리는
바닥을 짚고 헝클어진다 헝클어진 꼬리의 꼬리는 꼬리친다 소리
는 이리저리 끌려 다니고 10분 전은 벽을 타고 오르다 고꾸라진
도마뱀, 10분 후는 흘러내린 잉꼬, 천장을 타고 0시 대기 중인 흡
혈귀, 나는 하도 어이가 없어 소리의 등이 다 닳도록 긁적이는데
난데없이 오싹한,

빗소리, 혈이 없고 공식이 없고 폐가 없는 패혈증 사전이 없고
사후가 있는, 시계가 없고 냉장고만 똑딱이는 그 방에는, 소리만이
혼잡한 당나귀 없는 발가락, 꼼지락거리는 당나귀 그 방에는 침대
가 없고 벽이 없고 등이 자꾸 흘러내린다

소리의 방은 소리로 열고 소리로 쾅 닫힌다

소리의 뇌관에 링거를 꽂고 스탠드, 보일러, 냉장고가 혼신의 힘
으로 신음을 한다 일찍이 보일러는 산통을 겪는지 졸졸졸 물이 새

고 어떠한 표정도 없이 어디론가 흘려보내는 중이다

　가다가 엎질러지기도 하고 다투기도 하고 저들끼리 소통도 하지만 불통의 구멍으로 엿들을 수밖에 없는 관음증, 창밖은 여전히 비가 내리고 나의 밤은 물먹은 방이다 눈 감으면 너의 '미안해요', '미안해요'라고 접질려 뒹구는 빗소리 박박 그어 지우면, 캄캄한 소리가 하얗게 뭉개져, 더 꼿꼿한 소리의 창살로 밤이 닫힌다

새싹

양말이 구멍이 나서 둘째 발가락이 얼굴을 내밀어서 꼼지락 꼼지락 숨어, 숨어,라고 부끄러움을 다그치는데 발가락은 한사코 머리부터 내밀며 실랑이를 벌인다 신경이 이만저만 쓰이는 게 아니어서 담배를 피울 때마다 목이 깔깔해 자꾸 기침이, 기침을 하면서도 악착같이 담배를 피우는 고집은 어떻게 꺾어야, 황사에 눈이 시려 눈물을 안 흘릴 수 있을까? 덥수룩한 머리는 자르고 잘라도 금방 치켜뜨고 굳이 내 몸에서 비집고 빠져나오려는 이 아우성은 어떤 대응으로 대체해야 하나

발가락이 콜록콜록 담배연기를 뿜어대고 구멍 난 구멍을 삐져나온 기침에 햇감자가 데구루루 튀어나왔다 입술은 메말라 자꾸 침을 바르고, 바른 침은 녹이 슬어 점점 두툼해지는 악어, 한번 물면 당최 열리지 않는 악어 지갑처럼 얼룩말을 물었다 발버둥치는 얼룩말은 필사적인 구원의 말을 뱉어대는데 악어는 그 말을 삼켜버린다 악어가 발바닥을 내밀고, 봉인된 발가락은 햇빛 아래 반짝 웃음 짓는데, 아무리 감추려고 꼼지락거릴수록 다른 발가락에게 빌미만 줄 뿐이다 유독 둘째 발가락만이 커서 항상 먼저 물어뜯고 나오는 억척스러움이 배어 있다

그러한 틈새를 노리는 발가락은 말장난처럼 쥐꼬리만큼의 품위
가 없다 내 몸에서 기어코 빠져나오고픈 이 욕망, 덩어리는 도대체
어찌하란 말인가?라고 발가락은 쓴다

부재

수제비를 뜬다
기억이란 고작 눌어붙는 냄비를 젓는 것처럼 사소한 일
눈발처럼 은총처럼 잠시 앉았다 날아간 새의 둥지처럼
그는 마을 산기슭이 집이었던 적이 있다
밤마다 마을에는 따뜻한 별들이 내려와 박혔다

박다가 구부러진 못
어머니는 더 이상 못질을 하지 않았다

수제비를 젓는다
오래된 맛을 떠올리는 것처럼 밋밋한 일은 없겠지만
사내는 등이 간지러웠고
불행은 어린 이때부터 시작이었다

누군가에게 덜미가 잡힌 듯한 추레한 사내
곱사등이라고 꼽추라고 이름 지어진 아이
동네 아이들에게 충분한 놀림거리였고

쥐뿔도 없이 풍산 종친들은 어머니에게 죄라는 낙인을 찍었다
그렇게 몰락은 명분을 얻었다

수제비를 먹는다
멸시와 따가운 시선을 감내한 어머니가 있었다
수제비의 논리로 따지면 모든 수제비는 수제비
수제비가 무릎 꿇는 일을 본적이 있는가?
꼬부리고 돌아앉은 이상한 슬픔은 그때부터 감지되었다
입속에서 뜨거운 수제비를 굴린다

협곡에서 냇물이 몸서리치며 휘어진다

수제비를 뜨던,
산기슭 짚 덤불을 무덤처럼 덮고 자던,
그렇게 춥지만은 않았던,
어릴 적, 어머니의 희미한 등불 하나

김금희

오늘처럼 불현듯 그리우면

휘어진 길마다 쉼표가 되는 섬 길
낯선 이방인의 탄식이
한 방울 이슬로 여기저기 맺혀 있다.
아침이 안개처럼 조용히 스며드는 작은 섬
떠나간 아이를 봉인하고 있는 여인아
오늘처럼 길을 가다 불현듯 그리우면
출렁이며 어디서나 울어버려야만 한다

호수 같았던 바다 파도치는 격랑 속에
밀물 되고 썰물 되어 흔들리는 세월
수많은 날들 서터 속으로 잠기고
바다를 떠돌던 노랑나비 한 마리
빗장 밖을 날다 잊히어가는 초조에
젖은 날개 힘없이 파닥이고 있다

현상되지 못하는 노숙의 나날이여
상처라 말할 수조차 없는 사랑이여

언어는 한계에 이르고 타전할 수 없는 눈물은
닻 내린 가슴 밑바닥 뱃머리에 묶이어 있다
누가 세월을 약이라 했는가
너와 내가 주저리주저리 사랑한 세월,
세고 세어도 끝끝내 셀 수 없는 세월

바다는 그날을 유언처럼 곱씹고 있겠지
섬은 부식되는 어지러움 소금에 절이며
가라앉은 바다를 팽팽하게 붙잡고 있겠지
얼마를 더 가야 노랑나비 잠들 수 있을까
찔레꽃 더듬어 노랑나비 찾는 여인아
오늘처럼 길을 가다 불현듯 그리우면
출렁이며 어디서나 실컷 울어버려야만 한다

엄마의 달력

조용한 혁명이다

알 수 없는 무엇이 당신 가슴에 남아

이토록 오랫동안 지지 않는 서정을 품고 있었는지

뒤집을 수 없는 세월 시들지 않고 있었는지

해묵은 달력 뒤에서 아껴 살고 있었는지

흐를 것은 흐르라 덮을 것은 덮으라

바람 가고 구름 흩어지기 몇 번 서늘한 눈매 간 곳 없는데

눈 내리고 달무리 서글픈 화무십일홍

파도처럼 부서지는 생의 편린

시대와 개인사에 묻은 녹록지 않았을 멍과 옹이

한 방울 이슬 너머 사계절 내내

지지 않는 꽃이 되고 풀이 되고 새가 되고

찬송과 경배 궁서체로 빛나 새하얀 세월 채우고 있다

노쇠한 기억 세포 시 낭송 성경 암송으로 헹구어

가버린 세월 해묵은 달력 뒤편으로 소환한 당신

제비꽃 같은 할미꽃, 쿵쿵

젊은 들판에

바람과 별과 시와 노래와 꽃이 은하수처럼 흘러
그늘은 그늘이 아니었다
늦은 건 늦은 게 아니었다
찬란한 노을 청춘처럼
은발 위로 뚝뚝 떨어지고 있었다

다 못 쓴 아몬드나무 편지

그녀는 아몬드나무에 꽃을 쓰기 시작했다
다가오는 이별이 달력 속으로 빨려 들어갈 때마다
가보지 않는 길에 대한 극심한 불안과
두고 가는 모든 것들에 대한 안녕에
집중할 필요가 있었던 것은 아니었는지

사랑하는 동생 테오가 조카를 얻자
고흐는 아몬드나무를 그려 선물했다며
남겨진 엄마를 위해 그녀는
매일매일 붓을 들고 꽃을 썼다

떠남과 만남 사이 화구를 놓고
그렇게 밤낮 가리지 않고 썼지만
다 못 쓴 꽃
엄마는 볕이 제일 잘 든 곳에
걸어두었다 하루하루
고흐의 꽃과 그녀의 꽃 사이에서

꼭꼭 써둔
그녀의 속내를 읽고 또 읽는다

잎보다 먼저 나온다는 아몬드나무 꽃
한껏 웅크린 채 겨울을 나고,
봄을 알리는 그 꽃

축포를 터트리듯 펑펑 돌아와,
아직 다 쓰지 못한 꽃에 붓 들 날
먼 하늘에 그려본다

엄마 꽃이 매일 물을 주고 있다

이설야

웅덩이, 여자

요나!
너는 말하지
구부러진 등 안에 지구의 웅덩이, 화장터가 있어요

그녀는 사과 상자를 껴안은 채
달의 주변을 맴돈다

요나!
너는 말하지
어제는 너무 늦게 도착한 말, 오늘은 빛만 남은 정거장
내일의 그림자를 떨어뜨렸어요

그녀의 구멍 뚫린 심장에서 빠져나온
내가 내다 버린 집들

죄를 나누어 가진 밤의 길고 집요한 혓바닥들
기차는 요나를 버리고 떠났다

시를 쓴다는 것이 어쩐지 죄를 짓는 것만 같구나

요나!

너는 말해도 소용없지

생각들

생각은 생각을 하다 말고
다른 생각을 하다가
또 한 생각을 놓쳤네

생각은 생활은 않고
바람이 몰고 가는 비행기가 꿰맨 하늘을 쫓다가
흰 고양이가 밟고 있는 햇빛을 만지다가
서로 등을 껴안은 자반을 뒤집다가
안개가 걸린 거미집 속으로 기어 들어가다가
구름처럼 양 떼를 끌고 가다가
나비처럼 하늘을 풀었다가
돌아서는 발등에 떨어지는 꽃들을 이해하다가

생각은 생각처럼
정말 생각인 듯이
생각만 하다
놓쳐버렸네, 나비만 한 나비

깔렸네, 바람만 한 바람

생각은 자꾸자꾸 어려워지다가
생각만큼 쉽지 않아서
생각의 꼬리를 자르다가
생각의 집 속에 숨어
생각을 밥 먹듯 하다가
생각의 집을 부수다가
아무것도 아니라고 생각하다가
뒤따라오던 생각 속으로 생각을 또 놓쳤네

생각은 생각난 듯이
생각을 생각한 듯이
생각은
또 생각은

빛

네가 옳고
내가 틀렸다

바다는 이천 원이었고
찬장에 숨겨놓은 햇살은 삼천 원이었다
싱싱한 바람은 할인 품목이었다
고양이는 분홍 발로 카펫에 빗물을 찍어놓았다
비를 혼자 맞고 있었다
네가 좋아하던 달빛은 내일 밤에 들이기로 했다
빚을 지지 않았다고 생각했다

바닷물이 흥건한 너의 집은 삼십만 원이었고
내가 사준 텔레비전은 십이만 원
또 내가 갖다준 식탁은 십만 원이었다
밥솥은 누가 준 거라서 영원
너의 눈물은 마이너스통장
갚을 수도 없는 대출받은 햇빛 사이로 구름이 이동했다

네가 사라진 날, 조개는 미역국 속에서 입을 벌리고
바다를 조금 내놓았다
껍질이 집이었는데, 너무 딱딱해서 발을 들여놓을 수 없었다
그 집을 내다 버렸다
붙어 있던 관자에서는 썩은 냄새가 났고
문이 잘 닫히지 않았다
내가 산 바다는 이천 원이었는데
너는 바다를 공짜로 쓸 줄 알았다
바다 바닥까지도,

네가
옳았다

김송포

비자나무

나에겐 비자금이 많다
당신이 모르는 비자금이 가지처럼 뻗어 있다

솔가지가 땅에 코가 닿을 만큼 늘어져 뿌리를 감추기에 급급
하다
무슨 변고가 있을 때 당황하지 않기 위해 딴 주머니를 차고
꼬깃꼬깃 접어 깊숙이 감춰놓고 자물쇠를 채웠다
부자가 되기를 희망했나 보다

액세서리 하나 걸치지 않은 맨손으로 시작한 신접살림이지만
가난한 줄 모르고 지냈다
압해도 섬 자락 끝에 맹지를 백여 평 남짓 사두었다
아버지가 함양에 땅문서가 있는 것을 보고 배웠나 보다

나이가 들어 초라하기 싫어서 연금을 몇 개씩 들어놓았다
내가 번 돈은 한 푼도 쓰지 않고 저축해서 혼자 살 궁리를 마련
했다

늙어서 주름진 가지로 자식에게 신세 지기 싫었나 보다

연명치료 하지 마라고 유서도 써놓을 작정이다
산길에 만난 비자나무를 작은 우산으로 가렸다
비자금으로 호의호식하며 지낼 일을 생각하던 중,
오백 년 된 비자나무가 나를 향해 조롱하듯
비자금 있으면 당장 내놓아
나도 좀 먹고살자 야멸치게 쏘아부치더구나

겨우살이 아내

나는 아주 게으르다
겨우겨우 추위를 아슬하게 견디었다
아침이면 일어나지 못해 밥을 거스르기 일쑤다
밥 잘 사주는 예쁜 누나를 보다가 12시를 넘기는 것 보통이다
러브라인을 보면서 남자의 마음을 어떻게 사로잡을까 눈여겨
본다

남편이 벌어다 준 돈으로 겨우겨우 꾸려가는 살림살이에 기생
하며 살아가는 한 떨기 나무에 불과하다

가을이 되면 당신이 벌어다 준 콩의 열매를 맺기 위해 전전긍긍
하고 아이들이 먹고 자란 나뭇가지에 어느새 자라서 싹이 트고
나의 주름은 껍질을 뚫고 늑골 속으로 들어가서 물을 빼앗아 먹
는 기생 같은 아내였다

다만,
아들 둘을 두었기 때문에 자랑스러운 반 기생식물이라고 하자

멀리서 보면 머리에 하얗게 떨어진 새 둥지처럼 뿌리를 박고 겨
우겨우 살아가는

늘 푸른 떨기나무이고자 몸부림친다

너덜너덜 박힌 큐빅이 빛난다

내장산 중턱에 가면
높은 곳의 큰 바위가 오랜 세월 동안 자연스럽게
산 아래로 떨어져 쌓인 돌이 너덜너덜 흩어져 있다
사랑의 다리를 만들기 위해서는 신랑 신부가 딸각 소리가
나지 않도록 정성스레 거닐어야 아들을 낳고
마음에 간직한 소원이 성취된다는 전설이 깃든
딸각 다리 앞에서 우린 멈추었다

과연 조용히 건넌 다리였을까
어찌 소리 나지 않고 돌다리를 건널 수 있겠는가
삼백 년처럼 무수한 쇳소리와 은수저 다듬는 소리로 부수던 나날이었다
이젠 웬만큼 수저가 둥그러지기 시작하고
열세 발 물러서고 한 발 다가가는 기특한 술수만 생겼다

다이아몬드가 어찌 생겼는지 모르고 살았는데
목걸이, 팔찌를 해주겠다고 보석 판매장에 데리고 간다

무수히 떨어진 별똥별이 지나간 시간은 빛나기만 하던 날이었
을까
큐빅 박힌 모조용으로
결혼 삼십 주년의 기념일을 무사히 통과시키던 날,

고비사막에서 고운 가루로 날리진 않아도
사랑은 삐끗하다가 건너간 다리처럼 너덜겅 박혀 빛이 난다

김시언

인턴

지문을 입력해주세요. 손가락이 등록한 위치를 벗어나면 안 돼
요. 불이 깜빡거리며 확인이라는 글자가 떠야 문이 스르륵 열려요.
문이 열리지 않으면 사무실을 제대로 찾아왔는지, 뜨거운 냄비를
잡지 않았는지 생각해봐요. 선배들이 시키는 일을 제대로 했는지,
전화를 제때 받았는지, 누가 부를 때 꿈지럭대지 않았는지 되짚어
봐요. 문짝을 걷어차고 싶어도 참아요. 일이 쌓였다고 인상 쓰지도
말고요. 늦은 점심으로 시킨 잡채밥을 선배가 먹어치워도 아주 가
벼운 간식이었다고 웃어요. 나이 어린 선배가 허구한 날 명령을 내
릴 때도 스물아홉 살 나이 따윈 잊어요. 메뚜기처럼 빈자리를 찾는
일이 힘들다고 내색하지 말아요. 그렇다고 등록된 인간이 될지는
잘 모르겠어요. 다시 시도해봐요. 그래도 안 열리면 손가락에 물기
가 있나, 다른 손가락을 갖다 댔나 살펴봐요. 언제나 문밖에서 노
심초사하는 당신,

내겐 닻나무가 있다

두 평짜리 방 안이 일망무제다

화분 하나가 들어오면서

난바다 한가운데 구부러져

원을 이룬 수평선처럼 방이 출렁거린다

야생의 말 잔등이라도 올라탄 듯 파도가 치면

잴 수 없는 수심을 향해

닻 내리는 나무

물고기 한 마리 잡지 못하는 날이 이어지지만

떨어진 닻은 끝없는 심해로 내려간다

과외 받는 아이들이 다 잘려 나갔지만

병든 어머니는 밥보다 더 많이 먹는 약을 끊을 수 없고

차라리 닻줄을 끊어버릴까 망설이다

무저갱 속에서 허방 디디며 길을 찾는다

닻을 내릴 때마다 닻나무에서 이파리가 떨어진다

물벼락과 파도를 얻어맞고 나자빠졌다가

힘겹게 나를 부축하는 일도 신물 난다

내 닻나무는 꽃을 피우기나 할까

떨어진 나뭇잎을 언제나 끌어 올려 돛을 올릴까
도대체 가늠할 수 없는 바닷속
다시 닻을 내 안으로 빠뜨린다

쿠쿠

말을 안 해. 밥 다 됐다고를 안 하네
밥맛은 똑같은데, 뭣 때문에 삐쳤는지 입을 통 안 열어
쿠쿠 애프터서비스 센터 문이 열리자마자
커다란 보자기를 든 노인이 들어선다
기사는 버튼을 여기저기 눌러본다
음성 기능 센서가 고장났어요, 이제 말문이 트일 겁니다
집에 돌아온 노인이 밥을 안친다
전화 왔습니다, 전화 왔습니다
일이 생겨 주말에 또 못 온다는,
맛있는 거 많이 사 먹으라는 며느리다
걱정일랑 말아라
노인은 수화기를 내려놓으며 중얼거린다
잠시 후, 치지직 수증기가 터지더니
밥솥이 경쾌하게 알린다
밥이 다 됐습니다, 저어주세요, 쿠쿠
쿠쿠, 할아버지는 고개를 끄덕이며 발장단을 친다
알았다, 쿠쿠! 잘 먹겠다, 쿠쿠!

밥주걱을 수돗물에 적셔 밥을 푸고는
시어빠진 김치 국물로 밥상을 차린 노인
볼륨이 잔뜩 키워진 텔레비전 앞에 다가앉는다

이병국

강화

알루미늄합금으로 만든 갑옷을
입고 뛰어올랐다

망토가 펄럭였다 그런데
로봇은 망토를 입지 않는다지

인류 최후의 날이 오면
곳곳에 파인 상처가 전리품처럼 남아
학교는 안 가도 된다지

옆집 명수와 싸움을 해도
마당이 넓어
나무칼도
발사된 주먹도 가 닿지 않고

삼단 변신을 하기 위해서는 먼저
합체를 해야 한다지 마당엔 빗금으로

어지러운 발자국

아빠는 엄마를 찾으러 갔고
엄마는 아빠를 찾으러 갔고

훈이는 김 박사를 찾으러 갔다지
전차도 전투기도 없는 기지가 집요하게 문을 걸어 잠가

부러진 나무칼 위로 투구꽃이
활짝 폈다

단단해져야지

알루미늄합금으로 만든
나는

토렴

따뜻한 한 그릇을 먹고 싶어 식당에 들렀습니다.
오랜 시간 앉아 그늘을 쬡니다.
반복되는 손짓이 무거워
한 발을 다른 발로 지그시 밟습니다.
떠내려간 시간으로
오늘을 건져냅니다.

맑은 바탕이 버텨낸 마음을
거푸 뒤집습니다.
주름진 꿈을 바라는 것도
엊그제 놓고 간 기대를 내일이 외면하기 때문입니다.
한 손이 다른 손을 감당하는
소용이 먼저입니다.

식탁 위에 놓인 일과처럼
이해를 구한 적은 없습니다. 한 숟갈 퍼 넣은
다락처럼 허리를 펴본 적도 없습니다.

절반쯤 뻗은 다리가
서로의 품으로 교차할 때
접힌 세계처럼 허기가 져
하루가 집니다.

그렇게 이번 신발도 구멍입니다.
새끼발가락부터 닳아
밖으로 나가려는 평범과
가둬두려는 일상이 부딪칩니다.
그럴 때마다
뒤꿈치에 굳은살이 박이고
신발 뒤축이 닳습니다.

돈을 내려고 주머니를 뒤지니 생활뿐입니다.
만감은 쉬운 일이 아니라는 듯
담은 만큼 퍼내라 합니다.
지우고 난 후여도

우러나는 것은 어쩔 수 없나 봅니다.

시시한 이전을 다시 처음으로 돌립니다.

문턱에 걸려 넘어질 뻔했습니다.

고르디우스의 매듭

10

그러니까 아직은 만족할 수 없다는 것이지요

열 편의 시는커녕 열전列傳의 한 장도 차지하지 못하고 카페에서 친구들과 시시한 이야기를 나누어요

그대로 괜찮다는 건 스테레오 타입의 인물을 반복하는 거래요

채널은 자꾸 돌아가요

해협을 통과하는 내가 자꾸 침몰해요

내가 아니라 네가

무한 반복되는 무한도전의 영웅이라서 테이블을 전부 차지하네요

비용은 선불입니다

차용은 후불입니다

전용은 더치페이입니다

내 거라고는 갹출 된 한 편의 불안

후려치지 말고 펜을 드세요

첨삭 들어갑니다

그전에 돛을 좀 똑바로 세워요

9

참담합니다

전락의 전략이 적막을 남기고 퇴각했습니다

폭우가 내려 저류지를 메웁니다 누군가는 빈자리를 귀신같이
알아채지요

그게 나는 아닙니다

화려한 깃발이 만장입니다

환장입니다

헌 말이 꼬여 새로운 말의 다리를 겁니다

확장입니다

그러니까 지난 영웅이 타던 말이 2센티미터 안에서만 치닫습
니다

환호가 공간을 채우지만 트랙은 둥글둥글합니다

한 방향으로 나아가야 합니다

그게 나는 아닙니다
뒷걸음질하다 말이라도 밟을라치면 이미 나는 추락할 것입니다
제발, 나를 밟지 마세요

8

자, 이제 그럼 당신의 몸뚱이를 좀 치워주시오
체념의 걸음이 그 무엇을 디딜 수 없다면 허위의 허무를 진심이
라고 믿어주시오
찬란한 지루함이 그늘을 증명하듯이
한 걸음만 옆으로 미루어주시오
스스로 여전함을 알거든 깊어지는 무지의 그림자를 침묵으로
침몰시키지 마시오

어둠이 무거워 눈을 뜰 수가 없소
포기하거나 끊어버리거나
삶의 감각이 무엇인지 몰라 겨우 반복을 밀어내고

처연凄然을 입소

그러니까 이제 당신의 몸뚱이를 치워주시오
이왕이면 비루한 지팡이와 구멍 난 머리와 공교로움에 봉착한
명령의 경악도 가져가 주시오
테이블에 놓인 망각과 당신의 망막에 맺힌 공포를 헤아릴수록
나는 자꾸 악몽을 꾼다오

뿌옇게 번지는 숨결을 고스란히 삼키고
헤아릴 수 없는 방향을 지켜볼 뿐이오

7

국도를 밟고 가다 녹을 먹지 않았기 때문에 그는 급하게 방향을
틀었다 오른쪽이었다면 그의 심장은 왼쪽으로 쏠렸을 것이고 고
스란히 마주 오는 세월을 감당해야 했을 것이다 다행히 그는 좌회
전 신호를 받았고 쏟아지는 빗줄기를 받아내었다 흠뻑 젖은 시간

이 오래되었으니 이제 그만해도 될 텐데 비는 어제처럼 내리고 고
속도로는 멀기만 하고 그러고 보면 국도의 형질 변환이 그의 오늘
을 고속화하고 말았다는 것인데 신호는 무참하고 삶은 빽빽하게
뒤로 갔다 모든 길은 통한다지만 원치 않은 길이 방향을 앞세우고
있어서 자꾸 진창에 빠진다 와이퍼가 오작동한다 나란한 누군가
는 가식을 가신으로 삼아 신화처럼 신는다 신랄하게 말하고 싶은
데 헛디딘 발이 신에서 멀어지고 그는 갈림길에서 방황한다 혼란
은 어쩌면 우리에게서 비롯되었는지도 모른다 그러나 노력의 차
이만큼은 받아들일 수가 없다

6

　부각된 자리를 내어놓고 앉으라 합니다
　눅눅한 질감이 바닥에 가득하고 부각은 튀김인데 툭 튀어나온
모서리 같은 것이라서 미끄러짐을 방지하는 독특한 기능을 자랑
합니다
　그러니까 앉아도 무감하지 않습니다

테이블 차지는 일 유로이지만 한화로 천이백삼십일 점 칠십팔 원입니다 소수점 이하는 올림으로 처리하겠습니다 천이백삼십이 원인데 내일은 또 다릅니다

담배를 손에 들고 토로합니다

한 모금에 스물네 마디, 열두 개의 묶음으로 반복합니다

뾰족함을 둥글게 치대봅니다

말하지 못하는 입이라도 비행기를 태울 수 있습니다 그전에 여기를 벗어날 수 있을지는 의문입니다

나는 당신과 함께하겠습니다

5

닻을 내리고 너를

4

불그스름한 이끼를 머금고 그가 서 있어요

건져 올리지 못한 희망을

하늘에 걸어놓았어요

노을이 오랜 책들의 무덤을 지피고

밤을 지새울 준비를 해요

그의 둥근 몸을 봐요

멋쩍은 시선이 교차하고 한참을 서서 나이테를 새겨요

그는 한 아름에 감기지 않아요 다름이었으면 멀찌감치 떨어져
있었을 거예요

어쩌면 우리는 낯선 이유로 의미를 잃은 봉화와 같아요

눅눅하게 메마른 하루가

예외라면 예외겠지만 허둥지둥 짚어낸 허방에 몸을 뉘는 일이
익숙하네요

그와 나란할수록 깊어져요

하늘이 참 멀어요

3

잘린 목을 옆구리에 묶고 다니는 사람이 있소
과감을 선명하게 외치는 사람이라서
집에 돌아가 갈증을 가름하오
나누어 다름을 증거하고
그대로 영원하길 바라오
오늘의 그는
눈을 감고
귀를 막고
입을 닫고
과감하오

정상을 잃은 추상抽象의 추상秋霜처럼
단단하게 뭉쳐놓은 말이 안개에 파묻혀 흐릿하오
중얼거리는 그의 말을 알아들을 수가 없어서

하루가 지지 않소
실수라고 하기엔 허수가 많아
삶의 정수를 그에게서 찾을 수 없다오
나도 퇴근하고 싶소
불룩한 미로가 영원하오

2

하얀 마스크를 쓰고
선을 따라 걷고 있다

좁아지는 해협을
놓칠세라
날개를 접고
다리를 절고

미끄러운 길을 비끄러매는

누렇게 바랜 끈

감당을 담당해야 하는 이가 길 위에 서 있다

서로를 매듭으로 묶고
한 걸음에 한 모금씩 금지를 풀어보려 한다
단번에 끊어내고 싶어도
허락된 것은 한 걸음
그리고
한 걸음
그리고

좁아지는 날

1

나는 홀로 서 있지 않아요 열 편을 채울 수도 열전을 지을 수도

없지만 나는 홀로 서 있지 않아요 손가락이 열 개라는 건 다행이
지요 마침 맞춤이라고 오늘도 소리 내봅니다 그러고 나면 아무것
도 아니라는 듯 당신의 얼굴을 마주할 수 있거든요 그렇다고 물구
나무를 서서 당신에게 갈 수는 없어요 발을 잃지 않기 위해 우리
의 발자국에 발을 넣어봅니다 반복되는 하나가 열렬을 품고 깊어
가네요

0

아무도 손을 들지 않는다
그럼에도
그냥 아는 것이 있다

어스름의 무게로 궁극을 지운다

그러므로
졸렬한 세계를 단번에

잘라낸다

1

처음부터 다시

이권

돌부처

경주 남산 마애여래좌상 돌부처
노을 진 금오봉을 바라보고 있다

수천 수백만 번의 정질로
바위 속 부처를 꺼냈을 사람들

묵언 중인 바위에
부처의 마음을 새겨 넣는 일은
결코 쉬운 일이 아니었을 것이다

경주 남산에는 아직도
바위 속에 숨어 계신 수많은 부처가 있을 것

나도 저 바위 속으로 걸어 들어가
돌부처가 되고 싶다

누군가 나를 꺼내줄 때까지

한 일억 년쯤 살다 나오고 싶다

비주류

시인들 정기모임이 있는 날
서울만 올라가면 공고한 주류 앞에
말 한마디 건네지 못하는
변방의 비주류 시인이 된다

리얼과 서정이 은유와 환유가
침을 튀기고 있을 때 나는
있는 듯 없는 듯 구석 자리에 유폐된다

아무도 나를 호명하지 않아
박수만 치는 관객이 되어간다

항상 중심이지 못하고 변방인 나
오늘도 끝내 누설되지 못한 채
회비만 내고
영종도 집으로 돌아가는 중이다

甲질하다

甲은 언제나 당당한 첫 번째이고
乙은 두 번째 서열이지만
납작 엎드려 있다

六十甲子를 돌고 나와도
여전히 乙인 나는 甲이 될 수 없었다
할아버지도 그랬고 아버지도 그랬다

사랑까지도 甲에게만 복무하려는
습성이 있다 계급이 낮은
가난한 사랑은 도둑 누명을 쓰거나 사랑을 잃는다

사랑을 잃은 이들이 모여
쿠데타를 일으키기 좋은 불금의 밤

술집마다 소환되어 오는 甲들
재판도 없이 즉결 처분 되고 있다

나도 오랜만에

그 누군가를 소리 없이 처형했다

김림

이소

계양산 벼랑에 막혀 머뭇거리나
봄소식 배달이 늦은 철거촌 상가
꽃샘바람 깨진 유리창을 힘겹게 넘고 있다
찢어진 포장지에 떠밀려
사람들은 다 떠나고
깨진 유리들 사이에 둥지 튼
어린 고양이만이 지키고 있다
나오너라 나오너라
출근길 서두르던 사람들
차마 발길 옮기지 못한 채
고양이 울음을 달랜다
꽃샘바람 한차례만
기침을 쏟아도 온몸이 흔들리며
삐그덕 내려앉는 골조들
사색이 된 동공 속에
깊이 모를 공포가 들어찬다
달아오른 솥뚜껑 밟고 선 듯

어쩌지 못하는 어미 사이를
무심한 한 떼의 그림자 지나고
화들짝 놀란 새끼고양이 너머
무너지는 유리 더미를 헤치며
어미 고양이가 다가간다
문득
건너편 철거 예정지 문가에서
차마 고향을 버릴 수 없어
해바라기하던 할머니
아직 철거할 수 없는 시간이
많이 남았다는 듯
햇살 뜨개질이 한창이다
깨진 유리 아래 둥지를 튼
고양이 母子 앞에서
전철역으로 가는 길이 한참이나 멈춰 있다

심장 근처

우체국 계단 앞에서 길은 끝났다
해그림자 누워버린
비스듬한 저녁

아직은 체온이 배어 있을 손 편지 대신
표정 없는 활자체를 읽어 내리는 뻑뻑한 눈
감정은 사치라는 듯
기계의 부속처럼 움직이고 있다
주소를 잊어버린 우리들의 시대
편지를 쓰고 우표를 붙이던 풍경은
우정박물관 한 귀퉁이에 박제되었다
사랑의 문장을 읽던 계단은
한숨의 층위를 높일 뿐
우체국으로 오르는 계단은 가파르다
계단으로 향하는 미끄러운 과로의 시간
너덜거리는 바퀴는 지친 두 다리에 제 몸을 기대어온다
죽은 시간 곁에서 채근하는 삶

어두운 터널이 너무 깊어 그는
제 몸을 심지 삼았나 보다
심장 근처
움푹 파인 눈물샘 하나
퍼내어도 마르지 않던 그즈음.

반지하 半地下

여기도 뺏기면 어디로 가나
막막하여 하늘을 본다
공항을 나는, 하늘을 뺏긴 새들
1분마다 뜨고 내리는 비행기 엔진에
순식간에 한 생애가 빨려든다
공중분해 되어버린 새의 조각난 몸
흔적 없다

지상에도
지하에도
어디에도 편입되지 못한 무소속의 엉거주춤
서지도 앉지도 못한 회색 중간 지대에
짧은 햇살이 지난다
기죽어서 욕심내어보는 한 줌 햇살
언젠가는 온전히 품으리라
차곡차곡 접어 넣는 눅눅한 희망

정우림

유일한 목격자

길이 내게로 흘러듭니다
팔팔 끓어오르는 흙길로 뱀들도 흘러듭니다

길의 태도는 완강하고 분명합니다

오직 죽음으로 가득 채울 뿐, 뱀의 가죽을 버젓이 말리고 있습
니다
바람이 이곳에선 미련을 부립니다
풀잎을 흔들어 깨워봅니다

오늘은 어제보다 울퉁불퉁하고 단단합니다

왜 이 길을 고집했을까요
얼룩의 그림자는 길 위에 고정되어 있습니다
발자국이 두려움에 떨겠지요
길을 꽉 물고 지켜보는 목격자는 길에서 길을 놓치고 말았습
니다

반은 무덤이고 반은 길입니다

트럭의 바퀴와 버스의 몸통이 길을 가르고 갑니다
누구나 이 길에서는 함부로 소리 질러서는 안 됩니다
흙먼지가 흙으로 돌아갈 때까지

모든 것은, 뱀의 죽음을 본 순간부터였을까요

태몽은 차갑고 미끌거립니다
이 흙길에서 저는 저도 모르게 죄를 지었나 봅니다
아이를 놓치고 핏덩이 쏟으며
그늘조차 허락하지 않는 흙길은 원망하지 않기로 합니다, 그저
미리 가버린 이름 없는 이름만 불러봅니다

탄천으로 달려가 보니

흰나비 떼 날아오른다 물살이 탱탱하게 부풀어 오른다

외발 담근 왜가리 사이로 물살이 빠르게 흐른다
화석이 된 잿빛 그림자
흔들린다 뾰족해진 물소리

앉아 있을 수가 없어서 달려왔다
눈 찌르는 모퉁이 날카로운 빌딩들 등에 지고 건너서
달려오는 그림자는 속도 속에 날카로웠다

천변을 따라 길이 갈라졌다
갈라짐으로 시작된
오늘의 길은 어제의 길
실타래처럼 꼬인 햇볕과 비밀을 캐던 속도가
느긋해진다

어머니가 칡꽃을 물에 띄워 보내고

검은나비 떼는 천변에서 사라졌다

바람의 뒤꿈치가 물장구치고 물소리는 징검다리로 먼저 달려
간다

한때 숯을 나르던 탄천에서 자전거를 탄다 그림자 하나 굴러 들
어간다

왜가리 부리가 수면을 뚫고 날아오른다

헤링본 스타일

하늘과 바다에 금을 긋는다
수평선이 시퍼렇다 청어의 등뼈처럼 날카로운 파도

파도의 면도날에 잘린 청어는 어디로 날아가고 있는가
짓무른 등에 핀 가시무지개와 함께

해는 벌써 익사하고 달은 긴 그림자 풀어헤치고

야렌 소란소란소란소란소란 불어오지 말아라 밤중의 돌풍아*

오늘은 남은 날들 속에서 죽기 알맞은 날
푸른 아가미가 붉어지고

검은 초침이 절뚝이며 과거를 데려오는 시계탑
밤바다의 등에 상처 남기는

먼바다의 신화를 낚는 어부, 당신은 웃고 있다

청어가 떠나간 바다를 배경으로
헤링본 무늬 셔츠를 입고서

오래전 죽어 여기 있는 나는, 사진 속에 없다
내 몸 어딘가에서 빠져나간 청어
당신의 등뼈에 살고 있는 청어

최초의 어떤 시간은 아무도 기억하지 못하고

* 일본 홋카이도는 청어의 바다, 이제는 청어를 기리는 노래만 바다를 소란스럽게 불러온다.

옥효정

상처꽃

생애 어느 횡단면을 볼 수 있다면 어떤 모습 어떤 빛깔일까 어설프고 구멍 많은 날들은 시간의 누름돌 아래서 육포처럼 치밀하고 단단해졌을까 골목 모퉁이 쪼그리고 앉아 있는 언어의 파편들은 그때처럼 발화發話를 꿈꾸고 품을 내어준 자리에는 나비가 날고 있을까 제 몸 타는 줄 모르고 불꽃이었던 날과 비 내리는 가을 저녁 안간힘을 다해 버티는 나뭇잎이었던 날, 안개에 눈이 멀어 혼자 술래로 버려진 날들을 비집고 올라온 자리에 피는 꽃, 상처꽃이라 했던가! 관계의 불협화음을 봉합한 자리에 흘러내리는 인연의 마그마

외줄

떨어져서야 오를 수 있는 하늘,
다섯 아이를 지문처럼 남겼다

매일 밧줄의 길이만큼 지상으로 내려왔다
하늘이라기엔 너무 낮았고 땅이라기엔 너무 높아 어디에도 속
할 수 없는 그는 언제나 경계인이었다 그를 하늘이라 부르기도 땅
이라 부르기도 하는 이유였다

허공의 한 점으로 매달린 그는 태양과의 정면 승부밖에 달리
길이 없었다 손의 움직임이 빨라질수록 바다의 시원始原 같은 물
방울이 피부를 뚫고 올라왔다 콘크리트 캔버스에 붓질을 할 때마
다 마음속 색깔이 배어 나와 몇 번이나 덧칠을 해야 했다 허기가
몰려올수록 MP3플레이어의 볼륨은 높아지고⋯⋯

이 세상 어디가 숲인지 어디가 늪인지 그 누구도 말을 않네*

순간 밧줄이 곤두박질쳤다 그의 귓가를 맴돌던 음표들도 산산

조각 났다 잘려진 채 공중에서 아우성치는 밧줄과 바닥에 널브러
진 밧줄 사이, 하늘과 땅의 경계가 뭉개졌다

　물으로 넘어온 바다는 뜬눈으로 밤을 지새웠다

* 가수 조용필의 노래 「꿈」에서 인용.

꼬리

12월 마지막 날 밤 호미곶 〈할매집〉에서 꼬리곰탕을 먹는다 꼬리물기 하는 택시 때문에 사고가 날 뻔했다고 말문을 연 친구는 화가 가라앉지 않는지 연신 눈꼬리를 치켜세운다

범생이라는 꼬리표를 달고 다니던 우리는 아직 끓고 있는 뚝배기에서 꼬리 하나씩 건져 들고 '설국열차'*에 오른다 앞 칸과 꼬리 칸의 선택 대신 단백질 블록 같은 꼬리 살을 뜯느라 대화는 자주 끊어졌다 밀봉에서 풀려난 참이슬은 식도를 타고 급강하하다가 길을 잃고……

브라운관 TV에서는 내레이터의 목소리가 다급해지고 여우에게 쫓기던 도마뱀의 사생결단, 잘려진 꼬리가 아우성치다가 여우의 입속으로 사라진다 한평생 꼬리의 삶을 살았던 할머니는 용의 꼬리보다는 뱀의 머리가 되라고 했다

수많은 기다림의 눈빛이 바다 한 점에서 만나 불을 일으켰다 둥글게 타오르는 불꽃, 너와 나의 구별이 사라지고 환호성만 남았다

은하수를 초속 225Km로 도는 태양에도 꼬리가 발견됐다는 뉴스
가 속보로 뜬다

　우리는 꼬리가 간질거려 불꽃 속으로 뛰어들었다, 그해 첫날이
었다

---

* 봉준호 감독의 영화. 꼬리 칸에 탄 사람은 앞 칸에 탄 사람들의 소모품이며 바퀴벌레로
　만든 단백질 블록으로 연명한다.

금희

미안하다, 산세비에리아
— 레게 풍으로

지난겨울 보일러가 꺼진 방에서
산세비에리아가 동사했다
문을 열자, 황달기에 말갛게 부은 몸이
물컹, 녹아내린다
잿빛 곰팡이가 구석구석 박힌 노래를 닦으며
손바닥만 한 창문을 연다

저기 솟은 해가 뚱뚱해 뚱뚱해 뚱뚱해
바퀴벌레 쥐며느리 동장군은 비겁해 날렵해 홀쭉해
고향의 노래를 불러줘 검은 땅과 비릿한 풍요에 감사해

열대에 풍만한 바람을 기억해 물큰한 향기를 들려줘
혈관을 타고 흐르는 저 이글대는 열대의 혈액
일렁이는 파도의 시푸른 이빨로도 다치지 않는
야이야이야이야 허 이야이야이야이야 허

빛나는 야생의 나팔 번뜩인 포효하는 별빛

뜨겁게 달리는 전사의 함성이 멈추지 않게
그치지 않는 태양의 노래를 기억해 불러봐 들어봐
야이야이야이야 허 이야이야이야이야 허

늙은 벽지가 일어선다
발바닥을 타고 오는 냉기를 서둘러 빠져나온다
미안하다, 오늘 자 신문지에 싸서 버린
내 청춘 아프리카 한 포기

가끔, 물고기

아파트 이십 층에서 보면
가끔,
정말 드물지만
새가 물고기처럼 헤엄을 치듯 날아갑니다.

그러면 차차
어항 속에 있는 것이 나인 듯
이상한 착각이 들곤 합니다.

날이 무언가 올 듯
찌뿌둥한 날에
새 한 마리 날지 않는 날에

그 물고기
아니 새가 그립습니다.

나의

창은 이렇게 작고
밖은 저렇게 넓은데
새가 날아올 리 만무인데 말입니다.

날개를 펼치지도 않고
새가 헤엄쳐 간 발자국 따라
가만 손으로 짚어봅니다.

비가 온 곳을 다녀왔는지
발자국마다 흥건합니다.

어쩌면 어항 속에서 보는 것들은
모두 물기를 머금기 때문인지 모르겠습니다.

등지느러미가 바로 섭니다.
오늘은 새가 날아간 곳으로 다녀와야겠습니다.

맑은 날을 동무해주러
날갯짓하는 법도 깨우치러

새

그래!
지상에 온전한 삼발이들은
모르는 게지

불완전한 이발이들의
뒤뚱거림을

대개
이발이들은
하늘에 적籍을 두고 있다는 것을

접은 날개를 활짝 펴
날아오르는 날엔
외발 타는 해, 달, 별들이 마중 나오는
아흔아홉 칸 하늘집이 들썩들썩한다는 것을

소설

이
상
락

——— 숨은 말 찾기

어린 시절 시골집 마당에서 뛰어놀다 문득 고개를 젖혔을 때 까마득히 먼 창공에서 아무 소리도 없이 은빛 날개를 반짝이며 남쪽, 혹은 북쪽으로 날아가는 비행기를 물끄러미 바라본 적 있으십니까? 꽁무니에 흰색 크레파스를 매단 그 작은 비행 물체가 쪽빛 하늘에다 함부로 금을 그어놓고 사라질 때까지 아쉬워하며 하늘 바라기를 한 경험이 있으시다면, 주저 말고 우리 동네 고강동으로 오세요. 잠자리채를 들고 옥상에 올라가면, 텔레비전 안테나 위로 스치듯 날아가는 아주 잘 생긴 고놈을 거뜬히 사로잡을 수 있을 것입니다. 그뿐인가요? 10년 혹은 40년이나 50년 전, 당신이 너무 고단하여 삶의 어느 구비에다 차마 놓아두고 온 기억이 있다면, 걱정 마세요. 저 괴물 같은 비행기가 쏜살같이 시간을 거슬러 날아가서는, 당신의 그 숨어 있는 기억들을 고스란히 찾아다 줄 것입니다. 그러니 고강동으로 오세요. 이사하는 때를 잘 맞추기만 하면, 온 동네를 진동하는 장엄한 팡파르가 당신의 고강동 입성을 환영할 것입니다.

—에이, 차암, 천도를… 그처럼 경솔하게 결정하는 게 아닌데….
은영이 낭패스런 표정을 하고 말했다. 규섭은 영문 몰라 세간 꾸러미들 틈바구니의 쟁반에 수북이 쌓인 복숭아들을 내려다보았다. 이삿짐센터의 인부들이 가재도구 꾸러미들을 두엄 바지겟짐 부리듯이 되는대로 내던져놓고 사라지자마자 딸아이 어진이는 '아빠, 짜장면!'을 외쳤고, 은영은 과일 귀신답게 거의 동시에 '여보, 슈퍼에 가서 과일 좀!'으로 운을 맞췄다. 그래서 달려 나가 사온 것이 천도복숭아였는데 은영은 고놈 한 개를 집어 들어 깨물더니 어깨를 오싹 움츠리고 부르르 떨기까지 하면서 그렇게 말했던 것이다.
—지금이라도 바꿔… 올까?
연립주택 입구 맞은편의 복지슈퍼 진열대에는 수박도 있었고 사과도 있었으며 토마토나 바나나도 있었다. 아니, 천도복숭아 말고 그냥 복숭아도 있었다. 그 여럿 중에서 천도복숭아를 선택한 이유를 군이 대자면, 먼저 과일 귀신인 은영은 평소에 딱히 종류를 가리는 법이 없을 뿐 아니라, 천도복숭아가 진열대의 맨 앞쪽에 있었다는 정도다. 은영은 천도복숭아 하나를 잠깐 만에 해치우더니 다른 것을 집어 들어 다시 한 입을 베어 물고 나서 말을 이었다.

―장수왕이 국내성을 버리고 평양으로 천도한 것은 결과적으로 고구려가 북방으로 영토를 넓혀갈 수 있는 기회를 스스로 접어버리는 결과를 초래했고, 반대로 백제 성왕의 사비 천도는 보다 광활한 영토를 경영하기 위한 전략으로 단행됐지만 군사 방어 전략상 취약점을 초래해서 결국 나당연합군과의 전쟁에서 패하게 됐는데….

―뭐야, 그러니까 천도라는 게….

―서울에서의 셋방살이도 나쁘진 않았잖아요.

은영은 시선을 창밖의 교회 첨탑 어름에다 방치한 채 규섭의 말허리를 잘랐다.

―여기, 부천 고강동으로 이사를 온 명분이 뭐였지요? 단순히 집값이 헐하니까 연립주택 한 칸 장만해서 우리도 현관문 앞에다 문패 한번 달아보자, 그거잖아요. 그런데 당신 출퇴근길은 더 멀어졌고… 섣부른 천도였어요. 어이쿠, 설상가상으로 그 느닷없는 굉음이라니….

규섭은 맥 빠진 눈길로, 평양 혹은 사비 천도를 중얼거리는, 역

사 선생 출신인 아내의 입술과 쟁반에 담긴 불그죽죽한 천도복숭
아를 번갈아 흘겨보았다. 애당초 그곳을 새 도읍지로 물색한 사
람도, 마뜩찮아하는 아내를 무시하고 천도를 결행한 쪽도 규섭이
었으므로 무엇인가 잘 못 됐다면 고스란히 그가 떠안아야 할 몫
이었다.

　—엄마, 이제 우리 집이 생긴 거 맞지? 그지?

　—생긴 것이 아니라 우리가 새 집을 산 거야.

　—우리 집 이름이 한일빌라라고 했지? 유치원 때 짝꿍이었던
보람이 있잖아? 서초동으로 이사 간 애 말야. 개네 집도 빌라랬는
데, 뭐라더라…. 어, 남일빌라. 우리 집도 보람이네 집만큼 좋아?

　—좋은 집 나쁜 집이 어딨어. 거기 사는 식구들이 서로 사랑하
고 화목하게 지내면 그게 제일 좋은 집이지.

　—엄마는 뭐 내가 어린앤 줄 알아. 이래봬도 4학년인데. 좋은 집
은 휠 비싸잖아. 아빠, 안 그래?

　—휠?

　—에이, 훨씬, 말야.

　—허허허, 그게 그런 뜻이니? 두 글자도 못 참아서 한 자로 줄
이다니. 그건 그렇고, 아 참, 보람이네 집이 남일빌라랬지? 으음,
남일이라… 맞아, 그건 강남에서 제일 좋은 빌라라는 뜻이야.

　—와, 보람이는 좋겠다.

　—부러워할 것 없어. 지금 우리가 가서 살 부천의 한일빌라는
한국에서 제일 좋은 빌라라는 뜻이니까.

규섭과 은영이 외동딸 어진이와 함께 이삿짐 트럭의 조수석에
구겨 앉아 그곳 고강동을 향해 출발했을 때만 해도 그들의 진군은
제법 씩씩하였다. 더불어, 이사 갈 집을 물색하고 분양계약서에 인
감을 누르고 중도금을 치르는 등 고강동 천도를 도맡아 주재했던
규섭은, 장수왕이나 성왕만큼은 아닐지라도, 아내와 딸 앞에서 제
법 어깨가 으쓱한 바 있었다.

　그런데, 이삿짐 트럭이 고강동 들머리로 꺾어들어 전봇대 두어
간격쯤 굴러갔을 때, 규섭은 그가 점지한 도읍지가 영 아니라는
사실을 실감했다. 처음엔 근처 어느 공사장에서 레미콘 트럭이 회
반죽을 부리는 소리인가 했는데, 이윽고 바위산 하나가 통째로 무
너지는 소리가 엄습하더니, 초등학교 운동장만 한 비행기가 머리
위를 스치고 지나갔다. 은영과 어진이는 부둥켜안은 채 트럭 의자
밑으로 고개를 처박았다.

　—아니, 이, 이게 도대체….

　—규섭이 차창 밖으로 고개를 빼고 놀란 눈길로 그 괴 비행체
의 꽁무니를 더듬는 사이, 이삿짐 트럭의 운전수가 구경거리 생겼
다는 표정으로 껄껄껄 웃었다.

　—모르셨어요? 쯧쯧쯧. 집 속아서 사셨구먼. 겨울철에 계약하셨
지요? 겨울에는 비행기가 주로 이착륙하는 방향이 이쪽이 아니어
서 하루에 한두 번 지나갈까 말까 하는데, 요즘 같은 여름철에는
하루에도 수십 번 지나다니니 꽤나 시끄러울 걸요. 이제 이삿짐 풀
고 이웃들 사귀어보면 아시겠지만 여기 고강동 사람들은 목소리가

이상락 숨은 말 찾기

웅변 연사들처럼 굵다니까요. 비행기 굉음을 뚫고 의사를 전달하
자면 그래야 하니까요. 그게 다 적자생존 아니겠어요, 허허허….

─이삿짐 트럭 운전수의 말은 사실이자 진리였다. 연립주택 옥
상에서 쳐다보면 비행기의 강림은, 밑바닥의 페인트 벗겨진 자국
이 흡사 부잡스런 시골 아이의 부스럼 자국처럼 적나라하게 드러
나 보일 만큼 실감이 났다. 고놈이 지붕 위로 지나칠 때면 창문이
부르르 몸살을 떨고 찬장의 그릇이 달그락거렸다. 전화 통화를 하
다가 녀석이 가까이 오는 기색이면, 죄송한데요, 전화 끊지 말고
20초만 기다려 주실래요? 김포공항이 바로 옆이라 비행기 소리가
심해서요, 그러면서… 통화가 끝나고 나면 애꿎은 송수화기를 내
팽개치기 일쑤였다.

─그러나 그들은 그 운전수의 말마따나 적자생존의 지혜를 서
서히 터득해갔다. 이사 초기, 비행기 소리에 두 귀를 틀어막는 등
신경질적이었던 딸아이 어진이는, 몇 달이 지나자 멀리서 비행기
가 가까이 접근해오는 기색이면 그분이 오신다아, 라며 비행기가
강림하며 내는 굉음을 그저 그런 일상의 소리로 받아들이던 것이
다. 학교에서 이런 우스개를 주워 나르기도 했다.

─엄마, 아빠! 재밌는 얘기 해줄까? 6학년 언니 오빠들 반에서
있었던 일인데, 6학년 1반 담임 선생님은 숙제를 엄청 많이 내주
기로 유명하데. 어느 날 회초리를 들고 숙제 검사를 하기 시작했
는데 반 학생들 47명 중에 숙제 해온 학생이 단 한 명도 없었는데.
왜 그랬는지 알아? 종례시간에 그 선생님이 숙제를 냈는데 "에에,

오늘 숙제는… 국어책 몇 쪽부터 몇 쪽까지 어쩌고저쩌고, 수학책 어디서부터 어디까지 어쩌고저쩌고… 만일 안 해오는 녀석은 용서… 없다!", 그랬거든. 그런데 때 맞춰서 비행기가 학교 지붕 위로 날아간 거야. 그래서 학생들은 "에에, 오늘 숙제는 없다!" 그렇게 듣고 아무도 안 해간 거야. 웃기지?

많이 우스운 이야기였는데도 규섭 내외는 웃지 않았다. 어진이의 얘기가 끝나기 무섭게 은영이 한숨에 버무려서 "어이쿠, 맹모삼천지교까지는 들먹이지 않더라도… 이건 애한테 죄짓는 짓이야", 그렇게 토를 달았던 것이다. 그러나 정작 은영 자신도 남편인 규섭이 퇴근해 오자마자 이런 우스개를 전해주기도 했다.

─저기 슈퍼 뒤쪽 영남빌라에 사는 나리 엄마가 해준 얘긴데, 나리네 앞집은 방 두 칸에 시부모까지 모시고 사는 형편인 데다 애가 셋이나 된데. 그런데 이번에 늦둥이 하나를 더 낳았다네. 나리 엄마가, 식구가 많아서 부부 생활하기도 여의치 않을 텐데 재주도 좋다고 하니까 그 여자가 이렇게 대답하더래. 비행기 지나갈 때를 잘 맞춰서 하면 문제없어… 후후후, 웃기지?

─그렇게, 비행기 소리에 무디어져 가면서, 혹은 그 소리를 두부 장수의 종소리쯤으로 받아들여가면서 1991년의 여름을 잘도 견디고, 가을을 보내고, 겨울을 나고 있었다.

아침부터 텔레비전에서는 미국을 비롯한 다국적군이 이라크를 향해 미사일을 쏘아대는 걸프전의 실황을 축구 경기처럼 중계하고 있었다.

　─야, 실감난다. 저거 봐. 지상군이 소총 들고 쳐들어갈 필요 없다니까. 항공모함에서 저렇게 쏘아대니까… 저기, 저거 봐. 저게 바로 패트리어트 미사일인데 말이야….

　─규섭은 그가 좋아해 마지않는 프로복싱 중계를 볼 때처럼 흥분된 목소리로 그렇게 말했는데 그 모습을 지켜본 은영이 밥상을 차리다 말고 한숨부터 내쉬었다.

　─당신 눈엔 저게 전자오락처럼 보여요?

　─전자오락이 아니니까 실감 만점이지.

　─미사일 공격으로 순식간에 이라크의 마을 하나가 사라진다는데?

　─마을 하나가 뭐야. 그냥 쑥대밭을 만들어야지.

　─미국 마음대로 비행 금지 구역 설정해 놓고…. 아이고, 내, 말을 말아야지.

　은영의 입에서 '말을 말아야지'라는 소리가 나오자마자 규섭은 리모컨을 눌러 텔레비전을 껐다. 그러고는 은영을 향해 자세를 고쳐 앉았다.

　─나는 얘기할 건덕지도 안 된다, 이 말이지?

　─그렇게 말한 적 없어요.

　─그게 그 말이지 뭐야. 보나마나 나를 맹목적 숭미주의자니 수구 꼴통이니 그렇게 몰아붙이고 싶은 거잖아.

　─그런 얘기 그만 하시고… 기분 좋게 아침 먹고 출근하세요.

어진아, 밥 먹고 학교 가야지!

　규섭이 전의를 누그러뜨리지 않은 채 미사일 한두 발을 더 날리려는 찰나에 어진이가 노래를 흥얼거리며 식탁으로 다가왔기 때문에 자연스레 휴전이 이뤄졌다. 그런데 이 녀석이 흥얼거리는 노래가 요상하다.

　―자유 위해 미영오캐타 육해공군 보내고 프랑스 뉴질랜드 콜롬비아는 육해군을 보냈네…

　―무슨 그런 노래가 다 있니?

　은영이 물었다.

　―으응. 6·25 때 우리나라에 군사 원조를 해준 16개국을 외워 가는 게 숙젠데, 내가 가사를 만들어서 클레멘타인 곡에다가 붙였어.

　―야, 그거 좋다. 그러니까 미영오캐타… 미국, 영국, 오스트레일라아, 캐나다, 그리고 '타'가 어딘가, 아, 타이로구나. 그 나라들은 육해공군을 모두 파견해서 북괴놈들하고 싸워 주었다, 이 말이지?

　―그래, 아빠. 그리고 음, 베네룩스3국하고 필리핀, 터키, 그리스, 에티오피아, 남아프리카공화국도 우리를 도와줬는데 그건 노래로 못 만들었어.

　―그렇지, 어려울 때 도와준 은혜를 모르면 안 되지. 우리가 북괴하고 싸울 때…

　―그런데 아빠 왜 북한을 북괴라고 그래?

　―고놈들은 괴뢰도당이거든. 자, 밥 먹자, 오늘 아침은 반찬이

걸군 그래.

규섭의 입이 금세 헤벌어진다. 은영은 '걸프전에다 6·25까지 겸
상으로 차렸으니 반찬이 걸 수밖에', 그렇게 한 마디 비꼬아 주고
싶지만 참기로 한다. 저 사람은 전쟁 유복자니까… 그렇게 마음을
다독여 보지만 이런 문제로 규섭과 마주할 때면 어쩔 수 없이 벽
을 느낀다. 자신이 규섭과 결혼 생활을 계속하는 한, 숙명처럼 마
주해야 하는 환경이라고 치부한 지 오래였는데도, 순간순간 반발
이 생기는 것은 자신의 수양이 모자란 탓이라 여기기로 했다.

—여보, 고속버스 터미널에 안 나가봐도 될까요?

—같은 마을 오촌 당숙이 성남에 있는 큰아들 집으로 설 쇠러
가는 길에 함께 오시니까 알아서 잘 찾아오실 거야.

남해안 섬마을에 홀로 사는 노모 얘기다. 올라와 함께 살자 했
으나 노모는 노화도라는 섬을 떠날 생각이 터럭만큼도 없다며 손
사래를 쳤다. 여태까지는 규섭네 세 식구가 시골에 내려가서 차례
를 지냈으나 이제부터는 당신이 올라오는 쪽이 고생이 덜 된다며
아들네 식구들의 귀향을 말리던 것이다. 새 집도 장만했다 하니
구경을 안 할 수 없다고도 했다.

—그건 그렇고, 어머님 와 계실 때 비행기 소리 나면 어떡하지?
지지리 돈도 못 벌어서 비행기 지나는 길목에다 집을 샀다고 흉보
시겠다.

—걱정 마. 어머니 사시는 섬이 제주행 비행기가 지나는 길목이
어서 평생 비행기 구경하며 살아오신 분이니까.

―난 시골 할머니 말은 잘 못 알아듣겠던데….

어진이는 그것이 걱정이다. 은영도 마찬가지다. 하지만 자칭 섬
놈인 규섭이 통역관으로 버티고 있는 바에야 소통에 문제가 생길
여지는 없다. 규섭이 일찍 퇴근하겠노라며 출근길에 올랐고 뒤이
어 어진이가 '자유 위해 미영오캐타 육해공군 보내고…' 어쩌고
하는 가사를 클레멘타인 곡조로 흥얼거리며 학교로 향했다.

―거그 보따리 조깐 일로 쥐봐라이.

노모가 시골에서 가져온 보퉁이를 앞으로 끌어당겼다. 규섭이
야 안 봐도 내용물을 훤히 알겠다는 표정이었으나, 은영으로선 그
속에서 무엇이 불거져 나올지 몰라 호기심이 이는 한편으로 가벼
운 긴장감마저 들었다. 노모가 갯버짐이 군데군데 핀 푸른색 보퉁
이를 풀어 젖혔다.

―요놈들이 모다 짓상에 놓을 지물이니라.

―아, 이것들이 모두 아버지 제사상에 올릴 제물이라고.

노모의 말을 받아 규섭이 재빨리 통역을 했다. 은영은 터져 나
오려는 웃음을 간신히 눌러 참았다. 결혼 직후 시골에서 올라온
시어머니를 처음으로 만나 함께 시장에 간 적이 있었는데 노모는
생선이든 양말이든 시금치든 뭐든 손가락으로 가리키면서 '요놈
은 얼매요?' '저놈은 얼매요?' '고놈은?'… 모든 물건을 요놈, 저놈,
고놈이라 했다. 하기야 동식물이나 무생물을 '놈'으로 일컫는 쪽
이 한결 더 인간적이라는 생각이 들긴 했으나 귀에 선 '놈' 타령에

은영은 웃음부터 터트렸었다.

—요놈은 청각인디 깨깟이 싯쳐서 초에다 무쳐서 한 접시 올리고, 남재기는 됬다가 가실 짐장할 때 씨거래이.

—당신, 청각이라고 들어봤지? 이 청각을 갯물이 빠지도록 깨끗이 씻은 다음, 식초에 무쳐서 한 접시 올리고 나머지는 됬다가 가을 김장할 때 쓰라는….

노모는 그 외에도 갯가에 나가 손수 딴 굴이며 고동이며 홍합에다, 덜 말라서 꼬득꼬득한 문어까지 한 마리 꺼내 놓으며 요리법을 한바탕 설파하였다. 노모가 화장실에 간 사이 은영이 규섭의 옆구리를 찔렀다.

—여보, 차례 상에 올릴 음식, 격식에 맞춰서 다 준비해놨단 말예요. 근데 이 열 가지도 넘는 해산물들을 또 어떻게… 난 요리법도 모르지만 제사상 차리는 기준이라는 게 있는 법인데…

—아, 당신 시골 내려가서 제사 지내는 것 봤잖아.

—시골에서야 또 그 지방 방식에 따르더라도…

—나도 아버님 얼굴 한 번 뵌 적 없지만 바닷가에서 나서 거기서 살다 가신 아버님이 평소에 저런 해산물을 즐겨 잡수셨데. 돌아가신 분 생전의 기호 식품을 제상에 올린다는 것이 얼마나 합리적이야? 걱정하지 말라구. 요리는 어머님 당신이 다 알아서 하실 테니까.

아닌 게 아니라 노모는 자신이 보따리에 싸들고 왔던 그 갯것들을 재료로 손수 탕도 끓이고 무치기도 해서 남해안 섬마을 방식의 근사한 차례 음식을 장만했다. 아내가 준비해 두었던 도회지 식의 제수들과 어울려 이번 차례 상은 어느 해보다 걸판졌다. 누렇게 바래기는 했으나 경찰 제복을 입은 남편의 사진을 바라보면서 노모는 연신 눈시울을 적셨다. 그러나 선친에 대한 기억 한 자락 있을 리 없는 규섭으로서는 언제 보아도 사진 속의 그 얼굴이 좀처럼 자신에게 핏줄을 떼어준 부친이라 다가오지 않는 것이었다. 그러나 어쨌든 은영은 시어머니가 흡족해할 만큼 설날 차례를 잘 치러냈다는 사실이 마냥 신나는 듯 연신 싱글벙글이었다.

　—할머니 백 살 넘게 사세요. 텔레비전 보니까요, 백열 살 된 할머니도 계시던데요.

　—허허허, 우리 어진이가 그렇게 살라고 하면 살아야제. 아이고, 어진이는 갈수록 이뻐지는구나. 자, 복돈이다.

　어진이에게 세뱃돈을 건넨 노모는 규섭 내외가 세배를 하자 은영의 두 손을 당겨 잡았다.

　—전에 살든 집보담 훨썩 널룹다야. 집 장만하니라고 고상했지야?

　—고생은요. 집은 넓어서 좋은데요, 여기가 공항 가는 길목이라 여름철에는 좀 시끄러워요. 겨울에도 여객기가 이따금 지붕 위로 지나가는 걸요.

　그러나 노모는 은영의 말을 잘 못 알아들은 듯 엉뚱한 소리를 했다.

　—사람 사는 디가 너머 적막하면 씬다냐. 아그들 뛰는 소리, 엿

장시 가새질 소리, 그런 소리가 조깐씩 나야 좋제.

—그게 아니라 비행기가 이착륙할 때…

은영이 더 뭐라고 말꼬리를 붙이려 했는데 창밖을 내다보던 어진이가,

—엄마, 아빠, 할머니, 눈이에요. 눈이 와요!

그렇게 소리치는 바람에 쓸 데 없는 말이 돼버렸다. 더 이상 푸짐할 수 없을 것 같은 함박눈이 곱게 내리고 있었다.

—앗다, 초하룻날서부텀 갈포래눈이 곱게도 오시는구나.

노모가 흐뭇한 눈길을 창밖으로 돌리며 말했다.

—갈포래… 눈이오?

은영이 노모와 규섭의 얼굴을 번갈아보며 고개를 갸웃했고, 규섭이 다시 통역에 나섰다.

—아, 갯바위에 붙어서 자라는 파래 중에서 잎이 빳빳하고 탐스러운 파래가 있는데 그게 갈파래야. 저렇게 탐스럽게 내리는 눈을 보면 마치 갈파래가 너풀너풀 내리는 것 같다, 그래서 바닷가 사람들이 갈파래눈이라고 하는 거야.

—참 좋은 말이네. 적어놔야지, 히히.

—은영이 실제로 수첩을 펴고 적었다. '어흠, 한일빌라의 여자들한테 함박눈에 대한 가장 근사한 비유법을 강의하게 생겼군 그래' 하면서.

—할머니, 저하고 옥상에 눈 구경 가요.

—안돼. 할머니 감기 드시면….

그러나 노모는 추운 겨울에 평생 갯바람 쐤어도 고뿔 한 번 걸린 적 없다면서 어진이와 함께 눈 구경에 나섰다.

─자유 위해 미영오캐타 육해공군 보내고 프랑스와 콜롬비아는….

어진이 제 할머니의 손을 잡고 옥상으로 향하는 계단을 오르면서 또 그 노래를 중얼거렸다.

노인과 아이는 둘 다 끝에서 멀지 않아서일까, 노모의 파격적인 사투리에도 불구하고 어진이는 금세 할머니와 친한 말동무가 된 듯 보였다. 노모는 폴짝거리며 뛰어다니는 어진이를 간신히 붙들어서는 목에 두르고 있던 목도리를 기어이 어진이의 머리에 씌워 주었다.

─할머니, 할머니 어렸을 때요, 그 시골에도 눈이 왔어요?

─그라먼. 징하게 많이 왔제. 뒷산에 갈쿠낭구 하러 갔다가 목이 몰르면 산 너리박에 쌓여 있는 깨깟한 눈을 한 볼태기씩 집어 샘켰제. 갈증이사 눈을 묵으면 민할 수 있었제마는 숭년이 들어서 배고픈 것은 눈을 묵어봐도 어짤 수 없드랑께. 허허허, 겔혼한 지 사흘만에 친정에 댕겨오든 날도 눈이 징하게 많이 왔어야. 물팍까장 빠지게 눈이 쌓여서 할 수 없이 느그 조부님이 나를 업고 재를 넘어 왔니라, 허허허허….

─할아버지는 경찰관이셨다면서요? 수사반장이셨어요? 그런데 왜 일찍 돌아가셨어요?

─아, 느그 조부님? 그래, 순사였니라, 얼매나 잘 생겼었다고.

느그 아부지보담 인물이 훨씬 나았어야. 웬수놈의 육니오 사변 땀세….

그 때 은영은 설거지를 하고 있었고, 규섭은 전화로 직장 상사에게 새해 인사를 하고 있었다. 비행기 소리가 가까워지는가 싶더니 이내 한바탕 굉음을 뿌리며 지나갔다. 비행기 소리가 작아졌다 싶었는데 옥상에서 어진이의 비명소리가 들려왔다. 규섭과 은영이 동시에 현관을 빠져나가 옥상으로 뛰어올라갔다.

―아빠, 할머니가, 할머니가…

―할머니가 왜? 어디 계시는데?

―저기 평상 밑으로 들어가셨어. 저기…

노모는 평상 밑에다 작은 몸뚱이를 거의 다 숨긴 채 떨고 있었다.

―어진아, 이리 들어와서 엎제야 한당게 그래! 호, 호, 호저게가 왔당게!

은영은 놀란 나머지 어진이를 부둥켜안고 떨고 있었다. 규섭이 콘크리트 바닥에 엎드려 평상 밑으로 손을 뻗었다.

―어머니, 무슨 일이에요? 왜, 왜 그러세요?

―호, 호, 호, 호죽게 인자 가부렀냐?

―그게 무슨 말씀이세요. 호… 뭐라구요? 아까 그거 그냥 비행기예요. 제주 가고 부산 가고 미국도 가고 하는, 손님들이 타고 다니는 비행기라니까요.

다급한 나머지 규섭이 평상을 불끈 들어 모로 세워버렸고, 그 때에야 노모가 비칠비칠 몸을 일으켰다.

명절날 문을 연 병원이 없을 것 같아서 불덩이 같은 이마를 물수건으로 식히는 외에 달리 어쩌지 못하고 있었는데, 한참이 지나자 다행히 열이 가라앉았고, 노모는 이내 잠이 들었다. 그런데, 그비행기가 언제 또 지나갈지 모르는 상황에서 노모를 마냥 집에 있게 할 수는 없는 노릇이었다. 다급한 김에 우선 성남 아들네 집으로 설 쇠러 간 당숙에게 구원을 요청하였다.

―당숙이 오실 때까지 제발 비행기가 안 지나가야 할 텐데….

규섭은 어찌할 줄 몰라 거실 바닥을 자박거리고 있었는데, 은영이 그러는 그를 소파에 눌러 앉혔다.

―얘기 좀 해줘 봐요. 어머님이 왜 저러시는 것 같아요?

―글쎄, 그걸 모르겠단 말이야.

―비행기를 보고 질겁을 하셨을 때는 무슨 사연이 있으실 거 아녜요. 참 그, 뭐라더라, '호적게'라는 게 뭐지요?

―당신은 그렇게 들었어? 나는 '호죽게'로 들었는데?

―아니, 그럼 당신도 그게 무슨 말씀인지 모른다는 말예요?

―그걸 모르니 답답하다는 얘기지.

―그게 남쪽 섬 지방 사투리라면 그 지방 말에는 자신 있다는 당신이 몰라서는 안 되는 거잖아요. 저 혹시 6·25전쟁하고 아버님 돌아가신 일하고… 연관이 있는 말 아닐까요?

―나도 그 쪽으로 추리를 해보고 있는데…통 감이 안 잡혀.

―어머님이 전쟁 때 무슨 일을 겪으셨는지, 또 아버님이 어떻게

돌아가셨지는 알고 있을 것 아녜요.

—참, 나, 이런…. 전쟁 통에 나는 어머님 뱃속에 있었어. 아버님은 경찰이셨는데 남해안 바닷가까지 파죽지세로 내려온 인민군에 대항해 싸우시다 전사하셨고, 그 후 어머니는 뱃속에 날 담은 채로 이리 저리 도망 다니시다가 노화도라는 섬에 정착하셨고… 그게 내가 아는 전부야.

—잠깐만요. '호적게'라고 하시던 것 같던데, 혹시 전쟁 통에 군이나 면의 호적계 직원한테서 몹쓸 일을 당한 경험이 있으신 게 아닐까요? 호적게, 호적계…

—아니야. 공식 기록으로는 아버님은 완도의 부두전투에서 전사하신 걸로 돼 있단 말야. 내가 추리를 해보건대, 비행기를 그쪽 사투리로 '비양게'라고 하거든. 그러니까 '호적게'가 됐든 호죽게가 됐든 끝에 붙은 '게'자는 비행기를 뜻하는 기(機) 자일 거야.

—그럼 뭐예요? 호적 비행기? 호죽 비행기? 혹시 오랑캐를 뜻하는 '호적(胡狄) 비행기'라는 의미가 아닐까요?

—글쎄…. 이따가 당숙 오시면 한번 물어 봐야겠어.

—아이고, 참, 아들이라고, 아버님이 어떻게 돌아가셨는지 그 내력도 모르고 있었다니, 쯧쯧쯧.

—그런 소리 말어.

은영의 타박에 규섭이 풀기 없이 그렇게 대답해놓고는 눈 내리는 창밖 풍경 아무 데에나 초점 없는 눈길을 풀어놓고 있었다. 규섭이 담담하게 말을 이었다.

―내가 철이 들어서 세상을 둘러봤을 때 내 곁에 어머니 외엔 아무도 없었어. 아버지? 물론 한 번도 본 적이 없으니 그리울 턱도 없었지. 더군다나 초등학교만을 그 섬에서 다녔을 뿐 중학부터는 육지에서 하숙을 하며 다녔기 때문에 어머니로부터 아버지의 죽음에 관한 세세한 얘기를 들을 기회도 없었고…. '느그 아부지는 겡찰이었니라. 육니오 전장 때 인민군이 남쪽 육지 끝까장 쳐내레왔을 적에 용감하게 싸우시다가 인민군의 총에 맞아 돌아가셨니라' …어머니의 얘기는 그게 전부였어. 그거면 충분하잖아? 호적에 올라 있는 내 이름은 규섭이지만 동네 사람들이 부르던 이름은 유남이였어. 유남(遺男)… 유복자라는 얘기지. 하지만 난 내가 세상 공기를 마시기도 전에 돌아가 버리신 아버지를 위해서 나름으로 효도를 하며 살았다구. 초등학교부터 고등학교 때까지 반공 웅변대회며 백일장에 단골로 나가서 아버지를 죽인 북괴 공산당 놈들을 얼마나 많이 타도하고 규탄하고 저주했다고. 지금도 그래. 그 놈들에 대한 적개심으로 단단히 무장하고 사는 것이 돌아가신 아버지에 대한 도리라고 생각하고….

규섭은 아버지의 죽음에 대해서 아무것도 할 얘기가 없다고 했으나, 결혼한 지 13년을 지나온 동안, 은영이 남편의 불행했던 유년시절에 대해서 그만큼 얻어듣기도 처음이었다. 그건 그렇고, 그들 앞에 놓인 과제는 호적게인지 호죽게인지 아니면 호적기인지 하는 그 암호 문자 같은 말속에 어떤 비밀이 숨어 있는지를 풀어내는 일이었으나, 답답하게도 어떤 실마리도 떠올라 주지 않는다는 것이었다.

규섭과 은영은 부랴부랴 달려온 당숙에게 옥상에서 있었던 사건의 자초지종을 얘기하고 나서 그에게서 어떤 반응이 나올 것인지 침까지 꿀꺽 삼켜가며 지켜보았다.

―그랑께, 규섭이 느그 엄니가 호죽게라고 안 하디?

―맞아요. 그랬어요!

규섭과 은영이 동시에 소리쳤다. 당숙은 처음 당도해서는 은영이 차려오겠다는 술상을 사양하더니, 그 대목에서 다시 술을 청했다.

―아무 말씀 하지 마시고 잠깐만 기다리세요.

은영은 혹여 자신이 자리를 비운 사이 당숙이 중요한 얘기를 해버릴까 봐 그렇게 명토를 박아두고서 정종 주전자와 명태 찜 안주를 순식간에 내어왔다.

당숙이 거푸 두 잔을 들이켜고 나서 긴 한숨을 내쉬었다.

―전장이 터지던 그 해에 느그 아부지 나이가 시물다섯 살이었고 나는 느그 아부지보담 두 살 아래였니라. 느그 아부지는 2대 독자였응께 성제간이 없어서, 나하고는 사춘간이제마는 친성제간 맹킬로 지냈제. 나야 뭐 배운 것도 없고 해서 기냥 갯것이나 하고 바다에 나가서 괴기나 잡어묵고 살었제마는, 느그 아부지는 소학교도 나오고 중학도 댕기고 해서 겡찰서 순사가 됐니라. 어린 시절 이야기를 세세히 할라치면 한정이 없고, 그랑께 고거이 동란이

터지든 1950년하고도 음력으로 유월 중순이었을 거이다.

그 때 느그 아부지는 완도겡찰서 순겡이었는디 전장이 터진 마당이었응께 순사들도 군인하고 한가지로 적군하고 싸워야 했제. 그란디, 음력 유월달이 됭께 국군이 인민군한테 밀레 갖고 자꼬 남쪽으로 후퇴를 하는 것이여. 영산포 겡찰서가 인민군 수중에 들어가 부렀고, 금방 해남까장 내레올 참이었어. 그랑께 그 인근 지역 겡찰들이 전부 다 밀리고 밀레서 완도까징 피란을 해온 것이여. 민간인들도 솥단지랑 이부자리 들쳐 미고 청계산으로 피란 갈 준비를 하고 난리였제. 그중에는, 인민군도 좋은 시상 맹글겄다고 전쟁을 했다는디 민간인을 죽이기야 할라디야, 하고 피란을 가기는 커녕 장기나 한 판 둬야겄다, 그런 사람도 있었고.

—그럼 어머니도 피란을 가셨나요? 아버지는요?

—앗다, 규섭이 니가 에징간이 궁금한 모냥이구나. 그렇게 궁금한 것을 40년 동안이나 어치케 참았다냐.

당숙은 목이 탄 듯 정종을 아예 물잔에다 가득 따라서 벌컥벌컥 마시고는 말을 이었다.

—그 때 규섭이 너가 느그 엄니 뱃속에 있었니라. 다른 사람이라면 몸도 무겁고 함께 피란을 안 가도 괜찮았을 것인디, 인민군들이 겡찰 가족인지 알면 가만 놔두겄냐. 그래서 내가 느그 엄니를 모시고 청계산 피란길에 올랐제.

—그러면 그 때 아버지랑 헤어지신 거네요.

—아녀. 산으로 피란가기 전에 부두로 나갔제. 느그 아부지는

다른 순사들하고 같이 겡찰선을 타고 청산도든가 여서도든가…
하여튼 섬으로 피신을 할 참이었그등. 그래서 느그 엄니하고 나하
고 작별 인사를 하러 부두로 나갔든 것이여.

　—그래서 아버지를 만나셨나요?

　—으음, 만났어. 느그 아부지가 겡찰선에 탔다가 잠깐 내레서
내 손을 잡고 느그 엄니 잘 부탁한다고… 느그 엄니는 그 몸을 해
갖고도 느그 아부지한테 지발 몸성히 잘 다녀오시라고…. 그렇게
짠한 이별을 하고 배가 부두를 떠났제.

　—아니, 당숙님, 아버지는 완도의 부두전투에서 전사하셨다고
들었는데, 그럼 거기를 떠나서 섬 어디로 피신을 해서 거기서 전
투를 하신 거예요?

　—조깐 더 들어봐.

　경찰 피란선이 막 닻을 올리고 남쪽으로 방향을 잡았다. 두 사
람은 다른 환송객들 틈에 끼여서 멀어져가는 경찰선의 고물을 향
해 손을 흔들었다. 그 때였다. 어딘가로부터 비행기 한 다가 날아
온 것은.

　—뭔 비양게가 갑자기 날어온다냐.

　—금메 말여. 혹시 인민군 비양게 아녀?

　—아녀. 날개에 희미하게 표시돼 있는 것을 봉께 적군 비양게는
아니구먼.

　—그라면 어디 비양겐가?

　—잘 몰르겄는디, 하여튼 겡찰선을 호위해 줄라고 온 비양게가

틀림없단 말이오. .

—맞어, 맞어.

—부두에 나와 있던 환송객들은 그것이 적기가 아니며, 그리고 경찰 피란선을 호위하기 위해 나타났을 것이라고 생각하고 있었다. 아닌 게 아니라 비행기는 경찰선 위에서 빙빙 맴을 돌았다. 피란선 갑판에 나와 있던 일부 경찰들이 비행기를 향해 손을 흔드는 모습도 보였다. 그 때였다. 비행기가 수십 개나 되는 장작개비 같은 것들을 경찰선을 향해 쏟아 내린 것은.

—저, 저것이 뭣이다냐?

—폭, 폭, 폭탄?

환송객들이 차마 비명을 지를 새도 없었다. 요란한 폭음이 진동하고, 박살이 난 선체의 조각들이 바다 밑에서 뒤집혀 올라온 갯벌과 한데 엉켜 공중으로 솟구쳤다가 곤두박질쳤다. 순식간에 바다가 핏빛으로 변했다.

—그럼, 거, 거기서 아버지가 돌아가셨고 어머니는 그 모습을 지켜보셨단 말씀인가요?

규섭이 눈물을 매달고 입술을 바르르 떨며 말했다.

—느그 엄니가 혼절하다시피 해서 바닷물로 뛰어들라고 하는 것을 내가 말기니라고 영금 봤제. 20대 팔팔한 대장부였던 나도 정신이 돌 지갱이었는디 느그 엄니는 오죽했겠냐.

—그러면 그 호죽게라고 하는 것은…

—그 비양게가 바로 호주게, 아니 호주기였든 것이여. 이런 원

통한 일이 어딨 겄냐.

—호주기요?

—아, 호주 몰라? 나라 이름 호주. 요새 뭔 영어 배울라고 그 나라로 유학도 가고 한다든디….

—그러니까 오스트레일리아, 그 호주 말예요?

—그려. 우리도 나중에사 사람들이 얘기해 줘서 알았제. 그랑께 그 비행기는 완도가 이미 적진에 들어간 중 알았든 것이여. 아군 겡찰선을 인민군 함대로 알고 기냥 폭탄을 퍼붓어분 것이여.

—그런데 왜 어머닌 저한테는 아버지가 완도의 부두전투에서 싸우다 돌아가셨다고…

—그것이사, 전장이 끝난 담에 당국에서, 그 때 죽은 겡찰들이 모두 완도의 부두전투에서 북한군하고 싸우다가 죽었다, 이렇게 전사 처리를 해뿐 것이여. 그 비양게가 호주기라는 것은 한참 나중에사 알았고.

다행스럽게도 노모는 멀쩡한 모습으로 털고 일어났다. "이번에 고향 갈 때 광주까지는 비양게를 한번 타고 갑세다. 오다 봉께 김포공항이 여그서 가깝드란 말이오", 당숙이 그렇게 얘길 건넸을 때 규섭과 은영은 조마조마했는데, 노모는 "돈이 솔찬히 비쌀 것인디… 태와 주면 타고 가야제", 그러면서 함박웃음을 짓던 것이다. 그러면서 또 말했다.

—앗다, 아까는 그렇게 큰 비양게 소리를 첨 들어봐 갖고 조깐

놀랬제. 육니오 사벤이 또 일어나뿐지 알았다야. 인자는 비양게 또
와도 암시랑토 안 해.

규섭 내외는 가슴을 쓸어내렸다. 당숙은 다시 성남으로 돌아갔
다. 규섭과 은영은 거실에 마주앉았다. 작은 방에서 어진이와 노
모가 도란도란 나누는 이야기가 문틈으로 흘러나왔다.

—할머니, 옥상에서 할아버지 얘기 해주시다 말았잖아요. 할아
버지는 어떻게 돌아가셨어요? 아빠도 할아버지 얼굴 본 적 없댔
어요.

—으음, 느그 아부지가 이 할매 뱃속에 있을 적에 돌아가셨단다.

—왜 그렇게 일찍이요?

—너, 육니오 동란 알제?

—예, 알아요. 북한 공산당이 쳐내려 와서 전쟁 난 거요?

—그래, 기특도 하지. 전장 때 말이다, 느그 조부님은 순사였거
든. 순사라고 하면 몰르겠구나. 맞어, 겡찰.

—그래서 공산군하고 싸우셨어요?

—그라먼. 아주 용감하게 싸우셨제. 느그 조부님이 빨갱이들 백
명도 더 죽이고 돌아가셨어야. 얼매나 용감하셨다고.

—할머니가 할아버지 싸우시는 것 보셨어요?

—그람, 봤제.

—우와아.

—빨갱이들이 수도 없이 몰레 오는디, 느그 조부님은 하나도 안
무서 하고 앞으로 나가서는 다 쏴 죽여뿐 것이여. 그뿐인 중 알어?

적군 비양게가 날아가고 있는 것을 기냥 총으로 탁 쏴서 못 씨게 맹글어 불기도 했고.

—와아, 독수리 오형제 만큼 용감하셨나보다.

—징하게 용감한 사람이었제…

—할머니, 제가 6·25 노래 하나 가르쳐 드릴까요?

—전우에 시체를 넘고 넘어… 그 노래 말여?

—아니오. 제가 만든 건데요, 이렇게 하는 거예요. 자유 위해 미영오캐타 육해공군 보내고…

노모가 어진이와 도란거리는 얘기를 듣고 있던 규섭과 은영이 약속이나 한 듯이 고개를 절레절레 흔들었다. 노모로부터 호주기에 얽힌 얘기를 듣는 것은 기대하기 어렵다고 판단한 것이었다. 규섭이 꽤 여러 잔째 술잔을 기울이며 허탈하게 말했다.

—허허헛, 나는 사십 평생을, 단순히 우리 아버지를 죽였다는 생각 때문에, 북한 공산군을 향한 적개심과 분노를 한순간도 내려놓은 적이 없었는데…. 아, 아니지. 그 분노는 정당했어. 결국 북괴 놈들 때문에 전쟁이 터진 것이고, 그 때문에 돌아가신 건 사실이니까. 여보, 그렇지? 맞지?

규섭이 충혈된 눈으로 은영을 바라보며 무엇엔가 쫓기는 사람처럼 말했다. 은영이 담담하게 말했다.

—그래요. 크게 달라질 건 없으니 상심 말아요.

—아버지의 원수를 향한 분노와 적개심이 이 정규섭이를 키워온 힘이었는데, 이제 와서 그 분노의 방향을 저기 제비가 날아온

다는 강남의 나라 오스트레일리아… 그쪽으로 돌릴 수는 없는 노릇 아니겠어? 안 그래?

그러자 은영이 두 눈을 동그랗게 뜨며 물었다.

—당신 설마, 아버님이 탄 경찰선을 적선으로 오인해서 폭탄을 투하한 비행기가 정말로 호주 비행기라고 믿는 건 아니겠지요?

—무슨 소리야? 당숙한테서 확인했잖아. 호주기, 오스트레일리아 비행기였다고.

—쯧쯧쯧쯧, 큰일 날 뻔했네. 왕년의 역사 선생으로서 바로잡아 주겠는데요…

—뭘 바로잡아?

—어머님이 옥상에서 호죽게, 혹은 호적게라고 소리치실 때 긴가민가했어요. 그 비행기는 호주 비행기가 아니라 틀림없이 미국 비행기였을 거예요. 기종이 뭐였더라… 맞아, 미 공군의 F-51D. 일명 무스탕기라고도 했어요. 그때 전투에 동원됐던 비행기는 대부분이 미국 비행기였는데….

—뭐, 뭐라고? 미국 비행기? 미쳤어? 호주기라고 했는데?

—잘 들으세요, 정규섭 남편님! 당시 이승만 대통령의 부인 프란체스카가 오스트리아 출신이었잖아요.

—그거야 알지.

—그래서 우리나라 사람들은 전쟁 때 우리나라 상공을 날아다니던 외국 비행기는 모두 대통령의 처가(妻家) 나라에서 사위 나라를 도와주려고 보낸 비행기라고 생각했어요.

—그, 그래? 하지만 오스트리아는 유럽에…

—그런데 그 땐 일반 시민들이 워낙 국제 정세에 어두웠기 때문에 유럽의 오스트리아와 오세아니아에 있는 오스트레일리아를 구분하지 못한 거라구요. 오스트레일리아를 우리 식으로 '호주'라고 부르잖아요. 그러니까 미국 전투기를 그냥 다 '호주기'라고 한 거예요.

—설마, 그럴 리가…?

—정말이에요.

—뭐야 이건. 그럼 우리 아버지를 죽인 원수가 미국…? 웃기네, 웃겨. 그럼 어떡하라고?

—예?

—나는 이제 어떡하냐구….

규섭이 두 손으로 머리를 감싸며 웃는지 우는지 모를 표정을 했다. 은영이라고 어떻게 해줄 수 있는 방도가 있는 건 아니었다. 어린아이라면 어깨라도 두드리면서 '다 그러면서 크는 거야', 그러겠는데 그는 이미 생각이 화석처럼 굳어버린다는 40대가 아닌가. 은영이 무릎걸음으로 다가가 규섭의 머리를 끌어당겼다.

—이리 와요. 안아줄 테니.

—규섭이 은영의 품에 얼굴을 묻고 울었다. 골목에서 아이들이 눈싸움하는 소리가 왁자지껄하게 창문을 넘어왔다.

유
영
갑

─────── 세상의
그늘

1

산산마을의 동북 방면 능선 위로 해가 솟아올랐다.

이곳은 세곡령(細谷嶺)과 대문령(大門嶺)에 둘러싸여 있는 산간분지이다. 어디를 둘러보아도 공룡의 등뼈 같은 산줄기가 먼저 눈에 들어온다. 다락밭과 비탈밭이 쪽무늬그림(모자이크)처럼 조성된 산기슭에 땅집(단층집)과 하모니카 집(일자형 다세대주택)들이 드문드문 자리 잡고 있었다. 집들은 대부분 지은 지 오래되었다. 시멘트 기와 지붕은 퇴색되어 있었고 문짝이 덜렁거렸으며 울바자가 없는 곳도 많았다. 산산마을 곳곳에 당과 군을 선전하는 입간판들이 서 있었다. 그중에서도 새로 페인트칠을 한 영생탑이 단연 돋보였다. 하늘을 찌르듯이 뾰족하게 솟은 하얀 영생탑에 '위대한 수령 김일성 동지는 영원히 우리와 함께 계신다'라고 쓰여 있었다.

험준한 산맥의 깊은 계곡에서 발원한 팔을천(八乙川)이 산산마을 서남쪽으로 흘러 내려갔다. 마을 사람들은 팔을천에다 양수기를 대고 물을 끌어 들여 논밭에 댔고 생활용수로도 사용했다. 여름이 되면 아이들은 하천에서 물놀이를 했고 어른들은 그물로 버들붕어와 황쏘가리를 건져내어 어죽을 끓여 먹었다. 회령에서 팔을천을 따라 올라온 2차선 도로가 저수지를 지나 세곡령으로 넘어갔다. 이따금 진녹색의 투박한 갱생 승용차나 승리58 화물차가 지나갈 뿐 도로는 한산한 편이다.

밤새 내리던 비가 새벽에 그쳤다. 그래서인지 팔을천 저 아래에서 불어오는 봄바람이 다소 서늘했다. 하늘은 말갛고 빗물을 머금고 있는 나무들은 싱그러웠다. 아침 햇살이 퍼지자 산밭에서 아지랑이가 피어오르기 시작했다.

아까부터 남규(姜南圭)는 앞마당에 있는 나무 의자에서 햇볕을 쪼이고 있었다. 낡은 궤짝 같은 그의 땅집은 동네에서 멀리 떨어진 산비탈에 있다. 경사가 심해서 집이 곧 굴러떨어질 것처럼 보인다. 그래도 전망은 좋다. 앞마당에서 도로와 저수지를 내려다보고 있으면 답답한 마음이 풀리곤 했다.

마을의 비포장도로로 붉은색 천리마 뜨락또르(트랙터)가 나타났다. 뜨락또르 뒤에 매달린 도레라(트레일러) 적재함에 협동농장 작업반의 제3분조(分組) 농장원 예닐곱 명이 앉아 있었다. 그들은 공동관리 포전(협동농장 경작지)으로 가고 있는 중이다. 이태 전부터 3분조장 김원석은 분조도급제를 실시하여 공동관리 포전을 조금 남겨두고 분조원들에게 삼사백 평씩 경작지를 분배해 주었다. 가을에 수확한 농작물을 작업반에 적당히 내면 되기 때문에 분조원들은 분배받은 밭을 열심히 가꾸었다.

작년에 남규는 연길에서 막노동을 하며 숨어 지냈었다. 그러다가 중국 공안원에 붙잡혀서 북송되어 왔다. 도 보위부와 시 보안서 구류장에 수감되어 있다가 단순 탈북으로 분류되어 노동단련형 3월 처분을 받았다. 노동단련대에서는 하루에 열두 시간 이상 일을 시켰다. 그렇게 강제노동을 시키면서도 한 끼에 옥수수밥 이백 그램과 멀건 염장국을 주었다. 남규는 영실이(영양실조에 걸린 사람)가 되어 죽음의 문턱까지 갔었다. 어머니가 사식으로 넣어준 속도전 가루(물로 반죽해서 바로 먹을 수 있는 옥수수 가루)를 먹으며 간신히 버텨냈다. 출소해서 집으로 돌아왔을 때 몸은 걸레처럼 만신창이가 되어 아프지 않은 곳이 없었다. 하지만 옥수수밥으로 끼니를 때우는 형편이어서 건강은 좀처럼 회복되지 않았다. 이러한 사정을 알고 있는 김원석은 남규가 농장일에 빠지는 것을 눈감아주었다.

쓰쓰! 삐이삐이 쓰!

짝짓기를 하려는지 나무에 앉은 곤줄박이 몇 마리가 지저귀었다. 꾸우꾹 꾹꾹 하며 멧비둘기가 울었고 어디에선가 꾸엉꾸엉 하며 장끼 소리도 났다. 분홍색 물감이 칙칙한 그림종이(도화지)에 뚝뚝 떨어진 듯 진달래가 곱게 피어 있었다.

봄볕이 앞마당에 부드럽게 퍼졌다. 땅집에서 오솔길을 따라 내려가면 마을길과 만나게 된다. 그 삼거리 근처에 백살구나무 한 그루가 서 있었다. 남규는 꽃망울을 터뜨린 백살구나무를 무심하게 바라보았다. 때에 절고 소매가 해진 인민복이 투명한 햇빛 아래에서 더 너절해 보였다. 편리화(고무바닥에 천을 붙인 신발)는 바닥이 다 닳아서 곧 구멍이 날 것 같았다. 입술이 텄고 눈은 힘없이 반짝였으며 깡마른 뺨에 마른버짐이 피어 있었다. 궁기가 줄줄 흐르는 모습이었다.

햇살이 너무나 눈부셨다. 그가 미간을 찌푸리며 이마에 있는 상처 자국을 만졌다. 노동단련대에서 장작개비로 두들겨 맞던 기억이 새삼 떠올랐다. 그곳에서는 보안원의 말이 곧 법이었다. 동정의 여지는 눈곱만큼도 없었다. 남녀노소를 막론하고 시키는 대로 일하고, 주는 대로 받아먹고, 때리는 대로 맞는 것이 비법 도강자들의 서글픈 운명이었다.

아침에 어머니 이 씨가 옥수수쌀 한 줌에다 이런저런 나물을 넣고 밥을 했다. 그것을 염장무 몇 조각과 함께 먹었는데 간에 기별도 가지 않았다. 허리가 저절로 구부러졌고 벌써 배에서 쪼르륵 소리가 났다. 칠 대 삼 밥(옥수수 7에 쌀 3의 비율)이나마 양껏 먹어본 적이 언제였던가. 그가 손으로 입가를 훔쳤다. 연길에서 먹었던 푸짐한 돼지고기 지지개(찌개)와 밥그릇에 수북이 담긴 쌀밥이 눈앞에 어른거렸다. 생각만 해도 침이 꼴깍 넘어갔다. 세 달 동안 연길에서 겪은 일들을 잊을 수가 없다. 즐비하게 서 있는 깨끗한 건물들과 시장마다 산처럼 진열되어 있는 상품, 그리고 자유로움과 활력이 넘치는 그곳은 마치 지상의 낙원과도 같았다. 밤엔 또 왜 그리 야간불장식(네온사인)이 화려한 것인지 등잔불을 켜고 살아왔던 그로서는 그저 억이 막히고 어안이 벙벙할 뿐이었다.

바지 주머니에서 담배쌈지를 꺼냈다. 쌈지 안에 회령독초(회령에서 생산된 잎담배)와 잘게 자른 '노동신문'이 들어 있었다. 장마당의 담배 장수는 담배 가루를 팔 때 덤으로 신문지를 주었다. '노동신문' 간지는 얇아서 담배 종이로 사용하기가 좋다. 그가 신문지에다 담배 가루를 올려놓고 말아서 마라초(궐련)를 만들었다. 마라초에 불을 붙이고 담배 연기를 폐부 깊숙이 들이마셨다. 회령독초답다고나 할까. 신문지 특유의 잉크 냄새와 함께 구수한 듯 쓰디쓴 담배 맛이 느껴졌다. 그 맛이 너무나 독해서 입안에 침이 고이고 혀가 아려왔다.

마라초를 입에 물고 인민복 속주머니를 뒤적거려 무엇인가를 꺼냈다. 한 뼘 정도 크기의 평범한 과도이다. 칼집에서 칼을 빼내자 여느 과도와는 달리 예리하게 반짝였다. 그가 벽 한쪽에 놓여 있는 숫돌을 가져왔다. 그러고는 숫돌에 물을 뿌려가며 더 이상 갈지 않아도 될 것 같은 칼을 갈기 시작했다.

쓱싹쓱싹!

입을 다문 채 숙달된 손놀림으로 과도를 밀고 당겼다. 어떤 생각에 깊이 빠진 듯 표정이 굳어 있었다. 다 갈고 나서 시퍼렇게 날이 선 과도를 만져보았다. 칼날이 얼마나 날카로운지 실금이 그어지듯 두 손가락에 상처가 났다. 피가 배어 나온 손가락을 보며 이상야릇한 표정을 지었다. 두 눈이 칼날만큼 섬뜩하게 번뜩거렸다.

"날씨가 좋구나."

부엌문을 열고 이 씨가 밖으로 나왔다.

남규는 재빨리 칼을 주머니에 집어넣고 이 씨를 의자에 앉혔다. 얼굴이 몹시 창백했고 두 눈이 구덩이처럼 쑥 들어가 있었다. 이 씨가 가냘픈 어깨를 들썩이며 기침을 하더니 두 손으로 가슴을 부여잡았다. 통증이 너무나 심했다. 입에서 피가래가 한 움큼 쏟아져 나왔다. 그제야 기침이 멈춰졌다.

국경경비대에 꾹돈(뇌물로 바치는 돈)을 주지 않고 무모하게 막도강을 한 것은 어머니 때문이다. 작년 봄에 이 씨는 인민병원에서 폐결핵 중기 진단을 받았다. 폐결핵은 발병 초기라고 해도 반년 이상 약을 복용해야 한다. 그러나 이 씨는 인민병원에서 유엔약(세계보건기구에서 지원한 약)을 겨우 한 달 치만 받아 왔다. 유엔약이 떨어지자 남규는 옥수수자루를 장마당으로 메고 나갔다. 옥수수 일 킬로그램에 삼백 원씩 거래되고 있었다. 옥수수를 팔아서 이소(이소니아지드)와 남뜨보진(한국 민간단체에서 지원한 리팜피신 항생제)을 샀다. 이 결핵약은 다른 일반 약보다 비싸서 한 달 복용하는 데 만 원이 넘게 들었다. 식구들이 한 해 동안 먹어야 할 옥수수는 금방 바닥이 났다. 키우던 개를 팔아치웠고 텔레비전도 처분했다. 더 이상 내다 팔 것이 없고 옥수수죽을 끓여 먹게 되자 여동생 남영은 이러다가 다 굶어 죽는다며 다른 사람들과 함께 두만강을 건너 중국으로 갔다.

그나마 다행이라고나 할까. 군사복무를 하지 않는 남규는 농장원으로 일하면서 이 씨를 보살폈다. 함흥시에서 동 인민위원장을 하던 아버지는 당 방침을 거스르는 발언을 하여 가족과 함께 회령으로 추방을 당했다. 그 후 식품공장 노동자로 일하다가 병을 얻어 사망했다. 남규와 남영에게는 출당 철직자 가족이라는 멍에가 들씌워졌다. 출당 철직자의 자녀는 적대 계층으로 분류되어 대학 진학은 물론 군사복무를 하지 못했다. 군사복무를 하지 않으면 노동당원이 될 수가 없다. 그것은 출셋길이 봉쇄되어 평생 농장원으로 살아야 한다는 뜻이기도 하다.

"오늘은 집에서 쉬기요."

배낭에다 손곽지(작은 팽이)와 톱을 넣으며 남규가 말했다.

"무신 소리 하니."

"기침 마이 하잰소?"

"일없다. 나물 뜯는 거 헐타."

이 씨가 의자에서 일어나며 그에게 곽밥(도시락)을 건넸다.

남규가 삽을 들고 앞장섰다. 두 사람은 배낭을 메고 집 뒤에 있는 오솔길로 걸어갔다. 언 땅이 풀리고 새싹이 돋아날 때부터 집 근처에서 나물을 해온 터라 이제는 다락밭 위쪽 산으로 가야 한다. 협동농장에 가지 않아도 되는 연로보장자 노인들이 벌써 산기슭에서 나물을 뜯고 있었다. 이즈음에는 명이나물, 단풍취, 두메부추, 참나물, 병풍취, 곰취, 산달래, 두릅 등이 나온다. 이것들을 뜯어다가 무쳐 먹거나 말렸다가 나물밥을 해먹으면 부족한 양식을 웬만큼 해결할 수 있다. 새벽부터 산에 올라가 나물을 뜯어서 장마당에 내다 파는 가두여성(주부)도 많았다.

산자락에 다다르자 이 씨가 주먹칼을 꺼내 나물을 뜯었다. 남규는 칡을 찾아서 위쪽으로 올라갔다. 산기슭이 가팔라지면서 숨이 차올랐다. 고산지대에는 칡이 별로 없다. 그는 더 이상 올라가지 않고 이리저리 둘러보면서 능선을 따라 옆으로 걸음을 옮겼다. 많은 사람들이 칡을 캐낸 탓에 이제는 칡을 보기가 어렵다.

한 시간 정도 산속을 헤매다가 마침내 덩굴에 싹이 돋아나 있는 칡을 발견했다. 눈이 번쩍 뜨였다. 얼른 배낭을 내려놓고 삽으로 땅을 팠다. 칡은 땅속 깊숙이 뿌리를 박고 있었다. 삽질을 몇 번 하지 않았는데 금세 숨이 찼다. 허리를 펴고 숨을 고르고 나서 다시 흙을 파냈다. 몸이 허약해질 대로 허약해진 그에게 삽질은 힘든 일이다. 삼 분쯤 땅을 파고 십 분 동안 쉬었다. 그렇게 되풀이하다가 마침내 한 발이 넘는 커다란 칡뿌리를 캐냈다.

그가 땀방울을 닦아내며 흡족한 표정을 지었다. 허기가 몰려왔다. 이미 점심시간이 지나 있었다. 배낭에서 곽밥을 꺼냈다. 뚜껑을 열자 나물밥 한 덩이와 허연 염장무가 보였다. 나물밥은 옥수수쌀보다 나물이 더 많이 들어가 있어서 밥이라기보다는 거무스름한 소똥 같았다. 그래도 이게 어디인가. 훌훌 마셔버리고 마는 옥수수죽보다 훨씬 나은 밥이다. 나물밥을 한 입 떠 넣고 염장무와 함께 씹었다. 비록 거칠기는 해도 사카린을 넣고 찐 보리겨떡(개떡)처럼 씹을수록 맛이 났다. 아쉽게도 나물밥 양이 얼마 되지 않아서 식사는 금방 끝났다. 그는 입맛을 다시며 곽밥 뚜껑을 닫고 주머니에서 담배쌈지를 꺼냈다.

마라초를 입에 물고 일어났다. 칡뿌리는 어른 장딴지만큼 굵었다. 그것을 톱으로 잘라 토막을 내기 시작했다. 수분이 많아서 톱질이 잘 안 되었다. 칡뿌리를 다 자르고 나서 칡을 한쪽 떼어 먹었다. 쌉싸래한 즙이 입안에 가득 배어 나왔다. 세상에 이보다 더 맛있는 음식은 없을 것 같았다. 칡뿌리 한 토막을 순식간에 먹어치웠다. 포만감이 느껴지면서 기분이 한결 좋아졌다. 배낭에다 칡뿌리를 담고 연장을 챙겼다. 칡뿌리가 워낙 커서 한 배낭 가득 찼다. 그것을 짊어지고 산 아래로 내려갔다.

이 씨는 아직 집에 돌아오지 않았다.

남규가 배낭에서 칡뿌리를 꺼냈다. 마당가에 있는 샘터에서 물을 떠다가 칡뿌리를 씻었다. 그러고 나서 돌절구에다 서너 토막씩 넣고 절굿공이로 찧었다. 칡뿌리에서 갈색 즙이 나왔다. 웬만큼 으깨어지자 바가지로 떠서 커다란 플라스틱 통에다 담았다. 칡뿌리를 다 으깨는데 한 시간이 넘게 걸렸다. 칡이 담긴 통에다 물을 더 붓고 두 손으로 주물렀다. 팔에 힘이 빠졌다. 나물밥 한 덩이 먹고

일을 하려니까 도무지 기운이 나지 않았다. 숨을 크게 들이쉬었다
가 마지막 남은 힘을 짜내어 칡뿌리를 주무르고 나서 뚜껑을 덮었
다. 하룻밤 지나면 플라스틱 통에 침전물이 생길 것이다. 칡뿌리
껍질과 줄기를 건져내고 침전물만 따로 말리면 녹말가루가 된다.

다락밭 오솔길을 따라 이 씨가 걸어왔다. 남규가 마중 나가서 배
낭을 받았다. 배낭이 무거웠다. 마당에다 비닐을 깔고 배낭에 들어
있는 산나물을 쏟았다. 산나물 특유의 싱그러운 향기가 물씬 풍겼
다. 두릅을 하나 입에 넣고 씹자 아삭아삭 소리가 났다. 떫고 달짝
지근한 맛이 입안에 확 퍼졌다. 보릿고개가 시작된 이즈음에 나물
은 두 모자에게 없어서는 안 될 양식거리였다. 나물은 밤에 이슬을
맞고 낮에는 건조한 바람과 햇볕을 쪼이며 잘 마를 것이다.

대문령 산자락 너머로 해가 뉘엿뉘엿 저물어갔다. 남규는 나물
을 다 펼쳐놓고 의자에 가서 앉았다. 이곳저곳 땅집과 하모니카
집 굴뚝에서 연기가 올라오고 있었다. 힘든 농사일을 마치고 집으
로 돌아가는 사람들이 보인다. 고등중학교 학생 몇 명을 태운 소
달구지가 마을길로 느릿느릿 지나갔다. 이제 곧 산산마을은 캄캄
한 어둠 속에 묻히고 인적은 끊길 것이다. 왠지 신산스러운 저녁
이다.

"들어오잖고 뭐 하니?"

이 씨가 부엌문을 열고 내다보았다.

집 안이 캄캄했다. 남규는 정주간을 지나 방으로 올라가서 등잔
있는 곳으로 갔다. 성냥불을 등잔 심지에 대자 그을음이 시커멓게

316

올라왔다. 매캐한 석유 냄새가 코를 찔렀다. 천장 가운데에 전구 하나가 달랑 매달려 있었다. 전기가 끊긴 것은 십여 년 전 식량 배급이 중단된 때부터이다.

"밥 먹자."

이 씨가 밥상을 들고 방으로 올라섰다. 밥상에는 나물밥 두 그릇에 방금 무친 산나물과 나물국이 있었다.

"국이 맛있네요."

명이나물과 달래가 들어 있는 국을 떠먹으며 남규가 말했다. 비록 소금만 넣고 끓인 것이지만 국물이 입에 달았다. 집에 된장이 떨어진 지 오래되었다. 장마당에서 파는 된장 일 킬로그램은 옥수수 일 킬로그램 값과 같았다. 옥수수 사먹기도 바쁜 판에 된장을 산다는 것은 꿈도 꿀 수 없는 일이다.

"츩기 농마 는 좀 해놨니?"

츩 녹말가루가 얼마나 되는지 이 씨가 물었다.

"육 킬로 좌우 됩니다."

남규가 말했다. 요즘 시세로 츩 녹말가루 일 킬로그램은 장마당에서 칠백 원을 받을 수 있다. 지난 일주일 동안 만든 녹말가루와 오늘 것을 합하면 육 킬로그램쯤 되는데 이것을 제값 받고 팔면 옥수수쌀 십이 킬로그램을 살 수 있다. 두 사람이 보름 가까이 나물밥을 해 먹을 수 있는 분량이다.

식사를 마치고 이 씨가 아랫목에다 요를 깔고 누웠다. 요즘은 새벽부터 옥수수 영양단지를 만들고 나물을 뜯느라 무척 피곤했다. 그런데도 잠은 쉽게 오지 않았다. 몸에서 열이 오르기 시작했고 머리가 지끈거렸다. 숨을 쉴 때마다 색색 소리가 났다. 전형적인 폐결핵 증상이다. 약을 먹다가 중단한 것이어서 폐결핵은 점점 더 악화되고 있었다. 이 씨는 약통에서 중국 산 진통해열제인 정통편(正通片) 세 알을 꺼내 물과 함께 먹었다. 만성이 되어서 한두 알 가지고는 효과가 없었다. 얼마 후 열이 내려가고 두통도 사라지자 스르르 잠이 들었다.

"남규 있는가?"

누군가가 문을 두드렸다.

"분조장 동지 아닙니까? 어서 들어오오."

문밖에 김원석이 서 있었다. 김원석은 가지고 온 농태기 한 병을 남규에게 건넸다. 남규가 얼른 술상을 차렸다. 술상이라야 술잔 두 개와 나물 무친 것이 전부다. 농태기는 김원석이 직접 담근 옥수수 술이다. 농태기 한 병이 별것 아닌 것 같아도 장마당에서 옥수수쌀 이 킬로그램과 바꿀 수 있을 만큼 비쌌다.

"한잔하기요."

남규가 잔을 들어 단숨에 들이켰다. 오랜만에 마시는 술이라서 그럴까. 농태기가 목구멍을 타고 술술 넘어갔다.

바람이 창문을 흔들고 지나갔다. 벽에 걸린 등잔불이 가물거렸고 두 사람 그림자가 커다랗게 흔들렸다. 방 안은 어두침침하다. 가재도구라고는 윗목에 놓인 낡은 옷장과 거울 하나, 텔레비전을 올려놓았던 궤짝이 전부이다. 옷 몇 가지가 못에 걸려 있고 창문에 커튼이 드리워져 있었다. 오래된 벽지에서 썩은 풀에서 나는 것처럼 퀴퀴한 곰팡내가 났다. 두 사람은 말없이 두 번째 잔을 비웠다. 이 씨의 색색거리는 숨소리가 크게 들릴 만큼 방 안에 정적이 감돌았다. 한쪽 벽에 나란히 걸려 있는 초상화 사진틀 속에서 수령님과 장군님이 그들을 내려다보고 있었다.

"몸은 좀 어때?"

줄곧 입을 다물고 있던 김원석이 물었다.

"분조장 동지가 도와준 덕분에 좋아지고 있습니다."

"뭐를 도와준 게 있다고."

"강냉이도 대주고 포전 일도 봐주잖소."

남규는 삼십 대 초반의 김원석을 친형처럼 생각해왔다. 한때는 김원석의 여동생 원미와 혼담이 오간 적도 있었는데 김원석 부모의 반대로 성사되지 못했다. 이유는 단 한 가지. 남규가 철직자 가족이라는 것 때문이었다. 두 사람 사이에 다시 무거운 침묵이 흘렀다.

"쫌 물어볼 게 있는데…."

목소리를 최대한 낮추며 김원석이 말했다.

"뭐가 궁금한 게 있소?"

"거기 나가 보니 어떻든가?"

말을 꺼내놓고 김원석이 방 안을 한 번 둘러보았다.

등잔불이 크게 일렁거렸다. 배급이 끊기고 고난의 행군이 시작되자 헤아릴 수 없이 많은 사람이 양식을 구하기 위해 통행증도 없이 기차를 타고 산지사방으로 행방(장사)을 다니거나 친척집을 찾아갔다. 한때 국경경비대 군인에게 담배 한 갑만 주면 어렵지 않게 두만강을 건너갔던 적도 있다. 사람들은 이웃집에 가듯이 개미 떼처럼 줄줄이 강을 건너갔다. 두만강 연선의 조선족 마을에 가면 적어도 몇 끼는 얻어먹을 수 있었고 운이 좋으면 옥수수자루를 짊어지고 돌아왔다. 그런 상황들을 풍문으로 전해들은 김원석은 강 건너 중국에 대해서 궁금한 것이 많았다.

남규가 조용히 자리에서 일어나 문을 열고 밖으로 나갔다. 달빛이 희끄무레하게 떨어지고 있었다. 그가 천천히 집 주위를 돌았다. 변소 안을 확인했고 김장독을 묻어놓는 움도 들여다보았다. 어느 곳에도 숨어 있는 사람은 없었다. 연길에서 보고 듣고 경험한 것들을 발설하지 않겠다고 보위부에서 서약을 했기 때문에 조심하지 않으면 안 되었다. 사람들은 우스갯소리로 천장과 벽에도 귀가 있다고 말한다. 자칫 말 한마디 잘못했다가는 쥐도 새도 모르게 끌려갔다. 집 주변에 아무도 없음을 확인한 남규가 다시 방으로 돌아왔다. 그런데 술상 앞에 앉자마자 두 개의 초상화가 눈에 들어왔다. 수령님과 장군님이 방 안을 지그시 내려다보고 있었다. 그는 쉽게 입을 떼지 못했다. 농태기를 한 잔 쭉 들이켜고 나서 초상화의 눈빛을 애써 외면하며 아주 낮은 목소리로 말했다.

"연길에 나가보니까 여기하고는 영 딴판입니다."

"먹는 게 어떻든가?"

"말 말기요. 애들 팔뚝만한 강냉이가 지천에 깔렸는데 고게 짐승들 사료란 말입니다. 개도 이밥을 먹는다고 하면 분조장 동지는 믿갔습니까?"

"소문이 정말이구만!"

"자꾸만 저기 생각이 나서 죽겠소."

남규가 못내 애절한 표정을 지었다. 연길에서 잠깐 겪어 보았던 자유와 풍족함은 별나라의 신기루 같았다. 그가 만났던 조선족 사람들은 수령님과 장군님을 거침없이 헐뜯었다. 백성들을 굶기고 당만 배부르다는 것이었다. 처음에는 크게 반감이 생겼다. 하지만 한 달도 되지 않아서 그 말뜻을 깨닫게 되었다.

소쩌쩍소쩌쩍!

산속 어디에선가 소쩍새 소리가 났다. 두 사람은 말없이 농태기를 마셨다. 소쩍새가 구슬피 우는 가운데 왠지 쓸쓸한 봄밤이 지나가고 있었다.

2

봄기운이 완연해졌다. 마을 사람들은 아침 일찍 산기슭으로 올라갔다. 다락밭을 뚜지고(파 뒤집고) 비닐온실을 만들었으며 옥수수 영양단지에 물을 주느라 하루하루가 정신없이 지나갔다.

남규는 아침 식사를 마치고 움에서 지게를 꺼냈다. 지게를 변소 앞에 받쳐놓고 자물쇠를 땄다. 거름 도둑이 많아서 변소 문을 항상 잠가놓고 있었다. 변소 한쪽에 쌓여 있는 거름을 삽으로 퍼서 지게에 담았다. 반쯤 담기자 지게를 지고 집 뒤에 있는 다락밭으로 올라갔다. 거름은 분뇨에다 재와 부엽토를 섞어서 만든 것이어서 인분 냄새가 많이 났다. 남규는 오전 내내 밭으로 거름을 날랐다. 모아둔 거름 양이 얼마 되지 않아서 최대한 얇게 뿌렸다.

점심때 집으로 가서 나물밥 한 덩이를 먹고 다시 밭으로 갔다. 거름 주는 일은 오후에도 계속되었다. 그가 건강해서 두 다리가 튼튼한 청년이라면 아마 한나절에 일을 마쳤을 것이다. 하지만 기력이 없고 허기가 져서 일하는 시간보다 쉬는 시간이 더 많았다. 거름주기가 거의 끝나갈 무렵 가랑비가 내렸다.

저녁밥을 먹고 곧바로 이부자리를 폈다. 바위에 눌린 것처럼 몸이 무겁고 피곤했다. 잠자리에 눕자 금세 곯아떨어졌다.

다음 날 아침에 다락밭으로 올라갔다. 밤새 내린 비로 인해 거름은 적당히 땅속에 스며들어 있었다. 얼마 후 지게에다 쟁기를 짊어진 김원석이 부림소(농사일을 하는 소)를 몰고 왔다. 부림소를 관리하는 김원석은 분조장으로서 각 분조원의 밭을 갈아주고 있었다.

"분조장 동지, 어서 오오."

"거름 다 주었니?"

김원석이 밭을 휘 둘러보았다. 지게에서 쟁기를 내리려고 힘을 쓰자 팔뚝의 잔 근육이 꿈틀거리며 움직였다. 팔뚝이 굵은 장작처럼 단단해 보였다. 일 같지 않게 간단하게 소의 목덜미에다 멍에를 올려놓고 쟁기를 연결했다.

"으랴 쯔쯔쯧!"

고삐를 틀어쥔 김원석이 소리쳤다. 겨울 동안에 많이 먹이고 관리를 잘해서 소는 튼튼했다. 힘찬 구령 소리에 맞춰 소가 앞으로 나가자 땅속에 박힌 쟁기가 축축하게 젖은 흙을 보기 좋게 파헤쳤다. 오랫동안 농사일을 해온 분조장답게 소를 부리는 솜씨가 능수능란했다.

밭을 반쯤 갈고 나서 김원석이 밭둑에 앉았다. 대동문이라고 쓰인 담뱃갑에서 담배를 꺼내 남규에게 한 개비 건넸다. 대동문은 중간 간부들이 피우는 꽤 비싼 담배이다. 김원석도 집에 있을 때는 담배 가루를 신문지에 말아서 피우는데 밖에서 사람들과 만날 때는 여과담배(궐련)를 피운다. 그래야 분조장으로서의 위신이 서기 때문이다. 남규가 성냥불을 켜서 김원석의 담배에 불을 붙여주었다.

"강냉이는 떨어 안 졌니?"

"그렇잖아도 낼 장마당에 갑니다."

"돈은 있구?"

"즐기 농마 가꾸 가서 강냉이하고 바꿀라구요."

"그럼 나하고 같이 갈까?"

김원석은 비료를 사러 장마당에 갈 예정이었다.

삼백여 평의 밭을 가는 데 그리 오랜 시간이 걸리지 않았다. 쟁기질이 끝나자 남규가 김원석에게 비닐봉투를 건넸다. 봉투에 침녹말가루가 들어 있었다. 분조장이 밭을 갈아주는 날에는 밭 관리인이 고깃국은 아니더라도 이밥에다 농태기를 대접하는 것이 상례인데 남규는 그럴 능력이 안 되어서 성의 표시로 녹말가루를 가져온 것이다.

"일없다."

김원석은 녹말가루를 받지 않았다. 원미의 일로 부탁할 것이 있어서 받을 수가 없었다. 산산마을에서 멀지 않은 신흥리로 시집을 간 원미는 양식이 떨어질 때마다 그를 찾아왔다. 김원석은 여동생의 굶주림을 외면할 수 없어서 옥수수를 싸 주곤 했는데 이제는 한계에 도달하여 양식을 나누어 줄 수 없게 되었다. 그러자 원미는 중국에서 돈 벌어 오겠다며 도강을 시켜달라고 매달렸다. 기나긴 춘궁기를 맞아 원미는 더욱더 곤궁에 빠질 터이다. 협동농장 분조장이자 노동당원인 김원석은 당성이 매우 강한 사람이지만 여동생이 앉아서 굶고 있는 것을 모르는 척할 수 없었다. 그래서 적당한 때에 남규에게 원미의 도강을 부탁할 생각을 가지고 있었다.

남규는 집에서 점심을 먹고 다시 밭으로 갔다. 봄비에 촉촉하게 젖은 흙이 빵가루처럼 부드러웠다. 쇠스랑으로 밭이랑을 하나씩 만들어나갔다. 일주일 후에는 옥수수 모종을 옮겨 심어야 한다. 다른 사람들은 벌써 밭을 갈고 이랑을 만들어서 모종할 준비를 마쳤다. 봄볕이 따가웠다. 남규가 웃옷을 벗었다. 쇄골이 툭 불거져 있고 양팔은 앙상했다. 쇠스랑을 들 수 있는 힘이 전혀 없을 것 같았다. 그는 쇠스랑을 잡고 느릿느릿 흙을 긁어모아서 북을 돋우었다.

"오늘 못 하면 내일 하지 뭐."

밭이랑을 하나 만들어놓고 밭둑으로 가서 앉았다. 밭이랑은 이제 절반 정도 완성되었다. 그가 담배 가루를 종이에다 말았다. 마라초를 입에 물고 불을 붙이던 중 언뜻 무엇인가가 눈에 들어왔다. 밭둑 가장자리에 있는 돌무더기에서 어떤 물체가 움직인 것이다. 그쪽으로 고개를 돌리자 살모사 한 마리가 혀를 날름거리는 것이 보였다. 살모사는 따뜻하게 달구어진 돌 위에 똬리를 틀고 앉아 몸을 말리고 있었다. 옅은 갈색에 몸통이 굵고 짧았으며 삼각형 머리가 조금 넓적했다. 남규가 재빨리 일어나 쇠스랑을 잡았다. 어디에서 기운이 생긴 것인지 두 팔에 힘이 잔뜩 들어갔다. 살모사가 독기를 품은 채 머리를 꼿꼿이 치켜들고 올려다보았다. 살모사와 남규의 눈빛이 허공에서 마주쳤다. 그 순간 남규가 쇠스랑을 힘껏 내리쳤다. 깡 소리가 나면서 쇠스랑이 돌에 부딪쳤다. 어디를 맞았는지 살모사가 격렬하게 움직이다가 밭고랑으로 떨어졌다. 다시 쇠스랑을 들어 가격했다. 살모사는 몇 차례 더 꿈틀거리다가 움직임을 멈추었다. 그 광경을 조용히 바라보던 남규는 이러한 때를 위해서 준비해두었다는 듯이 주머니에서 칼을 꺼냈다. 가죽이 찢겨져 살점이 드러난 살모사 대가리를 잘라서 밭둑 저쪽으로 던져버렸다. 그러고는 칼로 가죽에 흠집을 내어 위에서 아래쪽으로 쭉 잡아당겼다. 질긴 뱀 가죽이 벗겨지면서 허연 살이 드러났다. 남규의 얼굴은 밀랍 인형처럼 무표정했다. 칼로 살모사의 내장을 도려낸 후 몸통을 다듬고 나서 마른 나뭇가지를 모아 왔다. 나뭇가지에 불을 붙이고 살모사를 올려놓았다. 노릇노릇하게 구워지자 칼로 적당히 썬 다음 한 점씩 한 점씩 꼭꼭 씹어서 살모사 한 마리를 다 먹어치웠다.

다음 날 아침 칡 녹말가루를 배낭에다 넣고 집을 나섰다. 마을 길로 내려가자 '생산도 생활도 항일유격대식으로'라고 쓰인 선전 간판이 보였다. 전시도 아닌데 빨치산으로 살고 있다니. 남규는 어제 살모사를 잡아먹은 기억을 떠올리며 중얼거렸다. 황톳길 저편에서 소달구지 한 대가 나타났다.

"날래 타라."

이쪽으로 달구지를 몰고 온 김원석이 말했다. 달구지에 원미가 앉아 있었다.

"오랜만이다."

남규가 달구지에 올라탔다. 원미가 시집을 간 후로는 처음 만나는 것이어서 말을 건네는 것이 어색했다.

"어서 와."

깡마른 원미의 얼굴은 거무스름했다. 광대뼈가 감자 덩이처럼 돌출되어 있었고 건조한 머리카락이 검불처럼 엉키어 있었다. 그래서인지 남규와 스물여섯 살 동갑이지만 누나라도 되는 듯 훨씬 더 나이가 들어 보였다. 신산스러운 어떤 삶의 무게가 의식을 누르고 있는 듯 두 눈이 불안하게 반짝거렸다.

"남새 팔러 가네?"

"그걸 어찌 아나?"

"멜가방을 보면 알젠겠니?"

남규는 원미가 손으로 잡고 있는 배낭을 가리켰다. 큰 마대에 다 어깨끈을 매달아서 만든 배낭에는 말린 산나물이 가득 들어 있었다.

달구지가 마을길을 벗어나 회령으로 이어지는 2차선 도로로 진입했다. 산산마을에서 회령까지는 백 리쯤 된다. 걸어간다면 너덧 시간은 걸린다. 써비차(돈이나 담배를 주고 얻어 타는 차)를 탈 형편이 안 되는 처지에 달구지를 타게 되어 횡재한 기분이 들었다. 비록 달구지가 덜거덕거려서 몸이 흔들거렸지만 불만이 있을 수 없다.

팔을천을 따라 봄바람이 훈훈하게 불어왔다. 부지런한 농장원의 밭에는 벌써 옥수수 모종이 심어져 있었다. 나뭇가지 한 단을 짊어진 남자가 '장군님 따라 천만리'라고 쓰인 입간판 앞을 지나갔다. 그 광경을 바라보던 남규는 노동단련대에 수용됐을 때의 일을 떠올렸다. 담당 보안원은 하루에도 몇 번씩 '수령님을 따라서 천만리 우리 당을 따라서 천만리'라는 혁명가를 부르게 했고 장군님을 따라 가면 머지않아 행복의 억만 리가 펼쳐진다고 말했다. 대부분 중국으로 도강했다가 붙잡혀 온 수용자들은 그 말을 귓등으로 흘려들었다. 오히려 장군님을 따라가봐야 굶는 것밖에 없다고 수군거렸다. 심지어 장군님을 피해서 천만리를 가야 행복이 있다고 말하는 사람도 있었다. 연길에서 이런저런 것들을 체험한 남규도 그렇게 생각했다.

"으랴, 쯔쯔쯔."

이따금 김원석이 소를 모느라 소리를 지를 뿐 세 사람은 말이 없었다. 달구지가 금생리에 다다랐을 때 원미가 배낭에서 플라스틱 그릇을 하나 꺼냈다. 그릇 안에 감자떡이 들어 있었다.

"이거 먹어 아이 보겠니?"

원미가 주먹만 한 감자떡을 남규에게 건넸다.

너무 갑작스러워서 머뭇거리던 남규가 감자떡을 한 입 베어 먹었다. 사카린 특유의 단맛이 났다. 참으로 오랜만에 느껴보는 단맛이다. 요즘 같은 춘궁기에 감자떡이라니. 웬만큼 여유가 있는 집이 아니면 만들어 먹을 엄두를 내지 못한다. 원미는 어젯밤에 사카린을 듬뿍 넣고 평소보다 더 크게 감자떡을 만들었다. 예전에 서로 좋아했던 애틋한 감정도 있었지만 부탁할 것이 있으니 이 정도는 해야 한다고 생각했다. 남규는 원미가 주는 대로 넙죽넙죽 받아먹었다. 감자떡은 씹기도 전에 입 안에서 녹아버리는 까까오(얼음과자)처럼 맛있었다. 김원석이 한 개를 먹는 동안 순식간에 다섯 개를 먹어치웠다.

"한 대 피워."

김원석이 소고삐를 무릎에 내려놓고 담배를 권했다. 남규는 담배 연기를 내뱉으며 하늘을 보았다. 근래에 이처럼 배부르게 포식하고 비싼 담배를 피워본 적은 없었다. 기분 좋은 포만감이 밀려들면서 마음이 평화로워졌다. 김원석은 느릿느릿 걸음을 옮기는 소의 잔등을 건너다보며 이맛살을 찌푸렸다. 뭔가 곤혹스럽다는 표정이다.

"다 믿고 하는 말인데…."

잠시 후 김원석이 조심스럽게 입을 열었다.

"우리 동생을 한번 도와주면 아이 되겠나?"

"무슨 도울 일이 있습니까?"

"음, 강타기를 해줬으믄 해서…."

"네?"

남규는 잘못 들었나 싶어서 되물었다.

국경경비대에 꾹돈을 줄 수 없는 사람들이 몰래 두만강을 헤엄쳐서 중국으로 건너가는 것이 강타기이다. 고난의 행군(양식 배급이 끊어진 시기)이 시작되었을 때 수많은 사람들이 먹을 것을 찾아 강타기를 해왔다. 그러나 당중앙(김정일 총서기)에 의해 총소리를 울려야겠다는 방침이 떨어진 후 상황은 급전직하로 바뀌었다. 돈을 받고 강타기를 도와주다가 붙잡히면 인신매매죄가 적용되어 정치범수용소로 끌려가거나 극형에 처해지기 시작한 것이다. 이러한 때에 강타기를 부탁하다니. 남규가 생각하기에 전투적으로 농사일에 매진한 점이 인정되어 농업 공로메달까지 받은 분조장이 할 얘기는 아니었다.

"분조장 동지, 그건 아니 되오."

"그렇게 단칼에 자르지 말고 생각 좀 해보라."

"그루빠가 떠서 난린데 어찌 강타기를 한단 말이오?"

"거기 갔다 오쟎소? 방법이 있을 것 같은데."

"아무튼 나는 모르오."

남규가 고개를 돌렸다. 도로 옆으로 팔을천이 이어지고 있었다.

적재함에 사람과 짐을 가득 실은 목탄차가 허연 연기를 내뿜으며 달구지를 앞질러 갔다. 남규는 노동단련대에서 풀려나기 전에 합동그루빠(도당, 검찰소, 재판소, 보안국, 안전보위부가 주축이 되어 만든 검열 조직) 단속에 걸려서 들어온 사람들을 보았다.

"나갈 사람은 다 안 나가겠나."

노동단련대 수용자들은 그렇게 한마디씩 했다. 그들은 합동그루빠 단속이 아무리 심해도 돈만 있으면 두만강을 건너갈 수 있다는 것을 알고 있었다. 단속이 강화되면서 도강비가 삼백 위안에서 오백 위안으로 올랐다. 중국 돈 오백 위안은 북조선 화폐로 십만 원가량 되는데 이 돈으로는 옥수수쌀 이백팔십 킬로그램을 살 수 있다. 이 정도면 (성인) 세 사람이 다섯 달 동안 먹을 수 있는 양이다. 하루하루 먹고살기 어려운 판에 오백 위안을 마련하는 것은 결코 쉬운 일이 아니다. 돈이 없는 사람들은 국경경비대의 초소를 피해 무조건 강으로 뛰어드는 막도강을 했다.

떠보는 게 아닐까.

남규는 김원석이 자신을 감시하고 있을지도 모른다는 생각을 했다. 대개 중국에 갔다가 북송되어 온 사람들은 마음을 붙이지 못하고 또다시 도강을 하기 때문에 보위부나 보안서에서 암암리에 감시를 했다.

갑자기 할 말을 잃은 세 사람은 스쳐 지나가는 풍경만 바라보고 있었다.

달구지가 회령 시내로 들어가는 금생다리에 다다랐다. 다리를 건너 고등물리학교 건물 옆을 지나 회령문화회관 쪽으로 갔다. 탄광 기계 공장 근처에 이르자 배낭을 짊어지고 걸어가는 사람들이 하나둘씩 보였다. 얼마 후 남문동(南門洞)에 있는 남문시장에 도착했다. 고정 판매대와 노점 좌판으로 이루어진 장마당은 아직 오전이어서 사람이 많지 않았다.

"이따가 보자."

김원석이 비료를 사기 위해 장마당 아래쪽으로 달구지를 몰고 갔다.

남규와 원미는 좌판 행렬이 늘어서 있는 곳으로 이동했다. 너도나도 장사를 해서 하루하루 먹고 사는 형편이어서 손님보다 장사꾼이 더 많은 것 같았다. 남규는 칡 녹말가루를 일 킬로그램씩 담아서 묶어놓은 비닐봉지를 바닥에다 진열하고 나서 '칡기 농마 1kg 700원'이라고 쓰인 종이를 옆에다 놓았다. 그가 장마당을 대강 훑어보았다. 녹말가루가 금방 팔릴지도 모른다는 생각이 들었다. 산나물을 파는 아주머니는 많은데 칡 녹말가루를 파는 사람은 없었다.

"백 원 아이 깎아주면 못 사지."

어떤 아주머니가 와서 흥정을 했다. 남규는 팔지 않았다. 그렇게 깎아주면 옥수수쌀 살 돈이 부족하기 때문이다. 물건을 파는 일은 언제나 마음먹은 대로 되지 않았다. 운 좋은 날은 한 시간 만에 다 팔리기도 하지만 하루 종일 일 킬로그램밖에 못 팔 때도 있었다.

"즐기 농마 일키로에 칠백 원!"

녹말가루가 든 봉지를 양손에 들고 소리쳤다. 점심시간이 가까워지자 사람들이 점점 모여들었다. 두부밥과 국수 종류를 파는 음식 매대 쪽이 차츰 분주해졌다. 한 시간이 지나도록 한 봉지도 팔지 못한 남규는 소리치다가 지쳐서 쪼그리고 앉았다. 백 원 깎아 주고 팔지 않은 것이 후회되기도 했다.

"얼마나 팔았니?"

원미가 그에게 왔다. 그녀는 가지고 온 산나물을 달리기꾼(소규모 도매상)에게 한꺼번에 넘겼다. 많이 눅긴(싸긴) 해도 제값 받겠다고 하루 종일 장마당에 서 있는 것보다는 그편이 나았다.

"한 개도 아이 팔리네."

"이거 먹어."

원미가 기름에 튀긴 커다란 가락지빵(도넛)을 건넸다. 남규가 허겁지겁 가락지빵을 먹었다. 그동안에 원미가 달리기꾼 아주머니를 데리고 왔다. 물건을 소도매상에게 넘기는 거래를 한 번도 해보지 않은 남규는 옥신각신하며 흥정한 끝에 녹말가루 여섯 봉지를 삼천삼백 원 받고 팔았다.

"눅어도 날래 팔아치우는 게 아이 낫겠나."

달리기꾼이 녹말가루를 가지고 가자 원미가 한마디 했다. 남규는 녹말가루를 팔은 돈으로 옥수수쌀과 등잔용 석유를 한 병 샀다. 그러고는 물건을 팔아준 원미에게 국수를 사 주려고 매대로 갔다. 두 사람이 매대 의자에 앉아 국수를 먹고 있는데 날카로운 호루라기 소리가 났다.

"비겁한 자야 갈라면 가라 우리들은 붉은기를 지키리라…."

곧이어 확성기를 통해서 귀에 익숙한 혁명가 노랫소리와 함께 회령천 강가에 인접한 공터로 모이라는 안내 방송이 흘러나왔다. 이렇게 아무런 사전 통고 없이 갑자기 시장 공터에 모이라고 하는 것은 대개 공개재판이 있을 때이다.

"날래날래 가기요."

남문시장 규찰대원과 보안서 지도원들이 휴대용 확성기를 들고 나타나 소리치고 다녔다. 장마당에 있던 사람들이 웅성거리며 하나둘씩 회령천변 쪽으로 갔다.

남규와 원미도 의자에서 일어나 같이 걸어갔다. 이상하게 가슴이 두근거렸고 뭔지 모르게 불안해졌다. 남규는 걸어가는 동안 자꾸 뒤를 돌아보았다. 누군가가 뒤에서 덮쳐 자신을 쓰러뜨릴 것만 같았다.

"동무들! 앞으로 그만 나오시오. 모든 동무들은 질서를 지켜주시오!"

지붕에 확성기를 설치한 하얀 선전대 방송차에서 사람들을 통제하는 소리가 났다. 회령천변에는 동원된 사람들이 벌써 많이 와 있었다. 남규는 사람들에게 떠밀려 대열 중간 부분까지 갔다. 앞쪽에 단상이 놓여 있었다. 그 뒤로 나무기둥 두 개가 설치되어 있었고 자그마한 천막이 하나 있었다. 사람들은 목석처럼 묵묵히 앞을 바라보았다.

"인신매매는 개인 이기주의와 썩어빠진 황색 자본주의 물욕에 빠져 사람을 물품같이 취급하는 극악무도한 범죄행위이고, 인간의 인격과 권리가 최고로 존중되고 철저히 담보되는 우리식 사회주의하에서는 털끝만큼도 허용될 수 없는 범죄행위이며…."

재판에 앞서 엄숙함과 공포 분위기를 조성하기 위한 선동 방송이 흘러나왔다.

"아니 저 간나는."

회령천변 앞쪽을 바라보던 남규는 깜짝 놀랐다. 보안서 지도원 염칠산이 노동단련대 수용자들에게 이것저것 지시를 하고 있었다. 염칠산은 공개재판 참관을 위해 수용자들을 데리고 이곳에 온 것이다. 남규는 자신도 모르게 속주머니에 손을 넣어 칼을 잡았다. 너무 세게 움켜쥐어서 쥐가 날 지경이었다. 분노에 찬 눈빛으로 네모나게 각진 염칠산 얼굴을 건너다보았다. 염칠산에게 두들겨 맞던 일을 어찌 잊을 수 있을까.

그날 아침 식사 시간에 남규는 밥그릇을 들고 식탁에 앉았다. 삶은 옥수수 알갱이를 한 숟가락 떠서 입에 넣고 천천히 씹었다. 양념이 되어 있지 않아서 밍밍했는데 나중에는 단맛이 났다. 다섯 숟가락이나 될까. 옥수수를 다 먹었지만 양이 터무니없이 적어서 전혀 배가 부르지 않았다. 다 처먹었으면 날래 모이라! 염칠산이 소리쳤다. 수용자들은 염칠산을 따라 산으로 올라갔다. 남규는 잘라놓은 나무에 갈고리를 연결한 후 멜바(멜빵끈)를 어깨에 걸고 나무 집결소로 끌고 가는 일을 했다. 장작용 나무여서 굵지는 않았지만 한 줌밖에 안 되는 옥수수 알갱이를 먹고 하기에는 너무나 힘들었다. 허기가 져서 몇 걸음 가다가 쉬기를 반복했다. 목이 말랐지만 마실 물은 어디에도 없었다. 입에서 쓴 냄새가 났다. 다시 일어나서 온 힘을 모아 걸어가다가 더덕 이파리를 발견하고 걸음을 멈추었다. 멜바를 내려놓고 흙을 파내어 손가락만 한 더덕을 캐냈다. 뿌리에 묻은 흙을 옷자락에다 대강 털고 입에다 넣었다. 그러고는 막 씹으려는 순간 뒤통수를 크게 얻어맞고 앞으로 고꾸라졌다. 몸을 추슬러서 일어나자 장작개비를 거머쥔 염칠산이가 씩씩거리고 있었다.

"야 이 간나새꺄! 하라는 일은 아이 하고 뭐를 처먹고 있어. 엉?"

염칠산은 무자비하게 장작개비를 휘둘렀다. 살갗이 찢어지고 머리에서 피가 났다. 남규는 결국 의식을 잃었다. 그 후 일주일 동안 아무것도 먹지 못하고 누워서 지내다가 어머니가 갖다 준 속도전 가루를 먹고 간신히 기운을 차렸다.

"우리나라 여성을 다른 나라로 팔아넘겨서 가족들에게 피해를 주고 조국반역죄를 저지른 피소자 송 아무개 외 네 명에 대한 특별 공개재판을 시작하겠습니다."

군중 앞에 선 인민보안서장이 마이크를 들고 말했다.

단상 옆에 인민복과 군복을 입은 판사와 인민참심원 두 명, 검사, 변호인, 재판 서기 등 여섯 명이 서 있었다. 단상 아래에는 재판을 받으러 나온 피고인 다섯 명이 밧줄에 묶인 채 꿇어앉아 있었다. 보안서장의 설명이 끝나자 판사가 단상 앞으로 나와 판결문을 빠르게 읽어나갔다.

"회령시 오류리 농장원 송 아무개와 회령시 망양동 제지공장 노동자 정 아무개는 황금만능의 자본주의 사상에 오염되어 작년 유월부터 열세 명의 우리 공화국 여성을 다른 나라 인신매매업자에게 중국 돈 수천 원을 받고 팔아넘겨 대대손손 용서할 수 없는 극악무도한 범죄행위를 저질렀다…."

회령천변에 수백여 명이 모여 있었지만 별다른 반응을 보이지는 않았다. 판사는 피고인마다 일일이 호명한 후 적들의 사상 문화적 책동에 말려들어가 남조선 괴뢰 영상물을 밀수하여 유포시키고, 자본주의 사상에 깊이 물든 나머지 불순 녹화물을 구입하여 밤에 몰래 시청했으며, 공장에서 값나가는 부속품을 빼돌린 범죄 내용들에 대해서 구체적으로 읽어 내려갔다. 이어서 조선민주주의공화국 형법에 의거하여 세 사람에게는 노동교양대 육월 형을, 인신매매를 한 두 사람에게는 사형에 처할 것을 선포한다고 말했다.

"이 판결에 대해서 즉시 집행하시오."

판사의 말이 떨어지자 보안원들이 두 남자를 천막으로 데리고 갔다. 잠시 후 입에 재갈을 물리고 단단히 결박당한 채 남자들이 질질 끌려 나왔다. 사형을 집행할 때 장군님을 욕하거나 체제를 비판하는 것을 막기 위한 조처였다. 기둥에 묶인 두 남자는 이미 의식을 잃은 듯 아무런 움직임도 없었다.

"전방에 보이는 범죄자들을 향하여 쐇!"

처형 집행관의 결의에 찬 목소리가 났다. 총알을 맞은 두 남자의 머리에서 피가 솟구쳤다. 남규는 두개골이 산산조각 나고 허연 뇌수가 땅바닥으로 쏟아져 뜨거운 김이 올라오는 것을 보았다. 한순간 눈앞이 아득해지면서 현기증이 일었다. 술에 취한 듯이 몸이 휘청거렸다. 쐿! 쐿! 쐿! 연이어 아홉 번의 총소리가 들렸다. 간신히 정신을 차리고 앞을 보자 기둥에 매인 두 남자의 내장이 터져 피투성이가 되어 있었다. 욱하고 욕지기가 올라왔다. 그가 손으로 입을 틀어막았다.

"세워 총! 우로 봣! 앞으로 갓!"

처형 집행관의 구령에 따라 총을 쏘았던 보안원들이 물러갔다. 곧이어 다른 보안원들이 커다란 마대 두 개를 들고 기둥 쪽으로 갔다.

"아부지!"

갑자기 한 소년이 울부짖으며 뛰어갔다.

"야, 이 간나 새끼 뭐이가. 엉!"

기둥에서 시신을 끌어 내리던 보안원이 소년을 걷어찼다. 가슴을 세게 얻어맞은 소년이 땅바닥에 나뒹굴었다. 그때 소리 죽여 눈물을 흘리고 있던 중년 여인이 뛰어가 소년을 잡아끌고 갔다.

보안원들이 마대에다 시신을 거꾸로 집어넣었다. 잘 들어가지 않는지 두어 번 들었다 놨다 했다. 시신이 완전히 마대 속으로 들어가자 입구를 끈으로 묶었다. 그런 다음 쓰레기 뭉치처럼 질질 끌고 가서 화물차 적재함에다 던져 넣었다.

시련의 광풍 휘몰아쳐도 백두의 신념 불탄다

수령님 유산 사회주의는 필승의 기상 떨친다

선전대 방송차에서 혁명가요가 흘러나왔다. 감정이 하나도 없
는 것처럼 무표정한 얼굴로 공터에 서 있던 사람들이 하나둘씩 흩
어졌다.

"아이 가고 뭐 해."

제자리에서 한참 전방을 바라보던 남규가 원미 목소리를 듣고
돌아섰다. 하지만 몇 걸음 걷다가 쪼그리고 앉아서 토악질을 했
다. 조금 전에 먹은 국수와 가락지빵이 코와 입으로 쏟아져 나왔
다. 뱃속 저 밑바닥에 고여 있던 어떤 응어리 같은 쓴 물까지 모두
다 게워내고서 겨우 일어났다.

"이럴 수는 없는 거야."

눈이 벌겋게 충혈된 남규가 중얼거렸다. 그는 비쩍 마른 몸을
움직여 회령천변 저쪽으로 비칠비칠 걸어갔다.

3

커다란 뱀이 남규의 몸을 휘감았다. 양팔로 뱀의 몸뚱이를 힘껏
밀어보지만 점점 목을 조여 왔다. 아무리 몸부림을 쳐도 벗어날
수가 없다. 커억컥! 더 이상 숨을 쉬기가 어려웠다. 으으으. 저절
로 신음 소리가 났고 두 손이 허공을 휘저었다. 그러다가 어느 순
간 눈이 번쩍 떠지면서 낮잠에서 깨어났다. 남규는 몸을 일으키며

길게 숨을 내쉬었다. 식은땀이 배어 나와 등이 축축했다. 회령천 변에서 공개 처형을 목격한 이후부터 악몽을 꾸었고 자주 가위에 눌렸다.

저녁에 이 씨가 옥수수죽을 끓였다. 옥수수쌀이 다 떨어져서 그럴 수밖에 없었다. 요즘 비가 자주 내려서 농작물이 잘 자라고 있었다. 하지만 산나물은 웃자라 있고 옥수수는 여물지 않아서 도무지 먹을 것이 없었다.

해가 저물어갈 무렵 배낭을 메고 집을 나섰다. 집 뒤의 옥수수밭을 지나 산등성이를 타고 숲길을 한참 걸어서 옆 마을로 갔다. 보리밭이 보였다. 낮에 와서 점찍어두었던 곳이다. 숲속에서 시간을 보내다가 사방이 캄캄해졌을 때 밭이랑을 따라 기어갔다. 아직은 보리가 다 익지 않아서 밭을 지키고 있는 사람은 없었다. 배낭에 넣어둔 가위를 꺼내 보리 줄기를 잘랐다. 밭이랑을 옮겨 다니며 쪼그리고 앉아서 보리 이삭을 잘라 배낭에다 넣었다. 그는 자정 무렵 무사히 집으로 돌아왔다.

다음 날 아침 배낭을 들고 뒤란으로 갔다. 땅바닥에다 비닐을 깔고 배낭을 쏟자 누런 줄기의 보리가 쏟아져 나왔다.

"당에서 시키는 대로 했다가는 차려지는 게 없어서 굶어 죽고 말지."

사람들은 그렇게 농담처럼 웃으면서 말하곤 했다. 남규는 그것이 절대로 농담이 아니라는 것을 알고 있었다. 야경벌이(도둑질)로 보리 이삭을 훔쳐 왔지만 굶어 죽지 않으려면 어쩔 수 없는 일이라고 생각했다.

쿵쿵!

보리 줄기에서 이삭을 뜯어 돌절구에다 넣고 찧었다. 절굿공이를 내려칠 때마다 이삭 껍질이 벗겨지면서 깨진 보리 알맹이와 허연 즙이 배어 나왔다. 다 찧어진 보리를 바가지로 퍼서 플라스틱 통에다 옮기고 다시 이삭을 뜯어서 절구통에 넣었다. 절구질은 한 시간 동안 이어졌다. 플라스틱 통에 짓찧어진 보리 이삭이 가득했다. 거기에다 물을 붓고 껍질을 건져냈다. 칡 녹말가루를 만들 때처럼 껍질을 다 건져내고 가만히 놓아두면 침전물이 가라앉는다. 그것이 보릿가루다. 옥수수쌀에다 보릿가루를 넣고 밥을 하거나 쑥개떡을 만들어 먹으면 옥수수죽보다 훨씬 배속이 든든하다. 일을 마치고 나서 플라스틱 통 뚜껑을 덮고 위에다 거적때기를 씌웠다. 행여 누군가가 보게 되면 야경벌이를 한 것이 탄로 나기 때문에 위장을 한 것이다.

남규는 뒤란에서 돌아 나와 앞마당으로 갔다. 소나기가 한바탕 쏟아질 것처럼 하늘이 흐려 있었다. 의자에 앉아서 담배주머니를 꺼내 마라초를 만들었다. 마라초에 불을 붙이고 연기를 들이마시자 쓴 듯 구수한 담배 연기가 가슴속으로 빨려 들어갔다. 가라앉혀놓은 보릿가루를 생각하니 저절로 배가 부른 것 같다. 마라초를 피우면서 저 아래를 내려다보았다. 김원석이 염소 목줄을 쥔 채 이쪽으로 오고 있었다. 김원석은 도중에 백살구나무에다 염소 목줄을 묶어놓았다.

"어서 오오."

그가 앞마당으로 들어서는 김원석에게 의자를 권했다.

"비가 올라나. 후텁지근하구만."

"날이 참 덥소."

"물이나 한잔 줘."

남규가 물을 가져오자 김원석이 시원하게 벌컥벌컥 들이켰다. 그러고는 담뱃갑을 꺼내 남규에게 한 개비 건넸다. 말없이 담배를 피워대던 김원석이 입을 열었다.

"원미 걔가 신흥리로 시집갔잰은가? 근데, 사는 게 영 고생이 심하단 말야."

"나그네는 뭐하는 사람입니까?"

"밀수하다가 잽혀서 교화소에 갔는데 거기서 죽었어."

"그게 정말입니까?"

"작년에 그리됐어. 원미 걔가 행방을 댕겼거든. 근데 청진에 갔다가 망나니패한테 물건을 다 뺏기고 와서는 옌벤 가서 돈 벌어오겠다구 도강을 시켜달라는 거야. 알다시피 내가 당원이고 분조장인데 어떻게 경비대 애들한테 꾹돈 주고 눈감아달라는 말을 하겠는가 말이야."

"거 참 바쁘게 됐소."

"그래서 하는 말인데 남규는 원미하고 딱친구지? 걔두 먹구살아야 하잖아? 이번 한 번만 저쪽에다 데려다줬으면 하는데…."

"글쎄요. 그게…."

"오늘 하루 생각해보고 정해두 늦잰아. 염소를 저기다 매놨는데 할 맘이 있으면 가져가라우. 넬 아침까지 염소가 그대로 있으면 못 하는 걸로 알겠네."

회령천변에서의 공개처형 이후 김원석은 도강에 관한 얘기를 하지 않았다. 두어 달이 지난 지금 그루빠 단속이 느슨해져서 도강하는 사람들이 다시 늘어났다. 김원석은 그런 상황을 잘 파악하고 있었다.

강타기…. 김원석이 돌아가자 남규는 앞마당에서 서성거리며 혼잣말을 했다. 경비 초소와 경비병들의 감시를 피해서 건너는 막도강은 위험 부담이 크다. 강폭이 넓고 수심이 깊은 곳으로 건너야 하기 때문이다.

하루 종일 생각에 잠겨 있던 남규는 해가 기울기 시작하자 백살구나무 쪽으로 내려갔다. 염소는 암컷이었다. 하얀 털에서 윤기가 나고 배가 불룩한 것이 꽤 튼튼해 보였다. 염소가 피하지 않고 남규를 빤히 쳐다보았다. 싸리나무를 꺾어 입에 대주자 주저하지 않고 이파리를 맛있게 씹어 먹었다. 머리를 만져도 가만히 서 있었다. 남규는 염소 목줄을 잡고 집으로 올라갔다. 밤이 되면 누군가가 훔쳐 갈 것이 분명하기 때문에 일단 집에 데려다 놓기로 했다. 부엌문을 열고 정주간으로 들어서자 식사 준비를 하던 이 씨가 놀라는 표정을 지었다.

"이 염쉬는 어드메서 개지구 온 게냐?"

"오늘 하루만 봐주는 거야요."

"야, 젖통이 실하구나."

예전에 염소를 키워본 적이 있는 이 씨는 염소가 자넨종이라는 것을 바로 알아차렸다. 자넨종은 젖을 많이 생산하는 품종이다. 관리를 잘하면 하루에 일 리터 이상의 젖을 짤 수 있다.

"야, 저눔이 울지도 않고 가만히 있네."

저녁 식사를 마치고 방에서 염소를 바라보던 이 씨가 말했다. 염소는 마치 제집에 들어온 것처럼 정주간 한쪽에 얌전히 엎드려 있었다. 이 씨는 생각할수록 염소가 신통해 보였다.

"젖이 나올라나."

이 씨가 중얼거리면서 정주간으로 내려갔다. 염소가 벌떡 일어났다. 이 씨는 커다란 양푼을 염소 뒷다리 사이에다 놓고 젖통을 만졌다. 염소가 신기하게도 다리를 벌리고 가만히 서 있었다.

"기래기래. 착하디."

이 씨가 머리를 쓰다듬어주고 나서 젖을 짜기 시작했다. 칙칙! 허연 액체가 양푼으로 떨어졌다. 매애애! 염소가 몇 번 소리를 냈다. 젖을 다 짠 후 아궁이에다 불을 지피고 양푼을 올려놓았다. 생젖을 그냥 먹으면 설사를 하거나 배탈이 날 수 있기 때문에 끓여야 한다. 염소젖이 한번 끓어오르자 두 개의 밥그릇에다 나누어 따랐다.

"이거 마셔보라."

이 씨가 남규에서 그릇을 건네고 아주 흡족한 표정으로 염소젖을 훌훌 마셨다. 남규가 천장을 올려다보았다. 갑자기 눈시울이 뜨거워졌다. 염소젖 한 그릇에 기뻐하는 어머니 모습을 보는 순간 마음이 울컥거렸다.

다음 날 아침 일찍 남규가 염소를 몰고 밖으로 나갔다. 산기슭에 풀어놓자 알아서 나뭇잎을 따 먹고 풀을 뜯어먹었다. 저녁에 이 씨가 또다시 젖을 짰다.

삼 일 뒤에 원미가 남규의 집으로 왔다. 두 사람은 앞마당에서 얘기를 나누었다.

"부탁을 들어줘서 고마워."

"근데 거기 가서 어떻게 살려고?"

"용정에 친척 언니가 사는데 내가 건너가면 도와줄 거야."

남규가 못 미더운 눈빛으로 원미를 보았다. 물가에서 노는 어린 애처럼 느껴졌다. 하지만 중국이 호락호락한 데가 아니라는 것을 설명해주려다가 말았다. 그녀가 품고 있는 희망의 싹을 꺾는 것 같아서였다.

문득 남영이가 생각났다. 두만강을 건너간 지 벌써 일 년이 넘었다. 어떻게 살고 있는지 연락 한번 주었으면 좋으련만 아무런 소식이 없다. 남규는 동생이 죽지 않고 살아 있기만을 바랐다.

4

산산마을에 땅거미가 내려앉기 시작했다. 마을을 둘러싸고 있는 세곡령과 대문령의 산봉우리들이 검은 그림자를 만들어냈다. 산골짜기에서 시원한 바람이 불어와 한여름 열기를 식혀 주었다. 남규는 염소를 정주간 안으로 들여놓고 실낱같은 오솔길을 따라 마을 쪽으로 내려갔다. 한 손에 생활총화 학습장이 들려 있었다. 옥수수 밭을 지나 협동농장 사무실에 다다랐을 때 공연히 몸이 움츠러들었다. 긴장하지 않겠다고 마음을 다잡았지만 뜻대로 되지 않았다.

근래에 인민반장이 자주 찾아왔다. 한 달 전에 원미를 도강시켜 준 남규는 뭔가 불길한 징조가 드리워지고 있다는 느낌이 들었다. 하지만 인민반장은 도강에 대해서 전혀 아는 바가 없었다. 다만 분주소의 담당 보안원으로부터 수입이 전혀 없는 남규가 어떻게 염소를 마련했는지 알아보라는 지시를 받고 움직이고 있었다. 요즘 시세로 염소 한 마리 값은 3만 원이었다. 옥수수쌀 팔십 킬로그램을 살 수 있는 큰돈이다. 염소 한 마리가 주변의 이목을 끌기에 충분한 것이다. 남규는 공연한 의심을 받고 싶지 않아서 생활총화에 적극적으로 참가하기로 했다.

"남규 동무, 오랜만이구만!"

농장 사무실로 들어서자 리 청년동맹(김일성사회주의청년동맹) 위원장 박혁기가 말을 건넸다. 뺨에 살집이 없고 하관이 뾰족했다. 눈빛은 차가웠고 성품이 예민해 보이는 사람이었다. 남규가 인사를 하고 의자에 앉았다. 이곳 작업반 청년동맹원은 총 일곱 사람인데 아직 전부 모이지 않았다.

위대한 령도자 김정일 장군님을 결사옹위하는 총폭탄이 되자!

남규가 사무실 벽에 적혀 있는 구호를 보였다.

"총폭탄은 무슨 얼어 죽을….."

그렇게 중얼거리다가 앞에 박혁기가 있다는 것을 깨닫고 흠칫 놀랐다. 자칫 잘못 걸려들면 평생 수용소에서 썩을 수도 있는 것이다. 연길에 가기 전까지만 해도 학교에서 가르쳐 준 대로 김정일 장군님을 사회주의 태양, 삶의 태양, 백전백승 강철의 령장, 민족의 태양, 21세기의 세계 수령, 민족 재생의 은인 등등 어떠한 극존칭으로 표현해도 부족한 신 같은 존재로 믿고 있었다. 그런데 연변 사람들은 김정일을 자기 배만 불리는 배불뚝이라고 욕을 해 댔다. 그때 산이 무너지는 것처럼 큰 충격을 받았고 사람들과 심하게 말다툼을 했다. 하지만 돼지가 옥수수보다 비싼 사료를 먹고 개가 이밥을 먹는 것을 보면서 생각이 바뀌기 시작했다. 돈을 조금만 주어도 음식을 양껏 먹을 수 있는 현실 앞에서 철벽처럼 굳건하던 정체성은 속절없이 무너져 내렸다. 뿐만 아니라 북송된 이후 집결소와 구류장과 노동단련대로 끌려다니면서 개돼지만도 못한 취급을 받고 쓰디쓴 좌절감을 맛보았다. 생각만 해도 분하고 억울했다. 하지만 이러한 감정을 어느 누구에게도 시원하게 말을 할 수가 없다. 그랬다가는 쥐도 새도 모르게 어디론가 끌려갈 것이 뻔했기 때문이다.

청년동맹원 일곱 명이 사무실에 모이자 생활총화가 시작되었다.

"지금부터 경애하는 지도자 김정일 동지께서 마련해주신 주 청년동맹 생활총화를 시작하겠습니다. 동무들, 호상비판에 참가할 준비는 다 됐지요? 이제 총화를 시작하겠는데 조철용 동무가 먼저 하시오."

박혁기가 생활총화 사회를 보았다.

"알겠습니다. 제가 먼저 하겠습니다. 당 십대 원칙 칠조 삼항은 혁명의 주인다운 태도를 가지고 자력갱생의 혁명 정신을 높이 발휘하여 모든 일을 책임적으로 알뜰하고 깐지게 하며 부닥치는 난관을 자체의 힘으로 뚫고나가야 한다고 되어 있습니다. 그런데 저는 풀베기 전투에서 한낮에는 덥다는 한 가지 이유로 저녁때만 풀을 베었습니다. 그에 따라서 다른 동무들이 더 많이 풀을 베어야 하는 피해를 끼쳤습니다. 제가 혁명적 정신이 나약해지고 게을러졌기 때문입니다. 앞으로는 할당받은 과업에 대해서 철저히 임무를 완수해나가도록 하겠습니다."

"그 각오가 변치 않기를 기대하겠습니다."

"다음은 호상비판으로 남규 동무를 비판하겠습니다. 남규 동무는 생활총화에 빠진 것이 여러 번 됩니다. 이거 이래 가지고 기본 혁명 과업을 어찌 해나가겠습니까. 앞으로 절대 총화에 빠지지 않도록 해주었으면 좋겠습니다. 이상입니다."

"저도 남규 동무를 비판하겠습니다. 풀베기 전투에 왜 나오지 않는 겁니까? 동무가 일하지 않으면 우리가 해야 되는데 미안하지도 않습니까?"

"저도 남규 동무를 비판하겠습니다. 우리 농장에서 농장원 일인당 인민군대에 돼지고기를 삼 키로씩 지원하기로 했는데 왜 아직 안 내는 겁니까? 다른 동무들은 먹고살기 바쁜 가운데 혁명적 절약 정신으로 아끼고 아껴서 다 냈습니다. 남규 동무도 빠른 시일 내에 돼지고기를 지원하기 바랍니다. 돼지고기 일 키로 대신 통강냉이 십 키로로 내도 된다니까 참고하시오."

사람들이 벼르고 있었다는 듯이 너 나 할 것 없이 남규를 비판했다. 남규는 그저 수긋하게 듣고 있었다. 이들 중에 감시자가 있을 것이 분명했다. 한번 도강했던 사람은 보안서에서 감시 관리 대상으로 분류해놓고 있었다. 그저 말 한마디 한마디 조심하는 것밖에 다른 방법이 없었다.

"다들 자리에 앉아주시오. 남규 동무, 동무들 비판을 접수하겠습니까?

"위원장 동지, 동무들의 진정 어린 비판을 다 접수합니다. 앞으로는 과업에 꼭 참석할 것이고 통강냉이도 지원하도록 하겠습니다."

남규는 모든 것을 인정하고 수용했다. 인민학교 다닐 때부터 생활총화를 해왔기 때문에 비판 대상자가 되면 어떻게 해야 하는지 학습이 되어 있었다. 지루한 생활총화를 마치고 사무실을 나가자 그를 위로하듯 보름달이 훤하게 떠 있었다.

"어머니!"

집으로 돌아간 남규는 쓰러져 있는 이 씨를 보고 깜짝 놀랐다. 각혈을 많이 해서 방바닥에 검은 피가 고여 있었다. 이 씨를 일으켜 세우고 뺨을 두드렸다. 이 씨가 겨우 눈을 떴다. 물을 떠다가 얼굴과 손을 닦았다. 저녁 식사를 하고 나서 염소젖을 맛있게 먹으며 행복해 하던 모습이 아니었다. 양쪽 볼이 쑥 들어가 있었다. 눈에 초점이 없고 눈빛은 흐리멍덩했다. 저것 좀 다오. 피 묻은 옷을 갈아입히고 있는데 이 씨가 약통을 가리켰다. 남규는 약통에서 정통편 다섯 알을 꺼냈다. 이 씨는 정통편을 먹고 잠이 들었다. 남규가 희미한 등잔불 아래에 시체처럼 누워 있는 이 씨를 보았다. 광대뼈가 툭 튀어나온 얼굴이 고통스럽게 일그러져 있었다. 가슴이 미어져왔다. 하지만 그가 할 수 있는 일은 아무것도 없었다.

이튿날 이 씨를 손수레에다 싣고 산산마을 진료소로 갔다. 진료소에서 엑스레이를 찍었는데 사진을 보던 의사가 고개를 절레절레 흔들었다. 폐가 너무 많이 망가져 있었다. 의사가 처방전을 써주면서 장마당의 누구를 찾아가라고 말했다. 진료소에는 약이 없었다. 맛있는 거 많이 사드려. 진료소를 나서는데 의사가 한마디 던졌다. 그 말은 마치 얼마 못 사니까 잘 해드리라는 것처럼 불길하게 들렸다.

"단물 좀 타줘."

집에 들어서자 이 씨가 말했다. 남규가 정주간으로 내려가서 사카린을 담아두는 통을 열었다. 통이 텅 비어 있었다. 숟가락으로 통을 박박 긁어서 겨우 단물 한 잔을 만들었다.

다음 날 아침 일찍 염소를 데리고 집을 나섰다. 무슨 낌새를 알아차렸는지 염소가 잘 따라오지 않았다. 오후 두시경 회령 남문시장에 도착했다. 염소를 급하게 처분할 수밖에 없는 처지여서 이만

팔천 원을 받고 팔았다. 돈을 주머니에 넣고 의사가 알려준 대로 장마당 옆에 있는 어느 집을 찾아갔다. 집주인 아주머니에게 처방전을 건네자 약을 가져왔다. 약값이 올라서 한 달치 결핵약을 사는 데 이만 원이 들었다. 다시 장마당으로 가서 돼지고기와 사카린, 그리고 인민군대 지원 물품으로 낼 옥수수도 샀다. 생활총화에서 약속한 것은 꼭 지켜야 한다. 그러지 않으면 더 큰 불이익을 당할 수 있기 때문이다.

집에는 캄캄한 밤에 도착했다. 아궁이에 장작을 넣고 돼지고기를 푹 삶아서 밥상을 차렸다. 너두 좀 먹어라. 돼지고기를 먹으면서 이 씨가 말했다. 식사가 끝나자 남규는 단물을 진하게 타서 이 씨에게 주었다.

이 씨는 그날 밤부터 바로 결핵약을 먹기 시작했다. 하지만 워낙 오래 진행된 결핵이어서 자주 기침을 했다. 기침이 나오면 가슴이 찢어질 것 같은 괴로운 통증에 시달렸다. 그러는 중에도 약이 좋아서인지 얼굴에 화색이 돌았고 각혈도 멈추었다.

어느새 여름이 훌쩍 지나가고 있었다. 한낮에 땡볕이 내리쪼이다가도 저녁이 되면 시원한 바람이 불어왔다. 농장원들이 다락밭으로 올라가 옥수수를 수확하기 시작했다. 남규는 옥수수를 따서 집 앞마당으로 져 날랐다. 옥수수 껍질을 벗겨내고 햇볕에 말렸다. 올해는 여느 해보다 훨씬 작황이 좋았다. 옥수수 알갱이를 털어서 자루에 담아보니 칠백 킬로그램이 넘을 것 같았다. 협동농장과 3 대 7로 분배하면 남규의 몫은 사백구십 킬로그램 정도는 될 것이었다.

옥수수 수확을 끝낸 후 남규는 낫을 들고 밭으로 갔다. 차악차악! 낫으로 옥수숫대를 베어 냈다. 아직은 습기가 있지만 이것을 말리면 좋은 땔감이 된다. 한창 일을 하고 있는데 김원석이 밭으로 왔다.

"원미가 잽혀 들어왔어."

"예?"

남규가 깜짝 놀랐다. 원미에게 나쁜 일이 생기지 않길 그렇게 바랐건만 기어이 잘못되고 만 것이다. 김원석은 어떻게 수습을 해야 할지 몰라서 전전긍긍하고 있었다.

"내가 당원인데 당증 가지고 아이 될까?"

"요즘 당세 힘 못써요. 꾹돈 고이는 게 젤 빠릅니다."

김원석은 담배를 뻑뻑 피워대다가 돌아갔다.

며칠 뒤 남규는 원미가 노동단련형 1개월 처분을 받았다는 소식을 들었다. 불법으로 두만강을 건너갔다가 북송되어 온 것치고는 가벼운 처벌이다. 뇌물을 듬뿍 집어 주었기 때문에 가능한 일이었다.

5

여름이 끝나가고 있었다. 가을을 재촉하는 듯이 가랑비가 며칠째 오락가락했다. 남규가 비닐을 실로 꿰매서 만든 우비를 펼쳤다. 우비라고 하기에는 너무 볼품없고 엉성했다. 그래도 이것을 입으면 두 팔을 자유로이 움직일 수 있어서 비오는 날 개구리를 잡는 데 편리했다. 그가 플라스틱 통과 작대기를 들고 오솔길을 따라 내려갔다. 그의 뒷모습은 동냥아치처럼 너절하고 처량해 보였다. 마을길과 2차선 도로를 건너 팔을천으로 갔다.

"개구리 한 마리 저쪽으로 간다!"

몇몇 어른과 아이들이 왁자지껄 떠들며 개구리를 잡고 있었다.

사람들은 고난의 행군 시절부터 개구리를 잡아다가 식량 대용으로 먹었다. 그러다가 개구리기름을 채취하기 시작했다. 개구리는 겨울잠을 자는 동안 필요한 영양소를 배속에 저장한다. 그것을 떼어내 말린 것이 개구리 기름이다. 개구리 기름은 중국으로 팔려나갔는데 오백 그램에 육백 위안 위아래로 거래되었다. 북조선 화폐로 이십만 원이나 되는 거금이다. 이렇게 시세가 좋다 보니 어른 아이 할 것 없이 개구리를 잡으러 다녔다.

팔을천의 수풀 가장자리로 걸어가던 남규가 개구리 한 마리를 발견했다. 조심스럽게 다가가서 작대기로 내리쳤다. 그러나 개구리를 맞추지 못했다. 깜짝 놀란 개구리가 팔짝팔짝 뜀뛰기를 했다. 작대기를 내리치면서 따라갔지만 번번이 빗나갔다. 개구리는 물속에 뛰어들어 필사적으로 헤엄을 쳐서 어딘가로 숨어버렸다.

남규는 날이 저물 때까지 팔을천을 헤집고 다니다가 집으로 돌아갔다. 플라스틱 통에 죽은 개구리가 오십 마리쯤 들어 있었다.

철사로 개구리의 입 부분을 꿰어 정주간 구석에다 쭉 매달았다. 오래 보관하려면 그렇게 말려야 한다.

"밥 먹자."

밤늦게 이 씨가 밥상을 차렸다. 밥상에 개구리탕을 끓인 냄비가 놓여 있었다. 개구리 서너 마리가 다리를 쭉 뻗은 채 허연 배를 드러내고 있었다. 요즘은 끼니때마다 개구리탕이 밥상에 올라왔다. 남규는 개구리가 폐결핵에 좋다는 말을 듣고 어머니를 위해서 개구리 기름을 채취하는 것을 포기했다.

다음 날 오후에 또다시 플라스틱 통과 작대기를 들고 집을 나섰다. 한나절 동안 팔을천 물가를 뒤지고 다녔는데 개구리를 스무 마리도 못 잡았다. 워낙 많은 사람들이 개구리를 잡아서인지 씨가 마른 것 같았다. 개구리를 잡다가 지친 남규는 통을 챙겨 들고 팔을천에서 벗어났다.

"남규야, 오랜만이다."

백살구나무 아래에서 원미가 기다리고 있었다.

"어, 너구나. 어, 언제 나왔어?"

남규가 말을 더듬었다. 개구리나 잡으러 다니는 추레한 몰골을 보여주는 것 같아서 민망한 생각이 들었다.

"응, 그게 며칠 됐어."

착 가라앉은 목소리로 원미가 말했다.

두 사람은 다락밭 둑에 나란히 앉았다. 원미가 무릎을 세운 채 땅바닥만 바라보고 있었다. 머리카락이 마른 풀처럼 거칠었다. 얼굴에 기름크림(로션)을 바른 것 같은데 윤기가 전혀 없고 입술에 물집이 잡혀 있었다.

"꼬빠꾸에서 힘들었지?"

"아냐. 금방 나왔는데 뭘."

"여기 앉아 있으니까 저 나무에서 살구 따 먹었던 거 생각난다."

"응, 나도 그 생각했어."

"우리 어렸을 때 여기서 진짜 재미나게 놀았는데…."

"맞아 그랬었지."

원미는 말을 길게 하지 않았다. 대화가 잠깐 중단되었다.

남규가 백살구나무를 보았다. 학교에 갈 때마다 백살구나무 아래에서 만났고 수업이 끝나면 이곳에서 헤어져 집으로 돌아가곤 했다. 두 사람에게 이곳은 추억 그 이상의 의미를 지닌 장소였다. 그냥 딱친구(단짝)로 기억해줘. 원미는 백살구나무 아래에서 그 말 한마디를 남기고 신흥리로 떠났었다. 그랬던 원미가 피폐한 모습으로 다시 나타났다. 남규의 마음은 복잡 미묘해졌다.

"아무래도 여기서 못 살 것 같애."

깊은 생각에 잠겨 있던 원미가 입을 열었다.

"무슨 말야?"

"용정에 가보니까 우리가 얼마나 속고 살아왔는지 알겠드라구."

"그건 그래."

"그래서 너한테 부탁하려구 그래. 한 번만 더 강타기 해주면 아이 되겠니."

"글쎄, 그건….”

"이번엔 오빠 몰래 가려고 그래. 나 때문에 오빠도 분조장 자리 내놔야 할 거 같아."

"난 아이 된다. 감시받고 있거든.”

남규의 설명을 듣고 그녀가 고개를 끄덕거렸다. 감시당하고 있는 것이 얼마나 괴로운 일인지 이해하고 있었다. 얼마 후 원미가 자리에서 일어났다. 도와주겠다는 말을 듣지는 못했지만 터놓고 얘기할 수 있어서 답답했던 마음이 조금 풀린 것 같았다.

산산마을의 가을이 깊어가고 있었다. 숲이 울긋불긋 물드는가 싶었는데 어느새 나뭇잎이 떨어지고 서리가 내리기 시작했다. 겨울나이(겨울맞이)에 나선 마을 사람들은 김장 전투와 땔감 전투에 총동원이 되었다.

"오마니, 다녀올게요.”

남규는 아침 일찍 손수레에다 배낭과 연장을 싣고 집을 나섰다. 아침 해가 세곡령 위로 떠올라 막 퍼지고 있었다. 집 뒤쪽의 다락밭 길을 따라 올라갔다. 다락밭을 벗어나자 손수레 하나 굴러갈 수 있을 정도의 산길이 나타났다. 손수레를 끌고 안쪽으로 들어갔다. 머지않아 어제 작업을 하던 곳에 도착했다. 산기슭 양쪽에 참나무가 많았다. 참나무 장작은 연기가 나지 않고 화력이 좋아서 비싸게 팔렸다.

탁탁! 도끼를 꺼내 참나무 밑동을 찍었다. 예닐곱 번 내리찍자 뿌지직 소리를 내며 나무가 넘어갔다. 그렇게 연거푸 도끼질을 해서 참나무 열 그루를 넘어뜨렸다. 이만하면 손수레 한 대 분량은 될 것 같았다. 나무에 걸터앉아 마라초를 피우며 잠시 쉬었다가 톱을 들고 일어났다. 쓱싹쓱싹! 참나무 가지를 쳐내고 두 뼘 정도의 길이로 잘랐다. 열 그루를 다 자르자 양팔에 힘이 빠져 더 이상 움직일 수가 없었다. 톱을 내려놓고 배낭을 가져왔다. 배낭에서 속도전 가루가 들어 있는 통을 꺼냈다. 통에다 물을 붓고 손으로 속도전 가루를 개어서 떡을 만들었다. 속도전 떡이 쫀득쫀득하고 달짝지근했다. 한 끼 식사로 충분했다. 점심 식사를 마치고 나서 흩어져 있는 나무토막을 열 개씩 모아서 끈으로 묶었다. 다 묶자 모두 여덟 단이 되었다. 그것을 손수레에다 싣고 울퉁불퉁한 산길로 내려가기 시작했다. 손수레가 심하게 덜커덩거렸고 장작이 자꾸만 쏟아져 내려서 시간이 지체되었다. 한참 뒤에 평탄한 마을길로 들어섰다. 하지만 아직도 갈 길이 멀다. 산산마을의 간이 장마당까지 십 리는 더 가야 한다. 남규는 묵묵히 한 걸음 한 걸음 앞으로 내딛었다. 숨이 턱까지 차올라 자주 쉬었다. 그나마 이 길에는 산림단속반 초소가 없어서 다행이다. 산림감독원들에게 걸리면 장작은 물론이거니와 도끼와 같은 연장도 모두 빼앗겼다. 날이 저물어갈 무렵 산산마을 입구에 도달했다. 남규는 저만치 공터에 서 있는 승리58 화물차를 보고 마지막 기운을 짜냈다.

"동무, 어서 오기요."

중년 남자가 그를 반겼다. 남자는 화물차를 이용해서 마을마다 돌아다니며 장작을 사 모으는 달리기꾼이다. 장작이 한 차가 되면 회령이나 청진 같은 도시로 가져가서 많은 이익을 남기고 소매상인들에게 넘겼다. 남규는 이런 달리기꾼이 있어서 편하게 장작을 팔았다.

"여깄소. 고생했소."

남자가 칠백이십 원을 건넸다. 나무 한 단에 구십 원씩 계산을 해준 것이다.

남규는 집으로 돌아가면서 몇 번이나 돈을 세어보았다. 칠백이십 원이면 옥수수쌀 이 킬로그램을 살 수가 있었다. 결코 적은 돈이 아니다. 성취감이 밀려들었고 마음이 뿌듯해졌다. 하루 종일 참나무와 씨름을 하면서 쌓였던 피로가 싹 가시는 것 같았다.

집에 들어서자 이 씨가 심각한 표정을 짓고 있었다.

"낮에 보안원이 왔드랬다."

"왜요?"

"남영이가 보안서에 잽혀 있다는구나."

"네?"

중국에서 잘 지내고 있을 거라고 생각하고 있었는데 이토록 나쁜 소식이 전해질 줄이야. 남규는 둔기로 머리를 얻어맞은 것처럼 정신이 아득해졌다. 십중팔구 남영도 노동단련대로 보내질 것이다. 그곳에서 여자들이 얼마나 고통을 받고 있는지 목격한 바가 있는 그로서는 한숨만 나왔다.

다음 날 아침에 집을 나섰다.

회령 남문시장으로 가서 천사백 원이나 주고 고양이 담배 두 갑

을 샀다. 뇌물로 고이려면 궐련 담배도 고양이담배 정도는 되어야
했다. 보안서에 들어가서 담당지도원에게 담배를 주고 면회 신청
을 했다. 얼마 후 유리창을 사이에 두고 남영을 만났다. 귀엽고 예
뻤던 모습은 하나도 찾아볼 수 없었다. 전혀 다른 사람 같았다. 얼
굴이 파리하고 창백했다. 얼마나 맞았는지 입술과 이마에 피딱지
가 붙어 있었다. 머리카락은 산발이었고 손가락이 앙상했다. 눈동
자가 풀린 멍한 눈으로 그를 바라보았다. 남영아! 남규가 소리쳐
불렀다. 하지만 지도원이 지켜보고 있어서 별다른 얘기를 나누지
못했다. 남문시장에서 산 속도전 가루와 감자떡을 사식으로 넣어
주고 나왔다.

이튿날부터 남규는 더욱 더 열심히 장작을 만들어 내다 팔았다.
그러고는 며칠마다 한 번씩 보안서로 찾아가서 사식을 넣어주고
왔다.

6

남규가 리인민위원회 사무소에서 어머니의 사망신고를 마치고
밖으로 나왔다. 바람이 세차게 불었고 낙엽이 이리저리 뒹굴고 있
었다. 폐허가 된 마을처럼 텅 빈 거리는 적막하고 스산했다. 남규
는 어깨를 축 늘어뜨린 채 터벅터벅 걸어갔다.

"분조장 동지 계십니까?"

김원석의 집 앞에서 남규가 소리쳤다.

"리사무소엔 다녀왔니?"

잠시 후 김원석이 가방을 들고 밖으로 나왔다. 두 사람은 천천히 걸어서 남규의 집으로 올라갔다. 김원석은 이 씨의 사망 소식을 듣고 편의협동조합에 가서 장례에 필요한 물품을 가져왔다. 예전에는 관과 함께 쌀 한 말, 술 예닐곱 병이 배급되었지만 지금은 염습할 때 쓰이는 염포만 주었다.

"분조장 동지, 이거면 되겠습니까?"

땅집에 도착한 남규가 뒤란에서 기다란 나무판자를 가져왔다. 김원석이 고개를 끄덕였다. 두 사람이 집 안으로 들어갔다. 이 씨가 아랫목에 반듯하게 누워 있었다. 어젯밤 내내 이 씨는 격렬하게 기침을 하면서 피를 토했고 혼절한 후에 결국 깨어나지 못했다. 결핵약을 먹는 동안 상태가 좋아지는 듯했지만 의사의 예측대로 망가진 폐가 회복되지는 않았다. 방으로 올라선 김원석이 물을 떠오라고 말했다. 염습을 몇 번 해본 경험이 있는 김원석은 망설임 없이 움직였다. 수건에 물을 묻혀서 이 씨의 피 묻은 얼굴을 꼼꼼하게 닦아냈다. 깨끗한 옷으로 갈아입힌 다음 염포로 머리에서 발끝까지 둘둘 말았다. 그러고는 이 씨를 나무판자에다 올려놓고 판자에서 떨어지지 않도록 다시 염포로 묶었다.

분조원과 마을 사람 몇몇이 다녀갔다. 원미가 국수를 삶고 설거지를 하면서 일을 도맡아 했다. 너무 슬퍼서 할 말을 잃어버린 남규는 장례를 치르는 동안 입을 꾹 다물고 있었다.

장례 삼 일째 되는 날 하늘이 잔뜩 흐려 있었다. 남규는 시신을 올려놓은 지게를 지고 집 뒤쪽 오솔길로 걸어갔다. 전혀 무겁지가 않았다. 어머니가 이렇게 말랐었나. 남규가 중얼거렸다. 그 말이 무슨 신호라도 되는 것처럼 가슴이 아려왔다. 뒷산으로 올라가자 김원석이 분조원과 함께 땅을 파놓고 기다리고 있었다. 남규가 구덩이를 보았다. 저 캄캄한 곳에 어머니가 누워 있어야 한다는 것이 믿기지 않았다. 김원석과 분조원 한 명이 지게 위에 있는 시신을 땅 속에다 내려놓았다. 김원석이 삽을 쥐어주었지만 남규는 구덩이를 하염없이 내려다보고 있었다. 김원석이 다가와서 말없이 어깨를 두드렸다. 남규가 마침내 삽으로 흙을 떠서 저 아래로 던졌다. 흙덩이가 시신에 떨어지면서 툭 소리가 났다. 그와 동시에 눈물이 왈칵 쏟아졌다. 왠지 모를 서러움이 솟구쳐 올라왔다.

장례를 치르고 나서 또다시 산으로 올라가 장작을 만들었다. 슬퍼하고 앉아 있을 겨를이 없었다. 노동단련대에서 동생이 시달리고 있을 것을 생각하면 가슴이 아팠다. 장작을 팔아서 돈이 모이면 남영에게 사식을 넣어주었다.

"딴생각 말고 힘차게 살라. 알겠니?"

어제 저녁에는 인민반장 아주머니가 다녀갔다. 오십 대인 인민반장은 삼사 일에 한 번꼴로 나타났다. 위로보다는 그가 어떻게 지내는지 동태를 살피러 왔던 것이다.

오늘은 아침부터 눈발이 흩날리기 시작했다. 남규는 산으로 장작을 만들러 가지 않았다. 너무 피곤해서 계속 잠을 잤다.

"안에 있어?"

점심때쯤 여자 목소리가 들렸다. 잠자리에서 일어나 문을 열자 원미가 서 있었다. 남규는 원미를 방으로 올려 보내고 아궁이에다 불을 지폈다. 금세 방 공기가 따뜻해졌다. 원미가 가방에서 감자떡을 꺼냈다. 며칠 전에도 감자떡을 싸들고 왔었다. 그녀는 차마 도강시켜 달라는 말을 하지 못하고 한참 앉아 있다가 그냥 돌아가곤 했다.

"먹어봐."

원미가 커다란 감자떡을 건넸다. 남규가 떡을 받아들고 한 입 베어 먹었다. 단맛이 풍부하고 쫄깃쫄깃했다. 원미가 만든 감자떡은 다른 감자떡보다 훨씬 더 맛있는 것 같았다. 감자떡 세 개를 금방 먹어치웠다. 두 사람은 감자떡을 먹고 나서 가만히 앉아 있었다.

초겨울 삭풍이 불어닥쳐 창문을 흔들어댔다. 문풍지 떨리는 소리가 크게 났다. 이런 날 밖에서 흙이나 돌을 나르고 있을 동생이 걱정되었다. 며칠 전 면회를 갔을 때 남영은 기침을 많이 했었다. 그 모습을 보고 어머니처럼 폐결핵에 걸린 것은 아닌가 해서 덜컥 겁이 났다. 남영은 중국에서 북송된 후 도 보위부와 도 보안서를 거치면서 고문을 많이 받은 탓에 몹시 지쳐 있었다.

"피워봐."

원미가 담배를 말아 주었다. 마라초를 피우며 원미를 보았다. 예전에 장난기 많고 명랑하던 모습은 온데간데없고 미간이 찌푸려진 얼굴로 앉아 있었다. 무엇인가가 아주 못마땅하다는 표정이다. 강타기를 한 번이라도 했던 사람은 천국 같은 연변 생활을 잊지 못한다. 원미의 마음은 강 건너의 어떤 곳에 가 있었다. 남규도 원미만큼 이곳을 벗어나고 싶었다. 하지만 어머니가 살아 있을 때는 어머니 때문에, 지금은 남영이 때문에 떠나고 싶어도 떠날 수가 없었다. 남규가 말없이 원미 손을 잡았다. 손바닥이 거칠었지만 따뜻했다. 그녀의 온기가 가슴으로 퍼지는 것 같았다. 백살구나무 아래에서 만나 같이 인민학교에 갈 때 손을 잡았던 기억들이 떠올랐다. 원미가 그의 어깨에 머리를 기댔다.

"어머니!"

그때 밖에서 어떤 소리가 들렸다. 남규가 자리에서 일어났다. 문을 열자 시커먼 옷을 입은 한 여자가 괴이쩍은 유령처럼 서 있었다. 눈이 머리와 어깨에 하얗게 쌓여 있었다. 그녀 등 뒤로 희극처럼 함박눈이 너풀거리며 내리고 있었다.

"남영아!"

남규가 한눈에 동생을 알아보았다.

"오빠!"

남영이가 한마디 던지고 그의 품으로 쓰러졌다. 원미와 함께 남영을 방으로 옮겼다. 아랫목에 눕히고 옷을 벗겼다. 너덜거리는 옷에서 쌀알만큼이나 큰 이가 툭툭 떨어졌다. 팔과 목에 검은 때가 잔뜩 끼어 있었다. 두 눈이 움푹 들어갔고 시신의 그것처럼 살갗이 푸르뎅뎅했다. 남규는 가슴이 쿵하고 내려앉았다. 폐결핵 말기에 다다른 어머니의 모습과 너무나 흡사했다.

"어쩌다 이리된 거니?"

남규가 따뜻한 물로 얼굴과 손을 닦아주며 중얼거렸다. 남영은 오한 때문에 이따금 온몸을 부르르 떨었다. 그녀는 노동단련대에서 풀려났다. 아직 형기가 남아 있었지만 폐결핵을 앓고 있어서 완치되면 다시 입소할 것을 명하고 집으로 보낸 것이다.

말할 기운조차 없는 남영은 스르르 잠에 빠져들었다. 남규는 부엌으로 내려가서 냄비에다 말린 개구리 몇 마리를 집어넣고 아궁이 불 위에다 올려놓았다. 남영이 깨어나면 뭐든 먹여야 했다.

*

산산마을 하늘에 구름이 낮게 내려와 있었다. 곧 눈이 쏟아질 것만 같았다. 새벽의 검푸른 어둠 속에 잠긴 마을은 적막했다. 차고 거친 바람이 휘몰아치는 오솔길을 따라 원미가 잰걸음으로 움직였다. 배낭을 멘 그녀는 누가 따라오는지 살펴보기 위해서 자꾸 뒤를 돌아봤다. 땅집에 가까워질수록 걸음걸이가 더 빨라졌다.

"나 왔어."

땅집의 문을 두드리자 남규가 나와서 배낭을 받아주었다.

"펑펑이 가루 챙겼니?"

"응."

두 사람 얼굴에 긴장감이 감돌았고 비장한 의지가 드러나 보였다.

남영은 집에 온 지 한 달 만에 사망하고 말았다. 옥수수를 팔아서 구해온 남뜨보진을 먹였지만 이미 온몸으로 퍼진 결핵을 극복하지 못했다. 남규는 어머니 곁에 동생을 묻을 때 눈물 한 방울 흘리지 않았다. 왠지 분하고 억울했는데 하소연할 곳이 없어서 화가 났다. 산을 내려가면서 도강을 결심했다. 더 이상 이 땅에서 살아가야 할 의미와 희망이 하나도 없었다.

남규가 부엌으로 내려가서 아궁이에다 불을 지폈다. 가마솥에다 옥수수쌀을 안치고 말린 개구리로 김치지지개를 만들었다. 잠시 후 원미와 아침 식사를 든든하게 하고 나서 남은 밥으로 주먹밥을 만들었다. 크흠크흠! 일을 하는 내내 밭은기침을 했다. 그도 어느새 결핵 보균자가 되어 있었다.

"누룽지 넣었니?"

남규는 옷과 음식을 최종적으로 점검했다. 원미의 얼굴을 수건으로 가리고 털모자를 씌워 주었다. 두만강을 무사히 건너가면 검문소를 피해서 산을 타고 중국의 안쪽으로 걸어갈 예정이다. 용정까지 가면 대중교통을 이용해서 어디든지 갈 수 있다는 것을 잘 알고 있었다. 그가 대여섯 개의 장작에다 물을 붓고 나서 아궁이 속으로 던져 넣었다. 굴뚝에서 연기가 나고 있어야 집에 사람이 있다는 것이 증명되기 때문이다.

두 사람이 문밖으로 나갔다.

눈발이 흩날리고 있었다. 집 뒤 오솔길로 올라가던 남규가 잠시 뒤를 돌아보았다. 저 멀리 하모니카 집과 곳곳에 흩어져 있는 땅집 굴뚝에서 허연 연기가 일제히 올라오고 있었다. 아침마다 보아 왔던 산산마을의 고즈넉한 풍경이다. 남규는 머릿속에 새겨 넣으려는 듯이 한참 바라보았다. 언제 다시 집집마다 굴뚝에서 연기가 피어오르는 광경을 볼 수 있을까. 불현듯 목이 메어왔다. 다시는 이곳에 올 수 없을 것 같다는 생각이 들었다. 그의 눈에서 굵은 눈물방울이 툭 떨어져 내렸다. 차마 발걸음이 떨어지지 않았다. 하지만 오늘 밤에 두만강을 건너가려면 한시도 지체할 수가 없었다.

"가자."

남규가 원미의 손을 잡고 산속으로 걸어갔다. 팔을천에서 휘몰아쳐온 눈보라가 두 사람의 등을 떠밀고 있었다.

이
해
선

—— 수세미 꽃

사납게 두드리던 빗소리가 그치면서 창밖이 희붐하니 밝아왔
다. 장마가 끝나고 물놀이 인파가 넘친다는 뉴스를 들은 게 엊그
제인데, 간밤의 끈적이던 열기는 기어이 따발총 같은 빗줄기를 쏟
아냈다. 먹먹한 잠에 취해 있던 윤 노인은 눈꺼풀을 들어 올리고
창밖을 내다봤다. 유리창에 남아 있던 빗물이 주르르 흘러내렸다.
분탕질하듯 미끄러지는 빗물을 바라보는데 아랫도리가 움찔움찔
젖어왔다. 가랑이 사이가 순식간에 물먹은 하마처럼 붕긋이 올라

왔다. 가랑이 속을 더듬자, 채마밭 흙거름 냄새가 훅 올라왔다. 윤 노인은 기저귀에서 손을 빼며 옆을 돌아봤다. 영이 할매의 숨소리가 색색 들려왔다. 새벽 빗소리도 모르쇠라 미동도 하지 않는 영이 할매의 모습은 마치 미라 같았다. 인중에 걸친 콧줄만이 막 뻗어 올라가기 시작하는 수세미 줄기처럼 간드작거렸다. 밤낮없이 잘두 자는구면.

　그때 복도에서 타닥타닥 슬리퍼 끄는 소리가 들려왔다. 말총머리 요양사가 병실을 도는 모양이었다. 윤 노인은 이마를 한 차례 쓸어 올리고 가슴에 손을 얹었다. 새벽 빗소리에 쿵쿵대던 심장이 아기 걸음마처럼 자작거렸다. 가슴을 쓸어내리자, 말라붙은 고욤 열매 같은 것이 만져졌다. 낡은 옷깃의 단춧구멍 찾듯 윤 노인은 자근자근 더듬었다. 어둔한 손끝으로 모여드는 온기에 갑자기 목울대가 뻣뻣해왔다. 그러더니 이내 벽과 천장이 낙숫물 번지듯 흐물흐물 다가오는 것이었다. 애써 목젖을 눌러보지만 목 안은 단지 속 고욤물처럼 금세 차올랐다. 어, 왜 이려. 왜 이려.

　"아이고 어르신 왜 이래요? 왜 이래?"

　윤 노인은 흠칫 출입문을 바라봤다. 금방이라도 말총머리가 독수리눈을 뜨고 달려오는가 싶은데, 아무것도 보이지 않았다.

　"놔, 놔. 놔두라니깐!"

　벽을 뚫는 듯한 고함이 복도를 타고 흘러들었다. 며칠 전 휠체어에 실려 온 옆방 노인 목소리였다. 노인은 들어오던 날부터 부축하는 요양원 사람들에게 마구 손을 내저으며 소리를 질러댔다.

놔! 놔! 놔두라고! 원장과 요양사가 겨우 달래 침대에 눕히자, 어깨 굽은 아들이 돌아서서 눈가를 훔쳤다. 어머니 자주 올 테니 진지 잘 잡숫고 편히 지내세요. 요양원 문을 나서는 아들 뒷머리는 온통 백발이었다.

며칠째 이어지는 옆방 소동에 당직 간호사도 재빨리 복도를 달려갔다. 이어서 이 방 저 방 기침 소리, 신음 소리로 요양원의 아침은 부산스러웠다. 어느새 영이 할매 고개도 출입문 쪽으로 비긋이 기울어져 있었다. 이른 아침 첫소리에 영이 할매도 잠을 깬 모양이었다.

"잘 주무셨시유?"

윤 노인은 침대난간을 툭 치며 말을 건넸다. 영이 할매는 한참만에 고개를 돌리는가 싶더니 음냐음냐 입만 다셨다. 옴폭 패인 볼이 아래위로 움직이며 콧줄이 크게 벌렁거렸다. 이 방에 들어온 지 석 달째, 영이 할매는 한마디 말도 하지 못했다. 코뚜레 같은 콧줄을 단 채 요양사가 넣어주는 희멀건 죽물만 삼키다 할딱할딱 잠이 들곤 했다. 영이 할매는 담벼락에 붙어 있는 가랑잎 같았다.

아이고 우리 영이 할매 착하기도 하지? 얌전히 잘도 받아먹지? 자, 이제 공 놓치지 말고 잘 가지고 놀아. 밥 먹었으니까 소화시켜야지. 자, 우리 영이 친구 노, 란, 공.

콧줄 투입을 끝낸 요양사가 한껏 어르며 공을 쥐어주고 나가면, 영이 할매는 몇 번 공을 주무르다 입을 벌린 채 잠에 빠져들었다. 그런 영이 할매를 보며 윤 노인은 한동안 숟가락을 들지 못했다.

"자, 우리 얌전이 할머니들 밤새 잘 주무셨어요?"

말총머리가 제법 상냥한 목소리로 들어섰다. 방금 전 옆방의 소동은 다 해결한 듯, 입가에 웃음까지 달았다. 말총머리는 윤 노인이 있는 창가 쪽으로 오더니 창문부터 열었다. 창틀에 맺혀 있던 빗방울이 후두둑 떨어졌다.

"어디 보자. 어젯밤엔 얼마나 싸 제꼈나."

말총머리가 거침없는 손놀림으로 웃옷을 들추고 고무줄 바지를 까 내렸다. 서늘한 아침 바람이 몸통을 훑고 지나갔다.

"오늘은 잡아 뜯지도 않고 얌전히 잘 붙어 있네."

말총머리가 비닐장갑 낀 손으로 옆구리 배변주머니부터 떼어냈다. 물티슈를 툭툭 뽑아 인공항문을 쓱쓱 닦고 새 비닐주머니를 붙이는 동안 윤 노인은 똥칠보다 더한 수모가 얼굴을 덮는 것 같았다.

"할머니! 낮에는 기저귀 안 차고 변기에다 소변보는 거 알지?"

배변주머니와 기저귀 뭉치를 말아 쥔 말총머리가 눈을 찡긋했다. 윤 노인은 바지를 끌어올리며 고개를 끄덕였다. 영이 할매 기저귀와 함께 수거함에 던지고 온 말총머리가 이번엔 휠체어를 들이댔다.

"자, 세수하러 갑시다."

말총머리가 목뒤로 손을 넣어 윤 노인 몸을 단숨에 일으켰다. 아구구 아구구. 윤 노인은 두 눈을 흡떴다. 그러나 말총머리는 아랑곳하지 않고 두 다리를 침대 아래로 끌어 내리더니 실내화를 발로 툭툭 밀었다. 그러나 침대 끝에 걸쳐진 두 다리는 어쩌지 못하고 흔들거리기만 했다.

"여기, 여기로 내려서서 신발부터 신어야지."

답답한 말총머리가 기다릴 새 없이 다시 윤 노인 몸을 휙 끌어다 휠체어에 앉혔다. 엉치뼈가 으스러질 듯 쇠막대에 부딪치고 말았다. 윤 노인은 세면대로 밀려가는 동안 두 눈을 질끈 감았다.

"자, 세수해 할머니."

말총머리가 수돗물을 틀어놓고는 횡 나갔다. 윤 노인은 손을 적셔 얼굴을 문질러댔다. 거슷한 눈자위가 훤해왔다. 거울을 쳐다보니 푸스스한 머리카락이 제멋대로 춤추고 있었다. 윤 노인은 다시 물을 적셔 머리카락을 빗어 넘겼다. 귀밑머리를 가지런히 넘기고, 귓불을 쓰다듬는데, 징한 세월의 이명이 귀고리처럼 매달렸다. 참 오래두 살았구나.

"할머니 세수 다했어요? 아이고 참 이쁘네. 이렇게 이쁜 할머니를 할아버지가 얼마나 좋아했을까."

말총머리가 출랑 다가들며 흰소리를 던졌다. 힐긋 흘겨보는데, 말총머리가 수건으로 젖은 얼굴을 훑어 내렸다. 복도로 나오자, 보행기를 미는 노인, 지팡이를 짚은 노인, 요양사 부축을 받고 나오는 노인 등 이쪽저쪽에서 구물구물 움직였다. 된장국 끓이는 냄새가 솔솔 풍겨왔다. 윤 노인은 텃밭의 아욱을 떠올리며 말총머리가 미는 대로 지칫지칫 침대 모서리로 다가갔다. 침대 난간을 잡자, 머리맡에 매달린 분홍색 풍선이 휘청하며 흔들렸다. 끄덕이는 풍선 속에 막내 손녀의 얼굴이 둥싯 떠올랐다.

할머니! 제가 알바해서 번 돈으로 케이크 사 왔어요. 많이 잡수시고 얼른 나아서 집에 가세요.

손녀는 케이크 조각을 입에 넣어주며 연신 달콤한 말을 종알거렸다. 오냐오냐. 손녀는 풍선을 색색으로 불어 윤 노인 얼굴에 대고 바람을 빼기도 하고, 토닥토닥 두드리기도 하며, 애틋한 장난질로 시간을 보내다 일어섰다. 할머니 다음에 또 올 테니까 잘 잡수시고 잘 지내고 계세요. 오냐오냐. 손녀는 얼굴과 손을 부비며 못내 아쉬운 표정으로 가더니 여태 깜깜무소식이었다. 맥없이 흔들리는 풍선을 쳐다보다 윤 노인은 풀썩 누웠다.

말총머리는 물수건을 만들어 영이 할매 얼굴을 문질러댔다. 영이 할매는 얼굴을 닦는 동안에도 공을 꼭 쥐고 있었다. 그러고 보니 요즘에는 한밤중에도 공을 놓지 않았다. 노오란 고무공은 탱탱한 젖무덤 같기도 하고, 반질한 밀가루 반죽 같기도 했다. 휘둘거리는 풍선 아래 윤 노인은 지긋이 눈을 감았다. 콧속으로 구수한 된장국 냄새가 자꾸 배어들었다. 오늘 아침밥은 제법 달게 먹을 것 같았다. 영감은 이 아침 뭣 하고 조반을 자실까? 된장찌개에 호박잎쌈을 퍽 즐기는데….

주방 옆 타원형 탁자에 노인들이 하나둘 모여들었다. 자원봉사자와 요양사들이 노인들에게 앞 가리개를 걸어준 뒤 식판을 갖다 놓기 시작했다. 윤 노인은 손을 뻗어 수저를 집었다. 제 손으로 식사하기 힘든 노인들 옆으로는 자원봉사자와 요양사들이 붙앉았다. 윤 노인은 아까부터 입맛을 자극하던 된장국 국물을 떠서 두어 번 입을 다셨다. 꽉꽉 치댄 아욱이 들어갔으면 좋으련만 흐물거리는 얼갈이 줄기가 조금 못마땅했다. 그래도 국물에다 밥 두어 술 풀어 건져 올렸다.

"어르신 이 생선 먹어보세요. 짜지 않고 맛있어요."

원장이 생색내듯 생선을 가리켰다. 새끼 조기가 멀뚱한 눈깔로 드러누워 있었다. 원래 비적지근한 것과는 거리가 먼 윤 노인은 눈살을 찌푸렸다. 나물이라고 나온 것도 얼갈이를 물렁팥죽처럼 짓물러 놓아 거령맞아 보였다. 두부조림 한 귀퉁이를 떼는데, 말총머리가 휘뜩 쳐다봤다.

"아 참, 윤 할머닌 오이지 좋아하시지? 저번에 막내며느리가 가져온 오이지 안 남았나?"

주방 여자가 냉장고에서 반찬 통 하나를 들고 왔다. 윤 노인은 오이지 국물을 들이켜자 그제야 입안이 개운해지는 것을 느꼈다. 식사를 거들던 원장이 피시시 웃었다. 아침 약을 먹고 양치질을 하고 나서야 윤 노인은 다른 노인들 얼굴을 돌아봤다. 한쪽 어깨가 축 처진 노인, 고개를 제대로 들지 못하는 노인, 침을 질질 흘리는 노인, 입이 돌아간 노인, 쉬지 않고 웅얼대는 노인…. 그 끄트머리에 아직도 밥을 다 먹지 못한 노인이 요양사의 다그침을 받으며 우물거리고 있었다. 윤 노인은 문득 나는 어떤 모습일까 궁금했다. 그런데 난데없이 커다란 방귀 소리가 뿌우웅 하고 터져 나왔다. 윤 노인은 흠칫했다. 옆구리에 인공항문을 달고부터는 감각 없이 아무 때나 똥과 방귀가 나오는 바람에 스스로 놀랄 때도 한두 번이 아니었다. 여기 무덤덤한 노인들 틈에서야 그나마 다행이라고 생각하는데, 건너편에서 밥을 떠먹이던 한 요양사가 휘딱 돌아봤다.

"아이고 밥 그만 먹으라고 신호 보내네. 신호 보내. 아침 식사 끝~."

한 요양사는 밥알이 흐르는 노인의 입을 휴지로 닦아내며 식판을 걷어들었다. 저쪽에서 말총머리가 걸어오며 칵칵거렸다.

"파평 윤씨 우리 윤 할머니 양반인 줄 알았는데, 아니네 아니여."

말총머리는 겸연쩍어하는 윤 노인 옆에서 텔레비전 리모컨을 꾹꾹 누르며 한참이나 웃어댔다. 텔레비전 속 사람들도 뭐가 그리 우스운지 모두들 이를 드러내고 있었다. 못생긴 얼굴에다 아들 며느리 흉, 너털웃음까지 터뜨리는 걸걸한 여편네의 수다를 윤 노인은 외면했다.

"할머니! 왜? 텔레비전 재미없어요? 방에 들어가고 싶어요?"

말총머리가 눈치 빠르게 쳐다봤다. 우물쭈물하는데, 말총머리가 바퀴 달린 보행기를 밀고 왔다.

"할머니! 방에 금방 들어가지 마시고 이거 밀고 복도나 한 바퀴 도시지 그래? 소화도 시킬 겸."

윤 노인이 얼른 반응을 보이지 않자, 말총머리는 겨드랑이 밑으로 손을 넣어 일으킬 태세였다.

"아들딸이 운동 많이 시키라고 했어요. 그래야 집에 가실 수 있다고. 얼른 할아버지한테 가셔야지. 할아버지가 하루도 안 빼고 매일같이 오시는데 잘 걸을 수 있어야 집엘 가시지."

윤 노인은 후들거리는 몸을 억지로 일으켜 보행기를 잡았다. 힘 없는 다리가 보행기에 질질 끌려왔다. 돌잡이 애기가 걸음마 배우듯 한 발 한 발 내딛는 무릎이 쪼개지듯 아팠다.

"으쌰 으쌰! 우리 할머니 잘한다."

말총머리가 큰 목소리로 후렴을 넣었다. 그러나 한 걸음 한 걸음이 쇳덩이 같았다. 어쩌다 내가 이리됐나?

손아귀에 힘을 주다 보니 손목도 금세 뻐근해왔다. 고만 쉴까 하고 뒤를 돌아보았으나 돌아가기에는 너무 멀었다. 뒤에는 반신불수 할아버지가 지팡이를 짚고 절룩절룩 걸어오고 있었다. 윤 노인은 다시 보행기를 부여잡았다. 잔뜩 움켜쥔 손가락들이 제각각의 무게와 빛깔로 다가왔다. 윤 노인은 창이 있는 복도 끝을 바라보며 자식들 얼굴을 떠올렸다.

어느 것 하나 깨물어 아프지 않을까만 새끼손가락만큼 애잔한 게 어디 있을까? 윤 노인은 꼬물꼬물 새끼손가락을 잔뜩 오므렸다.

가장 짧은 마디인 만큼 늘 부족함을 채워주고 싶었던 막내. 미처 못 다한 공부, 그래서 버젓이 취직도 못 하고 큰형 언저리를 맴돌기를 수년. 어느 날 제 맘껏 살아보겠다고 벌인 사업이 실패의 올가미가 되어 더욱 마음 아픈 새끼가 되고 만 막내. 윤 노인은 부르르 떨며 걸음을 멈췄다.

"어르신! 힘드시면 고만 쉬세요."

마침 한 요양사가 지나가지 않았으면 윤 노인은 그대로 주저앉을 뻔했다. 한 요양사 부축으로 방으로 돌아온 윤 노인은 빈 자루처럼 쓰러져 폭폭 흐느꼈다. 네 부족함이 내 부족함이고, 네 고난이 내 고난이구나. 언제나 보고 싶고 안타까운 새끼야, 가장 마음 아픈 내 새끼야.

잠이 좀 들었나. 바람결에 묻어 들어온 매미 소리에 눈을 떴다. 영이 할매는 여전히 무표정한 얼굴로 공만 감싸 쥐고 있었다. 몸을 뒤치는데, 말총머리가 기저귀 박스를 들고 들어왔다.

"할머니 깨셨네. 아침 운동이 많이 힘드셨어요? 간식 시간도 놓치고 주무시게."

말총머리가 숱 많은 머리를 손등으로 툭 치며 기저귀함을 정리했다.

"소변 좀 봐야겠어."

"그러지요."

말총머리가 냉큼 다가와 몸을 부축했다. 구석에 있는 좌변기 뚜껑을 열고 까 내린 엉덩이를 앉혔다. 매미가 한층 극성스레 울어 젖혔다. 매앰매앰매앰.

"할아버지 오실 시간 됐는데, 거실로 나가실래요? 침대에 누워 있는 것보다 밖에서 만나시는 게 더 좋잖아요."

말총머리는 배변주머니가 달린 옆구리를 풀썩 들춰 보고는 휠체어를 밀었다. 거실로 나오자 탁자 주위에 할머니 서넛이 앉아 있었다. 한 할머니가 고무로 된 꽃기 판에 나무 막대를 꽂고 있었다. 잔뜩 수그린 채 잘 꽂아보려고 애를 썼다. 하지만 손가락만 한 둥근 막대는 제대로 꽂아지지 않고 영 빗나갔다. 꽂기 판을 튀어 나간 막대들이 탁자 위를 이리저리 굴러다녔다. 윤 노인은 앞까지 굴러온 파란색 막대를 집어 들었다. 멀리도 튀어나왔네. 윤 노인은 반들반들 닳아 있는 막대를 엄지와 검지 사이에 넣고 빙그르 돌렸다. 빙글빙글 돌리는 파란색 막대에서 파란 물결이 사정없이 출렁거렸다.

넷째는 유난히 까칠했다. 오 남매 중간에 끼여 늘 입매가 삐뚤 빼뚤 일그러지기 일쑤였다. 아래위로 치받치는 화가 키만큼 자랐 는가, 어느 날 솥뚜껑으로 날아올랐다. 학교 친구 어깨뼈를 부러 뜨리고는 독수리 같은 사람들이 집을 에워싸게 만들었다. 몇 날 며칠 손이 땅이 되도록 빌고 또 빌어 겨우 잠잠해지고 나서야 아 이는 초췌한 모습으로 나타났다. 반들반들 때에 전 파란색 교복을 벗기며 윤 노인은 한없이 눈물을 쏟았다. 그 여름밤의 달은 둥글 기만 했다. 물이 뚝뚝 흐르는 교복 옆에서 윤 노인은 두 손을 모으 고 또 모았다. 추석이 얼마 남지 않은 밤이었다. 그 아이가 지금 건 설회사 높은 사람이 되어 외국에 나가기를 밥 먹듯이 하는 신사가 되어 있었다. 어머니 보름동안 해외 출장이 있어요. 저 못 뵙는 동 안에도 진지 잘 잡수시고 잘 지내세요. 그래. 그래. 윤 노인은 파 란색 막대를 꽂기 판 앞으로 힘껏 던졌다. 꽂기 판 할머니가 흠칫 놀라 독수리 눈을 떴다. 다른 노인들은 텔레비전만 멀금멀금 쳐다 보고 있었다.

그때 요양원 벨이 울렸다. 누가 온 모양이었다. 한 요양사가 총총히 출입구로 나갔다. 윤 노인도 얼른 출입구를 바라봤다. 이맘때쯤이면 영감이 올 시간이었다. 그러나 스르르 문이 열리고 들어선 것은 중년 여자였다.

"어서 오세요."

"아이구 우리 엄마 여기 나와 계셨네."

중년 여자는 한걸음에 달려와 멀뚱히 앉아 있는 한 노인을 끌어안았다. 멀뚱히 앉아 있던 퉁바리 노인은 그제야 화색이 돌며 어깨를 폈다.

"엄마 잘 지내셨어요? 어유, 우리 엄마!"

여자는 못내 감격스러워 쓰다듬고 매만지고 야단이었다. 한참만에 몸을 뗀 여자가 들고 온 종이 가방을 풀었다.

"내가 엄마 좋아하는 거 사 왔지."

빵과 만두와 요구르트가 나왔다.

"우리 어르신 좋아하는 것 좀 봐. 매일 딸 얘기를 얼마나 하시던지."

한 요양사가 다가와 추렴을 넣었다. 중년 여자는 만두 하나를 제 엄마 손에 덥석 들리고는 주위를 둘러봤다.

"할머니들도 하나씩 잡숴보세요. 요양사님도 같이 드시고요."

"조금 있으면 점심시간인걸요 뭐."

한 요양사가 미적거렸다. 윤 노인은 솔솔 풍기는 만두 냄새에 코끝이 벌름거렸다. 중년 여자가 알아차렸는지 만두 하나를 집어

주었다. 금방 쪄 온 만두 속 부추는 안성맞춤이었다. 요구르트까지 마시고 나자, 마음마저 해낙낙해지는 느낌이었다. 낯모르는 사람이라도 이렇게 마음을 나누다 보면 같이 지낼 만하지 않을까.

"요새는 좀 잠잠하세요?"

"네에 많이 좋아지셨는데, 가끔 집에 가신다고 보채시죠. 약도 잘 드시고, 점점 더 좋아지실 거예요."

그때 만두를 집으려고 뻗던 퉁바리 노인의 손이 불불 떨렸다. 중년 여자는 노인의 팔을 잡고 대신 집어주었다.

"엄마! 이것 봐. 이런 손을 갖고 어떻게 집에 가실 수 있어? 누가 돌보는 사람도 없는데…. 엄마 혼자서는 생활이 안 되잖아. 지난번에도 가스 불 켜다 불낼 뻔한 거 알지? 우리들이 불안해서 안돼. 아들이 있나? 영감이 있나? 딸 넷 있다고 해봐야 뿔뿔이 제각각 살기 바쁘고…. 우리가 돌아가며 자주 올 테니까, 엄마 집에 간다 소리 하지 마시고, 여기서 말동무 삼으며 지내셔. 원장님도 간호사 출신이라 아프면 바로바로 봐주실 수 있고, 요양사님도 얼마나 친절하셔."

한 요양사가 슬그머니 자리를 비켰다. 만두를 우물거리던 퉁바리 노인은 다시 불불불 손을 떨었다. 중년 여자는 그만 제 엄마 어깨를 꽉 끌어안았다. 여자 눈가에 눈물이 달리는 것을 보고 윤 노인은 고개를 돌렸다. 주방 쪽이 부산스러웠다. 곧 점심이 나올 모양이었다. 요양사들 부축을 받으며 노인들이 하나둘 거실로 나오기 시작했다. 중년 여자는 탁자 위 간식들을 주섬주섬 치웠다. 간식이 담긴 종이 가방을 한 요양사에게 내밀며 인사를 했다. 잘 좀 돌봐주세요. 중년 여자는 한 요양사가 점심 하고 가라는 소리도 사양하고 퉁바리 노인 등을 쓸어내리고는 출입구로 향했다.

점심은 미역오이냉국이 나왔다. 오이 향이 좋아 제법 시원하게 먹을 수 있었다. 퉁바리 노인은 내내 손만 떨다 밥알 흘린다고 지청구를 먹고 방으로 들어갔다. 점심시간이 다 끝나도록 영감은 오지 않았다. 하루도 안 빼고 오던 영감이 웬일까. 창가의 해피트리 잎사귀만 얄밉도록 반짝거렸다.

"왜 우리 새끼들은 코빼기도 안 뵈는 거여? 날 내던져놓고 석 달 열흘이 되도록 낯짝도 안 뵈네."

휠체어를 타고 방으로 들어가던 윤 노인이 발 받침대를 쿵쿵 굴렀다.

"왜요, 할머니? 어저께 큰딸 왔다 갔잖아요. 그저께는 막내며느리, 그끄저께는 작은딸 내외, 그그끄저께는 큰아들…. 자식들이 날마다 돌아가면서 찾아오는데 뭔 애먼 소릴까? 영감님은 또 날마다 출석 도장 찍겠다, 으이구 복두 많으셔라. 어제는 큰딸한테 어서 오셔, 어서 오셔 하면서 밥 먹구 가라구, 불 때서 밥해야 된다구 내려오다 침대 모서리에 박으셨잖아요. 점점 까마귀 대장이 돼 가서 큰일 났네."

말총머리가 뙤랑뙤랑 지껄였다.

"너는 그지뿌렁 좀 그만 혀. 밤낮없이 그지뿌렁만 해대구서니."

"아이구 그려유. 지송혀유 할머니. 그느무 새끼덜 왜 안 오는 겨?

석 달 열흘이 넘두룩 왜 안 오는 겨? 그느무 새끼덜 뒷바라지하다 넘어져 엉치뼈 다 부서지구, 대장까지 뚫려 옆구리에 똥주머니까지 차고 있는데…. 오늘따라 할아버지는 왜 여태도 안 오시나?"

방에 들어서자 영이 할매 콧줄이 실룩실룩 움직였다.

"오, 착한 우리 영이 할매 공 떨어뜨렸구나. 내가 집어줘야지."

말총머리가 침대 밑에서 공을 주워다 영이 할매 손에 꼭 쥐어주었다. 음냐음냐.

소변을 보고 침대에 눕자 말총머리가 윤 노인 옷을 들어 올렸다. 고약한 냄새가 확 올라왔다. 이크! 빵빵하게 차올랐네. 똥주머니를 걷어낸 인공항문 주변이 굼실굼실 근지러웠다. 순간적으로 내려가는 윤 노인 손을 말총머리 팔이 탁 쳤다. 안 되지. 말총머리는 물티슈와 알코올로 닦아낸 옆구리에 새 비닐주머니를 달고는 토닥토닥했다.

"할머니 한잠 주무셔."

그럴 땐 마치 정 많은 조카딸 같았다. 창밖으로 보이는 하늘이 청명했다. 멀리 빗물에 씻긴 건물 벽도 반짝거렸다. 블라인드 자락마저 토닥토닥 흔들리자, 윤 노인은 모롱이 자드락길로 자박자박 걸어나갔다. 호박 넝쿨과 오이 넝쿨이 어우러지고 고추마저 실하게 달린 텃밭에서 윤 노인은 소쿠리를 채워나가기 시작했다. 호박잎과 애호박과 오이와 풋고추를 담고 멀리 다랑이논을 바라보자, 영감은 아직도 논머리를 오르락내리락하고 있었다. 일이 끝나자면 멀었나? 그러면서도 마음은 바쁘게 움직였다. 풋고추를 썰어 된장국을 끓이고, 호박잎을 밥솥에 찌고, 오이생채를 만드는 동안에도 영감은 오지 않았다. 윤 노인은 다시 모롱이를 돌아들었다. 어스름해서야 저벅저벅 들려오는 발소리에 윤 노인은 잔걸음을 멈췄다. 경숙 아부지 오시유?

하루 등짐을 벗듯 등목을 하고, 수북이 올라온 밥과 시원한 물 한 사발로 저녁을 치르고 난 영감은 목침을 베고 다디단 초저녁잠에 빠져들었다. 달그락거리는 설거지 소리와 코 고는 소리가 합창을 하는 사이, 아이들은 헛간과 뒤란과 문간을 망아지처럼 뛰어다니며 술래잡기를 했다. 아이들을 우물가에 줄 세워 씻기며, 윤 노인은 백만 장정이 부러울까 싶었다. 달그락달그락. 바퀴 구르는 소리가 들렸다. 뉘 집 달구지가 지나가나? 눈을 떠보니 아무런 낌새도 보이지 않았다. 달그락달그락. 마을 자드락길이 아스라이 멀어졌다.

몸을 일으켰다. 아무래도 이러면 안 되겠다 싶었다. 이러고 누워만 있다가는 아무도 찾지 않는 영이 할매 꼴이 될지 모른다. 기운 차려서 집엘 가야 한다. 된장국을 끓이고, 호박잎을 찌고, 오이생채를 만들어야 한다. 달그락달그락.

침대 난간을 잡고 다리를 내려뜨렸다. 두 다리가 그네처럼 출렁거렸다. 몸을 돌려 내려서기를 해보는데, 손부터 불불 떨렸다. 잠시 멈추고 누구 지나가는 사람 없을까 내다봤으나 아무도 보이지 않았다. 영이 할매의 콧줄마저 불불 떠는 듯했다. 윤 노인은 식물처럼 누워 있는 영이 할매를 물끄러미 바라보다 다시 이를 앙다물었다. 겨우 바닥에 발이 닿는 순간, 휴우 한숨이 나왔다. 이번엔 신발을 신느라 용을 쓰는데, 말총머리가 타닥타닥 나타났다.

"으메 워쩌. 우리 할머니 한숨 자고 나더니 큰일 내게 생겼네. 그러다 또 넘어지면 정말 큰일 나요."

말총머리가 엎드려 신발을 신겼다.

"어디 가시게요? 거실까지 한번 걸어 나가보실래요?"

윤 노인은 고개를 가로저었다.

"그럼 보행기 가져올까요? 이왕 내려온 거 보행기나 밀어보지 뭐."

말총머리는 뛰어가서 보행기를 끌고 왔다. 윤 노인이 보행기를 밀자, 영이 할매가 음냐음냐 입을 움직였다. 보행기는 오전보다 훨씬 잘 움직이는 것 같았다. 옆방 문 앞을 지나치며 흘금 쳐다봤다. 놔, 놔 하던 노인이 죽은 듯이 누워 있었다. 침대 옆에는 허연 끈이 걸쳐 있었다. 윤 노인은 가슴이 철렁했다. 발작을 부리면 언제든지 묶어놓는 모양이었다. 윤 노인은 못 볼 것을 본 것처럼 보행기를 더 세게 밀었다. 질질 끄는 다리가 점점 아파왔지만 견뎌야한다며 손아귀에 힘을 주었다. 주춤주춤 가는 사이 원장 방문 앞까지 다다랐다. 원장 맞은편으로 머리 허연 남자가 앉아 있었다.

"…그러니까 제가 갑자기 상처하고 마음도 못 추스른 상태에, 자식들 또한 제 살림하기 바쁜 처지다 보니 어머니 수발할 여력은 안 되고 여기로 모시긴 했습니다만, 어머니가 저렇게 심하게 힘들어하시니 참 괴롭습니다. 충격이 여간 크신 게 아닌 모양인데…."

"다 처음에는 적응 기간이 필요해요. 나이가 많든 적든 집과 가족을 떠나 시설에 들어와 지낸다는 게 어디 쉬운 일인가요? 그렇지만 다들 바쁘게 사는 세상이라 가족들이 정상적으로 생활하자면, 저희 같은 시설에서 돌봐드릴 수밖에 없는 거잖아요. 여러 가지 심적 괴로움이 크시겠지만, 시간을 조금 더 갖고 지켜보도록 하지요. 그러니까 당분간 방문도 하지 마시고 그냥 집에 계시는 게 좋으실 거 같아요. 지금 아드님 얼굴 보시면 또 집에 가신다고 난리치실 텐데, 이제 조금 수그러드는 중인데, 그냥 가시는 게 좋을 거 같으세요. 저희가 신경 써서 잘 보살펴드릴게요. 너무 걱정하지 마세요."

"그래도 가급적 묶어놓는 것은 좀 피해주셨으면⋯."

윤 노인은 몸과 마음이 한없이 무거워졌다. 우리 큰아들도 원장과 저런 얘기를 주고받았는가. 그래서 나를 이곳에 살도록 약조라도 맺은 건 아닌가. 나도 끈으로 묶어놓은 적이 있는가. 윤 노인은 고개를 절래절래 흔들었다. 내가 집에 못 간 지 얼마나 됐나. 엉치뼈 수술, 대장 수술 연거푸 하고 6개월 동안의 재활치료, 그 후 머물고 있는 이곳. 얼마나 사무치게 집이 그립고 가고 싶은가. 어머니, 인공항문 달고 어떻게 가시려고 해요? 혼자 제대로 일어나지도 못하시고 걷지도 못하시는데, 누가 보살필 사람이 있다고요? 아버지가 하실 수 있을 것 같아요?

정신없이 원장실 옆을 지나치는데, 말총머리가 호들갑스럽게 휠체어를 끌고 나타났다.

"할머니! 전화 왔어요. 딸이에요, 딸. 작은딸."

말총머리는 휠체어를 사무 보는 곳으로 재빠르게 밀더니 전화기를 들려주었다.

"엄마! 저 경실이에요."

윤 노인은 딸 목소리를 듣자마자 눈물부터 핑 돌았다. 이런저런 안부를 물을 때마다 그래, 그래 하면서 목이 메었다. 말총머리에게 전화기를 건네주고 멀리 허공을 바라봤다. 말총머리는 간식 시간이라며 윤 노인을 주방 옆 탁자로 밀고 갔다. 낯선 사람들이 무리지어 여기저기 둘러보고 있었다. 저희끼리 수군대며 하는 짓이 힘없고 병든 누군가를 보내려고 하는 모양이었다. 뭔가를 물어보자 말총머리가 촉새같이 앞장서서 설명을 하였다. 빵과 요구르트가 쟁반에 담겨 나왔다. 빨대 꽂힌 요구르트를 하나씩 받아드는 노인들을 낯선 무리들이 빤히 쳐다봤다. 윤 노인은 앞에 놓인 빵조각을 덥석 집어 들었다. 입안이 깔깔한 탓인지 빵은 뻣뻣하기만 했다.

"구층이라 전망 좋고, 새로 개원한 데라 깨끗하고 냄새도 안 나네."

"그래, 방도 여유 있고, 대로변이라 교통도 좋고, 여기가 좋겠어."

결정을 보았는지 무리들은 원장과 인사를 나누고 출입구로 향했다. 원장실에 있던 머리 허연 남자도 축 처진 어깨로 그 뒤를 따라 나갔다. 요구르트를 빨던 한 할머니는 뭐가 흥이 나는지 흥얼흥얼 노래를 불렀다. 해~당화 피고 지~는 섬~마을~에 철새 따라~ 왔~는~가 총각~ 선~생~님….

윤 노인은 방에 가서 눕고 싶었다. 말총머리는 어디 갔는지 보이지 않았다. 자원봉사 아줌마를 손짓했다. 휠체어를 타고 방문 앞 복도에 이르자, 어디선가 깔깔거리는 웃음소리가 들렸다. 그 속에는 말총머리 목소리도 섞여 있는 듯했다. 윤 노인이 그쪽으로 목을 빼자, 자원봉사자가 휠체어를 틀었다. 아니나 다를까. 그곳에는 큰 웃음거리가 벌어지고 있었다. 한 할머니가 옷을 홀딱 벗고 젖가슴을 드러낸 채 멀뚱히 앉아 있었다. 사람들 시선도 아랑곳하지 않고 알 수 없는 말만 중얼거렸다. 얼레리 꼴레리, 얼레리 꼴레리.

벌거숭이 할머니를 낄낄대며 쳐다보던 말총머리가 화들짝 쫓아나왔다.

"할머니 왜? 할머니도 재미난 구경하려구?"

"이 방 할머니가 아니었어요? 난 또 이 방인 줄 알고."

자원봉사자가 키득거리며 휠체어를 돌렸다. 말총머리는 여전히 그 방 앞을 서성대며 히죽거렸다. 얼레리 꼴레리, 얼레리 꼴레리.

방에 들어섰을 때, 여전히 공만 감싸 쥐고 있는 영이 할매가 윤 노인은 못마땅했다. 말을 한마디 나눌 수 있나, 빵을 한 조각 나눠 먹을 수 있나. 윤 노인은 부루퉁하니 침대로 올라갔다. 원장한테 얘기해서 말벗이라도 할 수 있는 방으로 옮겨달라고 할까? 아이고 엄마 안 돼요. 똥주머니 차고 어디로 가요? 남들한테 냄새 풍겨서 어떡하려구. 다들 싫어할 텐데. 여기 이 방 창가가 제일 나아요. 언젠가 갑갑하다고 하자, 큰딸은 무 자르듯이 가로막았다. 제 사업에

만 애바른 큰아들이나 다를 바 없었다. 다시 눈물이 핑그르 돌았다. 저만치 영이 할매 콧줄이 어룽어룽 흔들렸다. 흔들리는 눈물 바다 속으로 윤 노인은 하염없이 빠져 들어갔다. 삼키고 토해내기를 얼마나 했을까. 올망졸망한 꽃망울과 활짝 터뜨린 노오란 꽃잎들, 그리고 주렁주렁 매달린 수세미들이 보이기 시작했다. 윤 노인은 수세미 하나하나를 매만지듯, 침대 모서리를 쓸고 또 쓸었다. 오후의 햇살이 점점 기울고 있었다. 윤 노인은 창 쪽으로 몸을 돌렸다. 볕 좋은 날 새하얗게 말린 수세미로 그릇을 닦듯, 콧물마저 범벅이 된 얼굴을 닦고 또 닦았다. 헛헛한 가슴으로 뜨거운 바람이 일렁거렸다. 윤 노인은 부채를 들어 화닥화닥 가슴을 쳐댔다. 시원할 것 없는 부채질을 하는데, 말총머리와 원장이 들어왔다.

"어르신 더우세요? 오늘 어떠셨어요?"

"…."

"오늘 할아버지가 안 오셔서 기분 별루세요."

"아이고 저런. 할아버지가 왜 안 오셨을까? 바쁜 일이 있으신가?"

원장은 제법 자상한 투로 윤 노인을 살폈다. 옷을 들추더니, 얼굴을 찌푸리며 말총머리를 돌아봤다.

"이거 이렇게 빵빵해지면 불편하고 터질지도 모르니까, 가스를 빼줘야 돼. 핀이나 이쑤시개 같은 걸로 요 끝을 살짝 구멍 내주면 가스가 빠지니까 괜찮지."

말총머리가 고개를 끄덕였다.

"할머니 방귀가 너무 자주 나오니까 이렇게 되는 거지?"

말총머리가 배변주머니를 갈면서 이죽거렸다. 그때였다. 똥주머니를 들고 나가던 말총머리가 크게 소리쳤다.

"어유, 할아버지! 어째 이리 늦게 오시나요? 할머니가 얼마나 얼마나 기다리셨는데. 할머니 우셨잖아요."

벌겋게 상기된 얼굴로 들어서는 영감이 말총머리는 더 반가운 모양이었다. 영감 옷차림은 후줄근한 땀으로 젖어 있었다. 영감은 꺼먼 봉다리 하나를 내려놓으며 윤 노인을 일으켰다.

"다 저녁때 뭘 오시느라구. 안 오믄 어때서."

"어이구 할머니 새빨간 거짓말하시네. 눈이 빠지게 기다리셨으면서."

말총머리가 뻘름거리며 나갔다.

"허, 동갑 계모임에 갔다 오느라구 그랬지. 아침결엔 지난밤 비에 수세미 지주대가 쓰러져서 잡아 세웠구."

"수세미는 뭣에 쓰려구유?"

윤 노인은 볼멘소리를 던지며 봉다리를 잡아당겼다. 봉지를 들추는데 노오란 빛깔의 개피떡이 나왔다. 눈앞이 금방 수세미꽃 보듯 환해졌다.

"아니, 이런 떡은 어디서 샀대유?"

"버스에서 내렸는데 떡집 개업했다고 하두 떠드는 바람에 들어가서 샀지. 먹어 봐."

윤 노인은 비닐 랩을 들추고 떡을 집어 영감 앞에 내밀었다.

"아녀. 자네 먹어."

"아녀유. 먼저 하나 잡숴유."

영감이 마지못해 받아들자 윤 노인도 하나 베어 물었다.

"맛있게 잘 만들었네유."

영감이 물병을 들어다 종이컵에 물을 한 잔 따랐다.

"물 마시구 천천히 꼭꼭 씹어 먹어."

"물 마시구 천천히 드세유."

주거니 받거니 떡을 하나씩 더 먹고 나서 옆을 돌아봤다. 영이 할매는 눈을 꼭 감은 채 미동도 보이지 않았다. 같이 나눠 먹으면 좋으련만. 말총머리는 또 어디 갔나?

"근데 조석은 뭐 하구 해 드신대유?"

"뭐, 애들이 해온 반찬 있으니까. 밥이야 전기밥솥에 꽂아놓으면 되구. 나야 국이나 찌개 한 가지 있으면 되는걸 뭐. 경숙이하구 경실이가 하나씩 데워 먹으라구 봉다리 봉다리 많이 해다 놨어."

"날 더운데 잘 챙겨 잡숴야 되는데…."

"자네나 집 생각 말구, 잘 먹구 잘 자구 혀."

"어떻게 집 생각을 안 한대유? 애들 신경 더 쓰일까 봐 이러구 있는 건데…."

영감이 물끄러미 고개를 끄덕였다.

"떡 하나 더 먹지 그래."

"아녀유. 금방 저녁 먹을 텐데유 뭐. 경숙 아부지나 더 잡숴유. 집에 가봐야 저녁 차려줄 사람두 없는 걸…."

말총머리가 복도를 휙 지나가는 게 보였다.

"떡 먹어."

오랜만에 크게 질러보는 소리였다. 말총머리가 되지르며 얼굴을 디밀었다.

"아니에요. 이제 저녁밥 나올 시간 됐어요."

영감이 천천히 몸을 일으켰다. 영감은 남은 떡을 갈무리해서 사물함 위에다 얹었다.

"이따가 밤에 출출하거들랑 하나 더 먹게."

윤 노인은 양말목만 길게 잡아당겼다. 영감은 조금 머뭇거리는 듯, 윤 노인 어깨를 쓸어내리고는 휘청휘청 걸어 나갔다.

저녁 식판엔 닭볶음이 나왔다. 원장은 맛있다고 여전히 생색을 냈지만, 윤 노인은 감자 몇 조각 집어 먹고 수저를 놓았다. 윤 노인은 텔레비전 보는 것도 마다하고 일찌감치 방으로 들어왔다. 청명했던 하늘이 잠깐 무지갯빛인가 싶더니 이내 검붉게 변하고 있었다. 검붉게 물들어가는 자드락길로 휘어진 등판 하나가 걸어가고 있었다. 내가 언제 집에 가서 밥을 짓고 설거지를 할 수 있을까. 달그락달그락.

별이 하나둘 돋기 시작했다. 요양원 주변은 점점 휘황한 불빛들로 넘쳐났다. 밤매미가 한없이 서럽고 길게 울었다. 말총머리와 교대한 요양사가 막내아들이 왔다고 아무리 소리쳐도 윤 노인은 똥주머니를 움켜쥔 채 얼굴을 들 줄 몰랐다.

최
경
주

──── 김삿갓의 유세 비결

종이에 원을 그렸다.

들어 올렸다.

두 손이 하얗게 타들어갔다.

'빌어먹을! 두 손이 타들어가다니.'

오영선은 자신이 쓴 글이 마음에 들지 않았다.

다섯시 반, 이른 아침 6월 초여름 우중충한 날씨가 습도까지 잔뜩 품고 있다.

개봉역에서 탄 급행열차가 도심으로 들어갈수록 미끄러지듯 쌩쌩 달린다.

졸거나 핸드폰을 만지는 전철 안에서 오영선은 수첩을 꺼내 몇 가지 문장을 썼다가 죽죽 옆으로 긋고 수첩을 덮어버렸다. 노량진역을 지나 한강을 건너는 내내 밖을 쳐다보다 무슨 생각이 났는지 수첩을 꺼내 몇 자 적어보다 또 덮어버렸다. 의자에 기대어 눈을 감고 오른손 손가락으로 건반을 치듯 무릎을 치다 이내 멈추었다.

평일인데 서울역 건너편에 관광차가 등산객을 기다리고, 오영선과 남산 아래 힐튼호텔 옆 현장에서 일하는 노동자들이 지하철 입구를 돌아 현장 쪽 비탈을 올라갔다.

아침 안전 조회를 마치고 오영선 팀은 작업장 연장통이 있는 곳으로 와 흩어져 둘러앉았다.

유리창 밖 멀리 비구름이 흘러가며 남산타워를 가려 첨탑만 모습을 드러냈다. 남산 아랫동네 골목에는 지방선거 포스터가 붙어 있고 초췌한 사내가 붙박이처럼 마주하고 있었다.

아침부터 화제는 지방선거였다. 누가 똑똑하네! 나쁘네, 죽일 놈이네, 인물이네. 말을 잘하네, 못하네.

환갑인 팀장 최무혁은 불편한 자리를 고쳐 앉고 서른 초반, 뚱뚱이 막내 오영선이 연장통 위에 커피용품이 들어 있는 종이 상자를 올려놓고 커피 주전자를 꺼냈다. 생수를 콸콸 부어 채우고 반쯤 남은 물병 뚜껑을 조여 얼음통에 던져 넣었다. 주전자를 들고 콘덴서가 있는 쪽으로 어기적거리며 걸어갔다.

오영선이 커피를 준비하는 동안 평소 말을 찰지게 잘하는 최무혁이 지루한 시간을 보내려 되지도 않는 이야기를 풀어놓기 시작했다.

'작가의 힘이란?'

주전자 플러그를 꽂자마자 물 끓는 소리가 들렸다.

오영선은 아침부터 끓는 물처럼 여러 생각에 머리가 복잡했다.

지난 주말 홍대 '두리반' 식당에 갔다가 출판기념회에 갔다가 좌장격인 시인 정 선배 앞에 앉았다가 청주에서 올라온 소설가와 주고받은 대화 내용이 이른 아침부터 머리에서 떠나지 않았다.

"작가의 세계는 그야말로 작가 스스로 구현한 세계지. 오롯이 작가의 몫이고, 그게 작가의 힘이 아니고 뭐겠나?"

정 시인은 실물 크기의 '체 게바라' 상반신 흑백사진을 등지고 둥글게 올라오기 시작한 배에 손을 얹고 조언을 해주었다.

달아오른 술에 웃음소리는 커지고 열띤 농담이 뒤섞인 분위기 속에 작가들이 술자리를 옮겨 다니며 한 번 지나가면 생각나지 않을 이야기를 맘껏 나누었다. 오영선은 정 선배의 말에 느끼는 바가 있어 벽에 홀로 기대어 있다가 탁자 가까이 의자를 당겨 앉았다.

정 선배의 말은 한동안 이어져 열띤 강연으로 바뀔 즈음 늦게 온 작가가 있어 인사를 하느라 자리와 대화가 다시 뒤섞였다.

끓인 물을 들고 노인네들이 있는 곳으로 가져가 연장통에 주전자를 올려놓고 종이컵을 꺼내 숫자대로 나열했다. 커피믹스 대가리를 따서 잔에 쏟고 물을 부어나갔다.

오영선은 맹물만 두어 잔 들이켜고 자리에 앉았다. 간밤에 소설을 쓴다고 몇 자 적지 못하고 시간만 보내느라 못 잔 잠을 채우려 통 위에 길게 누웠다. 단 5분이라도 깊게 잠을 잘 수 있다면 생각하고 머리 뒤로 양손을 깍지 끼고 눈을 감았다.

현장 아래서 올라오는 호이스트 톱니 물리는 소리를 배경음으로 최무혁의 목소리가 소방 배관 깔린 천장에 퍼졌다.

최무혁은 옛이야기를 가감 없이 늘어놓고 서넛은 웃으며 맞장구를 쳐댔다.

"한마디 말을 얻기가 얼마나 힘든 일인 줄 아나? 노가다 여러분은 모르지? 밥 먹자, 술 마시자, 왜 돈 안 주냐 때려 부수자! 이게 다지. 하지만, 진짜 말이라는 건 그리 간단하지가 않아. 사람을 움직이는 거거든. 지자체에 처음 나온 후보들은 유세를 시작하자마자 말이 뭔지 뼈저리게 느낄 테지. 내가 그걸 어찌 아느냐? 우리 아버지가 생전에 말 좀 할 줄 아셨는데 말이야."

최무혁은 노래하듯 음정을 맞추어 이야기를 풀어냈다.

"일제시대에는 이런 잡설로 먹고사는 사람들이 있었나 봐, 이야기꾼이라고, 또 유세하러 다니는 만세꾼도 있었다는데, 그들이 상식적으로 봤을 때, 어떤 말하는 이론도 없이 그저 되는 대로 씨불여대면서 다녔겠어? 말이 안 되지. 우리 아버지가 어떻게 해서 그 이론이 적힌 책을 얻게 되었는데, 아 이런 이야기 함부로 하면 안 되는데…."

멀리 소총 총소리가 끊일 듯 말 듯 메아리를 끌고 산등성이에 길게 퍼진다. 놀란 새들이 날아오르고, 총소리와 총소리 사이로 틈이 길게 벌어질 때 풀벌레 소리가 메워졌다.

야트막한 산이 이어진 화순 구암마을 야산 인근에 현판이 뜯겨 사라진 주인 없는 사당이 있다.

곧 기울어져 쓰러질 것 같은 사당 앞 잡초가 무릎까지 올라온 공터에 인민군 복장을 한 사내가 들어섰다. 전쟁의 피로에 지친 듯한 서른쯤 된 사내는 마른 입술을 핥으며 여기가 김삿갓 사당이 맞을 것이라 짐작하고 둘러보았다.

옆에 우물이 하나 있고, 현판 자리는 비어 있고, 한자가 쓰인 둥이 서 있는 것으로 보아 노인의 말이 맞을 것이다.

낡은 사당 지붕이 비스듬하게 기울어진 기와 위로 막 지기 시작한 저녁놀이 서서히 짧아지고, 안쪽 숲 산그늘이 어둠을 품고 일어서고 있었다.

사내가 사당 문을 열고 그림자를 안으로 드리웠다. 문 입구에 등에 멨던 봇짐을 풀고 소총을 걸친 채 사당 안으로 들어섰다. 안에는 접힌 병풍과 제사상만 사당을 지키고 있었다. 먼지와 흙 묻은 발자국이 있고, 깨진 그릇과 불을 피웠던 흔적도 보였다.

더 어두워지기 전에 책을 찾아야 했는데, 어디 숨길 만한 곳이 보이지 않았다.

혹시나 하는 의심으로 양미간이 중간으로 몰렸다. 접힌 병풍을 밀쳐 쓰러뜨렸지만, 역시나 빈 구석뿐이다.

멀리 포탄 터지는 소리가 나자 놀라 멈추어 섰다.

사당 밖에서 누군가 튀어 나와 자신에게 총질이라도 할 것 같았다.

수개월 계속된 긴장과 공포, 극도로 민감한 경계심과 증오로 좀처럼 안정이 안 되었다. 이제 책을 찾는다는 흥분까지 뒤섞였다.

자신의 목숨을 담보로 백아산으로 후퇴하는 인민군 무리를 떠나 국군 지역인 구암마을로 거꾸로 내려왔다.

'단지 책 때문에, 이 책이 그토록 중요하단 말인가? 전쟁으로 머리가 이상하게 된 게 아닐까?' 아니다. 책 때문에 왔다. 책만 있으면.

평소 숙맥이었던 그는 말 잘하는 사람들을 부러워했다. 그들처럼 말을 잘할 수 있다면 하고 생각했는데, 전쟁 전 화순 장터에서 소리꾼과 국밥을 먹게 되었다. 자신의 고민을 말했더니, 술 몇 잔에 취한 소리꾼은 그 책 이야기를 들려주었다. 소수의 소리꾼, 만세꾼들이 읽는다는 그 책을 읽기만 하면 천하에 말 못 하는 바보라도 말문이 트이고, 사람 마음을 마음대로 움직일 수 있는 말법을 익힐 수 있다는 말이었다.

농담 같았던 그 책의 원본의 향방을 노인에게서 들을 줄 어떻게 알았겠는가?

그가 서로 총질하는 판에서 떠난 것은 사실 노인이 말한 책 때문이기도 했지만, 이 지겨운 전쟁통에서 벗어날 어떤 핑계였다.

이곳 사당지기의 아들이었다는 영감이 죽기 직전에 자신의 팔을 잡아당겼다. 노인이 배에 총을 맞았을 때 다른 사람과 달리 포기하지 않고 얼마간이라고 업고 뛴 감사의 표시였을 게다.

"더는 희망이 없네. 혁명은 차치하고 자네라도 빠져나가 민가에 숨어 목숨을 부지하게나. 혹시 살게 되면 구암마을 옛 사당이 하나 있는데….."

갈수록 어두워지는 사당 안에서 사내는 벽을 두드려보기도 하고 바닥을 발로 굴러보았다. 그러다 문득 지붕을 받치고 있는 용무늬 단청이 새겨진 대들보가 눈에 들어왔다.

용의 동그란 눈과 마주쳤다. 꿈틀거리는 용의 눈이 서서히 빛을 뺏기는 와중에 그 형형한 빛을 잃지 않고 있었다.

'그래 저기라면….'

사내는 제사상을 가운데로 끌어당겨 올라섰다. 절박한 마음으로 숨을 삼키며 두 손을 올려 양쪽으로 대들보 위를 더듬었다.

먼지가 우수수 쏟아졌다.

상을 옮겨 앞으로 뒤로 대들보를 더듬는 동안 사당 안은 차츰 어둠이 깊어져, 볼 수 있는 것이 사라져갔다.

거의 포기하고 실망이 극에 달할 때쯤, 손끝에 걸리는 뭔가에 손을 멈추었다. 온 신경이 손끝에 몰렸다. '그래 그 책이다!' 탄성이 나오며 목숨을 걸고 온 보람이 느껴졌다.

책을 꽉 움켜쥐고 밖으로 나왔다.

색이 바랜 책은 옛 국문으로 쓰였지만, 분명 노인이 말한 책이었다. 먼지를 털고 책을 옷깃에 닦았다.

'유세언쟁육비결', 이른바 '유세 비결'인 것이다.

"오!"

그는 벅찬 가슴에 웃음이 흘러나왔다.

총을 내려놓고 서너 장 넘기니 김삿갓의 칠에 따라 먹물이 스며드는 순간이 느껴질 정도로 애틋한 마음이 들었다. 글자에서 광채가 나는 듯 밝게 보였다.

사내는 책을 바닥에 두고 사당을 향해 절을 했다.

잠시 후, 반딧불이가 날아와 책 위에 앉았다. 서편으로 해가 지고 멀리 총소리도 잦아들었다.

사내는 봇짐을 풀어 저고리와 핫바지를 꺼내 인민군복 대신 갈아입었다. 품에 묻어 두었던 당증을 꺼내 한동안 쳐다보다 인민군 옷에 넣고 돌을 담아 묶은 다음 우물에 던져 넣었다.

보따리가 검은 우물에 빠져 서서히 가라앉았다.

사내는 책을 가슴에 품고 산당을 내려가는 숲에 들어섰다.

그가 떠난 빈 사당 안 제상 옆에 세워둔 소총이 어둠 속에 가려졌다.

오영선은 자리에서 벌떡 일어섰다.

꿈인지 이야긴지 생생한 장면에 놀랐다.

말을 마친 최무혁이 종이 잔을 구겨 쓰레기 마대에 쑤셔 넣으며 시계를 보았다. 아직 한 5분은 더 앉아 있어도 되는지 끼려던 장갑을 무릎 위에 놓았다.

김 노인이 멀리 승강기 뒤 구석에서 몰래 담배 연기를 뿜고 손으로 저으며 이쪽을 멀거니 쳐다보고 있었다.

"지금 그 말을 믿으라구?"

최무혁을 마주한 조 씨가 비아냥거렸다.

조 씨는 최무혁을 무슨 연속극을 보고 온 사람으로 취급했다.

"내가 믿어달라고 했나? 내 아버지가 그런 일을 겪었다고 했지. 뭐 굳이 이런 말을 이 노가다판에서 해봐야 아무것도 생기지 않지만, 저 선거만 보면 좀 그래. 뭐 알고 나와야 하는데, 유세의 유자가 뭔지도 모르고 나와선 그저 악만 써서. 말로 마법을 부려서 사람을 홀려야 하는데."

"그 책만 통달하면 대통령도 되겠네?"

"일도 아니지. 오바마 못 봤어? 다 세 치 혀로 미국을 휘어잡은 거야."

"자네가 나가지 그러나?"

"이 사람아 내가 정치를 하면 누가 노동일을 하나?"

"지랄하고 있네."

출근하면서 건물 밖 지방선거 포스터를 보면서 나온 이야기가 꼬리를 물고 이런저런 말을 하게 만들더니 드디어 화순 구암마을까지 나오게 된 것이다.

"그 유세 비결이란 책이 어디에 있는데?"

"그때가 언제 이야긴데, 책이 있겠나? 아버지 유품도 없는데. 책은 애저녁에 없어졌지.”

“아, 아깝다. 그 책이 지금 있으면 진품명품에 팔아도 집 한 채는 거뜬히 사겠구먼.”

박 씨는 아쉬운 듯 입맛을 다셨다.

“이런, 내가 말하는 책의 가치가 그게 아니라니까. 말이라구 말? 돈이 아니구! 하긴 노가다와 무슨 말을 하겠어. 평생 장갑 끼고 남의 집이나 짓지.”

“돈이 최고지. 돈 안 되는 비법을 어디다 쓰나? 안 그래?”

“말의 마법이 담긴 책이었다니까. 말의 마법이. 나무젓가락 엮어서 사람을 만들어놓고 몇 마디 말을 하면 살아 움직인다니까, 피노키오같이. 말귀를 알아들어야지, 원.”

“최무혁 아저씨 말이 맞네요. 김삿갓이 화순 구암마을에서 죽었데요.”

오영선이 느긋하게 웃으며 말을 했다.

그가 이야기를 들으며 스마트폰으로 검색해본 결과였다.

“최무혁 아저씨 말씀은, 그 책의 가치도 있지만 내용은 더 중요하다는 말을 것이지요. 돈이 안 된다는 말이 아니라, 그 가치를 알아달라 하시는 말씀 같은데요.”

그 말에 최무혁이 무릎을 쳤다.

“그래, 오영선이 그 책을 수백 번 읽은 나보다 낫구만. 푸하하하.”

‘그런 책만 있다면.’ 오영선은 고개를 갸웃거리며 무릎에 팔꿈치를 대고 깍지 낀 손에 힘을 꽉 주었다. 양미간을 모아 주름을 지게 하면서 볼에 힘줄이 불끈거릴 정도로 이빨을 꽉 물었다.

　잠시 후, 최무혁이 장갑을 끼자 다른 이들도 자리에서 일어나 연장 통을 열어 공구를 꺼내었다.

　일을 마치고 오영선은 서울역 지하철 안을 빠르게 걷는 최무혁을 따라잡아 술 한잔을 하자고 소매를 끌었다.

　하루 일당에 소주 한잔 곁들이는 게 삶의 낙이라고 평소 말을 하는 최무혁이 거절할 리가 없었다.

　둘이 남대문시장이나 서울역 옆으로 갈까? 고민하다 자연스레 남대문시장 쪽으로 정했다. 최무혁은 연신 이런저런 말로 옛 남대문 거리를 되뇌며 앞선 사람들을 헤집고 나아갔다. 오영선은 가방을 걸친 채 어기적거리며 따라갔다. 오영선의 눈에 거리 간판과 사람들, 그들의 이야기가 눈 안에 들어왔다가 사라져갔다.

　그는 어렵사리 등단했지만, 아직 첫 소설집을 낼 만큼 글이 안 되었다. 자신보다 늦게 등단한 친구들이 책을 냈다고 페이스북에 뜨거나 출판기념회를 한다고 카톡이 날아오곤 한다. 그는 주인공의 화술이나, 연설, 말재주가 주된 내용인 소설을 쓰고 싶었으나, 작가 스스로 말 자체가 어눌해 제대로 된 글을 쓰지 못하고 있었다. 사람들이 쏟아내는 숱한 말들을 알면 알수록 헤어나질 못하는 수렁에 빠지는 느낌이었다.

　재잘거리는 말과 간판, 홍보 글씨들, 벽에 간판에 유리에 차들까지. 사람들 몸짓으로 꽉 찬 남대문시장 통을 어느 만큼 거슬러 올라가자 오영선은 이를 악물고 눈을 꼭 감았다. 그의 눈가에 눈물이 맺히고 목에서 뜨거운 것이 올라오다가 꽉 다문 입으로 나오지 못하고 다시 꿀꺽 울대 아래로 내려갔다.

오영선 몸은 무거운 짐을 진 듯 무겁고 걸음은 더 어기적거렸다. 최무혁은 어깨를 좌우로 흔들고 오영선은 그 뒤에서 고개를 숙이고 억지웃음을 지으며 걸었다. 최무혁이 허름한 술집의 미닫이문을 거침없이 밀어젖히고 안으로 들어가자 오영선도 뒤따르며 가방끈 잡은 손에 힘을 주고 허리를 폈다.

최무혁은 다리를 꼬고 앉아 소매를 걷어붙인 손으로 막걸리병을 좌우로 흔들어댔다.

오영선은 기다릴 필요 없이 최무혁의 책 이야기를 끄집어냈다.

"그 책 내용은 별거 없어, 내가 기억하는 바로는. 차라리 카네기 설득술이 백번 낫지."

안주가 나오기 전에 연거푸 술 두 잔을 비운 최무혁이 헛기침을 하고 당연하다는 듯 말을 하더니 생각에 잠긴 듯 먼 곳을 바라보았다.

오영선의 무거운 몸을 지탱하고 있는 의자가 약간 움직였다.

"그래도 명색이 김삿갓이 썼다면 뭔가 있지 않을까요?"

자존심 강한 그가 이렇게 아쉬운 적이 있었던가 싶었다.

"있지. 기억할 만큼. 하지만 내용이 적었어. 이 정도, 한 사오십 장이나 되었나?"

오영선은 최무혁의 엄지와 검지 사이 두께를 가늠하며 마른 입술을 핥고 손바닥을 비볐다.

"제가 보기에는 양이 중요한 게 아니라, 김삿갓이 쓴 거 아닙니까? 더구나 미공개인데. 한 페이지라도 엄청난 내용일 거에요. 김삿갓이 허투루 글을 썼을 리가 없어요. 아저씨 말이 사실이라면 아저씨는 지금 보물을 가지고 있는 거예요."

'이 젊은 친구 뭐가 뭔지 좀 아는군.' 최무혁은 웃는 표정을 지으며 턱을 쳐들고 고개를 끄떡였다.

"그렇지, 내가 박가 같은 놈하고 농담 같지도 않은 말을 해가면서 이따위 일로 인생을 허비할 사람이 아니지."

익힌 돼지 껍데기가 나오자 콩을 묻혀 한입에 넣고 질겅거렸다.

"아저씨, 제가 아저씨를 무시하는 게 아니라, 옛글이면 지금 한자잖아요, 그건 좀 배워야 아는 건데, 아저씨도 한문 배우셨어요?"

"그걸 배웠으면 한학자가 되었지. 내가 읽기는 뭘 읽나? 그 재미없는 책을. 그냥 아버지가 매일 그 책 내용을 읽고 들려주니까아, 대충 이런 말이구나 하는 거지."

"아, 귀로 공부하셨구나?"

"자주 들으면 알기 싫어도 알게 돼. 아버지가 고집스럽게 가르치려고 했는데, 공부가 되겠어? 마음은 서울에 와 있는데."

"아, 그랬구나? 아깝다. 그럼 그냥 들은 이야기네요?"

"하여튼. 아버지는 말만 잘하면 시장판에서 사람을 모아 물건을 팔 수 있고, 정치판에 가면 한자리할 수 있다며 가르치려고 했지. 근데 그게 뜻대로 되나? 공부라는 게 마음이 있어야지."

"아버님은 무슨 일을 하셨는데요? 그 책의 진가를 아셨으면 말로 한밑천 잡았을 텐데요."

"한밑천은 고사하고 평생 개고생만 하다 혈압으로 쓰러졌어. 빨갱이가 할 수 있는 일은 없었어. 동네에서 안 맞아 죽은 것만도 다행이지. 누구는 말이 좀 되니 약이라도 팔라고 하셨지만, 거절하셨지. 김삿갓 이름을 더럽힐 수 없다며."

"아…, 한 잔 드세요. 그래서 아저씨가 말을 그리 잘하셨구나, 아저씨를 보니까 뭔가 있는 사람 같더라고요. 말하는 것 들으면 알잖아요. 조리도 있으시고, 칠 때 치고 빠질 때 빠지고, 그게 배우지 않으면 안 되는 일이거든요. 아, 그 책 한 줄만 읽어봐도 소원이 없겠다."

술이 얼추 들어가자 오영선이 소주잔을 살짝 비켜 들이켜고 잔을 내려놓으며 말을 했다. 그가 입을 닫으며 곁눈질로 최무혁을 보자, 최무혁은 모른 척하며 오영선 잔에 술을 채워주었다.

"좋은 게 있으면 나쁜 것도 있는 거야. 난 그 책은 저주받은 책이라고 봐. 노가다 하는 늬가 왜 궁금한지 모르지만."

"왜요?"

"결국, 거기까지 이야기를 하게 되나? 내가 태어나기 전에 그 책을 얻은 게 소문이 났나 봐. 어떻게 소문이 났는지 모르지만, 한 사내가 강원도에서 찾아온 거야. 빨갱이 짓 하면서 알게 된 동지의 아들이라나."

"그래서요?"

"동지의 아들이니 받아주었지. 이 친구 몇 날 며칠을 우리 집에 묵으면서 아버지에게 공부했데. 근데 얼마 뒤 그 책을 가지고 튄 거야."

"네?"

"아버지가 얼마나 억울하겠어? 딴 놈도 아니고 동지의 자식이. 자식보다 더 아꼈는데. 제자가 아버지를 못마땅하게 생각했지 않나 싶기도 해. 아버지가 정식으로 배운 사람이 아니니 소리 지르고 되지도 않는 훈계를 늘어놨겠지. 몇 년 있다가 놈이 어디 국회의원에 출마한다는 소문이 있었나 봐, 아버지가 책이라도 돌려받으려고 놈에게 찾아갔는데, 놈이 국회의원은 고사하고 죽었다더구먼."

"죽어요? 왜요?"

"주둥이가 화를 부른 거지. 책을 가져다 제대로 공부를 했나 봐. 말을 어찌나 잘했는지, 한번 입을 열면 사람이 구름처럼 모였데. 사람을 가지고 논 거지. 모였다가 흩트렸다가 자유자재로. 당선은 당연히 됐겠다 싶었는데, 상대 후보가 뭔 수작을 했는지, 서울 쪽에서 검은 옷을 입은 사내들이 지프를 끌구 내려와 데리고 갔는데 소식이 없었데. 아마도 죽은 것 같다는데, 서슬 퍼런 박통 초기였으니 빨갱이 자식이 어떻게 되든 누가 신경이나 썼겠어? 그 젊은 친구가 누차 아버지의 경고를 무시한 거였지."

"책은 어디로 갔어요?"

"모르지. 대신 아버지가 가지고 온 것이 있는데, 내가 보기에는 더 좋은 거야."

"네?"

그 말에 오영선은 눈이 동그랗게 커졌다.

"그냥 공책인데, 제자가 한글로 풀어놓은 거야. 책으로 만들려고 했는지 꽤 정성을 들였더군."

"공책이요? 사본이란 말씀인가요?"

"사본이지. 한글로 된. 번역본쯤으로 이야기해야 하나? 아버지 몰래 몇 번 읽어봤는데, 아는 척을 많이 해놨더라구. 제자가 김삿갓 책을 보고 깨달은 것을 적은 것이야."

"쉽겠네요?"

"쉽지. 쉬우면 뭐하나? 복이 화가 되어 비명횡사했는데. 재미는 있더구만. 말 그대로 소설을 써놨어."

"무슨 내용인데요?"

"왜 늬는 그게 그리 궁금한데?"

최무혁이 곁눈질하며 물었다. 오영선은 그 말에 머리를 긁적거렸다. 그의 눈이 호기심에 반짝이고 있었다.

"저요? 재밌잖아요. 궁금하기도 하구. 하하하. 최무혁 아저씨 말을 참 재밌게 하세요. 일반 사람은 그게 잘 안되거든요."

"자식…. 늬 글 쓴다지? 아니기는 이 사람아. 들은 이야기가 있는데. 이건 소설하고 상관이 없잖아? 없는 것을 있는 것처럼 말하는 건 비슷하기는 하지. 너무 그런 비법에 솔깃하지 말어. 정직한 게 비법이고 절박한 게 힘이야. 그리고 비법이라는 게 어찌 보면 별 내용이 없어. 남들이 하는 말을 달리 말한 것뿐일 수도 있고. 또 말이라는 게 아버지 제자가 그랬지만, 위험한 물건이기도 해. 혀가 화를 부르는 법이거든."

"아저씨도 화를 당한 적이 있었나요?"

최무혁은 그 말에 막걸리 잔을 들다가 잠깐 멈칫했다. 이내 벌컥거리고 들이켰다.

어느 날, 고등학교 삼학년 때였다. 광주사태가 터지기 한 해 전 읍내 차부에서 한 사건이 일어났다.

한 남자가 버스에 치였는데, 보상을 제대로 받지 못한 것이다. 부인이 소복을 입고 집에 돌아오는 길에 길바닥에 주저앉아 울며 하소연을 했는데, 사연을 들은 최무혁이 분을 참지 못하고 읍 공터 시장에서 여인을 놓고 떠들기 시작한 것이다.

최무혁이 어찌나 절절하고 사람들 폐부를 후벼 팠는지 사람들이 주변에 모여들기 시작했다. 최 씨가 우체통을 밟고 올라가 한 손으로 전봇대를 붙잡고 다른 손에는 가방과 교모를 움켜쥐고 쉬지 않고 떠들어대자 읍내 장날 모여든 사람들과 장사꾼들까지 찻길을 막아 차가 다니지 못할 정도가 되었다.

화난 사람들은 차부로 몰려갔고 창문이 깨져나갔다. 나중에는 경찰까지 와 사람들을 해산시켰다.

한 삼 일 후, 최무혁은 집 앞에서 깡패들에게 끌려가 무등산 자락 산속 깊은 곳 묘지 옆 느티나무에 아버지가 찾아올 때까지 묶여 있었다.

최무혁은 흐느끼며 아버지를 반겼다.

그날 거의 죽은 목숨이었는데, 어떻게 해서 아버지가 그들을 설득해 살려냈는지 모르겠다. 그 신봉해 마지않는 세 치 혀로 그들을 구슬렸는지, 가지고 있는 돈 몽땅 주고 해결을 했는지 모르지만 어쨌든 살아 나왔다.

그 뒤로는 그 공책을 쳐다보지도 않았다.

어느 날 하교 때 밭일을 하고 오는 아버지를 만나 저녁놀 지는 정자나무 아래서 함께 바람을 쐬었다.

멀리 화순 탄광이 보이고, 주간 근무자가 야간 근무자와 교대하고 도시락 가방을 흔들며 탄광 길을 내려올 무렵이었다.

"너 정치할 생각 없니?"

아버지는 주름진 얼굴로 웃으며 말을 했다.

"아니요."

"너, 소질 있어. 사람을 아무나 모으지 못해."

최무혁은 고개를 저었다.

"그 책 다 봤지?"

"네."

"뭐가 들리디?"

"처음 볼 때는 장터가 보였어요. 사람들이 떠드는 소리 같은. 물건을 팔고, 싸우고, 화내고. 개들이 오줌 싸고 거지가 품바타령도 하구."

"그래서?"

"다음에는 바람 소리가 들리더니, 그다음에는 불길 올라오는 소리가 들렸어요. 군중들 속에서 불타오르는 불이요, 들녘을 다 덮고 하늘로 솟는."

"그래서?"

"무서웠어요. 더 읽으면 내가 타버릴 것 같은 어떤 격렬함 때문에 더 읽을 수가 없었어요."

"거기까지 봤구나? '밑언'이 뭔지는 봤니? 설명해놨던데."

"대충은 봤는데."

"'밑말'이란 거지. 이를 뭐라고 설명을 해야 하나? 유교에서는 '사단'이라잖냐. 요만한 손톱만 한 게 가슴에 살짝 튀어나와 있는데, 이게 걸리면 아무것도 못 하는 거야. 측은지심이니 사양지심이니 뭐 그런 거. 그거와 비슷해. 이 얼마나 멋있냐? 밑말이 바로 밑언이지. 거기서 모든 말이 시작되는 거지."

"모르겠어요."

"말을 했잖아. 그건 딱 깨우쳐야 해. 인간의 밑바닥까지 갔을 때야 깨닫게 되지. 사람이 쏟아내는 오만가지 말이 어디서 시작되는지를 봐야지. 그 욕망의 바닥에 너덜거리는 말의 밑뿌리를 보면 이해하는데, 사람의 바닥에 가서 그 끝을 보면 비로소 말이 보인단다. 그런 다음, 그걸 끌고 나와 오만가지로 변형시킬 줄 알아야지. 죽 나열했다가, 하나로 만들고, 세분화시키고, 세울 놈 깰 놈을 구분하고, 같은 놈과 다른 놈을 분류하고, 뒤바꿨다가 다시 꺼낼

줄을 알아야 해. 개합종요, 입파여탈, 동의유무, 이 변화를 거치면 비로소 말이 말을 만들고 변화를 한단다. 그 묘를 바람을 불로 일으키고. 하하하, 으하하하하. 그 모든 근본의 밑말을 듣고 끄집어낼 줄 알아야 해."

아버지는 지는 해를 마주 보고 일어나 주먹을 흔들며 저녁놀 지는 들판에 서서 저 들판 끝까지 목청을 터트렸다.

"자, 여보시어들, 자, 이 주먹을 보시오. 여기 이 주먹을 제가 딱 펼 겁니다. 자 보셨습니까? 자 그럼 이 반대쪽 손을 보십시오. 제가 한껏 벌린 이 두 손에 들고 있는 것이 뭔지 아십니까? 자, 똑바로 보십시오. 이게 태양입니다. 저는 태양을 품고 있습니다. 이게 사람의 가슴팍 속에 원없이 타오르는 사람의 마음입니다. 누구나 가슴에는 저 하늘에 떠 있는 태양보다 더 뜨겁고 강한 태양이 불타오르고 있습니다. 영원히 꺼지지 않는 이 불꽃은 사람의 자존심입니다. 바로 나 자신입니다. 이것이 사람이란 말입니다."

토하듯 힘을 다해 말을 마친 아버지는 목에 굵은 핏줄이 두드러졌다. 이글거리는 석양이 아버지의 다문 입과 떨리는 손, 드러난 가슴에 타올랐다.

잠시 후 아버지는 낮고 씁쓸한 웃음으로 한마디 말을 하고 돌아섰다.

"그래도 빨갱이는 안 되더라."

마른침을 삼킨 아버지 눈가가 젖어 있었다.

아버지 어깨에서 석양이 빛났다. 아버지는 긴 그림자를 밟으며 흔들흔들 걸었다. 석양이 깔린 붉은 들판이 거울판처럼 투명했고 두 그림자는 갈수록 옆으로 늘어졌다.

아버지는 잠깐 멈추어 석양을 돌아보더니 소매로 눈가를 훔치고 다시 걸었다.

최무혁이 뒤따르는데 열 걸음을 걷기 전에 눈물이 주르륵 흘렀다. 이를 악물고 흐르는 눈물을 닦고 또 닦으며 뒤따라 걸었다.

최무혁은 술을 천천히 마시고 잔을 내려놓았다.

"말은 그저 말일 뿐이다. 세상에 제일 재수 없는 게 뭔지 아니?"

"뭔데요?"

"잘난 체하는 거지. 마치 자신만 세상의 비밀을 안 것처럼 뻐기는 것."

"그게 뭔데요?"

"그런 비급은 없다는 거야."

"에, 있잖아요?"

"그래, 있다면 있는 거지."

"좋게 쓰면 득이 되지 않을까요?"

"사람이 그게 되니?"

"오바마는 좋게 썼잖아요?"

"오바마는 백 년에 하나 나올까 말까 한 친구다. 말이 좋은 것도 있지만, 그 마음이 절박하고 진심이 들어가 있어서 빛나는 거야. 그 친구도 말의 비법을 하나쯤 얻었을지도 모르고."

"아저씨 아시는 만큼 귀띔이라도 해 주시면 안 될까요?"

오영선은 약간 비굴한 생각이 들었지만, 잔을 두 손으로 들어 올려 최무혁 잔과 부딪치며 말했다.

최무혁은 눈을 감고 보일 듯 말 듯 고개를 가로저으며 나지막하게 말을 했다.

"말재주를 익히면 재미야 있지. 혀로 사람을 부리는 것인데."

오영선은 최무혁이 입을 열기를 기다렸다.

최무혁은 뜨거운 술기운을 토해내며 한숨을 쉬었다.

오영선은 웃으며 고개를 살짝 돌리고 술잔을 들었다.

오영선은 마이크를 잡고 악을 쓰고 있었다.

그가 학교를 졸업할 무렵, 마지막이다 싶게 후배를 내세워 도전했으나 뜻대로 되지 않았다. 갖가지 이유가 있었으나 대부분 인정하기 어려운 것들이었다.

어느 비가 올까 말까 한 흐릿한 날, 구호를 들고 교문 앞에서 퍼포먼스와 선전전을 하는데, 지나가는 허름한 사내 하나가 웃으며 한마디 했다.

"야, 어설프다. 쇼를 하려면 제대로 해라."

"아저씨 이거 쇼 아니에요. 허 참!"

퇴근하는 학교 현장 노동자였다. 함바에서 전작이 있었는지 술냄새가 풍겼다.

"임마, 늬 얼굴에 어거지로 하는 게 다 보여. 말하는 것도 그렇고, 아예 하지 말던가. 사람은 진심을 보고 움직이는 거야."

"아저씨가 몰라서 그래요. 진심이 안 통해요. 요즘에는 애들이 이런 거 좋아해요. 시대가 그래요."

"그러니까 뭐가 됐든 제대로 하라구. 엉거주춤 말고, 늬도 스스로 설득하지 못하고 있는 일을 하고 있잖아!"

"어, 아저씨 노가다 맞아요?"

"와 이 친구, 노가다 무시하네? 그리고 늬 연설하는 거 몇 번 봤어. 늬 식당 앞에서 열한 시쯤에 마이크 잡고 떠들잖아?"

"아, 어떻게 아셨어요?"

"현장에서 다 보여. 그렇게 떠드니 애들 모이디? 어떤 애들은 웃더라. 너도 봤지? 나도 웃기고. 말이라는 게 아무리 좋은 말을 해도 자기 이야기 아니면 소음이야. 듣는 사람이 말이 재미가 없으면 얼마나 고통스러운지 알아? 마음 안 알아주어 답답하니까 그렇겠지만 내가 보기에는 소음이야. 더 멀리 쫓아내는 거라구. 그러니 사람이 모이겠어, 안 모이겠어? 거기 늬가 말을 해봐! 듣고 싶지 않은 말을 쫓아다니면서 귓속에 구겨 넣으려고 해봐. 더 멀리 도망가지. 가슴속까지 집어넣어야 움직일까 말까 한데."

"그럼 어떻게 해요?"

"기술을 배워야지. 자, 그럼 가까이 와서 앉아봐. 방법이 있는 거야. 묘수 없는 기술이 어딨어? 다 방법이 있는 거야."

아저씨가 품속에서 안주를 하나 꺼내 입속에 넣는데 오래된 오징어 냄새가 확 번졌다.

"늬가 지금 앉았지. 이 바쁜데? 재도 와서 쭈뼛거리며 앉잖아. 왜 앉았겠어? 말해봐?"

"아저씨가 앉으라고 했잖아요?"

"웃기는 소리 하지 마라. 그렇다면 늬는 늬 찍어달라고 사정하는데, 왜 안 찍어주겠어? 엉? 이 바쁜데 여기 앉을 때는 궁금한 게 있는 거야. 확 당기는 게 있는 거지. 내가 너처럼 소리 안 지르잖아, 처음보다 더 작게 말하는데, 여기 이 친구 한마디라도 바짝 댕겨 앉잖아. 이게 기술이야. 오라고 하지 않았는데도 다가오고 가라고 하지 않았는데도 가는. 뭐 느낀 게 없어?"

"예?"

"그럴 테지, 그걸 알면 여기에 한마디라도 얻어먹으려고 안 앉지. 자 이게 뭔지 알아?"

아저씨가 엄지와 검지를 비비며 말을 했다. 웃으며 하는 말에 뭔가를 원하는 말이 있는데 도통 알 수가 없었다.

"깃털이 있어, 아주 부드러운. 보이지?"

오영선은 그때 이 아저씨가 무슨 말을 듣고 싶어 하는지 눈치를 챘다.

"네, 희고 부드러운 솜털이 있어요."

"이제 말귀를 알아듣네."

"집에 개 있어? 없다고? 너는 있다구? 그래, 저 친구가 좀 낫네. 이 솜털로 개를 눕혀놓고 살살 문지르는 거야. 앞발, 뒷발. 목덜미, 볼, 눈 주위 귀까지 그럼 무슨 일이 일어나겠어?"

"무슨 일이 일어나는 데요?"

"상상을 해봐. 지금 내 손에 없는 깃털을 만들어내듯, 뭔가를 만들어내야 한단 말이야. 너 거기 늬가 말을 해봐. 개가 어떻게 하겠어?"

"가죽을 벗습니다."

눈이 초롱초롱하게 생긴 후배가 말을 했다. 그는 수첩을 꺼내 받아 적기 시작했다. 아저씨는 손뼉을 치며 정답이라고 말을 했다.

"이걸 보고 우리 세계에서는 '손을 빌려주고, 몸을 얻는다', 이렇게 말하지."

"그런 말이 다 있어요?"

"제안과 거래를 어떻게 하냐에 따라 결과가 달라지는 거지. 잘하기만 하면 아주 홀딱 벗는다고. 자신을 지켜줄 옷을 벗는 거야. 벽을 스스로 무너뜨리고 심장을 빼가라고 손을 당기는 거야. 자, 저기 늬들 경쟁자를 보란 말이야. 소리 지르지도 않구 사람을 모으잖아. 말로 막 때리지 말고 문지르란 말이야. 개가 옷 벗구 내친 김에 이빨에 발톱까지 빼고 바닥에 눕게끔. 말 몇 마디에 독수리 동상이 탑을 박차고 날아오르게. 훨훨."

아저씨는 춤을 추듯 손을 펄럭이며 갔고, 몇 년 후 오영선은 진보정당에서 출판사에서 노조 활동가로, 어설픈 등단과 무명작가로 떠돌다가 결국 공사판에 들어와 일당쟁이 노동자가 되었다. 옆자리 후배 놈은 연설이 비법이라며 명사를 찾아 전국을 떠돌더니 결국 시의원이 되었고 구청장을 준비한다고 했다.

"최 씨 아저씨, 그래도 뭔가 기억은 나실 거 아닙니까요?"

최무혁이 뜸을 들이며 텔레비전을 보고 축구가 어쩌니 저쩌니 헛소리를 하자 답답한 마음에 오영선이 조급하게 한마디 해달라고 졸랐다.

"알지. 뭐 내용을 뼛속까지 파고들지는 않았지만, 대충이라도 읽었으니까 안 본 거보다는 낫겠지. 굳이 자네가 그렇게 말을 하니까 내가 아는 데까지 기억을 하자면 이런 거야."

"아저씨 잠깐만요."

오영선은 메모지와 볼펜을 꺼냈다.

"늬 말발이 달려 여자 친구라도 뺏겼냐?"

"저 여자 관심 없어요."

최무혁은 아버지가 들고 온 공책을 봤을 때 원본 책보다 쉬웠다. 실제 원본은 모두 한자라 아버지가 말을 해주지 않으면 혼자서 읽을 수가 없었다.

첫 장에 아버지가 볼펜으로 쓴 '무명당 무당증'이란 글이 눈에 띄었다.

"나는 당증을 버린 사람이다. 나중에 생각해보니까 당증이 다가 아니더라. 애당초 사상을 좇는 일이 나에게 맞지 않았지 싶더라."

아버지는 알 듯 말 듯 한 말을 한 적이 있었다.

그걸 왜 여기에 써놨을까? 자신으로서는 알 수 없는 일이었다.

제자가 정리한 글에는 '이 책의 주된 내용이 원효의 화쟁론에서 시작한 것이 아닐까?' 하고 서문에 쓰여 있었다.

내용은 긴말할 것도 없이 짧은 네댓 장으로 구성되어 있었다.

먼저 말이란 여섯 가지가 있는데 밑언, 상언, 치언, 역언, 귀언, 중언, 이 여섯 가지가 모이고 흩어져 온갖 변화를 일으킨다고 한다.

이 중에 밑언과 중언은 사람의 말이 아닌, 저 의식 밑바닥에서 생성된 말의 원류이자 끝이라고 했다. 말은 밑언으로 시작해 중언으로 끝난다 했다.

제자는 밑언과 중언 사이에 말과 말이 엮이는 '엮언'을 넣고 싶다고 덧붙여놨다. 세 가지 말을 기본으로 상언, 치언, 역언, 귀언이 펼쳐진다고.

아버지는 제자가 '엮언'을 쓴 것을 보고, 이놈이 여기서 목숨을 재촉했다고 했다. 왜 '엮언'에서 목숨의 대가를 치렀을까? 생각해 봤지만 자신으로서는 알 수가 없었다.

상언은 저잣거리 장사치의 말이고, 치언은 정치가의 말, 역언은 사물의 이치를 밝히는 말, 귀언은 귀신을 부르는 신의 말이라고 했다.

자기가 깊게 파고들어 본바, 네 가지 쓰임으로 말을 펼칠 때 힘이 된다고 쓰여 있었다. 유세의 본뜻이 그러하다고 썼다.

사람의 모든 말은 곧 유세라고 했다.

유세에는 두 가지 방법이 있다. '유세동선'과 '유세정선'.

제자는 이 두 가지가 유세 비결의 핵심이 아닌가 하는 생각을 하고 있었다.

유세할 때 말을 이리저리 끌고 다니면 그게 유세동선이요, 말뜻을 중심으로 펼쳐 보이면 유세정선이라 했다. 말뜻을 세분해 쟁점을 나열하면 동선이요, 쟁점을 하나로 묶으면 정선이라 했다.

이 책에서 중요한 것 중 하나가 유세정선인데 최무혁이 아직 세상 물정을 몰라 그걸 읽었을 때는 말뜻을 이해하지 못했다. 나중에 서울에서 자라 군대를 다녀온 후, 보라매공원 민방위 교육을 받을 때 '유세정선'이 뭔가를 깨달았다.

하얀 극장 화면 같은 배경을 뒤로하고 공무원 복장의 사내가 마이크 선을 질질 끌며 나섰을 때, 무슨 말을 해도 재미가 없을 것 같았다.

하지만 그 모습은 무대를 정리하러 나온 일꾼으로 보였다. 그런데 중앙 본부 강사라니. 최무혁은 눈을 감았다. 오직 시간 보내러 온 사람들로 7할은 졸고 있을 터였다. 강사가 말을 시작한 지 10초도 안 돼 실눈을 떴다. 30초가 지나자 눈을 완전히 떴고, 1분이 지나자 자세를 바로잡았다. 사람을 죽고 살리는 가장 중요한 법을 가르쳐주겠다는데 잠을 청할 수가 없었다.

한 시간 내내 '기도확보'라는 구급법으로 강연을 했는데, 마치 일이 분 지난 것처럼 한 시간 내내 사람의 혼을 빼앗듯 말을 했다. 주제는 딱 한 가지, 구급법에서 가장 중요한 '기도확보'였다. 다른 말은 없었다. 이 간단한 주제를 가지고 그 높은 실내 강당을 어떻게 좁아터지게 만들 수 있었을까? 강사는 단 한마디도 '기도확보'에서 벗어난 말을 하지 않았다.

땀과 혼을 쏙 빼놓은 단 한 가지 주제로 삼라만상을 다 끌어다 응집시키는 그 기술은 수도 없이 겪었을 시행착오와, 주임으로서 그 자리에 서기까지 헤아릴 수 없는 전문 강사들을 겪으며 연구하고 집약해 응집시킨 기술이 아닐까 생각이 들었다.

다음 강연은 전문가가 나와 두 시간에 걸쳐 구급법을 연설하고 실습하게 하는데 한마디도 들어오지 않았다. 거대한 폭풍을 겪은 사람에게 미풍으로 겁을 주는 것과 같았다. 이미 그 첫 강좌는 바보라도 사람이 쓰러지면 잽싸게 기도 확보를 해서 살려낼 수 있었다.

최무혁은 두 번째 강연 내내 유세 비결의 정선을 생각하고 있었다.

하나의 주제를 가지고 떠들어댈 때 주변에 숱한 이야깃거리가 흘러 다닌다. 강사는 말을 따라가지 않는다. 강한 원심력은 모든 이야기에 주제 기둥을 박아놓고 빨아들인다. 휘감아 도는 중심부를 쳐다보며 흩어지고 빠개지고 가루가 되어 혹성의 띠처럼 도는 말소리들을 보면서 앉아 있었다. 여전히 내 몸과 마음은 강당 안에서 전 시간 그 강사의 목소리 속에 머물러 있었다. 주제 기둥이 다른 말들을 통해 색과 음, 향을 달리할 뿐, 기도확보는 그대로 더 굳고 깊이 박혀 있었다.

'유세동선'은 말 그대로 동선 그 자체였다.

말에도 지도를 그려 한 곳씩 짚어나가야 한다는 말이었다.

언젠가 영등포역 뒤 신길시장을 지나가고 있을 때, 건너편에서 한눈에 알 수 있는 진보 인사가 한 표를 모으고 있었다. 그 옆에 마이크를 잡고 사회를 보는 친구가 있었는데, 딱 듣기에도 말이 현란했다. 걸음을 멈추고 그가 하는 말을 유심히 들었다.

주변에 모여든 사람들이 별로 없어 명성보다 궁색했고, 마이크 소리만 공허하게 퍼졌다. 사회자는 출마자를 절하게 만들고 사람들과 친근한 단어들을 썼지만 어법은 닳고 닳아 있었다. 무대 앞의 추종자들 외에는 사람이 모이지 않았다.

이윽고 사회자는 주변 사람들을 한 명씩 주목하며 말을 걸었다. 물을 뿌리러 나온 상점 주인, 길가는 노인, 청소부, 엄마 손을 잡고 가는 아이, 깔깔거리는 학생들, 시간이 갈수록 사람이 불어나기 시작했다.

"약장수를 불러왔구먼. 청산유수야!"

누군가 팔짱을 끼고 도로 건너편을 바라보며 말을 했다. 그 뒤에 서 있는 나도 그리 생각을 하고 있었다.

각기 다른 주제로 이야기를 꺼냈던 사회자는 하나의 주제로 모아나가고 있었다. 그 이야기 하나하나에는 여러 쟁점이 있었다. 그 쟁점들을 모으고 있었다. 나중에 진보 인사가 나오자 이 분이 넘기도 전에 사람들이 하나둘 떠나기 시작했다.

나도 웃음을 지으며 자리를 떴다.

'쟁점 동선?' 어렴풋하게 옛날 읽은 그 공책 한 귀퉁이를 채운

글이 생각났다.

　마치 쥐불놀이를 하듯 불을 휘감아 돌릴 때마다 불꽃이 일게 하라는 말이었다. 굴리고 굴린 말이 해처럼 하늘을 뒤덮게 하라는.

　호랑이 잡기는 말 그대로, 처음에는 호랑이 꼬리를 잡듯 쉽게 이야기에 동참하고, 다음에는 등에 올라타 이야기에 참여하고 그 다음에는 목을 잡고 제압하듯 이끌라는 말이었다. 그 뒤에 껍질을 벗겨 잡아먹으라는 말도 함께 있었다.

　다음 말이 더 가관이었다.

　유세술에 호랑이 잡기가 화공이 있었다.

　호랑이 가죽을 벗겨 뒤집어쓰고 호랑이가 되었다가 사람들을 놀라게 한 다음 벗어 던지라는 말이었다.

　그런 비슷한 기법으로 가짜 장갑을 팔아먹은 사내를 기억하고 있다.

　한겨울, 꽉 찬 전철 안에 한 사내가 커다란 가방을 끌고 들어와 서 있기도 힘든 사람들 틈에 자리 잡았다.

　그의 못생긴 얼굴을 보기만 해도 기분이 그런데 어눌한 말투를 꺼내자 '빨리 내리지 않으면 신고할 거야!'라는 말이 나오기 직전 이었다.

　그러나 사내의 말이 시작되자 사람들은 자신의 고통스러운 처지를 잃고 귀를 기울였다.

　"하 참, 제 동료들이 가짜 가죽 장갑을 가지고 진짜라고 말을 했나 봐요. 근데 이거 가짜예요. 나쁜 뜻이 아니라, 말이 그랬나 봅니다. 이거 비닐이에요. 가죽 장갑을 어떻게 천 원에 팔아요. 근데 가죽 장갑만은 못해도 한번 쓰기는 좋아요. 지금 밖에 얼마나 춥습니까? 천 원이에요."

잠깐의 그 말에 나는 지갑에 천 원짜리가 있나 없나 생각을 하고, 살까 말까 그랬는데, 그 복잡한 틈에 벌써 서너 명이 장갑을 사기 위해 사람들을 밀고 손을 내밀었다. 다음 전철역까지 그 친구는 꽤 팔았을 거다.

며칠 전에는 이런 친구도 있었다. 전철에 타자마자 "자 지갑을 여세요. 빨리요. 천 원짜리 한 장이면 토시가 세 개예요. 빨리 가져가세요. 아줌마 빨리 지갑 열어요. 이거 세 개 그냥 가져가세요. 빨리요."

'상언'에 해당하는 말이었다. 사람에게 생각할 틈을 주지 않고 행동을 유발하고 있었다. 단순히 두 단어로 말이다. 지갑을 열고 이거 가져가라. 호랑이 꼬리는 고사하고 아예 호랑이 가죽을 뒤집어쓰고 거침없이 강탈을 해가고 있었다. 그런데 여기저기에서 돈을 꺼내 물건을 사는 것은 뭔가?

지갑을 열라고 했는데 사실은 마음을 열었기 때문에 그가 이끄는 대로 할 수밖에 없었다.

처음에는 말장난이지만 틈을 보이는 순간 마음을 뺏기게 된다.

말에 걸리면 호랑이도 껍질을 빼앗기고 혼까지 털린다. 자신이 지금 무슨 짓을 하는지도 모른 체.

언젠가 아버지가 재밌는 예를 들어주었다.

"처음에는 손을 내밀어 악수를 청하는 거야. 일단 손을 잡으면 상대의 모든 것을 파악해야 한다. 체온, 자신감, 두려움, 재산과 성격까지. 그리고 손을 놓지 말고 당겨서 어깨를 껴안는 거야. 그러면 대충 지금 상태가 구체적으로 나오지. 뒤로 돌아 허리를 잡고 가슴까지 더듬는 거야. 상대가 거절할 틈을 주지 않고 놀아주는 거지. 상대의 양발 사이에 내 발을 넣고 함께 껴안고 넘어져 진창에 굴러 정신을 뺀 다음 일어날 때는 옷을 바꿔 입는 거야. 구두도 바꿔 신고 지갑도 챙기는 거야. 지금 호랑이 잡기의 핵심을 말해 주고 있는 거란다."

불태우기는 또 다른 방법이었다.

사람의 가슴에 응고된 증오를 끌어내 불을 태워 자신의 목적을 이루고자 하는 말법이었다.

옛날 바쿠닌이 어찌나 말을 잘하는지 청중들에게 목을 바치라고 하면 기꺼이 바치길 주저하지 않았다는 말이 있을 정도로 사람을 휘어잡았다.

그 가슴에 들어앉아 있는 불씨만 찾을 수 있다면 살살 입김을 불어 넣기만 해도 어렵지 않게 타오를 수 있다.

최면술같이.

기초적인 손가락 붙이기처럼, 그가 장난이든 호기심이든 살짝 마음만 움직이면, 상대는 이미 아주 날카로운 고리에 걸린 것이다. 사람 속 깊은 곳에 있는 분노와 원한 욕망을 건들 수만 있다면 그를 어디로든 못 갈 곳이 없다.

아버지는 이 화공술인 불태우기는 극약과 같은 방법이라고 말을 하셨다. 사람을 위하는 방법이 아니면 절대로 금기시해야 한다는 주의를 주곤 했다.

유세를 하고자 할 때는 대상을 놓고 두 가지를 분명히 해야 한다고 했다.

상대의 입이 되어줄 때와 상대가 내 입이 되어줄 때로. 능숙하게 되면 내 말이 당신 말이 되고 당신 말이 내 말이 된다고 했나?

당대의 김대중 선생이 말을 좀 할 줄 알았다.

그는 사람들 가슴속에 있는 상처 받은 짐승들을 대충 한 번 보기만 해도 다룰 줄 알았다. 그 짐승을 꺼내 자신이 그 탈을 쓰고 그럴듯하게 연출을 했다. 그다음 각자의 가슴에 자신의 말을 새겨주었다.

"여기까지 하자. 더 기억나지도 않아."

최무혁은 길게 말을 한 다음 안경을 닦으며 술을 한 잔 더 들이켜고 시계를 보았다.

"아저씨 이거 다 진짜예요?"

"진짜가 아니면, 꼭 좋은 말을 해주면 다 듣고 그런 말을 하더라."

"그게 아니라, 어디서 들어본 듯한 말이 많아서 그래요."

"야, 세상이 어떤 세상인데, 김삿갓만 똑똑하고 다른 사람은 다 멍청하냐? 카네기도 있고, 테드에 나오는 숱한 강사들도 있고, 말하는 법으로 먹고사는 사람들이 얼마나 많은데. 다 거기서 거기지, 단지 당시 김삿갓만의 특별한 자기 세계가 있었다는 거지.”

최무혁은 갈수록 복잡해지는 내용에 조금 벅차 보였다.

“원효가 모든 정파의 논쟁을 마무리 짓고자 화쟁론을 펼쳤는데, 거꾸로 생각을 해보면, 그 어떤 논쟁을 해도 자신은 다 극복할 정도의 사상과 화법을 구사할 수 있다, 이런 말이지.”

“그렇죠.”

“아마도 이 글은 화쟁론을 보고 사람 속에서 써먹으면 어찌 될까 싶었던 것이 아닐까 생각이 들어!”

“그게 어디 기록에 쓰여 있었나요?”

“없지. 있으면 그걸 보지, 내가 여기서 말을 하고 늬가 듣고 있겠어? 제자가 그리 써놨으니 그런 줄을 알지.”

“그러네요.”

“이걸 정리해놓고 보니까, 이게 밖으로 나갔다가는 역모로 죽게 생겼거든.”

“왜요?”

“선동으로, 그 정도는 알아야지. 조선 시대에 구름처럼 사람 몰고 다니면 죽어. 더구나 책을 써서 알려져봐. 삼족이 멸하지.”

“이게 그 정도 내용이에요?”

“그 이상이지. 내가 대충 이야기해서 그렇지, 내가 봤을 때 활활 타오르는 거대한 불덩어리가 느껴졌다고 했잖아. 지금도 가슴이 서늘하다. 그걸 문장이라고 했지만, 막상 그걸 감출 수밖에 없었던 거지.”

"야, 그 책 아깝다. 진짜 있었으면 대박인데. 아저씨 진짜 없는 게 맞지요?"

"없다니까. 제자가 불태웠는지."

"그럼 누가 아저씨 말을 믿어요?"

"내가 믿으라고 했냐? 하기 싫다는 걸 어거지로 술 사주고 조르길래 말을 해주는 거지."

"혹시 아저씨 술법 아니세요. 술 얻어 마시려는."

"이 자슥 말하는 거 봐. 늬가 듣기에 그 정도 가치도 없었어?"

"아니, 그게 아닌데, 사실이면 너무 아까워서요."

"다 헛된 거야. 그런 책 있어봐야 사람들 사기만 치지."

"아저씨는 그 책을 다 알면서 왜 이런 일을 하고 사세요?"

"다 알기는, 진짜는 더 있는데 내가 이해하는 수준에서 말을 하는 거야. 그래도 이 정도나마 내가 썰을 풀기 시작하면 날아가던 비행기도 연착시킬 수 있지. 하지만, 뭐 마음이 가지 않는 일에 그렇게 하고 싶지 않다. 김삿갓은 그걸 몰라서 삿갓을 쓰고 평생 살았겠냐?"

"뭐 더 하실 말씀 없으세요?"

"다 했지. 그리고 어디 가서 이런 것 함부로 말하지 마라."

"그럼요. 그래도 뭐 혹시나 빠뜨린 거 없어요?"

"다 됐다니까. 막걸리나 한 병 더 시키자."

김삿갓이 주역 산술을 해보니 북쪽에서 손님이 찾아오는 괘를 얻었다.

화순 야트막한 산골에 안개가 흐르고 고사리가 쑥쑥 자랄 때, 조랑말을 타고 조카라고 자신을 소개한 젊은 사내가 왔다.

갓을 벗고 절을 받는데 그의 청아한 이마에서 자신과 그의 아버지의 얼굴이 스쳐 갔다.

"아버님은 어떠신가?"

"3년 전에 돌아가셨습니다. 생전에 아버님이 부탁하신 일이 있습니다. 차일피일 미루다가 더 늦기 전에 출발했는데 지금에야 왔습니다."

"먼 길을 왔군. 그래, 아버님은 편안히 가셨는가?"

"병환이 있으셨지만, 생전의 마음의 고통에 비하면 별거 아니라고 말씀을 하시곤 했습니다."

"그 말도 전하라고 하셨는가?"

"예."

무릎을 잡은 김삿갓의 손가락뼈가 두드러지면서 가늘게 떨렸다. 코끝에 뜨거운 김이 튀어나오고 끝내 눈가에 눈물이 맺혔다.

조카는 허리에 묶은 보자기를 풀고 그 속에서 조심스럽게 책을 꺼내 바닥에 놓았다.

보지 않아도 '유세언쟁육비결'이라는 것을 알았다.

그날, 고향을 등지기 전날 쏟아지는 비를 맞으며 자신에게 모든 것을 가르친 사촌 형에게 뛰어갔다.

형님은 글을 읽고 있었다.

"형님, 왜 알고 있으면서 말하지 않았습니까?"

문밖에서 김삿갓이 소리를 질렀다.

안쪽에서 대답이 없었다.

처마에서 굵은 물줄기가 떨어져 내려 바닥이 패었다.

어둠이 깊은 방 안에서 사촌 형은 책에서 눈을 떼지 않았다.

"왜 역적의 자식이라고 말하지 않았습니까?"

그 말에 사촌 형은 탁자를 손으로 내리쳤다.

김삿갓은 문을 열고 방 안으로 뛰어 들어갔다.

"형님 왜 역적의 자식이라고 말씀을 하지 않으셨냐구요?"

"네 아버지는 할아버지를 수치로 여기셨다."

부릅뜬 눈으로 소리쳤다.

"사람을 충동질해 죽음에 이르게 했습니다. 아들인 나까지도요."

"어리석은 놈. 아버지가 할아버지를 수치로 여긴 게 역모 때문 이라고 생각하는구나."

"그게 아니면요. 그런 천인공노할 역모의 자식이 나란 말입니 다. 나는 끝났단 말입니다. 차라리 죽으렵니다."

그러자 사촌 형의 커다란 손이 허공으로 올라가 김삿갓을 내리 쳤다.

저고리를 잡고 양쪽으로 찢자 김삿갓 가슴이 드러났다. 형님의 발길에 문이 떨어져 나가고 김삿갓이 마당까지 나가떨어졌다.

"내 아버지의 분노는 할아버지의 역모가 아니라, 역모를 했다고 당당하게 말을 못 한 것을 수치로 여기셨다. 네 아버지에게는 유세의 꿈이 있으셨단 말이다. 하지만, 당신 아버지의 배신으로…. 저잣거리로 나가 사람들의 소리를 들어봐라. 차마 드러내지 못하고 가슴에 삭혀가는 말 한마디라도. 늬 아버지가 무슨 말을 들었는지 한마디라도 들어보란 말이다. 그래도 할 말이 있다면, 내 사죄하마. 하지만 그 한마디를 듣지 못한다면 다시는 내 앞에 나타나지 마라."

말을 마치고 품에서 꺼낸 책 하나를 건넸다.

"네 아버지가 너에게 남긴 책이다."

김삿갓이 얼굴에 흐르는 피를 닦으며 대청마루로 올라가 그 책을 건네받았다.

그 자리에서 김삿갓이 하나씩 읽어보았다.

다 읽고 바닥에 내려놓고 돌아섰다.

"형님이 말하는 사람들의 말을 듣고 왔을 때, 꼭 사죄해야 합니다."

김삿갓은 그 길로 고향을 등졌지만 다시는 사촌 형을 찾지 않았다.

"조카가 먼 길을 왔는데, 편히 쉬게 해줄 집 한 칸 변변치 않으니 형님에게 면목이 없구만."

"괜찮습니다. 아저씨가 이 책을 받아주시는 것만으로도 충분합니다."

"받아야지, 기꺼이. 형님 묘소를 찾거든 동생이 평생 형님과 아버지에게 사죄하며 살았다고 전해주게나."

"예."

조카가 나오자 방문이 닫히고 문 안에서는 흐느끼는 소리가 들렸다.

며칠 후, 김삿갓은 자신의 수명이 얼마 남지 않았음을 짐작했다. 그는 조카에게 받은 책을 다시 정리를 해 좀 더 완전한 책으로 엮었다.

대궐 밖에는 역모도 역적도 없고 오직 민중의 가슴에 깔린 울분과 분노, 생존의 욕구만이 꿈틀댄다는 말을 마지막에 써넣었다.

"아저씨 무슨 사극 보고 하는 말 아니죠?"

"이거 귀한 거야. 김삿갓이 쓴 '유세언쟁육비록', 일명 유세 비법을."

"아저씨 약장수 아니죠? 저기 누가 그러던데요. 왕년에 남도 지방 장터를 누볐다고."

"누, 누가? 어떤 개자식이 그래?"

"조 씨 아저씨가요. 사실이잖아요?"

"아니 이런, 이래서 조선 놈은 뭘 전해주려고 해도 딴말을 해서 안 돼! 너 지금 술값 안 내려고 수 쓰는 거지?"

"에, 아저씨 이거 얼마나 한다고. 뭐 아저씨가 약을 팔든 아니든 다 좋아요. 사실 아저씨 이야기가 그럴듯해요. 그런데 뭐 원본을 보고 한자 섞어가면서 들어야 진짜 신뢰가 갈 텐데. 원본에 필사에다가 기억으로 말하는 것을 믿으라고 하니."

"그래 가짜, 가짜다. 미안하다. 됐냐? 됐어? 소주 한 병 더 마시고 일어나자. 아이 의심이 이리 많아. 여기요!"

오영선은 고개를 갸우뚱하면서 자신이 적어온 글을 정리하며 다시 물었다.

"아저씨 근데요 이 책 핵심이 뭡니까? 말이 왔다 갔다 하니까 좀 헷갈리네요?"

"그게 뭐냐면? 말이라는 것이 말이 아닌, 듣는 사람이 직접 느끼게끔 들려줘야 하는데…."

술병이 하나둘 쌓이고, 밖에는 비가 오기 시작했다.

"사실 이게 워낙 깊은 거야. 내가 말을 대충해서 그렇지. 핵심은 그래, 아버지 말로는 이런 거지. 여기 탁자에 원을 그려봐."

최무혁이 검지로 막걸리를 찍어 탁자에 둥그런 원을 그렸다. 오영선도 최무혁 따라 원을 그렸다.

"자, 천천히 그려봐."

"그러고요."

"무슨 냄새가 안 나니?"

"무슨 냄새요?"

"타는 냄새!"

"왜요?"

"그래? 그럼 들어 올려봐!"

최무혁이 원을 들어 올리는 시늉을 했다.

"어때?"

430

"네?"

"안 뜨거워? 내 손은 녹아내렸는데 네 손을 괜찮은가 보다. 하하하!"

"무슨 말을 하는 거예요?"

"말로 똥을 이야기하면 구린내가 나니 안 나니?"

"그거 불교에서 하는 말 아닙니까? 당연히 안 나죠."

"수행자야 그렇겠지. 불교는 불교고, 일상에서는 냄새가 나야 하는 거야. 지독하게. 태양을 그리면 타오르고 탁자에 불이 붙고, 잡으면 손이 녹아내려야지."

"에이!"

"야, 네가 한 말을 스스로 믿지 않으면 누가 믿나?"

최무혁은 속삭이듯 말을 하고 호탕하게 웃었다.

탁자에 원을 그리다 오영선은 최무혁을 올려 보았다.

"아저씨 이 내용도 책에 나오죠?"

"그게 아니고, 나는 네 스스로 그걸 믿는 것 같다. 내가 아까 말을 했지, 헛것에 집착할수록 근거도 없는 것을 만들어낸다고."

오영선은 자정이 넘도록 책상 앞 컴퓨터 앞에서 팔을 괴고 앉아 있었다.

체한 듯 꽉 막힌 답답함이 가슴을 짓누르고 있었다.

그 책만 있다면, 소설 속 주인공을 수려한 문장으로 그 어떤 독자의 마음도 사로잡을 수 있을 것 같았다.

급기야 비 내리는 신정동 호수공원에 가서 한 시간 넘게 앉아 있었지만 뜨거운 열이 머리까지 올라와 어떻게 할 수가 없었다.

신음하며 주먹을 쥐었다 폈다를 열댓 번을 했다.

나뭇가지를 끊어 나무 바닥에 둥근 원을 수도 없이 그려보았지만, 태양처럼 될 것 같지 않았다.

나뭇가지를 던지고 빗방울 쏟아지는 어두워 보이지 않는 호수를 쳐다보며 한 손을 주머니에 쑤셔 넣고 쇠로 만든 사람처럼 그대로 서서 있었다.

'작가의 힘, 작가의 세계 그리고 작위 된 태양.' 몇 번이고 되뇌었지만, 가슴에 풀리지 않는 문장과 질문들만 쌓일 뿐이다.

아, 하! 오영선은 손톱을 물며 마루에 길게 누워 열이 나는 가슴과 머리를 식히려 했다. 원을 그려 태양을 만들다니?

"빌어먹을! 이야! 으와!"

결국, 벌떡 일어나 건너편 호숫가까지 들리도록 소리를 치고 말았다.

오영선의 목소리가 후두둑 빗방울이 내리는 호숫가에서 멀리 가지 못하고 사라졌다.

얼마나 있었나… 마음이 차분해지자 스마트폰을 들고 쭈그려 앉아 시 하나를 짓고 집을 향해 걸었다.

흡혈귀의 항문

종이에 원을 그린다.
태양이다.
들어 올리자 손이 하얗게 타들어 갔다.

사람과 사람 사이를 느릿하게 걸었다.
체열과 영혼의 부재,
뛰는 심장 차가운 말들
이 숱한 육신들 어쩐단 말인가!

골목을 걷는 한 남성이 스쳤다.
머리칼 하나가 날려 볼에 묻었다.
순간,
온 신경이 곤두서는 순간의 자극을 참지 못하고
뒤로 돌아 동맥에 이빨을 꽂았다.

파닥이는 혈관으로 빨아들이는 극렬한 피는
반항할수록 절정의 한계까지 솟아
정수리를 치고 핏줄이 터져 눈에 피가 흘렀다.

피를 잔뜩 들이켠 후

종이에 원을 그리고

가시 돋친 성기를 꺼내 배정을 한다.

타들어가는 냄새에 고통스러워 울부짖는다.

그렇게 피의 찌꺼기를 배설해야 한다.

흡혈귀에게 항문이 없기에

뱉어낼 항문이.

그저 엉덩이에 그려진 동그라미기에.

홍
인
기

——— 2025

1

　그해 여름, 도시는 예전과는 전혀 다른 기운으로 들끓고 있었
다. 기록에 없는 폭염이 거리를 찜통으로 만들고 높게 치솟은 건
물들과 밀집된 공공시설물에서 뿜어내는 열기가 사람들의 숨통을
조였다. 기상청의 장마 예보도 계속 빗나갔다. 예보대로라면 도시
는 벌써 홍수에 휩쓸려 강이 넘치고 가로수가 물에 잠겨야 했을

것이다. 그러나 하늘은 좀처럼 비구름을 만들지 않았다.

도시 한가운데를 흐르는 강은 오랜 가뭄으로 바닥을 드러낸 채 악취를 뿜어 올렸다. 한때 단정하게 조성되었던 위락시설들(선착장·미니음악당·산책로·축구장 등)이 철거되지 않고 곳곳에서 흉물스럽게 무너져가고 있었다.

KH204^{6}는 강변에 위치한 육십육층 빌딩의 연구실에서 넓은 창을 통해 밖을 내다보았다. 한낮인데도 도시는 부연 대기에 휩싸여 있었다. 어디에도 맑은 햇살 한 줄기 비추지 않고 바람 한 자락 불지 않았다. 하늘과 대기는 오래전부터 회색빛으로 무겁게 도시를 뒤덮고 있었다.

강가 한편에서 오래된 유람선 한 척이 유적처럼 몸을 뉘고 있는데, 그 위를 한 무리의 물새가 날았다. 그 아래로 강을 가로지른 여러 개의 다리가 보였다. 하나, 둘, 셋…, 스물하나. 스물한 개의 다리 중에 열은 철교다. 인근 위성도시를 연결하는 전철에서부터 서쪽 끝 해안 도시와 통하는 바다 선, 그리고 대륙을 거쳐 아프리카나 유럽으로 뻗은 초고속 월드 트레인과 국가에서 운용하는 특별 전용 철길들이다. 그것들은 노선별로 고유의 색을 입고 있어서 여러 색깔의 철교가 마치 강폭을 덮은 무지개처럼 보이기도 했다. 그러나 멀리서 바라보면, 높게 솟은 다리의 아치 철탑들은 대기의 이상고온에 녹아 그 끝이 다리 아래로 휘어져 내린 것처럼 보이고, 물이 흐르지 않는 강 위의 다리들은 이제 거대한 도시의 상처를 꿰맨 수술 자국처럼 흉하다.

KH204⁶는 무표정한 얼굴로 창가에서 몸을 돌렸다. 연구실은 황량한 바깥 풍경에 비해 쾌적했다. 건물의 위쪽 삼층 전부를 사용하는 그의 연구실은 대부분의 공간이 꽤 큰 규모의 인공 숲으로 이루어져 있다. 열대우림지에서 서식하는 수종(樹種)과 지금은 찾아볼 수 없는 재래 침엽수들, 그리고 열매를 생산하는 과수로 분류되어 우거져 있다. 키가 작은 잡목이나 뿌리 식물, 그리고 양서류 따위의 복합 서식 지대도 조성되어 있어서 전체를 보면 마치 큰 산의 숲과 다를 바 없이 조화로웠다. 그리고 숲속 한가운데로 작은 냇물이 흐르고 있는데, 수풀 틈으로 물고기들이 들락거렸다. 규모로 보면 도랑 정도이겠으나 냇물이 연구소의 곳곳을 거쳐 아래 층 대형 수조에 이르면 그 양이 수 톤을 넘는다.

KH204⁶는 예전의 기준으로 보면 사회적으로 대단한 명망을 갖춘 과학자이며, 국가가 운용하는 교육 프로젝트에 의해 일찍부터 육성된 최고 엘리트였다. 차출된 인재가 대부분 중도에서 스러져 갔으나 그는 최종까지 살아남았다. 그뿐 아니라, 지구의 자연생태학을 선도할 목적으로 국가가 입안한 기초 프로그램에서 그는 일찍이 뛰어난 성과를 냈다. 전 지구의 동식물 생태계를 밑뿌리부터 뒤집어놓을 수 있는 세포배열지도를 밝혀내 그것의 무한한 변용의 길을 열었다. 당시 그건 핵의 발명 이후 세계 인류 문명의 향방을 좌우할 만한 엄청난 사건이었다. 과학의 승리였고 미래 인류의 희망으로 평가할 만한 쾌거로 받아들여졌다. 그러나 기초 프로젝트에서 얻은 예상치 않은 성과는 권력이 작동하는 세계에서 언제나 그렇듯이 개인의 몫이 될 수 없었다. 결과물은 곧바로 상위 집단에 이관되어 인간염색체지도를 완성하는 데 이용되었다.

뒤이어 밝혀진 바에 의하면 생태계의 세포배열지도는 그동안 미궁에 빠져 있던 인간 염색체의 마지막 배열 구조와 맞닿아 있던 것이어서 그 효과가 가히 파괴적이었다. 드디어 세계 권력이 자연 생태계와 인간 염색체 배열 구조의 비밀을 장악한 집단에게 넘어갔다. 그것은 수천 년간 균형을 이뤄온 자연과 인간계의 상생 구조를 순식간에 흔들어놓은 결과가 되었고, 인종과 국가 간 분쟁의 형태마저 군사·자본·문화의 대결 구도에서 자본과 과학의 대결 구도로 바뀌게 된 계기가 되었다.

그러나 KH204⁶는 수개월 전 뜻하지 않은 실수로 인해 과학자로서의 직위를 박탈당했다. 그가 얻은 미생물 표본에서 예상치 않은 치명적인 변종 박테리아가 발생하여 국가 중요 프로젝트에 심각한 타격을 입힌 까닭이었다. 하루아침에 그는 인공 공원의 관리자로 쫓겨났다.

KH204⁶는 그때 새롭게 얻은 그의 이름이다. 그의 새로운 이름은 제품의 생산 일자나 성분, 원산지 따위의 정보가 입력되어 있는 바코드 같은 것으로 국가가 그에게 표기한 기호다. 그 안엔 교육 수준이나 출생 국가, 직업, 질병 유무 등의 신분 정보뿐 아니라, 인체의 생물학적 이용가치의 정도까지 입력되어 있다. 그의 업무는 국가에 의해 아주 간단한 영역으로 단순화되었다. 그가 지닌 경험과 지식은 쓸모가 없게 되었다. 그러한 정보는 그에게서 다른 시스템으로 이전되거나 철저히 삭제되었다. 그러므로 그는 국가가 명령하는 대로, 몸의 기억장치가 지시하는 대로 움직였다. 그는 이제 혼자서 달리 할 수 있는 일이 없었다. 다만, 연구소의 인공 숲을 거닐며 매일매일 시시때때로 소멸해가는 자신의 정체감에 대해 혼란스러워할 따름이었다.

KH204⁶는 인공 숲의 물길을 따라가다가 발걸음을 멈췄다. 잿빛 갯벌을 지나 물길이 아래층으로 흘러내리기 직전의 작은 둔덕에 시선이 가닿았기 때문이었다. 그곳은 분명히 얼마 전까지만 해도 아무것도 자라지 않던 황무지였는데, 거기서 무언가 새로운 생명체가 돋고 있었다. 붉고 뾰족한 돌기가 털처럼 수없이 돋아난 작은 식물이었다. KH204⁶는 다가가 두 손을 뻗어 조심스럽게 그것을 채취했다. 익숙한 솜씨처럼 보였다. 그러나 그의 다음 행동은 매우 부자연스러웠다. 마치 차례를 잊어버린 것처럼 동작을 멈추더니 곧이어 채취한 식물을 아무렇게나 바지 주머니에 찔러 넣었다. 그리고 얼마 뒤 그가 떠나자, 경보음이 조용히 연구소 안에 울려 퍼졌다.

2

강은 원래 북동의 산림지대에서 발원하여 중부 평원을 거쳐 도시의 가운데를 지나 서쪽으로 흘렀다. 그러나 반복된 재해로 물은 고갈되었다. 인간과 권력의 무분별한 탐욕이 불러온 환경 재앙이었다. 강의 상류에 건설된 목적 댐에 고인 물은 이미 오래전부터 상수원으로도 부족했다. 전력 생산에도 차질이 생겼다. 하지만 정부는 물 부족 현상을 예측해 오래전부터 전력 생산 시스템을 원자력과 태양에너지로 대체해놓았다. 그리고 국내외 거대 자본이 지하수가 매장되었을 법한 국내의 모든 산과 들을 매입해 물 공장을 세웠다. 시민은 그들이 생산해내는 물에 목숨을 내맡겼다. 물은 생명이고 자본이며 권력이었다. 저소득 빈곤계층은 질병에 시달렸다. 정부가 보내주는 저급수, 세탁이나 화장실용으로 쓰이는 물을 마시고 비위생적인 식품을 먹었다.

권력자들은 자본을 앞세워 산소의 생산권과 소유권도 손에 쥐었다. 좋은 물과 고급 산소를 생산해서 상류 특권층에게 조달했다. 사회는 못 먹는 자와 잘 먹는 층으로 구분됐다. 건강한 자와 병든 자로 갈리고 치료받을 수 있는 자와 의료 혜택과는 철저히 유리된 소외층이 있을 뿐이었다.

극빈층 사람들의 생활은 대부분 암시장을 통해서 이루어졌다. 강변 다리 밑에 자연적으로 형성된 암시장에서 그들은 생필품을 구하고 예방주사액을 사서 가족과 자신의 몸에 찔러 넣었다. 그들에게 비축된 예금이나 신용은 이미 사라진 지 오래되어 몸의 장기를 팔고 매춘을 하고 어린 자식들을 국영 유전자실험연구소의 실험용으로 보냈다. 그들에겐 일터가 없었다. 개인의 능력이 소용없는 시대였다. 산업 현장은 전자기계시스템에 의해 장악된 지 오래

이므로 노동자 계층이 사라진 건 당연한 일이었다. 소수의 독점 특권층에 의해 권력이 연합되고 철저히 세습되었다.

삼십여 년 전에 수도가 대륙 끝 해안으로 이전한 뒤부터 도시의 정체가 모호해지고 있었다. 당시엔 수도권으로 밀려드는 인구의 분산과 국토의 균형 발전을 위해 결정한 일이었으나, 그건 결과적으로 권력자들의 또 다른 음모였음이 드러났다. 수도 이전이라는 프로젝트는 애초부터 시민들의 의지와는 무관한 것이어서 선택되고 차별화된 일부 특수 계층의 조용하고 은밀한 계획으로 이루어졌다. 개발이나 오염으로부터 벗어나 있던 한적한 어느 해안가에 그들은 이전의 것들과는 전혀 다른 새로운 도시를 건설했다. 새로운 세기를 맞아 국가를 유지하고 동족의 무궁한 발전을 위한다는 목적으로 기획된 대역사라는 선전은 거짓이었다. 우선 그 새로운 수도는 철저히 폐쇄적이었다. 특별히 관리되는 자들만이 출입할 수 있었다. 이미 국가는 국민의 성분을 불량민과 상류 우량층으로 나눠놓고 있었기 때문이었다. 그들은 그곳을 요새화했다. 국가 군사력의 거의 전부를 그곳 방위에 투입했다.

모름지기 오늘 국가 간의 국경 개념은 사라진 지 오래이지만, 자본은 국경을 넘어 전 지구를 자유롭게 넘나들었다. 무기를 앞세운 국가 간 영토 분쟁이나 인명 살상의 전쟁은 이미 모습을 감췄다. 전쟁의 개념이 남아 있는 곳이라면, 권력의 유지를 위한 최소한의 방어 구역과 은밀하고 집요하게 계속되는 사회의 불량 인자를 색출하여 처단하는 기업에 존재할 뿐이었다. 사회에서 일체의 저항이라는 문화가 사라졌다. 그건 역사적으로 인류 사회에 오랫동안 기여한 철학과 예술이 사라진 까닭과 맞닿아 있다.

3

철교 위를 다섯 개의 객차를 매단 전동차가 달리고 있다. 노란 색 바탕에 가로로 두 줄의 붉은 선이 길게 그려져 있는 전동차는 도시의 북쪽을 향해 달린다. 전철 안은 한산하고 쾌적하다. 도시의 우량 시민이 탑승하는 M급 객차다.

M-2200^8은 지금 출근 중이다. 강남의 12층 불루빌을 나와 강북의 일터로 가기 위해 전철을 탔다. 그에게 주어진 일이란 그리 대단한 건 아니었다. 특별한 근무 규정이 있는 것도 아니고 임금이 달리 정해져 노동량에 따라 수입이 고정된 것도 아니다. 자신의 뇌에 삽입되어 있는 칩으로 순간순간 명령을 받아 기계적으로 수행하면 되는 일이었다. 사생활이 업무이고 업무가 곧 삶이었다.

우량 계급의 인간들은 사회 열등 불량인과 마찬가지로 자신의 성분이 분류되는 순간 자아를 상실했다. 생명의 신비가 디지털 사이트 맵처럼 확연히 드러난 세상, 그리하여 신의 세계가 까마득하게 멀어진 공간에서 개인은 한낱 물질일 따름이었다. 시공간의 개념 자체가 개인의 세계에서 무화된 거였다. 머리 좋은 지배 권력층은 그 영역을 단번에 장악했다. 우량 계급보다 우위에 위치한 그들은 그러한 카오스를 쾌락의 기본으로 삼았다. 그러므로 그들 외의 인간은 자신이 어느 계층에 속해 있는지 몰랐다. 바야흐로 개인의 욕망이 자취를 감춘 시대였다.

객차 안에서 밖은 보이지 않는다. 창 쪽에 설치된 대형 스크린에선 전자파가 생성되고 있다. 수천 종의 색과 빛이 뒤섞이는 영상과 함께 흘러나오는 그것은 그러나 소리가 없었다. 물론 스크린엔 문자 비슷한 어떤 조형도 보이지 않는다. 시각에 의존하되 눈을 감아도 보이는 영상이었다. 공원과 아파트, 도시 공간 곳곳에서 인간을 감시하던 20세기 조지 오웰의 텔레스크린과는 차원이 다른 시스템이었다. 객차에 탑승한 자들은 아주 평화로웠다. 정신에 그 어떤 상상이나 고통이 틈입할 영역이 없었다. 그들의 움직임은 극히 제한되고 자연스러우며, 불필요한 에너지를 소모하지 않았다.

M-2200[8]은 눈을 감고 있었다. 좌석은 편안했다. 좌석 가까운 곳에 있는 단자로부터 그의 몸에 새로운 명령이 입력되었다. 그날의 작업 내용이었다. 하지만 본인은 정작 그 내용을 인지하지 못한다.

시간이 흘렀다. 그는 몸이 이끄는 대로 강북의 어느 지하 역에 하차했다. 승강장을 빠져나온 그는 모노레일에 몸을 실었다. 모노레일이 움직이자 정확히 삼 초간의 거리를 두고 그의 뒤를 따르는 자가 한 명 동승했다. 모노레일은 지하를 향해 끝도 없이 내려갔다.

오래전 한때 나라의 대통령이 기거하며 집무를 보던 곳의 지하에 요새가 건설되었다. 인체공학을 연구하고 신약을 생산, 비축하는 공장, 글로벌 케이티휴먼공학연구소가 그것이다. 세계자본과 통하고 국가 최고 정치권력과도 결탁한 기업이 운영하고 있다. 처음엔 핵전쟁을 대비하여 비밀리에 축조된 시설이었지만, 핵을 보유한 나라들의 극적인 합의로 핵무기가 폐기된 이후에 그 용도가 바뀐 것이다.

21세기 어느 날 전격적으로 이루어진 핵무기 철폐 국제협의는 환경과 에너지를 위한 핵의 평화적 운용 틀을 만들고 세계 권력의 새로운 구도를 짜는 계기가 되었다. 강대국 정치가와 거대 자본이 협잡해서 만들어낸 작품이었으나, 그땐 과거에 없던 지혜로운 선택이라고 세계가 환호했다. 겉으로 보기엔 분명히 그랬다. 그러나 그러한 결정의 이면엔 다른 배경이 숨어 있었다. 국가 간 전쟁이 없어도 이젠 정치력만 가지고도 세계를 지배할 수 있는 법을 획득했기 때문이었다. 다름 아닌 자본의 힘이었다. 정치가들은 자본과의 단단한 결탁이 손쉽게 세계를 지배하는 가공할 무기인 것을 깨달았다. 세계의 골칫거리였던 몇 나라의 핵 문제를 해결한 사례를 보면 확연히 알 수 있는 일이었다. 대부분 핵무장을 통해 자신의 부실한 권력 기반을 유지하던 그들에게 세계의 거대 자본은 입맛이 확 당기는 당근을 내밀었다. 세계 경영의 한 축을 과감히 그들에게 나누어준 것이다. 일종의 분업 경영 측면에서 그것은 거부할 수 없는 당근이었다. 세계가 필요로 하는 물자를 생산하는 독점 설비를 그들에게 무상으로 제공했다. 불안에 떨던 독재자들은 의심스러웠으나 워낙 귀가 솔깃한 제안이었으므로 수락했다. 핵무기로 위협해서 얻는 권력보다 세계 공동체 마당에 나가 자신이 생산한 물건을 팔고 얻어내는 부야말로 영원히 대를 물려 누릴 수 있는 진정한 권력이었던 것이었다. 그들은 핵무기를 폐기하고 전쟁과 실권의 공포에서 해방되었다. 그것은 자본가들에게도 충분히 매력 있는 합의였다. 군수산업으로 권력을 누리던 자본가들의 변신도 그다지 어려운 일은 아니었다. 21세기 마지막 전장이었던 중동과 동아시아에 핵 폐기 조건으로 제공된 설비의 건설과 그곳에서 생산되는 물자의 세계 판매권을 군수산업가에게 분배했기 때문이었다. 바야흐로 마르크스가 깜짝 놀라 무덤에서 일어날 사태이고, 자본가를 포함한 세계 지배권력 계급의 대혁명이었다.

이 모든 것이 인간의 정신과 육체를 개조하는 프로젝트와 동시적으로 실행되었다. 그들은 인간에게서 상상적 능력을 말살하고, 언어를 떼어냈다. 세계 초권력층의 음모적인 연합이었다. 사회문화적으로 인간은 언어적 구성물이며 이데올로기적 산물인데, 그들은 동종의 어느 계층을 임의적으로 분리하여 순식간에 끝장냈다. 그들은 그들의 적대적 인간군에게 죽음보다 못한 종말을 도모했다. 끔찍한 신인간의 탄생이었다.

모노레일을 타고 글로벌 케이티휴먼공학연구소 지하 공장에 들어선 M-2200[8]과 사내는 그들에게 명령된 작업을 수행하기 위해 각자의 구역으로 갔다. 작업장으로 가는 과정에서 그들은 이미 에어 세척을 하고 옷을 갈아입었다. 그들이 하는 일은 생명이 다한 인간의 육체를 해체하여 부위별로 잘라내는 일이었다.

너른 공간에 위치한 컨베이어벨트 위에는 죽은 육체들이 놓여 있었다. 지난밤 동아시아 지역 곳곳에서 수거해 배송해온 시체들이다. 모든 공정이 자동화되어 있으므로 그것들은 일차로 세척과 소독을 마친 상태였다. 컨베이어벨트가 설치된 가운데 공간을 사이에 두고 크게 빙 둘러 작업 부스가 이어져 있는데, 컨베이어벨트가 움직여 시체가 그 앞에 도착하면 해체 및 적취기구들이 자동으로 목적한 부위를 적출해냈다. 동아시아 지역에 하나뿐인 이 공장은 인체재활용 프로젝트에 의해 유전자 연구와 신약 개발을 하고 생산된 물자를 세계에 독점으로 공급했다.

M-2200^{8}과 사내가 들어간 부스에서는 뇌수를 적출했다. 이미 이전 과정에서 살의 가죽이 벗겨져 시뻘건 고깃덩이로 변한 시체의 두개골을 작고 날카로운 전기톱으로 가르고 정확하게 목표물을 집어냈다. 대뇌와 소뇌, 뇌구와 간뇌, 뇌하수체와 변지체, 뇌교와 중뇌를 분리했다. 시체가 놓인 컨베이어벨트 가장자리에 패인 홈으로 핏물이 고여 흘렀다. 적출된 장기는 따로 포장되어 다른 부스로 옮겨졌다. 간단한 버튼만으로 완료되는 작업이었다. 전 과정이 자동화되어 마지막 살과 뼈가 분리되면 남는 것은 혈액과 수분인데, 그마저도 화학 처리를 거쳐 재사용되었다. 부위별로 성분을 분해하여 신약과 영양제를 만들고 엑기스를 추출하여 가공, 비

축했다. 인간의 인간 사용이었다.

M-2200^{8}은 부스 안에서 자신의 뇌에 저장된 명령과 기계의 신호에 따라 작업을 수행했다. 작업의 내용이 특별히 숙련을 요하는 것이 아니었으므로 그따위 일에 무슨 연유로 인간이 필요한 것인지 모호했다. 뒤따라온 사내를 보면 더욱 의심스러웠다. 그가 하는 일이란 한 발짝 물러서서 M-2200^{8}이 하는 일을 바라볼 뿐이기 때문이었다. 그들 사이엔 어떤 소통도, 협동도 없었다. 마치 존재하지 않는 것처럼 서로가 무관심했다. 인간과 인간의 커뮤니케이션 구조가 사라진 탓이며, 통로가 존재하지 않았기 때문이다. 기계, 혹은 명령자와의 교통 시그널만 열려 있을 뿐, 닫힌 세계였다. 존재하며 부재한 것이고, 부재하면서 조종되는 삶이었다.

인간 사용을 주도하는 자들은 생명 유지의 비밀을 동족의 몸에서 밝혀냈다. 불과 한 세기 전에 일이었다. 선진 강대국들로부터 경쟁적으로 시작된 비밀스런 연구는 결과적으로 인간의 사악함의 확인과 가책 없는 실천으로 이어졌다. 마침내 인간이 섭취하는 영양이나 식품마저도 동족인 인간의 육체에서 얻게 되는 악마적 시대를 개척했다. 인간의 육체야말로 곡물의 생산과 식품 가공의 번거로움을 일거에 해결한 자원이었다. 자연의 무분별한 파괴로 인한 환경의 위기가 그로 인해 얼마간 개선의 여지가 생겼으며, 인체 면역체계의 이상이나 자연 생태계의 문제도 적정한 수준에서 복원과 균형을 유지할 수 있었다. 인간의 인간을 위한 또 하나의 혁명이었다.

그러나 지구환경의 문제는 첨단 과학의 힘으로도 어쩌지 못하는 면이 있었다. 실험과 모험을 통해, 지구뿐 아니라 우주 공간의 정보도 꾸준히 확보하고 예측해내는 능력을 갖추고도 한계는 엄연히 존재했다. 계속되는 지구의 재해는 현대를 위협하는 경고였다. 빈번히 발생하는 서남아시아 지역과 중남미 일대를 휩쓰는 엄청난 위력의 해일도 그와 같은 경우였다. 태평양 한가운데 바다 밑에서 일어난 지진으로 인해 생긴 물결이 연안 국가들의 영토를 삽시간에 삼켰다. 수만의 인간이 수장되고 도시가 쑥밭이 되었다.

그 후로 지구과학자들이 나서서 국가연합 재난예측기구를 구성하긴 했으나 단지 국지적 경보시스템 네트워크를 구축했을 뿐이었다. 그러나 오존층의 파괴로 인한 지구온난화 현상으로 집중호우와 이상 한파 그리고 해수면 상승 등의 기상이변은 불안을 점점 가속시켰다. 더욱이 신종 바이러스가 창궐하여 인간의 면역체계를 끊임없이 위협했다. 그래서 권력자들은 특별한 프로젝트를 가동하기 시작했다. 자신들의 부와 권력을 안정적이고 계속적으로 유지하고 종래엔 더 안전한 환경을 확보하기 위한 기획이었다. 19세기 파리혁명 이후 삼백여 년간 자본주의를 진화, 발전시켜 온 그들의 전략은 잔인하고 치밀했다. 이름하여 그 첫째가 인간 사육 프로젝트였고, 그다음이 지구의 수명을 예측한 우주 이동 계획이었다.

초권력 지배층의 건강한 생을 존속하기 위해선 특별한 인간군을 사육해야만 했다. 특별한 인간군, 불량인은 프로그램에 의해 사육되고 개체수를 유지해야 했다.

4

　L-4035[4]는 그늘도 없는 폭염 아래에서 꽤 오랜 시간을 서 있었다. 열흘에 하루 정도 내리쬐는 햇볕이었다. 검고 긴 머리칼이 그녀의 짙게 탄 어깨 위에서 흐늘거렸다. 짧은 홑치마만 꿰고 있는 반나체의 그녀는 갈비뼈가 드러나 보이는 앙상한 몸으로 그 자리에서 오랫동안 움직이지 않았다. 머리카락 밑으로 드러난 살갗은 상처 입은 생선의 비늘처럼 곳곳이 부풀고 파였는데, 양쪽 가슴에 바짝 말라붙은 젖의 새까만 꼭지가 무슨 표지처럼 달라붙어 있었다.

　시간이 지나자 그녀는 한 손을 움직여 조금씩 자신의 음부를 더듬기 시작했다. 마치 잊어버린 몸의 기억을 추적하는 신경증적 운동이거나 상실한 여성성에 관한 회한의 퍼포먼스라면 어울릴 조용한 움직임이었다. 무언가 갈구하는 듯하나, 그렇다고 어떤 목적을 가진 몸짓으로 보이지도 않았다. 다만 어디론가 보내는 신호처럼 보였다.

　그녀가 머물고 있는 곳은 강의 제13다리와 제4철교 사이의 공터였다. 그곳은 강둑을 끼고 들어선 암시장이 있고, 조금 떨어져 다리의 교각 사이로 허름한 움막이 밀집해 있는 곳이었다. 암시장은 밤이 되어야 거래가 이루어지므로 그 시간은 조용했다. 강둑에 듬성듬성 자란 나뭇가시풀에서 독한 향이 풍겼다.

L-4035[4], 그녀는 불량인이다. 그곳에 기거하는 모두는 같은 부류들이다. 그들도 우량 성분의 사람들처럼 정부에 의해 통제받고 관리되었다. 그러나 거기엔 차이가 있었다. 지배자가 아닌, 우량층의 인간이 완전한 무자아 인격체인 것에 비해 불량인에겐 약간의 개인적 욕망이 남아 있었다. 그렇다고 그것이 상상력이나 쾌락을 추구하는 능력을 일컫는 것은 아니었다. 아주 약간의 생존 본능, 배고픔이나 성욕을 충동하는 미약한 인자만이 운동하는 프로그램이 그들에게 내장되어 있었다. 자살을 꿈꾸거나 폭력을 추동하는 인자는 철저히 삭제된, 고도의 정치적 전략이 깔린, 계획된 탈자아 프로그램이었다. 그것은 그들에게 그들만의 세계를 제공했다. 상류층을 위협하지 않고도 존재하는 세계에서 그들은 그것의 한정된 욕망에 따라 음식을 섭취하고 섹스 상대를 찾아 몸을 움직였다. 그리고 아이를 잉태했다. 그러나 그것은 가족을 구성하거나 좀 더 나은 환경을 획득하기 위한 욕망이 아니었다. 프로그램된 몸이 요구하는 대로 실천하는 기계적인 운동일 뿐이었다.

정부는 한때 국가의 존립을 위해 출산 장려 정책을 운용한 적이 있었다. 사회가 사이버 디지털 시대로 빠르게 진입할 무렵 국가 패러다임에 심각한 위기가 왔기 때문이었다. 개인주의가 사회 전반에 독버섯처럼 번져 국가를 구성하는 최대 주체인 인력의 출산이 정지되었던 것이다. 그래서 정부는 예산을 긴급 투입해 성인

남녀에게 의무적으로 출산을 명령했다. 그러나 십 년도 되지 않아 그 정책은 자연스럽게 폐지되었다. 그동안 공공연하게 추진되었던 인간 복제 기술이 뜻하지 않은 대성공을 거두었기 때문이었다. 너무나 쉽고 빠르게 대체 인간을 배양해 전쟁과 산업 현장에 투입할 수 있었던 것이다. 뿐만 아니라, 복제인간의 능력을 용도에 따라 자유자재로 조절할 수 있는 기술이 개발되어 그야말로 세계는 일대 혁명을 맞았다. 그러나 그건 동물 배양 형식의 기술이 아니었다. 인공 배양은 매스미디어를 통제하고 일련의 대중 불안 심리를 제압하기 위한 고도의 정치술일 뿐이었다. 그들이 개발한 것은 인간의 이성을 조종할 수 있는 전자 칩이었다. 그들은 인간에게 그 칩을 주입하기 위해 제일 먼저 온갖 장르의 예술을 사회에서 추방했다. 그러기 위해서 그들은 강력한 마취 기능이 내장된 전자 게임을 국민에게 배포했다. 이미 국가를 초월해서 구축된 세계적 전자 시스템 소프트웨어를 통한 보급이었다. 세계민이 열광했다. 어떠한 마약 성분보다 강력한 그것은 순식간에 남녀노소 가리지 않고 인간의 이성을 마비시켰다. 예술은 너무나 간단하게 인간 세계에서 사라졌다. 그다음 단계인 전자 칩을 뇌에 삽입하는 것은 더 쉬운 일이었다. 경험된 판타지는 육체에 기호를 새기는 것과 다르지 않았다. 살과 뼈를 뚫고 뇌세포와 신경조직에 전자 셀을 심는 것은 또 다른 형식의 개인 완성이며 세계와의 통합이었다. 그 일련의 과정이 조종자들에 의해 용의주도하게 이루어졌다.

인간의 사유를 오랫동안 지배하던 예술과 철학, 그리고 종교와 교육은 그렇게 인간에게서 영원히 떠났다. 자아뿐 아니라, 사회적 성찰이 불가능한 독특한 개체의 탄생이었다. 스스로 생각하고 결정하는 상상적 능력의 상실은 결국 목적한 부류의 인간을 하등의 동물이나 식물보다도 못한 개체로 전락시켰다. 자본과 권력이 이미 음모적으로 하나인 세계에서 이질적 인간 계층은 더 이상 함께 할 가치가 없었다. 치밀한 계산에 의한 효용 가치만 일정 부분 남아 있을 따름이므로 그때그때 필요에 의해 사용될 뿐이었다. 권력이 있는 곳에 저항이 있다,라는 20세기 푸코의 언명이나 숱한 문화 이론이 허무하게 종적을 감추는 순간이었다.

해가 강 건너 육십육층 M-라이프 빌딩 위를 넘어 서쪽으로 기울 무렵, 오래된 전자악기에서 나는 비트음 같은 소음을 동반한 육중한 물체가 L-4035[4]가 서 있는 공터 위에 날아와 멈췄다. 회색빛을 띤 그 물체는 크기에 비해 움직임이 날렵하여 약간의 소음이 없다면 어느 순간에 나타났는지 모를 지경이었다. 근처를 서성이던 자들이 그 주위로 다가왔다. 곧이어 공중에 뜬 육중한 물체의 하부로부터 여러 가지 물품이 담긴 그물 꾸러미가 땅으로 내려졌다. 물과 밀봉 포장된 식료품, 그리고 면역항생제 따위의 약품이 들어 있는 꾸러미였다. 그물의 한쪽 코가 열리고 물건들이 바닥으로 쏟아지자, 하늘에 뜬 물체는 그곳을 떠났다. 사람들은 아주 느릿한 움직임으로 필요한 물건을 필요한 만큼씩만 가지고 흩어졌다. 서두르거나 욕심을 부리는 자가 없으므로 혼잡하지 않았다. 질서와는 또 다른 형태의 문화였다. 그러나 물건은 모자랐다. 군중의 일 할은 빈손이었다. L-4035[4] 역시 그곳에 누구보다도 앞서 자리하고 있었지만, 손에 잡은 게 없었다. 그러나 그들은 동요하지 않았다. 어떤 실망이나 불만의 표정도 보이지 않았다.

서쪽 하늘이 붉었다. 거리엔 땅거미가 깔렸다. 교각에 설치된 데코 라이트에 전원이 들어오고 가로등과 강의 양편으로 늘어선 주거용 아파트 창에 불이 밝혀졌다. 자동차들이 전조등을 더듬이처럼 세우고 도로를 질주했다.

L-4035[4]는 그 뒤로도 한동안 그 자리에 머물러 있었다. 그동안 누구도 그녀에게 접근하지 않았다. 사위가 어두워지고 공터 한쪽에 좌판이 들어서자, 이윽고 그녀는 몸을 움직여 무거운 걸음걸이로 제13다리 교각 아래 움막으로 갔다. 폐허로 변한 인근 상가에서 선반이나 문틀 따위의 폐자재를 가져다 만든 집이었다. 21세기 초에 건설되었다는 자동차 전용 다리는 오랜 기간 보수와 보강 작업을 거쳐 지금까지 사용되고 있었다.

문이랄 수 없는 거적을 들추고 좁고 어두운 움막 안으로 들어가 그녀는 간이침대에 누웠다. 호흡이 가쁘고 자외선에 노출되었던 살갗이 부풀어 올랐다. 등과 허벅지 아래 부위의 살점이 침대의 낡은 매트리스에 닿아 쓸렸다. 그러나 통증은 없었다. 그녀는 머리맡으로 손을 뻗어 더듬거리다가 작은 유리 캡슐과 주사기를 찾아 쥐었다. 그리고 캡슐의 꼭지를 꺾어 액을 주사기에 흡입시킨 후 자신의 팔뚝에 찔러 넣었다. 그런 다음 눈을 감았다. 다리를 통과하는 자동차들의 소음과 진동이 움막을 흔들었다. 거적문 틈으로 200미터 정도 떨어진 제4철교 교각에 걸린 점멸등 불빛이 스며들었다. 움막 바닥에서 뒹굴고 있는 빈 물병과 캔이 빛을 받아 번쩍였다.

뒤이어 움막 안으로 남루한 옷차림의 사내 하나가 들어왔다. 사내는 들고 온 2리터 물병 하나와 가공 포장된 보조 식품 캔과 푸딩이 든 검은 비닐 봉투를 침대 옆에 놓았다. 사내는 옷을 벗고 침대 위로 올라가서 L-4035⁴의 치마를 걷어 올리고 음부에 입을 맞췄다. 익숙하고 자연스러우며 거침없는 행동이었다. 혀로 여자의 질구에 침을 바르고 두 손으로 허리를 들어올렸다. 그리고 자신의 성기를 그녀의 몸속으로 밀어 넣었다. 퀴퀴한 사내의 몸 냄새가 움막 안에 퍼졌다.

5

KH204⁶는 도시에 어둠이 내릴 무렵 연구소를 나와 출근 때와 다르지 않게 전철을 타고 귀가했다. 그러나 그는 다음날 잠에서 깨어나지 않았다. 그는 집을 찾아온 시체 운반 회사의 직원들에 의해 발견되었다. 그들은 KH204⁶의 아파트 입구부터 독한 소독약을 뿌리며 올라왔는데, 죄다 시체 같은 모습을 하고 있었다. 그들이 시체를 가지고 사라지자, KH204⁶의 방과 욕실 바닥에서 이름을 알 수 없는 식물이 빽빽이 자라기 시작했다. 붉고 뾰족한 돌기가 털처럼 수없이 솟아난 작은 식물이었다.

M-2200⁸이 케이티 휴먼공학연구소 제3공장에서 일과를 마치고 귀가한 시간은 오후 네시였다. 그의 집은 비교적 시설이 잘 갖춰져 있는 독신 빌라였다. 그러나 그는 무엇이 편리하고 어떤 것이 즐거운 일인지 느끼지 못했다. 단지 명령을 수신하고 이행하는 몸의 기억만이 존재할 뿐이었다.

M-2200⁸은 문 앞에 도착해 잠깐 멈춰 섰다. 발밑에서 무언가 큼직한 생물체를 발견했기 때문이었다. 얼핏 보니, 흡사 사람의 창자처럼 보였다. 몸에 남아 있는 기억 탓일까. 그는 인간의 장기를 적출해내듯이 자연스럽게 그것을 집어 들었다. 미끈거리는 감촉도 몸에 아주 익은 것이었다. 구불하고 길쭉하며 차가운 것이 죽은 인간의 창자를 만질 때와 다르지 않았다. 그러나 그것이 세차게 한 번 요동을 치더니 그의 손을 빠져나갔다. 놈은 꿈틀거리며 바닥을 기었다.

다시 살펴보니 그놈은 이미 몸의 일부가 출입문 틈으로 들어가 있었다. 밖으로 드러난 모양만 보아도 몸의 길이가 대단해 보였다. 머리와 꼬리 부분이 구별이 되지 않아 안으로 들어가는 것인지 밖으로 빠져나오는지 도대체 알 수 없었다. M-2200⁸은 동작을 멈추고 그놈을 바라보았다. 그러나 그는 더 이상 다른 행동을 하지 않고 출입문에 부착되어 있는 홍채 감식기에 오른쪽 눈을 갖다 대었다. 그러자 센서에서 뿜어져 나온 작은 빛이 그의 눈동자를 훑고 지나갔다. 그러나 그뿐이었다. 문은 열리지 않았다.

시간이 얼마간 흐른 뒤에 문이 덜컥, 소리를 내며 안쪽으로부터 열렸다. 그 바람에 문틈에 끼여 있던 거대한 생물체가 반 토막으로 잘리며 문 안에서 다른 자의 얼굴이 나타났다. 케이티 휴먼공학연구소 제3공장에서 함께 있던 사내였다.

탁, 탁, 탁….

그때 건물의 저 아래 통로로부터 계단을 오르는 둔탁한 발짝 소리가 벽을 타고 올라왔다. 사내는 문을 급히 닫았고, M-2200^{8}은 문밖에서 토막난 생물체가 서로 다른 방향으로 꿈틀거리며 기어가는 것을 오래도록 바라보았다.

탁, 탁, 탁….

───── 뒤집기
한판

1

초상집에서는 전혀 어울릴 법하지 않은 씨름 이야기는 고인이 한때 날렸던 씨름꾼이었기 때문에 비롯된 것이었다. 고인은 문상 객들인 주안북초등학교 23기 씨름부원들과는 코치와 선수로서 인연이 닿고 있었으며 상주인 봉균과는 매부 처남 관계였다.

"홍만이하고 태현이는 씨름판을 배신한 놈들이다."

"돈에 환장한 자슥들이다. 천하장사 출신이라면 명예롭게 씨름판을 지켜야 했다."

"맞다, 쳐 죽일 놈들이다."

"아니다, 시골 늙은이들이나 찾는 씨름판 잘 떠났다. 되지도 않는 거 붙들고 늘어져봤자 빈 뒤주에서 쌀 나오겠냐."

"니들이 말만 씨름부였지 언제 제대로 운동이라도 한번 했냐? 자슥들아, 씨름은 주둥이로 하는 게 아니다. 강호동이 발가락만 따라갔어도 내 말은 않는다."

좌중에서 유일하게 씨름부 출신이 아닌 길용이 아니꼽다는 투로 말하자 문상객이 뜸한 틈을 타서 술자리에 낀 상주 봉균과 단지 소싯적 씨름부 주장였다는 이유로 친목회 회장을 떠맡고 있는 대환을 비롯한 7명의 씨름부 동창생들은 일제히 쾌다리적은 눈길을 길용에게 던졌다.

'7인의 사무라이'도 아니고 '황야의 7인'도 아닌 북 초등학교 '7인의 씨름부원'들에게 씨름은 곧 즐거움이자 삶이었던 관계로 누구든 섣불리 씨름에 대해 희떠운 토라도 달면 이구동성으로 악패듯 몰아세웠다. 이들에게 씨름은 소주보다 달았던 것으로 2002년 한일 월드컵 때, 안정환이 이탈리아를 상대로 역전골을 넣어 각처에서 수백만 인파가 소란을 떠는 그 순간에도 공원 잔디밭에서 술에 취한 채 서로 엉켜 씨름판을 벌였다. 자기들끼리 돌아가며 한판 붙는 것으로도 성이 차지 않아 가족 동반 야유회에 가서는 싫다는 아이들을 억지로 붙여놓고 씨름을 시켰다. 아이들이 나자빠지고 무릎이 깨지고 혀를 깨물고 울고불고 난리 법석을 떨고 마누라들이 애 잡겠다고 불평을 늘어놓아도 막무가내일 만큼 씨름광들이었던 이들에게 길용이 토를 달고 나섰으니 이들은 당장이라도 길용을 쳐 죽일 기세였다.

"인마, 주안하고도 북쪽에 있다 해서 북초등학교 씨름부로 말할 것 같으면….."

"야, 또 그 씨름 타령이냐, 그 잘난 애길랑 이젠 귓구멍에 못이 박힐 지경이다."

"시끄럽다. 들어봐라!"

2

1979년 초여름 어느 날 한낮, 주안북초등학교 아이들은 어찌된 영문인지 모른 채 운동장에 끌려 나와 반별로 줄을 맞춰 도열했다. 흰색 운동복 윗도리와 아랫도리를 입고 빨간 모자를 눌러쓴 체육주임 김치복 선생은 백로나 황새와 같은 도도한 자태로 구령대 위에 버티고 서서 야생돼지 목을 따는 소리로 "줄 똑바로 못 맞춰!" 하고 악을 써댔다. 새로 부임한 교장은 '9회 동창회 기증'이라는 빛바랜 글씨가 찍힌 차양 아래서 철제 의자에 몸을 파묻고 회한에 젖은 듯 명상에 잠겨 있었다. 교감, 교무주임, 학생주임은 마치 애새끼들 하나 제대로 잡지 못하고 시방 뭐 하냐는 투의 칙

살맞은 눈짓을 김치복 선생에게 연방 보내며 끌탕을 했다. 체육주임은 마침내 최후의 결단을 내렸다.

그 결단이란 이렇다. 우선 고만고만한 놈을 하나 골라 구령대 위로 불러낸다. 고만고만하다는 것에는 나름대로 규칙이 있었다. 일단 4학년 아래의 조무래기들은 제외다. 육성회 자녀들도 열외였다. 불가사의하게도 무지막지해 보이는 체육주임은 각 반마다 열 명 씩이나 되는 육성회원 자녀들을 빠짐없이 기억하고 있었다. 따라서 김치복 체육주임이 북초등학교로 전근해 온 이후로 전체 조회나 사열식에서 육성회원 자녀들이 구령대 위로 끌려 올라왔다는 기록은 전무했다.

체육주임의 주특기는 두 가지였다. 고만고만한 아이의 양쪽 귀때기를 잡아 몸뚱이를 들어 올려 허공에서 파리채 흔들듯 휘돌리다가 땅바닥에 패대기치는 것과 발길질로 걷어차 구령대 저 멀리로 날려버리는 것이다. 컨디션에 따라 연속 동작인 휘돌려 발길질이라는 고난도의 기술을 보여주기도 했다. 그런데 불가사의하게도 열 손가락으로 일일이 꼽기에도 벅찬 수많은 아이들이 구령대 아래로 내동댕이쳐졌지만 입때껏 세상을 하직하거나 중환자실에 입원했다는 기록은 없었다. 물론 이를 나무라는 교장 이하 교직원 일동도 없었고 이를 따지러 학교에 쳐들어간 고만고만한 학부모도 없었다.

"너, 그래 너 인마, 이리 튀어나와!"

체육주임은 점심시간 무렵 콧구멍을 후비고도 씻지 않았을 것으로 추측되는 검지를 봉균과 석호에게 겨누었다. 먼저 석호가 체육주임의 발길질 한 방에 구령대 아래 까마득한 흙바닥에 넉장거리로 나가떨어졌다. 평소보다 예사롭지 않은 발차기였다. 연이어 체육주임의 앞차기였는지 옆차기였는지 모를 발차기가 봉균의 가슴팍으로 날아들었다. 봉균은 허공에 떠올랐다. 푸른 하늘을 배경으로 체육주임을 닮은 솜구름이 보였다. 플라타너스가 거꾸로 서서 가지를 흔들고 이내 운동장 흙바닥을 보았다. 언젠가 봉균에게 깐죽거리다가 봉균의 주먹 한방에 쌍코피가 터진 북초등학교 육성회 고남철 회장의 막내아들 길용을 비롯해 봉균과는 원한 살 일이라곤 눈곱만큼도 없는 몇몇 성명 불상의 아이들이 봉균이 보기 좋게 나자빠지길 고대했다. 그러나 봉균은 공중제비를 한 바퀴 돌고 두 발로 꼿꼿이 바닥에 착지해 그들을 적잖이 실망시켰다. 봉균 자신도 놀란 공중제비 돌기에 박수를 보낸 아이들이 있었는지는 확인할 길이 없으나 곳곳에서 탄성이 터져 나왔던 것만큼은 분명했다. 훗날 대환은 "김치복 선생의 전대미문의 발차기에 나가떨어지고도 봉균이와 석호가 식물인간이나 반신불수가 되지 않았던 것은 학교 터 닦을 때 출몰한 용을 삽으로 찍어 죽여 소풍날에는 반드시 비가 온다는 전설 그다음 페이지에 기록될 만한 문학적 역사적 가치가 충분히 있는 일이다"라고 회상했다.

대충 운동장이 정리되고 교장이 구령대 위로 등장했다. 빰빠밤 빰 빠암 빰빠밤 하는 북초등학교의 자랑이자 각종 자질구레한 행사 때마다 약방의 감초 격으로 빠지는 일이 결단코 없었던 밴드부의 각진 팡파르 소리와 함께. 밴드도 있겠다 십팔번이라도 멋지게 한 곡 뽑아 올릴 것처럼 등장한 품새와 달리 교장은 마이크를 붙들고 신세타령을 늘어놓기 시작했다.

"본인은 북초등학교에 부임하기 전, 전통의 명문 중앙초등학교를 맡았습니다. 중앙 학생들은 공부도 잘했고 학부모들의 학교에 대한 우국충정, 애정도 대단했습니다. 그런데 오늘날 여기에 와보니 뭔가 맥 풀린 듯하고 육성회 활동도 뜨뜻미지근하고. 술에 물 탄 듯 물에 술 탄 듯하다 이 말입니다. 비록 본인이 중앙을 떠나 북초등학교로 부임하게 되었지만서도 양교 학생 모두가 친자식 친손자 같다는 생각은 일편단심 변치 않습니다만, 어쨌건 제군들은 각 방면에서 중앙 학생들 보다는 반드시 앞서 나가야 한다는 것이 제 식견이올시다."

나중에 알려진 사실이지만 교장은 중앙초등학교에서 쫓겨난 것이었다고 했다. 중앙에 문교부장관 이하 휘하 일행이 불시 시찰(당시에는 각 방면에서 불시 검문 불시 점검이 유행이었다)을 나와 중앙 학생들의 도시락 뚜껑을 깠는데, 당시 일종의 특수 목적 초등학교였던 중앙의 부잣집 도련님들과 공주님들의 도시락에는 그 흔해 빠진 보리알 한 톨 찾을 수 없는 흰 쌀밥뿐이었기 때문이란 것이다. 그것은 보릿고개를 몸소 경험하고 우매한 백성들의 건강을 염려하신 끝에 나라를 구하려는 애국 충정과 민족중흥의 역사적 사명으로 '혼분식' 정책을 직접 입안하신 각하의 뜻을 비록 본의는 아니었지만 어쨌든 정면으로 거스른 대역죄에 해당하는 것이기도 했다. 각하의 뜻이 법이고 법이 곧 각하의 뜻인 시절, 각하의 뜻을 다하지 못한 교장이 중앙에서 북으로 밀려난 것은 지극히 당연한 일이었으며 입이 열 개라도 할 말이 없는 일이었다.

교장의 훈시는 체력은 국력이라며 가을에 열리는 소년체육대회 지역 예선에서 북초등학교가 강력한 종합우승 후보인 중앙을 기필코 제치고 우승해야 한다는 것으로 결론지어졌다.

교장의 일장 훈시가 끝나자 흰색 체육복을 입고 흰색 운동모자를 쓰고 흰색 운동화를 신은 교직원 일동이 구령대 좌우로 도열했고 빨간 모자로 체육주임이라는 것을 티내고 있는 김치복 선생이 결연한 표정으로 올라섰다. 김치복 선생의 진두지휘 아래 젊은 축에 드는 남선생들이 각종 운동 종목을 하나씩 떠맡았고 소년체육대회 지역 예선에 참가할 북초등학교의 대표선수들이 선발됐다.

먼저 육성회원 자녀들을 주축으로 야구부와 테니스부가 만들어졌다. 야구는 인기 종목이었으므로 대다수 북초등학교의 아이들은 야구부원으로 뽑혀 나간 아이들을 동경 어린 눈으로 쳐다보았다. 키가 크고 걸때가 좋은 아이들은 축구부로 뽑혀 나갔고 체육주임은 직접 육상부원들을 선발했다. 전에 없었던 배구부, 농구부, 송구부, 탁구부, 수영부, 체조부도 만들어졌다. 말만한 처녀 같은 여학생들은 여자 종목이 없는 야구부와 축구부를 뺀 각 종목에 선수로 뽑혀 나갔다. 선생들은 아이들의 키를 가늠해보고, 입을 벌려 치아 수를 세어보고, 혀를 뽑아 혓바닥에 백태는 끼지 않았는지, 눈꺼풀을 까뒤집어 흰자위에 황달기는 없는지를 살펴보며 소장수가 소 고르듯 개장수가 개 고르듯 호들갑을 떨었다.

한바탕 소동이 일었지만, 눈 깜짝할 사이에 운동부 십여 개가 새로 만들어졌으니 북초등학교 교장의 능력과 지도력, 추진력은 탁월하다고밖에 달리 표현할 수 없었다. 또한 휘하 선생들도 맹장 아래 약졸 없다는 옛말처럼 출중했던 셈이었다.

불가사의한 일이 많았던 그날 오후, 북초등학교의 씨름부는 가장 마지막에 만들어졌다. 조용필이 불멸의 히트곡 '창밖의 여자'와 '단발머리'로 화려한 컴백을 하기 직전이었으니 '조용필은 나중에 나온다'는 쇼 프로그로램 편성 철칙을 알 리 없었겠지만 어쨌든 '7인의 씨름부'는 씨름과는 꿈속에서라도 인연이 없어 보이고 병색이 완연했던 마 선생이 직접 간택한 선수들로 창단됐던 것이다. 알토란 같아 뵈는 애들은 이미 육상, 축구, 배구, 농구부 등속으로 빠져 나갔으니 남은 애들이라곤 마 선생만큼이나 영양 상태가 의심스러운 약골뿐이었음은 당연한 결과였다. 개중에 쓸 만하다고 여겨 모은 애들이 바로 봉균, 대환, 병훈, 석호, 기준, 재남, 성삼 7명의 소년들이었다. 소년들은 걸때가 하나같이 도토리 키 재기 모양으로 고만고만했고 씨름에서 가장 중요하다 할 수 있는 고기 근수도 또래들보다 밑으로 처졌다. 더군다나 재남이와 성삼이는 누가 보더라도 피골이 상봉하고 있는 국가대표급 약골들이었다. 소년들은 서로를 거울삼아 보니 정녕 자신들이 북초등학교를 대표하는 씨름부원들이라는 사실이 믿어지지 않았다. 기준이는 훗날 한국 코미디계의 전설 고 이주일 선생의 슬랩스틱 코미디 같았던 불가사의했던 그날을 "소 팔러 가는데 개 따라간다는 말이 있는데 우리가 꼭 그 꼴이었다"고 술회했다.

3

이튿날, 북초등학교 운동장은 태릉선수촌을 옮겨놓은 듯했다. 모래주머니를 장딴지에 친친 감고 뛰는 녀석, 제 몸뚱이 두 배는 됨직한 화물차 타이어를 묶은 밧줄을 목에 걸고 차력사처럼 운동 장을 도는 녀석 등등 진풍경이 운동장에 펼쳐졌다. 좁아터진 운동 장에 운동부원들이 독립만세 부르듯 몰려나와 훈련을 한다며 떼 거지로 박신거리다 보니 북초등학교 야구부 부동의 8번 타자 길 용이 두 눈을 질끈 감고 방망이를 휘둘러 때린 야구공이 축구부 주장 공만의 가랑이 사이의 중요한 부위를 아슬아슬하게 지나가 고, 공만이 축구 골대를 향해 냅다 내지른 똥볼이 농구 골대 림 안 으로 빨려 들어가는 진기 명기도 연출됐다. 운동부 담당 선생들도 선수들 못지않게 열정적이었다. 수업이 끝나면 체육복으로 갈아 입고 목이 째져라 선수들을 지도했고 누가 시킨 것도 아닌데 휴일 을 자진 반납했다. 그러나 북초등학교 선수들이 언제 운동을 제대 로 해봤겠는가. 아이들은 나름대로 용을 쓰고 있었지만 나사가 한 두 개 빠진 듯 어수룩하고 얼떠 보였다. 아이들의 그림자가 오뉴 월 쇠불알 처지듯 늘어지는 해 질 녘이 되면 선수들은 땀과 흙먼지로 반죽이 된 채로 꼼짝할 기력마저 상실했다. 그러나 사정을 모를 리 없는 교장은 뒷짐을 진 채 고개를 좌우로 흔들며 가진 오만상을 찌푸렸다. 결국 교장이 운동부 담당 선생들에게 이 따위로 하려거든 당장 때려 잡수라고 닦달을 했는지는 밝혀진 바 없지만 어느 때부턴가 "몽둥이가 약"이라는 말이 대의명분을 얻게 되고 곧 실행됐다.

이와 달리 씨름부의 훈련은 만고강산 무사안일 복지부동 천하태평였다. 다른 종목의 선수들이 본격적인 훈련에 돌입할 때쯤 되어서야 씨름부 감독 마 선생은 무릎과 엉덩이 부분이 반질반질 광이 나고 몸에 착 달라붙는 감색 쫄쫄이 추리닝 차림으로 나타났다. 그가 감독으로서 소년들에게 가르쳐준 것이라곤 숨쉬기운동으로 시작해 숨쉬기운동으로 끝나는 국민체조였다.

"운동이라 카믄 준비운동이 젤로 중요한 기라. 기계에 지름칠을 지대로 안 하면 부품이 뻔질러져 몬 쓰게 되듯이 우리 몸도 똑같다 아이가."

경상도 황룡산 깊디깊은 골짜기가 마주 보이는 산마루에 위풍도 당당히 수만 년을 버티고 서 있었다는 '불뚝 바위'의 정기를 받고 태어났다고 스스로 주장한 바 있는 마 선생은 국민체조 동작을 직접 시범을 보였는데 허리 운동 대목에선 허리를 뒤로 한껏 젖히고 배를 내밀자 쫄쫄이 추리닝 바지 그곳으로 '그 무엇이' 불뚝 바위가 되어 솟아올라 민망하기 짝이 없었다. 그해 크리스토퍼 리브가 주인공으로 나온 SF영화 '슈퍼맨'이 인기를 끌었고, 빨간 빤스는 여성용이라는 상식을 뒤엎은 슈퍼맨의 빨간 팬티 패션이 던져준 문화적 충격에서 벗어날 즈음 팬티는 속옷이라는 고정관념을 깨고 팬티를 바지 위로 덧입었던 슈퍼맨의 해괴망측한 패션에 대한 논쟁이 새롭게 일었던 적이 있었는데 씨름부 소년들은 마 선생의 쫄쫄이 추리닝을 통해 슈퍼맨의 그 독특한 패션이 뜻하는 바를 짐작할 수 있었다. 바로 쫄쫄이를 입을 때는 '그 무엇'을 살짝 가려줘야만 한다는 것을.

　그냥저냥 국민체조를 끝내고 나면 마 선생은 "운동장 스무 바퀴 돌고 씨름장 가서 대충 맘 맞는 노마들끼리 붙잡고 씨름하기라. 줄 똑바로 맞추고." 하고 교실로 돌아가서는 함흥차사였다. 어느 날이었던가, 석호가 "선생님, 씨름은 언제 가르쳐주실랍니까?" 하고 묻자 마 선생은 "기초 체력이 젤로 중요한 기라. 씨름이라 카믄 체력, 쟁신력, 기술이 삼위일체가 돼야 한다. 삼위일체라고 니들이 알기나 아나" 하고 되레 큰소리였다.

　소년들은 마 선생이 씨름에 대해 일면 지식이라도 있는지 배리배리한 걸때로 씨름이란 것을 과연 해보기는 했는지 의심의 눈길을 던졌다. 어쨌든 소년들은 마 선생이 사라지면 요령껏 훈련을 하고 훈련 시간의 거지반을 플라타너스 그늘 아래서 농땡이를 쳤다. 물론 이런 호시절도 한때였다.

　"뭣들 하는 녀석들이냐?"

　잡초 풀대를 잘근잘근 씹으며 그늘 아래서 무료한 오후를 보내고 있던 봉균과 점심시간에 남긴 도시락 찬밥 한 덩어리를 이제

막 목구멍 안으로 넘기던 석호, 야구부의 연습 광경을 넋을 빼놓고 처다보던 대환을 비롯한 7명의 씨름부원들은 교장의 갑작스런 출몰과 '뭣들 하는 녀석들이냐'라는 교장의 실존적 질문 앞에 당황해 돌부처처럼 입을 다물었다.

"뭐 하는 녀석들이냐니까!"

"씨이름부운데요" 하고 대환이 대답을 하는 찰나에 소년들 중 가장 먼저 재남이는 요령껏 튀어야 살 길이라는 생각을 했고 나머지 소년들의 머릿속에도 줄행랑을 놓아야 한다는 생각이 촌각을 다퉜다.

"씨름부라… 감독 선생님은 시방 어디 계시냐?"

"사모님이 편찮으시다고 방금 전에 가셨는데요."

대환은 딴에는 감독을 생각해서 둘러댔던 것인데 교장은 퉁방울눈을 부라렸다.

"갔다고? 감독은 누구시냐?"

또 다른 실존적 질문이 허기와 뙤약볕에 지친 아이들의 머리를 어지럽게 했다.

"마상득 서언생님이신데요. 육학년 구반 담임선생님이신."

"마 선생이라?"

뜻밖에도 교장은 직분을 망각하고 자리를 비운 마 선생을 결코 비난하지 않았다. 소년들을 나무라지도 않았다. 교장은 인자했고 말이 없었다. 뒷짐을 진 채 하늘을 멍하게 처다보며 한숨을 내쉬는 교장의 처량하기 짝이 없는 모습에서 소년들은 은퇴를 앞둔 노인만이 지닌 고독에 공감하지 않을 수 없었다. 그래서 송구스러움으로 몸 둘 바를 몰랐고 그의 높은 덕망과 아량을 칭송까지 했다.

그러나 순진했던 그들의 생각은 다음 날 오후 마 선생을 대면했을 때 여지없이 깨졌다.

마 선생은 "교장 선생님께 쎄바닥을 함부로 놀린 놈이 누꼬? 이 문둥이 자슥들아, 너덜보고 운동하랬지 나자빠져서 도시락이나 까먹으라 캤나? 그리고 자빠질라 카믄 방구석에서나 디비져 자빠지지 왜 학교에 남아갖고 욕을 먹이노. 니들 고따위로 할라 카믄 씨름이고 뭐고 당장 때려치기라!" 하고 소리를 질렀다.

소년들은 대꾸를 하지 않았지만 왜 씨름을 해야만 하는 건지 오히려 묻고 싶었다. 산에 왜 오르냐는 질문에 누군가는 거기 산이 있기 때문이라고 말한 것처럼 소년들은 북초등학교에 씨름부가 존재하고 있기 때문에 누군가는 그것을 꼭 해야만 하는 것이라 믿고 있었다.

4

종합우승을 이뤄내기 위해 선생들과 선수들뿐만 아니라 학부모들까지 총동원령이 내려졌다. 누가 꺼내놓은 아이디어였는지 모르지만 육성회를 주축으로 북초등학교 체육진흥회라는 후원 조직이 만들어졌는데 각 운동부에서 먹고살 만한 집 아이들의 먹고살

만한 부모들이 체육진흥회의 회원으로 선출됐다. 그러나 씨름부 소년들의 부모들은 대개가 하루 벌어 하루 먹고 사는, 먹고살 만한 것과는 일평생을 담을 치고 살았으므로 씨름부에서는 체육진흥회 회원이 나올 턱이 없었다. 체육진흥회의 등장으로 북초등학교 운동부의 모양새도 그럴싸해졌다. 선수들은 형형색색 멋들어진 유니폼을 맞춰 입었고 운동에 필요한 장비도 갖춰졌다.

반면 씨름부 소년들에게는 당장 갈아입을 속옷도 부족한 판에 유니폼이란 것은 언감생심이었다. 유니폼은커녕 씨름에 꼭 필요한 샅바 살 돈을 부모들에게 타내는 것도 어려운 일이었다. 소년들은 학교 체육복 반바지와 빨래판을 연상시키는 갈빗대가 드러난 벗어부친 웃통을 유니폼으로 결정했다. 하나같이 찢어지게 가난했던 소년들은 이를 만장일치로 정했다. 그렇지만 샅바는 씨름에서 없어서는 안 될 물건이었기 때문에 그들은 샅바를 사달라고 부모를 보챘다. 샅바는 체육사에서 따로 파는 것은 아니었다. 포목점에서 싸구려 광목천 세 마 반을 끊어 끄트머리에 올가미 같은 구멍을 만들어 묶으면 샅바가 되는 것이었다. 그러나 그마저도 부모들은 선뜻 사주려고 하지 않았다. 한동안 소년들은 줄 끊어진 거문고 신세로 샅바 없이 운동을 했다. 어쨌든 소년들은 우여곡절을 겪은 끝에 광목을 끊어 샅바를 마련했으나 광목천을 끊을 돈이 없었던 병훈은 "이불 홑청이라도 뜯어오기라"라는 마 감독의 말을 좇아 반닫이 위에 고이 모셔진 이불을 꺼내 홑청을 뜯어내 샅바를 만들었다. 이불 홑청이 졸지에 뜯겨 사라지자 병훈의 모친은 다음이 방망이를 꺼내 들었다. 먼저 아들 병훈을 섣달 그믐날 떡 치듯 두들겨 팼고 반닫이 안에 구겨놓았던 홑청을 풀을 다시 먹이고 다듬이질했다. 다듬이질하다가 팔뚝이 아프면 병훈을 불러다가 다시 팼다.

체육진흥회 부모들은 하루가 멀다 하고 빵과 음료수를 박스 채 싸 들고 학교 운동장을 찾았다. 이들이 가져온 빵과 음료수는 선수들에게 전달됐고 북초등학교 체육 발전과 더 나아가서는 대한민국 유소년 체육 발전을 위해 살신성인 불철주야 노력하는 선생들과 코치들에게도 전해졌다. 이상하게도 당시에는 소풍이나 운동회 때마다 어머니들이 자식의 스승에게 커피가 담긴 보온병을 들고 찾아와 커피를 대접하는 것이 유행이었던 시절이었다. 체육진흥회 어머니들도 예외는 아니었다. 어머니들은 미제 보온병에 미제 맥스웰 커피와 백설표 설탕을 황금비율로 타서 만든 냉커피를 담아와 운동부 담당 선생과 코치에게 직접 대접했다. 체육진흥회 회원이 단 한 명도 없는 씨름부 소년들은 다른 운동부 아이들의 호화로운 성찬과 얌전한 매무새로 냉커피를 컵에 따라 선생에게 양손으로 극진히 받들어 바치는, 명필 한석봉 선생 모친의 뺨을 때릴 정도로 자식 사랑이 지극정성인 운동부 어머니들의 치맛바람을 숙연한 모습으로 지켜보아야 했다. 그해 여름, 소년들의 벗은 살결이 뙤약볕에서 새까맣게 타들어가는 만큼이나 그들의 속마음도 까맣게 멍이 들어갔다.

대회가 가까워올수록 훈련 시간은 늘었고 운동부 아이들에겐 수업을 빼먹는 특권이 주어졌다. 선수들의 기량 향상을 위해 대회 전까지 아이들을 지도할 전문 코치들도 고용됐다. 코치들의 수고비를 체육진흥회와 육성회 학부모들이 각출해 댔음은 물론이다. 씨름부에는 당연히 코치 같은 것은 존재하지 않았다. 그런데 개똥밭에도 햇볕 들 날 있다고 천덕꾸러기 같은 씨름부에도 코치가 나타났다.

키는 크지 않았지만 다부진 어깨를 가진 청년, 훗날 봉균의 누나 봉자와 살림을 차려 봉균의 매부가 되는 강남구였다. 남구는 학생들은 응당 봉이어야 한다는 요지부동의 교육철학을 갖고 있는 응당 백기봉 이사장이 자신의 호 '응당'의 앞 글자와 이름 '봉' 자를 따서 설립한 응봉공고 건축과 2학년이라고 했다. 원래 벌써 졸업을 했어야 하는데 개인 사정으로 2년을 쉬었다고 했다. 마 선생 말에 따르면 그는 이미 중학생 시절에 날고 긴다는 씨름꾼들이 출전한 주민씨름대회에서 상대방들을 모두 내다 꽂고 장사를 차지했다고 했다. 마 선생은 강남구 코치가 피치 못할 사정으로 씨름을 중단했지만 주안 일대에서 그의 이름 석 자를 모르면 간첩이라는 소리가 있었다고 했다.

"내 대신 강 코치님이 씨름을 가르쳐줄 끼다. 꾀부리지 말고 코치님 말씀 잘 따라야 칸다"라는 말을 남긴 채 마 감독은 일선에서 물러났다.

"앞으로 코치님이라고 부르지 말고 형님이라 불러라. 너희들은 씨름을 하기에는 체구가 조금 작다. 하지만 씨름은 힘과 덩치로 하는 게 아니다. 씨름은 상대방의 힘을 이용하는 것이다. 그러니 자신감을 가지고 운동을 하면 좋은 성적을 낼 수 있을 것이다."

소년들은 그가 날리던 장사급 씨름 선수였다는 것이 곧이곧대로 믿겨지지 않았다. 텔레비전에서 본 장사들이란 홍현우나 이준희, 이봉걸 같은 거구의 사나이들이었기 때문이다. 강남구 코치는 씨름 선수라 하기에는 자그맣고 왜소했다. 작고 왜소한 만큼 소년들의 불신감도 컸다. 하지만 곧 강남구 코치의 숨겨진 진면목을 볼 수 있었다.

북초등학교 씨름부가 모래판에서 웃통을 까고 훈련에 여념이 없었던 어느 날, 학교 운동장에서 예비군 소집 훈련이 열렸다. 소집 훈련이란 것이 출석부에 도장 찍어 상부로 보내는 것이니만큼 운동장에 모인 어제의 용사들은 딱히 할 일이 없이 모래판 주변으로 몰려들어 소년들의 씨름을 구경했다.

예비군들은 "씨름이란 건 고렇게 하는 게 아니다", "인마, 똥자루라도 넘기겠냐", "누구한테 씨름 배웠는지 몰라도 배삼룡이 개다리춤 추는 것도 아니고, 정말 웃긴다" 하고 미주알고주알 참견을 했다. 씨름장 한편에서 이를 지켜보던 강남구 코치는 듣다 보다 못해 "쓸데없는 참견 말고 할 일 없으면 집에 가서 사모님 품에 안기시지" 하고 통을 놓았다.

"어참, 거 말하는 본새 좀 보소, 어린 형씨는 뭐요?"

예비군복 상의 단추를 풀어헤친 사내가 떡판처럼 벌어진 가슴을 내밀고 당장이라도 달려들 듯 말했다.

"형님이면 형님이지 어린 형씨는 뭐야!"

바닥에 엉덩이를 깔고 앉았던 남구도 고무공처럼 튀어 오르며 대꾸했다.

"어따 대고 반말야!"

떡판 가슴을 가진 사내가 주먹을 치켜들며 달려들 기세였다. 남구도 맞받아칠 기세로 앞으로 한발 내딛었다.

"코치님, 참으세요" 하고 씨름부 소년 누군가 말하자 모인 사내들 중 나잇살이 좀 더 먹었음직한 사내가 "이보라우 고만하세. 보아하니 젊은 친구는 씨름부 선생 같은데. 주먹다짐할 게 아니라 씨름으로 겨뤄보는 게 어떤가?"

"좋습니다. 얼마든지 씨름으로 붙어봅시다. 저야 여기 모인 형님들 어느 누구와 붙어도 자신이 있으니까. 막걸리 값 내기라도 합시다."

싸움판으로 번질 뻔한 씨름판은 제자리를 찾았고 남구는 어제의 용사들 중에서 선발된 헌걸찬 걸때를 가진 사내 일곱 명과 차례로 붙게 됐다. 떡판 가슴을 가진 사내가 먼저 나섰고 남구와 사내는 모래판 한가운데에서 서로 어깨를 맞대고 샅바를 두른 오른다리와 왼 허리를 맞잡고 맞섰다. 좀 전에 싸움을 말렸던 나잇살 먹어 보이는 사내가 심판을 자청했다. 심판이 경기 시작을 알리며 남구와 사내의 등을 동시에 손바닥으로 내리치자 떡판 가슴의 사내가 남구를 무 뽑듯 번쩍 뽑아 올렸고 남구는 사내의 가슴팍으로 끌려 올라가는가 싶더니 사내의 체중이 치우친 왼쪽으로 몸을 틀고 왼발을 내딛어 상대를 모래판 바닥에 뿌리쳤다. 눈 깜짝할 사이에 벌어진 일이었다. 우와, 하는 탄성이 터져 나왔다. 왼 잡치기였다. 계속해서 다섯 명의 사내들이 시작과 동시에 나가떨어졌다. 남구는 상대방의 치우친 무게중심과 힘을 이용해 끌어당기듯 하다가 밀어붙이고, 끌려가듯 하다가 끌어당기며, 양쪽 어깨로 상대를 밀치기도 하고 달려드는 상대를 그대로 맞받아 일순간 몸을 내빼며, 손으로 상대의 앞뒤 왼 오른 무릎을 치고 미는 현란한 손기술로 가볍게 상대를 주저앉혔다. 손동작과 어깨 동작, 몸과 발의 움직임, 중심 이동이 찰나적 순간에 이뤄지고 바람을 부르는 변화무쌍한 수법이었다. 상대가 하나씩 쓰러질 때마다 모래판에서 먼지가 피어올랐고 구경꾼들 사이에서 감탄사와 우레와 같은 박수가 터져 나왔다. 어느새 씨름판 주변은 어른 아이 예비군 할 것 없는 군중으로 벽을 둘러치게 됐고 문구점 주인과 쌀집 아저씨 등 북초등학교 앞에서 장사를 하는 사람들이 재밌는 씨름판이 벌어졌다는 소식을 듣고 군중들 사이로 비집고 들어왔다. 남구는 씨름판 한가운데에서 유아독존의 기세로 버티고 서 있었다. 마지막에 나온 상대는 남구보다 머리통 하나는 더 크고 허벅지 두께가 남구의 허리 두께보다 굵은 거구의 사내였다. 거구의 사내는 결코 서둘지 않았다. 그는 침착했고 씨름의 문외한이 아니었다. 그도 씨름판에서 꽤나 잔뼈가 굵었음직한 유연한 움직을 보였다. 그는 결코 남구를 얕보지 않았으며 어느 한쪽으로 중심을 흐트러뜨리지 않았다. 오히려 남구의 중심과 힘의 이동을 세밀히 관찰하며 틈을 엿보고 있었다. 거구의 사내와 남구는 서로 어깨를 맞댄 채 숨을 골랐다. 그것은 평온한 휴식 같아 보였지만 두 사내들은 숨을 한 번 내쉬고 뱉는 것이 바윗덩이를 들었다 놓는 것만큼 힘에 겨웠다. 군중들은 숨을 죽인 채 거구의 사내와 남구의 대결에 눈을 모았다. 군중들도 이번 판은 결코 흔히 볼 수 없는 최고 수준의 고수들끼리의 대결임을 직감하고 있었다. 시간이 지날수록 체중이 적고 체구가 작은 쪽이 불리하기 마련이었다. 서로 맞대고 있다지만 무거운 쪽이 체중을 실어 밀고 누르는 형국이 돼 작은 쪽은 점점 힘이 빠지기 마련이다. 힘이 빠지면 호흡이 흐트러지고 호흡이 흐트러지면 중심을 잃게 된다. 남구와 사내 모두 그런 것을 알고 있었다. 공격을 할 것인가 이대로 기회를 엿봐야 할 것인가 결정을 내려야 했다. 순간 남구는 상대의 가슴 밑으로 파고들며 오금당기기 자세를 잡았다. 그러자 거구의 사내는 기다렸다는 듯이 오른발을 뒤로 뻗어 빼며 가슴과 배로 남구의 머리와 어깨를 짓눌렀다. 찍어 누르려는 모양이었다. 남구의 양 무릎이 안으로 꺾였다. 그의 엉덩이는 거의 모래바닥에 닿을 듯했다. 이대로 주저앉는 건가. 씨름부 소년들은 아, 하고 비탄 어린 한숨을 내쉬었다. 순간 남구는 상대방의 찍어 누르는 힘을 어깨 너머로 받아 흘렸다. 상대 왼쪽 허리샅바를 붙잡고 있던 오른손을 빼 안쪽 오른 무릎을 손으로 쳐올렸다. 그리고 얏, 하는 기합소리와 함께 꺾인 무릎과 허리를 튕겨 세우며 상대방을 허공으로 치켜 올렸다. 거구의 사내는 공중에서 다이빙하듯 모래판으로 거꾸러졌다. 땅을 흔드는 함성과 박수가 동시에 터져 나왔다. 훗날 천하장사 이만기가 이준희, 이봉걸, 홍현욱을 쓰러뜨리고 모래판을 평정했을 때 주특기로 삼았던 뒤집기였다. 어제의 용사들은 돈을 추렴해 막걸리 값을 남구에게 내놓으며 "대단하다. 저 청년이 체구는 짤딸막하고 비리비리해 보이는데 타고난 장사다. 이준희나 홍현욱이 떼로 덤벼도 못 이기겠다"하고 말했다. 구경꾼들 중 몇몇이 씨름 팬을 자청하며 막걸리 값 몇 푼씩을 더 내놓았다. 남구는 봉균과 석호를 시켜 시장에 가서 막걸리 한 말을 받아오게 하고 두부 한 판을 사오게 했다. 남는 돈으로는 씨름부 소년들이 먹을 빵과 음료수를 사오도록 시켰다. 씨름장 주변으로 사람들이 둘러앉아 막걸리 한 잔씩을 돌려 먹고 날두부 한 점을 안주로 먹었다. "시원하다!", "좋다!", "정말, 재밌는 경기였다" 하는 탄성이 여기저기서 터져 나오고 "지역 씨름 대표로 추석맞이 장사 선발대회에 내보내야 한다"는 소리가 흘러나왔다. 씨름부 소년들은 훈련을 시작하고 처음으로 빵과 우유, 콜라를 먹을 수 있었다.

"그런데 왜 저런 장사가 조무래기들 씨름판에서 썩고 있는지 모르겠네."

"글쎄, 이상하네 그려."

"좌우지간, 좋은 구경도 하고 공술도 먹고. 오늘은 임도 보고 뽕도 땄네 그려. 하하."

사실 남구는 봉균의 누나 봉자를 짝사랑하고 있었다. 봉자는 낮에는 등산용 천막을 만드는 봉제공장에서 미싱 일을 하고 밤에는 여상 야간학부에 다니고 있었다. 봉자가 남구를 만난 건 교회 청년회에서였다. 일찍이 공장 생활을 하다가 늦게 야간학교에 들어간 봉자는 남구와 동갑이었다. 신도 수가 적은 가난한 교회다 보니 봉자와 남구는 자주 만나게 됐다. 교회 청년회에서 멀리 강촌으로 야유회를 갔을 때 청년들끼리 씨름 시합이 벌어졌는데 남구는 단연 돋보였었다. 그날 저녁 봉자는 남구에게 동생 봉균 얘기를 꺼냈다. 막냇동생이 씨름부에 들었는데 씨름을 가르쳐주는 선생님이 없다는 사실도 얘기했다. 그러자 남구가 자신이 아이들에게 운동을 가르치겠다고 나섰던 것이다. 다음 날 남구는 씨름부 감독 마 선생을 찾아가 자신이 씨름부 코치를 하겠다고 제안했다. 물론 수고비 따위는 받지 않겠다고 했다. 마 감독이 남구의 제안을 선뜻 받아들였음은 물론이다.

남구는 소년들에게 바깥다리걸기, 안다리걸기, 덧걸이, 호미걸이, 잡치기, 배지기, 뒷무릎치기, 앞무릎치기 등의 씨름 기술을 가르쳐주었다. 당장 시합이 코앞에 다가왔으므로 그는 소년들이 가장 잘할 수 있는 기술 한두 가지를 집중적으로 가르쳤다. 7명의 씨름부원 중 힘이 세고 덩치가 큰 편이었던 대환에게는 배지기와 안다리걸기 등의 기술을 가르쳤고 몸이 날랜 편인 봉균과 석호에게는 뒤집기와 뒷무릎치기, 앞무릎치기 따위의 손기술을 가르쳐줬다. 남구의 지도 덕분에 씨름부 소년들의 실력은 나날이 몰라보게 달라졌다. 남구는 소년들의 실전 경기 감각을 살려주고 자기보다 덩치가 큰 상대와 싸워도 주눅이 들지 않기 위해 씨름부 소년들보다 머리통 하나가 더 키가 큰 육상부와 축구부 아이들을 불러 씨름부 소년들과 씨름을 붙였다. 기술은 없고 힘만 앞세우는 육상부와 축구부 아이들은 씨름부 소년들에게 힘 한번 못 쓰고 나가떨어졌다. 체력을 기르기 위해 운동장을 도는 것 대신에 문학산을 뛰어오르게도 했다. 씨름부 소년들은 자신들의 달라진 능력에 반신반의하면서도 강한 자신감이 혈액 속에 녹아들고 있음을 느낄 수 있었다.

소년들에게 그해 여름은 그렇게 훌쩍 지나갔다. 샅바를 잡은 손에 물집이 생기고 못이 박이는 일이 몇 번인가 되풀이됐다. 몸에도 근력이 제법 붙었다. 가을 문턱에 들어서고 대회가 임박할 즈음 그들은 예전의 깡말랐던 소년들이 결코 아니었다. 소년들은 산을 뽑고 돌이라도 쩝쩝 씹을 기세였다.

드디어 소년들은 대회에 출전하게 됐다. 마 감독과 강남구 코치를 앞세우고 7인의 씨름부 소년들은 위풍도 당당하게 대회가 열리는 부평서초등학교에 가기 위해 부평행 1번 버스에 올랐다. 차 안에서 마 감독은 소년들에게 우승하면 불고기를 사주겠다고 약속했다. 하지만 불고기를 얻어먹기엔 대진 운이 없었다. 북초등학교는 대회 개막전 첫 경기에 출전하게 됐고 씨름부 역사상 첫 상대로 붙은 팀이 바로 학교명조차 만만찮아 보이는 전년도 우승팀 만석초등학교였다.

씨름판 주변으로 새카맣게 모여든 구경꾼들과 대한씨름협회 인천 지사인지 지회인지 하는 곳의 관계자들 앞에서 경기를 하는 것이 처음인 소년들은 입도 얼고 몸도 얼어 있었다. 첫 출전자로 나선 병훈이는 기술 한번 부리지 못하고 판을 빼앗겼다. 모래판에 엉덩방아를 찧고선 똥 누다 퍼더버리고 앉은 꼴로 마 감독과 강 코치를 쳐다보았다. 두 번째, 세 번째로 나선 석호와 기준도 모래판을 나뒹굴었다. 팀의 에이스 대환이도 패해 고개를 떨군 채 자리로 돌아왔다. 상대팀 진영에서는 환호성이 터져 나왔다. 승부가 이미 판가름 났기 때문이었다. 고등학생들이나 성인들의 씨름 단체전에선 내리 네 판을 내주면 경기가 끝나지만 초등학생 경기라서 그랬는지 아니면 북초등학교 씨름부가 단 한 판이라도 이길 수 있기를 바랐는지 심판은 경기를 끝까지 진행했다. 그러나 북초등학교 씨름부는 한 판도 따내지 못한 채 치욕스런 패배를 맛봐야 했다. 봉균은 자신의 주특기인 뒤집기 기술을 쓸 새도 없이 심판의 호각 소리가 울리는 것과 동시에 모래판에 쓰러졌고 성삼과 재남이도 삐이익 하는 호각 소리의 잔향이 끝나기도 전에 추풍낙엽처럼 쓰러졌다. 경기 결과 7대 0이었다. 다시 버스를 타고 학교로 돌아오는 길이 멀게만 느껴졌다. 마 감독은 학교 앞 중국집에서 자장면을 사줬다. 우승은커녕 단 한 경기도 이기지 못했기 때문에 자장면도 감지덕지였다. 중국집에서 소년들은 치질 앓는 고양이 모양 고개를 숙인 채 굳게 입을 다물고 있었다. 자장면이 나왔다. 달걀 프라이가 얹어진 간자장이었으나 소년들은 씨름판에서 힘 한번 제대로 못 쓰고 장승처럼 얼어붙었던 것처럼 자장면이 불어 터지도록 감히 입에 음식을 대지 못했다. 아니, 젓가락 들 힘도 없었다. 하지만 어찌 됐거나 시간은 흘러갔고 자장면 그릇은 깨끗이 비워졌다. 음식을 남기면 안 된다는 교육을 받은 터라 소년들은 설거지를 한 것처럼 반들반들하게 그릇을 비웠다. 학교로 돌아오고 나서야 소년들에게 패배가 현실로 다가왔다. 북초등학교 육성회 고 회장의 막내이자 5학년 3반 반장이며 야구부 부동의 8번 타자라는 긴 직함을 갖고 있는 길용이가 "어떻게 됐냐? 졌지? 몇 대 몇으로 졌냐?"하고 깐죽거렸다. 대답 대신 누군가 먼저 훌쩍이기 시작했다. 이어 소년들은 내남없이 닭똥 같은 눈물을 쏟으며 통곡했다.

"너희들이 실력이 부족해서 진 것은 아니다. 많은 사람 앞에서 경기를 처음 해보는 거라 몸이 얼었던 것이다. 모든 일이란 실력도 실력이지만 정신력이 중요하다. 어떤 상대와 맞서도 반드시 이길 수 있다는 자신감이 있어야 몸에 익은 실력이 제대로 나오는 것이다. 단지 자신감이 부족했기 때문에 진 것이다."

강남구 코치는 소년들의 등을 다독거려주며 위로의 말을 건넸다. 그러자 소년들은 더 큰 소리로 울어댔다. 남구는 소년들을 학교 앞 구멍가게로 데려가 '부라보콘'을 소년들 손에 쥐어줬다. 소년들은 아이스크림 껍질을 벗기면서도 눈물을 흘렸고 아이스크림을 핥아먹으면서도 흐느꼈다. 남구는 담배를 피워 물었다. 남구가 비록 스무 살 나이지만 고등학생 신분이라는 것을 알고 있던 소년들의 놀란 시선이 일제히 남구에게로 향했다. 담배 연기를 길게 내뿜으며 남구가 소년들에게 말했다.

"괴로울 때 한 대 피우면 죽인다."

"…."

"자장면도 죽여줬습니다."

누군가 말했다. 모두 웃었다. 아니, 미친 사람처럼 웃다가 울다가 했다. 자장면 한 그릇으로 끝을 보게 된 무지개 속 같았던 여름날이 아득히 멀어져가고 있음이 서러워서 울었다.

5

좌중의 이야기는 문상을 온 마상득 선생의 출연으로 중단됐다. 봉균은 빈소로 돌아가 마 선생을 맞았다. 남편을 먼저 떠나보낸 미망인의 곡소리가 이어졌다.

봉균이 "소주라도 한잔 자시고 가십시오" 하고 권했지만 마 선생은 "차 가져왔다"며 사양하고 제자들과 악수를 나눈 채 곧 자리를 떴다.

"배리배리했던 마 선생님은 저렇게 꼿꼿하게 늙어 교육위원회 의장까지 하고 있는데 댕돌같던 남구 형님은 무슨 팔자로 한창 나이에 요절했는지 모르겠다."

"모난 돌이 정 먼저 맞고, 강하면 부러지는 법이다."

봉균은 알 듯 말 듯한 소리를 하고 소주 한 잔을 들이켰다. 알딸딸한 취기가 밀려들었다.

"그런데 형님은 어떻게 누님에게 장가를 들게 됐냐? 한동안 누님과 형님이 만나지 못했다고 들었는데."

"⋯."

봉균은 기억의 실타래를 차근차근 풀어헤쳤다.

체육대회가 끝난 이듬해 봄이었다. 남구가 다니던 응봉공고 학생들이 재단 측의 전횡에 맞서 재단 이사장 백기봉의 퇴진을 요구하며 시위를 벌였는데 재단에서 고용한 폭력배들과 유단자 출신의 이사장 경호원들이 시위 학생들을 습격했다. 70명이 넘는 학생들이 폭행을 당해 머리가 깨지고 갈빗대가 부러지는 중상을 입었다. 남구는 누군가 휘두른 쇠파이프에 머리를 맞았다. 그 와중에도 남구는 의식을 잃은 동료 학생들을 병원에 실어 날랐다. 하지만 그는 시위 주동자로 몰려 있었고 경찰에 쫓기게 됐다. 마땅히 몸을 숨길 곳이 없던 남구는 봉자와 봉균의 단칸방 다락에 은신하게 됐다. 때마침 5·18이 터지고 세상 분위기는 더욱 살천스럽고 흉흉했다. 계엄령이 떨어지고 남구가 다니던 교회의 전도사와 청년회 학생들이 국가보안법 위반으로 수배를 받게 됐다. 남구도 수배자 명단에 함께 올랐다. 그는 더 이상 봉자와 봉균의 집에 은신해 있을 수 없었다. 떠나면서 남구는 봉균에게 말했다.

"앞으로 헤쳐나아가야 할 세상은 무척 힘들고 어려울 것이다. 하지만 허리가 꺾이고 눈물이 나도 이겨내야 한다. 뒤집기 한판이란 것이 있잖냐. 아무리 덩치 큰 놈이 짓눌러도 단숨에 뒤집어 내다 꽂는. 언젠가 한번은 무겁게 짓누르는 이 세상을 반드시 한판

거리로 뒤집을 날이 있을 것이다. 누나 잘 돌봐줘야 한다."

남구가 다시 세상에 모습을 드러내기까진 칠 년이라는 세월이
흘렀다. 남구는 봉자와 결혼을 했고 결혼 후에도 감옥을 두어 차
례 더 들락거렸다. 봉균은 세상과 적당히 타협하면서 아내를 만나
고 애를 낳고 가정을 꾸렸다. 씨름은 초등학교를 졸업하면서 그만
두었다. 아쉬움이 많았지만 예선에서 탈락한 봉균을 선수로 불러
줄 학교 운동부는 없었다. 하지만 씨름이 마냥 좋았다. 다니던 직
장이 망해 놀고 있을 때 비슷한 처지의 매부와 월곶 포구로 건너
가 망둥이를 낚아 소주를 마시는 자리에서도 그는 매부와 함께 씨
름부 시절을 떠올리곤 했다. 말술이었던 매부는 언젠가부터 소주
서너 잔에도 취했다. 간암 말기였다.

"남구 형님 뒤집기는 정말 예술이었다."

"운동할 땐 세상을 들었다가 놓는 기분이었어. 씨름은 내겐 산
전수전 고생을 겪으면서도 몸뚱이 하나로 세상 풍파와 맞서는 버
팀목이 되었는지 모른다."

"비록 학교에서 천덕꾸러기 신세였지만 남구 형님 덕에 씨름에
서 인생을 배웠어."

"썹새끼들아, 입으로 씨름하지 말라니까!"

길용이 술에 취해 풀린 눈을 치켜뜨고 소리를 질렀다.

"자식이, 똥구녕으로 술 처먹었나."

대환이 불끈했다.

"그래, 똥구녕 밑구녕으로 처먹었다. 네들이 그렇게 잘났냐! 그 잘난 씨름으로 한판 붙자!"

길용은 대환을 향해 술상을 뒤집어엎고는 대환에게 몸을 날렸다. 대환이 주먹을 치켜들었다. 석호와 성삼이, 기준이 달려들어 길용과 대환을 뜯어말렸다.

"문상 와서 이게 뭐 하는 짓이냐."

석호와 성삼이가 길용을 바깥으로 끌어냈고 기준이 대환을 붙들어 세우며 말했다.

"저 자식, 물려받은 재산 죄다 들어먹고 개털 돼서 저런다. 네가 이해해라."

봉균은 자리에서 일어나 빈소로 향했다. 누님과 어린 조카가 벽에 기댄 채 퉁퉁 부운 얼굴로 꾸벅꾸벅 졸고 있었다. 그의 시선이 매부의 영정을 향했다. 영정 속 남구의 입가에 환한 웃음기가 감돌고 있었다. 봉균은 새로 불을 붙인 향을 향로에 꽂았다. 한 줄기 연기가 향내를 뿜으며 길게 피어올랐다.

박
정
윤

─── 기차가
지나간다

우리는 각자의 무덤 속에 웅크리고 있었다. 내 무덤은 장미로
뒤덮였다. 뱀이 무덤을 지나쳤고 늑대가 어슬렁거렸다. 바람이 불
고 눈이 쌓였다. 계절을 건너뛰어 봄이 오면 눈이 녹았고 죽음의
기간이 끝났다. 우리는 태어나 재빨리 자랐다. 그리고 어른이 되
었다. 양품점을 하는 나는 장롱을 열어 엄마의 옷을 꺼냈다. 빨간
재봉틀 앞에 앉아 옷을 재단하는 척 흉내 낸 뒤 동생들에게 입혔
다. 윤희는 은행 직원이었고, 미아는 학교 선생님이었다. 우리는

일 년이 끝날 즈음에 모두 죽어버렸다. 나는 재봉틀의 뾰족한 바늘에 찔려 죽었고, 미아는 계단에서 미끄러져 죽었다. 윤희는 자꾸자꾸 죽는 것이 싫다고 했다. 나는 죽는 것은 그리 나쁘지 않다며 얼른 죽으라고 윤희를 꼬드겼다. 윤희는 아프지 않고 편안히 자다가 죽었다. 우리는 밍크 이불로 만든 각자의 무덤 속으로 파고들었다. 108까지 숫자를 세고 나면 우린 다시 태어났다. 일 년이 지나면 자기가 하고 싶은 것으로 역할을 바꿨다. 나는 여전히 양품점을 했다. 오 년이 지나도 엄마는 오질 않았다.

　우리는 다시 무덤을 만들었다. 나는 장미가 그려진 빨간 밍크 담요 속으로 들어갔다. 미아는 호랑이가 그려진 주황색 담요 속에서 몸을 웅크렸다. 윤희는 목단이 화려한 무덤 안에서 밖을 빠끔 내다보았다. 우리들 누구도 죽어서 슬프지 않았다. 무덤은 알록달록하고 포근했다. 동생들은 각자 무덤 안에서 킥킥대며 웃었다. 나는 동생들에게 죽었으므로 웃지 말고 움직이지 말 것을 명령했다. 이불 속에서 웅크려 까불거리던 동생들이 잠잠해지다가 이불을 걷어차며 잠이 들었다. 나는 이불을 들추고 일어나 재봉틀 서랍에 천 조각을 넣고, 옷장에서 꺼낸 옷을 있던 모양 그대로 넣었다.

　평상에 앉아 언니의 미술책을 펼쳤다. 노란 해바라기 그림을 오려 종이 인형의 스웨터와 치마를 만들었다. 인형 어깨에 걸 수 있게 걸이를 그린 뒤 가위로 오려냈다. 커다란 가위는 녹이 슬어 손에서 녹내가 났다. 치마를 오려내고 있을 때, 마당 밖에서 방울 소리가 들렸다.

"또, 종이 쪼가리를 오려내? 어지르는 데 선수구나. 엄마를 돕지는 못할망정. 일어나 냉수 가져와."

엄마는 아카브 구 씨가 끄는 리어카를 뒤에서 밀며 고개만 내밀곤 소리 질렀다. 나는 인형을 미술책 사이에 끼워 넣고 수돗가로 갔다. 바가지에 수돗물을 받아가지고 왔다. 엄마는 평상에 앉아 냉수를 들이켰다. 아카브 구 씨는 수돗가에서 손을 씻고 발에 물을 끼얹었다.

"스텐 냄비들을 기스 가지 않게 조심해서 방 안으로 날라놔라."

나는 비닐을 씌운 냄비를 하나씩 들어 방 안에 들여놓았다. 어쩌다 비닐 부분이 벗겨진 곳에 손톱이 닿으면 끼익, 소름 돋는 소리를 냈다. 엄마는 소주 한 병과 김치를 쟁반에 담아 평상으로 가져왔다. 아카브 구 씨는 엄마가 컵에 따라준 술을 단숨에 마시곤 냄비들을 두세 개씩 들어 방 안에 들여주었다. 그가 리어카를 돌려 마당을 나갈 때, 나는 그를 따라 나갔다.

"니가 일곱째냐?"

그는 나를 보면 늘 그렇게 물었다. 그의 검은 얼굴과 목에 술이 올라 벌게졌다. 그는 목에 두른 수건으로 얼굴을 닦으며 바지 주머니에서 오백 원짜리 동전을 꺼내 주었다. 나는 뒤돌아 엄마가 부엌으로 들어가는 것을 확인하고 얼른 돈을 받았다. 아카브 구 씨는 빈 리어카를 끌고 갔다. 리어카 손잡이 옆에 달린 방울이 뎅강뎅강 경쾌한 소리를 냈다.

엄마는 평상에 앉아 스테인리스 냄비와 법랑 냄비의 개수를 헤아리고 수첩에 계산한 돈을 적었다. 나는 상 위에 펼쳐놓은 책들을 챙겼다. 언니의 미술책에서 인형 옷이 떨어졌다. 순간, 엄마는 수첩을 넘기던 손을 멈추고 나를 봤다. 나는 재빨리 인형 옷을 책 사이에 넣었다. 엄마는 나에게 가까이 오라고 했다.

"수요일에 엄마가 강릉 갈 테니깐, 요 집에 가서 아줌마를 오라고 해라."

엄마는 수첩에서 뒷장을 뜯어 약도를 그렸다.

"시장 초입에 있는 굴다리를 지나면 포교당이라는 절이 바로 보일 거다. 바로 그 옆집이야. 아무도 없으면 기다렸다가 꼭 데리고 와라."

그 여자다. 아버지가 만나는 여자. 언니들과 할머니는 자주 싸웠다. 엄마는 꿈에서 용을 봤다는 이유로 내가 아들일 거라고 굳게 믿었다. 평생 그런 꿈을 못 꾸었다고 했다. 미타사 큰스님이 이름도 지어주었다. 할머니는 내가 태어나자마자 고추가 아닌 것만 확인하곤 나를 엎어놓았다고 했다. 언니들이 나를 바로 눕혔다. 사흘 동안 냉수만 마시던 엄마는 미타사에 갔다. 언니들이 엄마 젖 대신 쌀뜨물과 분유 섞은 것을 나에게 먹였다. 할머니는 아버지에게 늦기 전에 밖에서 아들을 봐오라고 했다. 불안했던 엄마는 다신 아이를 낳지 않겠다는 큰언니와의 약속을 어기고 내가 네 살 때 미아를, 다음 해에 윤희를 낳았다.

시장 초입에 있는 굴다리를 반 정도 지나칠 때, 바닥에 있던 밤색 체크무늬 담요가 꿈틀거렸다. 나는 걸음을 멈추고 주춤거렸다. 담요 속에서 얼굴을 내민 여자가 굴다리 벽을 향해 얼굴을 돌리고 누웠다. 머리맡에 펼쳐진 보따리에는 지저분한 옷가지가 널브러져 있었다. 나는 여자가 움직이지 않을 때, 발걸음을 빨리해 굴다리를 지났다. 절 바로 옆에 파란 대문 집이 보였다. 감나무 가지가 절 마당에까지 뻗쳤고 대문 안에서 기타 소리가 들렸다. 대문 틈으로 안을 들여다보았다. 누군가 평상에 앉아 기타를 치고 있었다. 초인종을 누르고 한참이 지나자 천천히 대문이 열렸다. 얼굴이 창백한 청년이 서 있었다. 청년의 머리는 깎아놓은 배처럼 박박 밀어져 있고 목발을 짚고 있었다. 그때, 굴다리 위로 기차가 지나갔다. 청년이 목을 꺾고 기차가 지나가는 것을 쳐다봤다. 나도 청년을 따라 기차가 지나가는 것을 보았다. 청년은 왼손으로 양쪽 목발을 잡고 오른손을 기차를 향해 흔들었다. 기차가 지나가자 청년은 겨드랑이에 목발을 고정시키고 나를 노려보았다. 얼핏 보면 나이가 많아 보였지만 자주색 체육복을 입은 청년은 자세히 보니 대학생인 진아 언니보다 어려 보였다. 내가 아줌마를 찾아왔다고 말하자 청년은 신경질적으로 없다고 말하고 대문을 닫아버렸다. 나는 닫힌 대문 앞에 서 있다가 포교당으로 갔다. 마당을 가로질러 돌계단을 올라갔다. 마루 끝에 앉아 옆집 마당을 들여다보았다. 감나무 잎과 가지 사이로 기타를 치고 있는 청년이 보였다. 말랑말랑한 감이 청년의 하얀 알머리에 주황색 구멍을 냈다. 바람이 불면 감 대신 이파리가 청년의 알머리를 야금야금 삼켰다. 그는 책장을 넘기다 돌멩이로 책을 고정해놓고 두 소절 부르다 또다시 책장을 넘겼다. 나는 절 마당을 지나 다시 파란 대문 앞에 서서 초 인종을 눌렀다.

"너 누구야? 왜 남을 훔쳐봐?"

청년은 대문을 열곤 소리를 질렀다. 나는 가방 어깨끈을 손으로 꼭 붙잡고 청년의 알머리를 쏘아보았다.

"나에 대해서는 알 것 없고, 아줌마 언제 와?"

"어쭈 쪼그만 게 반말이네? 모른다고."

"다음에 올게."

나는 그가 대문을 닫기 전에 몸을 홱, 돌렸다. 등이 움찔거렸지 만 일부러 천천히 걸었다. 시장 안으로 들어갔다. 할머니에게 거 짓말해 우윳값을 더 받은 것으로 오뎅을 사 먹었다. 심부름 나온 아이처럼 나물 앞에 쪼그리고 앉아 호박이 얼마냐 묻고 그 옆의 생선 가게에서 생선 눈알을 툭툭 건드리며 싱싱한 거냐고 물었다. 상인들은 심부름 나왔니, 물으며 관심을 갖다가 내가 돈을 꺼내는 기색이 없자 짜증내며 쫓아버렸다. 시장 안이 어둑해질 때야 나는 집을 향해 걸었다. 할머니 집으로 가는 골목 끝에 있는 상점에 들 어가 박카스를 샀다. 할머니 집 앞에서 박카스를 마시며 둘러댈 핑계를 생각하곤 대문을 두들겼다. 엄마는 나를 보자마자 마당 구 석으로 끌고 갔다.

"지금 몇 시냐? 어딜 쏘다니다 이제 와. 엄마가 시킨 심부름은 하지도 않았지?"

선아 언니가 부엌에서 쟁반을 들고 나와 방으로 들어가며 나를 쏘아보았다.

"뻔해. 청소하기 싫어 어디서 실컷 놀다 이제 들어오는 거야."

나는 선아 언니를 노려보곤 고개를 숙였다.

"말해봐, 어디서 뭐 했어?"

엄마는 나를 담 쪽으로 밀었다.

"그 집에 갔었는데 아들밖에 없었어요. 아들이 기다리라고 해서."

"거짓말이 날이 갈수록 느는구나. 그 집에 갔었다고?"

엄마의 두꺼운 손이 내 얼굴을 향해 다가올 때, 부엌에서 할머니가 엄마를 불렀다. 엄마는 나를 담으로 밀어붙이곤 부엌으로 갔다.

"거기서 반성해라."

할머니는 방문을 벌컥 열고 방 안으로 들어왔다 나갔다. 할머니의 공단 치마가 펄럭일 때마다 알록달록한 속바지가 꽃밭처럼 출렁였다.

"강아야, 냉큼 일어나. 윤희야, 언니 깨워라."

엄지손가락을 입속에 집어넣고 쪽쪽 빨며 윤희가 내 어깨를 흔들었다.

"일어났어. 생각 중이야. 건들지 마."

"생각은 무슨, 일어났으면 얼른 씻고 학교 가."

할머니는 아침부터 평상에 앉아 술을 마셨다. 나는 일어나 할머니를 쏘아보곤 수돗가로 갔다. 수돗가에서 세수를 하고 평상 앞에 섰다. 수건을 터는 척하다 평상에 놓인 술병을 쳤다. 술병이 평상에서 떨어지자 할머니는 헐레벌떡 평상에서 몸을 일으켰다. 굼뜬 할머니의 동작에 비해 술병은 순식간에 소리를 내며 깨졌다. 동생들이 겁먹은 표정으로 밖을 내다봤다.

"에이, 쓸모없는 것들. 할미 등골을 쪽쪽 빼먹는 것들."

나는 그럴 때마다 우리가 할머니 등 뒤로 바글바글 달려들어 등골을 쪽쪽 빠는 상상을 했다. 할머니의 등뼈는 너무 약해, 조금만 힘을 줘도 바삭 부서지고, 물컹물컹 골이 줄줄 흘러, 맛없어. 퉤. 나는 속으로 생각하며 고소해했다. 할머니는 주정을 한바탕하고 난 뒤 잠을 잤고, 자고 나면 언제 그랬냐는 듯 변덕을 부리며 내 눈치를 보며 우리에게 맛난 것을 해주었다.

거울 앞에 앉은 내 옆으로 윤희와 미아가 바짝 다가앉았다. 윤희의 오른쪽 눈동자가 불안한 듯 딴 곳을 쳐다보았다. 윤희는 간헐사시다. 언니들이 윤희 몰래 속닥거리는 것을 들었다. 윤희의 어깨를 꼬집어 눈동자가 똑바로 나를 쳐다보게 했다. 나는 윤희에게 작은 거울을 뒤에서 들고 있으라 하고 빗으로 뒷머리에 가르마를 타고 머리칼을 양 갈래로 땋았다. 책가방을 싸는 동안 윤희와 미아는 내 눈치를 보며 서둘러 옷을 입었다. 우리 셋이 마루를 나설 때 할머니는 마룻바닥을 탕탕 쳤다. 샛노란 금가락지가 끼워진 할머니의 주름 많은 손바닥이 마룻바닥에 실제 손보다 더 커다란 그림자를 만들었다.

"지가 시집와서 한 일이 뭐냐, 아들을 낳았나, 가정을 일으켰나, 근데 뭐가 그리 잘나서 날 이렇게 부려먹어, 왜, 왜에."

골목길을 지나 학교 운동장 안으로 들어갈 때까지 미아와 윤희는 말 한마디 없이 나를 따라왔다. 우리는 운동장을 가로질러 철봉이 있는 곳으로 갔다.

금을 그었다. 담벼락에서부터 철봉 대와 나무 그늘 아래까지 커다랗게 반원을 그렸다. 손을 허리에 올리고 윤희와 미아에게 지시했다.

"이 금 밖을 절대로 나가지 마. 심심하면 철봉에서 놀고 미끄럼틀도 타. 이 사탕을 먹어. 나무 그림자가 요만큼 움직이면 내가 나올 거야."

나는 은행나무의 그림자에서 한 뼘 정도 되는 곳에 선을 그었다.

"절대 원 밖으로 나가지 마. 아이들이 철봉 대에 오면 담 아래 앉아 있어, 말 안 들으면 다신 안 데리고 온다, 알았지?"

운동장을 가로지르다 뒤를 돌아보았다. 은행잎이 노랗게 떨어져 있는 담벼락 아래 쪼그리고 앉은 동생들이 나를 바라보았다. 윤희의 오른쪽 눈동자가 멍하니 하늘을 향해 있었다. 교실에 들어가자마자 창가에 앉은 남학생에게 가 언니의 미술책에서 빠닥빠닥한 종이를 뜯어 접은 딱지를 건넸다. 그 애는 가방을 들고 내 자리로 갔다. 창밖을 내다보았다. 미아는 그네를 타고 있고 윤희는 담벼락 아래에 앉아 어딘가를 쳐다보고 있었다. 윤희가 입은 노란 치마 속 팬티가 보였다. 바람이 쌀쌀한데 타이즈를 신지 않았다.

일교시가 끝나자마자 나는 운동장으로 뛰어나갔다. 윤희는 나무 그림자가 더 지나갔다며 투덜거렸다. 선을 그어 놓은 자리에서 손톱 속 반달만큼 그림자가 지나가 있었다. 나는 나무 그림자 옆에 한 뼘보다 조금 길게 간격을 두어 선을 그었다. 미아는 녹색 철봉 대 아래에서 모아놓은 모래 가운데에 하드 작대기를 꽂으며 윤희를 불렀다. 윤희는 노란 치마를 팔락거리며 뛰어갔다.

수업시간 내내 나는 창밖을 내다보았다. 내 시야에서 동생들은 바닥을 뒹구는 은행잎처럼 팔랑거렸다. 종례 시간에 선생님은 당번을 가르쳐주며 청소를 지시했다. 선생님이 나가자마자 아이들은 와글와글 떠들었다. 나는 그 틈을 타 교실을 빠져나왔다. 반장이 복도까지 쫓아 나와 청소하고 가라고 소릴 질렀다. 나는 못 들은 척하고 뛰었다. 토요일이고 아버지에게 가는 날이었다. 실내화도 갈아 신지 않고 운동장으로 달려가며 윤희의 이름을 불렀다. 땅따먹기를 하던 윤희와 미아는 원을 벗어나지 마라는 명령을 어기고 나를 향해 뛰어왔다. 나는 이런 상황에서는 금을 벗어나지 마라는 내 명령쯤은 어겨도 좋다고 생각했다.

할머니는 마루에 앉아 밀가루 반죽을 밀고 있었다. 마당에는 물이 뿌려져 있었다. 윤희와 미아를 데리고 수돗가로 갔다. 미아는 혼자서 씻고 윤희는 내가 씻겼다. 나는 윤희의 이마에 내려진 머리칼을 위로 올렸다.

"나를 봐, 윤희야."

서로 다른 곳을 향해 있던 눈동자가 나를 쳐다보았다. 우리 자매들과 달리 윤희는 얼굴이 하얗고 이마가 동그랗게 불거져 있고 눈이 커다랗다. 얼굴을 씻기고 나면 여름날 장독대에 피는 흰 도라지꽃 같았다. 나는 도라지꽃을 손으로 눌러 터트리곤 했다. 하얀 이마를 누르면 톡 터질 것 같았다. 어디선가 희미하게 도라지 향내가 났다.

국수가 삶아지는 동안 할머니는 윤희와 미아의 머리를 빗겨주었다. 국수를 먹고 난 뒤에는 우리 뒤를 따라 나섰다. 길을 안다고 해도 기차역까지 데려다주곤 역 앞에서 나를 불러 세웠다.

"강아야, 니 어미한테 할미 술 마셨다고 일러바치지 마라."

나는 할머니에게 눈을 흘기다 고개를 끄덕이곤 동생들의 손을 잡고 개표구 앞에 섰다. 검표원은 표 없이 서 있는 우리에게 안으로 들어가라는 손짓을 했지만 나는 또박또박 말했다.

"우리 아버지는 묵호역에서 근무하세요."

그러면 검표원은 그래 공주네구나, 하며 어서 들어가라고 했다. 우리는 개표구를 통과한 뒤 뒤돌아 손을 흔들었다. 할머니는 그제야 왼손은 허리 뒤로 돌리고 오른손을 휘저으며 역전에 있는 안주옥을 향해 걸어갔다.

윤희와 미아는 창가에 다가앉아 바다를 보며 소리쳤다. 기차가 네 개의 역을 지나 묵호역에 도착하면 빨강과 초록, 두 개의 깃발을 들고 서 있던 아버지는 빨간 깃발을 들어 우리를 맞이했다. 아버지는 우리를 관사 마당까지 데려다주었다. 관사로 가는 동안 나는 아버지에게 할머니가 아침부터 술을 마셨다고 일렀다.

우리는 관사에서 엄마를 기다리며 살림놀이를 했다. 동생들이 밍크 담요로 만든 무덤을 뭉개며 잠들었을 때, 나는 일어나 방 안을 정리하고 관사 밖으로 나왔다. 어디선가 짤랑짤랑 방울 소리가 들렸다. 역사를 향해 걸어갔다. 리어카에 물건을 실은 아카브 구 씨가 역사를 빠져나가고 있었다. 그를 쫓아가기엔 너무 먼 거리였다.

양팔을 펴고 철로 위를 걸었다. 아카브 구 씨도 예전에는 역에서 근무했다고 했다? 나는 그가 왜 아카브 구 씨로 불리는지 궁금했다. 물건을 잔뜩 싣고 커브를 돌 때, 리어카의 속도를 미처 줄이지 못해 아, 카브요, 하고 소리쳐서일 거라 생각했다. 어른들은 그가 사람을 잘 속여서라고 했다. 진아 언니는 그에게 아프리카 깜둥이 아들이 있은 적이 있어 아카부, 구 씨라 했다. 진아 언니는 그에 대해서 많이 알았다. 그가 나에게 일곱째인지 묻는 것은 내가 엄마 배 속에 있을 때가 그의 인생에서 가장 행복했던 시절이기 때문이라고 했다. 흑인 아이를 데리고 온 여자가 당시엔 구 총각,이라 불린 그의 아이를 뱄다. 엄마와 여자는 서로의 배를 만져보았고 배 모양을 비교해 성별을 헤아려보았다. 그는 밤새 일하고 쉬는 다음 날 아침이면 새벽시장에 들러 양손 가득 먹을 것을 사들고 관사로 왔다. 고기며 과일들을 엄마에게도 건네줬고 배 속에 있는 나에게까지 전달되었다. 나는 그의 행복을 떠올리게 하는 아이였으며 동시에 그의 죽은 아이의 성장을 가늠해주는 아이였던 것이다. 나는 그가 좋았다. 딱히 나에게 주는 돈 때문만은 아니었다.

할머니 집으로 가기 전, 일학년 때였다. 나는 엄마가 새로 사준 멜빵 청바지를 입고 학교에 갔다. 첫 시간에 시험을 보았는데 산수 문제를 다 풀고 손을 들어 화장실에 간다고 말했다. 선생님은 받아쓰기가 끝나면 가라고 했다. 받아쓰기가 끝나고 옥외 화장실로 달려갔다. 빡빡한 멜빵 버클은 잘 풀리지 않았다. 간신히 버클을 끌렀을 때, 바짓가랑이 사이로 오줌이 흘러내렸다. 나는 화장실에 쪼그리고 앉았다. 화장실에 확 빠져 죽고 싶었다. 종이 울렸지만 꼼짝하지 않았다. 짝이 화장실로 찾아왔다.

"선생님이 오래."

나는 화장실 문을 걸어 잠그고 싫다고 대답했다. 짝은 교실로 들어갔다가 다시 왔다.

"선생님이 교실에 왔다가 집에 가래."

나는 대답하지 않고 기침만 했다. 짝은 교실과 화장실을 두 번 더 오갔다. 결국, 짝이 책가방을 화장실로 가져다주었다. 짝 아이의 발짝 소리가 멀어졌을 때 문밖에 있는 가방으로 엉덩이를 가리고 뛰었다. 엄마에게 야단맞을 생각에 앞이 아찔했다. 비가 오길 바랐지만 햇볕이 쨍쨍했다. 나는 시장으로 갔다. 시장 초입에 있

는 얼음공장 앞에는 늘 물웅덩이가 있었다. 주위를 두리번거린 후,
넘어지는 척 물웅덩이에 앉았다. 일어설 때, 방울 소리가 들렸다.
뒤를 돌아보니 아카브 구 씨가 얼음을 실은 리어카를 끌고 있었
다. 그는 나를 보자마자 니가 일곱째냐,라고 물어보았다. 리어카
위의 커다란 얼음 표면으로 햇빛이 미끄러졌다. 얼음도 땀으로 반
질거렸다. 그는 흰 러닝을 배 위까지 걸어 올리고 목에 두른 수건
으로 연신 얼굴을 닦았다. 그가 리어카를 옆으로 틀자 방울 소리
가 났다. 나는 사람들 사이를 헤쳐 나가는 그의 뒤를 리어카요, 소
리치며 졸졸 따라다녔다. 그는 가게마다 얼음을 하나씩 배달해주
고 리어카가 텅 비자 나를 돌아다보았다.

"리어카 탈래?"

나는 물이 잘박한 바닥에 엉덩이를 대고 앉아 양손으로 리어카
를 잡았다. 아카브 구 씨의 검은 어깨에는 땀이 말라 있었다. 그의
몸을 지나쳐 천천히 내 얼굴에 닿는 바람에서 소금 냄새가 났다.
바람과 경쾌한 방울 소리와 함께 대번에 그가 좋아졌다.

철로에서 내려와 철로 위에 귀를 대어보았다. 서서히 귀를 간질
이던 진동이 가슴을 쿵쿵 후려쳤다. 멀리서 기차가 다가왔다. 나
는 얼른 철길을 따라 관사 쪽으로 뛰어갔다. 담벼락에 등을 기댔
다. 기차가 지나갈 때마다 가슴이 두근거렸다. 진아 언니는 아카
브 구 씨 아들이었던 흑인 아이가 기차에 뛰어들었다고 했다. 아
이의 사지가 찢겨졌다 했다. 그 사건으로 여자의 배 속에 있던 아

이는 죽었고 늘 술만 찾던 구 총각도 역무원 일을 관두고 관사를 떠났다. 나는 벽에 등을 기댄 채 달려오는 기차에 뛰어들어 사지가 찢긴 흑인 아이를 생각했다.

아이는 철로 앞에 서 있다. 기차 바퀴가 선로를 꽉 조이며 다가온다. 아이가 눈을 감은 채 움직이지 않는다. 철걱철걱 소리를 내며 달려온 기차의 첫 바퀴가 아이의 몸을 꿈틀 짓누른다. 이어 여러 개의 바퀴가 아이의 몸을 획획 지나간다. 순식간에 기차 바퀴에 의해 사지가 찢겨지고 으깨진다.

"여기서 뭐 해, 청소하고 엄마 일 좀 돕지."

엄마가 담 안쪽에서 얼굴을 내밀곤 냅다 소리를 질렀다. 나는 무릎에 힘이 빠져 담 아래에 털썩 주저앉았다.

모자사생대회는 남대천변에서 이루어졌다. 나는 도장 찍힌 도화지를 받아 양궁장이 보이는 곳에 앉았다. 대부분 아이들은 엄마와 함께이거나 미술학원 선생님이랑 같이 있었다. 오늘은 엄마와 약속한 수요일이었다. 저녁 6시까진 여자를 데리고 할머니 집으로 가야 했다.

연필로 도화지를 삼등분해 가로로 두 줄을 그었다. 아랫부분에 흐르는 물결을 그렸다. 물 위에 돌이 쌓인 제방, 그 위에 풀이 돋아난 둑과 지붕만 보이는 기와집을 스케치했다. 시시하다는 생각이 들어 지우개로 지웠다. 도화지에 보풀이 일어나고 지저분했다. 나는 가방 안에서 24가지 색이 플라스틱 튜브에 들어 있는 몽블랑 물감을 꺼냈다. 대학생인 진아 언니가 과외를 해서 번 돈으로 사준 선물이었다. 물감의 뚜껑을 열어 냄새를 맡아보았다. 흰 액체가 올라와 있는 노랑 물감에서 역한 냄새가 났다. 튜브의 끝을 살짝 눌렀다. 흰 액체가 조금 나오다 이내 쿨럭거리며 노랑 물감이 나왔다. 무언가 가슴속에서 노랑 물감 같은 말랑말랑하고 간질간질한 어떤 것이 흘러넘치는 것 같았다. 나는 엄지에 묻은 노랑 물감을 조심스럽게 손으로 비벼 문지르고 다시 튜브의 뚜껑을 닫아 가방 안에 넣었다. 가방 속, 검은 비닐봉지 안에 뒤섞여 있는 크레파스 중 가장 길게 남은 다홍색을 꺼냈다. 다홍색 크레파스로 활을 쏘는 남자와 과녁을 스케치했다. 활을 겨냥하는 남자의 얼굴과 굵은 팔뚝이 제법 마음에 들었다. 하늘을 색칠하기에 마땅한 색이 없었다. 하늘색과 파란색 모두 없었다. 턱을 괴고 하늘을 올려다보았다. 비닐봉지 안에서 크레파스를 꺼내 하나씩 비교해보았다. 약간 흐린 하늘은 회색이었다. 회색 크레파스를 들고 하늘을 색칠했다. 너무 똑같이 잘 그려 내가 상을 받으면 어쩌나, 생각하며 선생님께 가져갔다. 선생님은 다홍색 크레파스로 스케치하면 안 되고 회색도 사용해서는 안 된다고 말했다.

"왜 안 되나요?"

선생님은 나를 쏘아보곤 그림을 종이 박스 안에 담았다. 나는 회색을 사용하면 왜 안 되는지 정말로 궁금했다.

"왜 회색을 쓰면 안 되나요?"

다시 물어봤지만 선생님은 대답을 안 해주었다.

포교당 옆 파란 대문 집에 갔다. 청년은 신경질을 내며 문을 닫았다. 나는 포교당 마루에 앉아 청년이 혼자 노는 것을 바라보았다. 청년은 평상에 앉아 기타를 쳤다. 기타를 치던 청년이 일어났다. 목발을 짚고 그림자를 질척질척 흔들며 현관으로 들어갔다. 나는 가방 안에서 공책을 꺼내 뒷장에 남자 인형을 그렸다. 사선으로 벌린 팔의 겨드랑이 사이에 목발을 그려 넣었다.

현관에서 나온 청년이 평상에 앉았다. 그는 신문지를 펼치곤 마른오징어를 허공에 대고 흔들다 쫙쫙 찢었다. 오징어의 몸통을 햇빛에 비춰보는 척 나를 향해 들어 올렸다. 오징어를 허공에 들어올린 채 살을 조금씩 찢어 먹었다. 몸통 조각이 작아질 때마다 청년의 하얀 얼굴이 점점 많이 보였다. 이내, 청년의 눈이 나와 마주쳤다. 청년은 입을 실룩이며 웃어 보였다. 오징어 귀 부분과 꼬들꼬들한 다리 끝부분까지 남김없이 먹었다. 껍질을 벗겨놓았던 것도 질겅거리며 씹었다. 마침내 내 입에서 침이 흘러내렸다.

가방 위에 얼굴을 묻고 꼬꾸라져 잠든 나를 누군가 깨웠다. 보살은 나를 부엌으로 데리고 가 비빔밥을 주며 왜 거기 있었냐고 물었다. 나는 사생활이라 얘기할 수 없다는 말만 하고 쓴 나물을 골라내고 비빔밥을 먹었다.

댓돌을 오르며 옆집 마당을 내려다보았다. 알머리의 청년이 감나무 밑에 바싹 다가서서 이쪽을 건너보고 있다가 나와 눈이 마주치자 손으로 주먹을 먹이는 흉내를 내곤 절룩거리며 평상으로 가

앉았다. 청년은 기타를 치다가도 이따금 내가 앉은 곳을 쳐다보았다. 내가 나무 기둥 뒤에 숨으면 청년은 평상에서 일어나 담 가까이까지 와서 이쪽을 살폈다. 청년의 알머리가 어슴푸레하게 보일 때까지 여자는 돌아오지 않았다.

나는 파란 대문 집의 초인종을 누르고 다음 주 수요일에 오겠다는 말을 하고 돌아섰다. 시장을 지나 할머니 집으로 갔다. 골목에는 대문 없는 작은 집들이 다닥다닥 붙어 있다. 집들은 문을 열면 바로 부엌이고 방이었다. 어둑한 골목집 문들은 모두 닫혀 있고 작은 창으로 노란 불빛이 새어 나왔다. 그중 어느 한 문을 열고 들어가 신발을 신은 채로 한숨 자고 싶었다. 그러면 엄마한테 그 집에 갔었다는 설명과 청년에 대한 말을 하지 않아도 될 텐데. 엄마는 분명 여자를 데려오지 않은 나 때문에 속상할 테고 추운 날씨에 냉수를 들이켤 것이 뻔했다.

파란 대문 집의 초인종을 눌렀다. 목발을 짚고 나온 청년이 들어오라고 했다.

"아줌마는?"

"없어. 조금 있으면 올 거야. 들어와서 기다려."

그는 기타를 옆으로 밀어놓고 앉으라는 신호로 손바닥으로 평상을 쳤다. 나는 감나무 밑에 섰다.

"여기서 기다릴 거야."

청년은 목발을 평상 옆에 기대 세워놓으려 하다가 목발을 내 앞으로 들이밀었다.

"너 이거 가지고 놀고 싶니?"

나는 감나무에 등을 기댄 채 고개를 들어 절의 처마 끝을 올려다보았다.

"아니."

청년이 거칠게 목발을 내동댕이쳤다. 오른발에서 양말을 벗고 자주색 체육복 바지를 걷기 시작했다. 나는 안 보는 척하며 쳐다보았다. 그는 바지를 엉덩이 아래까지 돌돌 말아 올렸다. 살보다 더 하얀 플라스틱 다리가 허벅지에서부터 발끝까지 일자로 연결되어 있었다. 내가 놀라 입을 벌린 채 쳐다보자 그는 만족한 듯 웃으며 다른 쪽 바지도 걷어 올렸다.

"무섭지?"

"아니."

나는 털과 땀구멍이 없는 플라스틱 다리를 쏘아보았다. 만져보고 싶은 충동과 두려움이 조금 있었지만 애써 외면하고 처마 끝에 걸린 풍경을 쳐다보았다. 그는 플라스틱 다리 윗부분을 벅벅 긁었다. 나는 감나무에 등을 기대고 선 채로 청년의 플라스틱 다리를 보았다. 나와 눈이 마주치자 그는 손으로 알머리를 쓰다듬으며 수줍게 웃었다. 돌돌 말린 바지를 천천히 내리고 무지개 색깔로 줄이 쳐진 양말을 플라스틱 발에 끼웠다.

"저어, 부탁이 있어. 이거 받아."

그는 노래책 밑에서 상자를 꺼내 내게 건넸다. 나는 감나무에 등을 기댄 채, 움직이지 않았다. 그는 괴팍한 낌새가 없이 부드러운 표정이었다. 어찌 보니 슬퍼 보이기까지 했다. 깎아놓은 배 같은 머리 한 부분을 꾹 누르면 눈에서 흰 즙이 흘러나올 것 같았다. 나는 감나무에서 등을 떼곤 상자를 받았다. 상자를 열어보니 안에는 향이 짙은 초콜릿이 들어 있었다. 초콜릿은 겨우 세 개가 남아 있었다. 검은 레이스 모양으로 접힌 종이를 벗기자 꽃 모양으로 생긴 초콜릿 한 잎마다에 영어가 써 있었다. 초콜릿을 하나 들어 입안에 넣었다. 초콜릿은 넣자마자 스륵, 녹아버렸다. 초콜릿은 예상했던 것만큼 달달하진 않았고 씁쓸했다. 나는 남은 초콜릿 두 개를 종이에 싸서 가방 안에 넣었다.

"초콜릿을 먹었으니 부탁을 들어줘."

청년은 목발을 짚고 현관 앞으로 가 신발장에서 고무줄을 가지고 왔다.

"이걸 감나무에 연결해."

나는 검은 고무줄을 받아 감나무에 연결했다.

"연결했어."

청년은 한쪽 고무줄을 평상의 다리에 묶었다. 그리고 기타를 들고 책을 넘겼다.

"내가 기타를 쳐줄게. 너는 고무줄을 타 넘어. 아, 네 바지를 걷고."

나는 할머니가 청색 실로 짜준 쫄쫄이 바지와 내복을 종아리까지 걷고 고무줄 앞에 섰다. 청년은 알아들을 수 없는 작은 목소리로 노래를 불렀다.

"기인 머리 짧은 치마, 아름다운 그녀를 보면."

나는 고무줄넘기를 잘 못하지만 그냥 톡톡 뛰어넘었다. 기타 반주와 노래는 고무줄 넘기에는 어울리지 않고 박자 맞추기가 힘들었다. 나는 박자에 상관하지 않고 고무줄을 뛰어넘었다. 다리를 엇갈리게 해서 고무줄을 밟기도 했다. 점점 노랫소리가 커졌다.

"토요일 밤, 토요일 밤에 나 그대를 만나리."

그러다 청년은 노래는 부르지 않고 기타만 튕기면서 내 다리를 쳐다보았다. 나는 더 높이 뛸 수 있다는 것을 보여주기 위해 폴짝폴짝 뛰었다. 누가 먼저 웃기 시작했는지 우리는 깔깔거리며 웃었다. 기적 소리가 나자 청년이 목발을 짚고 평상 위로 올라섰다. 나도 평상으로 올라갔다. 굴다리 위로 기차가 지나갔다. 청년이 손을 흔들었다. 나도 손을 흔들었다. 기차 안에서 누군가 손을 흔들어주었다.

"기차 타고 멀리 가고 싶어."

나는 아버지가 역에서 일하기 때문에 공짜로 기차를 탈 수 있으니깐 언젠가 기차를 태워주겠다고 말했다. 청년이 배를 잡고 웃었다. 나도 따라 웃었다. 내 앞에서 몸을 수그리고 웃던 청년이 웃음을 딱 멈추고 말했다.

"네 다리 한번만 만져보면 안 돼?"

나는 한쪽 다리를 청년 앞으로 내밀었다. 청년은 평상 위에 서 있는 내 앞에 앉았다. 그는 뜨뜻해진 손으로 다리를 만져보곤 살짝 꼬집었다.

"아퍼?"

"아니."

그는 자신의 바지를 걷어 다리를 내 쪽으로 내밀었다. 나는 평상에서 내려와 청년 앞에 꼬부리고 앉아 플라스틱 다리를 쓰다듬었다. 미끈미끈한 다리는 차갑게 느껴졌다. 나는 다리를 찰싹, 때렸다.

"아퍼?"

"아니."

우리는 또 웃기 시작했다. 나는 가방 안에서 물감을 꺼내 자랑했다. 청년은 내가 물감을 한 개씩 꺼내 냄새를 맡는 것을 보았다.

"다리에 색칠해줄까?"

나는 청년의 다리를 만지며 말했다. 청년은 말없이 있다가 빨간색 물감을 꺼내 들었다. 나처럼 물감의 뚜껑을 돌려 열곤 냄새를 맡아보곤 나에게 내밀었다.

"빨간색은 쓰면 안 돼. 노란색이 예뻐."

나는 수돗가에서 물을 떠왔다. 노란색 물감의 튜브 끝을 밀어 손가락에 물감을 덜었다. 손바닥에 물을 붓고 손가락에 던 물감을 비벼 청년의 다리에 발랐다. 허벅지께쯤 올라갔을 때, 청년이 몸을 비틀며 웃기 시작했다. 양쪽 다리를 노랗게 색칠하니 물감은 반 넘게 줄어들었다. 난 물감이 아까워 물을 더 많이 섞었다. 청년은 물감이 잘 마르도록 평상에 엉덩이만 걸치고 앉았다. 나는 얼룩덜룩 색칠된 것이 마음에 들지 않았다. 빨강 물감을 꺼내 뚜껑을 열고 연필 끝에 물감을 묻혀 청년의 다리에 꽃을 그려 넣고 있을 때, 파란 대문의 자물쇠가 저절로 제꺽 돌아가는 소리가 났고, 이내 문이 열렸다.

나는 엄마가 시킨 대로 아버지 이름을 말하고 엄마가 이리 오기 전에 나와 함께 할머니 집으로 가자고, 만약 안 간다면 나도 여기서 한 발짝도 움직일 수 없다고 말했다. 여자는 한숨을 쉬곤 내 뒤를 따라 나왔다. 대문을 나설 때, 청년이 나를 불러 세웠다.

"야, 이제 너 안 오냐?"

허벅지까지 돌돌 말린 자주색 체육복을 양손으로 붙잡고 엉거주춤 평상 끝에 앉아 있는 청년의 노랗게 칠해진 다리가 어쩐지 쓸쓸해 보였다. 여자는 대문을 닫고 밖에서 문을 걸었다. 대문 안에서 신경질적으로 기타 줄을 뜯는 소리가 들렸다. 나는 가끔 뒤를 돌아 여자가 따라오는지 확인하며 걸었다. 부러 시장을 한 바퀴 천천히 돌아 집으로 갔다. 골목 입구에서 여자는 잠깐 쉬어 가자며 숨을 가다듬었다. 나는 여자에게 상점에서 박카스를 사서 마시자고 말했다. 여자가 상점으로 들어갔다가 박카스를 두 병 사가지고 와서 나에게 한 병 주었다.

엄마는 우리를 공부방으로 보내고 여자와 할머니 방으로 들어갔다. 선아 언니는 라디오를 켜놓고 공책에 가사를 받아 적느라 정신이 없었다. 나는 할머니 방의 문틈으로 들여다보았다. 할머니가 여자의 머리와 얼굴을 사정없이 때렸다.

"누굴 바보로 여겨. 제 병신 아들을 내 손자라고 속이려들어."

여자는 말없이 맞기만 했다. 여자가 흐트러진 머리칼을 만지며 마당을 나서자 엄마가 나를 불렀다.

"강아. 너, 앞으로 그 집엔 얼씬도 하지 마, 가서 공부해라."

방학식을 마치자마자 나는 시장 쪽으로 갔다. 머리가 헝클어진 여자가 굴다리 벽에 기대앉아 있었다. 나는 여자 옆 벽에 기대서서 여자를 바라보았다. 겹겹이 옷을 껴입은 여자는 체크무늬 담요로 몸을 둘둘 말고 꾸벅 졸았다. 잠시 후, 굴다리 위로 기차가 다가오는 소리가 들렸다. 기차는 굴다리 앞에서 기적을 내며 쿵쾅거리며 지나가는 중이었다. 머리 바로 위에서 들리는 소리는 심장을 치고 몸을 떨게 만들었다. 졸던 여자가 머리를 들고 굴다리 천장을 쳐다보며 기차를 향해 악담을 퍼부었다. 나는 굴다리를 빠져나와 파란 대문 앞에 서서 초인종을 눌렀다.

"너구나. 그동안 왜 안 왔어?"

나는 말없이 대문 안으로 들어갔다. 감나무와 평상에 연결된 고무줄이 보였다. 청년은 평상에 앉아 조심스럽게 바지를 걷어 올려 노랗게 얼룩진 다리를 보여주었다. 꽃을 그리다 만 붉은 물감이 피처럼 번져 있었다.

청년과 나는 살림놀이를 했다. 그는 기차 기관사를 했고, 나는 양장점을 했다. 그와 나는 만나는 일 없이 따로 살았다. 가끔 나는 목발 두 개를 나란히 놓아 만든 그의 기차를 탔다. 그는 열차 사고

로 죽겠다고 했고 나는 바늘에 찔려 죽겠다고 했다. 그는 바늘에
백번 찔려도 죽지 않는다고 했다. 하는 수 없이 우린 같은 기차 안
에서 죽었다. 청년이 절룩거리며 방에서 빨간색과 녹색이 반씩 섞
인 이불을 꺼내왔다. 그는 원앙금침 이불이라며 무덤 속에 같이
들어가자고 했다. 우리는 평상 위에 이불을 깔고 함께 이불 속에
웅크렸다. 무겁고 푹신한 무덤 속은 더웠다. 청년이 자꾸 손으로
내 얼굴을 만졌다. 나는 죽었으니깐 움직이지 말고 속으로 숫자를
세라고 했다. 청년이 머리를 움직이다 내 이마에 입술이 닿았다.
나는 속으로 세던 숫자를 까먹었다. 내 이마에 뜨듯한 기운이 점
점 번질 때, 대문이 열렸다.

여자는 나에게 다신 이 집에 오지 마라며 내 어깨를 대문 쪽으
로 밀었다. 닫힌 대문 안 쪽에서 여자와 청년의 말다툼 소리가 들
렸고, 뭔가 부서지는 소리가 들렸다.

겨울방학 내내 나는 앓았다. 진아 언니도 홍역을 앓았다고 했
다. 언니들은 얼굴에 바람이 들어가면 곰보가 된다며 나에게 올
때마다 밍크 담요를 얼굴에 뒤집어씌웠다. 선아 언니는 만화책,
'유리가면'을 빌려다 주었다. 나는 만화책도 읽지 못하고 이불 속
에서 되게 앓았다. 숱하게 많은 꿈을 꾸었고 잠이 깨었을 때는 여
러 가지 생각으로 머리가 아팠다. 이불에 그려진 해바라기가 모두
사람으로 변해 내게 달려들었고 나는 엎드린 채 꼼짝할 수 없었
다. 누군가 나를 바로 눕히자 해바라기가 모두 새로 변해 날아갔

다. 또, 누군가 내 다리를 잘랐다. 검게 흐르던 피가 새빨갛게 보이고 피가 다 마르자 기타를 치며 다가온 청년이 나에게 노랗게 색칠된 플라스틱 다리를 끼웠다. 나는 플라스틱 다리를 끼운 채 고무줄을 타 넘었다. 나는 꿈을 꾸고 있는 것인지 생각을 하는 것인지 헷갈렸다.

할머니 요강에 앉아 오줌을 누며 경대에 비친 얼굴을 보았다. 내 얼굴은 씹다만 팥을 뱉어놓은 것처럼 우툴두툴했고 술 취한 할머니 얼굴처럼 벌겋게 달아올랐다. 할머니는 땀에 절은 내복을 벗기고 수건으로 온몸을 닦아주었다. 나는 할머니의 쪼그라진 젖꼭지를 빨며 어린애처럼 투정을 부렸다. 할머니는 나를 밀쳐내지 않고 젖을 물려주곤 토닥여주었다. 내가 젖꼭지를 세게 빨아 당기면 할머니는 흐흐, 웃으며 내 얼굴을 쓰다듬어주곤 밍크 담요를 머리끝까지 씌어주었다. 할머니에게선 술 냄새가 났다. 잠결에 엄마가 아버지에게 말하는 것을 들었다.

"한이 깊었나 봐요, 어머니 젖을 빨았다지 뭡니까."

아버지가 내 이마를 짚으면 아픈 와중에도 나는 일부러 숨을 더 크게 헉헉거리며 앓는 소리를 냈다.

얼굴에 붉은꽃이 거의 사라졌지만 나는 방학 숙제가 하기 싫어 이불 속에 더 누워 유리가면을 읽었다. 선아 언니가 일부러 서툰 글씨로 방학 숙제를 해주었다. 나는 남은 방학 내내 엄살을 부리며 질릴 정도로 만화책을 봤다. 할머니는 만화를 보는 내게 자라며 불을 끄고는 젖을 물렸다. 나는 흐물흐물한 할머니의 젖이 싫었지만 젖을 물고 있다가 할머니가 코를 골면 일어나 공부방으로 가 만화책을 읽었다. 개학날에도 할머니는 학교까지 데려다주었다. 가방에서 방학 숙제를 꺼내다 검은 종이에 싸여 있는 초콜릿을 보았다. 검은 레이스 종이는 구겨졌고 꽃 모양의 초콜릿은 뭉개져 있었다. 초콜릿을 종이에 잘 싸서 빨간 코트 주머니에 넣어두었다.

파란 대문에는 밖으로 굵은 자물쇠가 잠겨 있었다. 절로 들어가 계단을 올라갔다. 마루에서 세 명의 보살이 촛대를 닦고 있었다. 마루 끝에 앉아 마당 안을 들여다보았다. 청년은 보이질 않았다. 청년의 알머리를 야금야금 베어 먹던 감과 잎들이 죄 떨어져 마당 안이 허전했다. 마당 가운데에 있던 평상은 없고 마당 여기저기에는 눈이 쌓여 있었다. 보살들이 소곤거렸다. 보상 받았대? 보상은 무슨. 철도 무단횡단은 원래 벌금 내야 하는데 사정이 딱하니깐 봐준 거래. 목발 짚고 그 새벽에 왜 올라갔어? 다리에 물감 칠을 마구 해댔더라고. 원래 좀 정신이. 쉬잇, 쟤 듣겠어.

그들은 할 말을 다하고선 내 눈치를 보았다. 나는 일어나 신발을 신은 채 마루에 올라서서 발끝을 들었다. 감나무 아래 기타가 나동그라져 있었다. 기타 위에는 눈이 쌓여 있지만 분명 청년의 기타였다. 감나무 아래 쌓여 있는 눈 위로 검은 고무줄이 보였다.

"얘, 신발 신고 마루에 올라서면 어떡하니?"

뒤를 돌아보았다. 보살이 들고 있는 촛대에 쏟아지던 겨울 햇살이 내 눈을 찔렀다. 눈에 전기가 흐르는 것처럼 찌릿했다. 손가락으로 눈을 누르며 절 마당을 나섰다. 굴다리로 가 벽에 기대섰다. 주머니에서 초콜릿을 꺼내 종이를 벗겨냈다. 초콜릿은 입안에 넣자마자 녹았다. 쓴 맛이 났다. 쩔걱쩔걱 기차 소리가 귓속을 쿵쿵 치며 다가왔다. 체크무늬 담요 속에 누워 있던 여자가 벌떡 일어나 다가오는 기차를 향해 고래고래 소리를 질렀다. 나도 여자 옆에 서서 머리 바로 위로 지나가는 기차를 향해 소리를 질렀다.

윤희와 미아는 숫자를 다 셌으면 얼른 다시 태어나라고 나를 재촉했다. 나는 태어나기 싫으니깐 너희들끼리 살아보라고 말하고 더욱더 이불 속으로 파고들었다. 장롱 제일 밑에서 꺼낸 원앙금침 이불에서는 쾌쾌한 냄새가 났다.

"언니는 아예 죽어버린 거야?"

윤희가 울먹이며 말했다. 그건 내가 청년에게 묻고 싶은 말이기도 했다. 나는 말없이 눈을 감았다. 멀리서 기차의 기적 소리가 들려왔다. 아버지는 기차를 향해 두 개의 깃발 중 빨간색 깃발을 들어 올리며 다가설 것이었다. 손으로 입을 틀어막았다. 내 이마에 닿았던 청년의 입술을 떠올렸다. 관사 가까이로 기차가 지나가는 소리가 들렸다. 가슴 가운데로 검은 물감 같은 것이 쿨럭쿨럭 흘러 들어오는 것 같았다.

안
종
수

——— 어허 딸랑

길만 씨는 근동에 사람만 죽었다 하면 신이 났다. 숨이 깔딱거려 오늘내일하는 사람의 죽음을 기정사실화하며 노골적으로 신이 날 준비를 하는가 하면, 숨이 넘어갔다는 소식을 듣기가 무섭게 당연한 것 아니냐는 식으로 신이 나서 건들거리며 상가로 향하는 것이었다.

체구가 작고 볼품이 없었지만 누가 죽었다 하면 어디서 그런 자신감과 신명이 나는지 목소리에 힘과 윤기가 실리고 행동거지가 눈이 띄게 달라지곤 했다. 웬만한 사람들은 그 까닭을 다 알고 있었다.

"길만이 또 신났구먼. 사람 죽은 게 저렇게 좋으까."

"메칠 동안 살판난 거지 뭐."

신이 나서 상가를 들락거리며 대낮부터 얼근하게 취해 있는 길만 씨를 두고 동네 사람들이 빙글거리며 주고받는 말이었다.

"왜 안 그렇겄어. 이때나마 대우를 받지, 언제 그런 대우를 받을 껴."

"그나저나 언제까지 저럴 수 있을지… 골골하는 게 심상치가 않혀."

"골골대고 자리보전하구 있다가도 상만 났다하면 신이 나서 설쳐대는 거 보면 별일은 별 일여."

길만 씨는 몇 해 전부터 몸이 좋지 않아 간신히 거동이나 할 뿐 집안일 하나 제대로 거들지 못하고 자리보전하고 있던 터였다. 술을 많이 마셔서 간이 좋지 않을 뿐 아니라, 몸 이곳저곳이 두루 부실하여 얼마 되지 않는 농사일은 그의 아내 쌍달댁이 맡아 짓고 있었다. 다행히 쌍달댁은 몸이 실하고 힘이 좋아 어지간한 농사일은 혼자서 너끈하게 꾸려가고 있었다.

오늘도 길만 씨는 아침 일찍부터 일어나 윗말 상가에 가기 위해 부산을 떨고 있었다. 아예 아침 해장부터 시작해서 하루 종일 얼근하게 취해 상가에 죽치고 있을 요량이었다. 새집처럼 눌리고 형클어진 머리에 물을 찍어 발라 다듬고 집을 나섰다.

"금방 세상 뜨디끼 골골대더니 살판났구먼."

"서방이 중한 일하러 가는디 초를 치구 지랄여. 예팬네가 재수 없이."

그의 아내 쌍달댁을 다그치는 길만 씨의 얼굴에는 오랜만에 아내를 잡도리하는 남편으로서의 기개와 위엄이 넘치고 있었다. 쌍달댁은 팽하고 코를 풀며 길만 씨가 들리지 않을 정도로 종알거렸다.

"그려, 사람이나 죽어 나가야 살판나지 언제 또 저런 신명이 나겄어."

길만 씨는 누렇게 뜬 얼굴에 자신감이 넘치는 웃음을 띠고 윗말 상가 정 주사네 집으로 향했다. 이번 상가는 오랜만의 대박이 될지도 몰랐다. 어제저녁에 죽은 정주사의 큰아들 상구 씨는 요즘 사람답지 않게 전통적인 관혼상제의 예법을 신봉하고 따르는 사람이었다. 군청에 근무하면서 물려받은 전답도 꽤 있는 상구 씨는 여유 있는 생활을 하고 있었다. 부친의 대를 이어 읍내에 있는 향교에 출입하면서 지방 유생으로서의 관록도 유지하고 있었다. 그래서인지 이번 장례도 오일장으로 치르게 되었던 것이다. 물론 저승으로 가는 부친의 유해를 며칠이라도 더 모시고 싶은 효성에서 비롯된 것이었지만 한편으로는 다분히 자신의 효행을 과시하기위한 면도 있었다.

얼마 만의 오일장인가. 길만 씨는 감회가 새로웠다. 삼년 전인가 아랫마을 면장댁 장례 이후 처음 맞는 오일장이었다. 그때만 해도 쌀가마니 값이나 받고 요령을 잡았었다. 요즈음 들어서는 시골에서도 아예 상여를 꾸미지도 않고 영구차에서 내린 관을 친지들이 직접 들고 올라가거나 화장한 유골함을 들고 장지로 이동하는 판이었다.

상여를 메는 경우는 고향에서 죽은 사람들이나, 타관에서 죽었어도 장례를 치르기 위해 고향 선산으로 오는 경우, 자녀들이 고향에 연고가 있어 상여를 꾸며 장지까지 가는 경우였다. 그만큼 상여를 꾸며 장지까지 가는 장례가 드물어졌다는 것이다.

가끔 상여를 꾸며 장례를 치를 때에도 길만 씨를 부르는 것은 길만 씨 동네로 한정되어 있었다. 십여 년 전만 해도 근동에서 행세깨나 하는 집안에서 상이 나면 으레 길만 씨가 요령을 잡았었다. 그러나 몇 년 상관으로 길만 씨는 요령을 잡아본 기억이 아득했다. 몇 동네를 통틀어 상이 나면 길만 씨 차지였는데 언제부터인가 이웃동네에서는 상엿소리 몇 소절 외운 젊은 사람들이 대충 요령을 잡았다. 근래에 들어서는 요령잡이의 선창도 없이 상두꾼들만 후렴구를 복창하며 쫓기듯 후다닥 해치우기도 했다. 길만 씨는 이렇게 아무나 요령을 잡고 되는 대로 해치우는 장례를 싸잡아 경멸했다.

"개나 소나 요령 잡으면 되는 줄 아는가. 다 가락이 있고, 신명이 있고, 숨길이 맞어야 되는 겨. 되는 대로 씨월거리면 되는 줄 아남. 생각혀봐 이. 죽은 육신이 혼을 불러 이승 사람들헌티 마지막으로 하직하는 소리여. 아무나, 아무러키나 하는 게 아녀. 그라구지 애비 애미 장례에 그게 뭔 짓여. 개돼지 잡아 메고 가드끼 갖다 치우는 불쌍놈들!"

길만 씨는 요즈음의 장례가 당최 마음에 들지 않았다. 마음에 들지 않는 정도가 아니었다. 길만 씨에게 요즘 장례는 그냥 송장 치우기지 장례가 아니었던 것이다. 금방 숨이 넘어가는 사람을 병원으로 데려가 객사를 시키고 병원 영안실에서 장례를 치르는 것은 다반사고 뻔히 제집 두고 일부러 장례식장에서 장례를 치르는 것도 이해할 수가 없었다. 특히 길만 씨가 기가 찬 것은 장례식장에서 영구차로 실려온 관을 큰길에서 제법 걸어서 직접 묫자리까지 들고 가는 것이었다.

"사람으로 태어나서 보통 사람도 혼인할 때 한 번, 양반들이 타던 가마를 타고 남자는 벼슬아치가 입던 사모관대를 하고 여자는 공주가 대례 때 입던 활옷을 입고, 죽어서 장지까지 가는 길에 임금이 타던 가마하구 비슷한 상여를 타는 거여. 살아서도 아니고 죽어서 한 번 타는 상여를 못 태우고 망인을 보내는 건 불효 중의 상 불효여."

길만 씨는 벌써 얼근해서 상가 마당에 피워놓은 화톳불을 쬐면서 일장 연설을 늘어놓고 있었다. 길만 씨의 이런 연설은 상이 날 때마다 행해지는 관례 행사였다. 길만 씨는 상가에서만은 모두를 가르치고 이끄는 장례 전문가로 통했기에 의기양양했다. 마을 사람들도 그런 길만 씨를 그때만큼은 인정해주고 고스란히 듣고 있었다. 물론 장례가 끝날 때까지만이었다.

길만 씨는 자신이 무슨 상주나 되는 것처럼 문상객들에게 아는 체를 하며 인사를 하고 돌아다녔다. 문상객이 모여 앉아 있는 이 상 저 상 기웃거리다 한자리 차고 앉아 술을 마시며 떠들어댔고, 상주가 있는 마루나 시신이 안치되어 있는 안방까지 수시로 드나들며 장례에 관한 참견을 했다.

오늘도 길만 씨는 상주인 정 주사 큰아들을 열심히 설득하고 있었다.

"오일장도 같은 오일장이 아녀. 근동에 자네 같은 유생이 어디 있어. 자네 부친마냥 훌륭한 양반이 가시는디 상여놀이 한번 안 하면 얼메나 섭하시겠나. 안 그려?"

남들은 삼일장도 멀다 하는데 오일장을 하는 정 주사 큰아들도 마음에 두고 있었다는 듯 받아넘겼다.

"걱정 말어유. 발인하기 전날 미리 상여나 잘 꾸며 놔유. 돌아가신 아버님이나 제 체면을 봐서라두 너무 요란하지 않게 즘잖게 놀아줘유. 먹새는 걱정 말구유. 돼지 두 마리 잡았으니께 충분할 규."

"그렇구 말구. 요즘 같은 시대에 자네 같은 효자도 드물지. 그라구 호상 중 호상 아녀. 아흔을 넘기셨으니. 그라구 걱정일랑 붙들 어 매게. 내 신명이 아직은 정정햐."

오일장을 치르는 동안 많은 문상객들이 법석대고, 동네 사람들은 아예 상가에 대놓고 밥 먹고 술 마시고 고스톱 치고 윷을 던지며 진탕 놀아댔다. 마당가에서는 갓 잡은 돼지 갈비를 굽는 냄새와 연기가 가득 피어올랐다. 애들은 애들대로 신이 나서 화톳불

주위를 뛰어다녔고 아낙네들도 끓이고 지지고 설거지하면서도 틈틈이 먹고 마셔댔다. 그야말로 풍성한 잔치 마당이었다.

길만 씨는 아예 제집처럼 드나들었다. 먼 데서 온 친척들이 모여 있는 사랑방, 여자 상주들이 모여 있는 안방, 부엌, 고스톱이 한창인 건넌방, 윷놀이가 벌어지고 있는 마당으로 돌아다니며 괜히 아는 체를 했다. 떠들썩한 상가 분위기가 너무 보기 좋아 행복해서 죽겠다는 표정이었다. 길만 씨는 마냥 기분이 좋아 눈을 가늘게 뜨고 실실 웃어가며 술잔을 기울였다. 그러다가 취하면 곯아떨어져서 제집 안방처럼 아무 방이나 기어 들어가 늘어지게 잤다. 그런 길만 씨를 상가 사람들은 물론 동네 사람들 누구도 뭐라 하지 않았다. 늘 그래 왔기 때문에 그러려니 했다.

마당에서는 벌써 상여가 꾸며지고 있었다. 밀채가 앞뒤로 길게 가로놓이고 앞뒤로 채 막대가 맞춰졌다. 멜방망이인 홍골목을 가위 자로 엇갈려 세워놓고, 단청으로 장식한 동체가 밀채 위에 올려진다. 다시 동체 위에 반구 모양의 보개를 올려놓는다. 보개는 상여의 지붕과 같은데 그 꼭대기에는 연꽃 모양의 조각이 얹혀 있다. 보개 앞에는 용이 서로 엉켜 있는 꼭두가 세워진다. 보개 위에는 하얀 천에 보라색 도련을 돌린 양장이 'X' 자 모양의 장대에 매여 펄럭인다. 이 양장은 구름이 떠 있는 하늘을 상징한다. 양장의 네 귀에는 초롱이 달려 있다.

길만 씨는 상여를 꾸미는 사람들을 큰 소리로 참견하면서 신이 나서 상여 주위를 맴돌았다. 상여가 다 꾸며지자 길만 씨는 요령을 잡아 흔들었다. 딸랑거리는 소리와 함께 상두꾼들이 멜빵을 메고 일어섰다.

요령을 잡은 길만 씨는 신들린 듯한 표정으로 목소리를 가다듬었다. 약간 쉰 듯한 목소리는 아직도 쌩쌩했다.

'가세 가세 어서 가세, 갈 길이 머니 어서 가세.'

'어허 어허 어허이에 어허.'

길만 씨는 상여의 앞채 막대를 잡고 요령을 흔들었다. 상두꾼들은 좌우로 흔들며 박자를 맞추고 있었다. 첫발을 떼기 전의 예비동작인 것이다. 길만 씨의 요령이 울리고 '가세 가세' 하고 쳐올리듯이 꺾이는 소리가 나면서 상가의 분위기는 대번에 바뀌었다. 원래 호상이었던 터라 활기찼던 상가는 요령 소리와 상여 소리로 공연을 시작하는 무대처럼 한껏 들뜨기 시작했다.

'간다 간다 나는 간다 저승으로 나는 가네.'

'어허 어허 어허이에 어허.'

안마당은 물론 바깥마당까지 가득 찬 사람들은 벌써 상여를 따라나설 채비를 하며 움직이기 시작했다. 솜방망이에 석유를 묻혀 만든 횃불이 길을 밝히고 영정과 만장 공포가 상여 앞에 서자 드디어 상여는 움직이기 시작했다. 상여 뒤에는 막걸리 양동이와 삶은 돼지 수육이 그득 담긴 안주 그릇을 든 젊은이들이 뒤를 따랐다. 동네 꼬마들은 신이 나서 벌써 상여를 앞질러 이리저리 날뛰었다.

일렁이는 솜방망이 횃불에 얼비친 화려한 상여는 움직이는 작은 신전처럼 보였다. 양장은 상여의 움직임에 따라 밤바람을 맞으며 어둠 속에서 펄럭이며 물결쳤다. 한창 피어나는 아카시아 꽃향기가 싸하게 풍겨왔다. 길만 씨가 흔드는 요령 소리는 어둠 속에서 더욱 선명하게 딸랑거렸다.

'간다 간다 나는 간다'

'어허 어허 어허이에 어허.'

'이승 길을 하직하고, 부모처자 이별하고, 저승으로 나는 가네'

길만 씨의 걸쭉하고 힘이 넘치는 선소리는 구성지게 꺾여 넘어갔다. 사람들은 이내 이승을 하직하는 죽음의 가락에 빠져들고 말았다. 길만 씨의 흥에 겨워 꺾여 넘어가는 선소리로 죽음은 이미 공포도 슬픔도 아니었다. 그냥 너울거리며 고개를 넘어가는 노랫가락일 뿐이었다.

'이제 가면 언제 오나 오는 날을 일러주오. 못 가겠네 못 가겠네 서러워서 못 가겠네.'

길만 씨의 선창에 이어지는 후렴구로 '어허 어허'를 합창하는 상두꾼들도 흥이 나서 머리를 좌우로 까닥이며 발을 맞추고 있었다.

상여는 춤추듯 너울거리며 둑방 길로 올라섰다. 동네가 내려다보이는 둑방 길로 들어선 상여는 제자리에 선 채 좌우로 움직였다.

'못 가겠네 못 가겠네 목이 말라 못 가겠네. 술이나 한잔 마시면서 쉬었다가 다시 가세.'

'어허 어화 어구리 넘차 어화.'

길만 씨의 신호에 따라 상여는 홍골목을 가위 자로 엇걸어 세우고 멈췄다. 막걸리를 양푼에 가득 따라 마시고 입을 씻은 길만 씨는 돼지 수육을 맛있게 씹으면서 흐뭇한 표정으로 동네 사람들을 훑어보았다. 여기저기 막걸리를 마시고 안주를 먹으며 와자지껄했다. 어둠 속 저쪽 구석에서는 까까머리 선머슴애들도 눈치를 살피며 저희들끼리 양푼으로 막걸리를 마셔대고 있었다. 동네 사람 모두가 나와 있는 것 같았다. 길만 씨는 막걸리 양푼을 거듭 들면서 상쇠인 자신의 선도로 흥청이며 돌아가는 농악놀이를 떠올리고 있었다. 길만 씨는 눈을 가늘게 뜨고 흡족한 표정으로 입가에 묻은 돼지기름을 훔쳐냈다.

"맏사위 어디 갔어. 빨리 맏사위 대령시켜."

길만 씨는 막걸리를 마시고 있는 사람들에게 호통을 쳤다. 상여놀이에서 빠질 수 없는 것이 상가의 사위 벗겨 먹기였다. 상여놀이를 통해 상가에서 돈을 뜯어내 뒤풀이 술값과 동네 발전 기금을 마련하는 것이었다. 맏사위는 정주사 큰아들 또래로 이웃동네 사람이었다. 벌써 술이 불콰하게 오른 맏사위는 준비한 봉투를 내밀었다. 길만 씨는 봉투에 손가락을 넣어 한쪽 눈을 비껴 뜨며 돈을 확인했다.

"이건 아니지, 너무한 거 아녀? 더 좀 써야겠어."

"아따, 한 번에 끝낼 껴? 한 바퀴 돌자면 한참여. 길게 놀아보자구."

맏사위는 벌써 어디쯤에서 상여가 멈추고 돈 봉투는 몇 번을 찔러줘야 하는지 다 안다는 투로 눈웃음을 치며 길만 씨를 달랬다.

길만 씨는 못 이기는 척 요령을 잡아 흔들어 상여를 일으켜 세우고 앞으로 나아갔다. 연거푸 마셔댄 막걸리로 불콰해진 길만 씨의 얼굴은 일렁이는 솜방망이 불빛에 더욱 붉어 보였다. 얼근하게 오른 술기운은 길만 씨의 흥을 더욱 돋웠다. 길만 씨는 흥에 겨워 흐느껴 울듯 처량하고 구슬프게 선창을 하며 요령을 흔들었다.

'저승길이 멀다더니 대문 밖이 저승일세.'

'어화 어허 어화 넘차 어흐와.'

상여는 요령과 상여 소리에 맞춰 흔들리며 나아갔다. 흐느낌처럼, 수의를 펄럭이며 저승길을 가는 망자의 모습처럼 천천히 나갔다. 온 동네가 내려다보이는 둑방 길을 지나는 상여 행렬을 뒤따르는 사람들도 상여 소리에 맞춰 하나의 군상을 이루며 나아가고 있었다. 둑방 길 아래 동네 곳곳에 아녀자들과 노인들이 모여서 상여놀이를 구경하고 있었다. 둑방 길을 지나는 상여 행렬은 잘 짜여진 무대였다. 무대 위에서 펼쳐지는 놀이를 온 동네 사람들이 함께 즐기고 있었다.

"정 주사는 좋겠네. 살아서도 착하고 무던하게 사시더니, 자식 잘 둔 덕에 상여놀이까지 하고 저승을 가시니."

"그나저나 영구 아비지 신났구먼. 얼마 만에 해보는 상여놀이여. 자리보전하고 누워 있다더니 신명은 여전하구먼."

"글쎄. 앞으로 얼마나 더 요령을 잡아볼 수 있을는지. 그나저나 저 사람 죽으면 누가 요령을 잡는다나."

동네 어귀 이곳저곳에 서서 상여놀이를 구경하고 있던 아낙네들이 두런두런 얘기를 나누고 있었다.

상여가 안산으로 난 다리에 닿자 길만 씨는 상여 앞채를 잡고 상여를 세웠다.

'문전옥답 다 버리고 원통해서 못 가겄네.'

'저승길에 노자하게 돈 몇 푼 쥐어주게.'

상여는 다시 가위 자로 걸친 홍골목 위에 얹혀졌다.

"아니 몇 걸음이나 왔다고 또 멈추나? 그라구 내일은 이 다리 건너갈 것도 아닌디, 다리라고 죄다 스면 어떡하자는 겨?"

맏사위가 짐짓 볼멘소리로 투덜댔다.

"뭘 모르는구먼. 알 리가 없지. 사위가 뭘 알었어. 정 주사 어른 옥답이 이 다리 건너 저기 아녀. 허구헌 날 이 다리 건너다니면서 농사일 돌본 거 알기나 아남. 새끼처럼 보듬던 옥답 두고 가는 길이 얼마나 원통하겄는가 이?"

맏사위는 또 봉투를 내밀었고, 길만 씨는 봉투를 확인하고는 머리 위로 흔들었다. 그것을 신호로 막걸리 양푼이 돌았다. 벌써 거나해진 길만 씨는 또 양푼이 철철 넘치게 받아 막걸리를 들이켰다. 그 후로도 상여는 둑방 길을 지나 차도로, 차도에서 동구 밖 안으로, 동네 한가운데 서 있는 둥구나무 아래를 지날 때마다 상여를 세우고 봉투를 받아냈다. 그때마다 막걸리를 양푼으로 마셔댔으니 상여 소리나 걸음걸이가 더욱 끈끈해지고 걸쭉해질 수밖에 없었다. 그중에서도 눈에 띄게 휘청거리는 길만 씨의 상여 소리만큼은 한층 구슬프면서도 흥이 넘쳐났다.

길만 씨는 어느새 상여 앞채 위에 올라타고 요령을 흔들었다. 길만 씨를 태운 상여가 둥구나무를 지나고 다시 동네 최 연장자인 조 영감을 태우고 동네 고샅까지 돈 다음에야 상여놀이는 끝났다.

만취한 길만 씨는 비틀거리는 걸음으로 집에 돌아와서도 혀 꼬부라진 상여 소리를 흥얼거렸다. 그의 아내 쌍달댁은 혀를 끌끌 찼다.

"금방 저세상 갈듯이 빌빌대더니… 아주 술통을 들이붰구먼. 그나저나 저 꼴로 내일 요령 어티키 잡을 껴."

쌍달댁이 걱정하던 일은 일어나지 않았다. 길만 씨는 쌍달댁보다 일찍 일어나 벌써 상가에 가서 해장술을 마시고 있었다. 전날 밤 상여놀이를 하면서 마신 술이 아직 덜 깬 길만 씨는 해장술에 벌써 눈이 풀려 있었다.

"해 뜨기 전부터 이렇게 마시구 이따가 어티키 요령을 잡을 뀨?"

해장국 가마솥에 장작을 집어넣으며 두마니댁이 한마디 했다.

"걱정두 팔자여. 내가 술 때문에 요령 못 잡은 적 있남? 술을 마셔야 제소리가 나오는 겨."

길만 씨는 벌써부터 상가 이곳저곳을 드나들며 참견을 하기 시작했다.

"아따, 일찌감치도 왔네 그랴. 밤새 그렇게 퍼먹고도 새벽부터 일어나서 설치는 거 보면 요상하기는 요상혀."

호상인 이장이 길만 씨에게 말을 던졌다. 길만 씨는 불콰해진 얼굴로 싱그레 웃으며 입가에 묻은 막걸리를 닦아냈다.

"자네가 장례위원장이면 나는 상여위원장 아녀? 뭐니 뭐니 해도 상가의 꽃은 상여여. 상여가 잘 나가야 장례가 잘 매조지 되는 거 아니겄어."

"하긴 그려. 오늘 근사하게 놀아봐. 호상이겄다, 문상객들 많겄다, 최고지 뭐. 안 그려?"

길만 씨는 너무 좋아서 어찌할 줄 모르는 어린애 같은 웃음을 지으며 이장을 향해 아양을 떨듯 말했다.

"날씨는 왜 이리 좋은 겨. 정 주사 어른 좋겄네. 만화방창 호시절에 꽃가마 타고 가시니."

해가 솟자 사람들이 모여들었다. 마당에는 깔린 멍석 위에 상이 차려지고 뜨끈한 국물에 밥을 말아 해장을 하는 사람들이 그득했다. 일찌감치 산에 올라 묫자리를 파는 사람들과 상여를 멜 사람들이었다. 길만 씨는 그들을 독려하며 이것저것 지시를 하고 있었다. 그러나 사람들은 길만 씨의 말은 안중에도 없이 먹고 마시는 데 열중해 있었다.

"밥이나 먹읍시다. 오늘 중으로 들어가면 되는 거 아녀. 그만 좀 채근하슈."

누군가가 핀잔을 했다.

"들어간다니? 어디를 들어간다는 겨. 말이라구 다하는 게 아녀. 돌아가시는 거지. 저승으로 다시 돌아가시는 겨."

"돌아가나 땅속으로 들어가나 그게 그거지 뭘 따져유."

"말이 통해야지 말을 하지. 됐네, 어여 국밥이나 쟁여 넣구 싸게

들 일어나라구."

길만 씨는 상두꾼들에게 운동화, 수건, 장갑, 담배를 돌렸다.

"이번 운동화는 최고급은 아니래두 싸구려는 아녀. 고맙게들 받으라구."

정 주사 큰아들인 상구 씨는 아버지 정 주사의 장례를 통해 자신의 가문과 효행을 과시하기라도 하듯 돈을 아끼지 않았다. 분명 길만 씨에게도 보너스로 돈푼깨나 쥐어줄 것이었다. 길만 씨의 장례에 대한 총평을 무시할 수 없었기 때문이었다. 장례가 끝난 후 길만 씨가 장례에 대해 떠벌리고 다닐 것에 신경을 쓰지 않을 수 없었을 것이다.

아침 식사가 끝난 후 상여가 꾸며졌다. 밀채가 가로놓이고 관이 올려졌다. 보개가 덮이고 양장이 걸쳐졌다. 발인제와 영결식이 시작되었다. 상제들이 순서대로 분향하고 술잔을 올렸다. 상구 씨의 조카가 정 주사의 공덕을 기리는 송공문을 낭독했다. 이 송공문도 특별히 상구 씨가 생각해서 집어넣은 것이었다.

드디어 길만 씨의 요령이 울렸다. 상여가 들려 올려졌다. 아무리 호상이라도 이제 영원히 집을 나서 저승으로 가는 실감에 곡성이 터졌다. 상여를 부여잡고 호곡하는 딸들과 며느리들이 '아이고 아버지'를 외쳐댔다. 상여를 둘러싸고 있던 동네 아낙들도 눈물을 찍어냈다.

'어허 어허 어허 어허' 길만 씨는 요령을 흔들어 첫 소리로 신호를 했다.

'간다 간다 나는 간다. 저승으로 나는 간다.'

'어허 어허 어허 어흐아.'

상여는 제자리에 서서 좌우로 움직이며 박자를 맞추었다.

요령 소리와 상여 소리 호곡 소리로 상가 마당은 삼중주의 화음으로 고조되고 있었다.

'이제 가면 언제 오나. 정든 집아 잘 있거라.'

'어허 어허 어하넘차 어흐아.'

상여가 움직이기 시작했다. 상여는 앞마당을 지나 둑방 길로 들어섰다. 상여를 부여잡은 여자상제들의 호곡 소리가 숨 넘어갈듯이 다급해졌다. 누군가가 상여를 잡은 손을 뜯어말리고 상여를 놓친 호호백발 큰딸은 땅바닥에 주저앉아 호곡했다. 상여는 고샅을 지나 동구 밖을 향해 나아갔다. 상여에서 떨어진 여자들은 상여가 둑방 길을 지나 국도로 들어설 때까지 상여를 보내기 위해 서 있었다.

봄은 무르익어 화창하고 아까시 꽃이 만발한 뒷동산에서 달콤한 꽃바람이 밀려와 상여의 양장을 물결치게 했다. 화려한 상여는 경쾌하게 발을 맞추며 동네 앞 국도를 지나갔다. 상여를 따라가지 못하는 사람들은 고샅 이곳저곳에 모여 서서 정 주사의 상여를 배웅하고 있었다. 뒷동산에서 뻐꾸기가 울고 산비둘기 소리가 들려왔다. 동네에서 바라본 상여는 화려한 한 폭의 그림이었다. 영정과 명정이 앞서고 상여와 조객들이 뒤따르는 모습은 한없이 따스하고 편안해 보였다. 봄바람에 춤추듯이 너울거리며 비경 속으로 들어가는 신령스런 행렬이었다.

'저승길이 너무 멀어 노자 없어 못 가겠네.'

'공주 효자 우리 상구 노자 좀 듬뿍 줘어주게'

'문전옥답 다 버리고 섭섭해서 못 가겠네.'

'못 가겠네 못 가겄네 물길이 멀어 못 가겠네.'

'못 가겠네 못 가겄네 산길이 험해 못 가겠네.'

길만 씨는 두 개의 다리를 건너기 전에, 채 미처 완성하지 못해 임시로 설치한 외나무다리를 건너기 전에, 개울 건너 좁은 산길을 올라가기 전에 '못 가겠네, 못 가겠네'를 외치며 상여를 세우고 상주와 사위에게 절을 시키며 봉투를 받아냈다. 그럴 때마다 상두꾼들과 뒤따르는 조객들은 따끈해진 햇빛 아래서 막걸리를 마셨다. 길만 씨도 맘껏 막걸리로 목을 축였다.

상여가 좁은 두렁길을 갈 때에는 '에랑 얼싸' 가락으로, 산비탈을 올라갈 때에는 상주들까지 힘을 합쳐 상여를 끌고 밀며 '영치기 영차' 가락으로 바꾸며 올라갔다. 상여가 가파른 등성이를 올라서자 미리 파놓은 못자리에 막 파헤쳐 놓은 흙이 쌓여 있었다. 저만치 작업을 끝낸 사람들이 담배를 피우며 땀을 식히고 있었다.

한숨을 돌리고 마지막으로 술이 오르고 이내 하관이 시작되었다. 관을 수평과 좌우를 맞추어 반듯하게 내려놓고 상여 앞에 세웠던 명정을 관 위에 덮었다. 횡대를 가로 걸친 후 길만 씨의 지시에 따라 상주와 지인들이 먼저 흙을 관 위에 뿌렸다. 상주들의 곡성이 터졌다. 이제 영영 그 흔적도 볼 수 없다는 막막함으로 뜨거운 눈물을 쏟았다. 이어 사정없는 삽질과 가래질이 이어졌다. 관 위로 묵직하게 떨어지는 흙덩이로 관이 보이지 않게 되자 생과 사의 갈림길이 어디인지 알 수 없는 평지가 되고 곧 달구질이 시작되었다. 홍골목으로 내리 다지며 달구질 소리가 이어졌다. 길만 씨의 선소리에 이어 후렴귀가 이어졌다.

'산신 지신 정령님께'

'에헤라 달구'

'달구 소리로 고합니다.'

'에헤라 달구'

달구질과 함께 이어지는 달구질 소리는 상여 소리와는 달리 기운차고 신명이 넘쳐났다. 하관으로 가라앉았던 분위기가 대번에 밝아졌다. 상주들은 넋을 잃고 저만치 앉아 흔적도 없이 사라진 주검이 봉분으로 다시 완성되는 모습을 차라리 편안하게 바라보고 있었다. 달구질 소리는 상가의 장례를 마무리하는 신명 나는 축제의 마지막 장이었다.

'동래정씨 영가된 이'

'에헤라 달구'

'극락왕생 하시옵고'

'에헤라 달구'

봉분이 완성되고 떼를 덮기까지 또 두어 번 막걸리를 마시며 봉투를 받아냈다. 막무가내로 돈 봉투를 요구하지는 않는다. 상가의 재정 형편을 고려하고, 상주의 동네 애경사 참여도를 참작하여 적

정선에서 받아내는 것이었다. 이번 정 주사 상가에서는 근래에 보기 드물게 오일장에 상여놀이에 봉투도 흡족하게 받아냈다. 길만 씨는 벌린 입을 다물지 못하고 흥에 겨워 산을 내려왔다.

길만 씨는 얼근하게 취해서 산을 내려오며 주위사람들에게 남이 듣든 말든 자신의 요령잡이 이력에 대해 떠들기 시작했다. 사람들은 길만 씨의 자랑을 동네에 상이 있을 때마다 들어서 거의 외우다시피 했다.

"굉장했지. 일천구백육십년 오월에 공주 갑부 김갑순이 죽었을 때 말여. 충청도 요령잡이들은 다 모였을 껴. 그중에서 뽑혀 요령을 잡았는디. 구경꾼이 구름처럼 몰려왔었지. 그때 모인 사람들이 수만 명은 됐을 껴. 대단했지. 그때 받은 돈이 쌀 다섯 가마 값여. 지금은 쌀값이 별거 아니지만 그때 쌀 다섯 가마 값은 웬만한 공무원 두 달 월급보다 많은 돈여."

길만 씨의 요령잡이 경력 중에 가장 화려하고 절정이었던 시절이었다. 김갑순이 상여 행렬을 보려고 모여든 사람들이 인산인해를 이루었고 길가에 나와 있는 사람들에게 인절미를 나눠주기 위해 수십 가마의 떡쌀을 쪘다 한다. 상여를 뒤따르는 만장만도 수백 장에, 문상객만 해도 까마득하게 늘어섰다 했다. 김갑순의 상여 행렬에 길만 씨가 요령을 잡은 것은 길만 씨의 요령잡이 경력에 화려함을 더했다.

길만 씨는 행세깨나 하는 집안에 상이 나면 모셔가는 유명 인사가 되었다. 목소리에 힘도 있고, 꺾어 넘기는 가락이 구성지면서도 구슬퍼서 인기가 대단했었다. 특히 정해진 노랫말이 아닌 즉흥적이고 구성진 노랫말로 행렬의 분위기를 이끌어가는 재주는 어디서든지 알아주었다.

산을 내려온 길만 씨는 오월의 땡볕과 막걸리에 어지간히 힘이 들었는지 상가에 가서 다시 한잔하자는 사람들의 권유를 물리치고 집에 들어와 누워버렸다. 너무 무리했는지 꼼짝을 할 수 없었다. 오일장을 치르는 동안 하루도 빠짐없이 상가에 들락거리면서 막걸리를 마셔대며 밤을 새고, 상여놀이에 이어 발인하는 날 요령까지 잡았으니 그럴 만도 했다.

다른 일이라면 몰라도 상가에서, 특히 요령을 잡으면 지칠 줄을 모르던 길만 씨였다. 그러나 몇 년 전부터 자리보전하며 골골하던 길만 씨에게 이번 정 씨댁 상사는 무리였는지 축 늘어져버렸다.

"어이구, 살판난 것처럼 기고만장하더니 상이 끝나끼 오뉴월에 뭐 늘어지듯이 폭삭하는구먼."

쌍달댁은 아랫목에 널브러진 남편을 돌아보며 혀를 찼다. 볼품없이 구겨진 남편의 몸에 이불을 덮어주는 쌍달댁의 얼굴에 수심이 깃들고 긴 한숨이 뒤를 이었다. 남편의 몸이 예전 같지 않은 거야 알고 있지만 이렇게 폭삭 사그라지는 모습은 처음이었다. 골골하다가도 상만 났다 하면 언제 그랬냐 싶게 다른 사람처럼 벌떡 일어나 설쳐대고 상이 끝난 후에도 얼마 동안은 그 흥에 겨워 흥청거렸는데 이제는 운신을 못 하는 것이었다.

길만 씨와 정 주사네는 특별한 인연이 있었다. 정 주사네가 지금은 가산이 풍족하고 자손이 번성하여 근동에서는 내로라하는 집이 된 것은 불과 이십여 년 상관이었다. 그 전에는 그야말로 말로만 양반입네 하고 꼿꼿한 척했지만 하루 풀칠하기도 어려운 집안이었다. 그때야 어디 정 주사네 뿐이었을까. 왜정을 거쳐 해방이 되고 너나없이 어렵던 시절이었다.

그 시절 칼바람이 몰아치던 동짓달에 정 주사 아버지가 세상을 떴다. 길만 씨는 요령잡이였던 아버지의 뒤를 이어 처음으로 요령을 잡았다. 이십 리가 훨씬 넘는 길이었다. 빠른 이박자로 뛰듯이 눈 쌓인 들판을 가로질러 갔다. 상여 소리도 필요 없었다. 그냥 '어허 어허' 하며 경중경중 뛰어갔다. 길만 씨는 앞장서서 상여를 인도하기는커녕 뒤처져 상여를 따라오지 못하는 정 주사를 부축하는 일을 맡아야 했었다.

중간에 몇 번 쉬기는 했으나 따끈한 국물도 막걸리도 없었다. 그냥 가쁜 숨을 고르기 위해 잠시 멈춘 것에 불과했었다. 눈 쌓인 비탈길을 '으쌰 으쌰'로 올라가서 매장을 했다. 그래도 정 주사의 고향으로 정씨 문중이 모여 사는 곳이어서 시래기국밥이나마 한 그릇씩 대 접 받을 수 있었다. 정 주사는 자기 아버지가 돌아가신 슬픔보다도 문중 사람들의 고마운 대접에 더 많은 눈물을 흘렸었다.

돌아올 때도 정 주사를 맡아 부축한 길만 씨는 상 하나 또 나게 생겼으니 잘 보살피라는 말을 남기고, 안방까지 들어가 누이고 나왔던 것이다. 그러고도 끄떡없던 길만 씨도 이제는 늙어 삭아버리고 말았다.

정 주사 아버지 상에 처음 요령을 잡고, 그 아들 정 주사가 죽어 요령을 잡은 사십 년 세월이 후딱 지나버렸다. 그동안 숱한 상가를 전전하면서 사람이 죽어 나가는 길을 앞장서서 이끌었다. 요령을 잡고 상여를 이끌면서 한 사람의 마지막 가는 길을 인도했다는 충만감에 보람을 느끼고 살아왔었다. 노상 있는 일은 아니지만 아무나 잡고 흔들어서는 안 된다는 생각으로 요령을 잡아왔었다.

전에는 몸이 시원치 않다가도 상가에서 요령을 잡고 나면 힘이 솟아났었다. 날이 갈수록 근력이 달리고 뱃심이 줄어들더니 이제는 한 번 요령을 잡고 나면 며칠씩 자리보전을 해야 했다. 길만 씨는 왠지 이번 정 주사네 상가가 요령잡이로서 마지막이라는 생각이 들었다. 거기다가 요령을 잡기는커녕 상가에 어슬렁거리며 참여하는 것도 힘들 것이라는 생각까지 드는 것이었다.

"내가 죽으면 누가 요령을 잡아줄 껴?"

"아따, 방정맞기는. 죽으면 어련히 저승으로 가까. 저승 못 가게 비 벌써부터 걱정여?"

"이 무식한 예팬네야. 그럼 죽으면 저승으로 가지 이승으로 가남?"

"아니, 그럼 뭐 때미 요령 타령여? 죽는 거보담 누가 요령 잡아주까, 그게 걱정여?"

"젠장, 내가 말을 말어야지."

정 주사네 상이 끝나자마자 폭삭 사그라진 길만 씨는 짜증이 섞인 음성으로 대꾸하더니 끙 소리를 내고 돌아누웠다. 길만 씨는 정 주사가 부러웠다. 젊어서는 고생을 했지만 가세가 피고 아들을 잘 둬 말년에는 유유자적 편안하게 살다가 저승으로 갔다. 거기다가 오일장에 상여놀이에 푸짐한 장례식에 날씨도 좋아 아까시 꽃이 만개한 날에 저세상으로 갔다. 거기에 비해 길만 씨는 무엇하나 제대로 이루어놓은 것이 없었다. 재산도 그렇고 자식 농사도 그렇고 몸도 성하지 못했다. 특히, 죽어서도 자기만큼 절절하게 요령을 잡고 상여 소리를 해줄 마땅한 사람이 없다는 것이 마음에 걸렸다. 그렇다고 지금이라도 길만 씨 대신 요령을 잡을 만한 사람을 골라 교육을 시킬 수도 없는 노릇이었다.

길만 씨가 사는 동네는 좀 특이했다. 사람들이 너무 점잖다고 할지 아니면 나서기를 싫어한다고 해야 할지, 도대체가 요령을 잡으려는 사람이 없었다. 어느 마을이든지 자연스럽게 뒤를 잇는 고리가 있게 마련이었다. 풍장을 치는 사람도 뒤를 이어 상쇠재비와 징재비, 장구재비, 북재비가 나게 마련이었다. 요령잡이도 마찬가지였다. 늙거나 죽으면 자연스레 뒤를 이어 누군가가 대신할 사람이 나오는 게 이치였다. 누가 꼭 집어주지 않아도 자연스럽게 세대교체가 이루어지는 것이 당연했다.

그러나 길만 씨가 사는 마을에는 요령을 잡겠다는 사람이 없었다. 누군가는 길만 씨가 워낙 튀다 보니까 뒤에 나서려고 하는 사람이 없다고도 했다. 맞는 말인지도 몰랐다. 길만 씨는 그래도 흥이 있고 노랫가락이나 뽑을 줄 아는 두어 사람을 맘에 두고 뒤를 잇게 하려고 시도를 해보았지만 소용없었다.

"아니, 요새 요령잽이가 따로 있나유. 그때그때 아무나 잡으면 되잖어유. 그라구 앞으로는 상여 꾸며서 장사 지내는 집 있것슈? 그냥 대충 들어다 묻는 시상인디. 포클레인으로 땅 파구 묻는 시상 아뉴?"

길만 씨가 내가 죽으면 그래두 니가 요령을 잡아야 되지 않겠느냐고 언질을 주자 조 서방 큰아들이 한 말이었다. 듣고 보니 그럴 만도 했다. 요즘 세상에 전문 요령잡이가 무슨 필요가 있단 말인가. 이제는 상여조차도 없어질 판인데. 그렇다고 새파란 아들에게 요령을 잡아보라고 할 수도 없었다. 언젠가 아들놈에게 상여 소리를 가르쳐준다고 하자 쌍달댁은 길길이 뛰었다.

"아니, 지금 시상이 어느 땐디 그런 새 코 빠지는 소리를 한댜? 하나밖에 없는 아들놈 고등핵교도 못 보낸 게 한이 되는구먼 뭐 가르칠 게 웂어서 그걸 가르쳐? 남이 들으까 무섭네 이."

그 후로 길만 씨는 누구에게 상여 소리를 가르치겠다는 소리는 뻥긋도 하지 못했다. 사실 가르치고 지지고 할 것이 못 되었다. 그냥 듣고 혼자서 익히는 거지 상여 소리가 뭐 그리 대단한 거라고 대놓고 가르치기까지 하겠는가. 길만 씨는 한숨을 내쉬며 붉은 저녁놀을 우두커니 바라보았다.

길만 씨는 어릴 때부터 '어허 딸랑' 놀이를 좋아했었다. 상여를 처음 보았을 때가 언제인지 정확하게 집어낼 수는 없어도 상여에게서 받는 느낌은 언제나 강렬했다. 마을에서 거리를 두고 초라하고 음침하게 서 있는 상엿집은 묘하게 기분 나쁘고 무서워서 얼씬

하지도 못했지만, 꾸며진 상여는 눈이 부실 만큼 환상적이었다. 죽음의 세계는 저런 색일 거라는 생각이 들기도 했다. 특히 처량하면서도 구성진 상여 소리는 길만 씨를 사로잡았다.

길만 씨는 상여만 떴다 하면 어른들의 만류에도 불구하고 열심히 상여를 따라갔다. 언젠가는 동네에서 꽤 떨어진 공동묘지까지 따라간 적도 있었다. 아이들을 모아 '어허 딸랑' 놀이를 할 때면 으레 앞장서서 요령잡이 흉내를 냈다. '어허 딸랑' 놀이는 길만 씨의 취미이자 특기였다. 또래들 중 누구도 외우지 못하는 상여 소리와 상쇠의 지신밟기 사설을 몇 구절이나마 외우는 이는 길만 씨뿐이었기 때문이었다. 노랫가락이 붙은 가사를 잘 외우는 것이 길만 씨의 특기라면 특기였다. 그 후로 길만 씨는 자연스레 상이 나면 요령을 잡고, 풍장을 치면 상쇠가 되었다.

정 주사네 상이 끝나고부터 꼼짝 못 하고 자리에 누운 길만 씨는 뒷간에 가기도 힘들 정도로 눈자위가 시퍼렇게 꺼져가고 있었다. 오랜만에 오일장을 치르며 틈틈이 술 마시고 밤 지새고 상여 놀이에 발인까지 끝내고 나니 온몸에 기가 다 빠져나간 듯했다. 길만 씨는 꼼짝을 못 하고 누워지내야 했다. 삭신이 쑤시고 열이 나는가 하면 느닷없이 오한이 들어 이불을 몇 겹으로 둘러쓰고도 덜덜 떨어댔다. 이삼일 멀건 죽만 넘기더니 이제는 그나마도 넘기기가 힘든지 가쁜 숨만 쌕쌕거리며 앓는 소리를 했다.

"아니, 왜 이런댜. 어디가 어떻게 아픈 겨? 골골했어도 꺼니는 빼놓지 않었는디."

맥이 빠져 낡은 걸레처럼 아랫목에 누워 앓는 소리를 하는 길만 씨를 바라보는 쌍달댁의 얼굴에는 당황한 표정이 역력했다. 이번 자리보전은 심상치가 않았다. 쌍달댁은 맥을 짚고 침을 놔주는 김 노인을 불렀다. 그래도 차도가 없자 병원으로 데려가려고 했으나 그 와중에도 길만 씨는 완강하게 병원행을 거절했다.

끼니를 거른 지 이레가 지나자 숨이 가빠 앓는 소리를 하며 미열과 오한에 시달리던 길만 씨는 안산에서 들려오는 뻐꾸기 소리를 들었다. 방 안으로 오월의 훈훈한 바람이 들어왔다. 아까시 향기가 풍겨왔다. 정 주사네 상이 끝나고 지금까지 정신이 오락가락했었는데 오늘 반짝하고 정신이 났다. 숨도 고르고 마음도 편안해졌다.

쌍달댁은 텃밭에서 상추를 솎고 있었다. 삽살개는 쌍달댁을 바라보며 늘어지게 하품을 하고 있었다. 노란 장다리꽃 위로 나비한 마리가 날아가고 있었다. 그 모든 정경들이 움직이지 않는 그림처럼 보였다. 길만 씨는 알맞게 따스한 물속으로 한없이 가라앉는 느낌으로 그 그림 속으로 들어갔다.

아까시 꽃이 활짝 핀 화창한 날에 가장자리에 보랏빛 도련을 두른 양장을 펄럭이며 동구 밖을 나서는 화려한 상여의 행렬이 눈에 아슴아슴했다. 연꽃으로 단장하고 늘어진 주렴이 앙증맞게 흔들리는 보개 안에 누워 있는 자신의 모습이 보였다. 딸랑대는 요령 소리와 선소리와 뒷소리에 맞춰 알맞게 흔들리는 상여를 타고 가는 자신의 모습이 그렇게 편안하고 아늑할 수가 없었다. 이승을 떠나 저승으로 가는 죽음이 두렵기는커녕 상여의 흔들림에 맞춰 나른하게 취하는 단잠처럼 느껴지는 것이었다.

편안한 잠 속에서 아련하게 들려오는 요령 소리와 상여 소리는 바로 자신의 소리였다. 길만 씨 자신이 상여 앞에서 요령을 흔들며 상여를 이끌고 있었다. '간다 간다 나는 간다, 이승 길을 하직하고 저승으로 나는 가네' 길만 씨는 꿈꾸듯 자신이 흔드는 요령과 상여 소리를 들으며 다시는 깨어날 수 없는 깊은 잠에 빠져들었다. 상두꾼들의 뒷소리가 아득하게 멀어지고 있었다. '어허 어허 어구리 넘차 어화'.

이
상
실

──── 버킷리스트 1

팔문적

　준서는 아내에게 모레 그 섬에 갈 거라고 말했다. 듣도 보도 못
한 섬인지라 아내는 목적지가 뚜렷하면 가라고 했다. 준서가 가려
는 섬은 소설 속의 섬이었다. 그런 섬이 정말 있을까. 인터넷 포털
사이트를 열었다. 검색창에 '신의 선물, 풀잎과 난초의 섬'을 쓰고
검색을 했다. 그런 섬은 존재하지 않았다. 검색어를 확 줄였다. 신
선풀난 섬. 그것도 없었다. '신풀섬', '신난섬'으로 연이어 쳤다. 고
유어와 한자어가 어울리지 않은 탓일까. 없었다. 완벽한 한자어로

바꾸어 마우스를 눌렀다. '신선초란도', '신초도', '신란도' 인터넷
도 모른다고 했다. '풀난도'는 있을까. 그것도 검색창에 올렸다. 모
두 진짜가 아니었다. 이건 있을까. '풀난도'를 '초란도'로 바꾸고
들어갔다. 존재하는 섬이었다.

초란도, 동경 126°10′ 북위 34°53′.

신안군 당사도 인근의 섬이었다. 360년 전 나주 임씨 이부가 정
착하면서 사람이 사는 섬이 되었다고 알렸다.
소설 속에 존재하는 섬. '신의 선물, 풀잎과 난초의 섬'이 '초란
도'라고 확신할 순 없었지만 이 섬이 틀림없을 터였다.

창밖은 어두웠다. 준서는 부재중인 수하의 방으로 들어갔다. 창
문을 열었다. 목련나무 잎이 횡횡횡…… 바람에 떨었다. 문을 닫
았다. 책상 아래로 들여놓은 의자를 빼고 앉았다.
'수하에게 연락이 왔을까.'
휴대폰을 꺼냈다. 문자를 열었다. 아래쪽을 훑었다. 수하가 보
낸 문자는 없었다. 갈무리했던 화면을 다시 꺼내보았다. 약 사년
전 사월 십육일 오전 아홉시 삼십이분, '코리안페리호'에서 보낸
카톡이었다.
'나 가야 엄 아 ㄷ'
수하가 남긴 마지막 문자였다. 수하에게 전화를 걸었다. 받지 않

았다. 휴대폰이 꺼져 있다는 기계음이 울렸다. 수하의 책꽂이에 눈을 주었다.

'확률과 통계', '미분과 적분', '문학', '고전문학', '독해', '문학노트', '씹어 먹는 수능 영단어', '고2를 위한 문제집'….

'문학노트'를 뺐다. 수하의 필기 노트였다.

'청산에 살어리랏다

바다에 살어리랏다

청산과 바다는 이상 세계, 살고 싶다.'

고개를 들었다.

청산, 바다, 거기서 살고 싶다? 그러고 싶었을까. 수하도, 배를 타고 떠났을까. '청산'으로 '바다'로, 이젠 못 올까, 갔을까.

수하는 목련이 필 때 집을 떠났다. 천이백 번도 넘게 지새운 밤이 가고 창 아래 담장에 장미꽃이 흐늘거리는 오늘, 수하는 곁에 없다. 등 뒤에서 소리가 났다. "어, 수하야!" 뒤를 돌아보았다. 수하는 없었다. 안방으로 뛰었다. 화장실로 머리를 들이밀었다. 거실을 두리번거렸다. 아무도 없었다. 베란다 문을 열고 수하를 불렀다. 창문을 흔드는 바람 소리뿐이었다. 현관문에서 띡띡띡띡띡띡 소리가 났다. 현관으로 내달렸다. "수하야!" 문이 열렸다. 아내였다. 아내의 손에는 케이크가 들려 있었다. 아내는 고개를 늘어뜨렸다. '일베스' 때문일까. 아내는 거실 바닥에 발을 딛기가 무섭게 주저앉았다. 오늘도 일베스를 잡지 못했다고 말했다. 아내는 모로 누웠다.

준서는 베란다 문틈으로 머리를 내밀었다. 가로등 불빛이 희미하게 내렸다. 목련 잎을 흔드는 바람 소리는 여전했다. 발짝 소리가 났다. 내딛는 소리는 더 크고 둔탁하게 다가왔다. 그 소리 때문일까. 누워 있던 아내가 몸을 벌떡 일으키며 현관 쪽으로 달렸다. "온다, 수하다!" 아내가 소리쳤다. 준서도 현관으로 갔다. "수하야!" 자물통 누르는 소리가 났다. 함께 불렀다. "수하야!" 문이 열렸다. 동하였다. 불청객을 맞은 듯 부부는 등을 돌렸다. 동하는 머리를 숙였다.

"또 누나야?"

준서가 등을 돌린 채 말했다.

"누나 안 보고 싶어?"

"나도 정말 한 번이라도 보고 싶어. 근데 누나는 죽었다고 사람들이 그랬어. 그래서 누나도 없는, 누나 같지 않은 누나의 장례를 치렀잖아."

아내가 동하에게 역정을 냈다.

"아니야! 방금 내가 꿈을 꿨는데 누나가 올 거라고 말했어. 오늘 밤엔 올 거야."

아내는 수하의 방과 안방, 거실의 창문을 활짝 열었다. 수하의 소리가 들릴 거라고 했다. 아내는 밤이 이슥하도록 현관문을 열고 수하를 부르며 맨발로 마중 나갔다가 어깨를 늘어뜨리며 들어오곤 했다. 아내가 두리기상을 마루에 폈다. 상 위에 케이크를 얹었다. 아내는 준서와 동하를 두리기상에 앉혔다. 촛불을 켜며 중얼거렸다.

"수하야, 내 딸아. 꿈에 너를 봤단다. 나를 봤잖아? 내 품에 안겨 사랑한다고, 생일 때 올 거라고. 오늘 니 생일인데."

아내의 입술이 떨렸다. 시곗바늘이 자정을 가리킬 때까지 아무도 촛불을 끄지 않았다. 아내는 케이크를 들고 수하의 방으로 갔다. 창문을 활짝 열었다. 창틈으로 케이크를 들었다. 허공에 대고 외쳤다.

'불어라, 수하야. 촛불을 불어라. 불어라 바람아. 촛불을 불어라. 수하가 온다. 바람 타고 온다. 목련꽃 지고 장미꽃이 피었네. 꽃바람 분다. 불어라 바람아. 수하야 불어라. 불어. 후후 불어라!'

바람이 불었다. 촛불이 꺼졌다. 아내는 불 꺼진 생일 케이크를 수하의 책상에 내려놓고 방바닥에 주저앉았다. 방에 걸린 시곗바늘이 수하의 생일을 어제로 밀어냈다.

안개가 걷혔다. 이제는 가야 한다. 수하가 건넌 바다, 서녘의 해안 따라 물결을 가르며 남으로 가야 한다. 배를 탔다. 준서가 탄 배는 수하가 떠간 물길을 따라 남행했다. 배가 어둠 속 먼바다에서 넓고 깊은 물살을 가르고 있었을 때, 수하는 무얼 하고 있었을까. 망망한 남녘의 바다로 향할 때, 시간을 밀어낼 때마다 어디에 머물렀을까. 객실일까. 갑판일까.

수학여행길에 오른 날, 밤 아홉시였을 때 수하는 안개가 걷혔으므로 배에 올랐고, 배가 닻을 올리고 남쪽으로 간다고 알려왔다.

한밤에 변산반도를 지나면서 수하는 카톡을 보냈었다.

"아빠도 그 소설 읽어봤지? 91쪽에 이런 내용이 있더라. '나 남으로 가리. 그 섬에 가리. 그 섬의 팔문적을 찾으리.' ㅎㅎ. 수하의 버킷리스트 1- 그 섬의 '팔문적'을 찾는 것 ㅋㅋ' 수하도 읽었다는 소설을 꺼냈다. 91쪽을 폈다. 준서의 눈이 넷째 줄에 머물렀다. 있었다. 남으로 간다고. 그 섬에 간다고. 그 섬의 '팔문적'을 찾으리라고. 이어지는 내용을 읽었다. '신의 선물, 풀잎과 난초의 섬, 그 섬에서 팔문적을 둘러싼….' 결국 작품의 주인공은 그 섬의 '팔문적'을 찾지 못하고 돌아온다는 내용이었다.

그럼에도 수하는 죽기 전에 이루고 싶은 "버킷리스트 1- 그 섬의 '팔문적 찾기' ㅋㅋ"라니. 수하가 '버킷리스트 1'을 위해 떠난 건 아니라는 걸 알고 있었지만 그 섬을 에둘러 가는 배, 코리안페리호. 수하는 그 배에 올랐다. 수학여행지인 제주도에 정박하면 사흘 후에 그 수로를 따라 취항지인 인천에 도착할 배였다. 그러나 코리안페리호는 삼 년이 흘렀는데도 귀항하지 않았다. 바다에 침몰하고 말았다. 승객들 중 일부는 스스로 배를 탈출해서 살았고 대다수는 수장되거나 실종되고 말았다. 수하는 실종자였다. 삼 년이 넘도록 돌아오지 않았다. 돌아 올 것 같지도 않았다. 그래서 장례를 치렀다. 수하는 없는데 액자 안의 수하를 국화로 감싸며 장례를 치렀다. 관 속에 수하는 없는데 명명된 수하의 관에 수하에 대한 그리움으로 얼룩진 내용의 편지와 노란 리본과 국화, 수하의 머리카락과 수하의 유품을 집어넣고 떠나보냈다.

수하의 수학여행길 수로를 따라 흐르는 길은 밤길이다. 배가 밤속으로 빠져든다. 물빛이 시든 바다, 검고 음울한 바다, 눈을 뜨면 동공에도 수하는 없다. 눈을 감으면 눈꺼풀에 갇혀, 보이는 것들은 사라지고 수하만이 눈 속에 있다. 눈꺼풀이 열리면 수하는 또 없다. 소리뿐이다. 어둠으로 그을린 섬과 섬, 그 목을 따라 흐르는 배 위로 음울한 소리가 아프도록 흐르고 흐른다. 심연에서 절규하는 수하의 소리일까. 구조를 바라는 수하의 처절한 소리일까. 준서는 수하를 불렀다.

수하야! 아빠 왔다, 수하야!

마을 길의 담장에도 볕이 제법 강해질 무렵, 준서는 아내에게 전화를 걸었다. 아내는 오늘 광화문으로 간다고 했다. 놈인지 년인지 알 수 없는, 코리안페리호의 침몰과 수하의 실종에 대해 악성 댓글을 단 일베스라는 작자가 위령제가 열리는 광화문에 나와서 시위를 한다고 하는데 오늘은 그를 색출해서 요절을 내고야 말겠단다.

아내와 통화를 끝낸 준서는 담장에 도로명판이 나붙은 '초란향길 1'의 집 안을 기웃거렸다. 대문은 없고, 감나무가 있는 집이었다. 안으로 들어갔다. 마당에서 두리번대다가 헛기침을 두 번 내지른 후 집 안에 대고 말했다. "오 영감님 계십니까?" 몇 번 더 불렀다. 준서의 호명이 멈추고도 한참이나 지났을 때 봉창문이 열렸다. 열린 문틈으로 팔순은 넘어 보이는 노인이 얼굴을 내밀었다.

오 영감일까. 소설 속에 등장하는 오 영감의 모습과 흡사했다. 흰 곱슬머리와 짙은 눈썹, 작은 눈 오뚝한 콧날, 닫힌 입술이 그랬다. "아침부터 누군디 나를 부르요… 누구요?" 노인은 밖으로 머리를 빼죽 내밀었다. "저 실례지만…." 노인이 준서의 말을 끊었다. "아, 시방, 긍께, 나쁘닥 한번도 못 본 사람이 내 성을 알고 나를 부른 거 본께 또 거시기한 양반이 고런 뭐시기로 우리 집에 와서 나를 찾는다 그 말이제라우. 알겄소. 인자 알았응께. 그만 가보씨요 이." 오 영감이라고 자처한 노인은 그만 봉창 문을 닫았다. 시야에서 오 영감이 사라지자 준서는 토방에 올라 오 영감을 불렀다. 그러고는 마루에 걸터앉아 기척을 내며 오 영감의 반응을 기다렸다. 안에서 짜증 어린 오 영감의 목소리가 새어 나왔다. "그랑께 나는 고런 거시기한 건 듣도 보도 못한 것잉께 날래 돌아가씨요이." 준서가 방문한 목적을 말하지 않았는데도 상대방을 읽는 비상한 눈을 가졌는지는 알 수 없는 노릇이었지만 준서에 대한 오 영감의 직감은 무시할 수준은 아닌 듯했다. 준서는 입을 다문 채 토방 마루에 걸터앉았다. 마당에는 감나무의 그림자가 점점 작아졌다. 그늘보다 햇빛이 더 넓게 자리를 차지했다. 지루한 시간이 흘렀지만 준서는 밭은기침을 몇 번 뱉을 뿐 입을 다물었다. 다시 봉창 문이 여닫혔다. 또 열렸다. "팔문적!" 준서를 부르는 소리였다. 준서는 봉창 문 쪽의 토방으로 뛰었다. "예, 팔문적의 행방을 아시나요?" "허허, 또 참. 초란향길을 따라서 이백 미터쯤 가보씨요. 그라고 다시 오른쪽 구릉지로 이십 미터쯤 가씨요. 그라면 팔문적을 찾을 수 있을지 모르겠소." 오 영감은 문을 닫았다. 팔문적의 존재 여부에 관해 오 영감이 일러준 곳은 소설 속의 지리적 위치와 다르지 않았다. 준서는 팔문적을 찾아 나섰다. 초란향길을 걸었다. 길섶에는 이름 모를 풀과 꽃이 즐비했다. 그 길을 따라 이백 미터 가량 걸었다. 구릉지로 가는 오르막길이 있었다. 황톳길이었다. 타이어 자국과 궤도 자국, 발자국이 이어졌다. 오르막길로 걸었다. 걸음을 멈췄다. 금줄이 앞을 가로막았다. 금줄에는 경고문이 붙어 있었다. '위험, 진입금지'. 더 이상 오를 수 없었다. 경고문 때문만은 아니었다. 한 발짝이라도 내딛는다면 땅속 깊이 빠져들 것 만 같았다. 깊게 함몰된 땅이 눈앞에 보였다. 아래를 보았다. 어지러웠다. 구덩이 속 저편에는 풀이 돋아 있었고 발아래는 황토와 돌이었다. 오 영감이 말했던 곳이 이곳일까. 구덩이 옆에도 꺼진 땅이었다. 문화재 발굴단의 굴착이었는지는 알 수 없는 노릇이었지만 그런 모양의 홀도 있었다. 발굴 작업이 틀림없을 터였다. 팔문적 때문이었을까. 거대한 장비와 많은 인력을 투입하고도 발굴하지 못했을 팔문적. 굴착기는커녕 제 몸 하나 건사하기도 힘에 부친 준서에게는 초장부터 풀이 죽을 수밖에 없었다. 팔문적. 준서는 그것의 정체를 헤아릴 수 없었다. '팔'은 어깨와 손목 사이의 팔일까. 칠보다 크고 구보다 작은 자연수일까. 일부터 팔일까. 단지 여덟째일까. 또 어떤 '팔'일까. '문'은 드나들거나 차단하는 문(門)인지, 그것이 그래서 현저동의 독립문 같은지, 저택의 대문만 한지, 여염집 담벼락 문설주에 붙어서 삐걱거리는 문 같은 문인지, 울타리

의 수숫대 문인지, 보이거나 보이지 않는 통과해야 할 관문인지
아니면 그런 문이나 어떤 곳에 새긴 무늬의 문(汶)? 어디에 쓴 글
문(文)? 성씨의 문? 들을 문(聞)? 묻는 문(問)? 하늘에 뜬 달, 그 달
의 문(moon)일지. 그런데 '적'은 뭘까. 당장 떠오르지 않았다. 구릉
은 온통 구덩이였다. 금줄 밖에도 분화구처럼 솟거나 함몰된 땅이
곳곳에 있었다. 준서의 발 옆에도 깊거나 얕은 구덩이 일색이었
다. 여태껏 팔문적을 발굴한 자가 없었을 성싶었다. 준서는 뒤돌
아서서 먼 곳을 보았다. 하늘이, 바다가, 이름 모를 섬이 한눈에 들
어왔다. 하늘은 희고 파랗고 맑았다. 팔문적의 '적'은 흴 적(的)일
까, 섬을 보았다. 섬 위에 섬이 있었고 섬 너머에도 섬이 있었다.
섬 옆도 섬이었다. 겹겹이 쌓여 있었다. 쌓다 적(積)? 지금은 알 수
없는 팔문적의 '팔문'이 쌓인 걸까. 팔문의 문서일까. 그러면 책?
그것의 적(籍)? 아니면 팔문이 붉은색을 띤 걸까. 그래서 붉은 적
(赤). 알 수 없다. 팔문적. 지금까지 상상한 '팔'과 '문'과 '적'의 모
든 기호와 의미의 음절들을 짜 맞춘다면 경우의 수는 넘쳐날 것
같았다. 그 경우의 수가 적중해 팔문적의 정체를 파악할지라도 그
것이 땅속 어딘가에 있는지 나뭇가지에 있을지 풀잎 사이에 존재
하는지 나무와 풀 사이인지 바닷가에 있는지 이 순간만큼은 존재
의 공간이 막막할 따름이었다. 등 뒤에서 땅을 헤집었던 수많은
사람들은 팔문적의 정체를 알고 있거나 적어도 이곳 어딘가에 존
재할 거라는 확신에 찬 행위였음이 분명해 보였다.

　준서는 오 영감의 집으로 갔다. 문은 또 닫혀 있었다. 토방 마루

에 앉았다.

"오 영감님."

봉창 문이 지체 없이 열렸다.

"팔문적을 찾았는가?"

준서는 머리를 저었다. 오 영감은 팔문적을 찾으려면 땅을 파야 할지도, 앞바다, 옆바다, 먼바다에서 잠수해야 할지도, 해오라기처럼 하늘을 훨훨 날아서 사방을 두리번대야 할지도 모르는 일인데, 그중 한 가지라도 해보려고 준비한 연장은 가져왔느냐고 물었다. 준서는 머리를 또 흔들었다. 오 영감은 팔문적에 대해 아는 바를 준서에게 물었다. 준서의 입술은 꿈틀거릴 뿐이었다.

"허허허…."

오 영감은 먼 산을 바라보며 웃었다. 웃음을 그친 오 영감은, 다른 사람들은 팔문적에 대해 공부도 해오고 섬도 한 바퀴 돌아보고 날아가는 해오라기 똥구멍도 쳐다보고 초란마을의 빈집도 털고 그럴 듯하게 생긴 물건을 가져와서 진짠지 가짠지 감정도 받고 호미를 챙겨 와서 땅도 파보는데, 그래도 못 찾는데, 당신은 팔문적이 약속된 장소에 돌맹이 하나 손으로 까딱해서 걷어내면 나오는 아이들 소풍 때 보물찾기인 줄 아느냐, 무슨 똥배짱으로 빈 몸뚱이만 끌고 왔느냐며 질책을 했다. 그러면서 오 영감은 준서를 노려보았다. 오 영감의 눈은 준서의 관상이라도 보는 양 머리와 이마와 눈썹과 미간에 머무르는가 싶더니 뺨과 콧날을, 인중을, 입술과 턱 아래를 향했다.

"인자 뭘 할라요…어디로 갈라요?"

오 영감이 물었다. 준서는 대답이 없었다. 오 영감은 별채의 헛간 쪽을 가리켰다.

"땅을 팔라면 저짝에 호미도 있고 부삽도 있고 괭이도, 큰 삽도 마치도 있고 곡괭이도 있지라우. 필요하면 외양간에 있는 소 끌고 쟁기질을 해도 되고, 굴착기도 공짜로 빌려줄 수 있응께."

오 영감은 또 준서의 표정을 살폈다.

"인자, 나 닫을라요."

봉창 문을 닫았다. 준서는 또 오 영감을 불렀다. 문이 다시 열렸고 오 영감이 얼굴을 내밀었다.

"영감님, 소설에서도 팔문적의 정체를 알 수 없다고 했고 저 또한 그래요. 나무인지요? 돌인지요? 나무로 만든 문인가요? 돌로 만든 건가요? 그것이 쌓인 걸까요? 땅속에 있을까요? 아니면 어디에 있는지요? 모양도 크기도 그렇고 '팔'은 또 무엇을 말하나요?"

"허어. 열고개, 스무고개맹키로, 살았냐, 죽었냐, 집에 있냐 없냐를 물어본다고 답이 나오겠소? 나도 팔문적을 모르는디… 인자 진짜 문 닫을랑께 부르지 마씨요이."

문이 닫혔다.

준서가 알고 있는 팔문적은 인간이 만들었지만 그 정체가 무엇인지 알 수 없다는 것과 그 정체를 파악하려는 기관이나 사람들도 팔문적의 형태를 모른다는 것, 그렇지만 먼저 발굴에 나선 사람들이 초란도의 구릉지가 유력하거나 확실한 곳이라며 구릉에 홀을 내고 발굴에 집착한 나머지 곳곳을 헤집고, 다른 이들도 같은 행위를 반복했지만 그 무엇도 팔문적이라 여길 만한 인공물은 발견할 수 없었다는 정도였다.

준서는 호미와 부삽을 들고 백팩도 메고 초란향길을 따라 금줄이 있는 구릉지에 갔다. 삽 자국이 난 함몰된 땅을 더 깊고 더 넓게 팠다. 풀숲을 가르며 구덩이도 팠다. 흙이 나왔다. 풀뿌리가 나왔다. 돌이 나왔다. 길쭉한 돌이 나왔고 팔각 모양의 돌도 나왔다. 팔문적의 '팔?' 팔각 돌을 왼손에 들고 오른손에도 넘기며 비볐다. 흔들었다. 뒤집었다. 검붉은 흙이 떨어졌다. 팔각 돌을 검은 비닐에 넣고 가방에 넣었다. '문'도 나올까. 문(門)이 나올까. 문(文)일까. 문(汶)일까. 그럴 듯한 '문'은 나오지 않았다. '적'이라고 여길 '적'도 없었다. 개미가 지나갔다. 지네가 흙에서 나오더니 몸을 비틀었다. 흙더미에서 지렁이가 꾸물거리며 낮은 곳으로 미끄러지고 굴렀다. 흙을 가르는 호미와 흙을 퍼내는 삽의 소리가 났다. 땀이 났다. 흘렀다. 땀을 훔치며 주저앉았다. 하늘을 보았다. 아무것도 날지 않았고 날리지 않았다. 그랬으므로 오 영감이 말했던 해오라기는 날아가지 않았고 날지 않아서 해오라기의 항문은 볼 수 없었다. 바닷가로 갔다. 자갈을 밟았다. 소리가 났다. 들렸다. '문'의 문(聞)? 걸었다. 신발코 앞에 팔각 무늬가 새겨진 돌이 보였다. 흰 돌이었다. 그 돌을 주웠다. 코끝에 댔다. 갯비린내가 났다. 팔각 무늬의 흰 돌. 흰 적(的), 무늬 문(汶). 그 나름의 팔문적을 백팩에 넣었다. 준서의 백팩 속에는 구릉에서 캔 '팔문적'의 '팔' 같은 팔을 지닌 흙 묻은 돌과 바닷가에서 주운 '팔' 혹은 '팔문' 또는 '팔문적'일 돌멩이뿐이었다.

아내와 또 통화를 했다. 코리안페리호 위령제가 열린 광화문에서도 일베스를 색출하는 데 실패했다고 말했다. 그놈이 그놈 같고 그년이 그년 같고 긴 것 같고 아닌 것 같아서 실패했다며 씩씩댔다. 명예훼손죄로 경찰서에 신고한 지 2년이 지났건만 지금까지 일베스를 잡았다는 연락은 오지 않았다고 했다. 쉽게 잡을 줄 알았던 경찰도 이 같은 경우는 처음이랬다. 알 수 없는 일이었다. 닉네임 일베스. 잡히지 않은 이유가 뭔지. 올림머리 정부를 추종했던 기무사의 개입인지, 국정원인지. 청와대인지. 참으로 이해할 수 없는 노릇이었다. 일베스는 내일 인천에서 열리는 코리안페리호의 위령제에 간다는 댓글을 달았다고 아내가 전했다. 아내는 내일 인천 집회에 가서 일베스를 잡겠다며 이를 악무는 소리를 냈다.

해가 졌다. 먹구름이 수평선에서 몰려온다. 바람이 거세다. 갯바닥에는 파도 소리가 요란하다. 준서가 오 영감의 집 근처 초란향길의 길섶 텐트에서 저녁을 지으려던 참이었다. 오 영감이 텐트로 왔다. 이름을 묻는다. 밝혔다, 문준서라고. 오 영감은 문 씨라고 부른다. 오 영감은 태풍이 올라와 바람이 거칠고 비도 올 거라며 준서에게 밥도 하지 말고 집으로 오라고 했다. 오 영감의 집에서 밥도 함께 먹고 작은방에서 눈을 붙이라고 했다. 준서는 사양했지만 오 영감은 준서가 앞장서지 않으면 집으로 들어가지 않을 태세였다. 지키고 서 있었다. 초란도에 온 이후 팔문적일지도 모를 돌과 나무와 씨앗과 시든 꽃도 들고, 오 영감의 집을 뻔질나게 드나들면서 진위를 요청했지만 오 영감은 곁을 주지 않았다. 그랬던 오 영감이었는데 지금은 날씨에 마음이 동한 탓일까. 준서는 오 영감의 호의를 따랐다. 안방으로 갔다. 생머리를 뒤로 묶은 노파가 숟가락 세 개가 놓인 밥상을 차려놓고 방을 훔치고 있었다. 텔레비전에서는 '하나보다는 둘, 둘보단 셋이 더 행복하다'는 내용의 출산 장려 공익광고가 나왔다. "여보, 왔구먼." 오 영감은 그분이 이분이고 문 씨라며 노파에게 준서를 소개했다. "배고프지라. 식사합세다." 준서가 밥상머리에 앉아 숟가락을 들자, 어디서 왔는지 오 영감이 물었다. '안산'이라고 대답했다. MBS 방송에서 뉴스를 했다. "이런 육실헐, 감추고 빼고 거짓깔 하는 가짜 뉴스여." 오 영감이 리모컨을 눌렀다. KBC에서도 뉴스를 했다. "참말로 뭔 재변인지. 요기도 가짜. 이상한 방송들이랑게." 오 영감이 채널을 돌렸다. JTBS였다. 여기도 뉴스시간이었다. 코리안페리호 침몰에서 미수습자 장례식까지의 내용을 다룬 특집방송을 하고 있었다. "뉴스는 여길 봐야 써. 진짜 안 이상한 방송이여. 시방은 여그가 진짜 뉴스제." 오 영감의 혼잣말이었지만 준서에게 들으라는 말 같았다. 그러면서 채널을 고정했다. 준서도 오 영감의 말에 맞장구를 쳤다. '진짜 안 이상한 방송, 진짜 뉴스'의 열렬한 시청자라고.

밤의 구색을 제법 갖춘 밤. 구름 위의 하늘도 검다. 초란향리의 거리도 어둠에 갇혔다. 오 영감의 집에서 흐르는 불빛도 여리다. 풀벌레 소리가 찌르륵거린다. 토방 마루에 앉은 준서는 일주일 동안 모은, 팔문적일지도 모를 돌멩이와 나무 조각, 씨앗과 마른 풀잎을 오 영감에게 건넸다. 오 영감은 보고 만지고 두드리면서 준서에게 말했다.

"팔문적을 어디까장 알고 있능가?"

"소설을 읽은 것이 전부입니다."

"허어, 나도 그 소설을 쓴 작가가 보내줘서 읽어봤는디, 그 작가도 모른 것이 많더랑께… 근디 말이여 문 씨는 왜 팔문적을 찾는가, 문 씨도 그걸로 부자 될라고 그런가? 허허 내 눈에는 다 보여."

오 영감은 준서의 눈을 응시했다. 준서의 눈도 오 영감을 향했다. 오 영감은 눈길을 거두고 어둠의 동네를 바라보았다.

"나하고 우리 마누라하고 둘밖에 없어. 초란향리에 서른 가구가 넘게 있었는디 인자는 집도 다 내뿔고 한 가구밖에 없어. 우리 집만 남았어. 다 떠났어. 눈을 찔끔 감고 쩌어 하늘나라로 떠났고 쩌어 옆 섬으로 갔고 쩌어어그 객지로도 떠났어. 다 떠났어. 우리가 마지막이여. 둘뿐인디 오늘 죽을지 내일 죽을지 몰러. 그란디 그 팔문적이란 것이…."

오 영감은 팔문적에 대한 이야기를 준서에게만 아는 대로 들려주겠다며 팔문적에 얽힌 이야기보따리를 풀었다.

삼백여 년 전. 임씨 성을 가진 사람이 인근의 섬 당사도에서 아내와 어린 아들과 딸을 데리고 초란도로 왔다. 초란향길 들머리에 집을 짓고 정착했다. 입향시조가 되었다. 칠월 어느 날 임 씨는 구릉 아래 양지바른 습지에서 곱게 핀 백색의 난초 한 점을 발견했다. 학이 하늘을 나는 모습의 해오라기 난초였다. 다음 해 팔월에는 건너편에서도 난초 한 점이 피었다. 그로부터 두 해가 지났을 때였다. 처음 발견했던 난초가 팔월이 지났는데도 꽃이 피지 않았다. 구월이 되자 잎을 늘어뜨리며 시들었다. 난초가 시들 무렵, 멀쩡하던 아내와 열네 살 된 아들도 원인을 알 수 없는 병을 얻어 식음을 전폐하고 시름시름 앓았다. 임 씨는 약초를 캐서 달여 먹였고 무당을 데려와 굿도 했다. 무당은 아내와 아들이 원인모를 병에 걸렸다고 했다. 아내와 아들은 날로 여위어갔다. 임 씨는 앙상한 뼈대를 드러내며 누워 있는 아내와 아들 곁에서 그들이 죽을 날만 고대하는 수밖에 없었다. 시든 난초는 결국 말라버렸다. 임 씨는 마른 난초를 뿌리째 캐서 집으로 왔다. 항아리에 난초를 넣고 뚜껑을 닫았다. 임 씨는 항아리를 옷장에 넣어두고 딸을 데리고 약초를 구하러 산으로 갔다. 더덕도 캤고 칡도 캤다. 집으로 왔다. 토방 마루에 올라 방문을 열었다. 문지방을 건너는 순간 임 씨가 내딛는 발은 방바닥에 붙어버렸다. 움직이질 않았다. 아내와 아들이 밥상 앞에 앉아 밥을 먹고 있었기 때문이다. 이후 아내와 아들은 건강을 되찾았다. 그리고 해마다 풍년이었다. 고구마가, 감이, 살구가, 오디가, 옥수수도 주렁주렁 달리거나 열렸다. 앞바다에 놓았던 그물에는 고기가 떼로 걸렸다. 한 편의 설화 같았다.

오 영감은 특유의 버릇인지 알 수 없었지만 또 한동안 준서를 주시하며 말을 이었다.

　"그랬는디, 아 내가 어디까장 얘기했소? 아, 고기떼까지 했구나. 그랑께 인자 어츠케 소문이 났는지 '마전도' 하고 '딴 섬' 하고 '당사도'에서 이짝으로 사람들이 막 이사들을 왔네. 일 년 새 다섯 가구가 넘어 부렀어. 그래갖고 살았는디. 참말로 요상한 일이제. 임 씨네 집만 주렁주렁 무럭무럭 듬뿍듬뿍 잘되고 딴 집은 젠장맞을 겨우 입에 풀칠할 정도만 하늘이 살게 해주네. 그랑께는 틀림없이 임 씨네 집을 도와주는 영험한 뭣이 있다고 사람들이 생각했는지 막 도둑질들을 해싸. 흙도 파가고 배추씨도 덜어가고 그물도 짤러가고 숟가락도 훔쳐가고. 허허. 그랑께 인자 임 씨가 낌새를 눈치챘는지 항아리를 어따 숨겨부렀네. 그거 뺏기는 날에는 큰일잉께. 숨겼응께 본인 말고는 암도 모르제. 그랬는디 동네 사람들은 또 임 씨가 낫을 들고 삽도 들고 지게를 지고 소를 끌고 어딜 가도, 어딜 가서 뭘 하는지 눈을 게슴츠레 뜨고 봄시롱 살폈어. 그랬는디, 하루는 임 씨가 통통하고 똥그란 보따리를 들고 구릉 짝으로 가더라고, 임 씨가 그짝으로 간 거이 수상쩍다고 소문이 났네. 그짝에다가 영험한 물건을 묻었다고도 소문이 또 쫙 퍼졌어. 그놈만 내 손에 쥐먼 임 씨맹키로 금방 떼부자도 되고 아픈 사람도 금방 낫고, 하는 일마다 운도 따르고 대박날 거라고. 그람시롱 사람들이 그 짝을 파기 시작했지. 허허허. 염병헐 너도 나도 다 안파요. 그란디 갑째기 임 씨가 가족들하고 객지로 이사를 안 가분가. 동네 사람들한테 시달려서 그랬는지는 몰러도. 항아리 묻은 디는 안 가르쳐주고. 팔문적이 뭔지도 안 가르쳐줌시롱 영험한 물건은 '팔문적'이었지라 말만 하고 동네를 확 떴어. 인자 막 이짝 섬, 저짝 섬에서 사람들이 와갖고 임 씨가 살았던 집 천장도 뒤지고, 구들도 파고, 장독대도 깨불고 마당도 파고 요놈 조놈 막 파대고. 한 십 년 전부터는 객지에서도 와서 파고. 오매 저 뭐시냐. 설화박물관인가 그런디서 와서도 한 뒤 달 동안 파다가 가고. 사람들이 참말로 그거이 어츠케 생겼는지 뭘로 맨들었는지도 모름시롱 막 안 파요. 그랬는디 아무도 임 씨가 말한 팔문적을 본 사람도 캔 사람도 없어. 근디 아까 내가 항아리라고 했소? 진짜로 말하면 임 씨가 해오라기 난초를 항아리에 넣었는지 어디에 넣었는지 나도 모르요. 사람들이 항아리가 맞을 거라고 말해서 그란 거이께."

오 영감은 자신이 알고 있는 임 씨의 팔문적에 얽힌 이야기는 여기까지라고 했다. 오 영감은 빛이 없는 밤하늘을 바라보았다.

"인자 초란도에는 나하고 내 마누라하고 둘뿐이여. 우리가 마지막이여."

오 영감의 눈은 준서를 또 향했다.

"근디, 문 씨는 왜 혼자 왔는가? 딴 사람들은 시 명 니 명도 와서 웃고 춤추고 떠듬시롱 팔문적을 찾으러 다니던디. 재밌게 다니던디. 문 씨는 잘 웃지도 않고 눈에는 눈물이 그렁그렁, 나빠닥은 슬퍼 보이고. 뭔 고민이 있는 거 같은디. 뭣이 나쁜가? 아, 그냥 내가 안 물어도 알 거 같어."

오 영감의 말에 준서는 눈시울을 붉혔다.

"내가 문 씨 관상을 본께, 문 씨는 진짜로 팔문적이 필요한 사람인 거 같어. 그란디 어짜까이 나도 팔문적을 본 적도 없고 찾도 못 했는디."

풀벌레 소리가 그칠 무렵, 준서와 오 영감은 각자의 방으로 갔다.

아내의 문자가 왔다.

인천, 안산, 진도에서도 '일베스' 색출 실패

경찰도 무소식 ㅜㅜㅜ

전설 같은 오 영감의 이야기를 들은 지 하루가 지났다. 준서는 텐트를 거두고 짐을 쌌다. 초란도에 하루 더 머문다고 할지라도 어제 그제와 다를 바가 없을 것 같았다. 팔문적을 수중에 넣기는 커녕 그 정체와 행방마저도 묘연한 탓에 뭍으로 뜰 채비를 했다. 딸의 '버킷리스트 1'을 대신 이뤄 딸을 위로하려고 초란도에 발을 들였는데 실마리도 건지지 못하고 떠나야 하다니 슬프기만 했다. 채비를 끝낸 준서는 오 영감의 집으로 갔다. 토방 마루에 서서 오 영감을 불렀다. 봉창 문이 열렸다. 오 영감이 얼굴을 내밀었다. 오 영감은 지그시 눈을 감으며 문을 닫았다. 이윽고 문이 활짝 열렸다. 오 영감과 노파가 마루로 나왔다. 준서는 허리를 굽히며 하직 인사를 했다.

"그만 올라가야겠어요. 그제 밤 팔문적 얘기 잘 들었고 신세도

졌는데 어떻게 갚아야 할지….”

오 영감은 눈총을 쏘며 호통을 쳤다.

“떼끼, 이 양반! 그냥 가뿔먼 못 써, 은혜를 갚고 가야제!”

노파도 거들었다.

“암, 그저께 밥값하고 잠잔 값은 주고 가야제, 은혜를 모르면 안
되지라우.”

준서의 얼굴이 붉게 달아올랐다.

오 영감과 그의 아내는 토방으로 내려왔다. 오 영감은 곧장 헛
간으로 갔다. 헛간에서 연장을 들고 왔다. 마치(망치)와 호미였다.
오 영감은 마치와 호미를 준서 앞에 던지듯 내려놓았다. 그러고는
또 헛간으로 갔다. 시멘트 포대를 들고 나왔고 양은 대야에 모래
도 퍼왔다. 그것들을 장독대 옆에 놓았다. 노파는 양동이에 물을
받아서 시멘트 옆에 놓았다. 오 영감이 준서에게 장독대로 오라는
손짓을 했다.

“장독 이놈들 잔 장독대 아래 땅바닥에다 내려놉세다.”

어제까지만 해도 하숙집 주인으로 보느냐며 준서가 내민 식대
와 숙박료를 극구 사양했던 오 영감과 노파였건만 돌변한 태도에
준서는 아연한 표정을 지으며 팔을 걷었다. 오 영감이 가리킨 장
독을 모두 땅에 내려놓자 오 영감은 장독대 한 쪽에 돌멩이로 금
을 긋고 금 오른쪽을 마치로 깨부수라고 했다. 준서의 눈에는 멀
쩡해 보였지만 이십 년 넘게 쓴 터라 장독대 한 쪽이 낡아서 시멘
트 포장을 다시 해야 한다는 오 영감의 말이었다. 준서는 장독대

를 꼈고 깨진 조각들을 치웠다. 오 영감은 준서에게 호미를 쥐어 주며 그 키만큼만 흙을 파내라고 했다. 그쯤 파낸 준서는 땅바닥에 주저앉았다. 오 영감이 호미를 들었다. 오 영감도 그곳을 팠다. 오 영감도 땅에 주저앉았다. 노파는 준서와 오 영감의 흙구덩이를 들여다보며 머리를 끄덕이다 준서에게 고개를 돌렸다. 오 영감도 구덩이 쪽으로 몸을 끌고 갔다. 오 영감이 머리를 위아래로 흔들었다. 그러고는 준서에게 오라는 손짓을 했다. 갔다. 보았다. 검은 비닐이 묻혀 있었다. 오 영감은 비닐을 좌우로 흔들며 들어 올렸다. 바닥에 놓았다. 그러고 나서 사방을 두리번거리며 비닐을 벗겼다. 비닐 속의 물건은 그림이 그려진 흰색 항아리였다. 표면에는 가로로 누운 일곱 빛깔의 무지개가, 무지개는 학이 하늘을 나는 모습의 백색 난초를 안고 있었다. 준서는 눈을 크게 떴다.

"오 영감님, 이 항아리는 무엇인지요?"

"팔문적이여."

"팔, 문, 적?"

"근디, 이건 말이여, 이 세상에 딱 한 개뿐인디 진짜가 아니여."

준서는 가짜라는 말에 금세 얼굴이 굳어졌다. 오 영감은 진짜 팔문적은 지난번 준서에게 들려주었던 것처럼 입향시조인 임 씨만 알고 있을 뿐이며 증거물 없는 전설일지도 모른다고 말했다.

"이건 말이여, 이십 년 전쯤에 내가 만든 팔문적인디, 내가 그때 여그다가 묻어놨어."

준서는 얼굴을 폈다. 오 영감이 항아리를 가리켰다.

"'팔'은 여덟 팔이여. 무지개는 일곱 색깔잉께 일곱, 학이 하늘을 난 것맹키로 생긴 허연 난초는 해오라기 난초인디 이놈이 한 개. 더해서 여덟 '팔'이여. '문'은 무늬 문(汶), 적은 쌓을 적(積). 그랑께 여덟 개 무늬가 쌓인 것. 그래서 팔문적(八汶積)이랑께. 내가 그린 거여. 항아리 안에 든 놈이 안 궁금한가? 궁금하꺼이요. 안에 든 놈은 난촌디, 해오라기 난초. 초란도의 마지막 난초, 마지막으로 죽은 난초를 거둔 거여. 그랑께 이놈은 가짠디, 나한테는 진짜여. 나하고 우리 마누라는 이 팔문적을 묻어놓고 희망을 갖고 살았제. 욕심도 안 부리고, 거짓깔 안 하고, 쌈도 안 하고, 달래고, 위로하고, 웃고, 웂시롱 살았응께. 이거이 진짜제. 인자 우리는 살 만큼 안 살았소. 한 십 년 전부터 이걸 남한테 선물로 줄라고 마땅한 사람을 이날 입때까장 찾았는디 못 찾다가⋯."

노파는 머리를 끄덕였다. 오 영감이 준서의 손을 덥석 잡았다.

"인자 제대로 주인을 찾은 것 같소. 얼굴을 봉께 문 씨는 딴 사람하고 달러. 진짜 팔문적을 찾어서 가져야 될 사람 같어. 그랑께 이놈이라도 가져갈라요?"

준서는 오 영감의 손을 부여잡았다. 눈물을 글썽였다.

"받을 자격도 없는 저에게⋯."

준서는 연신 머리를 숙였다.

"저는 오 영감님과 여사님께 뭘 드려야 할지⋯."

오 영감은 너털웃음을 터뜨렸다.

"허허허, 우리는 선물을 이미 받았네. 마음도 받고, 눈물도 받고,

많이 안 받았능가?"

준서의 눈은 먼바다를 향했다.

김
경
은

───── 검지

윤옥은 모두를 용의선상에 올려놓고 훔쳐간 아이를 찾아내는 야만적 행위를 할 생각이 없었다. 시각 자극은 소비욕을 부른다. 두 달 전, 교실에서 지갑을 잃어버린 지우가 이 문제를 학급 차원으로 확대하지 않은 것도 그 때문이다. 윤옥은 그렇게 이해한다. 명품 지갑을 학교에 가져온 아이가 있기 때문에 훔친 아이도 있는 것이다.

지우야. 너도 잘못은 있고….

미니스커트를 입은 여자는 당해도 싸다는 얘기랑 뭐가 달라요?

윤옥의 말이 떨어지자마자 지우는 발끈했다. 지갑도 지갑이지만 거기 든 사진이랑 친구들에게 받은 쪽지하며… 혜리가 그걸 쓰레기통에 처박은 생각을 하면 화나요.

왜 아니겠니. 그렇지만….

예상보다 지우의 반응은 거세고 단호했다.

지우의 지갑이 문제가 된 건 최근의 일이다. 지우는 예상대로 윤옥의 조언을 받아들이지 않았다. 듣고 보면 혜리가 분명 잘못했다. 혜리는 지우가 무엇 때문에 화를 내는지 몰랐다. 그것이 지우를 더 화나게 했다. 들켰을 때 바로 인정했으면 일은 오히려 간단했을 것이다.

윤옥은 지우를 쳐다보며 한숨을 쉬었다. 신경 쓰이는 아이들은 다섯 손가락 안에 꼽혔다. 그 가운데서도 항상 한두 녀석이 문제였다. 대체로 그랬다고 윤옥은 교직 생활 이십여 년을 걸고 말해도 무방했다. 지우는 언제나 아이들에 둘러싸여서 그들을 동조자로 끌어들이는 데 남달랐다. 리더십을 발휘하는 아이는 반에서 한둘 정도 나타나게 마련이라 지우가 아주 드문 성격의 아이라고는 할 수 없었다. 의견을 끌어가는 방향이 문제라고 생각하며 윤옥은 줄곧 지켜보는 중이었다.

가만 보면 하지 말라는 일을 지우는 언제나 하고 있었다. 한 학기가 지나고 윤옥은 마음을 바꿔먹는다. 그러고 보니 처신이 능한 아이였다. 나무랄 수 없는 면모지만 지갑 사건만큼은 담임으로서 그냥 넘어갈 수 없었다. 많은 아이를 상대하는 윤옥은 어떤 상황에서도 가능한 한 원칙을 지키려 했다. 그렇지 않으면 아이들을 다스리기 힘들었다. 어설픈 선의는 아이들 사이에서 '바보 인증'이었다.

최근 지우는 윤옥에게 신경전을 걸어왔다. 명품은 학교에 가져오지 말라고 그렇게 말했건만, 하긴 말을 들으면 요즘 아이가 아니었다. 그렇다고 모든 아이들이 규율을 어기지는 않았다. 아이들이었으므로, 대개의 아이가 들은 규율을 적당히 지키고 적당히 어겼다. 항상 한두 녀석이 문제였고 지우는 규율을 안 지키는 편이었다. 학기 초에는 지우가 말귀를 잘 알아듣고 또래에 비해 맥락을 파악하는 아이라고 생각했다. 좀 문제가 되더라도 신뢰를 보냈고 지우도 그런 윤옥의 마음을 분명 읽고 있었다. 지각이 잦아도 자기 일은 자기가 알아서 할 만한 아이라 믿고 윤옥은 지우를 크게 질책하지 않았다.

검지 손가락 같은 아이들이 있다. 엄지야 홀로 떨어져서 나머지 손가락들이 굽히든 펴지든 상관 않는 독립형 또는 고립형이지만 검지는 아주 달랐다. 엄지 외의 손가락들과 붙어 있으면서 주위에 영향을 미쳤다.

혜리는 지우의 지갑을 탐냈지만 막상 훔치고 나서는 사용할 수 없었다. 반 아이들이 보는 앞에서 음료를 사고 떡볶이 값을 지불하겠다고 만날 지갑을 꺼냈다 넣었다 할 강심장은 많지 않았다. 명품 지갑은 손에 넣은 뒤로 아주 골칫거리가 돼버렸다. 친구의 도움으로 인터넷 중고몰에 내놓았고 일주일치 용돈을 거머쥐자 잠시 즐거웠으리라.

문제는 변심한 고객이 반품하면서 발생했다. 혜리가 떨어뜨린 지갑을 같이 있던 반 친구가 보았다. 혜리가 시침을 떼더란 말과 함께 그 상황이 고스란히 지우에게 전달되었다. 친구는 책갈피처럼 펼쳐진 지갑에서 튀어나온 브랜드 카드에 주목했다. 신분증을 넣고 다니는 자리에 꽂혀 있던 브랜드 카드를 지우가 빼지 않은 일이 실마리가 되었다.

반 규율을 들어 잘못을 따진다고 물러설 지우가 아니란 걸 모르는 혜리. 징징거리며 엄마에게 이 사실을 알렸다. 그 엄마에 그 딸이라니. 혜리 엄마가 지우 엄마에게 사과하자 지우 엄마는 사과받을 사람은 자기가 아니라고 한발 물러섰다. 무단결석하는 버릇을 잡기 위해 도움을 요청했을 때 병원 진단서를 떼어 보낸 게 지우 엄마였다는 걸 윤옥은 잊고 있었다.

어쩌죠? 선생님 조언대로 전화했는데… 혜리 엄마가 털어놓는 이야기를 들으며 윤옥은 담임으로서 결국 나설 수밖에 없었다.

지우야. 넌 그걸 백화점에서 제값 다 주고 샀지만 지금 인터넷에서 사면 그 반값이고… 너희 엄마 말씀대로 당사자끼리 해결하기로 한다면 학생이 무슨 돈이 있겠니?

이럴 때 보면 지우가 말귀를 알아듣는다는 판단은 틀렸다. 규율이란 규율은 모두 어기면서 자신의 입장은 한 치도 물러서지 않는 지우를 이기적인 아이라고 윤옥은 정정했다. 특유의 처신으로 그

이기심을 포장한 게 지우의 인기 비결이었다.

엄지보다 검지! 어수선한 분위기에 윤옥이 종례를 미루고 교실을 나온 날이었다. 한 시간 뒤에 다시 가보니 아이들은 시키지도 않은 반의 좌우명을 정하고 있었다. 지우가 주도해나갔다. 무언가를 지칭할 때 반드시 쓰는 손가락! 분명하면서도 시크해서 짤따란 엄지보다는 스타일 나잖아? 지우의 너스레에 야유와 환호가 동시에 터져 나왔고 지우의 안이 채택되지는 않았지만 윤옥은 웬지 그날 상황이 괘씸했더랬다.

선생님이 모르시는 게 있어요. 혜리는 상습범이에요. 담임인 윤옥이 그렇게 사정하면 대개의 아이들은 한발 물러섰다. 지우는 또 박또박 말을 이어간다. 혜리 폰에는요 물건 캡처해놓은 사진이 잔뜩 들어 있어요. 그게 뭐겠어요? 친하지 않아서 제 눈으로 직접 본 건 아니지만 훔친 물건이라고, 애들 말이 그래요. 윤옥은 지우의 그 말이 귀에 들어오지 않았다.

지우는 경찰서 홈페이지를 통해 문제의 사건에 최소 백만 원의 벌금을 물어야 한다는 답변을 얻어냈다. 윤옥은 엄지와 검지를 감싸 쥔다. 교직 생활을 그만두고 싶을 때라면 이런 때였다. 지우는 혜리를 협박해서 지갑 값을 정확하게 받아냈다. 1학기 반장 선거 때 지우는 자칫 반장이 될 뻔했다. 상위권 성적에서 반장이 나오면 좋겠어. 그나마 신입생인 아이들은 윤옥의 말에 따랐고 지우는 부반장으로 밀려났다. 어느새 윤옥은 감싸 쥔 손가락을 꺾고 있었다. 의무는 모르고 주장만 있는 학생이 리더가 되는 건 위험하다는 게 윤옥의 지론이었다.

홍
명
진

───── 마순희

"제 이름은 마순희예요. 마, 순, 희."

마순희의 목소리는 소리가 모이지 않고 사방으로 흩어졌다. 높
낮이가 울렁거렸고 결이 찢어진 듯 음파가 매끄럽지 않았다. 마순
희는 마른 몸에 얼굴이 조막만 했고, 키도 자그마했다. 개구리처
럼 툭 튀어나온 안구 때문인지 독특한 인상이었는데, 둥글게 모여
앉은 사람들의 눈을 피해 어딘가를 바라보듯 시선을 멀리 두고 말
했다.

"저는 청각장애 2급입니다. 듣지 못하지만 잘 보고 따라할 수는 있어요. 저 때문에 다른 사람들이 피해를 보지 않았으면 좋겠습니다."

그녀의 목소리는 처음보다 훨씬 파동과 굴곡이 심했다. 아마도 조금 더 긴 문장이었을 테고, 감정이 들어간 때문이라고 생각했다.

몸테라피는 매주 수요일 저녁마다 있었다. 총 10회차로 열다섯 명이 신청했다. 지역자활센터에서 회원들을 대상으로 실시하는 문화 활동 중의 하나로 강제성도 없고 회비를 내는 것도 아니어서 등록된 회원보다 참여자는 적었다.

소개가 끝나자 박수가 터졌다. 마순희에게 박수는 소리가 아니라 모양일 것이다. 청각장애 2급이면 바로 옆에서 징을 세게 쳐도 새털이 살짝 날리는 것 같은 울림이 느껴질 정도라고 했다. 그녀에게 소리의 세계는 듣는 것이라기보다 보는 것에 가까웠다. 짧은 대화는 상대의 입을 보고 나누는 것이 가능했지만 어디까지나 상대가 마순희를 배려했을 때의 얘기였다. 그녀가 듣고 말하는 부분에서 정상적인 사람들과 다르다는 걸 부정할 수는 없다. 하지만 세상은 그녀가 가진 장애를 그녀의 모든 것으로 해석했다. 그래서 기옥에겐 그녀가 첫 느낌부터 남달랐는지도 모른다. 안타까우면서도 불편하고 신경이 쓰이면서도 눈을 감고 싶은 감정 사이, 그게 무엇인지 콕 집어 말할 수 없었다. 기옥은 될수록 마순희의 곁에 다가가지 않으려고 했다. 그녀가 눈앞에 보이면 일부러 거리를 벌렸고, 그녀가 기옥을 의식한다는 걸 느낄 때면 뭔가를 들

키기라도 한 듯 기옥 쪽에서 몸을 오므렸다. 마순희를 만나지 않
았다면 기옥을 스쳐간 어떤 풍경 하나는 다시 재생되지 않았을지
도 모른다.

*

그날 기옥은 아이와 함께 오랜 이웃이었던 지인의 집을 방문했
다가 혼자서 돌아오던 길이었다. 아이는 그 집의 동갑내기인 친구
와 하룻밤을 같이 자겠다고 했다. 마침 겨울방학이 시작된 지 얼
마 안 된 때였고, 지인도 맡겨두고 가라고 했다. 기옥에게도 하룻
밤 묵어가길 권했지만 아이가 우정으로 그 집에서 묵는 것과 기옥
이 묵는 것은 의미가 다른 이야기였다.
　아이들이 방에서 컴퓨터로 웹툰 만화를 보며 낄낄대고 놀 때 기
옥은 지인과 둘이 식탁에서 맥주를 마셨다. 지인의 남편은 연말
모임에 가서 새벽에나 들어올 거라고 했다. 기옥은 술을 좀 하는
편이었고, 지인은 맥주 한 병 정도가 정량이었다. 기옥은 술이 당
겼지만 집으로 돌아가야 한다는 생각 때문에 술을 자제했다. 그런
데도 술기운 탓인지 전동차에 올라 자리에 앉자마자 꾸벅꾸벅 졸
기 시작했다.
　12월의 밤늦은 시간이었고, 전동차 안은 드문드문 자리가 비어
있었다. 기옥은 졸면서도 긴장의 끈을 풀지 않았다. 환승역을 지

나쳐 전동차를 갈아타지 못하면 집으로 가는 마을버스 막차를 놓칠 수도 있었다. 졸음에 빠진 의식을 비집고 무언가가 무거운 눈꺼풀을 스치는 게 느껴졌다. 기옥은 눈을 뜨고 맞은편을 바라보았다. 똑같은 스타일의 검은 코트를 입은 두 여자가 앉아 있었다. 생머리를 커트한 여자와 풀린 파마머리를 묶어 올린 여자 모두 머리칼이 희끗한 게 육십은 된 듯 보였다. 그녀들은 반쯤 몸을 튼 채 서로 마주 보고 수화로 얘기를 나누고 있었다. 마치 아무도 없는 곳에서 둘만이 전적으로 대화에 몰입한 듯 거침없는 동작들이 오갔다. 눈과 코와 입술, 얼굴의 잔 근육까지 실룩이며 손가락을 펴고 구부리고 두드리고 돌리는 격렬한 동작들은 소란스러웠다. 그녀들은 무슨 얘기 끝엔가 호탕하게 웃기도 했다. 두 손을 맞부딪치며, 혹은 무릎을 쳐가며. 그러곤 소곤거리듯 끊임없이 손을 놀렸다. 기옥의 귀가 다 간지러울 지경이었다. 수화를 한마디도 알아듣지 못하면서도 기옥은 그녀들에게서 눈을 뗄 수 없었다. 마침내 커트머리가 기옥의 얼굴을 정면으로 빤히 쳐다보며 오른쪽 검지로 자신의 관자놀이를 콕 눌렀다가 떼고 검지와 중지로 자신의 눈을 가리켰다. 그제야 기옥은 시선을 내리깔았다. 그날 기옥은 내릴 정거장을 놓치는 바람에 환승을 하지 못했고, 집으로 가는 마을버스도 놓쳤다. 기옥은 집으로 가는 택시 안에서 깨진 거울 앞에 웅크리듯 앉아 있던 자신의 모습이 떠올라 눈을 질끈 감았다.

신혼 두 달째로 접어들 때였고, 기옥은 임신 중이었다. 식을 올리기 전에 임신이 된 걸 알았고 신혼여행을 다녀온 뒤에는 본격적인 입덧이 시작되어 습식 장애를 앓는 사람처럼 아무것도 먹지 못했다. 저녁 시간이 훨씬 지나서야 늦는다고 전화를 한 남편은 자정이 될 때까지 들어오지 않았다. 구역질을 해가며 겨우 차려놓은 저녁 식탁을 치우고 그녀는 소파에 누워 잠이 들었다. 문을 따고 들어온 남편이 그녀를 내려다보며 야, 일어나 봐, 하고 소리를 쳤을 때야 겨우 눈을 떴다. 기옥은 남편의 커다란 체구 뒤 벽면에 걸려 있는 시계를 쳐다보았다. 새벽 두 시가 지나고 있었다. 밥 줘. 그가 말했다. 기옥은 천천히 몸을 일으켰다. 그러곤 그의 말을 무시한 채 주방이 아니라 안방을 향해 걸어갔다. 밥 달라니까. 그가 소리쳤다. 기옥은 방문 손잡이를 잡은 채 뒤를 돌아보았다. 기옥을 향해 몸을 돌린 그와 눈이 마주쳤다. 그 순간 그가 소파 앞 테이블에 놓여 있던 미니 화분을 집어 던졌다. 벽시계 밑에 걸린 기다란 거울이 그대로 바닥에 떨어졌다.

기옥은 다음 날 남편이 퇴근할 때까지 거실에 흩어진 유리와 화분 조각들을 치우지 않았다. 소파에 눕거나 일어나 앉은 채 깨진 거울 속에서 이상한 몰골로 야윈 자신의 모습을 들여다보며 하루를 보냈다. 기옥은 그가 주사를 부린다는 걸 결혼 전에는 몰랐었다. 단지 술을 좋아하고, 평소엔 하지 않는 괴팍한 행동으로 기옥을 걱정시킨 적은 있지만, 술을 마시면 반복적으로 드러나는 습관화된 패턴인 줄은 인식하지 못했다. 기옥은 그의 속에 든 또 다른 짐승이, 악마가 그녀가 보지 못한 진짜 모습이 아닐까 생각했다.

그런 일들은 출산 후에도 주기적으로 나타났다. 그런 일이 있고 난 뒤면 기옥은 자신의 내부에서 들끓는 분노와 의문이 가라앉을 때까지 말을 하지 않았다. 그가 출근하고 없을 때도, 그가 집으로 돌아왔을 때도 마찬가지였다. 혼자 있을 땐 세면실 거울을 빤히 바라보고 서서 입만 벌려가며 자신을 향해 말을 걸었다. 목소리는 나오지 않았다. 남편에게 화가 났다는 걸 인지시키기 위한 연기는 그녀 자신에게도 적용되었다. 자신의 선택에 책임을 가하는 형벌이었다. 남편은 직접적으로 그녀에게 폭력을 휘두르지 않았지만 물건을 집어 던지거나 자해를 가하는 식의 간접적인 폭력을 행사했다. 술 때문에 회사에서도 문제를 일으켰다. 회식 자리에서 만취 상태였던 그는 술집의 테이블을 뒤집어엎고 동료들에게 폭언을 퍼부어 시말서를 쓰기도 했다.

저러다간 오래 못 가지.

기옥은 생각했다.

그는 나쁜 일이 생기면 술로 해결하려 들었고, 술로 인해 다시 나쁜 일이 반복되었다. 그녀는 긴장을 놓을 수가 없었다. 평온한 날들이 길어질수록 그녀의 불안은 증폭되었다. 언제 어떤 식의 폭력이 자행될지 알 수 없었다. 아빠의 퇴근이 늦어지고, 그녀의 몸에서 불안의 냄새가 풍길 때면 아이는 경직된 표정으로 물었다.

"엄마, 오늘도 아빠 술 마시고 들어올까? 엄마는 또 붕어가 되는 거야?"

'엄마는 또 붕어가 되는 거야?' 유치원에 다니던 아이의 목소리가 또렷이 살아나서 기옥은 감은 눈을 떴다. 전동차 안에서 만난 두 벙어리 여자들이 표정으로, 온몸으로 나누던 몸의 대화는 감히 기옥이 흉내 낼 수 없는 거였다. 그것은 그들의 언어였고, 그녀가 남편에게 취했던, 아이가 말한 붕어가 된 소리 없는 말은 자학에 다름 아니었다.

*

　강좌가 진행되는 공간은 오래된 공중목욕탕 건물 사층에 있었다. 재래시장을 끼고 복잡한 골목 안쪽으로 한참 들어가야 했다. 한 가지 생각에 사로잡히면 길눈이 어두워지는 기옥은 강좌가 끝날 때까지 여러 번 길을 둘러가기도 했고, 바로 코앞에 두고도 길을 묻는 해프닝을 겪기도 했다.
　미끈한 마룻바닥으로 된 공간은 제법 널찍했다. 벽면 한쪽을 차지한 전면 거울의 착시효과로 공간이 두 배는 넓어 보였다. 조그만 사무실 공간이 하나 딸려 있는 것 말고, 내부에는 별다른 장식이나 기물이 없었고, 바닥에는 걸터앉을 수 있는 공간 박스 몇 개가 소품처럼 편안하게 놓여 있었다. 늘 조용하고 느린 음악이 낮게 흘러나왔다. 삼십 대 중반쯤으로 보이는 강사는 잘록한 허리에 군살이 없고 키가 늘씬했다. 긴 생머리를 장식 없는 고무줄로 헐렁하게 묶고 가벼운 소재의 운동복 차림으로 수강생들을 맞았다. 고전무용을 전공했다는 이력은 몸테라피를 지원하는 자활센터의 홍보 포스터에서 보았다.

"우리는 우리의 몸이 뭘 원하는지 제대로 알지 못하고 지낼 때가 많아요. 내 몸이 보내는 소리를 제대로 못 듣는 거죠. 내 몸을 내가 사랑해주지 않으면 누가 사랑해주나요."

강사의 목소리는 나긋나긋했다. 천성적으로 목소리가 들뜸이 없고 차분한 듯했다. 흘러내린 몸의 자태나 동작 하나하나에서 풍기는 이미지와 목소리가 딱 들어맞는다고나 할까. 강사가 입을 벌릴 때마다 마순희는 강사의 얼굴을 뚫어져라 쳐다보았다. 강사도 마순희를 의식하는 듯했다. 수강자들은 마순희가 하는 말을 어렵게나마 알아들을 수 있지만 마순희는 그들의 이야기를 듣지 못했다.

"좀 더 천천히 얘기할까요?"

강사는 마순희에게 묻곤 했다. 마순희는 괜찮다는 듯 손을 저었다. 강사의 몸놀림을 보고 따라할 때는 분위기가 훨씬 부드러워졌다. 마순희는 잘 웃었다. 놓치는 동작 없이 열심히 따라하려고 노력했다. 수줍음도 없어 보였고, 원천적으로 그 몸에서 활기가 느껴졌다. 기옥은 마순희를 볼 때마다 어느 날의 늦은 밤 마치 꿈인 듯 지나간 두 여자의 소란스러웠던 수화 풍경이 떠올랐다. 마순희의 웃음소리는 듣기가 곤혹스러울 때도 있었는데, 거위 울음 같은 소리가 섞여 나왔다.

기옥의 몸은 좀체 풀리지 않았다. 강사는 기옥에게 몸을 놓는 법을 모른다고 지적했다. 어깨와 등, 심지어 허벅지까지 심하게 경직되어 있다고 했다. 이혼은 사 년 전의 일이었다. 그때는 생계 따원 염두에 두지 않았다. 남편의 덫에서만 벗어나면 살 것 같았다. 기옥은 자신의 몸을 언제부터 저만치 떨어뜨려두었던 걸까. 이혼 후 남편을 상대로 늘 긴장해 있던 정신이 느긋해지고 마음이 평화로워지는 듯했지만 덫은 삶의 곳곳에 있었다. 아이와 둘이 느긋하게 걸으며 상처를 가라앉히고 나자 생활이 바닥이었다. 물질적인 것들이 피폐해진 상태. 그것은 더 이상 긴장의 끈을 놓을 수 없는 새로운 고난에 처했다는 말과도 같았다.

자활센터를 통해 기옥이 얻은 일자리는 특설매장의 점원이었다. 도심에서 뚝 떨어진 관광특구지역이라 출퇴근길에 연계되는 버스의 배차 간격이 길었다. 특근 수당이 조금 붙긴 했지만 관광특구지역의 성격상 토요일과 일요일, 공휴일 근무가 필수였고, 평일의 하루를 선택해 쉬는, 2인 1조 근무였다.

하는 일은 없었다. 정말이지 그곳에서는 시간을 팔고 있다고 해야 하나. 관광공사에서 지방 관청이 할당받은 부스는 관광지 한구석에 뚝 떨어져 있었다. 그나마 볕이 잘 드는 남향받이라 부스가 초라해 보이지는 않았다. 두 평 남짓한 부스는 전면이 유리로 되어 있어 햇볕을 고스란히 빨아들였다. 벽걸이 선반엔 생활도자기와 값싼 이미테이션 장식품들이 차지하고, 관광지 이름이 박힌 손수건, 바람개비 등속의 아이들 장난감이나 캐릭터 인형 상품들은 부스 밖 가판대에 펼쳐놓았다. 팔려나간 수량을 일지에 기록하고 재고를 파악해서 보고하는 일, 그리고 손님을 기다리는 일이 부스

담당자들이 할 일이었다. 호객을 할 이유도, 필요도 없었다. 임금은 부스를 관할하는 소속 구청으로부터 받고, 이익을 창출하는 것은 어디까지나 구청 담당자의 소관이었다.

기옥은 한때 이런 삶을 꿈꿨다. 소비를 줄이고 최소한 몸을 지탱하는 수준의 생활을. 쓸데없는 분쟁과 소란이 없고, 낭비와 과욕이 없는 일상을. 아이와 단출하게 살아가기엔 그 정도 수입으로도 괜찮다고 생각했다.

교육을 받고 인터뷰를 통해 일을 배정받을 때, 기옥은 그들이 지정해주는 곳에 이의를 달지 않았다. 공공기관 청소나 조경관리 업무, 무엇이든 몸으로 할 수 있는 일이라면 마다하지 않을 작정이었다. 누군가는 기옥에게 운이 좋다고 했다. '일 없이 시간만 때우면 돼'라고 했다. 하지만 사계절 내내 특설매장의 좁은 부스 안에서 시간을 때우는 일은 기억 속에 가라앉은 상념을 일깨우는 데 일조하기 딱 좋았다.

기옥은 정말이지 몸을 어디에 놓으면 좋을지 몰랐다. 사지를 움직여 몸을 둥글게 말고 몸의 안팎을 끌어안는 동작을 할 때는 신음이 튀어나왔다. 강사는 예의 나긋나긋한 어조로 동작에 관한 팁을 주면서 슬쩍슬쩍 기옥의 몸을 건드려주기도 했다. 프로그램 참여자 모두 여자들이었다. 자활센터를 통해 일자리를 얻고 사회 구성원의 한 사람으로서 자립을 꿈꾸는 사람들.

기옥은 3회차에 마순희와 짝이 되었다. 서로 마주 보고 앉아 다리를 쭉 뻗고 손을 맞잡았다. 팽팽하게 힘을 준 채 서로를 자기 앞으로 끌어당기는 동작. 힘이 약한 자가 끌려오지 않도록 강약을 조절하며 버티기. 그런 다음 한쪽씩 손을 놓은 채 서로 엇갈리게 골반을 틀어 몸을 꼬는 동작. 우스꽝스러운 동작에 킥킥거리는 웃음소리가 터지기도 했다. 자기도 모르게 괄약근이 풀려 방귀가 터지자 참고 있던 웃음들이 폭발했다. "나이 먹어봐. 쉰이 넘으면 내 몸도 내 몸이 아닌 거야." 방귀 소리에 이어 괄괄한 목소리가 마룻바닥을 흔들었다. 수강생들은 배꼽을 잡고 웃었다. "왜 웃는 거예요?" 마순희가 기옥에게 물었다. 이 무람없는 상황을 어떻게 설명해야 할까? "내 방귀는 소리만 요란하지 냄새가 없어. 그러니까 염치는 있는 거지 뭐." 방귀 주인의 입담에 웃음소리가 그치지 않았다. 마순희도 따라 웃었지만, 기옥은 그녀의 기묘한 웃음소리 때문에 더 이상 웃을 수가 없었다.

기옥은 수업이 끝난 뒤에 휴대폰 메모지를 열어 메모한 것을 마순희에게 보여줬다. 문장으로 옮겨진 그 상황의 짧은 요약은 불필요한 부기였는지도 모른다는 생각이 뒤늦게 들었다. 그런데 문장을 다 읽은 마순희가 웃기 시작했다. 정말로 웃겨서 못 견디겠다는 듯한 그녀의 웃음소리는 거칠고 가팔랐다.

마순희는 강좌의 구성원들을 모두 언니라고 불렀다. 그녀가 친밀감을 드러내는 한 방식일 수도 있었다. 76년생인 마순희가 가장 어렸고, 최고 연장자인 옥자 아줌마가 58년생이었다. 자기에게만 다정하게 구는 특별한 호칭이 아니란 걸 알면서도 기옥은 마순희가 가까이 다가올까 봐 두려웠다. 내심, 기옥은 그녀의 눈에 띄지 않게 피해 다녔으니까.

마순희는 기옥과 짝이 한 번 된 뒤부터 눈에 띄게 기옥을 찾았다. 기옥은 5회차 때 강좌에 가지 못했다. 비번이어서 점심쯤 슈퍼에 장을 보러 다녀온 뒤로는 줄곧 집에서만 뒹굴었다. 출근하지 않는 날에는 머리를 감거나 화장을 하는 일이, 옷을 챙겨 입는 일이 귀찮았다. 특별한 일이 없는 한 늘 그랬듯이 그날도 기옥은 소파에 누워 리모컨을 들고 애꿎게 티브이 채널만 돌려댔다.

언니, 아직도 안 오고 뭐해요?

마순희에게서 문자메시지가 왔다. 지금쯤이면 수강자들이 모여 앉아 오늘의 프로그램을 시작하겠구나 싶은 시각이었다. 기옥은 몸이 아프다고 둘러댔다.

오머, 많이 아픈가요? 잘 챙겨 먹고 몸조리 잘하세요. 근데 언니가 없으니 순희는 허전 허전.

'허전'이라는 글귀가 반복되고, 그 옆엔 눈물을 주룩주룩 흘리는 이모티콘까지 붙어 있었다. 기옥은 멍하니 마순희가 보낸 문자메시지를 바라보다 다음에 봐요, 짧은 답을 하고 휴대폰을 꺼버렸다. 마순희의 목소리가 들리는 듯했다. 그러자 속이 뭉친 것처럼 기분이 무겁게 가라앉더니 오래 묵힌 뭔가가 치받듯 기분이 묘했다. 기옥은 그 느낌을 알았다. 새로운 사람과 관계를 맺을 때 멈칫거려지는 기운. 그걸 뭐라고 표현해야 할까. 살아오는 동안 기옥이 맺은 관계들이 허물어지거나 뒤틀릴 때마다 묘하게 남는 피폐의 감정들까지 되살아났다.

*

거의 오 년이나 한 아파트 같은 층에 살면서 아이들끼리 단짝으로 지낸 지인에게도 기옥은 자신의 이야기를 온전히 털어놓지 못했다. 이혼의 유책사유가 남편에게 있다고 말했지만 그의 폭력에 대해서는 부언하지 않았다. 기옥은 통속적인 세상의 눈이 두려웠다. 값싼 동정의 위로가 언젠가는 그녀를 비난하는 부메랑이 되어 돌아올 수 있다는 두려움, 앞뒤가 다르고 겉과 속이 다른 세상의 눈을 신뢰할 수가 없었다.

지인의 집에 아이를 두고 혼자 돌아온 날, 기옥은 부엌 벽에 붙여 놓은 작은 사각 식탁에 앉아 홀짝홀짝 소주를 마셨다. 지인의 집에서 먹다만 듯한 술이 당기기도 했지만, 아이 없이 오롯이 혼자 있기는 처음이었다. 좁은 베란다 창으로 배게 들어선 앞 동의 긴 복도가 훤하게 보였다. 분양된 지 십오 년 된 임대아파트는 모두 여섯 동이었고, 층간 소음과 주차 공간 부족으로 크고 작은 말썽이 끊이지 않았다.

기옥은 아이와 둘이 숨죽인 듯, 조용히 살았다. 아니, 그렇게 살아갈 작정이었다. 출입문을 잠그고 난 뒤에 내 집 안에서 보장되는 고요가, 긴장감이나 두려움 없이 맞는 밤이 그녀가 바라던 것이었다. 기옥은 소주잔을 내려놓고 잔을 잡았던 손을 무심히 쳐다보았다. 음식을 자르던 가위로 펄펄 살아 있는 나뭇가지를 무자비하게 잘라냈었다. 그녀는 엄지와 검지를 벌려 가위질을 하듯 천천히 손가락을 움직여 보았다. 툽툽하게 자란 벤자민 가지가 가윗날에 잘려나갈 때 들어가던 손아귀의 힘이 새삼스럽게 되살아났다. 그날 기옥은 나뭇가지를 잘라낸 게 아니라 자신의 손가락을 잘라낸 기분이었다. 기분에 취해 술을 마시고 지인의 집에서 하룻밤을 묵었다면 기옥은 이런 얘길 쏟아내는 실수를 저질렀을지도 몰랐다.

그날, 남편은 밤늦게까지 들어오지 않았다. 아이는 1박 2일 현장 체험학습을 가고 없었다. 밤이 깊어가고 있었다. 자정이 지난 뒤에도 기옥은 거실 소파에서 남편을 기다리고 있었다. 기다리는 마음을 스스로도 납득할 수 없었다. 아이가 현장학습을 떠나기 이틀 전에, 남편은 거실 소파를 뒤집어엎었다. 폭력적인 행위 뒤에, 숙취에서 깨어 난 그가 늘 하는 말은 세상의 모든 주정뱅이들이 습관처럼 내뱉는 말이었고, 반성의 시간은 아무런 의미가 없다는 걸 기옥은 알고 있었다. 기옥이 대면하고 있는 그 밤의 고요는 그녀의 것이 아니었다. 그 무렵 남편은 업무 실적 부진으로 위기에 몰려 있었다. 스스로에 대한 실망과 분풀이로 남편의 자학은 더 심해졌다. 기옥이 보는 앞에서 식칼로 입고 있는 와이셔츠 단추를 쭉 그어 내리기도 했다. 그럴수록 그녀는 더욱 입을 굳게 다물었다.

이혼하자.

기옥은 왜 이 말을 단 한 번도 입에 올리지 않았는지 새삼 자신이 의심스러웠다. 남편의 반성과 다짐이 습관적인 거짓말이라는 것을 알면서도 참아온 자신이 경멸스러웠다. 이대로도 시간은 흘러가고 아이는 커갈 것이라고 생각하자 끔찍했다. 자정을 지난 벽시계의 초침 소리가 틱, 틱, 틱, 유난히 크게 들렸다. 시계를 쳐다보던 그녀의 눈길이 거실에서 주방으로 이어지는 코너에 자리 잡은 벤자민 화분에 머물렀다.

가지가 무성하게 뻗은 어른 키만 한 벤자민은 커다란 고무화분에 심겨져 있었다. 아파트에 입주할 때 남편이 직접 화원에 들러 주문한 것이었다. 조그만 빌라 전세에서 신혼 생활을 시작해 보증금을 올려 주며 살았던 터라 비록 융자금을 많이 끼긴 했지만 남편은 자신의 명의로 된 집을 가진 것에 자축하고 싶었을 것이다. 이놈 몇 년만 키우면 그늘에 돗자리 깔고 앉아 삼겹살을 구워 먹어도 되겠네. 남편이 농담을 하며 히득히득 이상한 소리로 웃었다. 남편의 말대로 벤자민은 해를 더해갈수록 더욱 풍성하게 자라, 정말로 그 그늘에 앉아 삼겹살 파티를 해도 손색이 없을 정도였다.

기옥은 불현듯 그동안 남편의 손에 걸리지 않고 온전히 자리를 지키고 있는 건 벤자민뿐이라는 생각이 들었다. 그 순간 느닷없이 등짝에서부터 뜨거운 열기가 치솟았다. 부엌 싱크대로 달려간 그녀는 가위를 찾아 들고 넓적한 이파리를 달고 쭉쭉 뻗은 가지들을 잘라내기 시작했다. 가위를 쥔 엄지와 검지 사이의 손아귀가 아프게 조여들었다. 그녀는 가위질을 멈출 수 없었다. 마침내 이파리가 한 잎도 남지 않게 잔가지까지 모두 잘라낸 뒤 그녀는 어지럽게 널린 가지들 위에 주저앉았다. 가위를 쥔 손아귀가 벌겋게 부풀어 올라 있었다.

나무는 가지를 모두 잘리고도 고요했다. 그날 새벽녘에 집으로 돌아온 남편은 어이없다는 눈으로 기옥을 바라보았다.

이혼하자.

그녀의 입에서 신음처럼 그 말이 흘러나왔다. 그녀는 남편의 눈을 피한 채 둥치만 흰하게 남은 나무를 쳐다보았다.

뿌리가 남은 나무는 어떤 식으로든 가지를 뻗고 이파리를 틔울 것이다. 어떤 식으로든 삶은 이어질 거라는 믿음은 잔인한 희망의 다른 이름이었다. 아이가 자라는 만큼 그녀는 점점 타성 속으로 도태되어 갈 것이다. 기옥은 더 이상 결혼 생활을 이어갈 자신이 없었다.

*

몸테라피는 처음 시작한 인원들이 점점 떨어져 나가 아홉 명이 남았다. 마순희는 한 번도 결석이나 지각을 하지 않은 우등생이었다. 기옥이 한 주 빠지고 그다음 주에 나갔을 때 마순희는 유난스럽게 친밀감을 나타냈다.

기옥은 천장을 보고 똑바로 누워 사지를 활짝 펼쳤다. 등 밑으로 물이 흐르는 것처럼 볼륨감이 느껴지지 않는 바이올린 선율이 몸속으로 퍼져 들었다. 이열종대로 바닥에 누운 수강생들은 강사가 시범을 보인 동작을 천천히 따라했다. 바닥에 붙은 몸을 온전히 한 바퀴 굴렀다가 다시 반대로 굴려 반듯하게 눕는 동작은 단순하지만 가슴을 완전히 바닥에 밀착했다가 다시 돌리는 데 기술이 필요했다.

"천천히, 호흡을 깊디깊게, 순하게, 몸의 움직임을 의식하지 않은 상태로 뱀처럼 스르르."

강사의 언어는 리듬과 박자 감각이 있었다. 듣는 것만으로도 몸이 이완되는 듯했다. 마순희는 이따금 목에 힘을 주어 고개를 들어 올린 채 다른 사람들의 동작을 살폈다. 한 벌씩 같은 동작을 몇 번 반복하자 뻣뻣하던 몸이 풀리고 땀이 나기 시작했다. 마순희가 오늘은 꼭 나올 거죠? 하고 문자메시지를 보내지 않았다면 기옥은 중도에서 포기했을지도 몰랐다. 가시가 돋친 듯한 몸에서 독이 빠져나가는 걸까. 잠깐이지만 호흡을 단전 아래로 내릴 때 뭉근한 열기가 퍼져나가는 게 느껴졌다.

마순희의 문자메시지는 글이 아니라 말이었다.

못 듣는 거랑 청소하는 게 무슨 상관이 있다고!

마순희는 일터에서 기옥에게 문자메시지를 보내오기도 했다. 공공장소에서 청소 일을 하는 마순희는 자활센터를 통해 일하기 전에는 가사 도우미를 했다. 마순희의 '말'에 일일이 답을 보내는 것도 고역이었다. 말보다 손이 빠른 마순희는 기옥이 미처 답을 보내기도 전에 메시지를 보내오기도 했다.

언니, 오늘은 무슨 일이 있었는지 알아요? 글쎄 어떤 공무원이 나보고 청각장애인이라면서 왜 이렇게 말이 많냐고 하더라고요. 내가 다른 말은 몰라도 그 말은 알아들었어요. 눈을 부릅뜨고 그 사람을 쳐다보고 있었거든요. 그러니까 말인즉슨, 농아인 주제에 말까지 할 줄 안다고 비꼬는 거 맞죠?

마순희의 말에 장단을 맞추어주다 보면 언제까지나 이어질 것 같아 기옥은 될수록 짧게 호응하며 감정을 조절해야 했다. 외로움의 발로이든, 신뢰가 바탕이든 먼저 다가온 사람이, 혹은 자신의 얘기를 많이 털어놓는 사람일수록 떠날 땐 더 미련 없고 냉정하다는 걸 기옥은 적잖이 경험했다. 자신이 원하는 만큼 호응을 받지 못한다고 생각될 때, 상대자는 본의 아니게 나쁜 사람이 될 수도 있었다.

"언니는 너무 자기 얘기를 안 해. 나는 생기는 대로 다 말하고 싶은데. 그럴 때 순희가 좀 섭섭한 거 알죠?"

강좌가 끝난 다음에 봅시다, 하고 인사를 나누는 자리에서 마순희가 불쑥 말했다.

"내가 그랬나?"

기옥의 말을 알아들은 마순희가 고개를 끄덕였다.

"난 특별한 이야기가 없어서 그렇지 뭐. 하루하루가 다 그저 그렇고. 특별한 일이 일어날까 사실 두려운 거지."

마순희가 눈을 더 크게 뜨고 기옥을 쳐다보았다. 기옥은 그 순간, 아차 했다. 쉽고 편하게 마순희와 대화를 주고받을 수 없다는 것을.

"언니, 지금 한 말 여기 찍어줘요."

마순희가 휴대폰을 내밀었다. 기옥은 뜨악한 눈으로 쳐다보았다.

"아니. 뭐 별 말은 아니었어."

기옥이 손사래를 쳤지만 마순희가 고집을 부렸다. 기어코 기옥이 뱉어낸 말을 문장으로 찍어 달라는 말이었다. 기옥은 마순희의 손에 들린 휴대폰을 끝내 받지 않았다. 그리고 또박또박 말했다.

"별, 말, 아, 니, 야. 그냥, 쉬, 고, 싶, 다, 는, 말, 이, 었, 어."

기옥이 먼저 등을 돌려 계단을 내려왔다. 남성 전용인 이층 목욕탕 입구에서 쌀뜨물 같은 습기가 확 끼쳐왔다. 미끈하게 닳은 오래 되고 낡은 계단 턱에 구두 굽이 걸려 머리끝이 쭈뼛할 정도로 정전기가 일었다. 기옥은 계단 난간을 붙들고 멈춰 서서 놀란 숨을 가라앉혔다. 마음이 무언가에 부딪쳐 흔들리고 있을 땐 자주 발목을 삐거나 넘어졌다. 기옥은 긴 호흡으로 숨을 다듬은 뒤 천천히 계단을 내려왔다.

9회차 강좌가 끝난 날 뒤풀이를 하기로 했다. 퇴근 무렵의 스산함을 안고 강좌에 참여했던 이들은 강좌가 끝나자마자 뿔뿔이 흩어지는 것에 늘 아쉬움을 품고 있었다. 마지막 한 회차가 남았지만 말 나온 김에 시장통 끝자락 파전집에 자리를 잡고 앉았다.

"오늘은 왜 떨어져 있어?"

음식이 나오기 전에 옥자 아줌마가 물었다.

"우리가 맨날 붙어 다녔어요?"

기옥이 농담조로 되물었다.

"여태 붙어 다녀놓고는 뭔 딴말이여?"

"무슨 말 하세요?"

마순희가 물었다.

"아니, 둘이 왜 떨어졌냐고. 요렇게 이렇게."

마순희는 기옥과 마주 보고 앉은 옥자 아줌마 옆에 앉아 있었다. 옥자 아줌마가 손으로 기옥과 마순희를 각각 가리켰다.

"내가 언니를 너무 귀찮게 했나 봐요."

옥자 아줌마는 마순희의 말에 크게 귀를 기울이지 않았다. 파전과 동동주, 두부김치가 두서없이 나왔다. 기옥은 동동주 두 잔을 거푸 마셨다.

"술 잘 마시네. 술이라곤 한 방울도 못 마실 것처럼 새치름하게 생겨가지고는."

옥자 아줌마가 작은 나무 국자로 동동주를 기옥의 잔에 떠주며 놀렸다.

"쭈욱, 한 잔 더 들이켜. 그냥 속이나 화악 풀어지게."

그러곤 마순희의 잔에도 술을 떠주며 쭉, 쭉 들이켜라고 추임새까지 넣었다. 마순희는 술을 겨우 한 모금 마시고는 제가요, 하고 말문을 뗐다.

"술을 못 배웠어요. 술까지 마시면 정말로 병신이 육갑한다고 그럴까 봐."

이런저런 얘기들로 시끄럽던 자리가 갑자기 조용해졌다. 다들 마순희의 말이 귀에 걸린 모양이었다.

"왜 그런 말을 해. 누가 순희 씨더러 병신이라고 그래?"

기옥의 입에 든 말이 밥알처럼 튀어나갔다. 좌중의 시선이 기옥에게 집중되었다. 왜 그토록 사나운 말이 튀어나갔는지 모를 일이었다. 기옥은 마순희와 시선을 부딪치지 않으려고 술잔을 들어 고개를 숙였지만, 분위기는 이미 수습할 수 없을 정도로 싸하게 가라앉았다.

11월의 밤바람은 찼다. 기옥은 고작 동동주 석 잔을 들이켰을 뿐인데 무릎이 허전하게 휘둘렸다. 추렴한 돈으로 파전집에서 계산을 하고 난 뒤에 가게 앞에서 인사를 나누었다.

마순희는 기옥과 좀 떨어져 옥자 아줌마와 걷고 있었다. 기옥은 꼭꼭 내딛던 발걸음을 눅이며 마순희와 거리를 유지했다. 밤의 시장통 골목은 발소리가 유난히 공허하게 울렸다. 옥자 아줌마가 종종걸음으로 멀어지자 마순희가 주변을 두리번거리더니 뒤를 돌아보았고, 이내 몇 걸음을 폴짝거리며 기옥의 곁으로 다가와 얼른 팔짱을 끼었다.

"언니, 우리 어디 가서 차 한잔하고 가요. 네?"

마순희의 목소리가 파도처럼 울렁거렸다. 그녀는 기옥을 끌고 찻집이 보이는 방향으로 걸음을 틀었다. 기옥은 순순히 끌려가주어야 마음이 편할 것 같아 마순희가 낀 팔짱을 풀지 않았다.

마을버스 정류장 근처에 있는 조그만 커피 전문점으로 들어갔다. 테이블이 네 개밖에 안 되는 좁은 가게였다. 밤 열 시가 넘은 시각이었고, 손님이 없었다. 마순희와 출입구 쪽에 있는 테이블에 자리를 잡고 앉았다. 지갑을 꺼내는 마순희를 말리고 기옥이 찻값을 계산했다. 마순희는 차가 나올 때까지 왜 계산을 언니가 했느냐고 투덜거렸다. 음악이 나오고 있었지만, 마순희는 듣지 못할 거였다. 음악 소리가 좀 높다 싶었지만 차라리 그게 나을 것 같았다.

"언니, 나는요⋯."

마순희가 서두를 꺼냈을 때 기옥은 파전집에서의 그 일이구나 생각했다. 기옥은 자신도 모르게 이맛살로 주름이 모였다. 기옥이 한 말 때문에 마순희의 심경이 어지러웠다면 사과하고 얼른 집에 돌아가 쉬고 싶었다.

"열심히 살면서 다른 사람한테 피해 주고 싶지 않았어요. 나 때문에 사람들이 불편하다면 그곳엔 가고 싶지가 않았고요."

"미안해. 오해는 하지 마. 순희 씨한테 짜증을 낸 게 아니라 나한테 화가 났던 거야."

기옥은 되도록 천천히, 입 모양을 정확하게 해가며 말했다. 뜨거운 녹차라떼를 한 모금 마시고 나서 알아들었느냐는 듯 마순희의 얼굴을 똑바로 쳐다보았다.

"고마워요."

마순희가 말했다.

그날 마순희가 기옥에게 하고 싶었던 이야기는 따로 있었다. 기옥은 마순희의 애기를 듣는 동안 한눈을 팔 수 없었다. 마순희의 성대에서 파생되는 '말'은 시선의 집중이 필요했고, 느리고 시간이 오래 걸렸다.

　나는 초중고를 농아학교를 다녔지만 정상인과 결혼했다. 남편과는 삼 년 연애했다. 그 사람이 내가 자원봉사자로 일하고 있던 단체에 오게 되었는데, 나 때문에 열심히 참여했다고 고백했다. 키도 훤칠하고 유머도 있는 남자였다. 우리는 잘 어울린다는 소리를 들을 만큼 사이도 좋았다. 연애 기간에도 남편은 나를 사람들 앞에서 부끄러워한 적이 없었다. 나를 위해 짧은 수화를 구사해가며 웃겼고, 세상의 소리들과 사람들의 말을 들려줬다. 나는 남편을 만나기 전부터도 구화를 익혀 오고 있었지만 사랑하는 사람을 위해 더 열심히 노력했다.

　결혼 생활은 남들과 다를 바가 없었다. 아이가 태어났을 땐 아무런 장애도 갖지 않고 건강하게 태어난 게 더없는 축복이었다. 나는 아이에게 동화책 읽어줄 때가 가장 행복했다. 졸린 아이 옆에 앉아 토끼와 거북이의 이야기를, 구름이 솜사탕으로 변하는 이야기를, 돌돌돌 물이 흐르는 계곡과 숲의 이야기를 들려줄 때 나도 행복했고 아이도 행복한 얼굴로 잠들었다. 남편에게 부족한 게 있다면 경제력이 떨어지는 거였다. 그러니까, 나는 출산 후 몇 달을 빼고는 돈벌이를 쉬어본 적이 없었다. 가사 도우미를 간 집에서 성미 고약한 노인의 저녁 수발을 시켜도 군말 없이 했다.

우리 아버님은 옆에 사람이 있어야만 식사를 하세요. 식사가 끝날 때까지 옆에 꼭 붙어 있어주세요.

주인여자는 들어오겠다는 약속 시간을 넘겨 문자메시지로 알려왔다. 퇴근할 시간이 훌쩍 지나 있었다. 밥 한 술, 국 한 술, 반찬 하나. 광대뼈가 불거진 노인네가 수저질을 할 때마다 퀭한 눈으로 나를 한 번씩 빤히 쳐다봤다. 마치 내 얼굴을 뜯어서 씹고 있는 듯이. 밥을 먹는 데 삼십 분이 걸렸다. 나는 주인여자가 들어오기만을 기다렸다. 노인네의 저녁 식사가 끝나자 주인여자에게서 다시 문자메시지가 왔다.

페이는 더 줄 테니까, 한 가지만 더 부탁해도 되죠? 설거지는 안 해도 돼요. 부엌일은 두고 아버님 방에 들어가서 드레싱하는 거 좀 도와주세요. 늘 혼자서 하시긴 하는데 요새는 수전증이 심해져서 혼자 하다간 약을 옷이랑 이불에 다 묻혀요. 아버님이 자리에 누우시면 불 꺼주고, 퇴근하시면 돼요.

당뇨 합병증을 앓고 있는 노인네는 오른쪽 엄지발가락에 괴사가 시작되어 한쪽 다리를 절름거렸다. 나는 그런 일도 마다하지 않았다. 싫다는 말이 목구멍까지 올라왔지만, 페이를 더 준다지 않는가. 까짓것 노인네의 노려보는 듯한 눈초리, 썩은 상처를 소독하는 일 따위 힘들 것도 없었다. 시간이 늦어져 밤늦게 버스를 타고 돌아갈 때는 아이 생각에 발을 동동거렸다. 그런 날들조차 행복하게 받아들였다.

마순희의 목소리는 언덕을 오르며 가쁜 숨과 함께 뱉어지는 듯 굴곡이 많았고, 때로는 늘어난 감열 테이프에서 흘러나오는 듯 단어가 사라져 들리지 않을 때도 있었다.

말을 마친 마순희는 담담한 표정으로 식어버린 녹차라떼를 한 모금 마셨다.

"그런데 남편이랑 헤어졌어요. 이 년 전에요."

기옥은 "왜?"라고 짧게 물었다. 간단한 물음이 그녀에게 혼란을 주지 않는다는 걸 깨달은 것도 얼마 되지 않았다.

"내 소리가 듣기 싫대요."

마순희는 픽 웃었다. 무슨 말인지 납득이 가지 않는 얼굴로 기옥은 이번에도 "왜?"라고 물었다. "그게 좀 말하기가 창피하긴 한데." 마순희가 얼버무린 후 말했다.

"섹스할 때 내는 소리가 견딜 수 없대요. 어느 날은 내 얼굴에 이불을 뒤집어씌웠어요."

마순희는 사레들린 것처럼 캑캑거리며 웃었다. 그녀의 눈초리에 눈물방울이 맺혔다.

"언닌 그 모멸감, 모를 거예요."

마순희는 기어코 울음을 터뜨렸다. 사랑이, 사람이 그렇게 더럽게 변할 수도 있다고 말해주고 싶었지만 기옥은 가만히 그녀의 등만 어루만졌다.

기옥은 다음 날 아침 출근길에 마순희의 문자메시지를 받았다.

언니, 어젠 고마웠어요. 다음 주에 얼굴 보는 거죠? 순희는 벌써 그날이 기다려져요.

기옥은 마순희가 보낸 문자메시지를 멀거니 쳐다보았다.

*

기옥이 전동차 안에서 만난 두 여자는 기옥을 오해했다. 기옥은 수화로 격렬하게 이야기를 주고받던 그녀들을 부럽고 놀라운 눈으로 쳐다보고 있었다. 그녀들이 뿜어내는 신기한 열기와 활력에 기옥이 매료되었다는 걸 알 수 없었을 테니까. 기옥이 본 그녀들은 거리낌이 없었고, 한편으론 더없이 비밀스러운 자기들만의 기쁨을 나누고 있는 것처럼 느껴졌다. 마순희를 처음 만났을 때 기옥이 느꼈던 부담스러움과 거리감, 한사코 그녀와 거리를 가지려 했던 것이 어쩌면 기옥이 도저히 흉내 낼 수 없는 마순희만이 가진 낯선 활기 때문이었는지도 모른다.

마순희와 헤어져 집으로 돌아온 그날 밤, 기옥은 냉장고에서 먹다 남겨두었던 소주병을 꺼냈다. 김이 빠진 소주는 맹맹했다. 베란다 창으로 앞동의 복도를 걸어가는 사람이 보였다. 잠시 후 검은 베란다 창에는 기옥의 모습이 오롯이 떠올랐다.

'왜 빤히 쳐다보는데?'

격렬한 동작으로 수화를 주고받던 두 여자 중의 하나가 기옥에게 한 동작은 바로 그 말이었다. 매우 직접적이고도 단호한 동작으로 기옥을 가리켰던 손가락을 자신의 눈으로 가져갔을 때 기옥은 그녀가 하는 수화를 또렷이 알아들었다. 그러나 기옥은 입속에 고인 말들을 삼켰다. "당신들이 부러워서 그래. 내가 당신들 보다 못한 게 뭐야. 내가 잘못한 게 뭔데 나는 이것도 저것도 아닌 이런 삶을 사는 거지?" 그때 기옥의 얼굴이 붉어졌고 정신을 차릴 수 없어 내려야 할 정거장을 놓쳤고, 그녀들의 눈빛을 슬그머니 피한 채 바보처럼 앉아 있었다. "이 바보야, 넌 한 번도 네 삶과 싸워본 적이 없잖아. 그걸 꼭 말로 해줘야 알아?" 수화를 쓰던 여자 중의 하나가 기옥의 귓속에 대고 또박또박한 목소리로 비꼬아대는 소리가 환청으로 들리는 듯했다. 기옥은 귀가 간지러워 귀를 후벼 팠다. 그러자 갑자기 흐흐흐, 웃음이 터졌다. 흐물거리던 웃음은 마침내 걷잡을 수 없이 용량이 커지면서 울음소리와 웃음소리가 뒤섞인 기묘한 형태로 변했다. 식탁에 이마가 닿을 정도로 등을 구부리고 웃음을 막기 위해 배에 힘을 주었는데도 그쳐지지가 않았다. 기옥의 뺨으로 미끈하게 눈물이 흘러내렸다.

황
경
란

─── 사람들

부장은 자신이 "류!" 하고 부를 때 어디까지 류의 모습이 보였는지 생각했다. 부장의 머릿속에 그려지는 건 회전의자의 팔걸이에 한쪽 팔을 늘어뜨린 채 돌아보는 류의 모습이었다. 그 순간의 류은 옆모습과 앞모습의 중간 정도를 보여주었다. 류은 부장의 호출에 네, 라고 대답하지도 자리에서 일어나지도 않았다. 비스듬히 돌아앉은 류은 늘 바빠 보였고 그런 류의 모습에 부장이 먼저 그의 시선을 피했다. 부장은 다시 한 번 류의 모습을 떠올렸다. 즐겨 입던 셔츠의 색깔과 넥타이, 줄무늬 양복과 먼지가 앉은 낡은 구두, 낡은 시계 줄과 말없이 굴러가던 시곗바늘까지 모두 기억이 났지만 가끔씩 마주하던 류의 얼굴은 떠오르지 않았다.

류이 어떻게 생겼지,에서 출발한 것일까.

부장은 회의 시간에 받은 배면표를 옆으로 밀어내며 류을 대신해 기사를 쓰겠다고 말한 자신을 이해하려 했다. 류의 전화를 받은 것도 그에게 니가타항의 출장을 허락한 것도 부장이었다.

"그러니까, 이 연재는 내가 마무리할게."

부장은 편집회의 도중 기다렸다는 듯이 말했다. 어느 누구도 부장님이요?라고 되묻지 않았다. 네, 부장님,이라는 말로 류의 빈자리가 메워졌고 부장은 류을 대신해 '사람들'의 마지막 기사를 써야 했다.

'사람들'은 류이 기획한 사회면 연재 기사였다. 2년 차가 벌써 연재야,라는 말로 류을 치켜세운 선배들도 있었지만 기획 취재로 따낼 특종이 아닌 바에는 제일 한가해 보이는 사람에게 떠넘긴 일종의 폼 좋은 막일이었다. 류은 한 달 동안 네 번에 걸친 연재를 두고 자신은 두 달도, 석 달도 쓸 수 있다고 자신감을 내비쳤다.

"사람들, 이잖아요. 사람들. 천지가 온통 사람들인데 뭐가 걱정이에요."

류의 자신감은 그의 행동만큼 단순했다. 그게 말처럼 그렇게 쉬운 게 아니다,라는 더 단순한 충고를 받기도 했지만 며칠 후 류이 작성한 기획안에는 그의 말대로 '사람들'로 넘쳐났다.

기획안의 제목은 '시련을 당한 사람들'이었다. 륜은 시련의 기준을 '사람에 의한 시련'과 '외부 충격에 의한 시련'으로 구분했다. 표지를 넘긴 부장의 미간에 주름이 잡혔다. 첫 번째 페이지와 두 번째 페이지에는 륜이 구분한 사람들의 직업이 나열돼 있었고, 마지막 페이지에는 이 둘의 공통점을 정리하면서 시련을 극복한 사람들의 모임을 만들어 그들을 기억해야 한다는 기획 의도를 밝혔다. 부장은 미, 친, 놈이라는 말이 튀어나오는 것을 간신히 참아내며 륜의 이름을 불렀다.

"륜!"

륜과 부장의 시선이 마주쳤다. 부장의 야!와 륜의 왜요?라는 무언의 대화가 오고갔다.

"륜"

부장은 륜의 이름만 부를 뿐 다른 말은 하지 않았다. 대신 기획안을 륜의 가슴께로 던지듯 안겨 주었다. 바쁘니까 긴 말 필요 없다는 말을 부장은 그렇게 표현했다. 돌려준 기획안 중에서 부장의 호기심을 끄는 건 딱 하나였다. 그 하나의 '사람들'을 자신이 쓸 거라고 생각하지 못한 부장은 정면으로 보이는 벽시계를 바라보았다. 회의가 끝나고 삼십 분 가까이 흘렀다. 편집회의에서 받은 배면표 중 부장이 오전에 체크해야 하는 기사는 없었다. 딱히 바쁠 게 없는 하루였다. 부장은 컴퓨터의 자판을 끌어 당겼다. 회의실에서 나오자마자 입력한 '사람들' 옆으로 커서가 깜빡였다. 부장이 륜을 대신해 써야 할 마지막 '사람들'은 고등학교 학생들의 모임이었다. 그들만의 역사 교과서를 만들고 있다는 학생들의 모임은 '외부 충격에 의한 시련'으로 분류됐다. 부장은 기획안을 들고 돌아서는 류을 향해 마지막 모임은 흥미롭다고 말했다.

"그건 살려."

류은 자리에 선 채로 부장이 건넨 기획안을 들춰 보았다. 붉은색 사인펜으로 동그라미가 쳐진 단어들이 눈에 띄었고, 역사 교과서와 고등학생들로 시작하는 문장에는 밑줄이 그어져 있었다.

"그리고, 류."

부장은 뒤돌아 서 있는 류을 불렀다.

"신문은 말이다, 일기장이 아니야."

부장의 말에 류이 다시 돌아섰다.

"그게 문제죠. 신문에는 선과 악, 행복한 사람과 불행한 사람밖에 없잖아요."

감정이 실리지 않은 류의 말투 때문인지 어느 누구도 둘의 대화에 주목하지 않았다. 류은 들춰보던 기획안을 손에 쥔 채 아무렇지도 않게 자리에 앉았다. 부장이 동그라미를 친 단어는 대부분 사람들의 직업이었다. 류의 기획안에는 수많은 직업들이 있었다. 환경미화원, 소방대원, 고물상, 노점상, 재래시장 상인, 택배사원, 열쇠 수리공…. 부장은 류이 볼 수 있도록 손이 가는 대로 크게 동그라미를 쳤다.

다음 날, 류은 기획안을 다시 제출했다. 이걸 쓰라는 거죠?라고 묻지 않았고 부장도 륜에게 가르쳐 주지 않았다. 부장은 륜을 믿었다. 그의 낭만을 믿었고 낭만이 열정만은 아닐 거라는 자신의 불안한 안목도 믿었다. 다시 작성한 기획안에는 여전히 사람들로 넘쳐났다. 륜은 그 많은 사람들 중에서 외국인 노동자와 인권 단체, 퀵서비스 기사와 부장이 살리라던 역사 교과서 모임을 쓰고 싶다고 말했다.

륜은 외국인 노동자를 시작으로 '사람들'을 연재했다. 남자의 이름은 칸이었다. 인력 시장에서 자신의 손을 덥석 잡은 가난한 사장을 따라 납땜질을 하며 살아가는 그였다. 그에게는 '키티'라는 여자 친구가 있었고, 그녀에게는 곧 죽을지도 모르는 아버지가 있었다. 륜은 이런 이야기를 실었다.

며칠째 똑같은 말이 들려왔다.

"돈이 필요해. 에첵이 죽을지도 몰라."

오래 전부터 그 돈을 칸이 책임지고 있다. 하지만 당장에 보내 줄 돈이 칸에게는 없다. 기다려,라는 말 대신 칸은 창고 안의 모습을 전했다.

"넓어. 아주 넓어. 물론 내 방이 넓다는 건 아니야. 많아. 아주 많아. 물론 내 돈이 많다는 건 아니야."

부장이 원하는 건 이런 내용의 기사가 아니었다. 외국인 노동자의 외롭고 고된 업무와 그 이면에 있는 지극히 평범한 자부심으로 기사가 시작되어야 했다. 하지만 류은 그래야만 하는 범위를 지켜내지 못했다. 부장은 류이 쓴 많은 문장을 삭제했다. 기사의 중간중간 류은 외국인 노동자의 아침과 점심, 저녁을 보여주면서 사랑에 대한 은유를 펼쳤고 그가 은유를 위해 동원한 단어는 가난과 돈, 기다림과 외로움 같은 연민과 환멸을 닮은 흔해 빠진 단어들이었다. 부장의 붉은색 사인펜이 여러 군데에 흔적을 남겼다. 원고지 열여덟 장이 열두 장이 되었고, 삭제된 여섯 장을 대신해 여러 장의 사진들이 추가됐다. 다음 날 류은 자신의 기사를 꼼꼼히 읽었다. 글 반, 사진 반이라는 선배들의 말에 "늘 그렇잖아요"라고 대수롭지 않게 말했다. 그리고 며칠이 지났다. 류이 부장에게 다가갔다.

"부장님, 이번 기사는 살려 주세요."

매사에 심각함이 없는 말투와 달리 그날은 심각하게 만드는 무언가가 있었다. 부장이 류을 올려다보자, 류이 웃으며 말했다.

"마지막 문장은 진실이에요."

피식, 부장의 입에서 헛웃음이 새어나왔다. 다음 날에도, 그 다음 날에도 류은 부장에게 마지막 문장을 살려 달라고 말했다.

"인권이거든요, 인권."

인권은 외국인 노동자에 이어 류의 두 번째 '사람들'이었다. 류의 부탁이 반복될 때마다 부장은 자신이 삭제한 외국인 노동자였던 칸의 마지막 문장을 기억해 내려했다. 하지만, 부장은 어떠한 문장도 떠올리지 못했다. 그래서였다. 부장은 인권단체를 다룬 류의 마지막 문장을 살려 주었다.

　　짧게는 하루 길게는 백년이 넘는 세월을 살아가는 동안 당신이
만나는 인권은 없습니다. 단지, 인권을 말하는 사람들이 아주 조금
존재할 뿐입니다.

　사실 부장은 류의 마지막 문장을 삭제하려했다. 살려 둘 필요
가 없었다. 류의 말대로 그가 말하는 진실이 마지막 문장에 있다
면 류이 말한 인권은 어디에도 존재하지 않았다. 이는 기획 기사
의 취지와 어긋나는 글이었고 가뜩이나 글과 사진이 따로 노는
판에 마지막 문장까지 거슬리게 할 수는 없었다. 하지만 부장은
마지막 문장을 살려 주었다. 또다시 자신이 삭제한 문장을 기억
하기 위해 애쓰고 싶지 않았다. 그리고…. 부장은 고개를 가로저
었다. 세 번째 '사람들'인 퀵서비스 운전기사를 다룰 때도 그랬고,
류을 대신해 마지막 '사람들'을 써야 하는 오늘도 마찬가지였다.
부장은 류이 두려웠다. 부장의 두려움을 사람들은 열정이라고 불
렀다. 저맘때는 누구나 그래,라는 말로 반은 인정하고 반은 무시
하려 했지만 부장은 그럴 수가 없었다. 그에게는 열정을 향한 집
중이 있었다. 류의 집중을 무너뜨릴 수 있는 건 다른 곳으로 집중
을 돌리는 것이었다. 류의 마지막 문장을 살린 것도 그런 이유였
다. 터무니없는 문장으로 인해 그가 받게 될 비난을 류이 경험하
길 바랐다. 하지만 기사가 나간 후의 반응은 달랐다. 류은 많은 메

일을 받았다고 했다. "공감 반, 응원이 그 반의 반, 나머지는 욕. 늘 있는 일이잖아요."

부장은 '사람들'이 찍힌 컴퓨터 화면을 가만히 응시했다. 그곳에 찍힌 '사람들'이 부장을 쳐다볼 뿐 부장이 써야하는 사람들도, 사람들을 썼던 륜도 없었다. 부장의 시선이 모니터에서 륜의 자리로 옮겨갔다. 륜!하고 부르면 륜의 옆모습과 앞모습의 중간을 보여주던 회전의자가 책상 안으로 깊숙이 들어가 있었다. 그 자리에 륜이 있었다면 일찌감치 원고를 넘기고 시청으로, 구청으로, 경찰서로, 검찰로 향하는 선배들을 붙잡고 심각하지 않은 말투로 심각해지는 이야기를 건넸을 것이다.

"선배, 전요. 신문이 때로는 백지였으면 좋겠어요. 헤드라인만 뽑고 나머지는 백지로 내보내는 거예요. 어때요?"

륜의 말에 누군가는 발길을 멈추고 륜을 향해 돌아보았다. 그게 누구든 륜은 눈이 마주치면 다음 말을 이었다.

"각자 써 나가는 거죠."

각자라는 말에 륜과 눈이 마주친 선배는 대수롭지 않게 대꾸했다.

"그게 신문이면, 그럼 우린 뭘 먹고 사냐. 그리고…."

선배들은 점점 심각해지는 륜의 눈빛에 말 대신 웃음으로 얼버무렸고, 륜은 기다렸다는 듯이 말을 이었다.

"아! 진실이요. 그건 역사처럼 시간이 필요한 거예요. 그러니까 최소한 하루라도 독자들한테 시간을 주는 거죠. 이게 제가 꿈꾸는 신문이에요."

이런 모습이 평상시의 류이었다면, 그래 너는 꿈만 꿔라, 라는 말을 품고 사는 게 부장이었다. 때로 부장은 진심으로 류이 꿈만 꾸기를 바랐다. 그의 꿈이 현실로 이뤄진다면 그런 현실을 넘어서야 하는 또 다른 꿈이 필요할 터였다. 부장이 류을 두려워한 것도 이와 같은 이유였다. 류의 열정은 단순하지 않았다. 열정은 끓는 냄비의 솥뚜껑 같은 거야. 누군가 불을 끄면 솥뚜껑이 잦아들겠지. 하지만 말이지. 류은 솥뚜껑을 들썩이지 않고 끓이는 방법을 알고 있어. 녀석은 그 안에 뭐가 들었든 끓을 때까지 절대로 한눈을 팔지 않는다구. 이 또한 부장이 말하지 못하고 품고만 있는 류에 대한 생각이었다.

류이 사람들 눈에 들어오기 시작한 건 일기예보에 딸린 생활 정보란에 글을 쓰기 시작한 후 부터였다. 상식을 넘긴 생활 정보는 시사가 되고, 시사가 두어 줄의 시가 되어가는 반 년 동안 류에게는 고정 팬들이 생겨났다. 류이 쓴 기사의 분량은 100자 정도였다. 육 개월 동안 매일 써 나간 100자는 누구도 대신 할 수 없었다. 그게 문제였다. 류의 뒤를 이은 기자는 그전의 선배들처럼 단순한 생활 정보를 실었다. 자외선 차단제를 고르는 방법과 습기를 줄이는 지혜, 우산을 말려야 하는 중요성과 고무장화로 인한 피부병 등 봄이 가고 여름이 오면 필요한 정보들을 나열했다. 그동안 류에게 길들여진 사람들은 류이라면 어떻게 썼을까를 생각하며 그를 그리워했고, 또 다른 사람들은 류의 글보다는 어디서나 볼 수 있는 상식이기에 여기서도 봐야 한다며 예전으로 돌아온 글을 반겼다. 그리고 사람들은 그런 류를 부장과 비교했다.

"너 신입 때 보는 거 같다."

취재 기자에서 벗어나 데스크로, 사설로, 옮겨 앉은 부장의 선배들이 말했다.

"너도 그랬어. 어깨에 힘 잔뜩 들어간 기사를 쓰고 나선 제 기사는 그냥 기사가 아니에요. 그건, 그건, 사랑이에요."

그리고는 눈시울을 붉히며 울먹였다고 부장을 놀려댔다.

"잘 봐. 너랑 똑같아."

정오가 가까워지자 부장의 등 뒤로 햇빛이 몰려들었다. 부장은 자리에서 일어나 블라인드를 내렸다. 미끄러지듯 내려오는 블라인드가 그늘을 만들어냈다. '사람들'이 컴퓨터 화면 위로 도드라졌다. 바깥의 빛이 강하게 들어올수록 부장은 컴퓨터 화면을 어둡게 조절하거나 블라인드를 창틀 끝까지 내려놓았다. 빛 속에서 드러나는 건 빛이 아니라 어둠이었다. 블라인드를 내린 부장은 신고 있는 슬리퍼를 벗고 의자 옆에 놓아둔 구두로 갈아 신었다. 부장이 자리에서 일어나자 서 있던 직원들이 제자리로 돌아갔다. 언제부터인가 부장은 그런 존재였다. 부장의 시선은 길게 휘두른 채찍 같아서 부장과 눈이 마주치면 왠지 모르게 따끔거리는 불쾌감이 있었다. 부장이 앉은 자리는 류의 자리였다. 부장은 꺼져 있는 류의 컴퓨터를 켰다. 화면이 밝아지고 여러 개의 폴더가 바탕화면에 자리 잡는 동안 직원들의 시선이 부장을 향했다. 자료 때문에,라는 부장의 말에도 직원들은 부장을 쳐다보았다. 부장이 의자를 당겨 앉거나 어깨를 으쓱할 때도 마찬가지였다.

부장이 류의 전화를 받은 건 오늘 새벽이었다. 부장은 어,라는 짧은 말로 류의 전화를 받았다. 부장의 태연함과 달리 류의 목소리는 불안했다.

"부장님, 저 니가타에 보내주세요."

류은 다음에 이어질 부장의 말을 기다리지 않았다.

"만날 사람이 있어요."

야! 갑자기 일본은…,이라는 부장의 말과 저는 시모토리를 만나야 해요,라는 류의 말이 겹쳤다. 그리고 둘은 잠시 침묵했다. 부장은 먼저 입을 떼지 못했다. 시모토리는 죽은 사람이었다. '강제전향 장기수'로 출소한 뒤 '사람들' 기사가 나가기 직전에 죽었다고 류이 말했다. 인권 단체를 다룬 '사람들'에서는 그들의 인권 문제도 고민해 봐야 한다며 그의 근황과 일본식 이름을 짧게 소개했다. 먼저 침묵을 깬 건 류이었다.

"저는 시모토리를 만나야 해요."

복잡한 머릿속과 달리 부장의 입에서는 "죽었잖아. 그 사람."이라는 말이 툭 튀어나왔다. 류은 네, 라고 말했고 그래서 가야만 한다고 덧붙였다.

"오늘 첫 비행기를 탈거예요. 그리고 연재는…"

"내가 알아서 할게."

부장은 처음 륜의 전화를 받았을 때처럼 침착한 목소리로 말했다. 륜이 네,라고 했던가? 전화를 끊은 부장은 륜의 마지막 대답이 네,였는지 아니면 침묵이었는지를 기억해 내려했다. 하지만 륜의 목소리도 얼굴도 떠오르지 않았다. 부장은 날이 밝을 때까지 거실에 앉아 있었다. 분명 륜은 떨고 있었다. 학생들한테 메일을 받았어요. 지역 신문에 작게 났다고 하는데, 시모토리가 분명해요. 두서없는 말이 끝나고 나면 륜은 어김없이 '저는 시모토리를 만나야 해요.'라고 말했다. 부장은 륜이 말한 모든 말을 기억하려 했지만 떨고 있던 륜의 목소리 위로 자신의 목소리가 겹쳐지려 했다.

한때, 그러니까 부장이 륜과 닮았다던 시절, 부장은 '오늘의 소사'를 문학과 연결지어 기사를 연재했다. 육 개월이라는 기간도 기간이지만 매일 써야 하는 기사였기에 무엇보다 책임감이 중요했다. 돌고 돌아, 돌아온 적임자가 젊은 시절의 부장이었다. 부장은 2월 11일을 시작으로 '넬슨 만델라'와 '나딘 고디머'에 관한 이야기를 썼다.

1990년 2월 11일.

삼십 년 가까이 투옥됐던 만델라가 감옥을 나서며 말했다. "나는 나딘을 만나야 합니다."라는 문장으로 부장은 연재를 시작했다. 생각보다 반응이 좋았다. 책도 인물도 사건도 사고도 모두 다룰 수 있다는 취지하에 문학을 선택한 부장의 의도가 빛을 발했다. 기사가 나가고 부장은 많은 메일을 받았다. 고마움 반, 격려가 그 반의 반, 그리고 응원이 반.

부장은 날이 밝을 때까지 자신이 연재했던 글들을 떠올렸다. 하지만 금방이라도 터져 나올 것 같던 기억들 속에는 류이 유령처럼 앉아 있었다.

사무실에 도착한 부장은 류의 출장을 알렸다. 갑자기? 어디로요? 출장이요?라는 말들이 부장을 향해 쏟아졌다.

"출장은 내가 간 게 아니라 류이 갔어. 질문은 류한테 하라고."

부장은 양복 재킷을 옷걸이에 걸며 말했다. 누군가는 류에게 전화를 걸었고, 누군가는 류의 책상에서 서류를 꺼냈다. 편집부장은 배면표에 류의 연재 기사를 끝에서 여덟 번째에 넣었다. 마감 시간이 정해지는 순간이었다. 오후 3시 30분. 타이핑된 배면표에 마감 시간이 기록됐다. 오전에 검토할 기사가 없더라도 수준 미달의 기사를 골라내는 시간을 염두에 둔다면 부장은 류의 기사를 오전에 마무리지어야 했다. 류은 모든 자료가 컴퓨터 파일 안에 있다고 했다. 비밀번호는 없어요. 따로 보관한 자료도 없구요. 학생들이랑 메일로 주고받은 인터뷰 자료가 전부예요. 서둘러 전화를 끊으려는 류에게 부장이 물었다. 사진은? 류은, 없어요,라고 대답했다. 이번 글이 사건, 사고는 아니잖아요. 부장이 아는 한 류은 사진보다 글을 선호했다. 사진도 기록이야. 사진 없이 어떻게 내보내라는 거야. 부장은 그 새벽에도 류을 가르치려 들었다. 그건⋯. 류은 니가타에 가지 않았다면 이렇게 했을 거라는 자신의 계획을 말했다. 역사교과서와 관련된 사진을 실어야죠. 걔네들이 역사교

610

과서를 만드는 거니까, 그와 비교할 수 있는 다른 교과서? 그 옆에
는 비교할 수 있게 박스로 만들어 넣는 거예요. 아, 그건 최 선배
가 잘해요. 또… 정 모자라면 학교에 등교하는 학생들 사진도 넣
죠. 류의 말이 끝나자 부장은 어이없는 웃음소리와 함께, 말은 좋
다,라고 말했다. 류이 따라서 웃었다. 사진은 학생들이 싫다고 했
어요. 사진은 늘 침묵한다고. 그리고 니가타 정보, 그 학생들이 알
려 준 거예요.

　류의 책상 위는 깨끗하지 않았다. 손때 묻은 수화기와 먼지 낀
컴퓨터 자판. 볼펜 두 자루와 연필 한 자루, 분홍색 형광펜 하나가
꽂힌 연필꽂이. 그 옆으로 류의 입김에 흩어졌을 지우개 가루. 급
하게 사무실을 빠져나간 류의 모습이 한눈에 그려졌다. 부장은 눈
에 보이는 지우개 가루를 한곳으로 모아 책상 밑으로 쓸어내렸다.
마저 쓸리지 못한 지우개 가루는 입김으로 불어냈다. 부장의 입김
소리가 거듭되자 직원들의 시선이 부장을 향했다. 부장은 소리를
멈추고 류의 의자를 당겨 앉았다. 빙글. 회전의자가 제멋대로 방
향을 틀었다. 부장의 시선이 자신의 자리로 향했다. 창을 덮은 블
라인드와 재킷이 걸린 옷걸이, 먼지가 쌓였을 모니터의 뒷모습과
책상 위에 올려놓은 서류들. 부장은 류의 의자에 앉아 류와 다른
기자들의 이름을 불렀던 자신의 모습을 꺼내보았다.
　회전의자의 방향을 돌린 부장은 류의 컴퓨터 바탕화면에 깔린
폴더를 응시했다. '사람들'이라고 적힌 폴더가 눈에 들어왔다. 부

장은 마우스를 잡아 '사람들' 안으로 들어갔다. 수많은 사람들이 '사람들' 안에 존재했다. 화면 가득 들어 찬 사람들 중에서 부장은 류의 기획안에서 본 사람들을 한눈에 알아보았다. 다세대 주택 앞을 청소하는 환경미화원을 알았고, 그들의 리어카에 실려 입을 벌린 채 죽어 있는 길고양이를 알았다. 그 밑으로 한쪽 팔을 잃고 퀵서비스 기사가 된 중년의 남자도 알았다. 그에게는 운전 중 흐르는 눈물을 닦아낼 수 있는 다른 쪽 팔이 생겨났으면 한다는, 이루어질 수 없는 소원이 있다는 것도 알았다. 퀵서비스 기사의 글이 나가기 전, 부장은 류의 원고에서 그의 소원을 삭제했다. 이유는 단순했다. 류의 마지막 문장도 아니었고 중간에 거론된 그의 이야기는 길을 막고 서 있는 낡은 자동차 같았다. 그날 부장이 살려준 류의 마지막 문장은 '운전 중 그들이 되뇌는 말은 슬로우 슬로우 퀵이었다"였다.

류의 파일 속에는 또 다른 파일들이 숨어 있었다. 폴더 속에 또 다른 폴더를 만들어 시련에 따른 직업을 세세하게 정리했다. 부장은 잘 정돈된 파일을 보자, 류이 무리를 모아 회식 자리를 이끌던 날을 떠올렸다. 그날의 화제는 부장이 쓴 칼럼이었다. 부장은 '하루키와 경제'라는 제목으로 글을 실었다. 하루키라는 인물의 문학적 성과와 그가 가져다주는 경제 효과를 비교 한 부장은 부정적인 견해를 내비쳤다. 하루키의 탁월한 비유와 묘사가 독자들을 흔들어 침체된 경제에 도움은 되겠지만, 이 점을 부각해 모든 문학에 요구하는 건 옳지 않다고 썼다. 부장과 저녁 식사를 같이 한 직원들 내에서도 의견이 분분했다. 여기에 식당 안의 열기가 더해져 직원들의 얼굴은 다른 손님들보다 벌겋게 상기되어 보였다. 식당을 나와 술집으로 가는 동안에도 부장의 칼럼은 화제가 됐다. 식당에서도 거리에서도 줄곧 말이 없던 부장은 술집에 도착한 후에도 아무런 말을 하지 않았다. 그는 누구의 적도 되고 싶지 않았다. 하루키가 됐든 다른 누가 됐든 침체된 경제를 흔들어 준다면 좋은 일이었고, '그래도 문학인데'라는 문학의 자존심을 지켜야 한다면 이 또한 그 사람의 소신이라고 생각했다.

글 밖으로 나온 부장은 글 속에서의 부장과 달랐다. 부장은 늘 침묵했다. 물방울이 맺힌 맥주잔의 습기를 닦아내거나 누군가와 눈이 마주치면 어색하게 웃어줄 뿐이었다. 그러다 잘 나가는 작가의 이름이 거론되고 그와 관련된 책의 제목이 불거지면 목소리를 낮추라며 목소리를 높였다. 순간 어색한 침묵이 흘렀다. 그럴 때마다 화제를 바꾼 건 륜이었다. 륜은 다행인지 불행인지 하루키의 글 중에서 기억에 남는 문장이 없다고 말했다. 하지만 상황은 기억에 남아요. 그건 그의 글이 특별해서가 아니라 보편적이라는 거죠. 평범하다는 거예요. 저는 그 평범함을 뛰어넘는 게 문장이라고 생각해요. 그래서, 륜의 결론은 하루키는 그저 소설가라는 것이었다. 부장은 륜의 철없는 호기가 부러웠다. 삼십 분 가까이 술잔을 들지 않던 부장이 잔을 들었다. 거품이 사라진 맥주처럼 부장의 표정은 무미건조했다. 잔을 올린 부장은 그동안의 침묵을 깨기 시작했다. 부장은 우선 가장 기억에 남는 문장을 하나씩 말해 보자고 권했다.

"술에 덜 취한, 아니면 술에 취한 사람부터."

부장은 혼자 말하고 혼자 웃었다.

"많이는 필요 없고 딱 하나씩만."

애써 분위기를 띄우려는 부장의 노력과 달리 사람들은 웃어 주지 않았다. 이번에도 분위기를 바꾼 건 류이었다.

"아, 선배들. 쉽게 생각해요. 기억에 남는다면 가장 좋은 것일 수도, 가장 나쁜 것일 수도 있잖아요. 그러니까 아무거나!"

류은 어디서도 주눅이 들지 않았다. 두서없는 직원들의 말이 이어졌다. 문장 대신 시를 읊거나, 시 대신 유행가의 가사를 읊조렸다. 누군가는 자신이 쓴 연애편지의 문장을, 또 다른 누군가는 부모님이 보내온 편지의 한 구절을 말해 주었다. 이제 류이 말할 차례였다. 그전에 부장이 지금까지 나온 문장을 한마디로 정리했다.

"모두가 사랑이에요."

드디어 직원들이 웃었다. 그리고 류이 말했다.

"가난보다 추할까."

부장은 류의 파일 중 '기획안'이라고 쓰인 파일을 클릭했다. 화면 가득 '시련을 당한 사람들'이 눈에 들어왔지만, 처음에 올렸던, 그래서 다시 작성해야 했던 기획안이 아니었다. 부장은 화면을 훑어가며 무엇이 다른지 찾아내려했다. 탄생과 죽음, 만남과 헤어짐,

사랑과 증오, 연민과 환멸 따위의 단어들이 눈에 띄었다. 류은 이들의 감정을 '사람에 의한 시련'으로 분류했다. 처음 기획안에서 본 환경미화원, 농기구 매매상, 만화방, 단골, 독거노인, 퀵서비스 운전기사들이 눈에 띄었고 그 외에도 많은 사람들이 있었다. 반면 '외부 충격에 의한 시련'은 딱히 이거다,라고 구분 지을 수 없었다. 기억과 망각, 부와 가난, 과거와 현재, 전쟁과 평화 같은 분류만 있을 뿐이었다. 기사를 통해 본 인권 단체는 그렇다 치고 장애인과 퇴역 군인, 다이어트 중인 사람들을 외부 충격에 의한 시련으로 구분한 내용은 납득이 되지 않았다. 부장의 시선이 기획안 맨 밑에 적힌 '과거를 잊어버린 사람들'에서 멈췄다.

    "과거를 잊어버린 사람들은 '사람에 의한 시련'과 함께 '외부 충격에 의한 시련'을 모두 가할 수 있다."

그리고 마지막 문장은 "그래서, 모든 시련은 여기서부터 출발한다."였다. 부장은 파일을 닫았다. 류이 있었다면 기획안을 처음 읽었던 날처럼 '미, 친, 놈'이라는 말을 참아가며 류의 이름을 불렀을 것이다. 그날도 그랬다. 가장 싫어하는 문장이 '가난보다 추할까'였다는 류은 다른 사람들보다 많은 술을 마셨다. 누군가와 눈이 마주치면, 그게요, 선배,라는 말로 운을 뗐지만, 술집 안을 가득 메운 음악 소리와 사람들의 소리로 류의 말은 묻히기 일쑤였다. 부장이 류의 말을 정확히 들은 건 술집을 나서는 순간이었다. 류이 부장의 팔을 붙잡았다.

"그게요, 선배."

술에 취한 륜은 부장을 선배라고 불렀다. 부장과 륜이 멈춰 섰고, 그 앞으로 직원들이 비틀거리며 걸어갔다. 륜은 부장의 팔을 더욱 세게 잡았다. 그 이후로 그 작가의 글은 읽지 않아요. 선배도 알잖아요. 세상에 추한 게 얼마나 많은지. 그런데 온갖 추한 것들 다음에 가난을, 굶주림을 나열하더니 그 작가가 이렇게 쓴 거예요. 가난보다 추할까. 그런데 저도 모르게 고개를 끄덕였어요. 선배, 가난은 추하지 않아요. 가난보다 추한 건요, 세상에서 가장 추한 건요, 그건….

그날, 부장은 말을 잇지 못하는 륜의 손을 뿌리쳤다.

서둘러 화면을 닫은 부장은 '역사 교과서'라고 적힌 파일을 열었다. 륜의 말대로 학생들과 주고받은 메일을 시작으로 인터뷰한 자료가 순서대로 정리되어 있었다. 륜과 학생들의 만남은 작년부터였다. 날짜가 아닌 파일 안의 첫 문장만 보고도 알 수 있었다.

인간은 백수 본능, 노동의 열망, 자본주의, 노예, 그리고 백수의 향연.

륜이 마지막으로 알려준 생활 정보였다. 륜의 기사를 보며 마음에 드는 단어를 옮겨 적는다는 학생은 백수의 향연을 꿈꾸게 됐다고 메일을 보냈다. 륜은 꼭 생산적인 백수가 되어 달라고 답장을 보냈다. 그렇게 시작된 만남인 듯했다. 역사 교과서와 관련된 내용은 연재를 앞두고 두 달 정도 주고받은 듯 보였다. 부장은 본격적인 인터뷰 내용이 나오자 내용을 프린트했다. 여섯 장의 종이가 출력됐다. 질문은 색다르지 않았다. 부장은 류의 연필꽂이에서 분홍색 형광펜을 꺼냈다. 우선은 모임을 만들게 된 계기와 온라인에서만 활동하는 이유, 모임의 인원에 밑줄을 그었다. 특별히 눈에 띄는 건 학생들 모두 외국어에 능통하다는 것과 실명을 밝히지 않는 특이한 이름이었다. 외국어에 능통한 이유는 모임의 계기와 관련이 깊어 보였다.

"진실이 알고 싶었어요. 우리가 알고 있는 우리나라와 외국에서 알고 있는 우리나라. 그걸 서로에게 말해줄 수 있어야 해요. 우린 위성으로 다른 나라의 뉴스를 봐요. 인터넷 상에서 각 나라의 신문과 마을 신문, 물론 주간지 같은 것도 읽죠."

부장은 이 부분도 삭제했다. 다음 페이지를 넘겼다. 다음, 다음 페이지를 넘겼다. 그리고 그 다음 페이지를 넘겼다. 넘길수록 부장은 많은 문장을 삭제했다.

"대항이요?"

역사 왜곡에 대한 항거냐고 묻는 질문의 답이었다.

"아니면 그냥 심심풀이."

류이 다시 물었다.

"퍼즐을 맞춘다고 생각하면 돼요. 대신 한번도 완성된 작품을 본 적이 없는 퍼즐을 맞추는 거죠. 우리가 지금 그런 상황에 있다고 생각하거든요. 비슷해 보이니까 무조건 끼워 넣는 거죠. 맞을 거라 생각하면서요."

"하지만 틀리다, 이건가?"

류의 질문은 계속됐다.

"그거야 모르죠. 우린 역사 왜곡에 대항하는 게 아니에요. 단지 침묵했던, 침묵하는 사람들을 찾아내고 있어요."

부장은 이 부분도 삭제했다. 그리고 이어지는 침묵하는 사람들도 삭제했다.

"처음부터 침묵하는 사람은 없었어요. 침묵하는 사람들의 공통점을 발견했는데요. 그건, 그들이 과거를 잊어버렸다는 거예요. 그게 침묵할 수밖에 없는 계기가 됐구요. 침묵하는 사람들을 찾다보면, 그들이 잊으려 한 과거도 역사도 진실도 그리고 그들의 과오도 찾게 될 거라고 믿어요."

"침묵이 왜 나쁘지?"

"침묵은…, 침묵은 자칫 진실처럼 보이니까요."

부장은 이 부분도 삭제했다. 그리고 앞으로의 계획 또한 삭제했다.

"지향이요? 어려운데…, 아무것도 지향하지 않을려구요. 무언가를 지향하면 침묵하는 사람이 되지 말아야 하는데 그게 쉬운 일이 아니잖아요. 그냥… 지금처럼, 아저씨랑 놀고 싶어요."

그리고 맨 밑에 일본어와 이를 번역한 짧은 글이 적혀 있었다.

火災が起きた新潟港の6番GATE. な噂が広がったのは当時現場監督の目撃談が伝わる後だった。彼はGATEの中で黄色いヘルメットを

かぶった下鳥といろんな話を交わしたそうだ。"北朝鮮、いや南韓、いずれにしても彼は我が国の人ではありませんでした。"彼が老人に会った日にちはただ二日、しかし埠頭内で老人を見かけた人は一人もなかったと埠頭関係者は伝えた。

화재가 난 니가타항의 6번 게이트. 괴소문이 퍼진 건 당시 현장 감독의 목격담이 전해지고 나서였다. 그는 게이트 안에서 노란색 안전모를 쓴 시모토리와 많은 이야기를 나눴다고 한다. "북한, 아니 남한. 어쨌든 그는 우리나라 사람은 아니었어요." 그가 시모토리를 만난 날은 단 이틀. 하지만 부두 내의 누구도 시모토리를 본 사람이 없다고 부두 관계자는 전했다.

류이 말한 시모토리에 관한 기사였다. 시모토리는 죽었다. 이게 진실이었다. 진실을 알고도 부장은 류의 출장을 허락했다. 저는 시모토리를 만나야 해요. 부장은 류의 말을 믿지 않았다. 하지만 류이 시모토리를 만나 인터뷰를 하고 그의 사진을 찍어 오는 상상을 했다. 오래 전, 부장이 감옥에서 나온 넬슨 만델라가 나딘 고디머와 만나는 상상을 하며 글을 썼듯이 그렇게 류을 그려보았다. 한 번도 보지 못한 그림, 그래서 영원히 그릴 수 없는 그림을 류은 그리고 있었다.

부장은 출력한 자료를 한 손에 쥔 채 열려 있는 파일을 모두 닫았다. 부장이 류의 자리에서 일어난 시각은 11시를 조금 넘긴 시간이었다. 자리로 돌아온 부장은 블라인드를 걷어냈다. 블라인드 소리에 직원들이 부장을 쳐다보았다. 부장은 사람들의 시선을 개의치 않았다. 의자에 앉아 구두를 벗고 슬리퍼로 갈아 신은 다음, 손에 들린 류의 자료를 모두 쓰레기통에 던져 넣었다. 의자 안쪽으로 엉덩이를 깊숙이 집어넣고 허리를 꼿꼿하게 세웠다. 그리고 옆으로 밀려나 있던 배면표를 끌어와 밑에서 여덟 번째에 적힌 '사람들'을 붉은색 사인펜으로 삭제했다.

부장은 휴대폰을 들어 류에게 전화를 걸었다. 벨이 울리고 상기된 류의 목소리가 들렸다.

"선배!"

"···."

부장은 류의 목소리가 들리자 전화를 끊었다. 류가 사라졌다. 그 순간 부장은 떠오르지 않던 류의 얼굴을 또렷이 기억해냈다. 쌍꺼풀이 없는 눈과 이마를 반쯤 덮은 머리칼, 회전의자에 비스듬히 앉은 채 자신을 향해 웃던 얼굴. 부장의 머릿속에 존재하는 류은 늘 자신을 보며 웃고 있었다. 부장은 언제나처럼 오늘도 류을 향해 웃어주지 않았다. 대신 부장의 컴퓨터 화면 위로 '〈**사고**〉 D 1/3 **연재를 마치며**'가 찍혔다.

다음 날 신문에는 네 번째 '사람들'이 아닌 '사고, 연재를 마치며'가 실렸고, 그날 부장이 쓴 마지막 문장은 "류이 말하고 내가 씀"이었다.

동화

문을
나서야 할
시간

"컹, 어딨어?"

"냥, 이리 나와."

도윤의 부름에 강아지와 고양이가 달려왔다. 컹은 갈색 반점을
지닌 파피용이고, 냥은 온몸이 회색 털로 덮인 아비시니안이다. 컹
이 앞발을 모으고 튀어 오르자 냥은 도윤의 다리에 얼굴을 비볐
다. 도윤은 이들을 열한 살 생일 선물로 받았다. 그게 벌써 1년 전
이다. 도윤은 한 마리씩 겨드랑이에 끼고 거실로 갔다. 엄마와 아

빠는 초록 들판이 보이는 창가에서 차를 마시는 중이다. 도윤이 말했다.

"컹과 냥하고 밖에 나가고 싶어요."

엄마와 아빠는 눈빛을 교환했다. 먼저 입을 뗀 건 아빠다.

"밖은 여전히 오염되어 있어. 아직은 나가지 않는 게 좋아. 게다가 넓은 들판과 그 너머에 있는 숲을 보렴. 이게 뭘 의미하는 것 같으냐?"

도윤은 어깨를 으쓱했다. 엄마가 찻잔을 내려놓으며 말했다.

"컹과 냥은 땅에 발이 닿자마자 멀리 사라질 거야. 소중한 친구를 잃어도 좋으니?"

도윤은 고개를 저었다. 도윤의 겨드랑이에서 몸부림치던 컹과 냥은 용케 바닥으로 내려와 주방 쪽으로 도망쳤다. 도윤이 허전해진 옆구리를 내려다보자 아빠가 다가왔다.

"밖에 나가지 않아도 재밌게 놀 수 있어. 달리기를 해도 될 만큼 집이 넓잖아. 그렇지?"

도윤은 고개를 들어 아빠를 봤다.

"네. 맞아요."

아빠가 도윤의 어깨에 손을 얹었다.

"이제 친구들을 잡으러 가야지."

도윤은 미소를 띠며 돌아섰다. 그때 집사 로봇 보보가 찻물을 들고 도윤을 스쳐 지났다. 가벼운 바람이 도윤과 보보 사이에 일었다. 도윤은 보보에게 손을 흔들어주고 컹과 냥이 숨었을 만한 곳을 찾아 달렸다. 부모님 말이 맞다. 집은 농구 경기를 해도 될 만큼 넓었다. 쾌적한 공기와 필요한 건 뭐든 갖춰진 집에서라면 도윤은 행복했다. 1년 전 갑자기 대기가 오염되었다지만 집에만 있으면 안전했다. 하지만 문득문득 밖으로 나가야 한다는 생각이 들었는데, 왜 그런지는 몰랐다.

며칠 뒤, 도윤의 잠자리를 살펴주던 부모님의 표정이 어두웠다. 도윤은 누운 채로 침대 끝에 서 있는 부모님을 바라봤다. 두 분은 망설이는 표정을 짓고 있었는데 그 모습이 정지된 화면 같았다. 부모님 곁에 서있는 보보는 좀 달랐다. 보보의 움직임에는 공기의 흐름이 느껴졌다. 그건 마치 표 안 나게 열린 창문에서 새어 드는 바람 같은 거였다. 도윤이 눈을 끔벅이자 아빠가 멈칫거리며 입을 열었다.

"오늘 밤은 밖으로 나오지 마렴."

도윤은 몸을 비스듬히 세웠다.

"왜요?"

"이유는 묻지 마렴. 지금은 말해줄 수 없단다. 하지만 아주 힘든 일은 아니야. 너는 밖으로 나오지만 않으면 돼. 오늘 하루면 된다. 할 수 있지?"

도윤은 얼굴을 찡그렸다.

"또 나쁜 꿈을 꾸면요?"

엄마가 손으로 입을 가렸는데 새어나온 말까지 막지는 못했다.

"가엾은 것."

아빠가 엄마의 어깨에 손을 얹었다.

"우리는 옆방에 있을 거다. 무서워 할 거 없어. 아빠 믿지?"

아빠의 말투가 단단한 바위 같아서 도윤은 가만히 고개를 끄덕였다.

두 분이 걸음을 옮기자 보보가 문을 열어주고 따라 나갔다. 문이 완전히 닫힌 뒤에 도윤은 자리에 누웠다. 지금껏 부모님이 도윤에게 명령을 내린 적은 없었다. 하지만 1년 전 생일 선물로 애완동물을 부탁했을 때도 지금과 비슷하긴 했다. 그때 아빠는, "네가 혼자 살아갈 나이가 되고, 다른 생명에 책임을 다할 수 있을 때 곁에 둬도 늦지 않아." 라고 했다. 하지만 생일 날 아침, 방문 앞엔 컹과 냥이 있었다. 도윤은 뜻밖의 선물에 아빠가 했던 말을 금세 잊어버렸다. 그렇게 오래된 일이 어제 일처럼 떠올랐다.

'이번에도 깜짝 선물을 준비하시는 걸까?'

정말 그렇다면 내일 아침엔 컹과 냥보다 더 근사한 선물이 문밖에 있을 것 같았다. 내일이 바로 도윤의 열두 번째 생일이기 때문이다. 도윤은 마음이 한결 느긋해졌다. 마치 달달한 솜사탕을 통째로 삼킨 것 같은 기분이다. 도윤은 깜짝 선물을 기대하며 잠이 들었는데, 얼마 뒤 꿈을 꾸었다.

불빛이 머리위에서 흔들렸다

도윤은 낯설고 비좁은 공간을 걸었다

눈앞에서 흔들리는 벽은 새하얗다

누군가 도윤의 손을 잡아끌었는데 얼굴을 알아 볼 수 없다.

사람들이 길을 막고 서서 도윤은 까치발을 했다.

작은 틈으로 바퀴 달린 침대가 보였다.

다급한 목소리에 이어 갑작스런 침묵이 찾아왔다.

그때 침대 밖으로 팔이 힘없이 떨구어졌다.

가느다란 손가락엔 붉은 알이 박힌 반지 하나가 끼워져 있었다.

도윤의 가슴에 슬픔이 차올랐다.

도윤은 그 손을 알고 있다

하지만 누구의 손인지는 알지 못했다.

　도윤은 눈을 떴다. 꿈은 매번 같은 장면에서 끝이 났다. 도윤은 이불 속에서 몸을 동그랗게 말았다. 소중한 것을 잃어버린 것 같은데, 그게 무엇인지 알 수 없었다. 도윤은 손등으로 목덜미에 맺힌 땀을 닦고 컴컴한 창문을 바라봤다. 침을 두 번 세 번 삼켰지만 목마름은 쉬 가시지 않았다. 도윤은 침대에서 내려와 문으로 갔다. 하지만 문고리를 잡는 순간 아빠 말이 떠올랐다.

　'오늘 밤은 밖으로 나오지 말거라.'

　도윤은 망설였다. 침대를 돌아봤지만 다시 눕고 싶은 마음은 들지 않았다. 한참을 망설이던 도윤은 문밖으로 나오지 말라는 주의가 깜짝 선물을 감추기 위한 것이 분명하다고 생각했다. 그렇게 생각하자 문밖에 있을 무언가가 정말로 보고 싶었다. 그게 뭐가 됐건 생각지도 못한 것이 있을 게 분명했다. 호기심은 아빠와의 약속보다 컸다. 도윤은 문고리를 잡은 손에 힘을 줬다.

문밖은 어두컴컴했다. 방문 앞에는 선물도 놓여 있지 않았다. 선물을 대신하고 있는 건 어지럽게 찍힌 발자국이 전부였다. 도윤은 문밖으로 나왔다. 먼저 찍힌 발자국들 사이로 방금 도윤이 걸어 온 발자국이 생겼다. 도윤은 흐릿한 발자국 옆에 자신의 발을 갖다 댔다. 도윤의 발자국은 먼저 찍힌 발자국보다 컸다. 도윤은 자기보다 작은 발자국의 주인이 누구일까 생각했다. 하지만 자기보다 어린 아이는 집에 없었다. 도윤은 고개를 들어 집 안을 살폈다. 허공에서 메마르고 퀴퀴한 냄새가 났는데, 처음 맡아 보는 냄새였다. 어둠에 눈이 익자 물건들의 윤곽이 또렷했다. 그럴수록 도윤의 눈은 점점 커졌다.

집은 지금껏 한번도 본 적 없는 모습을 하고 있었다. 천장에 매달린 등에는 거미줄이 걸쳐 있고, 반질거리던 마루는 들뜨고 부풀었다. 아래층과 연결된 계단의 난간 역시 군데군데 부서져있었다. 그리고 그 모든 것들에 두터운 먼지가 쌓여 있었다. 도윤은 오줌을 억지로 참을 때처럼 아랫배가 뻐근했다. 도윤은 가만히 서서 생각했다. 어쩌면 엄마, 아빠가 새로운 놀이를 준비한 것인지도 모른다. 그게 아니라면 집이 왜 이런 모습을 하고 있는지 설명이 되지 않았다. 어쨌거나 도윤은 새로운 놀이가 마음에 들지 않았다. 도윤은 부모님이 계신 방으로 가서 문을 두드렸다.

똑똑똑.

안에선 아무 소리도 들리지 않았다. 도윤은 두 번, 세 번 두드리고 여전히 답이 없자 문을 열었다. 방에는 아무도 없었다. 아니 텅 비어 있었다. 침대도 가구도, 창을 가릴 수 있는 커튼도 보이지 않았다. 마치 오랫동안 사람의 손길이 닿지 않은 창고처럼 말이다. 놀란 도윤은 서둘러 계단을 내려갔다. 도윤의 발걸음에 계단이 삐그덕 앓는 소리를 냈다. 도윤은 엄마, 아빠가 나쁜 선택을 한 거라고 생각했다. 자신에게 미리 물었더라면 훨씬 더 신나고 근사한 놀이를 말해 주었을 거라고도 생각했다. 도윤은 부모님에게 그 사실을 알려주고 싶었다. 하지만 아무것도 없는 거실에 발을 디뎠을 때 도윤은 우뚝 멈춰 섰다. 도윤은 심장이 몸 밖으로 튀어나올 것 같아 손으로 가슴을 눌렀다. 도윤은 처음으로 이 모든 게 장난이 아니면 어쩌나 하는 걱정이 들었다. 그때 주방으로 짐작되는 곳에서 부스럭거리는 소리가 났다. 도윤은 재빨리 거실을 가로질러 주방으로 갔다. 주방 구석에 희미한 빛이 있었다.

"엄마?"

"아빠?"

대답 대신 빛이 움직였다.

"컹?"

"냥?"

빛이 도윤을 향해 돌아섰다. 도윤은 얼굴을 찡그렸다.

"보보니?"

빛은 보보의 가슴에 달린 램프에서 나는 거였다. 보보는 애처로운 목소리로 "보보"하고 대꾸했다. 도윤이 물었다.

"다들 어디 있어?"

보보는 고개를 저었다. 도윤은 목소리를 높였다.

"어딨냐니까?

보보가 작은 소리로 "보보"라고 답했다. 도윤이 소리쳤다.

"말 좀 해 봐."

하지만 보보는 '보보' 말고는 할 수 있는 말이 없었다. 애초에 그 말만 할 수 있게 만들어졌기 때문이다. 도윤은 보보한테서 돌아섰다. 보보가 가르쳐주지 않으면 직접 찾으면 그만이다. 엄마도 아빠도, 컹도 냥도. 모두 찾아내서 이제 놀이는 끝났다고 말해줄 참이었다. 도윤은 왔던 길을 되돌아 집 안을 헤집고 다녔다. 큰 소리로 엄마, 아빠를 불렀지만 답변은 들리지 않았다. 부르면 득달같이 달려오던 컹과 냥마저 코빼기조차 보이지 않았다. 결국 도윤은 한참 만에 보보가 있는 주방으로 돌아왔다. 도윤은 눈가를 팔뚝으로 문지르고 보보를 올려다봤다.

"네가 찾아봐. 찾아서 엄마, 아빠한테 이런 장난 싫다고 얘기해. 어서."

보보는 대답 대신 가슴에 있는 램프를 눌렀다. 그러자 지금껏 찾아 헤맨 엄마, 아빠 모습이 허공에 나타났다. 두 사람은 아픈 얼굴로 어딘가에 누워 있었는데, 집이 아닌 건 분명했다. 엄마가 쉬어짜는 소리로 말했다.

"도윤이를 부탁해. 우리가 있을 때랑 똑같이 해줘야 해."

아빠는 절대로 뜨지 않을 것처럼 눈을 꾹 감고 있었는데 얼굴에 쓴 투명 마스크 때문인지 숨 쉬는 것조차 힘들어보였다. 엄마는 아빠를 한번 돌아보고 다시 이쪽을 바라봤다. 이윽고 엄마가 허공을 향해 떨리는 손을 내밀었다. 엄마가 맞잡은 손은 보보의 손이었다. 엄마는 숨을 몰아쉬며 말했다.

"도윤이가 알게 해선 안 돼. 그냥 지금처럼 살게 해줘. 어른이 될 때까지만, 아니 조금만 더 자랄 때까지만이라도. 내일이 생일이니까… 뭘 줘야 할지 알지? 그래, 그거."

느리게 말을 이어가던 엄마가 눈을 감자 눈가에 맺혔던 물이 볼을 타고 흘렀다. 그와 동시에 엄마 손이 보보의 손에서 미끄러졌다. 허공으로 떨어진 손가락엔 빨간 알이 박힌 반지가 있었다. 도윤은 뒷걸음질 쳤다. 그건 꿈에서 봤던 손이다. 엄마의 모습이 담긴 영상 하단에 찍힌 날짜는 정확히 1년 전이었다. 도윤이 날마다 꾸던 꿈은 꿈이 아니었다. 그건 그날에 대한 도윤의 기억이었다. 그 순간 도윤의 머릿속에는 다시는 듣고 싶지 않았던 자동차 충돌 소리가 울렸다. 도윤은 머리가 깨질 것처럼 아팠다. 하지만 그게 사실인지는 여전히 헷갈렸다. 도윤은 보보를 돌아봤다.

"사실이 아니라고 말해."

보보가 아무런 답이 없자 도윤은 보보의 가슴을 주먹으로 쳤다. 보보는 꼼짝도 않고 도윤의 주먹을 받아냈다. 도윤의 입에서 억눌린 울음이 터져 나왔다.

"끄으윽, 끄으윽…."

도윤은 숨을 몰아쉬며 주먹을 폈다. 도윤은 보보의 가슴에 손바닥을 댄 채 보보를 올려다봤다.

"제발 거짓말이라고 말해. 응?"

보보는 나지막이 "보보"라고 중얼거렸다. 도윤은 보보한테서 떨어졌다. 허허벌판에 있는 것 같은 추위를 느끼면서 도윤은 어렸을 적 숲에서 봤던 깨진 알을 떠올렸다. 둥지에서 떨어진 알 속엔 제대로 자라지 못한 새끼 새가 들어 있었다. 온몸이 축축한 새끼 새는 축 늘어진 채 고개가 뒤로 꺾여 있었다. 옆에 있던 아빠가 "죽은 지 얼마 되지 않은 것 같구나"라고 말하며 근처에 있는 나뭇잎을 모아 깨진 알을 덮었다. 도윤은 지금 자신이 그 새와 같은 처지라고 생각했다. 아니 새끼 새보다 더 나빴다. 나뭇잎이건 다른 무엇으로건 자신을 따뜻하게 덮어 줄 아빠는 이미 세상에 존재하지 않았다. 물론 도윤의 처지를 슬퍼해 줄 엄마도 없었다. 도윤은 고개를 숙였다. 자신을 둘러싼 어둠과, 어둠보다 짙은 세상을 바라볼 용기가 나지 않았다. 바짓단 밑으로 드러난 발목과 맨발이 눈에 들어왔다. 바짓단은 복사뼈 위로도 한참이나 올라와 있었다. 도윤은 바짓단 밑으로 드러난 발목의 길이를 가늠했다. 십 센티미터, 십이 센티미터. 정확하진 않지만 그 정도 길이만큼 자란 게 분명했다. 도윤은 고개를 들었다. 너무 조용해서인지 도윤은 자신의 심장 소리가 들리는 것 같았다. 새끼 새는 죽었지만 도윤은 죽지 않고 살아 있었다. 키가 자랐고, 발도 컸다. 도윤은 머릿속으로 자신의 나이를 떠올렸다. 열두 살. 1년 전 아빠가 들려준 말이 떠올랐다.

'열두 살이면 충분할 수도 있지.'

그 말은 열두 살이면 애완동물을 책임질 수도 있을 거라는 뜻으로 한 말이었다. 하지만 이제 도윤에겐 책임질 애완동물 따윈 없었다. 도윤은 애완동물이 아니라 스스로를 책임져야 했다. 온기라곤 느껴지지 않는 집을 보고 있자니 그동안 왜 그토록 밖으로 나가고 싶어 했는지 알 것 같았다. 어쩌면 도윤은 이 모든 것을 이미 알고 있던 게 아닐까 생각했다. 알면서도 모르는 척하고 싶었던 건 아닐까 하고 말이다. 되풀이되는 악몽이 바로 그 증거인지 몰랐다. 엄마 몰래 훔쳐 낸 사탕 한 움큼을 먹지도 못하고 침대 밑에 감춰뒀던 때처럼 도윤은 마음이 불편했다. 바닥에 놓아둔 사탕은 녹아내리고 엉겨 붙어 볼품없는 설탕 덩어리로 변해갔다. 사탕이 녹아내린 액체가 침대 아래 있다는 걸 알았지만, 눈으로 확인하고 싶지 않았다. 나중에 작은 풍뎅이 한 마리가 달라붙어 윙윙 소리를 내며 버둥댈 때까지 말이다. 도윤은 다 녹아버린 사탕과 날갯짓을 멈춘 풍뎅이를 치우면서 이런 께름칙한 일을 다시는 만들지 않겠다고 다짐했었다. 그런데 도윤은 또다시 그런 상황에 놓인 것만 같았다. 도윤은 보보를 돌아봤다.

"내가 뭘 해야 돼?"

보보가 기다렸다는 듯 서류 한 장을 내밀었다. 도윤은 거기 적힌 글을 봤다.

글의 처음은 '시뮬 공간 만료로 인한 계약 연장 및 해지에 관한 건'이라고 적혀 있었다. 그 밑으로 어려운 말들이 한참이나 이어졌지만 내용은 대충 이해가 됐다. 마지막엔 시뮬 공간 만료 날짜가 적혀 있었는데, 그건 도윤의 열두 번째 생일이기도 했다. 추신이라고 적힌 곳에는 반드시 계약 연장과 해지는 로봇이 아닌 인간이 해야 된다고 쓰여 있었다. 그리고 맨 아래 계약 연장과 해지 란에 각각 서명을 하도록 되어 있었다. 보보는 여태 엄마의 마지막 말을 지키기 위해 텅 빈 집을 시뮬 공간으로 운영했던 거다. 대기가 오염되었다는 것도 도윤이 시뮬 공간을 벗어나지 못하도록 하기 위한 거짓말일 거라고 생각했다. 도윤은 고개를 들고 시뮬이 아닌 실제 집 안의 모습을 둘러봤다. 거실 창으로 희뿌연 빛이 비쳐들기 시작했다. 그 빛으로 주방 한쪽에 걸린 허름한 점퍼가 눈에 들어왔다. 그건 아빠가 즐겨 입던 점퍼다. 도윤은 벽에 걸린 점퍼를 내려 몸에 걸쳤다. 그리고 껑충해진 바짓단을 종아리까지 접어 올렸다. 도윤은 쓸 만한 물건을 가방에 챙겨 담은 뒤 주방으로 돌아왔다. 보보가 걱정스런 목소리로 '보보'하고 말했다. 도윤은 종이를 보보에게 건네며 말했다.

"이제 넌 자유야. 엄마와의 약속은 더 이상 지키지 않아도 돼. 네가 가고 싶은 곳으로 가."

보보가 중얼거리듯 '보보'라고 했다. 도윤은 숨을 크게 들이 마시고 말했다.

"나는 괜찮아."

보보가 다시 "보보"하고 대답했다.

도윤은 집밖으로 나가는 문 앞에 섰다. 그리고 크게 심호흡을 한 뒤 문을 열었다. 문 밖으로 첫발을 뗀 도윤은 한번도 돌아보지 않고 들판을 가로질렀다. 집사 로봇 보보가 그 뒤를 조용히 따랐다. 도윤과 보보의 등 뒤로 해가 높이 떠올랐고, 두 사람이 떠나온 문에는 종이 한 장이 꽂혀 있었다. 바람에 펄럭이는 종이는 도윤이 시뮬 공간 해지에 서명한 종이였다.

해설

류
신

걸어가는 시

: 인천작가회의 창립 20주년 기념 문집에 부쳐

두근거리는 땅, 이제 발로 자유롭게 하리라

— 호라티우스, 「송시」

　여기 각양각색의 다채로운 132송이 꽃을 정성스럽게 묶어 만든 '시의 꽃다발'이 있습니다. 이름하여 인천작가회의 20주년 기념 앤솔러지 『작가들의 길』. 이 컬렉션은, 20년이란 짧지 않은 시간을 천천히 그러나 꿋꿋이 걸어온 인천작가회의 소속 시인 44분의 개별 대표작 3편을 엄선해 총 132편을 등단 순으로 정리해 묶은 사화집입니다. 알다시피 앤솔러지의 어원은 '꽃을 따서 모은 것'이라는 뜻의 그리스어 앤톨로기아(anthologia)가 아니던가요. 먼저 인천작가회의 시인들이 함께 만든 아름다운 '시의 꽃다발'에 경의를

표하며 '축하의 꽃다발'을 안겨 드리고 싶습니다. 시를 좋아하는 독자라면 누구나 애장하고 애송할 소중한 앤솔로지를 얻어 무엇보다 기쁩니다.

꽃다발을 만들기 위해서는 하나하나의 꽃들이 흩어지지 않도록 중심을 잡아 묶는 끈이 필요하겠죠. 인천작가회의 '시의 꽃다발'을 조여 맨 끈의 장력은 앙가주망과 예술성, 정치와 미학의 변증법적 긴장에서 비롯된 것이라고 생각합니다. 윤리와 서정의 균형 잡힌 결속이 인천작가회의 시단 20년 연륜의 저력입니다. 무엇보다도 132송이 꽃들은 휴머니즘의 향기로 자욱했습니다. 사람과 자연을 사랑하지 않는 자는 부당한 세상과 맞서 싸울 수 없다는 인천 시인들의 따뜻하고 올곧은 마음이 그대로 느껴졌습니다. 하지만 가끔은 꽃의 이면에 감춰진 시인들의 슬픔과 고통이 감지되어 가슴이 무너져 내리기도 했습니다. 이상과 현실, 예술과 일상, 꿈과 생계, 희망과 절망이 힘겹게 대련(對鍊)하는 위태로운 경계 위에서 핀 우울한 꽃들의 소리 없는 비명을 감청했기 때문입니다. 수줍고 여린 꽃송이들과 함께 섞인 수난의 꽃을 바라볼 때는 제자신이 한없이 작고 부끄럽게 느껴지기도 했습니다.

저마다 개성이 강한 시의 꽃들로 빼곡한 이번 앤솔러지를 통독한 후 떠오른 단 하나의 이미지가 있습니다. 저마다 어디론가 걸어가는 시인의 모습이 제 흉중에 화인(火印)처럼 각인되었습니다. 그리고 차츰 이 이미지는 20세기 미술을 상징하는 기념비적인 조각상인 알베르토 자코메티의 〈걸어가는 사람 Ⅱ〉으로 변용되기 시

알베르토 자코메티
〈걸어가는 사람 II〉, 1960년

작했습니다. 숨이 막혔습니다. 이번 앤솔러지에 상주하는 시혼(詩魂)의 형상을 구체적인 '실물'로 보았기 때문입니다. 두 다리가 만든 삼각형은 시(詩) 자를 구성하는 자음 'ㅅ'처럼 보이고, 얼굴에서 몸통으로 이어지는 긴 축은 모음 'ㅣ'처럼 보이네요. 한마디로 이 조각은 '시'가 걸어가는 모습을 '사람 인(人)'자로 가시화한 일종의 구체시처럼 다가왔습니다. 비정상적으로 길게 늘여진 거칠고 앙상한 인체는 오늘날 불우한 상황에 내몰린 시의 운명을 형상화한 것처럼 다가왔습니다. 순간 저는 전율했습니다. 극한의 환경 속에서도 일체의 타협과 가식, 허영과 과잉을 용납하지 않는 시의 품격을 목도했기 때문이죠. 저는 감동했습니다. 자코메티의 창작 메모가 한 편의 시처럼 엄습했기 때문입니다. "모든 것을 잃었을 때, 그 모든 걸 포기하는 대신에 계속 걸어 나가야 한다. 그렇다면 우리는 좀 더 멀리 나아갈 수 있는 가능성의 순간을 경험하게 된다. 만약 이것이 하나의 환상 같은 감정일지라도 무언가 새로운 것이 또 다시 시작될 것이다. 당신과 나, 그리고 우리는 계속 걸어가야 한다." 그렇습니다. 저는 이 '걸어가는 사람'을 이번 앤솔러지 도처에서 자주 목도했습니다.

길은 그 스스로 공간을 차지하고 있으면서, 동시에 서로 다른 두 공간을 연결하는 매개로서 존재합니다. 그래서 길은 움직이지 않으면서 움직이고, 옮겨 다니면서도 정지해 있는 특유한 존재성을 획득하죠. 이처럼 길은 정주와 유목을 동시에 욕망합니다. 연속성의 희구이면서 불연속성의 확인인 것입니다. 예컨대 길 자체를 목적으로 여행을 떠나는 사람은 흔치 않습니다. 그런 점에서 길은 목적지에 도달하기 위한 수단입니다. 말하자면 정착을 위한 노정이 길의 궤적인 셈이죠. 하지만 우리는 대부분 길 위에서 더 많은 시간을 보내고 있습니다. 인간과 인간 사이, 방과 방 사이, 집과 집 사이, 강과 강 사이, 산과 산 사이를 잇는 여러 갈래 길 위에서 이리저리 서성거리고 머뭇거립니다. 만나기 위해 길을 가고 헤어지기 위해 길을 떠나죠. 어쩌면 우리는 목적지를 향해 실을 떠난다기보다는, 당장 문을 나서면 맞닥뜨릴 길 그 자체를 향해 들메끈을 동여매고 있는지도 모릅니다. 이렇게 볼 때 길은 삶의 수단인 동시에 목적이기도 합니다. 삶의 기원이자 나를 찾는 편력의 과정이며 생을 정리하는 종점인 셈이죠. 길이 삶에 비유되는 까닭은 여기에 있습니다.

2011년 우리 곁을 떠난 고 강태열 시인은, 시는 책상 위 사색의 산물이라기보다 생활의 현장을 걷는 자의 발끝에서 빚어지는 것임을 노래한 바 있습니다. 시인은 "열중하는 생활의 발판"에서 시의 열매("콩")가 맺힌다는 '콩의 사상'을 이렇게 역설했습니다.

> 발바닥이 일해서 얻은 사상을
>
> 오늘은 시청 앞 광장의 비둘기들에게
>
> 나눠줘야지. 콩 속에 담긴 평화를
>
> 행렬의 발자취에서 얻은 다음
>
> 자선하면서 검은 열차로 떠나가는 그대에게
>
> 하얀 손수건을 흔들며 말해야지,
>
> 기름지게 콩밭에 맺힌 노동과
>
> 그날의 연정이 다음해에 또 푸른 잎으로
>
> 빛나는 여로에서 하늘거리는 응답을
>
> 뛰어가는 발로써 증명하고
>
> 웃어야지, 검은 열차가 넘어가는 지평선을
>
> 하동이 외치는 하얀 만세 소리를
>
> 시청 앞 비둘기로 날게 하는
>
> 열중하는 생활의 발판,
>
> 역사의 푸른 강가에서 거둔 콩을
>
> 오늘은 시청 앞 광장에서 뿌려줘야지.
>
> ──강태열, 「콩의 사상」 전문

삶의 길목 길목에서 땀 흘려 얻은 시라는 열매("역사의 푸른 강가에서 거둔 콩")를 많은 사람들과 공유하고 싶은("시청 앞 광장에서 뿌려줘야지") 시인의 마음이 자못 숭고해 보이기까지 합니다. 걷는 발로 자신이 추구하는 시상(詩想)을 증명한 고 강태열 시인이 그립습니다. 강태열 시인이 콩밭에서 광장으로 걸어 나갔다면 고 이가림 시인은 유리병 편지를 들고 달래강 주변을 서성이고 있습니다. 그리고 작심한 듯 시인은 자신이 "끝내 말하지 못한 것"에 영원한 생명을 부여하기 위해, 말하자면 자신의 마지막 연서(戀書)를 먼 미래의 독자를 향해 이렇게 발송합니다.

> 이제
> 내 비소(砒素) 같은 그리움을
> 천년 종이에 싸
> 빈 술병에 넣어
> 달빛 인광(燐光) 무수히 떠내려가는
> 달래강에 멀리 던진다
>
> 먼 훗날
> 부질없이 강가를 서성이는 이 있어
> 이 병을 건져 올릴지라도
> 그때엔 벌써
> 글자들이 물에 씻겨

사라져버렸을 것을 믿는다

끝내 말하지 못한 것이야말로

영원히 숨 쉬는 것

— 이가림, 「투병통신(投瓶通信) 1」 부분

강가를 거닐며 수취인불명의 편지를 던지는 고 이가림 시인의 문학에 대한 간절함을 헤아려 보니 가슴 한구석이 먹먹해집니다. 부디 이가림 시인이 부친 이 마지막 유리병 편지를 건져 올리는 행운이 제게 오길 기원해 봅니다. 글자들이 물에 씻겨 모두 지워졌어도 저는 좋습니다. 시에 대한 선생님의 가열한 열정과 사랑은 천년 세월이 흘러간다 해도 결코 사라지지 않을 테니까요. 시가 인간과 세상을 구원하지 못하더라도 시가 있음으로써 누군가의 삶은 변할 수 있다고 믿습니다. 그렇습니다. 시간의 괴물이 먹어치우지 못하는 것이 있습니다. 영원히 숨 쉬게 만드는 것이 있습니다. 이것이 무능한 시에 내재한 무한한 가능성입니다. 시의 힘이죠. 이가림 시인이 강가를 거닐며 유리병 편지를 투척한다면, 2006년 타계한 고 박영근 시인은 낡고 가난한 거처를 나와 화려하지만 황량한 도시의 밤거리를 정처 없이 걷고 있습니다. 단언컨대, 박영근 시인에게 시의 권리가 보장되는 유일한 곳은 길 위의 고독입니다. 그는 자본주의의 욕망으로 휘황찬란한 도시의 밤을 걷고 또 걷습니다.

그 낡은 집을 나와 나는 밤거리를 걷는다

저기 봐라, 흘러넘치는 광고 불빛과

여자들과

경쾌한 노래

막 옷을 갈아입은 성장(盛裝)한 마네킹들

이 도시는 시간도 기억도 없다

생이 잡문이 될 때까지 나는 걷고 또 걸을 것이다

때로 그 길을 걸어 그가 올지도 모른다 밤새 얼어붙은 수도꼭지를

팔팔 끓는 물로 녹이고 혼자서 웃음을 터트리는,

그런 모습으로 찾아와 짠지에 라면을 끓이고

소주잔을 흔들면서 몇 편의 시를 읽을지도 모른다

도시의 가난한 겨울밤은 눈벌판도 없는데

그 사내는 홀로 눈을 맞으며

천천히 벌판을 질러갈 것이다

                                    ─박영근, 「이사」 부분

　　삶의 비애와 절대 고독이 지배하는 냉량한 시인의 집에서 저는
작은 희망의 불씨를 보고 안도합니다. 자신의 빈집으로 "그가 올
지도 모른다"는 시인의 기대에 응원의 박수를 보내고 싶은 심정입
니다. "그"는 시인의 절망을 위무해 줄 수 있는 마지막 가능성에
대한 은유입니다. 말하자면 시인과 함께 짠지에 라면을 먹으며 소
주잔을 기울이는 시인의 마지막 친구일지 모릅니다. 그렇다면 시

인의 마지막 벗은 도대체 누구일까요. 바로 시입니다. "생이 잠문이 될 때까지" 걷고 또 걷는 시인은 황량한 도시를 가로질러 자신의 빈집을 찾아올 이 마지막 친구의 방문을 간구합니다.

이경림 시인은 숲속을 걷고 있습니다. 여유로운 산책길은 아닌 것 같습니다. 시인은 길의 끝이 구원의 입구라는 환상을 신뢰하지 않은 지 오래입니다. 길이 생의 비유라면, 길의 끝은 생의 종점, 바로 죽음입니다. 그렇습니다. 인간은 죽음을 향해 걸어가는 존재입니다. 시인은 자신이 걸어갈 생의 끝자락에서 마주칠 한 그루의 나무를 미리 보고 있습니다. 무욕의 삶을 살다가 자연으로 회귀하고 싶은 시인의 소망 앞에 삶과 죽음의 경계는 가뭇없어집니다.

> 잠시 전에는 시인이었는데 지금 나무가 된 나무가 서 있었다 그 앞에 잠시
> 전에는 나무였는데 지금 시인이 된 시인이 서 있었다 잠시
> 시인이었을 때를 기억 못 하는 나무 앞에 잠시
> 나무였을 때를 기억 못 하는 시인이 서 있었다
> ―이경림, 「수목장 숲에서―푸른 호랑이 3」 부분

이세기 시인은 인천항이 한눈에 내려다보이는 홍예문을 지나가고 있습니다. 시인은 "발바닥에 물집이 잡히는 줄도 모르고" 걷고 있군요. 가만히 보니 그의 동경의 나침판은 바다를 향해 있습니다. 새까맣게 버찌가 익어가는 뜨거운 한낮의 육지에서 시인은 바

닷바람 시원하게 밀려오는 저녁 바다 쪽으로 발걸음을 옮기고 있습니다. '섬의 시인'답게 시인의 마음은 벌써 월미섬에 가닿아 있군요.

　　새까맣게 버찌가 디글디글 열린다는 동네
　　땅거죽에 떨어진 버찌를 주워 입에 물었다
　　뜨겁게 타다 식은 돌에서 꾸덕꾸덕 말라가는 한낮
　　첫사랑이 들어갔다는 강화섬엔 산앵두가 익고
　　나는 발바닥에 물집이 잡히는 줄도 모르고
　　바닷바람 시원하게 밀려오는 홍예문 지나
　　먼 데 월미섬으로 저녁 바다 보러 갈거나 갈거나

　　　　　　　　　　　　　　　—이세기, 「홍예문」 전문

　　김금희 시인은 벌써 섬에 도착해 낯선 이방인처럼 섬길을 걷고 있습니다. 시인은 길을 걷다가 원인을 알 수 없는 모종의 그리움에 사무쳐 실컷 울고 있군요. 시인의 감정이 일렁이듯 바다도 출렁입니다. 시인의 내면 세계와 자연은 하나가 되어 함께 움직입니다. 서정의 힘이란 이런 것입니다.

　　휘어진 길마다 쉼표가 되는 섬 길
　　낯선 이방인의 탄식이
　　한 방울 이슬로 여기저기 맺혀 있다.

아침이 안개처럼 조용히 스며드는 작은 섬

떠나간 아이를 봉인하고 있는 여인아

오늘처럼 길을 가다 불현듯 그리우면

출렁이며 어디서나 울어버려야만 한다

— 김금희, 「오늘처럼 불현듯 그리우면」 부분

　누가 뭐라 해도, 먼 곳에 대한 낭만적 동경, 무한한 것에 대한 그리움은 시 쓰기의 원동력입니다. 그래서 박완섭 시인은 첫사랑을 찾아 "눈이 펑펑 내리는 겨울밤" 먼 길을 나섭니다. "애인이 없어도 애인을 만나러 멀리 떠나고" 싶은 시인의 그리움은 타인을 향한 배려와 사랑으로 아름답게 이어집니다.

사랑하는 사람 발목 앞에

수북이 쌓여 새 길이 되고 싶다

첫발을 내딛는

그 사람의 발자국 받아주는 하얀 눈이 되고 싶다

— 박완섭, 「눈 내리는 밤」 부분

　물론 그리움만이 걷기의 원동력은 아닙니다. 인간은 살기 위해, 생존을 위해 걸어야만 합니다. 이병국 시인은 생활을 영위하기 위해 오늘도 피곤한 걸음을 마다하지 않습니다. 그래서일까요, 이병국 시인의 발뒤꿈치에는 딱딱한 굳은살이 박였습니다.

> 식탁 위에 놓인 일과처럼
> 이해를 구한 적은 없습니다. 한 숟갈 퍼 넣은
> 다락처럼 허리를 펴본 적도 없습니다.
> 절반쯤 뻗은 다리가
> 서로의 품으로 교차할 때
> 접힌 세계처럼 허기가 져
> 하루가 집니다.
>
> 그렇게 이번 신발도 구멍입니다.
> 새끼발가락부터 닳아
> 밖으로 나가려는 평범과
> 가둬두려는 일상이 부딪칩니다.
> 그럴 때마다
> 뒤꿈치에 굳은살이 박이고
> 신발 뒤축이 닳습니다.

—이병국,「토렴」부분

제게 허기진 일상의 피곤을 증명하는 이병국 시인의 해진 신발
이 고흐의 그림 〈구두 한 켤레〉처럼 진솔하게 다가오는 이유는 무
엇일까요. 평범한 일상의 틀 안에만 갇혀 움직이는 시인의 노곤한

발걸음에서 우리 시대 평범한 소시민의 자화상을 목도했기 때문일 것입니다. 일상의 장벽에 가로막혀 표출되지 못한 청춘의 꿈, "밖으로 나가려는 평범"에 으밀아밀 스민 해방의 의지가 엿보였기 때문입니다.

누군가 앞서 걸어간 길을 뒤따라 걷는 걸음은 우리에게 큰 위로가 됩니다. 아무도 가지 않는 길을 개척하는 자만이 경쟁에서 이길 수 있다고 종용하는 우리 시대, 지도 밖을 행군하는 도전 정신을 지나치게 강요하는 우리 시대에 저는 최기순 시인처럼 누군가의 발자국을 여유롭게 뒤따르고 싶습니다.

> 물결무늬 발자국을 따라간다
> 누군가 앞서 간 이가 있다는 것
> 저문 해를 향해 가는 길의 위로가 된다
>
> —최기순, 「저녁의 행보」 부분

시인은 언어를 찾아 길을 떠나는 나그네이기도 합니다. 박성한 시인은 낡은 책 속으로 걸어 들어가 새로운 삶의 길을 탐색합니다.

> 낡고 오랜 책장을
> 넘기며 묻는다
>
> (중략)

그 길에서 묻는다

미세한 숨결로 되물어야 열리는

세상의 길에 대하여

—박성한, 「낡은 책」 부분

　이기인 시인은 "조금 싫어서 밀어놓았던 말들이 되돌아오는 물의 골목"(「지금 나하고 바다 갈래」)을 찾아 천천히 발길을 옮깁니다. 물론 언어를 찾는다고 능사는 아닐 것입니다. 언어를 통해 진리가 온전히 전달될 수는 없다는 사실을 시인은 누구보다도 잘 알고 있습니다. 진정한 진리는 말이나 글로 매개될 수 없다는 불립문자(不立文字)의 진실을 시인만큼 통감하고 있는 사람도 없을 것입니다. 그렇지만 언어가 부재한 곳에 시가 있을 수 없다는 사실 또한 자명합니다. 그러기에 시인은 언어를 찾아 길을 떠날 수밖에 없습니다. 결코 완성될 수 없는 미완의 기획임을 알면서도 시인은 오늘도 언어에 가닿으려고 걸음을 독촉합니다. 강성남 시인이 한밤중에 잠을 깨는 이유는 여기에 있습니다.

　　언어가 닿는 곳으로 걸음을 옮긴다

　　한밤중에 잠을 깨는 이유이다

　　오래 잠들었던 나는 어리둥절하고

　　번번이 미완으로 끝나던

연주를 다시 시작한다

—강성남, 「피아노」 부분

밖으로 난 길을 따라 걷는 시인도 있지만 살갗을 파고드는 안쪽으로 난 길에 대한 탐색을 통해 존재의 심연 속으로 오체투지하는 시인도 있습니다. 그렇다고 해서 마음 안에 존재하는 길, 흔히 말하듯 도(道)를 닦는 수도자의 선(禪)적인 포즈나 공염불을 흉내 내고 있다는 말은 아닙니다. 오히려 시인은 평범하고 무표정한 일상의 순간에서 열리는 내면의 길을 기민하게 포착합니다. 내면을 향해 걸어 들어가는 일은 결코 녹록지 않습니다. 자신을 끈질기게 괴롭혔던 내면의 상처와 독대하는 일이기 때문입니다. 더 이상 과거의 트라우마를 회피하지 않고 이와 정면대결하려는 손제섭 시인의 걸음걸이는 이렇게 단호합니다.

지난 시절 내 영혼의 마디마디를 갉아 먹던 저 전갈의 눈처럼 푸른 시월의 밤을 나는 대나무처럼 곧게 걸어 나가 단칼에 베어버리고 싶었다

—손제섭, 「시월의 밤」 전문

그렇다고 내면으로 향하는 길이 모두 "반은 무덤이고 반은 길"(정우림, 「유일한 목격자」)인 것만은 아닙니다. 내면으로 가는 길은 진정한 소통의 길이도 합니다. 손병걸 시인은 영혼과 영혼이 진정

으로 만나는 길, 서로 다른 곳을 응시하던 두 마음이 하나로 결합
되는 '눈길' 위에서 이렇게 노래합니다.

부르기만 하면
목소리 쪽으로 고개가 돌아간다

보이지 않는 내 눈을 잊은 것이 아니다

언제나 의식보다 먼저
돌아가는 얼굴, 열리는 눈동자

보여 주는 것이다

서로 마주치는 순간
환해지는 마음

하나의 길이 되는 것이다

가끔은, 아무도 호명하지 않는
캄캄한 길
우두커니 별들을 한차례 바라보고 있을 때
시린 눈동자

걸음마다 고인 그리움만큼

속속들이 젖은 눈동자의 오래된 습성이다

—손병걸, 「눈길」 전문

그렇습니다. 길은 지도상에만 존재하는 것이 아닙니다. 세상에서 가장 아름다운 길은 사람의 마음과 마음을 잇는 눈길입니다. 눈빛과 눈빛의 교감만큼 아름다운 길도 없을 것입니다. 세월호 희생자 추모를 위한 촛불모임에 참석하기 위해 광장으로 걸어가는 천금순 시인의 눈길이 아름다운 이유는 여기에 있습니다.

보라

우리는 왜 겨울 광장으로 모여 촛불을 밝히는가

어둠 속 제각기 촛불을 켜들고

남녀노소 어린아이 할 것 없이

쌍둥이 형제 바울 라울이도

머리에 촛불 고깔을 쓰고

제 아비 손을 잡고

한 손엔 촛불을 들고 광장 한복판에 나섰다

(중략)

피어보지도 못한 어린 꽃들에게

흰 국화 한 송이를 바치고 돌아서

눈물을 훔치는 노란 풍선들이 하늘로 날아간다

광장은 언제나 새로운 시작이다

—천금순, 「겨울 광장에 서서」 부분

인간다운 삶이 보장되는 더 나은 세상을 만들기 위해 내딛는 이 앙가주망의 발걸음이 든든하고 믿음직해 보입니다. 이 대목에서 박영근 시인이 「솔아 푸른 솔아」에서 부른 절창이 떠오릅니다.

(중략) 엉겅퀴 몹쓸 땅에

살아서 가다가 가다가

허기 들면 솔잎 씹다가

쌓이는 들잠 죽창으로 찌르다가

네가 묶인 곳, 아우야

창살 아래 또 한세상이 묶여도

가겠네, 다시

만나겠네.

—박영근, 「솔아 푸른 솔아—百濟 6」 부분

그렇습니다. 시인은 걷습니다. 그리고 시인을 따라 시도 걷습니다. 물론 단 하나의 길만 있는 것은 아닙니다. 이 길도 있고 저 길도 있습니다. 길은 갈라지기도 하고 다시 하나로 모아지기도 합니다. 역사의 광장으로 가는 길도 있고 묵상의 소롯길로 들어가는 길도 있습니다. 과거로 돌아가는 길도 있고 미래를 마중 가는 길도 있습니다. 생계를 위해 걸어야만 하는 길도 있고 낭만을 찾아 걷는 길도 있습니다. 이 모든 길 위에 시인들이 있습니다. 부지런히 발품을 팔아 인천 시인들은 세상 구석구석을 산책하고, 순례하고, 편력하고, 주유하고, 행진하고, 소요합니다. 권력의 의지는 공허하지만 걷기의 의지는 알찹니다. 태고의 단순함, 말하자면 두 발을 번갈아 움직이며 만드는 걸음이 시의 당당한 주체입니다. 요컨대 시인은 도상의 존재입니다. 양말을 뚫고 나오는 발가락의 끈질긴 힘을 시적 착상의 '새싹'에 비유한 심명수 시인의 시구가 인상적으로 다가옵니다.

> 내 몸에서 기어코 빠져나오고픈 이 욕망, 덩어리는 도대체 어찌하란 말인가?라고 발가락은 쓴다
>
> — 심명수, 「새싹」 부분

그렇습니다. "발로 쓴다. 나는 손으로만 쓰는 것이 아니다."(『즐거운 학문』)라는 니체의 말은 결코 허언이 아니었습니다. 걷기의 시학을 실천하는 김명남 시인의 출정가로 이 글을 마칠까 합니다. 이 노래가 저를 계속 '걷도록' 재촉합니다.

> 안개가 눈앞을 가로막아도 난 가야 해요
> 하늘의 입김이 날 얼어붙게 해도 난 가야 해요

흙먼지 일고 돌부리에 걸려도 난 가야 해요

　　　　　　　　　　　　　—김명남, 「취향의 성분」 부분

오
창
은

삶의 길을 걷는 서사의 여행자들

: 인천작가회의 창립 20주년 기념 문집에 부쳐

1. 왜 쓰고, 왜 읽는가

"글을 쓰는 작가 자신이나 그 글의 주인공보다 삶의 의미에 대해
더 잘 알고 있는 사람들이 어딘가에 있어 그 글을 읽게 될 것이라는
확신이야말로, 가난한 사람들 사이에서 글을 쓸 때의 가장 큰 무기이
다. 힘 있는 자들은 글을 쓸 수 없다. 자만은 글의 적이다. 그리고 아
무리 사소한 글이라 하더라도 글은 두려움이 없어야 한다."(존 버거,
김우룡 옮김,『모든 것을 소중히 하라』, 열화당, 2008, 106~107쪽.)

존 버거(John Berger)는 '글과 삶'으로 내게 충격을 준 작가였다. 그
는 런던 태생의 미술평론가로, 중년 이후에는 프랑스로 이주해 농

촌에서 생활했다. 절망과 두려움에 관해 쓴『모든 것을 소중히 하라』를 읽고, 나는 다른 관점에서 세상을 바라본다는 것에 대해 곰곰이 생각한 적이 있다. 존 버거는 이 책에서 '난민의 입장에서 세계'를 바라보았다. 지구적 자본주의 패권 아래에서 '저항과 연대'의 희망을 놓치지 않는 방법에 대해서도 이야기한다. 그는 모두의 운동이 아니라, '개개인의 선택, 만남, 각성, 희생'이 어떻게 기억을 만들고, 사람들을 자유롭게 하는가에 대해서도 이야기했다. 나는 '낯선 위치'에 서서 세상을 바라보는 것의 경이로움을 이 책을 통해 알게 되었다.

존 버거는 앞의 인용문에서 글을 쓰는 사람들은 '힘 없고 가난한 이들'이라고 단호하게 말한다. 글을 붙잡고 세상과 소통하려고 하는 사람들은, 세속의 관점에서 보았을 때 '힘없고 가난한 사람들'임이 분명하다. 진실한 글로 세속의 권력을 만들 수 없다. 글로 돈을 많이 벌 수도 없다. 설사 글이 많은 돈을 가져온다고 하더라도, 그 글은 돈을 목적으로 쓰인 글이 아닐 가능성이 높다. 겸손하고, 두려움이 없고, 그리고 절박한 글은 '삶의 의미'를 향한 구도의 수단이다. 가난한 글을 쓰는 작가들은 자신의 글이 누군가에게 우연한 충격을 주기를 열망한다. 자신으로부터 시작한 글이, 독자에게 도달하여 완성되기를 희구한다.

그렇다면, 작가와 독자는 어떻게 행복한 만남을 이뤄낼 수 있을까? 글을 쓰는 사람은 '두려움을 극복할 용기'를 가져야 하고, 읽는 사람은 '상식을 깨뜨릴 수 있는 용기'를 지녀야 한다. 그래서,

존 버거는 쓰는 자의 용기가 읽는 자의 용기를 북돋운다고 했다. 그는 작가가 쓴 글에서 삶의 심연을 읽어낼 수 있는 사람들은 '힘 없는 이들'이고, '겸손한 자들'이며, '불안과 걱정으로부터 자유로 워진 존재들'이라고 말했다. 작가는 누군가가 읽어줄 것이라는 '희 망' 없이 단 한 줄도 온전한 문장을 쓸 수 없다. 그렇기에 쓰는 사 람의 용기는 현재의 두려움을 초월한다. 미래의 어느 순간에, 혹 은 보이지 않는 미지의 어느 곳에서 누군가는 읽고, 또 쓸 것이다. 그 누군가를 위해 멀리, 오래도록 타전하는 것이 글쓰기이다.

『작가들의 길』의 산문을 읽으면서 절실한 글쓰기, 삶의 의미를 탐색하는 진지한 작가들을 만났다. 그들은 삶에 탐조등을 비추며, 서사의 여행을 떠나고 있었다. 결이 다른 작품들이 모여, 문학이 존재하는 이유를 서사적 여행으로 증명해냈다. 인천작가회의와 20여 년 동안 인연을 만들어온 작가들이 '쓰는 자'로서의 자기 위 치를 확인하는 작품들이 여기에 실려 있다.『작가들의 길』을 통해 우리 시대 작가들은 문학을 어떻게 받아들이고, 이해하고, 독자와 소통하려 하는가를 가늠할 수 있었다. 작가들은 문학을 향한 질문 들뿐만 아니라, 세상을 향한 질문들을 던지고 있다. 그 질문은 '우 리는 어디로 향해 가는가, 우리는 어디에서 왔는가, 그리고 우리 는 누구이며 무엇을 하고 있는가'이다.

2. 용기 없는 미래는 디스토피아다

미래는 가늠될 뿐 장악되지 않는다. 현재의 불안이, 혹은 두려움이 미래의 서사를 채운다. 숱한 미래에 대한 상상은 현실의 추론적 재구성이다. 그렇기에 미래를 구성하는 서사의 결들은 때로는 디스토피아적이고, 때로는 현실의 부정적 요소의 결정체처럼 보인다.

이해선의 「수세미꽃」은 일상의 모습을 느린 걸음으로 추적한다. 그곳은 닫힌 공간이고, '활력과 무기력'이 공존하는 곳이며, 풍부한 자의식과 느린 육신이 팽팽하게 맞서 있는 곳이기도 하다. 이 소설은 요양원의 하루라는 일상을 풍경으로 제시할 뿐, 특별한 사건을 형상화하지 않는다. 그런데도 미묘한 긴장이 문장 속에 스며들어 있다. 소설 속 윤 노인은 정신의 명료함과 육신의 노쇠함을 함께 감당해야 하는 상황이다. 윤 노인과 대비되는 '말총머리 요양사'는 수선스럽고, 말에 거침이 없으며, 몸을 부지런히 놀릴 정도로 바쁘다. 윤 노인이 과거 기억 속에서 소용돌이치고 있다면, 말총머리 요양사는 오로지 현재의 시간 속에서 질주할 뿐이다. 이 대비되는 세계는 숱한 기억을 간직한 풍부한 의식성 세계와 현재성에만 집중하는 육체성 세계를 보여준다. 작가는 '요양원'이라는 상징적 공간을 통해, 미래의 세계가 육체적 약자의 입장에서는 정신성이 결여된 디스토피아일 수 있음을 은유적으로 보여주고 있다. '수세미꽃'이 상징하는 것도 노랗고 예쁜 꽃과 수세미 열매의 대비적 강조이기도 하다.

홍인기의 「2025」는 미래를 짙은 회색의 어두운 풍경으로 제시한다. 첨단 과학으로도 통제하지 못한 지구의 환경 문제로 인해, 미래의 지구는 초권력 지배층의 지배 아래 놓이게 된다. 초권력 계층은 '인간 사육 프로젝트'와 '우주 이동 계획'을 추진하며, 인간 공존의 질서를 무너뜨린다. 작가는 소설 속 인물들을 익명적 기호로 표기해 제시했다. KH204[6]은 파면당한 전직 과학자이고, M2200[8]은 특별 대우를 받는 우량 시민이다. 그리고, L-4035[4]는 불량인으로 사육되는 인간이다. 이 암울한 미래 사회가 유지될 수 있는 이유는 '예술, 철학, 종교, 교육'을 제거했기 때문이다. 작가는 KH204[6], M2200[8], L-4035[4]를 모두 정신세계가 괄호쳐진 상태로 제시한다. 미래 사회에서 그들은 계급적 위치와는 상관없이 자의식이 삭제되어 있기에, 모두가 사육되는 객체일 뿐이다. 작가는 '예술, 철학, 종교, 교육'의 자유가 위협당하는 상태야말로, 바로 인간성의 위기임을 이 소설을 통해 강조하고 있다. 정신의 자유 없는 미래는, 사육당하는 인간만이 남아 있는 디스토피아일 뿐이다.

청소년 문학인 오시은의 「문을 나서야 할 시간」도 미래 세계를 배경으로 한다. 주인공인 도윤은 부러울 것 없이 행복한 생활을 하고 있다. 배려심 많은 부모님이 있고, 집사 로봇 '보보'가 항상 자신을 보살펴준다. 그리고, 강아지 '컹'과 고양이 '냥'이 놀아주기에 심심하지도 않다. 도윤이 살고 있는 미래 사회는 집 밖이 오염되었기에 나갈 수 없다는 것이 유일한 아쉬움일 뿐이다. 그런 도윤의 열두 번째 생일을 앞둔 날, 부모님은 "오늘 밤은 밖으로 나오지 마렴"이라며 방 안에만 있으라고 강요한다. 이 금지의 언어는 강력했다. 모든 흥미로운 이야기에서 그렇듯, 이 소설 또한 금지를 위반하면서 새로운 세계가 펼쳐진다. 도윤은 부모님의 강력한 금지를 위반한다. 그 댓가로 진실을 보게 된다. 열두 살 생일을 맞이한 도윤은 지난 1년 동안 집사로봇 보보 함께 '시뮬 공간'이라는 가상의 세계에서 살았음을 알게 된다. 익숙했던 세계가 낯설어지고, 새로운 세계는 두려움을 안겨줄 뿐이다. 부모님은 이미 1년 전에 세상을 떠난 상태였고, '시뮬 공간'은 만료되었다. '시뮬 공간'을 연장할 것인가, 해지할 것인가? 이 소설은 결단 없는 자유는 없음을 보여준다. 두려움과 함께 자유를 선택할 것인가, 아니면 안온함으로 채워진 속박의 길을 걸을 것인가? 인간이 오랫동안 직면했던 선택의 순간에 도윤도 직면해 있다. 이 소설은 모든 자유는 용기라는 사실을, 그것은 인간의 미래에도 변하지 않을 것임을 이야기하고 있다.

미래를 그리는 소설은 암울하다. 인공지능, 로봇, 데이터 사회 등이 환기하는 상상력은 부정적 이미지로 채색되어 있다. 과학기술이 전 지구적으로 압도적 영향력을 발휘하고, 인간에 대한 규정적 힘이 지배적이 될수록 '예기치 않은 부작용'에 대한 공포는 강화되기 마련이다. 과학기술의 위력적인 지배력은 사소한 결함이 연쇄적인 사건들을 일으켜 '파국적 미래'를 만들 가능성도 키운다. 인간의 사회적 고립 및 단자화, 인간 정신세계에 대한 신뢰의

철회, 가중되는 환경 파괴 등도 예측 가능한 상상력의 범위 안에 있다. 그렇기에 미래소설이 그려내는 과학의 세계에서 포착해내야 할 부분은 '정신의 자유'를 어떻게 지켜낼 것인가,이다. 미래 사회가 위기를 만드는 것이 아니라, 인간이 정신세계를 포기했을 때 위기가 만들어진다. 과학에 의존하기보다는, 과학의 영향력을 제어할 수 있는 법, 정의, 윤리가 인간 상호 간의 토론 속에서 끊임없이 논의되고 검토되어야 한다.

3. 우리의 미래는 과거 속에 있었다

문학은 역사에 정신을 불어넣는다. 과거 사건을 다루면서 작가들은 '정신', '심성', '태도'를 이야기 속에 버무린다. 굳이 역사소설이 아니더라도, 작가들은 경험한 세계를 재구성해 '세상의 이치'에 대한 탐색으로 나아간다. 때로는 평범한 과거 이야기에 현재의 열망을 담기도 하고, 때로는 과거를 해체적으로 재구성함으로써 상식적 관점에 도전하기도 한다. 잊혀가고 있는 것들은 사라지고 있다는 사실만으로도 정감을 불러일으키기에, 소설은 과거 속으로 흘러가곤 한다. 과거에 대한 성찰 없이 미래는 결코 추론되지도 않는다. 모든 미래는 과거 속에 있었다. 그 평범한 정신사적 공통 감각을 소설 속에서도 확인할 수 있다.

조혁신의 「뒤집기 한판」은 인천의 '주안북초등학교 23회 씨름부원들'의 이야기다. 1979년이 시간적 배경이니, 40여 년 전의 과거 이야기인 셈이다. 이 소설은 서사적 재미가 넘실대고, 작가의 경쾌한 입담도 매력적이다. 좌천된 교장이 소년체육대회 지역 예선 우승으로라도 명예를 회복하겠다고 나서면서, 주안북초등학교는 한바탕 소동에 휩싸인다. 야구부, 테니스부, 축구부, 배구부 등이 급조된다. 모든 학생들이 각종 체육부에 선택된 후에야 나머지 학생들로 씨름부가 만들어졌다. 씨름부는 주목받은 적도 없고, 가난하기까지 한 초등학생들의 집합소였다. 그런 씨름부를 주민 씨름대회 우승자 출신인 강남구가 맡아서 지도하겠다고 나선다. 그의 면모는 놀랍다. 주안북초등학교에서 소집 훈련을 받던 7인의 예비군을 씨름으로 무너뜨려 학생들에게 용기를 준다. 소설 속 강남구는 상징적 존재다. 그는 자신이 다니던 응봉공고 재단의 전횡에 맞서 싸우고, 1980년 5·18의 여파로 고초를 겪기도 한다. 힘들게 세상살이를 해나가기에, 결코 성공한 삶을 살았다고 할 수도 없다. 하지만 보통 사람의 평범한 삶에도 '뒤집기 한판'이라는 통쾌한 역전의 꿈이 도사리고 있다. 그것이 비록 순간일지라도, 삶은 가능성이 있기에, 아니 가능성을 꿈꿀 수 있기에 살아갈 가치가 있다. 이미 가진 자들에게 '뒤집기 한판'은 나락으로의 추락일 수 있지만, 힘든 삶을 견뎌내고 있는 보통 사람들에게 '통쾌한 희망'일 수 있음을 경쾌한 흐름으로 보여준다.

이상락의 「숨은 말 찾기」는 김포공항 옆 부천시 고강동 연립주택가가 공간적 배경이다. 이 공간이 소설의 실마리를 푸는 중요한 역할을 한다. 규섭이네 가족은 고강동으로 이사해 오면서, 김포공항의 비행기 소음 문제의 심각성을 알게 된다. 남편 규섭은 남해안 노화도라는 섬 출신이고, 아내 은영은 역사 선생이었다. 여기에 초등학교 4학년 딸 어진이는 똘똘한 모습으로 아빠와 엄마의 마음을 훈훈하게 한다. 남편 규섭은 전쟁 유복자로 어머니의 품에서 자랐다. 규섭은 아버지가 한국전쟁 시기에 경찰로 복무하다 인민군과의 전투 중에 사망했다고 알고 있었다. 전쟁 때 겪은 아픔 때문에, 규섭은 친미반공주의를 내면화하게 되었고, 이 때문에 아내 은영과 의견 충돌을 일으키기도 했다. 대부분의 소설이 의외성을 통해 서사가 급물살을 타듯이, 「숨은 말 찾기」도 김포공항 옆에서 감내해야만 했던 고강동의 비행기 소음과 규섭 어머니의 방문, 그리고 비행기의 소음에 놀란 규섭 어머니의 혼절로 급격한 반전을 맞이한다. 규섭 어머니는 한국전쟁 당시 남편의 죽음에 얽힌 진실을 알고 있었으면서도 의도적으로 기억을 왜곡해왔는데, 고강동의 '항공기 저공비행'으로 인해 과거의 공포가 다시 되살아나게 된다. 이 작품은 전쟁의 비극에 대한 의도적 기억 왜곡과 고통의 회피, 그리고 그것이 현실에 미친 이데올로기적 효과를 그려냈다. 이는 다른 측면에서 반공주의의 뿌리를 문제 삼는 것이면서, 전쟁의 슬픔에 대한 가슴 먹먹한 환기이기도 하다. 굳건하게 믿고 있던 과거의 역사가 현실 속에서 재구성된 진실과 충돌할 때, 누구나 급격한 혼란에 빠지게 된다. 그것은 왜곡된 기억이 만들어낸 정체성의 혼란이기도 하다. 한국 사회는 반공 이데올로기의 작동으로 인한 기억의 왜곡을 무의식 속에 갈무리하고 있다. 미래를 위해서는 과거의 왜곡된 기억과 대면해야만 한다. 「숨은 말 찾기」는 '왜곡된 기억 직시하기'의 은유이면서, 반공 이데올로기에 대한 성찰을 촉구하는 도전적 문제 제기이기도 하다.

최경주의 「김삿갓의 유세 비결」은 공사판 일당 노동자인 오영선이 말, 언어, 이야기, 문학에 대해 탐색하는 내용을 담고 있다. 등단한 소설가이기도 한 오영선은 "작가의 힘이란 무엇인가"라는 문제에 골몰한다. 그는 이야기의 매력, 읽는 이들을 사로잡는 흡입력, 말의 기법 등을 마음속에 새기고 있다. 공사 현장에서 만난 팀장 최무혁은 예외적으로 입담이 뛰어난 인물이다. 최무혁은 김삿갓의 '유세언쟁육비결'이라는 비밀스러운 책에 얽힌 사람들의 이야기를 오영선에게 전한다. 「김삿갓의 유세 비결」은 옴니버스식 에피소드의 연결로 구성된 작품이다. 이 소설에는 한국전쟁 시기에 화순 구암마을 야산 인근 사당에서 발견된 책 이야기, 이 책을 읽고 정치에 입문했다가 비극을 맞이한 사람의 이야기, 최무혁과 그의 아버지가 책으로 인해 겪은 이야기 등 풍부한 서사들이 사슬처럼 엮여 있다. 그렇다면 이야기의 힘, 작가의 힘은 어디에 뿌리를 두고 있을까? 작가는 김삿갓의 '유세언쟁육비결'에 빗대어 "정직한 게 비법이고 절박한 게 힘이야"라는 말을 전한다. 이미 많은 작가들이 이야기했듯이, 절박한 마음으로 정성껏 쓰는 것 말고는 좋은 글쓰기의 비결은 없다. 이 소설은 글쓰기의 절박함에 이르는 여정을 김삿갓에 빗대어 그려나가고 있다.

안종수의 「어허 딸랑」은 상여 요령잡이의 생애에 대해 이야기한다. 소설의 주인공인 길만 씨는 '누군가가 죽었을 때, 존재감이 드러나는 인물'이다. 그는 술로 인해 간이 손상되어 농사일도 돌보지 못한 채 자리보전을 하고 있다. 하지만, 마을에 초상이 나면, 신명이 나고 활력이 솟구친다. 길만 씨는 상여 요령잡이이다. 그는 자신이 첫 요령을 들었던 정 주사의 장례식을 맞이하여, 삶 전체를 되돌아보는 계기를 맞이한다. 길만 씨는 1961년 공주 갑부 김갑순의 장례에서 요령을 들었던 때를 자신의 전성기로 보고 있었다. 어린 시절부터 아이들과 '어허 딸랑' 놀이를 하면서, 상여의 요령잡이를 자신의 숙명으로 알아왔었다. 하지만, 시대가 변하여 상여를 꾸미지 않고 영구차로 장례 절차를 밟는 것이 추세가 되었다. 「어허 딸랑」은 사라져가는 전통적 장례 절차를 재현하고 있다. 요령잡이인 길만 씨의 삶을 통해 '전통 장례의식'에 담긴 '삶과 죽음의 공존'이 '죽음에 대한 외경과 삶에 대한 겸허'로 이어지고 있음을 보여준다. 이 소설은 이청준의 '예인 소설, 장인 소설'을 연상시킨다. 이청준이 「줄」에서 줄광대를, 「서편제」에서 소리꾼을, 「매잡이」에서 매잡이 사냥꾼을 그렸다면, 안종수는 「어허 딸랑」에서 상여잡이의 삶을 포착해냄으로써, 사라져가는 전통이 환기하는 '아련한 슬픔'을 그려내는 데 성공했다.

박정윤의 「기차가 지나간다」도 개인의 역사, 소녀의 성장을 다룬 작품이다. 역사는 모두의 시간을 전제하지만, 보다 세밀하게 살펴보면 개인의 시간이 빼곡히 자리하고 있다. '나'(강아)는 딸만 아홉인 집의 일곱째로, 초등학교 시절부터 여덟째 미아와 아홉째 윤희를 보살펴야 했다. 가정사도 복잡하다. 묵호역 역무원인 아버지는 관사에서 생활하고, 따로 만나는 여자가 있었다. 아들을 못 낳은 어머니는 열등감을 안고 악착스럽게 일에만 매달리고, 술 마시는 할머니의 잔소리 또한 만만치 않다. '강아'는 오빠일 수도 있는 '파란 대문 집' 청년의 죽음을 겪고는, 죽음과 세상의 어두운 그늘을 보아버린다. 강아의 성장 서사는 1980년대 소녀들의 삶에 대해, 여성들의 삶의 풍경에 대해 되돌아보게 한다. 앞으로 펼쳐질 자신의 미래에 대한 절망으로 철도를 무단횡단함으로써 자살을 감행한 청년의 이야기도 슬프게 펼쳐진다. "겨울 햇살에 눈이 찔린"과 같은 강렬한 인상으로 남아 있는 어린 시절의 이미지가 '강아'의 내면을 지배하고 있다. 과거의 삶에 대한 기억은 굴곡 있는 이야기가 아니라, 풍경처럼 펼쳐지는 이미지일 수도 있다. 이 소설은 강릉과 묵호의 풍경을 통해, 어린 시절 우리는 어떤 삶을 거쳐 현재에 이르렀는가를 되돌아보게 한다.

아리스토텔레스는 역사와 문학을 다음과 같이 구분했다. 그는 역사가 '행해진 것'을 보여주는 반면, 문학은 '일어날 법한 것'을 보여준다고 했다. 작가는 '사실'을 말하는 존재가 아니라, '상상'을 그려내는 존재이다. 작가는 상상 속에서 이데올로기를 전복시킬 수 있고, 기억과 대결할 수 있으며, 견고한 체제에 도전하는 뒤집기 한판을 기획할 수도 있다. 또한 과거와 현재를 상상 속에서 결합해 '일어날 법한 세계'에 관해 자유롭게 이야기할 수도 있다. 과거의 사건은 작가의 상상력의 출발일 수 있지만, 과거의 사건에 작가의 상상력이 포박당하지는 않는다. 문학은 과거에 얽매이면 얽매일수록 상상력의 확장을 제약받게 된다. 그렇기에 과거를 다루는 소설은 현실과 미래를 품고 있어야 한다. 역사적 상상력에 기반해 서사를 펼치고 있는 좋은 소설들이 그 적절한 사례가 될 것이다.

4. 소설과 현실의 대화

작가는 작품을 통해 독자에게 말걸기를 한다. 문제는 작가의 말이 아니라, 독자의 말을 끌어낼 수 있는가,이다. 독자는 소설의 불확정적인 부분을 찾아내고, 그것을 자신만의 읽기를 통해 완성해 나간다. 그 과정에서 독자는 자기식의 작품 해석과 현실 인식을 확인하고, 작품의 세계를 전유해낸다. 어떤 작가가 현실에 대해 말하고 싶은 것이 많으면 많을수록, 독자가 현실에 대해 이야기할 수 있는 여지는 의외로 좁아진다. 다 말하지 않는 것, 다 설명하지 않는 것, 그것이 현실의 민감한 문제를 다루는 작가의 중요한 덕목이다.

홍명진의 「마순희」는 고통 받고 있는 자가 어떻게 타인의 고통에 감응하게 되는가를 보여주는 인상적인 작품이다. 누구나 어려움에 처하면, 주위를 돌아볼 여유를 잃게 된다. 기옥 또한 마찬가지였다. 기옥은 결혼한 후에야 남편이 술을 마시면 폭력적 행동을 한다는 사실을 알게 된다. 기옥은 아이 때문에 인내하지만, 어느 순간 임계점에 도달하고 만다. 이혼 후에는 관광특구 지역 특설 매장 점원으로 일하면서, 자활을 위해 몸부림친다. 하지만, 마음의 내상은 쉽게 치유되지 않는다. 그런 기옥에게 2급 청각장애를 갖고 있는 마순희가 가까이 다가온다. 기옥과 마순희는 자활센터에서 지원하는 '몸테라피 프로그램' 참가자이기에 일주일에 한 번 만나는 사이일 뿐이다. 기옥에게 마순희는 안타까움과 불편함, 신경이 쓰이면서도 눈을 감아 외면하고 싶은 존재였다. 일부러 거리를 두려 하지만, 마순희는 기옥의 주변에서 기옥을 챙긴다. 이 소설의 빛나는 지점은 디테일(detail), 즉 세부 사항이 살아 있다는 데 있다. 기옥이 남편이 아끼는 벤자민 화분을 이파리와 가지까지 잘라내는 장면은 이 소설에서 가장 인상적인 장면이다. 초중고를 농아학교로 마치고 정상인과 결혼한 마순희의 사연도 강렬하다. 마순희의 남편이 어느 순간 잠자리에서 '마순희가 내는 소리가 견딜 수 없다'고 했을 때, 사랑은 이미 '더럽게 변해버린 상태'였다. 이러한 세부적 사건이 이 소설의 현실적 깊이를 더해주고 있다. 기옥은 마순희에게, 마순희는 기옥에게 서로의 비밀을 털어놓으면서 내면의 위로를 받는다. 위로는 공감이다. 이 소설은 "이 바보야, 넌 한번도 네 삶과 싸워본 적이 없잖아"라는 절박한 외침을 통해 독자에게 충격을 안겨준다. 그 충격의 깊이는 마순희의 삶, 그의 존재 자체에서 뿜어져 나오는 '낯선 활력'에 대해 공감하는 정도에 따라 다를 것이다.

　유영갑의 「세상의 그늘」은 '갈 수 없는 나라'인 북한의 일상생활을 다루고 있다. 작가는 북한 농촌에 대한 촘촘한 취재를 통해 미지의 세계를 그려냈고, 오랜 조사를 거쳐 북한의 일상언어를 자신의 소설 언어로 끌어당겼다. 이 소설에는 '갱생 승용차'(북한산 승용차), '승리58 화물차'(북한산 화물차), '천리마 뜨락또르'(트랙터), '속도전가루'(옥수수+설탕가루) 등 북녘의 낯선 언어가 소설의 서사와 잘 버무려져 있다. 이 소설은 남북문제를, 북한 주민이 왜 탈출을 감행하는가라는 민감한 문제로 접근했다. 소설의 배경은 북한과 중국의 국경선 부근인 회령에서 백 리쯤 떨어진 '산산마을'이다. 강남규는 국경 경비대에 뇌물을 주지 않고 무모하게 강을 건너는 '막도강'을 했던 경력을 갖고 있다. 그는 폐결핵을 앓고 있는 어머니의 약값을 벌기 위해 중국으로 건너갔고, 중국 연길에서 막노동을 하다가 중국 공안원에 붙잡혀 다시 송환되었다. 노동단련형 3월을 받았고, 이후 농장원으로 일하면서 어머니의 약값을 벌기 위해 몸부림을 친다. 그는 덜 읽은 보리 이삭 서리, 참나무 땔감 팔기 등과 같은 불법적인 일을 하면서까지 어머니의 약값을 벌었다. 이 소설은 북한 사회가 강남규에게는 희망이 없는 불모지가 된 사연을 개연성 있게 그려냈다. 함흥에서 인민위원장이었던 아버지가 추방당해 회령으로 쫓겨온 사연부터, '출당 철직자 가족'으로 대학 진학 등의 미래가 막힌 상황까지 세밀하게 그려냈다. 강남규는 출신 성분으로 인해 사랑했던 원미와 결혼할 수도 없었고, 입당도 거부당하고 평생 농장원으로만 살아야 하는 처지에 내몰린다. 강남규에게 북한은 미래를 걸어볼 가치가 없는 사회이고, 더 나은 삶에 대한 희망조차 꿈꿀 수 없는 곳이었다. 누군가가 자신의 뿌리를 부정한다면, 그 이유는 '희망과 미래를 발견할 수 없다'는 자각을 했기 때문이다. 이 작품은 고난의 행군 시기였던 1990년대 후반의 북한 상황을 사실적으로 재현해내면서, 더불어 탈북자의 고뇌에 찬 결단의 뿌리는 어디인가를 보여준다. 강남규는 어머니와 여동생이 비극적 죽음을 맞이하자, 원미와 함께 강을 건넌다. 강남규에게는 강을 건넌다는 것 자체가 새로운 희망으로 향해 나가는 결단이었다.

이상실의 「버킷리스트 1─팔문적」도 희망에 대한 은유적 서사이다. 이 소설은 '세월호 사건'에 대한 비유로부터 시작해, 아직도 고통 속에 살고 있는 '세월호 실종자 가족'을 향한 위로의 서사로 나아간다. 준서와 아내는 딸 수하를 잃은 아픔을 치유하지 못하고 있다. 수하는 4년 전 4월 16일, '코리안페리호' 침몰과 함께 실종되었다. 준서는 수하의 버킷리스트 1호였던 '팔문적 찾기'를 위해 초란도로 향하고, 아내도 '코리안페리호' 희생자 가족에 대한 악성 댓글을 일삼는 '일베스'를 잡기 위해 '광화문 집회, 인천 집회'를 쫓아다니며 온 힘을 기울이고 있다. 준서와 아내는 수하를 잃은 고통에서 벗어나기 위해, 부질없는 것처럼 보이는 일에 집요하게 집착한다. 사람들은 깊은 마음의 상처로 인해 집착을 하게 되고, 그 몰입에서도 탈출구를 찾지 못하면 맥을 놓게 된다. 상처 받은 영혼들은 집착과 몰입에서 자신을 성찰하고, 의외의 깨달음에 접어들었을 때 스스로 일어설 수 있다. 그 깨달음을 위해서는 주변 사람들의 도움도 필요하다. 준서가 '초란도'에서 만난 이들은 유일한 거주민인 '감나무집 오 영감네'이다. 준서가 '팔문적' 찾는 일에 집착을 했을 때, 오 영감은 경계심을 갖고 구박을 하다가도 큰 호의를 베풀어준다. 오 영감은 '팔문적'의 정체에 대해 알려준다. 준서 또한 오 영감의 도움으로 희망은 발견하는 것이 아니라 스스로 만들어나가는 것이라는 깨달음에 도달하게 된다. 이 소설은 우리가 고통을 당하고 있는 이들에게 마음을 열어야 하는 이유는 분명하다고 말한다. 우리는 그 고통의 근원에 모두 연루되어 있으며, '나의 숨겨진 상처'에 대한 치유가 타인의 상처를 치유하는 길이라는 사실을 알려준다.

황경란의 「사람들」도 '시련을 당한 사람들'의 이야기를 다루고 있다. 사회면 연재기사를 담당하던 2년 차 기자 '류'이 갑자기 부장에게 일본 니가타항 출장을 떠나겠다고 하면서 사건은 시작된다. '류'이 니가타에서 만나겠다고 한 사람은 '강제 전향 장기수' 시모토리이다. 하지만, 연재 기사에서 이미 밝혀졌듯이 그는 죽은 사람이다. 죽은 사람을 만나러 가겠다는 '류'과 출장을 허락한 부장의 태도가 모호한 서사를 더 큰 미궁으로 빨려들게 한다. 이 소설은 '류'이 일본으로 떠난 후, 연재를 마무리하기 위해 '류'의 그간 행적을 되돌아보는 부장의 관점으로 전개된다. 부장은 '류'의 컴퓨터에서 '류'의 흔적을 되새기고, '류'에 대한 기억 속에서 자신의 과거 모습을 발견한다. '류'은 '사람들'을 연재하면서 외국인 노동자, 인권단체, 퀴어비스 기사를 만났고, 마지막으로 '역사 교과서 모임'으로 마무리할 참이었다. 소설의 결론 부분에서, 부장은 '류'의 마지막 기사를 마무리하지 못하고 '〈사고〉 D 1/3 연재를 마치며'를 내보내고 만다. 이 소설은 '진실'의 모호성에 대한 은유적 서사이다. '류'은 '사람에 의해 시련'을 당하는 사람들과 '외부의 충격에 의해 시련'을 당하는 사람들로 구분해 연재를 기획했다. '류'은 시련을 겪은 사람을 위해서는 '그들을 기억하는 다양한 방법'을 탐색해야 한다고 보았다. '류'은 짧은 하루의 진실이 소중하다고 말한다. 그것이 모여 역사를 이루고, 잠깐의 진실이 오랜 침묵을 이길 수도 있다고 믿는다. 하지만, '류'의 외침은 부장에 의해 삭제된다. '류'의 기억을 향한 몸부림을, 부장은 '류'의 문장을 삭제하면서 지워나간다. '류'의 마지막 기사가 마무리되지 못한 것도, 부장이 삭제한 문장들이 쌓이고 쌓여 진실을 덮어버렸기 때문이다. '류'이 과거의 부장이었음에도, 부장은 이 진실을 부정하고 만다. 순간의 진실을 응시하지 못하면, 거대한 진실과도 마주할 수 없다. 이 소설은 부장의 명료함에 대비되는 '류'의 모호성을 응원하고 있다. 이를 통해 '시련을 당한 사람들에 대한 기억'이야말로 진실에 대한 옹호라고 말한다. 「사람들」은 진실은 거대한 실체가 아니라, 퍼즐처럼 맞춰나가는 것임을 '사람들의 이미지'를 통해 그려냈다.

김경은의 「검지」는 교육 현실을 담은 소품 같은 작품이다. 이 작품은 교직 생활 이십년에 접어든 윤옥이 '지우'라는 학생으로 인해 겪는 위기 상황을 이야기한다. 학교에서 지우의 명품 지갑이 분실되고, 혜리가 그 지갑은 훔친 사실이 밝혀진다. 문제는 지우의 집요함이다. 지우는 '엄지보다 검지!'를 외치면서 학생들의 지지를 얻어내는 독특한 학생이다. 검지는 엄지 외의 손가락들과 붙어서 주위에 막강한 영향력을 발휘한다. 지우는 자신의 이기심을 숨기면서 학생들의 마음을 사로잡아 지지를 얻어낸다. 그러고는 '의무보다는 권리'를 획득하는 이기적인 모습을 보인다. 윤옥의 교육적 중재에도 지우는 자기의 주장을 꺾지 않는다. 이 소설에서 지우의 독특한 개성과 윤옥의 교육적 관점이 팽팽하게 긴장하고 있다. 집단적 감성이 점차 사회적 힘을 발휘하고 있는 상황에서, 교사가 직면하고 있는 합리적 이성의 위기를 잘 그려낸 작품이다. 서사적 모티프 측면에서 황석영의 「아우를 위하여」, 전상국의 「우상의 눈물」 등을 연상시키기도 한다. 「검지」는 학생들의 심리적 동요와 연결시켜 현대적 관점에서 서사적 재구성을 한다면 흥미로운 형상화가 가능한 소설이다.

　소설은 작가가 허구적 진실을 매개로 독자와 대화하는 언어예술이다. 작가와 독자는 공통의 현실 속에서도 서로 다른 관점을 갖고 사건을 바라본다. 이 다름이 대화를 가능하게 한다. 그렇기에 좋은 소설은 '작가가 독자의 믿음'을 바꾸는 것이 아니라, 대화의 주체로 독자를 자리매김하게 한다. 앞에서도 이야기했듯이, 어떤 독자들은 불확정적인 의미들에 참여하여 자신의 방식으로 의미를 확정하는 데서 소설의 재미를 발견하기도 한다. 그런 의미에서 작가가 독자에게 행하는 말 걸기는 '열린 장' 만들기이기도 하다. 현실의 예민한 문제들, 예를 들면 페미니즘, 분단 이데올로기, 세월호 사건, 교육 문제 등을 소설적으로 형상화할 때도 '열린 대화의 가능성'은 항상 고려의 대상이다. 소설 속 인물이 포착한 진실의 불완전성을 통해, 독자가 새로운 진실을 탐구할 수 있는 기회를 만드는 것이 작가의 임무이다. 독자는 소설 속 서사의 완전성 속에서가 아니라, 서사의 모순 속에서 자신의 대화를 더욱 활성화한다.

5. 어디에서 누구를 향해 쓸 것인가

"우리는 단지 한 사물만을 보는 것이 아니다. 우리는 항상 사물과 자신과의 관계를 보고 있다. 우리의 시각은 끊임없이 활동하고 움직여 주변의 사물들을 관찰함으로써 존재하는 것들을 보여준다. 볼 수 있다는 말은 반대로 타인에 의해 우리 자신이 보여질 수도 있다는 뜻이다. 다른 사람의 눈은 우리의 눈과 더불어 우리가 가시적(可視的) 세계에 살고 있음을 입증해 준다."(존 버거, 하태진 옮김, 『어떻게 볼 것인가』, 현대미학사, 1995, 10쪽.)

나는 젊은 시절 존 버거의 『어떻게 볼 것인가』를 읽고 작은 충

격에 휩싸인 적이 있었다. 그의 글에서 무엇인가를 본다는 것의
의미에 대한 성찰적 깨달음을 얻었다. 누군가에게는 너무나 당연
한 것이, 어느 순간 누군가에게는 존재를 뒤흔드는 통찰로 이어지
기도 한다. 나는 본다는 것이 관계를 의미한다는 지적에서, 그리
고 '보는 사람의 위치'가 그의 정체성을 드러낸다는 지적에서 놀
라움을 경험했다. 어떻게 볼 것인가라는 질문은 어디에 서서, 누
구의 입장으로 볼 것인가와 닿아 있다. 그리고 보는 나와 보여지
는 나, 그리고 주체와 대상의 관계를 상상하게 한다. 보는 사람의
위치가 불명료하면, 글은 초점 없이 흐릿해지고 만다. 단순하고 명
료하면서도 다른 이야기를 할 수 있는 방법을 존 버거의 글에서
배웠다.

　나는 글을 쓴다는 작업 자체에서 어려움을 겪을 때, 존 버거의
글을 읽으며 용기를 얻는다. 그의 글을 읽으며 '나는 어디에 서 있
는가'에 대해 곰곰이 생각하곤 했다. 2017년 1월, 그의 죽음에 관
한 소식을 들었을 때 가슴 한곳이 아리는 느낌을 받았다. 내가 읽
는 글을 쓴 사람이 더 이상 살아 있지 않다는 것에 대한 자각이 나
를 슬프게 했다. 그의 죽음을 생각하면, 나는 존 버거의 「왜 동물
들을 구경하는가?」라는 글을 떠올리게 된다. 생명으로 존중되기
보다는, 인간에게 관찰의 대상이 되고 만 동물들에 대한 그의 사
유는 다시 읽어도 내게 충격을 던져준다. 그는 '갇힌 상태에 있는
동물'의 부자연스러운 모습에서 '소비자 중심의 사회라는 체제에
갇힌 인간'의 스테레스 받는 모습을 연상했다. 더 나아가 그는 '인

간과 동물'의 관계에 대한 사유로 확장했다. 그는 "강제에 의해 주류에서 밀려나는 행위가 이루어지는 모든 장소는 동물원과 공통적"이라고 했다. 그 장소로 "빈민가, 판자촌, 감옥, 정신병원, 강제수용소"를 꼽았다. 주변부로 밀려난 사람들, 격리되고 배제된 사람들이 이 사회로부터 받는 모욕과 박탈감은 동물원에 갇힌 동물들과 같은 것인지도 모른다.

존 버거가 이야기하듯, 소설은 '자리 바꿈'에 관한 예술이다. 인간과 동물의 자리를 바꾸고, 고통을 가하는 사람과 고통을 당하는 사람의 위치를 바꾸고, 그리고 그 모든 관계를 포함하는 위치에서 바라보는 것이 소설이다. 소설은 때로는 미래를 통해 현재를 객관화하고, 과거를 통해 현재를 성찰하게도 하고, 현실의 여러 복잡성에 대해 공감하면서 동시에 상상하게도 하는 장치이다.

『작가들의 길』에 실린 소설들은 미래, 과거, 현재의 시간을 통해 현실을 다시 성찰하는 위치에서 쓰였다. 여기에 실린 소설들의 중심 화두는 '우리는 어디로 향해 가는가, 우리는 어디에서 왔는가, 그리고 우리는 누구이며 무엇을 하고 있는가'였다. 작가는 고통 받는 자의 위치에서 바라봄으로써, 독자들과 상상적 대화의 지평을 넓힌다. 그 역할을 『작가들의 길』이 해내고 있다. 작품집을 읽다 보면, 결국 소설의 세계는 해답이 아니라, 질문을 향해 나아간다는 사실을 다시 확인하게 된다. 작가는 '자리 바꾸기' 여행의 안내자이다. 삶의 길을 걷는 서사의 여행자들은 독자들이었다.

강성남 1967년 경북 안동 출생. 2009년 〈농민신문〉 신춘문예로 등단.
ppjjyk@naver.com

강태열 1932년 광주(光州) 출생. 1960년 『사상계』로 등단. 시집 『뒷窓』 『우주영가』, 공저 『상록집』이 있음. 2011년 타계.

고광식 1957년 충남 예산 출생. 1990년 『민족과문학』 신인문학상에 시로, 2014년 〈서울신문〉 신춘문예에 문학평론으로 등단. 1991년 청구문화제 시 부문 대상 수상.
pascalgo@hanmil.net

금희 1970년 강원 영월 출생. 2015년 『계간 예술가』로 등단. 신인상 수상.
gumoongohee@hanmail.net

김경은 1965년 인천 출생. 2005 『실천문학』 등단. 단편 「절연구간 건너기」 「의사가 없다」 「노래」 「아이네아스, 밤의 나라」 「민원 있습니다」 등, 장편 『딜도』, 인문콘텐츠 전자책 「대중은 하이브리드를 좋아해: 뱀파이어 이야기」 「자서전, 디지털시대의 공감 글쓰기」 등이 있음.
comet1111@hanmail.net

김경철 1974년 인천 출생. 2005년 『내일을 여는 작가』로 등단. 시집 『아리떼 소마』가 있음.
abandom111@hanmail.net

김금희 1959년 전남 여수 출생. 2011년 계간 『시에』로 등단. 시집 『시절을 털다』가 있음.
poetry06@hanmail.net

김림   1962년 서울 출생. 2014년 계간 『시와문화』 봄호로 등단. 시집 『꽃은 말고 뿌리를 다오』가 있음.
rosek0611@hanmail.net

김명남   1969년 강원 강릉 출생. 2000년 『작가들』 여름호로 작품 활동 시작. 시집 『시간이 일렁이는 소리를 듣다』가 있음.
kmn0308@hanmail.net

김송포   1960년 전북 전주 출생. 2013년 『시문학』으로 등단. 시집 『부탁해요 곡절씨』 등이 있음. 푸른시학상, 포항소재 문학상 수상.
cats108@hanmail.net

김시언   1963년 서울 출생. 2013년 『시인세계』로 등단. 시집 『도끼밭』이 있음.
ich2182@hanmail.net

김영언   1962년 인천 자월(紫月) 출생. 1989년 『교사문학』으로 작품 활동 시작. 시집 『아무도 주워 가지 않는 세월』 『집 없는 시대의 자화상』이 있음. 계간문예 『다층』 신인상 수상.
hanripo@hanmail.net

류명   1961년 서울 출생. 2000년 『작가들』로 등단. 계간 『시평』에서 영시 번역 및 『핸드폰을 버리다』 등 앤솔로지 시집 발간. 영어 성경 해설서 『Jesus English』 『나사렛기초영문법』 『갈릴리기본영문법』 등이 있음.
iampen@hanmail.net

류신   1968년 인천 출생. 2000년 〈경향신문〉 신춘문예 문학평론 당선. 저서로 『다성의 시학』 『수집가의 멜랑콜리』 『장벽 위의 음유시인 볼프 비어만』 『독일 신세대 문학』 『서울 아케이드 프로젝트―문학과 예술로 읽는 서울의 일상』 『색의 제국―트라클 시의 색채 미학』 『시와 시평』 『시는 그림처럼』 등이 있음.
laokoon@naver.com

문계봉   1962년 충남 예산 출생. 인천에서 성장. 1995년 계간 『실천문학』으로 등단. 시집 『너무 늦은 연서』가 있음.
freebird386@daum.net

박성한   1968년 전북 장수 출생. 2000년『작가들』로 작품 활동 시작. 시집『꽃이 핀다 푸른 줄기에』(공저), 동화『한글이랑 한문이랑』, 저서『국어 선생님의 시 배달』『선생님과 함께 떠나는 문학 답사』등이 있음.
human87@paran.com

박영근   1958년 전북 부안 출생. 1981년『반시反詩』로 등단. 시집『취업 공고판 앞에서』『대열』『김미순전』『지금도 그 별은 눈뜨는가』『저 꽃이 불편하다』, 산문집『공장 옥상에 올라』, 시평집『오늘, 나는 시의 숲길을 걷는다』가 있으며, 2006년 타계. 유고시집『별자리에 누워 흘러가다』, 박영근 전집 간행위원회에서『박영근전집 1-시』『박영근전집 2-산문』출간. 제12회 신동엽창작기금 수혜, 제5회 백석문학상 수상.

박완섭   전북 남원 출생. 1998년『문학21』로 등단. 시집『느티나무의 꿈』『핸들을 잡으면 세상이 보인다』『한반도의 중심은 사랑이다』『나는 나를 알지 못한다』, 에세이집『택시를 부르는 바람소리』가 있음.
poempoemhan@daum.net

박인자   인천 출생. 2000년『문학세계』로 등단. 시집『깨지지 않는 아름다움』이 있음.
pij1007@hanmail.net

박일환   1961년 충북 청주 출생. 1997년『내일을 여는 작가』로 등단. 시집『푸른 삼각뿔』『지는 싸움』『덮지 못한 출석부』등이 있음.
pih66@naver.com

박정윤   1971년 강원 강릉 출생. 2001년〈강원일보〉신춘문예 당선, 2005년『작가세계』신인상으로 등단. 소설집『목공소녀』, 경장편『연애독본』, 장편『프린세스 바리』『나혜석, 운명의 캉캉』이 있음. 제2회 혼불 문학상 수상.
likeredyuri@naver.com

손병걸   1967년 강원 동해 출생. 2005년〈부산일보〉신춘문예로 등단. 시집『푸른 신호등』『나는 열 개의 눈동자를 가졌다』『통증을 켜다』, 수필집『열 개의 눈동자를 가진 어둠의 감시자』가 있음. 구상솟대문학상, 대한민국장애인문학상, 전국근로자문학상, 문화예술인상, 중봉조헌문학상 등 수상.
thsqudrjf@hanmail.net

손제섭   1960년 경남 밀양 출생. 2002년『문학과 의식』으로 등단. 시집『그 먼 길 어디쯤』『오, 벼락같은』이 있음.
heoseob@hanmail.net

신현수   1959년 충북 청원 출생. 1985년『시와 의식』봄호로 등단. 시집『서산가는 길』『처음처럼』『이미혜』『군자산의 약속』『시간은 사랑이 지나가게 만든 다더니』『인천에 살기 위하여』『신현수 시집(1989-2004)』(상·하), 시선 집『나는 좌파가 아니다』등이 있음. 저서로『선생님과 함께 읽는 한용운』『시로 만나는 한국현대사』『시로 쓰는 한국근대사 1』『시로 쓰는 한국근 대사 2』가 있음.
hanishin@hanmail.net

심명수   1966년 충남 금산 출생. 2010년〈부산일보〉신춘문예로 등단.
byulmoi@hanmail.net

안종수   1952년 충남 공주 출생. 2004년 계간『작가들』겨울호로 등단. 2000년 교 원문학상, 2008년 교원문학상 수상.
ajss0711@hanmail.net

오시은   1972년 서울 출생. 2003년 제1회 푸른문학상 '새로운 작가상'을 수상하며 등단. 저서로『고리의 비밀』『내가 너에게』『귀신새 우는 밤』『훈이 석이』『동수야 어디 가니?』등이 있음.
vegalight@hanmail.net

오창은   1970년 전남 해남 출생. 2002년〈경향신문〉신춘문예 문학평론 당선. 평론 집『비평의 모험』『나눔의 그늘에 스며들다』, 저서로『나는 순응주의자가 아닙니다』(공저)가 있음.
longcau@hanmail.net

옥효정   1968년 대구 출생. 2014년『시문학』으로 등단.
ohjmail@daum.net

유영갑   1958년 인천 강화 출생. 1991년『월간문학』소설 신인상으로 등단. 소설집『싸락눈』『강을 타는 사람들』, 장편소설『푸른 옷소매』『그 숲으로 간 사람 들』『달의 꽃』, 사진 산문집『갈대 위에는 눈이 쌓이지 않는다』, 평전『성완

희 열사』가 있음. 1994년 대산문화재단에서 창작지원금을 받음. 2005년 장편『달의 꽃』이 우수도서에 선정.
yuyk29@hanmail.net

유정임 경기 양평 출생. 2002년『리토피아』봄호로 등단. 시집『봄나무에서는 비누 냄새가 난다』가 있음.
kwegee@hanmail.net

이가림 1943년 만주 열하 출생. 1964년 〈경향신문〉 신춘문예 입선, 1966년 〈동아일보〉 신춘문예 당선. 시집『빙하기』『유리창에 이마를 대고』『슬픈 반도』『순간의 거울』『내 마음의 협궤열차』『바람개비 별』, 활판인쇄본 시선집『지금, 언제나 지금』, 한국대표명시선 100『모두를 위한 시간』, 시론집『불사조의 시학』, 불역 시집『Le front contre la fenetre, 유리창에 이마를 대고』, 에세이집『흰 비너스 검은 비너스』, 산문집『사랑, 삶의 다른 이름』『문학과 미술의 만남』이 있으며, 번역집으로 가스통 바슐라르의『촛불의 미학』, 알베르 까뮈의『시지프의 신화』, 장 꼭또 데상 시집『내 귀는 소라껍질』, 쥘 르나르의『홍당무』, 정지용 불역 시선집『Nostalgie, 향수』, 윤대녕 불역 소설『Voleur d'Oeufs, 달걀도둑』등이 있음. 제5회 정지용 문학상, 제6회 편운문학상, 제7회 후광(後廣) 문학상, 성균문학상, 제6회 유심(惟心) 작품상, 펜번역문학상, 제10회 영랑시문학상, 우현(又玄)예술상 수상. 대한민국 옥조근정훈장 받음. 2015년 타계.

이경림 1989년 계간『문학과 비평』으로 등단. 시집『토씨찾기』『그곳에도 사거리는 있다』『시절하나 온다, 잡아먹자』『상자들』『내 몸 속에 푸른 호랑이가 있다』, 산문집『나만 아는 정원이 있다』『언제부턴가 우는 것을 잊어버렸다』, 시론집『사유의 깊이 관찰의 깊이』, 한국문학번역원 선정 영어권 번역 시집『A New Season Approaching, Devour it』이 있음. 제6회 지리산문학상, 제1회 윤동주 서시 문학상 수상.
poemsea56@hanmail.net

이권 1953년 충남 청양 출생. 2014년『시에티카』로 등단. 시집『아버지의 마술』『꽃꿈을 꾸다』가 있음.
leegiin@hanmail.net

이기인 1967년 인천 출생. 2000년 〈경향신문〉 신춘문예로 등단. 시집『알쏭달쏭

소녀백과사전』『어깨 위로 떨어지는 편지』가 있음.
leegiin@hanmail.net

이명희 1963년 서울 출생. 1997년 『처음처럼』에 시를 발표하면서 등단. 시집 『아름다운 파편』이 있음.
heatomuri@hanmail.net

이병국 1980년 인천 강화 출생. 2013년 〈동아일보〉 신춘문예 시 당선, 2017년 중앙신인문학상 평론 당선.
sodthek@hanmail.net

이상락 1954년 전남 완도 출생. 현재 지리산 뱀사골 인근의 산간 마을에 거주 중. 1985년 장편소설 『난지도의 딸』을 발표하면서 등단. 창작집 『동냥치 별』, 장편소설 『광대선언』『누더기 시인의 사랑』『고강동 사람들』『차표 한 장』, 동화 『누가 호루라기를 불어줄까』 등이 있음.
writersr@hanmail.net

이상실 1964년 전남 완도군 생일도 출생. 2005년 계간 『문학과 의식』에 장편소설 「사람도 사는 마을」이 신인상에 당선되어 등단. 소설집 『월운리 사람들』, 장편소설 『미행의 그늘』 외 공저 작품집 다수 있음. 2010년·2014년 인천문화재단 창작기금 수혜.
leessil21@hanmail.net

이설야 1968년 인천 출생. 2011년 『내일을 여는 작가』로 등단. 시집 『우리는 좀더 어두워지기로 했네』가 있음. 제1회 고산문학대상 신인상 수상.
lsy196800@hanmail.net

이성혜 1955년 서울 출생. 2010년 『시와정신』으로 등단.
shl3741@naver.com

이세기 1963년 인천 출생. 1998년 『실천문학』 신인상으로 등단. 시집 『먹염바다』『언 손』이 있음.

이종복 1963년 인천 출생. 시집 『신포동에서 아침을』『신포동 그 낯익음에 대한 낯설음』, 칼럼집 『인천한담』이 있음.
josephus1@hanmail.net

이해선 1955년 경기 화성 출생. 1997년『내일을 여는 작가』로 등단. 소설집『나팔꽃 담장아래』, 공동창작집『오, 해피데이』가 있음.
sunny5581@hanmail.net

임선기 1968년 인천 출생. 본명 임재호. 1994년『작가세계』신인상으로 등단. 시집『호주머니 속의 시』『꽃과 꽃이 흔들린다』『항구에 내리는 겨울 소식』이 있음.
jhl@yonsei.ac.kr

정민나 1960년 경기 화성 출생. 1998년도『현대시학』으로 등단. 시집『꿈꾸는 애벌레』『E입국장, 12번 출구』『협상의 즐거움』, 저서『정지용 시의 리듬 양상』, 편저『이야기가 있는 시창작 교실』『점자용 이야기가 있는 시창작 교실』『詩가 있는 마을』이 있음. 1998년 1월『현대시학』시 부문 신인상 수상, 시집『E입국장, 12번 출구』가 2015년 세종 우수도서 선정.
minna0926@naver.com

정세훈 1955년 충남 홍성 출생. 1989년『노동해방문학』에 시를 발표하면서 등단. 시집『손 하나로 아름다운 당신』『맑은 하늘을 보면』『저별을 버리지 말아야지』『끝내 술잔을 비우지 못하였습니다』『그 옛날 별들이 생각났다』『나는 죽어 저 하늘에 뿌려지지 말아라』『부평 4공단 여공』『몸의 중심』, 장편동화집『세상 밖으로 나온 꼬마송사리 큰눈이』, 포엠에세이집『소나기를 머금은 풀꽃향기』가 있음.
borihanal@hanmail.net

정우림 경기 용인 출생. 2014년『열린시학』으로 등단. 열린시학 신인상 수상.
pokpo1000@hanmail.net

조정인 서울 출생. 1998년 계간『창작과 비평』으로 등단. 시집『그리움이라는 짐승이 사는 움막』『장미의 내용』, 동시집『새가 되고 싶은 양파』등이 있음.
thewoman7@naver.com

조혁신 1968년 경기 의정부에서 태어나 인천에서 성장. 2000년『작가들』로 등단. 소설집『뒤집기 한판』『삼류가 간다』, 장편소설『배달부 군 망명기』가 있음.
mrpen68@hanmail.net

조혜영 1965년 충남 태안 출생. 2001년 제9회 전태일문학상으로 등단. 시집 『검지에 핀 꽃』 『봄에 덧나다』가 있음.
nodongi@hanmail.net

지창영 1965년 충남 청양 출생. 2002년 『문학사계』로 등단, 시집 『송전탑』이 있음.
jck-mail@daum.net

천금순 1951년 서울 출생. 1990년 『동양문학』으로 등단. 시집 『마흔세 번째의 아침』 『외포리의 봄』 『두물머리에서』 『꽃그늘아래서』 『아코디언 민박집』 등이 있음.
cgspoet@hanmail.net

최경주 1963년 전남 화순 출생. 1997년 전태일문학상 소설부문 우수상으로 등단. 산문집 『닥트공 최씨 이야기』가 있음.
seoilno@naver.com

최기순 1952년 경기 이천 출생. 2001년 『실천문학』으로 등단. 시집 『음표들의 집』이 있음.
thelilycks@naver.com

호인수 1947년 충북 괴산 출생. 1984년 『실천문학』으로 등단. 시집 『차라리 문둥이일 것을』 『백령도』 『목련이 질 때』가 있음.
hoinsoo@hanmail.net

홍명진 1967년 경북 영덕 출생. 2008년 〈경인일보〉 신춘문예 당선. 장편소설 『숨비소리』 『우주비행』 『타임캡슐1985』 『앨리스의 소보로빵』, 단편창작집 『터틀넥 스웨터』 『당신의 비밀』, 앤솔로지 『세븐틴 세븐틴』 『벌레들』 『콤플렉스의 밀도』 『조용한 식탁』 등이 있음. 2001년 제10회 전태일문학상, 2012년 사계절문학상 대상, 2013년 우현(又玄)예술상, 2013년 백신애문학상, 2014년 아르코문학상 수상. 인천 문화재단, 서울 문화재단, 한국문화예술위원회 창작기금 수혜.
hmgim@hanmail.net

홍인기 1960년 경기 양평 출생. 1999년 계간 『작가들』로 등단. 소설집 『숲의 기억』이 있음. icwriters@hanmail.net

황경란 1972년 경기 오산 출생. 2012년 〈농민신문〉 신춘문예 당선. 신춘문예 당선자 소설집 공저 『칸, 만약에』, 단편소설 「킹덤」 「얼후」 「선샤인 뉴스」 「하늘, 보다」 「새의 발자국」 등 발표.
seasky72@naver.com